POIROT
no Oriente

Morte na Mesopotâmia

Morte no Nilo

Encontro com a morte

Estes títulos estão publicados também na Coleção **L&PM** POCKET

Morte na Mesopotâmia
Título original: *Murder in Mesopotamia*
Tradução: Henrique Guerra

Morte no Nilo
Título original: *Death on the Nile*
Tradução: Bruno Alexander

Encontro com a morte
Título original: *Appointment With Death*
Tradução: Bruno Alexander

AGATHA CHRISTIE

POIROT
no Oriente

Morte na Mesopotâmia

Morte no Nilo

Encontro com a morte

Texto de acordo com a nova ortografia

Título original: *Poirot in the Orient* (*Murder in Mesopotamia*; *Death on the Nile*; *Appointment With Death*)

Capa: Carla Born sobre ilustração de Birgit Amador
Foto da autora: © Christie Archive Trust
Revisão: L&PM Editores

CIP-Brasil. Catalogação na publicação
Sindicato Nacional dos Editores de Livros, RJ.

C479p

Christie, Agatha, 1890-1976
    Poirot no Oriente (Morte na Mesopotâmia, Morte no Nilo, Encontro com a morte) / Agatha Christie; tradução Henrique Guerra, Bruno Alexander. – 1. ed. – Porto Alegre [RS] : L&PM, 2022.
    544 p. ; 23 cm.

    Tradução de: *Poirot in the Orient* (*Murder in Mesopotamia*; *Death on the Nile*; *Appointment With Death*)
    Conteúdo: Morte na Mesopotâmia - Morte no Nilo - Encontro com a morte.
    ISBN 978-85-254-3881-2

    1. Ficção inglesa. I. Guerra, Henrique. II. Alexander, Bruno. III. Título. IV. Título: Morte na Mesopotâmia. V. Título: Morte no Nilo. VI. Título: Encontro com a morte.

20-62981   CDD: 823
                               CDU: 82-3(410.1)

Meri Gleice Rodrigues de Souza - Bibliotecária CRB-7/6439

Murder in Mesopotamia Copyright © 1936 Agatha Christie Limited. All rights reserved.
Death on the Nile Copyright © 1937 Agatha Christie Limited. All rights reserved.
Appointment With Death Copyright © 1938 Agatha Christie Limited. All rights reserved.
DEATH ON THE NILE, AGATHA CHRISTIE, POIROT and the Agatha Christie Signature are registered trademarks of Agatha Christie Limited in the UK and elsewhere.

Todos os direitos desta edição reservados a L&PM Editores
Rua Comendador Coruja, 314, loja 9 – Floresta – 90.220-180
Porto Alegre – RS – Brasil / Fone: 51.3225.5777

Pedidos & Depto. Comercial: vendas@lpm.com.br
Fale conosco: info@lpm.com.br
www.lpm.com.br

Impresso no Brasil
Verão de 2022

SUMÁRIO

Morte na Mesopotâmia | 7
Morte no Nilo | 181
Encontro com a morte | 393
Sobre a autora | 542

Morte na Mesopotâmia

Tradução de Henrique Guerra

*Dedicado a meus
muitos amigos arqueólogos
no Iraque e na Síria*

SUMÁRIO

Prefácio 13
Capítulo 1 – Frontispício 14
Capítulo 2 – Apresentando Amy Leatheran 15
Capítulo 3 – Fofocas 19
Capítulo 4 – Eu chego a Hassanieh 22
Capítulo 5 – Tell Yarimjah 28
Capítulo 6 – Primeiro anoitecer 31
Capítulo 7 – O homem à janela 40
Capítulo 8 – Alerta na madrugada 46
Capítulo 9 – O relato da sra. Leidner 51
Capítulo 10 – Sábado à tarde 58
Capítulo 11 – Um caso insólito 62
Capítulo 12 – "Não acreditei..." 66
Capítulo 13 – Chega Hercule Poirot 69
Capítulo 14 – Um de nós? 76
Capítulo 15 – Poirot dá um palpite 81
Capítulo 16 – Os suspeitos 87
Capítulo 17 – A mancha no lavatório 91
Capítulo 18 – Chá no dr. Reilly 97
Capítulo 19 – Nova suspeita 105
Capítulo 20 – Srta. Johnson, sra. Mercado, sr. Reiter 111
Capítulo 21 – Sr. Mercado, Richard Carey 120
Capítulo 22 – David Emmott, padre Lavigny e uma descoberta 126
Capítulo 23 – Experiência mediúnica 135
Capítulo 24 – O assassinato é um hábito 142
Capítulo 25 – Suicídio ou homicídio? 145
Capítulo 26 – A próxima serei eu! 151
Capítulo 27 – Começo de uma jornada 156
Capítulo 28 – Fim da jornada 173
Capítulo 29 – L'Envoi 179

PREFÁCIO

*Por Giles Reilly,
doutor em Medicina*

Os episódios registrados nesta narrativa aconteceram por volta de quatro anos atrás. Circunstâncias exigiram, a meu ver, que um relato objetivo dos fatos viesse a público. Corriam boatos dos mais insanos e patéticos insinuando que provas relevantes haviam sido suprimidas e outros disparates do tipo. Esses falsos juízos foram ventilados em especial na mídia norte-americana.

Por motivos óbvios, era desejável que o relato não fosse escrito por um membro da equipe arqueológica, alguém que o público, com certa razão, presumiria estar imbuído de preconceitos.

Por isso, sugeri à srta. Amy Leatheran que se encarregasse da tarefa. É claro que ela é a pessoa certa: profissional ao extremo, não influenciada por ligação prévia com a expedição arqueológica da Universidade de Pittstown ao Iraque e, de quebra, uma testemunha observadora e perspicaz.

Não foi lá muito fácil persuadir a srta. Leatheran a se encarregar da tarefa – na verdade, persuadi-la foi uma das incumbências mais espinhosas da minha carreira. Mesmo depois de pronto o manuscrito, ela mostrou curiosa relutância a me deixar vê-lo. Descobri que essa hesitação devia-se em parte a alguns comentários não lisonjeiros relativos à minha filha Sheila. Logo a convenci a deixar de lado esse pudor. Afinal, garanti-lhe, hoje em dia os filhos criticam os pais por escrito aberta e publicamente; então, nada mais justo e prazeroso que os pais vejam os filhos receberem o troco! A outra objeção: a excessiva modéstia quanto a seu estilo literário. Ela me pediu para "corrigir a gramática e todo o resto". Fiz o contrário: não mexi numa vírgula sequer. A meu ver, o estilo da srta. Leatheran é enérgico, singular e perfeitamente adequado. Se ela chama Hercule Poirot de "Poirot" num parágrafo e de "sr. Poirot" no outro, essa variação é ao mesmo tempo atraente e inspiradora. Num instante ela está, por assim dizer, "recordando suas boas maneiras" (e enfermeiras são maníaticas por etiqueta); no seguinte, o interesse dela é o de um mero ser humano – sem a touca e os punhos brancos!

A única liberdade que tomei foi redigir o primeiro capítulo – com a ajuda de uma carta gentilmente cedida por uma das amigas da srta. Leatheran. A intenção é compor uma espécie de frontispício – ou seja, esboçar o perfil da narradora.

CAPÍTULO 1

Frontispício

No saguão do Tigris Palace Hotel, em Bagdá, uma enfermeira terminava uma carta. Sua caneta-tinteiro deslizava no papel com vigor e rapidez.

> *(...) Bem, querida, acho que já contei todas as novidades. Está sendo legal conhecer um pouquinho do mundo – mas prefiro a Inglaterra toda vida, obrigada. Você não ia acreditar na sujeira e na bagunça de Bagdá – nada a ver com o romantismo das Mil e uma noites! Claro, à beira do rio a paisagem é bonita, mas a cidade em si é um horror – e loja decente que é bom, nada. O major Kelsey me levou para dar uma volta nos bazares. Não há como negar: mesmo antiquados, eles têm lá seu charme. Mas só vendem um monte de tralhas e nos deixam com dor de cabeça de tanto martelar artesanalmente as panelas. Eu mesma não as usaria antes de desinfetar bem. A gente tem que tomar muito cuidado com o zinabre nas panelas de cobre. Vou escrever e lhe manter informada sobre o emprego de que o dr. Reilly me falou. Ele disse que o tal norte-americano está em Bagdá e pode vir falar comigo hoje à tarde. É para a mulher dele... ela tem "fantasias", nas palavras do dr. Reilly. Não disse mais nada, mas claro, querida, a gente sabe o que em geral isso significa. Cá entre nós, torço para que não seja delirium tremens por excesso de álcool! Claro, o dr. Reilly não falou nada – mas me olhou de um jeito... Sabe o que eu quero dizer. Esse tal dr. Leidner é arqueólogo. Está escavando ruínas em algum local do deserto para um museu ianque.*
> *Bem, querida, tenho que encerrar agora. O que me contou sobre a pequena Stubbins é mesmo de arrepiar! O que foi que a enfermeira-chefe achou disso?*
>
> *Fico por aqui.
Da sempre amiga,
Amy Leatheran*

Dobrou a carta, inseriu num envelope e endereçou à enfermeira Curshaw, Hospital St. Christopher, Londres.

Ao tampar a caneta, um dos meninos locais se aproximou dela.

– Um cavalheiro veio falar com a senhora. O dr. Leidner.

A enfermeira Leatheran se virou. Deparou-se com um senhor de altura mediana, ombros meio caídos, barba castanha e olhos ternos e cansados.

O dr. Leidner deparou-se com uma jovem de seus 35 anos, de porte ereto e confiante, rosto bem-humorado de olhos azuis um tanto salientes e cabelos castanhos sedosos. A enfermeira Leatheran lhe pareceu a pessoa ideal para cuidar de alguém com problema nos nervos. Bem-disposta, forte, arguta e prática.

"Não preciso procurar mais", pensou ele.

CAPÍTULO 2

Apresentando Amy Leatheran

Não tenciono ser escritora nem saber nada da arte de escrever. Traço estas linhas só porque o dr. Reilly me pediu. Não sei explicar direito, mas quando o dr. Reilly nos pede para fazer alguma coisa, é impossível recusar.

– Mas, doutor – argumentei –, eu não faço o tipo literário... não sou nem um pouquinho literária.

– Conversa fiada! – estimulou. – Finja que está escrevendo o histórico de um paciente, se preferir.

Claro, é *possível* encarar assim.

Dr. Reilly não parou por aí. Afirmou ser mais do que necessário um relato direto e sem enfeites dos episódios acontecidos em Tell Yarimjah.

– Se uma das partes envolvidas escrevesse o texto, não seria convincente. Diriam que é tendencioso.

Claro, isso também era verdade. Participei de tudo, mas na condição de intrusa, por assim dizer.

– Por que o senhor mesmo não escreve, doutor? – indaguei.

– Eu não estava no local... você sim. Além do mais – acrescentou com um suspiro –, minha filha não ia me deixar.

O jeito com que ele se submete àquela mocinha mimada é vergonhoso. Eu cogitava dizer isso quando notei o brilho maroto no olhar dele. Isso é o pior do dr. Reilly. A gente nunca sabe quando ele está brincando ou falando sério. Sempre diz as coisas do mesmo jeito vagaroso e tristonho – mas na metade das vezes há uma pitada de bom humor por trás.

– Bem – ponderei em tom de dúvida –, acho que eu *seria capaz*.

– Claro que seria.

– Só não sei como estruturar.

– Há uma boa tradição nisso. Comece pelo começo, continue e só pare quando chegar ao fim.

— Não estou bem certa nem de onde nem de quando tudo começou – comentei, cética.

— Acredite em mim, enfermeira: a dificuldade de começar não é nada perto da dificuldade de saber a hora de parar. Pelo menos comigo é assim quando tenho que falar em público. Alguém tem que me agarrar pela gola do casaco e me fazer sentar à força.

— Ah, não brinque, doutor.

— Não podia falar mais sério. Então, o que me diz?

Outra coisa me preocupava. Vacilei por breves instantes e fui sincera:

— Sabe, doutor, tenho medo de às vezes... bem, ser um pouco *pessoal*.

— O diabo que me carregue, mulher, quanto mais pessoal melhor! Esta história trata de seres humanos, não de bonecos! Seja pessoal... seja preconceituosa... seja indelicada... seja tudo o que bem lhe aprouver! Escreva à sua maneira. Depois temos tempo para burilar os trechos caluniosos! Vá em frente. Você é uma moça de bom senso e vai fazer um relato racional da coisa toda.

Foi assim. Prometi me esforçar ao máximo.

E aqui estou. Mas, como avisei ao doutor, é difícil saber exatamente por onde começar.

Acho que primeiro devo dizer umas palavrinhas sobre mim. Tenho 32 anos e meu nome é Amy Leatheran. Cursei enfermagem na escola do Hospital St. Christopher e trabalhei dois anos junto à maternidade. Construí um bom currículo de trabalhos particulares e por quatro anos fiz parte da equipe da Casa Geriátrica da srta. Bendix, em Devonshire Place. Fui para o Iraque com a sra. Kelsey. Cuidei dela quando ela teve bebê. Ela ia para Bagdá com o marido e já havia contratado uma moça local, que trabalhara alguns anos para uns amigos por lá. As crianças dessa família de amigos iam estudar na Inglaterra, e a moça concordara em trabalhar para a sra. Kelsey depois que elas partissem. Ainda fragilizada, a sra. Kelsey estava apreensiva quanto a empreender uma longa viagem com uma criança tão pequena. Por isso, o major Kelsey providenciou que eu a acompanhasse e cuidasse dela e do bebê. Eles pagariam minha passagem de volta, caso não encontrássemos alguém precisando de enfermeira para a viagem de retorno.

Bem, não há por que descrever os Kelsey — o bebê era uma gracinha, e a sra. Kelsey, uma simpatia, embora, às vezes, se preocupasse à toa. Desfrutei bastante a viagem. Nunca antes fizera uma longa travessia oceânica.

O dr. Reilly estava a bordo do navio. Moreno e com o rosto alongado, desfiava toda espécie de gracejo em voz baixa e tristonha. Gostava de pegar no meu pé; vivia falando as coisas mais extraordinárias para ver se eu engolia. Trabalhava como clínico num lugar chamado Hassanieh — a um dia e meio de Bagdá.

Eu já estava em Bagdá há uma semana quando por acaso nos encontramos; ele me perguntou quando eu estaria liberada do trabalho com os Kelsey. Respondi que era engraçado ele perguntar, porque casualmente a família Wright (o outro pessoal que mencionei) partiria para casa antes do previsto, e a outra enfermeira ficaria livre para se apresentar de imediato.

Explicou que escutara sobre os Wright e por isso tocara no assunto.

– Para falar a verdade, enfermeira, tenho um possível trabalho para você.

– Um paciente?

Estreitou os olhos como quem pensa no que responder.

– Acho difícil chamar de paciente. É só uma senhora que tem, vamos dizer... fantasias?

– Ah! – exclamei.

(A gente sabe o que *isso* costuma significar: bebida ou drogas!)

O dr. Reilly não deu maiores explicações. A discrição em pessoa.

– Isso mesmo – continuou. – O nome dela é sra. Leidner. O marido é americano... de origem sueca para ser mais exato. É o diretor de uma grande escavação norte-americana.

E explicou que essa expedição escavava um sítio arqueológico numa grande cidade assíria, algo parecido com Nineveh. Na verdade, a sede da expedição não ficava muito longe de Hassanieh, mas era um lugar isolado, e o dr. Leidner, há um bom tempo, andava preocupado com a saúde da mulher.

– Não entrou em detalhes, mas parece que ela tem ataques periódicos de pânico.

– Ela passa o dia todo sozinha com os nativos? – indaguei.

– Ah, não. Tem bastante gente por perto... sete ou oito pessoas. Não creio que ela costume ficar sozinha na sede. Mas o certo é que ela se deixou dominar por um estado esquisito. Muitas responsabilidades já pesam nos ombros de Leidner, mas ele é louco pela mulher e fica preocupado por vê-la assim. Pensa que vai ficar mais tranquilo sabendo que uma pessoa responsável, com conhecimento especializado, está cuidando dela de perto.

– E o que a própria sra. Leidner acha disso?

O dr. Reilly respondeu em tom sério:

– A sra. Leidner é encantadora. É raro manter a mesma opinião sobre um assunto dois dias a fio. Mas no geral aceitou bem a ideia. – E acrescentou: – Meio excêntrica. Afetuosa como ela só, mas mente até não poder mais... O fato é que Leidner acredita piamente que ela está mesmo assustada por uma razão ou outra.

– O que ela lhe contou, doutor?

– Ah, ela não me consultou! Não gosta de mim, aliás... por vários motivos. Foi Leidner quem me procurou e expôs esse plano. E aí, enfermeira, que tal? Conheceria mais um pouco do país antes de ir para casa... A temporada dura mais dois meses. E escavar é um trabalho bem interessante.

Um instante de hesitação e análise.

– Bem – ponderei –, acho que posso tentar.

– Ótimo – disse o dr. Reilly, levantando-se. – Hoje Leidner está em Bagdá. Vou avisá-lo para passar em seu hotel para ver se acerta os detalhes.

O dr. Leidner veio ao hotel naquela tarde. Meia-idade, modos deveras nervosos e vacilantes, com um jeitinho meigo e afável, quase indefeso.

Pareceu dedicado à esposa, mas reticente quanto ao problema dela.

– Sabe – comentou, cofiando a barba com ar meio perplexo, gesto que mais tarde descobri ser sua marca registrada –, minha mulher está mesmo com os nervos fragilizados. Ando... muito preocupado com ela.

– Ela está em boa saúde física? – perguntei.

– Sim, acho que sim. O problema dela não é físico, eu diria. Mas... bem... ela imagina coisas, sabe.

– Que tipo de coisas? – perguntei.

Mas ele se esquivou, limitando-se a murmurar em tom perplexo:

– Ela se descontrola por coisas mínimas... Não consigo mesmo ver fundamento no medo dela.

– Medo de quê, dr. Leidner?

Respondeu vagamente:

– Ah, apenas... pânico nervoso, sabe.

Posso apostar, pensei comigo, que o problema envolve drogas. E ele nem se dá conta! Muitos homens não notam. Só se perguntam por que suas mulheres andam tão nervosas e com mudanças de humor tão extraordinárias.

Perguntei se a própria sra. Leidner gostava da ideia de minha contratação.

Um sorriso clareou-lhe o rosto.

– Sim. Foi uma surpresa. Uma surpresa bem agradável. Ela achou a ideia excelente. Disse que vai se sentir bem mais segura.

A expressão me causou um impacto estranho. *Mais segura*... Expressão esquisita. Imaginei que a sra. Leidner tivesse problemas mentais.

Ele continuou com uma espécie de ansiedade juvenil.

– Tenho certeza de que vocês duas vão se dar bem. Ela é uma pessoa encantadora. – Abriu um sorriso contagiante. – Ela sente que você será um grande conforto para ela. Tive a mesma sensação quando vi você. Se me permite dizer, você aparenta vender saúde e bom senso. Sem dúvida, é a pessoa ideal para cuidar de Louise.

– Bem, podemos tentar, dr. Leidner – afirmei contente. – Meu desejo é ser útil para sua esposa. Talvez ela tenha medo do contato com o povo local?

– Ah, não, minha nossa. – Sacudiu a cabeça, achando graça da ideia. – Minha mulher adora os árabes... Aprecia a simplicidade e o senso de humor deles. Esta é apenas a segunda temporada dela aqui (estamos casados há menos de dois anos), mas ela já fala árabe razoavelmente.

Fiquei calada por alguns instantes; em seguida, fiz nova tentativa.

– Não pode me contar do que afinal a sua mulher tem medo, dr. Leidner?

Ele titubeou. Respondeu devagar:

– Espero... acredito... que ela mesma vai lhe contar.

E isso foi tudo que eu consegui extrair dele.

CAPÍTULO 3

Fofocas

Ficou combinado que eu me apresentaria em Tell Yarimjah na semana seguinte.

A sra. Kelsey se instalava na casa dela em Alwiyah, e me alegrei por colaborar e aliviar o peso de seus ombros.

Nesse meio-tempo, chegaram a meus ouvidos alguns comentários sobre a expedição do dr. Leidner. Um amigo da sra. Kelsey, capitão da Força Aérea Britânica, fez um muxoxo ao exclamar:

– Linda Louise. Então é isso que ela anda aprontando ultimamente! – Ele se virou para mim. – Esse é o apelido que demos para ela, enfermeira. Sempre foi conhecida como Linda Louise.

– Quer dizer que ela é bonita? – perguntei.

– É lhe dar o valor que ela própria se dá. Ela *pensa* que é!

– Não seja maldoso, John – retorquiu a sra. Kelsey. – Sabe que não é só ela que pensa assim! Muita gente adora ela.

– Talvez esteja certa. Já anda meio madura, mas tem lá seus encantos.

– Você mesmo já a galanteou – riu a sra. Kelsey.

O aviador corou e admitiu envergonhado:

– Digamos que ela tem um jeitinho insidioso. Quanto a Leidner, ele idolatra o chão que ela pisa... e todo o resto da expedição tem que idolatrar também! É isso que se espera deles!

– Quantos são ao todo? – perguntei.

– Tudo que é tipo de personalidade e origem, enfermeira – falou o capitão em tom animado. – Um arquiteto inglês, um padre francês de Cartago que decifra as inscrições... tábulas e blocos, esse tipo de coisa, sabe. E tem também a srta. Johnson. Ela também é britânica... espécie de faz-tudo. E um gordinho responsável pelas fotografias. Ele é norte-americano. E o casal Mercado. Só Deus sabe de onde eles vêm... talvez um desses paisinhos de língua latina! Ela é bem nova... criatura com olhos de serpente... E ah!, adivinha se ela não odeia Linda Louise! E dois jovens para arrematar. Turminha estranha, mas legal como um todo. Não concorda, Pennyman?

A pergunta foi dirigida a um senhor de idade sentado ali perto, que girava absorto o pincenê.

O velho sobressaltou-se e ergueu o olhar.

– Sim... sim... gente boa mesmo. Analisando individualmente, quero dizer. Claro, Mercado é um cara meio excêntrico...

– Ele tem uma barba para lá de *exótica* – acrescentou a sra. Kelsey. – Tipo esquisito e vacilante.

O major Pennyman prosseguiu sem tomar conhecimento da interrupção.

– Os dois rapazes são boa gente. O americano é meio quieto, e o inglesinho fala pelos cotovelos. Engraçado, em geral acontece o inverso. O próprio Leidner é um sujeito agradabilíssimo... Modesto e despretensioso. Sim, individualmente, todos são simpáticos. Seja como for, posso estar imaginando coisas, mas na última vez que os visitei tive a estranha sensação de que havia algo errado no ar. Não sei bem o que era... Ninguém parecia agir com naturalidade. Todos pareciam dominados por uma estranha atmosfera de tensão mental. Posso explicar melhor o que eu quero dizer contando que todos passavam a manteiga adiante com uma polidez meio exagerada.

Um pouco encabulada, pois não gosto muito de expressar a minha opinião, comentei:

– Ficar muito tempo confinado mexe com os nervos da gente. Senti isso na pele em meu trabalho no hospital.

– Isso é verdade – concordou o major Kelsey –, mas a temporada recém começou. Não houve tempo ainda para esse tipo de irritação aparecer.

– Uma expedição é meio que uma miniatura de nossa vida aqui – ponderou o major Pennyman. – Não faltam panelinhas, rivalidades e ciúmes.

– Ouvi falar que neste ano a expedição trouxe vários novatos – comentou o major Kelsey.

– Deixe-me ver. – O aviador enumerou-os nos dedos. – O jovem Coleman é novato, e Reiter também. Emmott já tinha participado da expedição ano passado, assim como o casal Mercado. O padre Lavigny é recém-chegado. Veio substituir o dr. Byrd, que adoeceu este ano e não pôde vir. Carey, claro, é um colaborador de longa data. Participa desde o começo das escavações, há uns cinco anos. A srta. Johnson está na equipe há quase tanto tempo quanto Carey.

– Sempre achei que eles se davam tão bem lá em Tell Yarimjah – observou o major Kelsey. – Pareciam uma família feliz... o que é mesmo surpreendente quando se leva em conta a natureza humana! Tenho certeza de que a enfermeira Leatheran concorda comigo.

– Bem – respondi –, sou obrigada a concordar! Cada briga que presenciei no hospital... Quase sempre, tudo começava por coisinhas insignificantes, como a disputa por um bule de chá.

– Sim, em círculos fechados, temos a tendência de nos tornarmos mesquinhos – ponderou o major Pennyman. – De qualquer modo, tenho a impressão de que tem algo mais neste caso. Leidner é um sujeito tão amigável e simples. Sabe como tratar as pessoas. Sempre mantém a alegria no ambiente de trabalho e estimula o bom relacionamento entre todos da expedição. Mas percebi *mesmo* essa tensão no ar naquele dia.

A sra. Kelsey caiu na risada.

– E não vê a explicação? Nossa, salta aos olhos!

– Como assim?

– A *sra.* Leidner, é claro.

– Ah, deixe disso, Mary – pediu o marido. – Ela é cativante, não faz o tipo brigona.

– Não disse que ela era brigona. As pessoas *brigam* por causa dela!

– Em que sentido? E por que ela faria isso?

– Por quê? Digo por quê: tédio. Ela não é arqueóloga, é apenas a mulher de um. Longe da agitação, entedia-se e cria o próprio drama. Diverte-se tumultuando o ambiente.

– Mary, você não sabe de nada. Só está imaginando coisas.

– Claro que estou! Mas vai descobrir que tenho razão. Não é à toa que Linda Louise se parece com a Mona Lisa! Talvez ela não faça por mal, mas gosta de colocar lenha na fogueira.

– Ela é dedicada a Leidner.

– Ah! Não estou sugerindo intrigas amorosas vulgares. Mas aquela mulher é uma *allumeuse*.

– Como as mulheres são amáveis umas com as outras – constatou o major Kelsey.

– Sei. Língua viperina. É isso que vocês, homens, dizem que temos. Mas em geral acertamos em cheio ao avaliar outras mulheres.

– Em todo caso – ponderou o major Pennyman, pensativo –, mesmo julgando verdadeiras as severas análises da sra. Kelsey, não creio que elas explicariam aquela curiosa atmosfera de tensão... algo como a sensação que temos antes de uma tempestade. Tive a forte impressão de que uma tempestade pode irromper a qualquer minuto.

– Ora, não vá assustar a enfermeira – disse a sra. Kelsey. – Ela vai para a escavação daqui a três dias. Assim ela pode desistir.

– Ah, não é assim tão fácil me assustar – respondi com uma risada.

No entanto, as coisas que ouvi me fizeram pensar um bocado. O modo inusitado com que o dr. Leidner utilizou a expressão "mais segura" me veio à mente. Seria o medo secreto de sua mulher, inconfesso ou talvez revelado, que provocava reações nos outros do grupo? Ou seria a tensão real (ou, quem sabe, a causa desconhecida dessa tensão) que provocava reações nos nervos *dela*?

Procurei no dicionário a palavra que a sra. Kelsey tinha usado. *Allumeuse*: provocante. Mas ainda assim não fazia sentido.

"Bem", pensei comigo, "vamos esperar para ver."

CAPÍTULO 4

Eu chego a Hassanieh

Parti de Bagdá três dias depois.

Fiquei com pena de abandonar a sra. Kelsey e o bebê, uma gracinha que crescia a olhos vistos, ganhando o peso apropriado a cada semana. O major Kelsey me levou até a estação e esperou o trem partir. Eu chegaria a Kirkuk na manhã seguinte, e lá haveria alguém à minha espera.

Dormi mal; nunca durmo bem num trem e tive uma noite agitada com pesadelos. Pela manhã, entretanto, vislumbrei pelo vidro um dia maravilhoso e me senti interessada e curiosa pelas pessoas que eu estava prestes a conhecer.

Desci à plataforma e mirei ao redor, hesitante. Um jovem se aproximou. Cara redonda, bochechas cor-de-rosa. Para falar a verdade, nunca antes em minha vida eu vira alguém tão parecido com um personagem dos livros de P. G. Wodehouse.

– Epa, opa, opa – saudou. – Enfermeira Leatheran? Digo, deve ser ela... dá pra notar. Eh, eh! Meu nome é Coleman. O dr. Leidner me mandou. Está se sentindo bem? Viagem terrível e tudo o mais? Como se eu não conhecesse estes trens! Bem, aqui estamos... Já tomou café da manhã? Esta é toda a sua bagagem? Puxa! É tremendamente modesta, não é mesmo? A sra. Leidner tem quatro malas e um baú... Sem falar na caixa dos chapéus, no travesseiro e nisso ou aquilo... Estou falando demais? Vamos até o velho furgão.

Acompanhou-me até um veículo que mais tarde ouvi chamarem de perua. Um pouquinho caminhoneta, um pouquinho caminhão e um pouquinho carro. O sr. Coleman me ajudou a subir, explicando que seria melhor eu me sentar perto do motorista para sentir menos os solavancos.

Solavancos! É de se admirar que a geringonça não tenha se desmantelado todinha! E nada de estrada: só uma espécie de trilha cheia de sulcos e buracos. Oriente glorioso, pois sim! Só de pensar em nossas magníficas rodovias da Inglaterra me deu uma saudade louca de casa.

O sr. Coleman, sentado atrás de mim, a toda hora inclinava-se à frente e gritava no meu ouvido.

– A estrada está em ótimas condições – bradou ele, logo depois de eu ser arremessada do assento e quase bater com a cabeça no teto.

E ao que parece ele falava sério.

– É esplêndido para a saúde... exercita o fígado – informou. – Devia saber disso, enfermeira.

– Um fígado estimulado não me será de muita serventia se meu crânio rachar ao meio – observei com acidez.

– Tem que passar aqui logo depois de uma chuva! Cada derrapagem gloriosa! A maior parte do tempo o carro vai de lado.

A esse comentário não ofereci resposta.

Pouco depois, tivemos que atravessar o rio, o que fizemos na balsa mais maluca que você pode imaginar. Foi um milagre completarmos a travessia, mas para os demais a bordo pareceu uma coisa corriqueira.

Levamos quatro horas até Hassanieh – para minha surpresa, uma cidade até bem grandinha. E bem bonita, aliás, para quem a enxergava do outro lado do rio – erguendo-se muito alva com seus minaretes de contos de fada. Um pouquinho diferente, porém, quando a gente cruzava a ponte e entrava nela: um fedor só, toda dilapidada e periclitante, com lama e bagunça por todos os lados.

O sr. Coleman me levou até a casa do dr. Reilly, onde, ele informou, o doutor me esperava para almoçar.

O dr. Reilly recebeu-me com a simpatia de sempre. A casa também era simpática, com banheiro e tudo novo em folha. Tomei um banho revigorante, vesti outra vez o uniforme e desci, agora com novo ânimo.

Passamos à sala de jantar, e o almoço foi servido. O doutor desculpou-se por sua filha, que, segundo ele, sempre se atrasava. Já havíamos saboreado um bom prato de omelete quando ela apareceu. O dr. Reilly apresentou:

– Enfermeira, esta é minha filha Sheila.

Ela apertou a minha mão, desejou que eu tivesse feito boa viagem, livrou-se do chapéu, cumprimentou friamente o sr. Coleman com um aceno de cabeça e sentou-se.

– E aí, Bill – disse ela. – Como vão as coisas?

Os dois começaram a falar sobre uma festa prestes a acontecer no clube, e eu pus-me a avaliá-la.

Não posso dizer que fui com a cara dela. Meio fria demais para o meu gosto. Tipo da moça sem papas na língua, mas bonita. Cabelo preto e olhos azuis – tipo do rosto pálido com a boca lambuzada de batom. Seu jeito seco e irônico de falar me incomodava. Tive uma estagiária parecida sob minha orientação – a garota até que trabalhava direitinho, admito, mas sua conduta sempre me irritava.

Tive a nítida impressão de que o sr. Coleman estava caído por ela. Começou a gaguejar um pouco, e sua conversa tornou-se levemente mais idiota do que antes, se é que isso é possível! Ele me lembrava um canzarrão parvo abanando o rabo e tentando agradar.

Depois do almoço, o dr. Reilly rumou ao hospital, e o sr. Coleman tinha que pegar encomendas na cidade. A srta. Reilly perguntou se eu queria dar uma volta para conhecer um pouco a cidade ou se preferiria ficar em casa. O sr. Coleman, avisou ela, voltaria para me apanhar uma hora depois.

– Tem algo para conhecer? – indaguei.

– Tem uns lugares pitorescos – respondeu a srta. Reilly. – Mas não sei se você ia gostar deles. Sujos demais.

Ela disse aquilo de um jeito que me deixou exasperada. Nunca ouvi falar que o caráter pitoresco justificasse a sujeira.

No fim, ela acabou me levando ao clube; local aprazível, com vista para o rio e revistas e jornais britânicos à disposição.

Na volta, como o sr. Coleman ainda não chegara, sentamos e conversamos um pouco. Não sei explicar direito, mas não foi uma situação fácil.

Ela me perguntou se eu já conhecia a sra. Leidner.

– Não – respondi. – Só o marido dela.

– Ah – murmurou. – Fico imaginando... o que será que você acha dela?

Não emiti resposta alguma. Ela continuou:

– Gosto muito do dr. Leidner. Todo mundo gosta.

"É o mesmo que dizer", pensei com meus botões, "que não gosta da mulher dele."

Permaneci calada; em seguida, ela perguntou de supetão:

– Qual é o problema dela? O dr. Leidner lhe contou?

Não ia começar a fofocar sobre uma paciente antes mesmo de conhecê-la. Limitei-me a dizer de modo evasivo:

– Pelo que sei, anda meio fatigada e quer alguém para cuidar dela.

Ela deu uma risada – um tipo asqueroso de risada – áspera e abrupta.

– Minha nossa! – exclamou. – Nove pessoas já não são suficientes?

– Imagino que todos tenham trabalho a fazer.

– Trabalho a fazer? Claro que há trabalho a fazer. Mas Louise vem em primeiro lugar... ela se esforça para isso.

"Não", pensei comigo. "Você *não* gosta dela."

— Em todo o caso — emendou a srta. Reilly —, não sei por que ela quer uma enfermeira profissional. Eu diria que uma ajudante amadora seria mais o estilo dela; não alguém para lhe empurrar o termômetro na boca, contar os batimentos cardíacos e reduzir tudo à verdade nua e crua.

Bem, devo admitir, aquilo me deixou curiosa.

— Acha que não há nada de errado com ela?

— Claro que não há! A mulher é forte como um touro. "A querida Louise não dormiu." "Está com olheiras." Sim, pintadas com lápis azul! Vale tudo para chamar atenção, para ter alguém ao redor dela a paparicando!

Nisso havia um fundo de verdade, é claro. Eu já havia topado (que enfermeira não topou?) com muitos pacientes hipocondríacos cujo prazer era chamar a atenção de uma equipe completa de atendentes. E ai do doutor ou da enfermeira que tivesse a audácia de dizer: "Não há nada de errado com você!". Para início de conversa, não iam acreditar. E ainda por cima ficariam indignados!

Claro, era bem possível que a sra. Leidner fosse um caso desse tipo. O marido seria, naturalmente, o primeiro a ser enganado. Maridos, eu já tive a oportunidade de constatar, são crédulos quando o assunto é doença. Mas, apesar de tudo, isso não se enquadrava bem com o que eu ouvira. Por exemplo, não combinava com aquela expressão: "mais segura".

Engraçado, aquelas duas palavrinhas tinham ficado meio que impressas em meu cérebro.

Refleti um pouco e indaguei:

— A sra. Leidner é nervosa? Digo, inquieta-se por morar longe de tudo?

— Por que motivo ficaria nervosa? Minha nossa, são dez pessoas na expedição! E eles também têm guardas... por causa das antiguidades. Ah, não, ela não é nervosa... pelo menos...

De repente cortou a fala, como se tivesse lembrado de algo. Pouco depois, continuou devagar.

— É estranho você falar nisso.

— Por quê?

— O tenente Jervis, da Força Aérea, me convidou para fazer um passeio a cavalo até o local. Foi pela manhã. A maioria do pessoal estava na escavação. Ela escrevia uma carta sentada na varanda e imagino que não tenha escutado a nossa aproximação. Não havia nem sinal do menino que costumava nos anunciar, então fomos direto à varanda. Ao que parece, ela viu a sombra do tenente projetada na parede... e soltou um grito! Desculpou-se, é claro. Alegou ter pensado que era um estranho. Meio curioso, aquilo. Quero dizer, mesmo se fosse um estranho, por que se assustar daquele jeito?

Assenti com a cabeça, pensativa.

A srta. Reilly calou-se, até que explodiu de súbito:

– Não sei o que há de errado com eles este ano. Todos andam meio sobressaltados. Johnson anda tão carrancuda que mal abre a boca. David só fala o estritamente necessário. Bill, é claro, não fecha a matraca, e de alguma forma a sua conversa parece piorar o humor dos outros. Carey vagueia como se o céu estivesse prestes a desabar. E todos se vigiam como se... como se... ah, não sei explicar, mas é *esquisito*.

Curioso, pensei comigo, que duas pessoas tão diferentes quanto a srta. Reilly e o major Pennyman tivessem a mesma sensação.

Naquele exato instante, o sr. Coleman entrou alvoroçado. Alvoroço é a palavra perfeita. Não seria surpresa nenhuma se a língua dele saltasse para fora e se de repente ele exibisse um rabo e começasse a abaná-lo.

– Opa, opa – saudou ele. – Sem dúvida o melhor comprador do mundo... Eu em pessoa. Mostrou à enfermeira todas as belezas da cidade?

– Ela não se impressionou muito – respondeu friamente a srta. Reilly.

– Não a culpo – foi a réplica cordial do sr. Coleman. – Não há lugar mais monótono e acabado!

– Não ama o pitoresco e o antigo, Bill? Não entendo por que é arqueólogo.

– Não me culpe por isso. Culpe meu protetor. É um corujão erudito... conselheiro emérito da universidade... folheia livros até de pantufas... esse tipo de gente. Meio escandaloso ele ter um protegido como eu.

– Acho incrivelmente tolo ser forçado a uma profissão que não lhe interessa – comentou a moça, cáustica.

– Forçado não, meu bem, forçado não. O velho me perguntou se eu tinha alguma profissão particular em vista, e respondi que não, daí ele deu um jeito de arranjar uma temporada de escavação para mim.

– Mas não tem ideia alguma do que *gostaria* de fazer? *Tem que* ter!

– Claro que tenho. Se dependesse de mim, eu fazia é nada. Gostaria mesmo é de ter dinheiro suficiente para virar piloto de corrida.

– Você é patético! – exclamou a srta. Reilly.

Ela não escondia a irritação.

– Ah, sei que isso está fora de propósito – retorquiu o sr. Coleman animado. – Então, se tenho que fazer algo, não importa o que, desde que eu não fique enfurnado num escritório o dia todo. A ideia de conhecer um pouco do mundo me agradava bastante. Lá vamos nós, disse eu, e aqui estou.

– E só imagino o quanto deve ser útil!

– Aí que você se engana. Posso ficar em pé na escavação gritando "*Y'Allah*" com extrema competência! E também não sou de se jogar fora como desenhista. No colégio, era especialista em imitar a caligrafia alheia. Eu poderia ter me tornado um falsário de primeira categoria. Se bem que ainda há tempo para isso. O dia que você estiver na parada de ônibus e eu passar jogando lama com meu Rolls-Royce, vai saber que segui a senda do crime.

A srta. Reilly comentou com frieza:

– Não acha que já devia ter começado em vez de ficar só falando?

– Que tal nossa hospitalidade, enfermeira?

– Estou certa de que a enfermeira Leatheran não vê a hora de se instalar.

– Sempre tem certeza de tudo – retrucou o sr. Coleman com um sorrisinho irônico nos lábios.

Aquilo era bem verdade, pensei. Que mocinha arrogante e convencida. Murmurei lacônica:

– Talvez fosse melhor irmos andando, sr. Coleman.

– Tem razão, enfermeira.

Apertei a mão da srta. Reilly e agradeci a ela. Então, partimos.

– Que moça atraente, a Sheila – comentou o sr. Coleman. – Mas não perde uma chance de alfinetar a gente.

O veículo saiu da cidade. Logo enveredamos numa espécie de estradinha cheia de buracos e sulcos que serpenteava entre lavouras verdes.

Meia hora depois, o sr. Coleman apontou uma grande colina perto da margem do rio à nossa frente e comunicou:

– Tell Yarimjah.

Pude ver pequeninas silhuetas escuras se movimentando para lá e para cá como formigas em frenética atividade.

De repente, todos começaram a correr para um dos lados da colina.

– Turma da escavação – explicou o sr. Coleman. – Fim do expediente. Paramos uma hora antes do pôr do sol.

A sede da expedição situava-se um pouco mais afastada do rio.

Aos trancos e barrancos, o motorista contornou a curva e passou raspando por um estreito arco. Lá estávamos nós.

A sede erguia-se ao redor de um pátio. Originalmente, ocupara apenas o lado sul do pátio, com poucos e insignificantes quartos a leste. A expedição prolongara a construção nos outros dois lados. Como será de especial interesse adiante, anexo aqui um esboço da planta da sede.

Todos os cômodos davam para o pátio, assim como a maioria das janelas – à exceção da ala sul original, onde também havia janelas para o lado externo. Nessas janelas, porém, havia grades por fora. No canto sudoeste, uma escada conduzia a um terraço plano e comprido, com parapeito, que corria por toda a extensão da ala sul, a qual era mais alta do que os outros três lados.

Planta da sede da expedição de Tell Yarimjah

Segui o sr. Coleman. Contornamos a ala leste do pátio em direção à grande varanda que ocupava o miolo da ala sul. Ele abriu uma porta na extremidade da varanda, e entramos numa sala com várias pessoas sentadas em volta de uma mesa de chá.

– Tcharam! – anunciou o sr. Coleman. – Chegou a Sairey Gamp.*

A dama que se sentava na cabeceira da mesa ergueu-se e veio me receber. Foi meu primeiro vislumbre de Louise Leidner.

CAPÍTULO 5

Tell Yarimjah

Tenho que admitir: a primeira impressão que tive ao ver a sra. Leidner foi de surpresa completa. A gente sempre fica imaginando como é uma pessoa quando escuta falar dela. Eu criara a imagem convicta de uma sra. Leidner morena e insatisfeita. Do tipo inquieto, com nervos à flor da pele. E também esperava que ela fosse – para ser sincera – meio vulgar.

---

* Enfermeira personagem do romance *Martin Chuzzlewit* (1844), de Dickens. (N.T.)

Ela não era nada parecida com o que eu havia imaginado! Para começar, loiríssima. Não de origem sueca como o marido, mas poderia ser, levando em conta a aparência. Dona daquela beleza loira de cútis escandinava que raramente se vê. Não assim tão jovem. Entre os trinta e os quarenta, eu diria. Rosto meio encovado, cabelos loiros já salpicados de fios grisalhos. Mas que olhos fascinantes! Os únicos que vi em toda a minha vida que podem ser descritos como de cor realmente violeta. Imensos com tênues sombras embaixo. De silhueta esguia e frágil, passava a impressão de intenso cansaço e, ao mesmo tempo, vivacidade. Sei que parece tolice dizer isso – mas foi essa a sensação que eu tive. Percebi, também, que se tratava de uma perfeita dama. E isso tem lá sua importância – mesmo nos dias de hoje.

Ela estendeu a mão e sorriu. Falou em tom baixo e macio, com o jeito meio arrastado típico dos americanos:

– Estou tão contente com a sua vinda, enfermeira. Aceita um chá? Ou prefere primeiro ir até o seu quarto?

Aceitei o chá, e ela me apresentou aos demais à mesa.

– Esta é a srta. Johnson, e o sr. Reiter. Sra. Mercado. Sr. Emmott. Padre Lavigny. Meu marido deve estar chegando. Sente-se aqui entre o padre Lavigny e a srta. Johnson.

Obedeci, e a srta. Johnson começou a falar comigo, perguntando sobre minha viagem e assim por diante.

Simpatizei com ela. Ela me lembrava a enfermeira-chefe nos meus tempos de estagiária. Todas as enfermeiras a admiravam e trabalhavam por ela com afinco.

Ela beirava os cinquenta anos, calculei, e tinha aparência masculina, com o cabelo cinza-escuro aparado bem curto. Voz espontânea, agradável, de timbre grave. No meio da cara feia e enrugada, havia um quase risível narizinho arrebitado, que ela costumava coçar de modo irritante quando algo a incomodava ou a deixava confusa. Vestia um conjunto de tweed assaz viril. Ela me informou que era natural de Yorkshire.

Achei o padre Lavigny meio assustador. Alto, barba negra comprida e pincenê. Bem que eu tinha escutado a sra. Kelsey falando que havia um monge francês na expedição; agora eu percebia que o padre Lavigny trajava uma vestimenta de monge de um tecido branco de lã. Fiquei espantada; sempre pensei que os monges entravam nos mosteiros e não saíam mais de lá.

A sra. Leidner falava com ele a maior parte do tempo em francês, mas ele falou comigo num inglês proficiente. Notei que tinha olhos astutos e observadores que dardejavam de rosto em rosto.

Do outro lado da mesa, estavam os outros três. O sr. Reiter, jovem loiro e robusto, usava óculos. Tinha cabelo comprido e encaracolado e olhos azuis bem redondos. Imagino que deva ter sido um bebê lindo, mas agora não era grande coisa! Para ser sincera, me lembrava um porco. O outro moço tinha o cabelo cortado rente ao crânio. Rosto afilado, um tanto cômico, com dentes perfeitos que o deixavam atraente quando sorria. Mas lacônico: quando lhe dirigiam a palavra só assentia com a cabeça ou respondia com monossílabos. Norte-americano, a exemplo do sr. Reiter. Na última pessoa, a sra. Mercado, não pude dar uma boa olhada, pois sempre que relanceava o olhar na direção dela a flagrava me encarando com uma espécie de olhar fixo e ávido, no mínimo desconcertante. Alguém poderia pensar que enfermeiras são animais exóticos pelo jeito que ela me fitava. Que falta de educação!

Bem novinha, ela – não mais do que 25 anos –, e de aparência trigueira e sensual, se é que você me entende. Bonita sob certo prisma; aparentava ter o que minha mãe chama de "um pé na África". O pulôver de cores vivas combinava com o colorido das unhas. No rosto delgado de passarinha inquieta, destacavam-se os olhos grandes e a boquinha justa, meio desconfiada.

O chá estava esplêndido – mistura forte e saborosa –, bem diferente das insossas infusões chinesas que a sra. Kelsey sempre me oferecia e que tinham sido um suplício para mim.

Havia torradas, geleia, um prato de biscoitos de passas e um bolo. O sr. Emmott me passava as coisas com extrema polidez. Por mais calado que fosse, sempre notava quando meu prato estava vazio.

Pouco depois, o sr. Coleman entrou alvoroçado e sentou-se do outro lado da srta. Johnson. Não parecia haver nada de errado com os nervos *dele*. Falava pelos cotovelos.

A sra. Leidner suspirou uma vez e lançou um olhar fatigado na direção dele, mas aquilo não surtiu efeito. Nem tampouco o fato de que a sra. Mercado, a quem ele dirigia a maior parte de sua conversação, já estava bem ocupada me observando e não fazia nada além de dar respostas mecânicas.

Quando o chá se aproximava do fim, o dr. Leidner e o sr. Mercado chegaram da escavação.

O dr. Leidner me cumprimentou à sua maneira gentil e amável. Acompanhei o seu olhar rápido e ansioso ao rosto da esposa, e ele pareceu aliviado com o que viu. Em seguida, sentou-se na outra cabeceira da mesa, e o sr. Mercado, no lugar vago perto da sra. Leidner. Ele era alto, magro, melancólico, bem mais velho do que a esposa, de tez amarelada e barba exótica, macia e amorfa. Fiquei contente com a sua chegada, pois a mulher dele parou de me encarar e transferiu a atenção a ele, observando-o com uma espécie de impaciência que achei bastante estranha. Ele mexeu o chá de modo sonhador e não disse uma só palavra. Um pedaço de bolo permaneceu intocado em seu prato.

Restava um lugar à mesa, e naquele exato instante a porta se abriu e um homem entrou.

Quando cravei os olhos em Richard Carey, tive a sensação de que há muito tempo não via homem tão bonito – e, no entanto, tenho lá minhas dúvidas quanto a isso. Dizer que um homem é bonito e ao mesmo tempo dizer que se parece com uma caveira soa uma contradição de mau gosto, mas era a pura verdade. Parecia que a pele de sua cabeça se esticava de modo incomum sobre os ossos – belos ossos, por sinal. Um atraente contorno unia a mandíbula, as têmporas e a fronte, delineadas com tal nitidez que me fazia lembrar uma estátua de bronze. No rosto magro e moreno sobressaíam-se dois olhos azuis dos mais brilhantes e intensos que já vi. Calculei que tinha 1 metro e 85 e pouco menos de quarenta anos.

O dr. Leidner me apresentou a ele:

– Enfermeira, este é o sr. Carey, nosso arquiteto.

Ele murmurou algo num inglês agradável e inaudível e sentou-se perto da sra. Mercado.

A sra. Leidner alertou:

– Receio que o chá esteja um pouco frio, sr. Carey.

Ele respondeu:

– Ah, não tem importância, sra. Leidner. Culpa minha ter chegado tarde. Eu queria terminar de fazer a plotagem daqueles muros.

A sra. Mercado ofereceu:

– Geleia, sr. Carey?

O sr. Reiter empurrou à frente o prato das torradas.

E recordei do major Pennyman comentando: "*Posso explicar melhor o que eu quero dizer contando que todos passavam a manteiga adiante com uma polidez meio exagerada*".

Sim, havia algo curioso naquilo...

Uma tênue formalidade...

Alguém poderia dizer que se tratava de um grupo de estranhos – não pessoas que se conheciam (algumas delas) há vários anos.

CAPÍTULO 6

Primeiro anoitecer

Depois do chá, a sra. Leidner me levou para mostrar o meu quarto.

Talvez aqui seja melhor dar uma breve descrição dos quartos. A simples distribuição dos cômodos pode ser facilmente entendida acompanhando a planta.

Em cada lado da grande varanda havia uma porta, e cada porta dava para uma das salas principais. A porta à direita de quem entrava na varanda abria-se no refeitório, onde tomamos o chá. A outra dava para uma sala exatamente igual (chamei-a de sala de estar), utilizada como living e como uma espécie de escritório informal – ou seja, ali se realizava algum desenho (outro, além do estritamente arquitetônico), e as peças mais delicadas de cerâmica eram trazidas ali para serem reconstituídas. Da sala de estar, acessava-se o depósito de antiguidades, onde todas as descobertas da escavação eram levadas, guardadas em prateleiras e escaninhos ou dispostas em grandes bancadas e mesas. A única saída desse depósito era pela sala de estar.

Contíguo ao depósito de antiguidades, mas com acesso por uma porta que dava para o pátio, ficava o quarto da sra. Leidner. Esse cômodo, como os demais da ala sul, tinha duas janelas de frente para as lavouras, mas com grades por fora. Dando a volta, junto ao quarto da sra. Leidner, mas sem porta entre os dois, ficava o do dr. Leidner, o primeiro quarto da ala leste do prédio. Logo depois, ficava o meu. Em seguida, vinha o da srta. Johnson, com o do sr. Mercado e o da sra. Mercado na sequência. Depois, localizavam-se os supostos banheiros.

(Quando uma vez o dr. Reilly me escutou falando essa expressão, ele riu na minha cara e disse que banheiro ou é banheiro ou não é! Em todo o caso, quando a gente se acostuma com torneiras e encanamento adequados, parece estranho chamar aquelas salinhas escuras em que se podia entrar com os sapatos sujos – cada qual com sua minúscula banheira de estanho abastecida de água enlameada em latões de querosene – de *banheiros*!)

Toda essa ala fora acrescentada pelo dr. Leidner à casa árabe original. Os quartos, todos iguais, tinham porta e janela que davam para o pátio. Na ala norte ficavam a sala de desenho, o laboratório e o setor de fotografia.

Partindo da varanda em direção ao outro lado, os cômodos se distribuíam praticamente da mesma forma. O refeitório conduzia ao gabinete onde se guardavam os arquivos e se realizavam os serviços de catalogação e datilografia. O quarto maior, equivalente ao da sra. Leidner na outra extremidade, pertencia ao padre Lavigny; ali ele decodificava – ou seja lá como você queira chamar – as tábuas de argila.

No canto sudoeste, uma escada levava ao terraço. Na ala oeste, ficavam primeiro a cozinha e, em seguida, quatro pequenos cômodos usados pelos moços – Carey, Emmott, Reiter e Coleman.

No canto noroeste, situava-se o ateliê fotográfico com o quarto escuro contíguo. A seguir ficava o laboratório. Então vinha a única entrada – o imponente arco que havíamos atravessado. Na parte externa da construção principal, encontravam-se as outras benfeitorias, como alojamentos para os criados nativos, a casa da guarda, além de estábulos e tudo o mais para os cavalos que transportavam a água. A sala de desenho, para quem olhava do pátio, ficava à direita do arco e ocupava o restante da ala norte.

Detalhei aqui a conformação da sede, pois não quero voltar ao assunto mais tarde.

Como mencionei, a sra. Leidner em pessoa me mostrou a sede e enfim me instalou no quarto, fazendo votos de que eu me sentisse em casa e pedisse tudo o que precisasse.

Mobília agradável, embora modesta: cama, cômoda com gavetas, cadeira e lavatório (que consistia em mesa com jarro e bacia para lavar o rosto).

– Os meninos vão lhe trazer água quente antes do almoço e da janta... e pela manhã, é claro. Se quiser em outra hora, é só sair e bater palmas; quando os meninos vierem, diga: "*Jib mai' har*". Acha que pode lembrar disso?

Disse que achava que sim e repeti um tanto vacilante.

– Está bem. E fale em alto e bom som. Árabes não entendem nada falado na coloquial voz "britânica".

– Línguas são coisas engraçadas – comentei. – Parece estranho que existam tantas línguas diferentes.

A sra. Leidner sorriu.

– Há uma igreja na Palestina em que a "Oração ao Senhor" está escrita em... se não me engano, noventa línguas diferentes.

– Puxa! – exclamei. – Vou escrever contando isso a minha tia. Ela *vai* se interessar.

Distraída, a sra. Leidner manuseou o jarro e a bacia e mudou a posição da saboneteira alguns centímetros.

– Espero que tenha uma estadia feliz por aqui – desejou ela – e que não se sinta entediada.

– É raro eu me entediar – garanti-lhe. – A vida não é longa o suficiente para isso.

Ela não respondeu. Continuou a brincar desligada com os utensílios em cima da mesa.

De repente, ela espetou em mim os olhos cor de violeta.

– O que afinal meu marido lhe contou, enfermeira?

Ora, em geral existe uma resposta de praxe para esse tipo de pergunta.

– Pelo que entendi, a senhora anda um pouco estafada e tudo o mais, sra. Leidner – respondi de modo loquaz. – E só queria alguém para cuidar da senhora e aliviar as preocupações.

Ela curvou a cabeça devagar e pensativa.

– Sim – concordou. – Assim está bem.

Aquilo foi um pouquinho enigmático, mas eu é que não ia fazer perguntas. Em vez disso, comentei:

– Espero que a senhora me deixe ajudá-la com todos os afazeres da casa. Não me deixe ociosa.

Ela abriu um sorriso ameno.

– Obrigada, enfermeira.

Em seguida, sentou-se na cama e, para a minha absoluta surpresa, começou a me fazer um interrogatório minucioso. Digo para a minha absoluta surpresa porque, desde o instante em que a vi, tive a certeza de que ela era uma dama. E uma dama, pelo que sei, muito raramente demonstra curiosidade sobre assuntos privados alheios.

Mas a sra. Leidner parecia desejosa de conhecer tudo o que havia para saber sobre mim. Onde fizera o meu treinamento e há quanto tempo. O que me trouxera ao Oriente. Em que circunstâncias o dr. Reilly havia me recomendado. Chegou até a perguntar se algum dia eu visitara os Estados Unidos ou se tinha parentes por lá. Fez outras perguntas que me pareceram despropositadas na época, porém mais tarde passaram a fazer sentido.

Então, de repente, a atitude dela mudou. Ela sorriu – um sorriso terno e luminoso – e falou, com doçura, que estava feliz com a minha vinda e que tinha certeza de que eu traria conforto a ela.

Levantou-se da cama e disse:

– Quer subir ao terraço para admirar o pôr do sol? A esta hora costuma ser linda a paisagem.

Concordei de bom grado.

Quando saíamos do quarto, ela indagou:

– Tinha muita gente no trem que veio de Bagdá? Algum homem?

Respondi que não havia notado ninguém em particular. Havia dois franceses no vagão-restaurante na noite anterior. E um grupo de três homens cujo trabalho, a julgar pela conversa, tinha algo a ver com o oleoduto.

Ela assentiu com a cabeça e deixou escapar um som tênue. Pareceu um pequeno suspiro de alívio.

Subimos juntas ao terraço.

A sra. Mercado estava lá, sentada no parapeito, e o dr. Leidner inclinava-se sobre um monte de pedras e cerâmicas quebradas dispostas em fileiras. Havia objetos que ele chamou de moinhos de mão, além de pilões, machados, martelos e outros artefatos líticos, tudo mesclado a inúmeros pedaços de cerâmica com os desenhos mais estranhos que já vi.

– Venham cá – chamou a sra. Mercado. – Não é maravilhoso?

Sem dúvida, o pôr do sol era maravilhoso. À distância, com o sol se pondo ao fundo, Hassanieh erguia-se meio feérica, e o Tigre, rumorejando entre as duas amplas ribanceiras, parecia um rio mais onírico do que verdadeiro.

— Não é lindo, Eric? — indagou a sra. Leidner.
O doutor ergueu o olhar distraído e disse de modo mecânico:
— Lindo, lindo.
E continuou a selecionar fragmentos de louças de barro.
A sra. Leidner comentou com um sorriso:
— Arqueólogos só prestam atenção no que fica abaixo de seus pés. O céu e o firmamento não existem para eles.
A sra. Mercado deu uma risadinha.
— Ah, é um pessoal muito esquisito... em breve vai descobrir *isso*, enfermeira — disse ela.
Fez uma pausa e acrescentou:
— Todo mundo ficou *tão* contente com a sua vinda. Andávamos muito preocupados com a nossa querida sra. Leidner, não é mesmo, Louise?
— É mesmo?
Não havia animação na voz dela.
— Ah, sim. Ela andou *bem* ruinzinha, enfermeira. Toda espécie de sobressaltos e digressões. Sabe, às vezes o pessoal vem e me fala: "É só um problema nervoso". E eu sempre respondo: o que poderia ser *pior*? O sistema nervoso é o cerne, o centro do ser humano, não é?
"Tsc, tsc", pensei comigo.
A sra. Leidner disse com frieza:
— Bem, agora não precisa mais se preocupar comigo, Marie. A enfermeira vai cuidar de mim.
— Com certeza eu vou — confirmei alegre.
— Estou certa de que isso fará toda a diferença — ponderou a sra. Mercado. — Todos nós sentíamos que ela precisava consultar um médico ou fazer *alguma coisa*. Os nervos dela estão em frangalhos, não é, Louise querida?
— Isso é tão verdadeiro que parece que o meu jeito também afetou os *seus* nervos — disse a sra. Leidner. — Não temos um assunto melhor para falar além de meus deploráveis achaques?
Percebi que a sra. Leidner era o tipo de mulher que cria inimigos com facilidade. A aspereza fria em sua entonação (não que eu a culpe por isso) pintou de rosa as pálidas bochechas da sra. Mercado. Ela balbuciou algo, mas a sra. Leidner havia levantado e se aproximado do marido na outra ponta do terraço. Tenho minhas dúvidas se ele a escutou chegando; quando ela repousou a mão em seu ombro, ele ergueu o olhar com rapidez. No rosto dele havia ternura e uma espécie de ávida interrogação.
A sra. Leidner assentiu com a cabeça suavemente. Em seguida, de braços dados, os dois atravessaram o terraço e enfim desceram os degraus.
— Ele é dedicado a ela, não é? — comentou a sra. Mercado.

– Sim – respondi. – É bonito de ver.

Ela me observava com um olhar de esguelha estranho e inquieto.

– O que há mesmo de errado com ela, enfermeira? – perguntou, baixando um pouco a voz.

– Ah, nada grave, creio eu – respondi alegre. – Ela só está um pouco exausta, imagino.

Continuava a me fitar com insistência, como fizera durante o chá. Perguntou à queima-roupa:

– É uma enfermeira especializada em problemas mentais?

– Minha nossa, não! – exclamei. – O que a fez pensar nisso?

Permaneceu calada por um instante, até dizer:

– Sabe o quanto ela tem se comportado de modo esquisito? O dr. Leidner lhe contou?

Não compactuo com fofocas sobre meus pacientes. Por outro lado, por experiência própria, constatei que em geral é muito difícil chegar à verdade por meio dos parentes e, até saber a verdade, costumamos tatear no escuro e perder tempo. Claro, quando há um médico responsável, é diferente. Ele nos informa o que é preciso saber. Mas, neste caso, não havia médico responsável. O dr. Reilly nunca havia sido consultado profissionalmente. E algo me dizia que o dr. Leidner não tinha me contado tudo o que podia ter contado. Em geral, o instinto do marido é ser reticente – e, é bom que se diga, isso prova a sua dignidade. Não obstante, quanto mais eu soubesse, mais subsídios teria para escolher a melhor linha de ação. E era evidente que a sra. Mercado (a quem eu comparava em minha cabeça a uma gata malévola) morria de vontade de falar. E, para ser sincera, tanto do ponto de vista humano como do profissional, eu queria escutar o que ela queria dizer. Se quiser, o leitor ou leitora pode considerar mera curiosidade de minha parte.

Perguntei:

– Pelo que entendi, ultimamente a sra. Leidner anda meio fora do normal dela?

A sra. Mercado deu uma risada desagradável.

– Fora do normal? Antes fosse só isso. Ela tem nos deixado de cabelo em pé. Uma noite escutou dedos tamborilando na janela. Depois viu um punho sem braço. Mas quando apareceu um rosto amarelo grudado na janela (e ela correu até a janela e não tinha nada ali), bem, eu é que lhe pergunto se não temos razão em ficarmos um pouco arrepiados.

– Talvez alguém estivesse pregando uma peça nela – sugeri.

– Ah, não, ela imaginou tudo. Três dias atrás, no meio do jantar, escutamos tiros disparados no vilarejo (quase a dois quilômetros de distância), e ela teve um sobressalto e soltou um grito lancinante... Todo mundo ficou muito assustado. Quanto ao sr. Leidner, veio correndo até ela e se comportou da maneira mais patética. Não parava de dizer: "Não foi nada, querida, não foi nada mesmo". Sabe, enfermeira, às vezes acho que os homens *estimulam* as mulheres a terem essas fantasias histéricas. É uma pena, porque é uma coisa péssima. Ilusões não deviam ser encorajadas.

– Isso se *forem* ilusões – disse eu, secamente.
– O que mais poderiam ser?

Não respondi, pois não sabia o que dizer. Era um negócio curioso. Reagir aos tiros com gritos era até certo ponto compreensível – quer dizer, isso em se tratando de uma pessoa com nervos fragilizados. Mas essa história esquisita sobre rostos e mãos fantasmagóricos era bem diferente. Das duas, uma: ou a sra. Leidner tinha inventado a história (do mesmo modo que uma criança conta mentiras só para se tornar o centro das atenções) ou senão, como eu havia sugerido, alguém deliberadamente tentava pregar uma peça nela. O tipo de coisa, refleti, que um jovem entusiástico e destituído de imaginação como o sr. Coleman até poderia achar engraçado. Decidi vigiá-lo de perto. Pacientes nervosos são capazes de perder a cabeça por uma simples brincadeira.

A sra. Mercado me olhou de soslaio e disse:
– Ela tem uma aparência bem romântica, não acha, enfermeira? O tipo de mulher para quem as coisas *acontecem*.
– Muitas coisas têm acontecido para ela? – quis saber eu.
– Bem, o seu primeiro marido foi morto na guerra, antes que ela completasse 21 anos. Não acha isso tocante e romântico?
– É um modo de dourar a pílula – respondi, mordaz.
– Ah, enfermeira! Que observação notável!

Era mesmo um comentário bastante verdadeiro. É comum a gente escutar as mulheres dizendo: "Se *ao menos* Donald (ou Arthur, ou seja lá qual for o nome dele) tivesse sobrevivido". E às vezes eu penso: caso ele tivesse sobrevivido, muito provavelmente hoje seria um marido chegando à meia-idade, corpulento, de pavio curto e nada romântico.

A noite caía, e sugeri que descêssemos. A sra. Mercado concordou e perguntou se eu não queria dar uma olhada no laboratório.
– Meu marido vai estar lá... trabalhando.

Respondi que adoraria, e nos encaminhamos para lá. O lugar estava iluminado por uma lamparina, mas vazio. A sra. Mercado mostrou-me parte da aparelhagem e dos ornamentos de cobre sob recuperação, além de vários ossos cobertos de cera.
– Que fim levou Joseph? – indagou a sra. Mercado.

Ela deu uma espiada na sala de desenho, onde Carey trabalhava. Ele mal levantou o olhar da mesa ao entrarmos, e fiquei surpresa com a singular aparência de tensão em seu rosto. Na mesma hora pensei: "Este homem está no limite. Não demora algo vai estalar". E lembrei que outra pessoa também notara nele aquele mesmo estado de tensão.

Enquanto saíamos, volvi a cabeça outra vez para dar uma última olhada. O torso inclinado e os lábios estreitamente apertados realçavam o aspecto de "caveira" insinuado pela conformação óssea. Talvez seja imaginação fértil, mas o visualizei na pele de um cavaleiro de tempos remotos prestes a partir para uma batalha na qual sabia que ia morrer.

E de novo senti sua rara e involuntária força de atração.

Encontramos o sr. Mercado na sala de estar. Explicava o conceito de um novo processo à sra. Leidner. Sentada numa cadeira de espaldar reto, em madeira maciça, ela bordava flores em sedas finas. Aquela estranha aparição, delicada e etérea, me tomou de surpresa. Parecia mais uma criatura fantástica do que alguém de carne e osso.

A voz esganiçada da sra. Mercado se ergueu:

– Puxa, *até que enfim* achamos você, Joseph. Pensei que estaria no laboratório.

Perplexo e atrapalhado, ele ergueu-se num pulo, como se a entrada da esposa tivesse quebrado um feitiço. Gaguejou:

– Eu... eu tenho que ir agora. Estou no meio de... no meio de...

Em vez de arrematar a frase, virou-se rumo à porta.

A sra. Leidner arrastou sua voz macia:

– Tem que terminar de me contar outra hora. Assunto bem interessante.

Ergueu o olhar em nossa direção, sorriu com doçura distraída e volveu a atenção ao bordado outra vez.

Pouco depois, ela disse:

– Temos livros ali, enfermeira. Ótima coleção. Escolha um e sente-se.

Dirigi-me até a estante. A sra. Mercado ficou mais um tempinho, até que se virou de modo abrupto e saiu. Ao passar por mim, não gostei da expressão que vi no rosto dela. Parecia possessa de fúria.

Sem querer, me lembrei de algumas coisas que a sra. Kelsey insinuara sobre a sra. Leidner. Não queria considerá-las verdadeiras, pois eu gostava da sra. Leidner. Entretanto, fiquei me perguntando se não havia algo de verdade por trás daqueles comentários.

Não creio que fosse apenas culpa dela, mas o fato é que tanto a amável e feiosa srta. Johnson quanto aquela vulgar cospe-fogo sra. Mercado não se comparavam à sra. Leidner em matéria de charme e beleza. E, afinal de contas, homens são todos iguais no mundo todo. Na minha profissão, logo, logo, a gente percebe isso.

Mercado era material descartável, e não creio que a sra. Leidner desse a mínima para a sua admiração – mas a mulher dele se importava. Se eu não estivesse enganada, ela se incomodava profundamente com aquilo e, se pudesse, estaria bem disposta a se vingar da sra. Leidner.

Fitei a sra. Leidner ali sentada, bordando suas flores bonitas, tão arredia, longínqua e indiferente. Tive a sensação de que eu precisava alertá-la de alguma forma. Tive a sensação de que ela não sabia o quanto o ciúme e o ódio podiam ser estúpidos, irracionais e violentos – e o quão pouco é preciso para deixá-los arder a fogo lento.

Em seguida pensei com meus botões: "Amy Leatheran, não seja tola. A sra. Leidner não tem nada de ingênua. Beira os quarenta anos e deve saber tudo o que há para saber nessa vida".

Mas, apesar de tudo, eu tinha a sensação de que talvez ela não soubesse.

Aquele seu jeito impassível era tão esquisito.

Comecei a imaginar que tipo de vida ela tivera. Sabia que estava casada com o dr. Leidner há apenas dois anos. E, de acordo com a sra. Mercado, o primeiro marido morrera uns quinze anos atrás.

Aproximei-me e sentei ao lado dela com um livro, e pouco depois fui lavar as mãos para a ceia. Boa refeição – um curry apetitoso. Todos foram dormir cedo; fiquei contente, pois estava cansada.

O dr. Leidner me acompanhou até o quarto para ver se eu tinha tudo o que precisava.

Deu-me um caloroso aperto de mão e disse com ansiedade:

– Ela gosta de você, enfermeira. Conquistou-a de imediato. Estou tão alegre. Sinto que agora vai ficar tudo bem.

Parecia um menino de tão ansioso.

Tive a impressão, também, de que a sra. Leidner havia gostado de mim, e isso me deixou bastante satisfeita.

Mas eu não compartilhava dessa confiança. Não sei o porquê, mas algo me dizia que havia coisas naquela história de que ele nem sequer desconfiava.

Havia *algo* – algo que eu não conseguia sondar. Mas sentia na atmosfera.

Apesar da cama confortável, não dormi bem. Tive uma noite de sonhos atribulados.

Os versos de um poema de Keats que eu aprendera na infância martelavam em minha cabeça. Eu não entendia o motivo daquilo e fiquei desassossegada. Sempre odiara aquele poema – talvez porque tenha sido obrigada a decorá-lo. Mas, de modo inexplicável, quando acordei no escuro percebi no poema, pela primeira vez, uma espécie de beleza.

"*O que é que você tem, ó cavaleiro?* (como era mesmo?) *Cavalgando a esmo, pálido e sozinho?*" Pela primeira vez, vislumbrei o cavaleiro em minha mente – o rosto do sr. Carey. Sombrio, tenso e bronzeado, como o rosto daqueles pobres soldados que eu lembrava ter visto quando criança durante a guerra... Senti pena dele – então caí no sono outra vez e descobri quem era a *Belle Dame sans Merci*: a sra. Leidner! Montada a cavalo, inclinava o corpo lateralmente e segurava um bordado florido nas mãos. De repente, o cavalo tropeçou e por todos os lugares havia ossos cobertos de cera. Acordei tremendo, com a pele toda arrepiada, e murmurei comigo que comer curry à noite *nunca* fez bem a meu estômago.

CAPÍTULO 7

O homem à janela

Acho melhor esclarecer logo que não vai haver nenhuma cor local nesta história. Não entendo nada de arqueologia nem quero entender. Não vejo sentido em mexer em pessoas e lugares enterrados e perdidos. O sr. Carey costumava dizer que me faltava o temperamento arqueológico. Não há dúvida: ele tinha razão.

Logo na manhã seguinte após a minha chegada, o sr. Carey perguntou se eu gostaria de ver o palácio que ele estava – se não me engano, ele disse "*planejando*". Se bem que eu não tenho ideia como alguém é capaz de planejar algo acontecido há tanto tempo! Bem, respondi que gostaria e, para ser sincera, deixei-me contagiar um pouco pela empolgação. O palácio tinha quase três mil anos, ao que consta. Fiquei me perguntando que tipo de palácio existia naquela época e se seria como as ilustrações que eu vira da mobília da tumba de Tutankhamon. Mas você não vai acreditar: não havia nada para ver além de *lama*! Muros de não mais do que sessenta centímetros de altura sujos de lama – e isso é tudo o que havia lá. O sr. Carey me levou aqui e ali contando coisas – mostrou onde ficavam o grande pátio, os aposentos, o andar superior e as inúmeras salas que davam para o pátio central. Tudo que pude pensar foi: "Mas como é que ele *sabe*?". Lógico, tive a polidez de não verbalizar. Só posso dizer que me decepcionei *muito*! A meus olhos, a escavação toda não aparentava nada além de lama – nem sombra de mármore ou de ouro nem nada bonito. A casa de minha tia em Cricklewood daria ruínas bem mais imponentes! E pensar que aqueles antigos assírios (ou sabe-se lá como se chamavam) se autodenominavam *reis*. Quando o sr. Carey terminou de mostrar seus antigos "palácios", deixou-me aos cuidados do padre Lavigny, que me mostrou o resto do sítio arqueológico (ou montículo, como eles chamavam). Eu tinha um pouco de medo do padre Lavigny, por ele ser monge e estrangeiro, sem falar na voz cavernosa e tudo o mais, mas até que ele foi simpático – embora meio superficial. Às vezes me dava a impressão de que tudo aquilo era tão surreal para ele quanto para mim.

A sra. Leidner me explicou isso mais tarde. Ela disse que o padre Lavigny só se interessava por "documentos escritos" – como ela os chamou. Esse povo escrevia tudo na argila. Símbolos esquisitos, com aparência pagã, mas bastante sensatos. Havia até lousas escolares – com a aula do professor de um lado e os exercícios do aluno no verso. Confesso que aquilo me deixou bem interessada – parecia tão humano, se é que você me entende.

O padre Lavigny deu uma volta comigo na escavação, mostrando templos, palácios e casas, além de um local onde, segundo ele, ficava um cemitério do começo do império acádio. Ele falava de um jeito engraçado, aos borbotões, fornecendo apenas pitadas de informação e logo dando uma guinada a outros assuntos.

Comentou:

– É estranha sua presença aqui. A sra. Leidner está mesmo doente?

– Doente não é bem a palavra certa – respondi precavida.

Ao que ele retorquiu:

– Ela é uma mulher curiosa. Perigosa, acho eu.

– Ora, posso saber o que o senhor quer dizer com isso? – indaguei. – Perigosa? Como assim, perigosa?

Meneou a cabeça, pensativo.

– Acho que ela é cruel – respondeu. – Sim, acho que ela pode ser absolutamente cruel.

– Vai me desculpar – protestei –, mas acho que o senhor está falando tolices.

Ele balançou a cabeça.

– Não conhece as mulheres como eu – observou.

Engraçado, pensei, um monge dizer aquilo. Lógico, imagino que ele tenha ouvido muitas coisas nas confissões. No entanto, fiquei meio desconcertada, afinal eu não tinha certeza de que os monges também ouviam confissões. Não era atribuição só dos padres? Imaginava que ele *era* um monge com aquela comprida túnica de lã – roçando na lama – e o rosário e tudo o mais!

– Sim, ela pode ser cruel – cismou ele. – Tenho quase certeza disso. Mas (mesmo tão sólida como pedra ou mármore) ela anda amedrontada. De que ela tem medo?

Aquilo, pensei, era o que todos nós gostaríamos de descobrir!

Em tese, era possível que o marido dela soubesse, mas eu não acreditava que alguém mais pudesse conhecer os motivos.

De repente, ele me fitou com um olhar translúcido e misterioso.

– É estranho por aqui? Acha o ambiente estranho? Ou tudo normal?

– Não diria tudo normal – respondi meditativa. – A estrutura é confortável... mas há uma sensação de desconforto no ar.

– Nem me fale... Até *eu* estou perdendo o sossego. Parece – súbito se tornou ainda mais estrangeiro – que algo está prestes a acontecer. O dr. Leidner, também, anda fazendo coisas que não costuma fazer. Algo também o preocupa.

– A saúde da esposa?

– Talvez. Mas tem algo mais. Há... como direi... uma inquietude no ar.

E era isso mesmo: havia uma inquietude no ar.

Paramos de falar no assunto, pois o dr. Leidner veio em nossa direção. Ele me apontou uma sepultura infantil recém-descoberta. Comovente e patética – os ossinhos, alguns potes e pedrinhas de vidro que o dr. Leidner explicou serem de um colar.

Quem me provocou riso foi a equipe de escavação. Eu nunca tinha visto tanto espantalho junto – todos em andrajos e anáguas compridas, com as cabeças enfaixadas como se estivessem com dor de dente. E, de vez em quando, nas idas e vindas com os cestos de terra, começavam a entoar (ao menos acho que a intenção era essa) uma esquisita espécie de cantilena infindável e monótona. Notei que a maioria tinha olhos medonhos – todos cobertos de supurações, e alguns pareciam caolhos. Eu pensava na aparência deplorável daquela turma, quando o dr. Leidner observou:

– Que gente mais bonita, não é mesmo?

O que me fez pensar que habitávamos um mundo singular, em que duas pessoas conseguiam ver a mesma coisa de modos diametralmente opostos. Não me expliquei muito bem, mas você pode adivinhar o que eu quis dizer.

Um tempinho depois, o dr. Leidner comunicou que ia voltar à sede para tomar a xícara de chá do meio da manhã. Voltamos lado a lado, e ele me contou coisas da escavação. Quando *ele* explicava, tudo se tornava mais claro. Eu meio que *enxergava* tudo – como tudo costumava ser –, as ruas, as casas... Ele mostrou os fornos onde os antigos assavam os pães e disse que os árabes utilizavam praticamente o mesmo tipo de forno hoje em dia.

Chegamos à sede e descobrimos que a sra. Leidner já havia se levantado. Parecia melhor, menos encovada e exausta. O chá veio quase de imediato, e o dr. Leidner contou a ela sobre os novos achados matinais na escavação. Logo retornou ao trabalho no sítio arqueológico, e a sra. Leidner perguntou se eu gostaria de ver parte dos achados feitos até agora. Claro que eu disse "Sim", e ela me levou ao depósito de antiguidades. Havia uma porção de coisas espalhadas: a maioria me pareceu potes quebrados, ou senão outros emendados e colados. Tudo descartável, pensei.

– Puxa vida – eu disse –, é uma pena estarem tão quebrados, não é? Vale mesmo a pena guardá-los?

A sra. Leidner abriu um sorrisinho e disse:

– Não deixe Eric ouvi-la falando assim. Para ele, não há nada mais interessante do que potes. Alguns desses são dos mais antigos que temos... Talvez até sete mil anos de idade.

E explicou como alguns potes haviam sido achados em um corte profundo na parte de trás do montículo e de que modo, milhares de anos atrás, os utensílios haviam sido quebrados e consertados com betume, mostrando que o povo estimava seus pertences como hoje em dia.

– E agora – anunciou – vou mostrar algo mais empolgante.

Puxou uma caixa da prateleira e mostrou uma bela adaga de ouro com pedras azul-escuras incrustadas no cabo.

Soltei uma exclamação de agrado.

A sra. Leidner riu.

– Sim, todo mundo gosta de ouro! Exceto meu marido.

– Por que o dr. Leidner não gosta?

– Bem, entre outros motivos, porque se torna caro. É preciso pagar os operários que acham o artefato. O valor é calculado com base no peso do ouro.

– Minha nossa! – exclamei. – Mas por quê?

– Ah, é o costume. Por um lado é bom, pois previne roubos. Sabe, se eles *realmente* roubassem, não seria pelo valor arqueológico, mas pelo valor intrínseco. Poderiam derreter o artefato. Assim, o mais simples é manter a honestidade.

Pegou outra bandeja e me mostrou uma magnífica taça de ouro com cabeças de carneiro desenhadas.

Soltei nova exclamação.

– Sim, é maravilhosa, não é? Veio do túmulo de um príncipe. Encontramos outras tumbas de reis, mas a maioria havia sido saqueada. Essa taça é o nosso melhor achado. Está entre as mais fabulosas já encontradas. Começo do império acádio. Inigualável.

Súbito, franzindo a testa, a sra. Leidner aproximou a taça dos olhos e, com extrema delicadeza, raspou-a com a unha.

– Que estranho! Tem cera grudada. Alguém deve ter vindo aqui com uma vela acesa.

Desprendeu o floco de cera e repôs a taça no lugar.

Depois me mostrou estatuetas bizarras, feitas de terracota – mas quase todas obscenas. Nossa, que mente pervertida a desses povos antigos!

Quando retornamos à varanda, encontramos a sra. Mercado sentada terminando de pintar as unhas. Esticou os dedos à frente para admirar o efeito. Pensei comigo que dificilmente alguém conceberia algo mais hediondo do que aquele vermelho-alaranjado.

A sra. Leidner havia trazido do depósito de antiguidades um delicado piresinho partido em vários pedaços e passou a se dedicar à colagem. Eu a observei por alguns minutos e perguntei se não podia ajudar.

– Ah, sim, coisa quebrada é o que não falta.

Ela apanhou um bom sortimento de cerâmica quebrada e começamos o trabalho. Logo peguei o jeito, e a sra. Leidner elogiou minha habilidade. Imagino que a maioria das enfermeiras tenha destreza com as mãos.

– Que gente mais ocupada! – exclamou a sra. Mercado. – Sinto-me tremendamente ociosa. Claro que *sou* ociosa.

– Por que não deveria sê-lo, se é feliz assim? – indagou a sra. Leidner.

Sua voz soou bastante desinteressada.

Ao meio-dia almoçamos. Depois o dr. Leidner e o sr. Mercado limparam um lote de cerâmica, derramando uma solução de ácido clorídrico por cima. Um dos vasos pintou-se de um roxo encantador, e no outro surgiram chifres de touro como motivos decorativos. Foi como um passe de mágica. Toda aquela lama ressequida, que lavagem nenhuma removeria, meio que espumejou e ferveu até se evaporar.

O sr. Carey e o sr. Coleman retornaram à escavação, e o sr. Reiter encaminhou-se ao ateliê.

– O que vai fazer, Louise? – perguntou o dr. Leidner à esposa. – Imagino que vá descansar um pouquinho?

Deduzi que a sra. Leidner costumava sestear todas as tardes.

– Vou descansar uma horinha. Depois talvez eu faça um passeio curto.

– Bom. A enfermeira vai acompanhar você, não vai?

– Claro – disse eu.

– Não, não – interpôs a sra. Leidner. – Gosto de passear sozinha. A enfermeira não deve se sentir tão fiel ao dever a ponto de não tirar os olhos de cima de mim.

– Ah, mas eu adoraria ir junto – frisei.

– Não precisa mesmo, é verdade – insistiu a sra. Leidner em tom firme, quase categórico. – Preciso ficar a sós de vez em quando. Para mim é essencial.

Não insisti, é óbvio. Mas, ao me recolher para também dormir um pouco, me pareceu esquisito que a sra. Leidner, com seus pavores nervosos, gostasse de caminhar sozinha sem nenhum tipo de proteção.

Às três e meia, saí de meu quarto e topei com o pátio deserto, à exceção de um menino, que lavava cerâmica numa grande banheira de cobre, e do sr. Emmott, que orientava e selecionava o material lavado. Enquanto me aproximava deles, a sra. Leidner entrou pelo arco. Até então nunca a vira tão animada. Seus olhos reluziam, e ela parecia esperançosa, quase alegre.

O dr. Leidner saiu do laboratório e foi ao encontro dela. Mostrou-lhe uma grande tigela decorada com chifres de touro.

– As camadas pré-históricas estão incrivelmente produtivas – comemorou. – A temporada anda boa. Encontrar aquela tumba bem no começo foi mesmo um golpe de sorte. O único que pode reclamar é o padre Lavigny. Não apareceram muitas tábulas até agora.

– Não que ele tenha feito muito progresso com as poucas que achamos – comentou sarcástica a sra. Leidner. – Talvez seja um excelente epigrafista, mas é de uma preguiça notável. Dorme a tarde toda.

– Sentimos a falta de Byrd – lamentou o dr. Leidner. – As ideias desse padre parecem meio heterodoxas... embora, é claro, eu não tenha competência para julgar. Mas algumas de suas traduções foram no mínimo surpreendentes. É difícil acreditar, por exemplo, que ele traduziu certo a inscrição que havia em um bloco. Mas ele deve saber o que está fazendo.

Depois do chá, a sra. Leidner me perguntou se eu gostaria de passear à beira-rio. Talvez ela pudesse recear que a recusa para acompanhá-la no passeio anterior tivesse me deixado magoada.

Eu fazia questão que ela soubesse que não me melindrava fácil, de modo que aceitei de imediato.

Foi um entardecer fascinante. Uma trilha atravessava as lavouras de cevada e se embrenhava no meio de um pomar em flor. Enfim alcançamos a beira do Tigre. Logo à nossa esquerda, Tell Yarimjah, com a equipe de escavação entoando sua cantilena estranha e monótona. Um pouco à nossa direita, uma enorme roda-d'água girava com um gemido esquisito. No começo me deu calafrios. Mas, com o tempo, familiarizei-me com o ruído, e ele acabou exercendo em mim um curioso efeito calmante. Adiante da roda-d'água, via-se o lugarejo de onde vinha a maior parte da mão de obra.

– Harmonioso, não? – indagou a sra. Leidner.

– Pacífico – respondi. – É engraçado estar tão longe de tudo.

– Longe de tudo – repetiu a sra. Leidner. – Sim. Aqui pelo menos se esperaria estar seguro.

Num gesto brusco, relancei o olhar para ela, mas acho que ela falava mais sozinha do que comigo; não creio que tenha percebido o significado revelador de suas palavras.

Caminhamos de volta à sede.

De repente, a sra. Leidner agarrou meu braço com tanta força que quase deixei escapar um grito.

– Quem é aquele, enfermeira? O que ele está fazendo?

A certa distância à nossa frente, no ponto em que a trilha tangenciava a sede da expedição, um homem estava parado. Vestia roupas europeias e dava a impressão de que tentava, na ponta dos pés, espiar por uma das janelas.

Neste meio-tempo, ele se virou, nos viu e de imediato prosseguiu na trilha em nossa direção. A mão da sra. Leidner apertou meu braço com mais força ainda.

– Enfermeira – sussurrou ela. – Enfermeira...

– Tudo bem, querida, tudo bem – a tranquilizei.

O homem se aproximou e passou por nós. Era um iraquiano, e assim que o viu de perto, a sra. Leidner soltou um suspiro de alívio.

– No fim era só um iraquiano – disse ela.

Continuamos em nosso caminho. Ao passar pelas janelas, relanceei os olhos para cima. Não só tinham grades, como também ficavam muito altas do chão para permitir que alguém espiasse para dentro, pois ali o nível do terreno era mais baixo do que no lado interno do pátio.

– Deve ter sido mera curiosidade – presumi.

A sra. Leidner concordou com a cabeça.

– Tudo indica que sim. Mas por um instante pensei...

Não terminou de falar.

Ponderei comigo: "Pensou em quê? É isso que eu gostaria de saber. *Em que* pensou?".

Mas agora uma coisa estava clara: a sra. Leidner temia uma pessoa de carne e osso.

CAPÍTULO 8

Alerta na madrugada

É um pouco difícil saber ao certo o que registrar da semana que se seguiu à minha chegada em Tell Yarimjah.

Relembrando do ponto de vista atual, consigo enxergar inúmeros pequenos sinais e indícios que na época me passaram despercebidos.

Para contar a história de modo apropriado, entretanto, tenho que tentar resgatar a perspectiva real – perplexa, inquieta e cada vez mais consciente de *alguma coisa* errada.

Pois de uma coisa tinha *certeza*: aquela atmosfera de tensão estranha e sufocante *não* era imaginada. Era autêntica. Até Bill Coleman, o insensível, fez um comentário a respeito.

— Este lugar me dá nos nervos – escutei-o dizendo. – São sempre assim tão casmurros?

Ele conversava com David Emmott, o outro assistente. Eu simpatizara com o sr. Emmott; concluíra que o seu jeito taciturno não era, com certeza, hostil. Algo nele nos transmitia uma sensação de plena lealdade e tranquilidade numa atmosfera em que não se sabia ao certo o que as pessoas sentiam e pensavam.

— Não – respondeu ele ao sr. Coleman. – No ano passado não era assim.

Mas não se estendeu no assunto nem comentou mais nada.

— Não consigo entender a razão para tudo isso – ponderou o sr. Coleman, com uma voz preocupada.

Emmott deu de ombros, mas não emitiu resposta.

Tive uma conversa esclarecedora com a srta. Johnson. Gostei muito dela. Eficiente, pragmática e sagaz. Cultivava, era óbvio, peculiar adoração pelo dr. Leidner, como se ele fosse um herói para ela.

Nessa oportunidade, ela me contou a história da vida dele desde a juventude. Ela conhecia cada sítio que ele havia escavado e os resultados das escavações. Quase ousaria jurar que ela era capaz de fazer citações de toda e qualquer palestra que ele havia proferido. Contou-me que o considerava de longe o melhor arqueólogo de campo da atualidade.

— E ele é tão simples. Tão desapegado das coisas materiais. Não sabe o significado da palavra presunção. Só mesmo um grande homem poderia ser tão simples.

— Isso é bem verdade – concordei. – Grandes personalidades não precisam demonstrar autoridade.

— E também é tão espirituoso! Nem imagina o quanto nos divertíamos (ele, Richard Carey e eu) nos primeiros anos que viemos para cá. Éramos um grupo tão contente. Carey trabalhou com ele na Palestina, é claro. A amizade deles já tem uns dez anos. Eu o conheço há sete.

— O sr. Carey é muito bonito – comentei.

— Sim... imagino que sim – respondeu ela de modo sucinto.

— Mas meio fechado, não acha?

— Ele não costumava ser assim – respondeu a srta. Johnson com rapidez. – Foi só desde...

Parou de falar de repente.

— Só desde? – estimulei.

— Bem, bem – disse a srta. Johnson, com um gesto de ombros peculiar. – Hoje muita coisa não é mais como antigamente.

Não respondi. Esperei que ela continuasse – e ela continuou –, precedendo suas observações com risinhos, como se quisesse diminuir a importância delas.

– Receio ter ideias antiquadas e conservadoras. Às vezes acho que, se a esposa do arqueólogo não tem interesse real na rotina arqueológica, seria mais sensato que ela não acompanhasse a expedição. Isso costuma gerar atritos.

– A sra. Mercado... – sugeri.

– Ah, não ela! – descartou a sugestão a srta. Johnson. – Refiro-me à sra. Leidner. Mulher que enfeitiça os homens... Não é difícil entender por que o dr. Leidner ficou "caído" por ela, se me permite usar uma gíria. Mas não consigo evitar a sensação de que ela está deslocada aqui. Ela... inquieta o ambiente.

Então a srta. Johnson concordava com a sra. Kelsey: a responsável pela atmosfera tensa era a sra. Leidner. Mas como se explicavam os pavores nervosos da própria sra. Leidner?

– Inquieta *o dr. Leidner* – revelou com franqueza a srta. Johnson. – Claro, eu... bem, sou uma espécie de cão leal e ciumento. Não gosto de vê-lo assim extenuado e aflito. Toda a sua atenção deveria estar voltada ao trabalho... Não absorta pelos medos patéticos da esposa! Se lugares remotos a deixam com os nervos à flor da pele, que ficasse nos Estados Unidos. Não tenho paciência com gente que visita lugares distantes e só sabe reclamar!

Em seguida, um tanto receosa de ter falado demais, prosseguiu:

– Claro, tenho ela na mais alta conta. É linda e, quando quer, sabe exercer um imenso encanto.

E o assunto esfriou.

Pensei em como as coisas eram previsíveis – sempre que mulheres conviviam juntas havia margem para despertar ciúmes. A srta. Johnson claramente não gostava da esposa do patrão (coisa até certo ponto natural) e, a menos que eu estivesse enganada, a sra. Mercado a detestava.

Outra pessoa que não gostava da sra. Leidner era Sheila Reilly. Ela visitou a escavação duas vezes, uma de carro e a outra com um moço no lombo de um cavalo – ou melhor, cada qual no seu cavalo, é lógico. Algo me dizia que a srta. Reilly simpatizava muito com Emmott, o taciturno americano. Quando ele trabalhava na escavação, ela costumava ficar lá, conversando com ele; tive a impressão, também, de que *ele* gostava *dela*.

Um dia, de modo um tanto descuidado a meu ver, a sra. Leidner tocou no assunto na hora do almoço.

– A mocinha Reilly não desistiu de conquistar David – disse com uma risadinha. – Pobre David, ela o persegue até em plena escavação! Como essas moças são tolas!

O sr. Emmott não respondeu, mas o rosto bronzeado ficou vermelho. Ergueu os olhos e a mirou com uma expressão curiosa – um olhar fixo e insistente com um quê de desafio.

Abriu um sorriso tênue e desviou o olhar.

Ouvi o padre Lavigny murmurar algo, mas quando indaguei "Como?", limitou-se a abanar a cabeça e não repetiu o comentário.

Naquela tarde, o sr. Coleman me confidenciou:

– Para ser sincero, a princípio não gostei muito da sra. L. Ela costumava ser muito rude comigo cada vez que eu abria a boca. Mas agora passei a entendê-la melhor. É uma das mulheres mais amáveis que já conheci. Antes que a gente perceba, estamos contando a ela todos os fiascos e enrascadas pelos quais já passamos. Ela pega no pé da srta. Reilly, sei disso, mas Sheila já foi grossa com ela algumas vezes. Esse é o pior de Sheila: não tem um pingo de educação. E que gênio difícil!

Aquilo fazia sentido. O dr. Reilly a mimou demais.

– Tudo bem que ela tenha tendência a ser cheia de si, sendo a única jovem no local. Mas isso não é desculpa para tratar a sra. Leidner como se fosse sua tia-avó. A sra. L. não é bem uma dama, mas é muito bonita. Lembra aquelas mulheres fantásticas que emergem dos pântanos e nos deixam enfeitiçados. – Acrescentou com acidez: – Não é bem o feitio de Sheila enfeitiçar ninguém. Tudo que ela faz é alfinetar a gente.

Só consigo me lembrar de outros dois incidentes de certa significância.

Um deles aconteceu quando fui até o laboratório pegar um pouco de acetona para tirar a cola grudada em meus dedos durante a colagem da cerâmica. O sr. Mercado, sentado a um canto, apoiava a cabeça nos braços; imaginei que estivesse dormindo. Peguei o frasco que queria e saí.

Naquela noite, para minha grande surpresa, a sra. Mercado me abordou com atitude hostil.

– Pegou um frasco de acetona do laboratório?

– Sim – respondi. – Peguei.

– Sabe muito bem que sempre fica um frasquinho de acetona no depósito de antiguidades.

Falava com certa indignação.

– É mesmo? Não sabia.

– Sabia, sim! Só quis ficar espionando. Sei como são as enfermeiras.

Fitei-a e ponderei com dignidade:

– Não sei do que está falando, sra. Mercado. Com certeza, não tenho a intenção de espionar ninguém.

– Ah, não! Claro que não. Pensa que eu não sei por que você está aqui?

Sinceramente, por alguns instantes cheguei a pensar que ela havia bebido. Afastei-me sem falar mais nada. Mas achei aquilo muito estranho.

O outro incidente não foi lá grande coisa. Eu tentava atrair um filhote de vira-lata com um pedaço de pão. No entanto, como todos os cães árabes, ele era muito tímido – e se convenceu de que minhas intenções não eram boas. Escapuliu e eu o segui arco afora, rodeando a sede. Fiz uma volta tão fechada que, antes de me dar conta, havia esbarrado no padre Lavigny e no outro homem parado junto a ele – e num átimo percebi que o homem era o mesmo que a sra. Leidner e eu havíamos visto aquele dia tentando espiar pela janela.

Desculpei-me, o padre Lavigny sorriu e, após despedir-se do outro homem, voltou à sede comigo.

– Sabe – começou ele –, estou muito envergonhado. Estudo línguas orientais, mas ninguém da equipe de escavação consegue me entender! É humilhante, não acha? Arrisquei meu árabe com aquele homem, que mora na cidade, para ver se eu me saía melhor... mas ainda assim não fui muito bem-sucedido. Leidner diz que meu árabe é puro demais.

E foi só. Mas só passou pela minha cabeça que era estranho que o mesmo homem continuasse rondando a casa.

Naquela noite tivemos um susto.

Deve ter sido pelas duas horas da madrugada. Tenho sono leve, como convém a todas as enfermeiras. Já estava acordada e sentada na cama quando a porta do meu quarto se abriu.

– Enfermeira, enfermeira!

Era a voz da sra. Leidner, em tom baixo e urgente.

Risquei um fósforo e acendi a vela.

Ela estava em pé junto à porta num longo chambre azul. Parecia petrificada de medo.

– Tem alguém... alguém... na sala perto do meu quarto... eu o escutei... arranhando a parede.

Pulei da cama e me aproximei dela.

– Está tudo bem – confortei. – Estou aqui. Não tenha medo, querida.

Ela sussurrou:

– Chame Eric.

Assenti com a cabeça, corri e bati na porta dele. Sem demora, ele estava conosco. Sentada em minha cama, a sra. Leidner arfava o peito.

– Eu escutei alguém... – murmurou ela – ...arranhando a parede.

– No depósito de antiguidades? – indagou o dr. Leidner em voz alta.

Correu ligeiro para fora – e apenas lampejou em meu cérebro o modo distinto com que o casal havia reagido. O pavor de sra. Leidner era todo pessoal, mas a preocupação do sr. Leidner logo se concentrou em seus valiosos tesouros.

– As antiguidades! – engasgou a sra. Leidner. – Claro! Que estupidez a minha!

Levantou-se, aninhou-se no chambre e solicitou que eu a acompanhasse. Todos os vestígios de pânico haviam se extinguido.

Chegando ao depósito de antiguidades, encontramos o dr. Leidner e o padre Lavigny. O padre também tinha escutado um ruído e, levantando-se para verificar o que poderia ser, tivera a impressão de ter visto uma luz bruxuleando no depósito. Perdera um pouco de tempo colocando as pantufas e procurando a lanterna; quando chegou ao local não havia mais ninguém ali. Além disso, a porta encontrava-se devidamente trancada, como sempre se fazia à noite.

Enquanto o padre Lavigny se assegurava de que nada tinha sido roubado, o dr. Leidner unira-se a ele.

Nada mais havia a registrar. O portão da entrada em arco estava trancado. As sentinelas juraram que ninguém de fora havia entrado mas, como era provável que estivessem dormindo como pedra, isso não era conclusivo. Não havia marcas nem vestígios de um intruso e nada tinha sido levado.

Talvez a sra. Leidner tivesse se alarmado com o barulho feito pelo padre Lavigny tirando as caixas das prateleiras para se certificar de que estava tudo em ordem.

Por outro lado, o próprio padre Lavigny foi enfático ao afirmar que (*a*) escutara passos na janela e (*b*) vira um facho de luz, possivelmente de uma lanterna, no depósito de antiguidades.

Ninguém mais havia escutado nem visto nada.

O incidente tem valor na minha narrativa porque motivou o desabafo da sra. Leidner no dia seguinte.

CAPÍTULO 9

O relato da sra. Leidner

Fazia pouco que havíamos terminado o almoço. Como de costume, a sra. Leidner recolheu-se ao quarto para descansar. Acomodei-a na cama com uma boa camada de travesseiros e o livro que ela estava lendo. Eu já saía quando ela me chamou de volta.

— Não vá, enfermeira, tem uma coisa que quero lhe contar.

Entrei outra vez no quarto.

— Feche a porta.

Obedeci.

Ergueu-se da cama e começou a andar para lá e para cá. Percebi que ela tentava tomar uma decisão e não quis interrompê-la. Era nítido que enfrentava um grande dilema.

Por fim pareceu tomar a coragem necessária. Virou-se para mim e disse de modo abrupto:

– Sente-se.

Sentei-me com muita calma perto da mesa. Ela começou em tom nervoso:

– Deve estar imaginando o porquê disso...

Só balancei a cabeça de modo afirmativo e não disse nada.

– Resolvi lhe contar... tudo! Tenho que contar a alguém senão vou ficar louca.

– Bem – ponderei –, acho que pode ser bom. Não é fácil saber o melhor a se fazer quando estamos no escuro.

Ela interrompeu o andar inquieto e me encarou.

– Sabe de que tenho medo?

– De um homem – eu disse.

– Sim... mas eu não disse de quem... eu disse de quê.

Aguardei.

Ela disse:

– *Tenho medo de ser assassinada!*

Ora, ora, até que enfim a verdade. Não me cabia demonstrar quaisquer preocupações especiais. Ela já beirava a histeria por si própria.

– Meu Deus – respondi. – Quer dizer que é isso?

Então começou a rir. Riu demais – e lágrimas correram em seu rosto.

– O jeito que disse isso! – ofegou ela. – O jeito que você disse...

– Pronto, pronto... – confortei. – Não fique assim.

Falei com firmeza. Sentei-a numa cadeira, dirigi-me ao lavatório, peguei uma esponja fria e umedeci sua testa e seus pulsos.

– Chega de tolice – pedi. – Conte-me tudo com calma e sensatez.

Aquilo a fez cair em si. Ajeitou-se na cadeira e falou com voz normal.

– Enfermeira, você é um tesouro – elogiou. – Faz eu me sentir como se tivesse seis anos de idade. Vou lhe contar.

– Certo – incentivei. – Respire fundo e não se apresse.

Começou a falar de modo lento e calculado.

– Quando eu tinha vinte anos, me casei com um jovem que trabalhava em um de nossos ministérios. Foi em 1918.

– Sei – disse eu. – A sra. Mercado me contou. Ele foi morto na guerra.

Mas a sra. Leidner balançou a cabeça.

– Isso é o que ela pensa. Isso é o que todo mundo pensa. A verdade não é bem essa. Enfermeira, eu era uma jovem de patriotismo exaltado, repleta de idealismo. Depois de uns meses de casamento, descobri (por uma casualidade imprevisível) que o meu marido era um espião a soldo da Alemanha. Soube que devido às informações fornecidas por ele um navio inglês havia sido afundado, matando centenas de compatriotas. Não sei como a maioria das pessoas teria agido... Mas vou contar como eu agi. Fui direto a meu pai, que trabalhava no Ministério da Guerra, e contei-lhe a verdade. Frederick *foi* morto na guerra... mas nos Estados Unidos... baleado como espião.

– Minha nossa! – exclamei. – Que horror!

– Sim – disse ela. – Um horror. E pensar que alguém tão querido... tão amável... e durante todo o tempo... Mas sequer hesitei. Talvez eu tenha agido errado.

– É difícil dizer – avaliei. – Não sei o que eu teria feito em seu lugar.

– Isso que estou lhe contando jamais foi divulgado fora do meio oficial. Para todos os efeitos, meu marido havia sido enviado ao front e morto em combate. Fui tratada com dó e bondade na condição de viúva de guerra.

Sua voz era amarga, e eu assenti com a cabeça de modo compreensivo.

– Muitos pretendentes me pediram em casamento, mas sempre recusei. Eu tinha sofrido um baque muito grande. Parecia que jamais conseguiria *confiar* em alguém outra vez.

– Sim, posso imaginar como se sentiu.

– E então me apaixonei por um jovem. Mas uma coisa incrível aconteceu! Recebi uma carta anônima (de Frederick) dizendo que se algum dia eu me casasse de novo, ele me mataria!

– De Frederick? O seu marido morto?

– Sim. Claro, a princípio achei que estava louca ou sonhando... Por fim recorri a meu pai. Ele me contou a verdade. No fim das contas, meu marido não havia sido morto a tiros. Ele conseguiu fugir... mas a fuga não deu certo. Poucas semanas depois, o trem em que ele viajava descarrilou, e o seu cadáver foi encontrado no meio de outros. Meu pai tinha escondido a fuga de mim. Como ele acabou morrendo mesmo, não viu motivo para me contar a verdade.

"Mas a carta que eu tinha recebido abria possibilidades inteiramente novas. Será que o meu marido não estava vivo mesmo?

"Meu pai abordou o assunto com a maior cautela. Declarou que, até onde era humanamente possível ter certeza, o corpo enterrado como Frederick *era* de Frederick. Devido ao rosto meio desfigurado, ele não podia ter certeza absoluta, mas acreditava piamente que Frederick estava morto e que a carta era uma fraude cruel e mal-intencionada.

"A mesma coisa me aconteceu mais de uma vez: sempre que me tornava mais íntima de qualquer homem, eu recebia uma carta ameaçadora."

– Com a letra de seu marido?

Respondeu devagar:

– É complicado garantir. Não guardei nenhuma carta dele. Só podia me basear na memória.

– Não havia menção a fatos, nem o uso especial de alguma expressão que lhe fizesse ter certeza?

– Não. *Certas* expressões (apelidos, por exemplo) só ele e eu sabíamos. Se uma ou outra expressão dessas tivesse sido utilizada ou citada, então eu teria certeza absoluta.

– Sim – ponderei, pensativa. – É curioso. A impressão que se tem é que não *era* o seu marido. Mas poderia ser outra pessoa?

– Há uma possibilidade. Frederick tinha um irmão caçula... um moleque de dez ou doze anos na época de nosso casamento. Ele adorava Frederick, e Frederick era dedicado a ele. O que aconteceu a esse menino (seu nome era William) não chegou a meu conhecimento. Parece-me possível que, adorando o irmão do modo fanático com que adorava, ele pode ter crescido me considerando a responsável direta pela morte dele. Sempre sentiu ciúmes de mim e pode ter arquitetado esse plano com o objetivo de me punir.

– Pode ser – concordei. – É fabuloso como as crianças se lembram de fatos marcantes.

– Sim. Talvez esse menino tenha devotado a sua vida à vingança.

– Continue, por favor.

– Não há muito mais a contar. Conheci Eric três anos atrás. Havia decidido não me casar de novo. Eric me fez mudar de ideia. Até o dia de nosso casamento esperei outra carta ameaçadora. Não veio nenhuma. Concluí que, seja lá quem fosse o autor, estava morto ou cansado de sua brincadeira cruel. *Dois dias depois de me casar, recebi isto.*

Puxando uma pasta de couro da mesa ao lado, abriu a fechadura, retirou uma carta e me entregou.

Tinta um pouco apagada. Letra meio feminina, deitada para frente.

Você desobedeceu. Agora não pode escapar. Você deveria ser esposa apenas de Frederick Bosner! Você tem que morrer.

– Fiquei assustada... mas nem tanto. A presença de Eric me insuflava segurança. Então, um mês depois, recebi uma segunda carta.

Não esqueci. Estou fazendo meus planos. Você tem que morrer. Por que desobedeceu?

— O seu marido sabe disso?

A sra. Leidner respondeu vagarosa.

— Ele sabe que estou sendo ameaçada. Mostrei a ele as duas cartas quando recebi a segunda. Tinha tendência a achar que a coisa toda era um embuste. Também pensou que podia ser alguém querendo fazer chantagem, fingindo que meu primeiro marido estava vivo.

Fez uma pausa e prosseguiu.

— Poucos dias depois de receber a segunda carta, por um triz não morremos envenenados. Alguém invadiu nosso apartamento enquanto dormíamos e acendeu o gás. Sorte que acordei e senti o cheiro a tempo. Então, perdi o controle. Contei a Eric como havia sido perseguida durante anos. Disse-lhe que tinha certeza de que esse louco, seja lá quem fosse, tencionava me matar de verdade. Acho que pela primeira vez cheguei mesmo a pensar que *era* Frederick. Sempre havia um toque implacável por trás de seus modos amáveis.

"Eric continuava, me parece, menos assustado do que eu. Ele quis ir à polícia. Claro que eu nem quis ouvir falar nisso. No fim, concordamos que eu deveria acompanhá-lo até aqui. Talvez fosse sensato, também, que no verão, em vez de voltar para os Estados Unidos, eu ficasse em Londres e Paris.

"Seguimos o plano à risca, e tudo transcorreu bem. Tive a certeza de que tudo ia melhorar. Afinal de contas, havia meio mundo de distância entre nós e meu inimigo.

"E eis que (há pouco mais de três semanas) recebo uma carta... com selo iraquiano."

Entregou-me a terceira carta.

Pensa que pode fugir. Está enganada. Não vai agir com falsidade comigo e sobreviver. Sempre lhe disse isso. A morte vai chegar em breve.

— E, uma semana atrás, *isto*! Largado em cima desta mesa. Nem sequer passou pelo correio.

Peguei a folha de papel da mão dela. Só uma palavra rabiscada.

Cheguei.

Ela me fitou.

— Percebe? Entende? Ele vai me matar. Talvez Frederick... talvez o pequeno William... *mas ele vai me matar.*

Sua voz ergueu-se num tremor. Segurei-a pelo pulso.

– Pronto... pronto – acalmei-a. – Não entre em pânico. Vamos cuidar da senhora. Tem sais de cheiro?

Confirmou com a cabeça, indicando o lavatório, e dei-lhe uma boa dose.

– Assim é melhor – disse eu, enquanto a cor retornava às bochechas da sra. Leidner.

– Sim, estou melhor. Mas, enfermeira, entende agora por que estou nesse estado de nervos? Quando vi aquele homem tentando espiar pela minha janela, pensei: *ele chegou*... Até mesmo quando *você* chegou fiquei desconfiada. Pensei que pudesse ser um homem disfarçado...

– Que ideia!

– Ah, sei que parece absurdo. Mas talvez você estivesse armando com ele e não fosse enfermeira coisa nenhuma.

– Mas isso é ridículo!

– Sim, talvez. Mas perdi o senso do ridículo.

Tomada por um pensamento repentino, indaguei:

– *Reconheceria* seu marido, imagino?

Ela respondeu devagar.

– Nem isso sei ao certo. Já se passaram mais de quinze anos. Talvez não reconhecesse o rosto dele.

Então ela estremeceu.

– Eu o vi uma noite... Mas era um rosto *morto*. Escutei um tamborilar na janela. Em seguida, enxerguei um rosto, um rosto opaco, fantasmagórico, sorrindo colado ao vidro. Gritei até não poder mais... E eles disseram que não havia ninguém lá!

Lembrei-me da história da sra. Mercado.

– Não acha – sugeri, hesitante – que pode ter *sonhado* isso?

– Tenho certeza de que não sonhei!

Eu não estava tão certa disso. Mediante as circunstâncias, era o tipo de pesadelo bastante provável, que facilmente levaria a pessoa a crer que estava acordada. Entretanto, nunca contradigo os pacientes. Confortei a sra. Leidner o melhor que pude, salientando que se qualquer estranho perambulasse nas redondezas sem dúvida ficaríamos sabendo.

Deixei-a, acho eu, um pouco reconfortada; procurei o dr. Leidner e contei o teor de nossa conversa.

– Que bom que ela se abriu com você – limitou-se a dizer. – Ando profundamente preocupado. Tenho certeza de que todos esses rostos e dedos tamborilando no vidro da janela não passam de imaginação dela. Não sei bem qual a melhor maneira de abordar esse assunto. O que acha da coisa toda?

Não compreendi direito a entonação de sua voz, mas respondi prontamente.

– É possível – ponderei – que essas cartas sejam apenas uma fraude cruel e mal-intencionada.

– Sim, é bem provável. Mas o que vamos *fazer*? Elas a estão enlouquecendo. Não sei bem o que pensar.

Tampouco eu. Ocorreu-me que talvez uma mulher estivesse envolvida. Havia um toque feminino naquelas cartas. A sra. Mercado rondava meus pensamentos.

Vamos supor que por algum acaso ela tivesse ficado sabendo dos fatos do primeiro casamento da sra. Leidner... Talvez estivesse dando vazão a seu ciúme aterrorizando a outra mulher.

Achei melhor não sugerir uma coisa dessas ao dr. Leidner. A gente nunca sabe como as pessoas vão reagir.

– Ora – comentei alegre –, devemos ser otimistas. Acho que a sra. Leidner já parece mais feliz agora que desabafou. Isso sempre ajuda, sabe. O que deixa as pessoas nervosas é remoer as coisas sem se abrir com ninguém.

– Fico muito contente por ela ter lhe contado – repetiu ele. – É um bom sinal. Mostra que ela gosta de você, que confia em você. Eu já não sabia mais o que fazer para melhorar a situação.

Tinha uma pergunta na ponta da língua sobre a possibilidade de que ele realizasse um contato discreto com a polícia local, mas depois me felicitei por ter me calado.

Aconteceu o seguinte: na outra manhã, o sr. Coleman iria a Hassanieh coletar o dinheiro para pagar a equipe de escavação. Ele também levaria todas as nossas cartas para remeter via aérea.

As cartas eram depositadas numa caixa de madeira no peitoril da janela do refeitório. Antes de ir dormir, naquela noite, o sr. Coleman as tirou da caixa e passou a classificá-las, envolvendo os feixes com tiras de borracha.

De repente soltou um grito.

– O que houve? – perguntei.

Estendeu-me uma carta com um sorriso irônico.

– É nossa Linda Louise... *Realmente* não está batendo bem. Pôs numa carta o endereço: 42nd Street, Paris, França. Isso não pode estar certo, o que acha? Não faria o favor de levar até ela e perguntar o que ela quis dizer *de verdade*? Ela recém se recolheu ao quarto dela.

Peguei a carta da mão dele e a levei ao quarto da sra. Leidner, onde ela corrigiu o endereço.

Era a primeira vez que eu via a caligrafia da sra. Leidner e fiquei me perguntando à toa onde eu tinha visto aquela letra antes, pois sem dúvida me era familiar.

Só no meio da noite de repente me lembrei.

Apesar de maior e mais espalhada, *era singularmente parecida com a letra das cartas anônimas.*

Novas ideias lampejaram em minha cabeça.

Seria possível que a autora daquelas cartas fosse *a própria* sra. Leidner?

E que o dr. Leidner já meio que suspeitasse disso?

CAPÍTULO 10

Sábado à tarde

A sra. Leidner fez o seu relato numa sexta-feira.

Na manhã de sábado, havia uma tênue sensação de anticlímax no ar.

A sra. Leidner, em especial, mostrou-se inclinada a me tratar com frieza e, de modo intencional, evitou qualquer possibilidade de *tête-à-tête*. Bem, *aquilo* não me surpreendia! Não era a primeira nem seria a última vez a acontecer comigo. Damas revelam coisas à enfermeira numa súbita manifestação de confiança; pouco tempo depois, se sentem constrangidas e lamentam ter desabafado! É a natureza humana, sem tirar nem pôr.

Tive a maior cautela em não insinuar nada nem lembrá-la de alguma maneira do que ela me contara. Mantive propositalmente minha conversa a mais prosaica possível.

O sr. Coleman partira a Hassanieh pela manhã, embarcando na caminhoneta com as cartas numa mochila. Ele também tinha recebido algumas encomendas dos membros da expedição. Era dia de pagamento para os funcionários, e ele precisava ir ao banco e trazer o dinheiro em moedas de baixo valor. Tudo isso demandava tempo e ele não esperava retornar até o meio da tarde. Suspeitei inclusive de que ele fosse almoçar com Sheila Reilly.

Em geral, o trabalho na escavação não era muito puxado nas tardes de pagamento, e o expediente encerrava mais cedo, às três e meia da tarde, quando os funcionários começavam a receber o salário.

O moleque (Abdullah) cuja função era lavar os potes, instalado como de costume no meio do pátio, entoava a também costumeira cantilena nasalada. O dr. Leidner e o sr. Emmott iam aproveitar para fazer uns serviços cerâmicos até o retorno do sr. Coleman, e o sr. Carey voltou ao montículo.

A sra. Leidner foi descansar no quarto dela. Eu a acomodei como sempre e então me encaminhei ao meu quarto, levando um livro, pois não tinha sono. Faltavam quinze minutos para a uma da tarde, e duas horas prazerosas se passaram. Imergi na leitura de *Morte na casa geriátrica* – mistério para lá de empolgante –, mas acho que o autor não entendia muito sobre como administrar uma casa geriátrica! Pelo menos nunca ouvi falar numa casa como aquela! Fiquei com vontade de escrever ao autor e dar umas dicas a ele.

Quando enfim terminei o livro (quem diria, era a arrumadeira ruiva, de quem eu menos suspeitava!), consultei o relógio e, para minha surpresa, descobri que faltavam vinte minutos para as três!

Levantei-me, endireitei o uniforme e saí para o pátio.

Abdullah continuava a esfregar os potes e a entoar seu canto melancólico, e David Emmott estava em pé ao lado dele, selecionando o material já lavado e guardando os fragmentos dos potes quebrados em caixas para esperar a colagem. Caminhei na direção deles bem na hora em que o dr. Leidner desceu as escadas vindo do terraço.

– Tarde proveitosa – comentou alegre. – Fiz uma boa limpeza lá em cima. Louise vai ficar satisfeita. Ela andava se queixando de que não havia mais espaço para passear no terraço. Vou contar as boas novas a ela.

Dirigiu-se à porta da esposa, bateu e entrou.

Deve, suponho, ter saído cerca de um minuto e meio depois. Casualmente eu olhava para a porta. Foi quase um pesadelo. Entrou animado e bem-disposto. Saiu trôpego como um bêbado. Trazia uma estranha expressão atônita estampada no rosto.

– Enfermeira... – chamou com uma voz estranha e rouca. – Enfermeira...

Logo notei que havia algo errado e acorri até ele. Parecia um farrapo humano – o rosto assustado tremia sem parar; percebi que ele podia desmaiar a qualquer instante.

– Minha esposa... – disse ele. – Minha esposa... Ai, meu Deus...

Passei por ele e entrei no quarto. Sustive a respiração.

Ao lado da cama, num horroroso amontoado, jazia a sra. Leidner.

Curvei-me sobre ela. Morta, sem dúvida – e morta há uma hora pelo menos. A causa da morte não podia ser mais óbvia: uma terrível pancada na parte frontal da cabeça, pouco acima da têmpora direita. Devia estar se levantando da cama quando foi atingida e caiu.

Evitei tocá-la mais do que o necessário.

Corri o olhar pelo quarto para ver se havia alguma pista, mas nada parecia estar fora do lugar, nem ter sido mexido. As janelas permaneciam fechadas e trancadas, e não havia lugar onde o assassino pudesse ter se escondido. Evidente que ele viera e saíra há um bom tempo.

Saí e fechei a porta atrás de mim.

O dr. Leidner a esta altura já havia desmaiado. David Emmott o amparava, volvendo um rosto lívido e indagador em minha direção.

Em voz baixa e em poucas palavras contei a ele o que acontecera.

Como eu sempre havia suspeitado, ele demonstrou ser uma pessoa de primeira categoria em quem se confiar em meio a uma crise. Continuou plenamente calmo e dono de si. Aqueles olhos azuis se arregalaram, mas afora isso não se alterou.

Meditou por um instante e disse:

– Imagino que devemos avisar a polícia o quanto antes. Bill estará de volta a qualquer minuto. O que vamos fazer com o dr. Leidner?

– Ajude-me a levá-lo ao quarto dele.

Assentiu com a cabeça.

– Melhor primeiro chavear esta porta – afirmou.

Passou a chave na porta do quarto da sra. Leidner, tirou-a da fechadura e entregou-a para mim.

– Creio que é melhor guardar isto, enfermeira. Agora vamos lá.

Juntos, erguemos o dr. Leidner, o carregamos ao interior do quarto dele e o repousamos na cama. O sr. Emmott saiu em busca de conhaque. Voltou acompanhado da srta. Johnson.

Não obstante o rosto preocupado e aflito, ela se manteve calma e eficaz. Dei-me por satisfeita em deixar o dr. Leidner a cargo dela.

Apressei-me rumo ao pátio. A caminhoneta cruzou embaixo do arco naquele instante. Acho que todos nós ficamos chocados ao ver Bill saltando do veículo de rosto corado e alegre com seu conhecido bordão:

– Epa, opa, opa! Chegou a grana! – E prosseguiu animado: – Nada de roubo na estrada...

De súbito estacou.

– Puxa, o que foi que aconteceu? Qual é o problema? Parece que o gato comeu a língua de todo mundo.

O sr. Emmott limitou-se a dizer:

– A sra. Leidner morreu... assassinada.

– *O quê?* – O rosto viçoso de Bill transfigurou-se comicamente. Fitou o vazio com os olhos esbugalhados. – A patroa Leidner... morta! Você não está falando sério!

– Morta? – Foi um grito agudo. Dei meia-volta e topei com a sra. Mercado atrás de mim. – Disse que a sra. Leidner foi *assassinada*?

– Sim – confirmei. – Assassinada.

– Não! – ofegou ela. – Ah, não! Não acredito. Vai ver ela cometeu suicídio.

– Suicidas não golpeiam a própria cabeça – retruquei com acidez. – É homicídio sem sombra de dúvida, sra. Mercado.

Ela sentou de repente num caixote emborcado e disse:
– Ah, mas isso é horrível... *horrível...*

Horrível, certamente. Não precisava *ela* ficar nos dizendo! Fiquei me perguntando se talvez não estivesse sentindo um pouco de remorso pelos sentimentos cruéis que nutrira contra a morta e por todas as coisas odiosas que havia dito.

Um tempo depois, ela indagou sem fôlego:
– O que vão fazer?

O sr. Emmott encarregou-se de responder com seu modo tranquilo.

– Bill, é melhor voltar a Hassanieh o mais rápido que puder. Não sei muito bem qual é o procedimento correto. Melhor avisar o capitão Maitland. Ele é o chefe da polícia local, se não estou enganado. Mas primeiro fale com o dr. Reilly. Ele vai saber como agir.

O sr. Coleman balançou a cabeça de modo afirmativo. Todo e qualquer ar brincalhão se esvaíra de seu ser. Só parecia jovem e assustado. Sem dizer nada, entrou no veículo e partiu.

O sr. Emmott murmurou em um tom vago:
– Acho que devemos fazer uma busca. – Subiu a voz e chamou: – Ibrahim!

– *Na'am.*

O criado veio correndo. O sr. Emmott falou com ele em árabe. Começaram um diálogo exaltado. O rapaz parecia negar algo com veemência.

Por fim, o sr. Emmott pronunciou com voz perplexa:

– Ele garante que não entrou ninguém aqui na tarde de hoje. Nenhum tipo de forasteiro. Calculo que o criminoso deve ter entrado às escondidas pelo pátio sem ninguém perceber.

– Claro que sim – concordou a sra. Mercado. – Ele se esgueirou furtivamente quando os rapazes não estavam olhando.

– Sim – concordou o sr. Emmott.

A leve incerteza em sua voz me fez lançar a ele um olhar indagador.

Ele virou e fez uma pergunta a Abdullah, o pequeno lavador de potes.

A resposta do menino foi enfática e demorada.

A testa do sr. Emmott franziu-se ainda mais.

– Não entendo – murmurou ele consigo. – Não entendo de jeito nenhum.

Mas não me disse o que ele não entendia.

CAPÍTULO 11

Um caso insólito

Até onde é possível, estou me atendo a narrar só a minha participação no caso. Vou pular os fatos das duas horas seguintes; a chegada do capitão Maitland, da polícia e do dr. Reilly. Boa dose de tumulto generalizado, com direito a interrogatórios e todos os procedimentos de rotina, imagino.

A meu ver, começamos a nos concentrar no essencial perto das cinco da tarde, quando o dr. Reilly me pediu para acompanhá-lo até o gabinete. Fechou a porta, sentou-se na cadeira do dr. Leidner, fez um sinal para que me sentasse à sua frente e disse com energia:

— Muito bem, enfermeira, vamos ao que interessa. Tem algo para lá de insólito aqui.

Ajeitei os punhos de meu uniforme e o mirei com olhar indagador.

Ele sacou um caderno.

— Isto é para meu próprio controle. Muito bem, a que horas mais ou menos o dr. Leidner encontrou o corpo da esposa?

— Eu diria que por volta de quinze para as três – respondi.

— E como sabe disso?

— Bem, consultei o relógio antes de sair do quarto. Vinte para as três.

— Vamos dar uma olhada em seu relógio.

Tirei o relógio do pulso e entreguei a ele.

— Hora exata. Isso que chamo de mulher competente. Ótimo, ao menos quanto a *isso* não há dúvidas. Muito bem, formou opinião sobre há quanto tempo ela estava morta?

— Ora, doutor — eu disse —, não me cabe avaliar isso.

— Não seja tão profissional. Quero ver se a sua estimativa fecha com a minha.

— Bem, eu diria que estava morta há pelo menos uma hora.

— Isso mesmo. Examinei o corpo às quatro e meia e estou inclinado a estipular o horário da morte entre uma e quinze e quinze para as duas. Digamos, em torno de uma e meia. É uma boa estimativa.

Calou-se e tamborilou com os dedos no tampo da mesa.

— Este caso é muito mais que insólito — comentou. — Pode me contar mais detalhes... Estava descansando, você disse? Escutou alguma coisa?

— Por volta de uma e meia? Não, doutor. Não escutei nada a uma e meia, nem em outro momento. Fiquei lendo na cama desde quinze para a uma até vinte para as três e não escutei nada além da cantiga monótona do menino árabe e, de vez em quando, dos gritos do sr. Emmott para falar com o dr. Leidner no terraço.

– O menino árabe... sim.

Franziu a testa.

Naquele instante, a porta se abriu, e o dr. Leidner entrou, seguido pelo capitão Maitland, homenzinho irrequieto com olhos cinzentos e argutos.

O dr. Reilly levantou-se e fez o dr. Leidner sentar-se na cadeira dele.

– Sente-se, homem. Estou feliz que tenha vindo. Vamos precisar de você. Tem algo bastante esquisito neste caso.

O dr. Leidner fez uma reverência com a cabeça.

– Sei – lançou-me um olhar rápido. – Minha esposa confidenciou a verdade para a enfermeira Leatheran. Não devemos guardar segredo a esta altura, enfermeira. Por favor, conte ao capitão Maitland e ao dr. Reilly exatamente o que se passou entre você e minha esposa ontem.

Tanto quanto possível repeti nossa conversa palavra a palavra.

De vez em quando, o capitão Maitland deixava escapar uma exclamação. Quando terminei, ele virou-se ao dr. Leidner.

– Isso tudo é verdade, hein, Leidner?

– Tudo que a enfermeira contou é exato.

– Que história incrível! – exclamou o dr. Reilly. – Pode mostrar essas cartas?

– Devem estar entre os pertences de minha esposa.

– Ela tirou as cartas de uma pasta de couro em cima da mesa – informei.

– Então é provável que ainda estejam lá.

O dr. Leidner volveu ao capitão Maitland, e suas feições normalmente amáveis se endureceram.

– Nem pense em abafar o caso, capitão Maitland. O essencial é pegar e punir esse homem.

– Acredita que foi o ex-marido da sra. Leidner? – indaguei.

– Não acha isso, enfermeira? – quis saber o capitão Maitland.

– Bem, acho que isso é duvidoso – respondi hesitante.

– De qualquer modo – disse o dr. Leidner –, existe um assassino... e eu diria um assassino lunático e perigoso. Ele *tem que* ser descoberto, capitão Maitland. Não deve ser difícil.

O dr. Reilly falou devagar:

– Pode ser mais difícil do que pensa... não é, Maitland?

O capitão Maitland cofiou o bigode sem emitir resposta.

De repente, tive um sobressalto.

– Vão me desculpar – tomei a palavra –, mas esqueci de mencionar uma coisa.

Relatei o fato do iraquiano que víramos espiando pela janela e o modo como eu o tinha visto rondando o local, dois dias atrás, tentando arrancar informações do padre Lavigny.

– Certo – ponderou o capitão Maitland –, vamos tomar nota disso. É um ponto de partida para a polícia. Pode ser que o homem tenha alguma conexão com o caso.

– Quem sabe foi contratado para agir como espião – sugeri. – Para descobrir quando a barra estava limpa.

O dr. Reilly esfregou o nariz num gesto incomodado.

– Diabo de coisa intrigante – disse ele. – E supondo que a barra não estivesse limpa... hein?

Fitei-o com expressão perplexa.

O capitão Maitland virou para o dr. Leidner.

– Quero que me escute com atenção, Leidner. Este é o resumo das provas até agora: depois do almoço (servido ao meio-dia e que se estendeu por 35 minutos), sua esposa rumou ao quarto dela em companhia da enfermeira Leatheran, que a instalou confortavelmente. O senhor, por sua vez, subiu ao terraço, onde permaneceu pelas duas horas seguintes. Confirma?

– Sim.

– Desceu do terraço alguma vez durante esse tempo?

– Não.

– Alguém subiu para falar com o senhor?

– Sim, Emmott fez isso em várias ocasiões. Ficou indo e vindo entre mim e o menino que lavava a cerâmica lá embaixo.

– Chegou a olhar para o pátio alguma vez?

– Uma ou duas vezes... para trocar ideias com Emmott.

– E o menino... sempre sentado no meio do pátio lavando os potes?

– Sim.

– Qual foi o maior intervalo de tempo em que Emmott esteve com o senhor e ausente do pátio?

O dr. Leidner meditou.

– É difícil dizer... talvez uns dez minutos. Pessoalmente eu diria dois ou três minutos, mas sei por experiência que meu senso de tempo não é muito bom quando estou absorto e interessado no que estou fazendo.

O capitão Maitland mirou o dr. Reilly, que assentiu com a cabeça e disse:

– É melhor colocarmos a mão na massa.

O capitão Maitland puxou um bloquinho e o abriu.

– Preste atenção, Leidner. Vou ler exatamente o que cada membro de sua expedição fazia esta tarde entre a uma e as duas horas.

– Mas com certeza...

– Espere. Logo vai ver onde quero chegar. Primeiro o sr. e a sra. Mercado. O sr. Mercado afirma que trabalhava no laboratório. A sra. Mercado alega que estava no quarto dela, lavando o cabelo. A srta. Johnson garante que imprimia estampas de selos cilíndricos na sala de estar. O sr. Reiter declara que revelava chapas fotográficas no quarto escuro. O padre Lavigny diz que trabalhava no quarto dele. Quanto aos dois membros restantes da expedição, Carey supervisionava os trabalhos na escavação e Coleman tinha ido a Hassanieh. Isso conclui os membros da expedição. Agora, quanto aos empregados. O cozinheiro (seu mestre-cuca indiano) papeava com o guarda logo na saída do arco, enquanto depenava duas galinhas. Ibrahim e Mansur, os criados, uniram-se a eles por volta de uma e quinze. Permaneceram lá, rindo e conversando, até as duas e meia – *horário em que sua esposa já estava morta.*

O dr. Leidner inclinou-se à frente.

– Não entendo... o senhor me deixa confuso. O que está querendo dizer?

– Existe outro meio de acesso ao quarto de sua esposa à exceção da porta que se abre no pátio?

– Não. Existem duas janelas, mas elas têm grades por fora... Além disso, acho que estavam fechadas.

Lançou-me um olhar indagador.

– Fechadas e trancadas por dentro – confirmei prontamente.

– De qualquer modo – enfatizou o capitão Maitland –, mesmo se estivessem abertas, ninguém poderia entrar nem sair do quarto por ali. Meus colegas e eu nos certificamos pessoalmente disso. A situação é igual para todas as outras janelas que dão para os campos. Todas têm barras de ferro em boas condições. Para entrar no quarto de sua mulher, o invasor *tinha que* cruzar o arco de entrada e o pátio. Mas temos a garantia conjunta do guarda, do cozinheiro e dos criados de que *ninguém entrou.*

O dr. Leidner levantou-se num pulo.

– O que está insinuando? O que está insinuando?

– Controle-se, homem – disse o dr. Reilly em voz baixa. – Sei que é um choque, mas é preciso ser encarado. O *assassino não veio de fora...* então, deve ter vindo *de dentro.* Tudo indica que a sra. Leidner foi assassinada *por um membro de sua própria expedição.*

CAPÍTULO 12

"Não acreditei..."

— Não. Não!

Agitado, o dr. Leidner começou a andar para lá e para cá.

— Impossível o que está dizendo, Reilly. Totalmente impossível. Um de *nós*? Puxa vida, todos os membros da expedição gostavam de Louise!

Um esgar esquisito, quase imperceptível, fez baixar os cantos da boca do dr. Reilly. Em razão das circunstâncias era difícil para ele dizer alguma coisa, mas jamais houve silêncio mais eloquente.

— Impossível mesmo – reiterou o dr. Leidner. – Todos demonstravam afeição por ela. Louise tinha um encanto natural e contagiante.

O dr. Reilly tossiu.

— Vai me desculpar, Leidner, mas afinal de contas essa é apenas a sua opinião. Se algum membro da expedição não gostasse de sua esposa, naturalmente não iria alardear o fato a você.

Angustiado, o dr. Leidner considerou:

— Sim... isso não deixa de ser verdade. Mas mesmo assim, Reilly, acho que está enganado. Tenho certeza de que todos estimavam Louise.

Calou-se por um instante e logo explodiu:

— Que ideia infame! É... é incrível demais.

— Não podemos fugir dos... ahn... fatos – afirmou o capitão Maitland.

— Fatos? Que fatos? Mentiras contadas por um cozinheiro indiano e por uma dupla de criados domésticos árabes. Conhece esse pessoal tão bem quanto eu, Reilly, e o capitão Maitland mais ainda. A verdade ao pé da letra não diz nada para eles. Falam o que a gente quer por mera questão de polidez.

— Mas nesse caso – retorquiu o dr. Reilly com frieza – estão dizendo o que *não* queremos que digam. Além disso, não é de hoje que conheço os hábitos de seus funcionários. Consideram aquele espaço do lado de fora do portão uma espécie de clube social. Sempre que venho aqui durante a tarde, encontro a maioria dos empregados ali. É o lugar natural para eles ficarem.

— Em todo caso, estão presumindo coisas demais. Por que esse homem (esse demônio) não pode ter entrado antes e se escondido em algum lugar?

— Concordo, não é de todo impossível – reconheceu o dr. Reilly, sem expressar emoção. – Vamos supor que um intruso *tenha* de algum modo conseguido entrar sem ser visto. Teria que permanecer escondido até o instante exato (e com certeza não poderia tê-lo feito no quarto da sra. Leidner, onde não há como se esconder) e correr o risco de ser flagrado ao entrar no quarto e sair dele... com Emmott e o garoto no pátio a maior parte do tempo.

– O menino dos potes. Tinha me esquecido dele – disse o dr. Leidner. – Rapazinho esperto. Mas com certeza, Maitland, ele *tem que* ter visto o assassino entrar no quarto de minha mulher, não acha?

– Já elucidamos esse pormenor. O garoto lavou potes a tarde toda, menos num breve intervalo. Por volta da uma e meia (Emmott não conseguiu ser mais exato), Emmott subiu ao terraço e ficou por lá com o senhor uns dez minutos, não é mesmo?

– Sim. Não me lembro da hora exata, mas deve ter sido por aí.

– Ótimo. Bem, naqueles dez minutos, o menino, aproveitando a oportunidade de matar tempo, saiu e foi jogar conversa fora com os demais no lado externo do portão. Quando Emmott desceu do terraço, percebeu a ausência dele e o chamou indignado, perguntando por que diabos ele havia abandonado o trabalho. Na minha percepção, *a sua mulher deve ter sido assassinada durante aqueles dez minutos.*

Com um gemido, o dr. Leidner sentou-se e escondeu o rosto nas mãos. O dr. Reilly retomou a palavra, com a voz calma e pragmática.

– O horário se encaixa com a prova médica – informou. – Ela já estava morta há umas três horas quando a examinei. A única dúvida... quem a matou?

Seguiu-se um silêncio. O dr. Leidner endireitou-se na cadeira, passou a mão na testa e, em voz baixa, reconheceu:

– O raciocínio é válido, Reilly. Sem dúvida, *parece* ter sido o que se chama de "serviço interno". Mas, estou convencido, deve haver um equívoco. É plausível, mas tem que haver uma falha nisso. Para começo de conversa, vocês partem do pressuposto que ocorreu uma coincidência fantástica.

– Curioso você utilizar essa palavra – disse o dr. Reilly.

Sem lhe dar ouvidos, o dr. Leidner prosseguiu:

– Minha esposa recebe cartas ameaçadoras. Tem motivo para temer certa pessoa. A seguir... é assassinada. E querem que eu acredite que foi morta... não por essa pessoa... mas outra bem diferente! Isso é ridículo.

– É o que parece... sim – anuiu Reilly, pensativo.

Mirou o capitão Maitland.

– Coincidência, hein? O que me diz, Maitland? Concorda com a ideia? Abrimos o jogo com Leidner?

O capitão Maitland balançou a cabeça afirmativamente.

– Vá em frente – limitou-se a dizer.

– Leidner, já ouviu falar em Hercule Poirot?

O dr. Leidner fitou-o perplexo.

– Acho que já ouvi falar nele, sim – respondeu em tom vago. – Certa vez escutei um amigo, o sr. Van Aldin, mencionar o nome dele nos termos mais elogiosos. É um detetive particular, não é mesmo?

— O próprio.

— Mas com certeza mora em Londres. Que serventia isso tem para nós?

— Mora em Londres, sim – retorquiu o dr. Reilly –, mas aí entra a coincidência. Hoje ele não está em Londres, e sim na Síria. *Na verdade, amanhã vai passar por Hassanieh, a caminho de Bagdá!*

— Quem lhe contou isso?

— Jean Berat, o cônsul da França. Jantou conosco ontem à noite e mencionou o nome dele. Ao que consta, ele esteve desemaranhando um escândalo militar na Síria. Vai passar aqui para visitar Bagdá, depois retorna à Síria e parte para Londres. Quer maior coincidência que essa?

O dr. Leidner vacilou um instante e mirou o capitão Maitland como quem se desculpa.

— O que acha, capitão Maitland?

— Qualquer cooperação é bem-vinda – respondeu na mesma hora o capitão Maitland. – Meus homens são bons batedores para explorar o campo e investigar vendetas familiares, mas francamente, Leidner, esse negócio de sua esposa parece fora de meu alcance. A coisa toda é suspeita demais. Estou mais do que ansioso para que esse sujeito dê uma olhada no caso.

— Sugere que eu peça a esse tal Poirot para nos ajudar? – indagou o dr. Leidner. – E supondo que ele recuse?

— Não vai recusar – disse o dr. Reilly.

— Como sabe?

— Também sou profissional. Se, digamos, um caso complicado de meningite cerebrospinal aparecesse em minha frente e me pedissem ajuda, eu não seria capaz de recusar. Esse crime é incomum, Leidner.

— Sim – concordou o dr. Leidner. Seus lábios se contraíram em aflição súbita. – Reilly, poderia entrar em contato com esse Hercule Poirot em meu nome?

— Claro.

O dr. Leidner agradeceu com um gesto.

— Até agora – murmurou devagar – ainda não consegui acreditar que Louise esteja realmente morta.

Não suportei mais.

— Ah! Dr. Leidner – irrompi –, não tenho palavras para expressar o quanto me sinto mal pelo que aconteceu. Fracassei tanto no meu dever. Era obrigação minha cuidar da sra. Leidner... e protegê-la de quaisquer males.

O dr. Leidner meneou a cabeça gravemente.

— Não, enfermeira, não há motivo algum para ficar se censurando – reconfortou devagar. – O culpado, que Deus me perdoe, sou *eu*... Durante o tempo todo, *não acreditei*... não acreditei... Nem por um instante sequer sonhei que existia perigo real...

Levantou-se. O rosto dele estremeceu.

– *Deixei que ela encontrasse a morte*... Sim, deixei que ela encontrasse a morte... por *não acreditar*...

Saiu do aposento, cambaleante.

O dr. Reilly fitou-me.

– Também me culpo – afirmou. – Achava que a falecida estava brincando com os nervos dele.

– Eu também não levei a sério – confessei.

– Nós três erramos – constatou o dr. Reilly com seriedade.

– É o que parece – completou o capitão Maitland.

CAPÍTULO 13

Chega Hercule Poirot

Acho que nunca vou me esquecer da primeira vez em que vi Hercule Poirot. Claro, com o tempo fui me acostumando com ele, mas no começo levei um susto e tanto, e acho que todos também levaram!

Não sei bem o que eu imaginava – algo mais ao estilo de Sherlock Holmes, o corpo longilíneo e esguio, o rosto esperto e arguto. Lógico, sabia que ele era estrangeiro, mas não esperava que fosse *tão* estrangeiro assim, se é que você me entende.

Quando a gente o enxerga, dá vontade de rir! Parece um personagem de teatro ou de cinema. Para começo de conversa, não mede mais do que, digamos, 1 metro e 63 – um homenzinho excêntrico e roliço, já bem maduro, com um formidável bigode e a cabeça oval. Parece o cabeleireiro de uma comédia teatral!

E era esse sujeito que ia descobrir quem matou a sra. Leidner!

Um quê de minha aversão, suponho, deve ter transparecido em meu rosto, pois quase na mesma hora ele me disse com estranho brilho de divertimento nos olhos:

– Não me aprova, *ma soeur*? Lembre-se, nunca julgue um frasco pela aparência.

Só descobrimos se o perfume é bom depois de usá-lo, *acho* que foi isso o que ele quis dizer.

Bem, aquilo tinha seu fundo de verdade, mas de minha parte não senti muita firmeza!

O dr. Reilly trouxe-o a bordo de seu carro domingo depois do almoço. A primeira medida de Poirot foi pedir que todos nos reuníssemos.

Assim o fizemos no refeitório, todos sentados à mesa. O sr. Poirot sentou-se à cabeceira, ladeado pelo dr. Leidner e o dr. Reilly.

Todos reunidos, o dr. Leidner pigarreou e murmurou com sua voz amena e hesitante:

– Imagino que todos aqui já ouviram falar de monsieur Hercule Poirot. Hoje ele estava de passagem por Hassanieh e de modo muito amável concordou em interromper a viagem para nos auxiliar. A polícia iraquiana e o capitão Maitland, tenho certeza, estão fazendo o melhor que podem, mas... mas existem circunstâncias no caso... – atrapalhou-se e lançou um olhar de súplica ao dr. Reilly – ...existem, parece, certos contratempos...

– Tem algo fora do esquadro nesta história, não é isso? – emendou o homenzinho à cabeceira da mesa. Puxa, nem falar inglês direito ele sabia!

– Aham, ele *tem que* ser pego! – gritou a sra. Mercado. – Seria insuportável se ele escapasse!

Percebi o olhar do pequenino estrangeiro se deter nela de modo avaliativo.

– Ele? *Ele* quem, madame? – indagou Poirot.

– Ora, o assassino, é claro.

– Ah! O assassino – repetiu Hercule Poirot.

Deu a entender que o assassino não tinha importância nenhuma!

Todos o encaramos. Fitou-nos um a um.

– Corrijam-me se eu estiver enganado – recomeçou ele. – Imagino que ninguém aqui teve contato prévio com um caso de assassinato, não é mesmo?

Murmúrio geral de concordância.

Hercule Poirot abriu um sorriso.

– Está explicado, portanto, que não entendam o ABC da situação. Existem dissabores! Sim, existem inúmeros dissabores. Em primeiro lugar, existe *suspeita*.

– Suspeita?

Foi a srta. Johnson quem falou. O sr. Poirot mirou-a pensativo. Tive a impressão de que ele a considerou de modo aprovador. Parecia pensar: "Eis uma pessoa sensata e inteligente!".

– Sim, mademoiselle – respondeu. – Suspeita! Vamos pôr os pingos nos is. *Todos nesta casa estão sob suspeita.* O cozinheiro, o criado, o lavador de pratos, o menino dos potes... Sim, e todos os membros da expedição também.

A sra. Mercado levantou-se bruscamente, o rosto crispado.

– Como *ousa*? Como ousa dizer uma coisa dessas? Isso é medonho... intolerável! Dr. Leidner... não pode ficar aí sentado e deixar este homem... deixar este homem...

O dr. Leidner disse com ar cansado:
– Por favor, tente se acalmar, Marie.
O sr. Mercado também se ergueu, as mãos trêmulas e os olhos injetados.
– Concordo. É um ultraje... um desaforo...
– Não, não – apaziguou o sr. Poirot. – Não estou insultando ninguém. Apenas pedindo que encarem os fatos. *Numa casa em que foi cometido um assassinato, todos que nela habitam recebem sua parcela de suspeita.* Pergunto: que prova existe de que o assassino veio de fora?

A sra. Mercado gritou:
– Mas é claro que veio! É lógico! Caso contrário... – ela parou e recomeçou devagar – seria inacreditável!
– Tem toda a razão, madame – curvou-se Poirot. – Só explico de que modo o assunto deve ser abordado. Primeiro, me asseguro de que todos nesta sala são inocentes. Depois disso, vou procurar o assassino em outro lugar.
– Talvez aí já não seja tarde demais? – perguntou o padre Lavigny em tom polido, um tanto irônico.
– A tartaruga, *mon père*, ultrapassou a lebre.

O padre Lavigny deu de ombros.
– Estamos em suas mãos – falou resignado. – Convença-se o mais breve possível de nossa inocência nesse caso horrendo.
– O mais rápido possível. Era meu dever esclarecer a situação, de modo que ninguém se melindre com a impertinência das perguntas que preciso fazer. Talvez, *mon père*, a Igreja comece dando o exemplo?
– Pergunte o que quiser – respondeu em tom sério o padre Lavigny.
– É sua primeira temporada aqui?
– Sim.
– E chegou... quando?
– Há quase três semanas. Ou seja, no dia 27 de fevereiro.
– Vindo de?
– De Cartago, da Congregação dos Pères Blancs.
– Obrigado, *mon père*. Conhecia a sra. Leidner antes de vir para cá?
– Não, nunca a tinha visto antes de conhecê-la aqui.
– Quer me contar o que fazia na hora da tragédia?
– Decifrava tábuas cuneiformes em meu quarto.

Percebi que Poirot tinha à mão um esboço da sede.
– O seu quarto fica no canto sudoeste e corresponde ao quarto da sra. Leidner no lado oposto?

– Sim.
– A que horas se encaminhou ao quarto?
– Logo depois do almoço. Por volta de vinte para a uma, eu diria.
– E ficou lá... até quando?
– Pouco antes das três. Escutei a caminhoneta chegando... e em seguida saindo de novo. Fiquei intrigado e saí para averiguar.
– Durante o tempo em que estava no quarto saiu alguma vez?
– Não, nenhuma vez.
– E não escutou nem viu algo que possa ter conexão com a tragédia?
– Não.
– Seu quarto não tem janela para o pátio?
– Não, as duas dão para o campo.
– Conseguia escutar algo do que acontecia no pátio?
– Não muita coisa. Escutei o sr. Emmott passando perto de meu quarto e subindo ao terraço. Fez isso uma ou duas vezes.
– Consegue se lembrar em que horário?
– Não, receio que não. Estava concentrado no trabalho, sabe.
Depois de uma pausa, Poirot acrescentou:
– Pode nos dizer ou sugerir qualquer coisa que ajude a esclarecer o caso? Notou, por exemplo, algo nos dias que precederam o assassinato?
O padre Lavigny demonstrou certo desconforto.
Lançou um olhar meio indagador ao dr. Leidner.
– Perguntinha difícil, monsieur – respondeu com seriedade. – Para ser sincero, a meu ver, a sra. Leidner andava claramente aterrorizada com alguém ou algo. Sem dúvida temia pessoas estranhas. Imagino que houvesse motivo para esse receio... Mas não *sei* de nada. Ela não se abria comigo.
Poirot pigarreou e consultou algumas anotações que segurava na mão.
– Ao que consta, duas noites atrás houve uma ameaça de roubo.
O padre Lavigny respondeu que sim e contou em minúcias a história da luz avistada no depósito de antiguidades e a posterior busca em vão.
– O senhor acredita, não é mesmo, que alguém sem autorização entrou na propriedade àquela hora?
– Não sei o que pensar – confessou o padre Lavigny em tom honesto. – Nada foi levado nem mexido. Pode ter sido um dos criados...
– Ou alguém da expedição?
– Ou alguém da expedição. Mas nesse caso não haveria razão para que a pessoa não admitisse o fato.
– Mas *poderia* igualmente ter sido um intruso?
– Imagino que sim.

— Vamos supor que houvesse um intruso no local. Ele poderia ter se escondido com sucesso durante todo o dia seguinte até a tarde do outro dia?

Fez a pergunta dirigindo-se meio ao padre Lavigny e meio ao dr. Leidner. Os dois ponderaram sobre o assunto com cuidado.

— É difícil imaginar como — respondeu enfim o dr. Leidner, com certa relutância. — Não vejo onde poderia se esconder. E o senhor, padre Lavigny?

— Não... não... não vejo.

Os dois pareceram relutantes em descartar a hipótese.

Poirot virou para a srta. Johnson.

— E a mademoiselle? Considera essa hipótese plausível?

Depois de meditar um instante, a srta. Johnson meneou a cabeça.

— Não — sentenciou ela. — Não acho. Onde alguém poderia se esconder? Os quartos estão todos em uso e, além do mais, têm pouca mobília. O quarto escuro, a sala de desenho e o laboratório foram todos utilizados no dia seguinte... assim como as demais salas. Não há armários nem nichos. Talvez se os empregados estivessem em conluio...

— Isso é possível, mas improvável — disse Poirot.

Dirigiu-se de novo ao padre Lavigny.

— Há outro quesito. Dias atrás, a enfermeira Leatheran flagrou o senhor conversando com um homem no lado de fora. Segundo ela, esse mesmo homem foi visto tentando espiar por uma das janelas externas. Tudo indica que ele rondava o local de modo deliberado.

— Isso é possível, é claro — ponderou o padre Lavigny, meditativo.

— O senhor começou a falar com ele, ou ele falou primeiro?

O padre Lavigny pensou por alguns instantes.

— Creio que... sim, tenho certeza: foi ele que falou comigo primeiro.

— O que foi que ele disse?

O padre Lavigny fez um esforço de rememoração.

— Perguntou, acho eu, algo como se era ali que ficava a sede da expedição americana. E também se os americanos contratavam muitos homens para o trabalho. Na verdade, não o entendi muito bem, mas me esforcei para entabular conversa a fim de melhorar meu árabe. Pensei que alguém da cidade, como ele, talvez me entendesse melhor do que o pessoal da escavação.

— Conversaram sobre algo mais?

— Até onde me lembro, eu disse que Hassanieh era uma cidade de bom tamanho... e então concordamos que Bagdá era maior... e acho que ele perguntou se eu era armênio ou católico sírio... algo assim.

Poirot assentiu com a cabeça.

— Pode descrevê-lo?

Outra vez o padre Lavigny franziu a testa como quem raciocina.

— Baixinho – disse enfim – e atarracado. Olhos vesgos e pele clara.

O sr. Poirot volveu o olhar em minha direção.

— Isso bate com o modo com o qual a senhorita o descreveria?

— Não exatamente – hesitei. – Diria que era mais alto do que baixo, com a tez bem escura. Pareceu-me bem esbelto e nem um pouco estrábico.

O sr. Poirot deu uma encolhida de ombros sem esperança.

— É sempre assim! Quem é da polícia sabe muito bem! A descrição do mesmo homem por duas pessoas distintas... nunca coincide. Todos os detalhes se contradizem.

— Tenho razoável certeza quanto ao estrabismo – confirmou o padre Lavigny. – A enfermeira Leatheran pode estar certa quanto aos demais itens. A propósito, quando eu disse pele *clara*, só quis dizer clara para um *iraquiano*. Imagino que a enfermeira possa chamar isso de escura.

— Escura mesmo – afirmei, pertinaz. – Uma cor encardida, amarelo-escura.

Vi o dr. Reilly morder os lábios e sorrir.

Poirot jogou os braços para cima.

— *Passons!* – exclamou. – Esse forasteiro rondando pode ser importante... Mas pode ser que não. Em todo caso, tem que ser encontrado. Vamos continuar nossa investigação.

Titubeou um minuto, estudando os rostos ao redor da mesa, todos voltados a ele. Então, com um aceno rápido, escolheu o sr. Reiter.

— Vamos lá, meu amigo – incentivou. – Conte-nos o seu relato sobre ontem à tarde.

O rosto roliço e rosado do sr. Reiter pintou-se de vermelho vivo.

— Eu? – indagou.

— Sim, o senhor. Para começar, nome e idade?

— Carl Reiter, 28 anos.

— Dos Estados Unidos... não é?

— Sim, de Chicago.

— Primeira temporada?

— Sim. Sou responsável pelo registro fotográfico.

— Ah, sim. E ontem à tarde qual foi sua atividade?

— Bem... fiquei no quarto escuro a maior parte do tempo.

— Hum... a *maior* parte do tempo?

— Sim. Primeiro revelei umas chapas fotográficas. Depois preparei alguns artefatos para fotografar.

— Fora?

— Não, no ateliê.

— O quarto escuro se abre no ateliê?

– Sim.
– E o senhor em nenhum momento saiu do ateliê?
– Não.
– Percebeu algo do que se passava no pátio?

O jovem balançou a cabeça.

– Não percebi nada – explicou. – Estava entretido nos meus afazeres. Escutei o carro voltar e, assim que pude interromper o que fazia, saí para ver se tinha alguma carta para mim. Foi então que... fiquei sabendo.

– E começou a trabalhar no ateliê... a que horas?
– Dez para a uma.
– Conhecia a sra. Leidner antes de passar a integrar a expedição?

O jovem balançou a cabeça.

– Não, senhor. Nunca a tinha visto até chegar aqui.
– Pode pensar em *qualquer coisa*... qualquer incidente... por mais insignificante que seja... que possa nos ajudar?

Carl Reiter fez que não outra vez e disse, desamparado:

– Acho que não sei de nada, senhor.
– Sr. Emmott?

David Emmott falou de modo claro e conciso em seu timbre americano tranquilo e agradável.

– Trabalhei com a cerâmica das quinze para uma até as quinze para as três... Orientando o menino Abdullah, selecionando material e, de vez em quando, subindo ao terraço para auxiliar o dr. Leidner.

– Por quantas vezes subiu ao terraço?
– Quatro, se não me engano.
– Durante quanto tempo?
– Em geral, dois minutinhos... não mais do que isso. Mas numa oportunidade, depois de estar trabalhando há pouco mais de meia hora, demorei uns dez minutos... discutindo o que guardar e o que descartar.

– E, pelo que fui informado, ao descer constatou que o rapaz tinha abandonado o serviço?

– Sim. Aquilo me deixou irritado. Chamei-o, e ele apareceu, vindo do lado de fora do arco. Tinha saído para papear com os outros.

– Essa foi a única vez em que ele interrompeu o trabalho?
– Bem, eu o mandei umas duas vezes subir ao terraço com a cerâmica.

Poirot disse em tom solene:

– É uma pergunta quase desnecessária, sr. Emmott, mas vou fazê-la: viu alguém entrar ou sair do quarto da sra. Leidner nesse período?

A resposta do sr. Emmott foi imediata.

– Não vi ninguém. Ninguém apareceu no pátio durante as duas horas em que estive trabalhando.

– E está convicto de que era uma e meia da tarde quando o senhor e o garoto se ausentaram, e o pátio ficou vazio?

– Não deve ter sido muito longe disso. Claro, não posso dar a hora *exata*.

Poirot virou ao dr. Reilly.

– Isso se encaixa com a sua estimativa do horário da morte, doutor.

– Sim – confirmou o dr. Reilly.

O sr. Poirot cofiou os longos bigodes torcidos.

– Acho que podemos considerar – ponderou gravemente – que a sra. Leidner encontrou sua morte durante aqueles dez minutos.

CAPÍTULO 14

Um de nós?

Sucedeu-se uma breve pausa – e nela uma onda de horror pareceu tomar conta da sala.

Acho que naquele instante passei a acreditar na teoria do dr. Reilly.

Senti o assassino na sala. Sentado conosco... escutando. *Um de nós...*

Talvez a sra. Mercado tenha sentido o mesmo. Pois, de repente, deixou escapar um gritinho estridente.

– Não consigo evitar – soluçou. – É... é tão *terrível*!

– Força, Marie – consolou o marido.

Ele nos lançou um olhar de desculpa.

– Ela se impressiona facilmente. Sensível como só ela.

– Eu... eu gostava tanto de Louise – soluçou a sra. Mercado.

Não sei se mostrei no rosto algo do que senti, mas súbito notei que o sr. Poirot me fitava com um leve sorriso nos lábios.

Lancei-lhe um olhar gélido, e de imediato ele retomou o interrogatório.

– Conte, madame, como passou a tarde de ontem?

– Aproveitei para lavar o cabelo – soluçou a sra. Mercado. – Parece horrível não ter ficado sabendo de nada. Sentia-me bastante feliz e atarefada.

– Estava em seu quarto?

– Sim.

– E não saiu dali?

– Não. Não até ouvir o carro. Então saí e escutei o que havia acontecido. Ah, foi *horrível*!

— Ficou surpresa?

A sra. Mercado parou de chorar. Seus olhos se arregalaram de mágoa.

— Como assim, monsieur Poirot? Está sugerindo...

— O que eu poderia sugerir, madame? Acabou de contar o quanto gostava da sra. Leidner. Ela pode, talvez, ter feito confidências a senhora.

— Ah, entendo... Não... não, a amável Louise nunca me contou nada... quer dizer, nada *categórico*. Claro, eu percebia que ela andava tremendamente preocupada e nervosa. E aconteceram aqueles estranhos incidentes... dedos batendo na janela e tudo o mais.

— Fantasias, eu me lembro de que a senhora disse – atalhei, incapaz de permanecer em silêncio.

Fiquei alegre ao vê-la momentaneamente aturdida.

Outra vez tive consciência do olhar divertido do sr. Poirot em minha direção.

Ele recapitulou com eficácia.

— Tudo se resume a isto, madame: a senhora lavava o cabelo... não ouviu nada nem viu nada. Existe algo, por mínimo que seja, que a senhora acha que pode ser de alguma ajuda?

A sra. Mercado nem se deu ao trabalho de pensar.

— Não, de fato não. É o mistério mais obscuro! Mas eu diria que não há dúvida... não há dúvida *nenhuma* de que o assassino veio de fora. Isso está claro.

Poirot volveu o olhar ao marido dela.

— E o monsieur, o que tem a dizer?

O sr. Mercado sobressaltou-se nervoso. Cofiou a barba de modo vago.

— Deve ter sido. Deve ter sido – repetiu. – No entanto, como alguém poderia querer mal a ela? Uma pessoa tão doce... tão amável... – Ele meneou a cabeça. – Seja lá quem a matou deve ser um demônio... sim, um demônio!

— E como passou a tarde de ontem, monsieur?

— Eu? – fitou o vazio, distraído.

— Você estava no laboratório, Joseph – lembrou a esposa.

— Ah, sim, isso mesmo... isso mesmo. Minhas tarefas de sempre.

— A que horas foi para lá?

De novo o sr. Mercado mirou a esposa com expressão indefesa e indagadora.

— Dez para uma, Joseph.

— Ah, sim, dez para uma.

— Em algum momento saiu ao pátio?

— Não, acho que não. – Ele refletiu. – Não, tenho certeza que não.

— Quando ficou sabendo da tragédia?

– Minha esposa veio me contar. Foi terrível... chocante. Mal pude acreditar. Até mesmo agora, mal consigo acreditar que é verdade.

De repente, começou a tremer.

– É horrível... horrível...

A sra. Mercado aproximou-se dele com rapidez.

– Sim, sim, Joseph, é bem assim que nos sentimos. Mas não podemos perder o controle e dificultar as coisas para o pobre dr. Leidner.

Notei um espasmo de dor perpassar o rosto do dr. Leidner e imaginei que essa atmosfera emocional não era fácil para ele. Relanceou um olhar de súplica a Poirot, que respondeu com rapidez.

– Srta. Johnson? – continuou.

– Receio ter pouco a contar – disse a srta. Johnson. Sua voz polida e requintada era um bálsamo depois dos guinchos agudos da sra. Mercado. Ela prosseguiu: – Trabalhava na sala de estar... imprimindo a estampa de selos cilíndricos em plasticina.

– E viu ou notou algo?

– Não.

Poirot lançou a ela um olhar rápido. O ouvido dele percebera o mesmo que o meu – um débil sinal de indecisão.

– Tem certeza absoluta, mademoiselle? Não existe algo de que se lembre vagamente?

– Não... na verdade, não...

– Algo que a senhorita viu, vamos dizer, com o rabo do olho, quase sem ter se dado conta?

– Não, com certeza não – assegurou com firmeza.

– Ou senão algo que a senhorita *escutou*. Ah, sim, algo que a senhorita não tem bem certeza de que pode ter escutado ou não?

A srta. Johnson emitiu uma risadinha breve e contrariada.

– Me cerca por todos os lados, monsieur Poirot. Tenho medo de que esteja me encorajando a lhe contar o que estou, talvez, apenas imaginando.

– Então há algo que a senhorita... vamos dizer... imaginou?

A srta. Johnson respondeu devagar, sopesando cada palavra de maneira imparcial:

– Eu tenho imaginado... desde então... que, em certa hora durante a tarde, escutei um grito abafado... Arrisco dizer que *realmente* ouvi um grito. Todas as janelas da sala estavam abertas, e a gente escuta tudo que é tipo de barulho das pessoas lidando nas lavouras de cevada. Mas, sabe... depois do que aconteceu... enfiei na minha cabeça que... que era a sra. Leidner que eu tinha escutado. E isso tem me deixado muito triste. Porque se eu tivesse logo ido verificar o quarto dela... bem, sabe-se lá? Talvez chegasse a tempo...

O dr. Reilly atalhou de modo peremptório.

— Ora, não comece a pensar essas coisas — disse ele. — Não tenho dúvidas de que a sra. Leidner (me desculpe, Leidner) foi atingida tão logo o homem entrou no quarto, e foi esse golpe que a matou. Não foi desferida uma segunda pancada. Caso contrário, ela teria tido tempo para pedir socorro e provocar um verdadeiro tumulto.

— Mas pelo menos eu teria visto o assassino — ponderou a srta. Johnson.

— A que horas foi isso, mademoiselle? — indagou Poirot. — Por volta de uma e meia?

Ela refletiu alguns instantes.

— Deve ter sido mais ou menos nesse horário... sim.

— Isso se encaixa — murmurou Poirot, pensativo. — Não ouviu mais nada... por exemplo, portas se abrindo ou fechando?

A srta. Johnson balançou a cabeça.

— Não, não me recordo de nada assim.

— A senhorita estava sentada à mesa, presumo. Para onde olhava? O pátio? O depósito? A varanda? Ou o campo aberto?

— Eu estava de frente para o pátio.

— Conseguia ver o menino Abdullah lavando os potes?

— Ah, sim, se eu levantasse o olhar, mas é claro que estava muito concentrada no que fazia. Toda a minha atenção estava naquilo.

— Mas teria notado se alguém tivesse passado pela janela do pátio?

— Ah, sim, tenho quase certeza disso.

— E ninguém passou?

— Não.

— E teria notado se alguém, vamos dizer, tivesse atravessado o pátio?

— Hum... provavelmente não... A menos, como eu disse antes, que por acaso erguesse os olhos e observasse pela janela.

— Não notou quando Abdullah abandonou o trabalho e saiu para ficar junto com os outros empregados?

— Não.

— Dez minutos — cismou Poirot. — Aqueles dez minutos fatais.

Seguiu-se um silêncio momentâneo.

De repente, a srta. Johnson levantou a cabeça e disse:

— Sabe, monsieur Poirot, acho que sem querer o induzi ao erro. Pensando melhor, de onde eu estava, acho que não posso ter ouvido quaisquer gritos emitidos no quarto da sra. Leidner. Havia o depósito de antiguidades entre nós... E pelo que sei as janelas do quarto dela foram encontradas fechadas.

— Em todo caso, não se aflija, mademoiselle — disse Poirot em tom bondoso. — Isso não tem lá muita importância.

— Não, claro que não. Entendo isso. Mas, sabe, é importante para *mim*, porque sinto que poderia ter feito algo.

— Não se angustie, querida Anne — disse afetuoso o dr. Leidner. — Seja sensata. Deve ter sido um árabe gritando com outro ao longe nos campos.

A srta. Johnson enrubesceu de leve, tal a benevolência de sua entonação. Cheguei até a perceber seus olhos se encherem de lágrimas. Sacudiu a cabeça e falou em tom ainda mais severo do que o de costume.

— Talvez. Clichê depois de uma tragédia... ficar imaginando coisas bem diferentes da verdade.

Poirot consultava outra vez suas anotações.

— Não creio que haja muito mais a ser dito. Sr. Carey?

Richard Carey falou devagar — de um jeito canhestro e mecânico.

— Temo não ter nada útil a acrescentar. Realizava o meu serviço na escavação. Fiquei sabendo do ocorrido lá.

— E sabe ou lembra de algo útil nos dias precedentes ao crime?

— Nada.

— Sr. Coleman?

— Fiquei por fora da coisa toda — declarou o sr. Coleman com um quê de pesar na voz. — Fui a Hassanieh na manhã de ontem pegar o salário dos funcionários. Quando voltei, Emmott me contou o que tinha acontecido, e pulei outra vez no veículo para buscar a polícia e o dr. Reilly.

— E antes disso?

— Bem, sir, os nervos estavam meio à flor da pele... mas já sabe disso. Teve o susto do depósito de antiguidades e alguns outros antes (mãos e rostos na janela), o senhor se lembra — apelou ao dr. Leidner, que concordou com um aceno de cabeça. — Sabe, acho que vão acabar descobrindo que algum joão-ninguém entrou *mesmo* pelo arco. Deve ter sido um sujeito ardiloso.

Poirot mediu-o em silêncio por um tempo.

— É inglês, sr. Coleman? — perguntou enfim.

— Tem razão, sir. Britânico até a alma.

— É sua primeira temporada?

— Exato.

— E é apaixonado por arqueologia?

Essa descrição de si próprio causou certo constrangimento ao sr. Coleman. Ficou vermelho e olhou de soslaio ao dr. Leidner, como um aluno pego em flagrante delito.

— Claro... é tudo interessantíssimo — gaguejou. — Quero dizer... inteligência não é lá meu forte...

Interrompeu a fala de modo claudicante. Poirot não insistiu.

Com a ponta do lápis, tamborilou pensativo na mesa e endireitou meticulosamente um tinteiro à sua frente.

– Então parece – disse ele – que isso é o mais próximo que conseguimos chegar a esta altura. Se alguém se lembrar de algo que hoje escapou da memória, não hesite em me procurar. Vou ficar satisfeito agora, acho, se tiver uma palavrinha a sós com o dr. Leidner e o dr. Reilly.

Era a deixa para desfazer a reunião. Todos nos erguemos e marchamos em fila rumo à porta. Quando eu passava a soleira, entretanto, uma voz me chamou de volta.

– Talvez – acrescentou monsieur Poirot – a enfermeira Leatheran pudesse fazer a gentileza de permanecer. Acho que a colaboração dela será valiosa para nós.

Voltei e retomei meu lugar à mesa.

CAPÍTULO 15

Poirot dá um palpite

O dr. Reilly levantara-se de sua cadeira. Depois de todos saírem, fechou a porta com cuidado. Então, lançando um olhar indagador a Poirot, cerrou a janela que se abria ao pátio. As outras já estavam fechadas. Em seguida, retomou o lugar à mesa.

– *Bien!* – exclamou Poirot. – Agora estamos num ambiente reservado e sereno. Podemos falar abertamente. Ouvimos o que os membros da expedição tinham a dizer... mas, sim, *ma soeur*, o que se passa em sua cabeça?

Fiquei vermelha. É inegável que o estranho homenzinho tinha olhos argutos. Percebera uma ideia lampejar na minha cabeça – imagino que meu rosto *tenha* mostrado bem de leve o que eu pensava!

– Ah, não é nada – hesitei.

– Vamos, enfermeira – instigou o dr. Reilly. – Não deixe o especialista esperar.

– Não é nada mesmo – apressei-me a dizer. – Só passou pela minha cabeça, por assim dizer, que mesmo se alguém realmente soubesse ou suspeitasse de algo, não seria fácil trazer o assunto à tona na frente de todo mundo... ou até mesmo, talvez, na frente do dr. Leidner.

Para meu completo espanto, monsieur Poirot balançou a cabeça em enfática concordância.

– Exato. Exato. Observação cirúrgica. Mas vou explicar. Aquela reuniãozinha que fizemos... tinha um objetivo. Na Inglaterra, antes das corridas, é costume fazer um desfile dos cavalos, não é? Eles trotam até a frente das tribunas para que todos tenham a oportunidade de vê-los e avaliá-los. Esse foi o objetivo de minha reunião. No jargão do turfe, dei uma olhada nos aprumos dos cavalos competidores.

O dr. Leidner soltou uma exclamação violenta:

– Não acredito *nem por um minuto* que um membro de minha expedição esteja envolvido neste crime!

E, virando-se para mim, declarou de modo impositivo:

– Enfermeira, ficaria grato se contasse ao monsieur Poirot aqui e agora exatamente o que se passou entre minha esposa e a senhorita dois dias atrás.

Intimada desse modo, mergulhei de imediato em meu próprio relato, tentando até onde era possível me lembrar das palavras e expressões exatas usadas pela sra. Leidner.

Ao terminar, monsieur Poirot elogiou:

– Excelente. Excelente. A senhorita tem uma cabeça clara e organizada. Será de grande utilidade para mim aqui.

Virou-se para o dr. Leidner.

– Tem as tais cartas?

– Tenho-as aqui. Pensei que o senhor ia querer examiná-las como prioridade.

Poirot pegou as cartas, leu-as e escrutinou-as com minúcia. Fiquei muito decepcionada por ele não ter derramado pó sobre elas nem as examinado com a ajuda de lupa ou microscópio – mas me dei conta de que ele não era lá assim tão jovem e, por isso, seus métodos talvez estivessem desatualizados. Só as leu como um leigo teria lido.

Terminada a leitura, repousou as cartas na mesa e pigarreou.

– Agora – recomeçou –, vamos ordenar os fatos com clareza. Sua esposa recebe a primeira destas cartas pouco depois do casamento nos Estados Unidos. Antes houve outras cartas, mas ela as destrói. À primeira carta, segue-se uma segunda. Pouco tempo depois de receber a segunda carta, os dois escapam por pouco de morrer asfixiados pelo gás. Em seguida, viajam ao exterior e por quase dois anos não recebem novas cartas ameaçadoras. Elas reiniciam este ano, no começo da temporada arqueológica... ou seja, de três semanas para cá. Correto?

– Corretíssimo.

– Sua esposa demonstra sinais de pânico e, depois de consultar o dr. Reilly, o senhor contrata a enfermeira Leatheran para acompanhá-la e debelar seus medos?

– Sim.
– Certos incidentes acontecem... dedos tamborilando na janela... um rosto espectral... barulhos no depósito de antiguidades. Por acaso, testemunhou pessoalmente algum desses fenômenos?
– Não.
– Ninguém além de sra. Leidner?
– O padre Lavigny enxergou uma luz no depósito de antiguidades.
– Sim, não me esqueci desse detalhe.
Poirot calou-se por um instante. Logo disse:
– Sua esposa fez testamento?
– Creio que não.
– Por quê?
– Não parecia útil do ponto de vista dela.
– Ela é rica?
– Sim, sempre foi. O pai deixou-lhe os juros de uma soma substancial de dinheiro. Não podia tocar no capital. Quando morresse, o dinheiro passaria aos filhos que porventura tivesse... Na falta de filhos, o dinheiro seria destinado ao Museu de Pittstown.

Poirot tamborilou na mesa, com ar meditativo.
– Quer dizer que podemos, penso eu, eliminar um motivo do caso – ponderou. – Entende, é isso que procuro primeiro. *Quem se beneficia com a morte da pessoa falecida?* Neste caso, é um museu. Caso contrário, se a sra. Leidner tivesse morrido sem fazer testamento, mas dona de uma fortuna considerável, imagino que levantaria uma questão interessante quanto a quem herdaria o dinheiro... o senhor... ou um ex-marido. Mas haveria uma dificuldade extra: o ex-marido teria que ressuscitar para poder reclamar a herança, e imagino que nesse caso ele correria risco de ser preso, embora eu tenha minhas dúvidas se a pena de morte seria exigida tanto tempo depois da guerra. Entretanto, essas especulações não precisam ser aventadas. Como já disse, primeiro resolvo a questão do dinheiro. O passo seguinte é sempre suspeitar do marido ou da esposa da pessoa morta! Neste caso, em primeiro lugar, ficou provado que o senhor não se aproximou do quarto da esposa ontem à tarde; em segundo lugar, o senhor perde em vez de ganhar com a morte de sua esposa, e em terceiro lugar...

Fez uma pausa.
– Sim? – quis saber o dr. Leidner.
– Em terceiro lugar – continuou Poirot devagar –, eu consigo, acho, identificar a devoção quando me deparo com ela. Acredito, dr. Leidner, que o amor pela esposa era a paixão predominante de sua vida. Estou certo?

O dr. Leidner limitou-se a responder:

MORTE NA MESOPOTÂMIA 83

– Sim.

Poirot balançou a cabeça de modo afirmativo.

– Portanto – disse ele –, podemos ir em frente.

– Não podemos ser mais objetivos? – disse o dr. Reilly com certa impaciência.

Poirot mirou-o com olhos reprovadores.

– Meu amigo, não seja impaciente. Num caso desses, tudo precisa ser abordado com organização e método. De fato, essa é a minha cartilha sempre. Agora que já descartamos certas possibilidades, vamos abordar um ponto importantíssimo. É crucial que, como se diz, todas as cartas estejam na mesa... Nada deve ser mantido em segredo.

– Com certeza – anuiu o dr. Reilly.

– É por isso que exijo a verdade completa – prosseguiu Poirot.

O dr. Leidner mirou-o surpreso.

– Eu lhe asseguro, monsieur Poirot, que não mantive nada em segredo. Contei tudo que sei. Não omiti nada.

– *Tout de même*, o senhor não me contou *tudo*.

– Contei sim. Não consigo pensar em nenhum detalhe que deixei escapar.

Ele parecia bastante aflito.

Poirot abanou a cabeça docilmente.

– Não – disse ele. – *Não me contou, por exemplo, por que instalou a enfermeira Leatheran na casa.*

Desorientado, o dr. Leidner disse:

– Mas já expliquei isso. É óbvio. O nervosismo de minha mulher... seus medos...

Poirot inclinou-se à frente. De modo lento e enfático, balançou o indicador de um lado para o outro.

– Não, não, não. Algo aqui não está claro. Sua esposa está em perigo, sim... Ameaçada de morte, sim. E o senhor manda chamar... *não a polícia*... nem mesmo um detetive particular... mas uma enfermeira! Isso não faz sentido!

– Eu... eu... – O dr. Leidner interrompeu a fala. O rubor subiu a suas faces. – Eu pensei que... – Calou-se de súbito.

– Agora estamos quase lá – encorajou Poirot. – Pensou... o quê?

O dr. Leidner permaneceu em silêncio; parecia atormentado e indisposto a colaborar.

– Veja o senhor – o tom de Poirot tornou-se simpático e cativante –, tudo o que o senhor me disse faz sentido, *à exceção disso*. Por que uma enfermeira? Existe uma resposta, sim. De fato, só pode existir uma resposta. *O senhor não acreditava que sua esposa corria perigo.*

E então com um grito o dr. Leidner sucumbiu.

– Deus me perdoe – gemeu. – Não acreditava. Não acreditava.

Poirot observou-o com o tipo de atenção que um gato dá à entrada da toca do camundongo – prestes a atacar quando o camundongo aparecer.

– No que então o senhor pensava? – quis saber ele.

– Não sei. Não sei...

– Sabe sim. Sabe perfeitamente. Talvez eu possa ajudá-lo... com um palpite. *Dr. Leidner, o senhor suspeitava de que todas essas cartas haviam sido escritas por sua própria esposa?*

Não houve necessidade de resposta. A verdade do palpite de Poirot era mais do que evidente. A mão horripilante que o dr. Leidner levantou, como implorando misericórdia, disse tudo.

Respirei fundo. Quer dizer que eu *estava* certa na minha vaga suposição! Recordei o tom curioso com que o dr. Leidner me perguntara o que eu achava de tudo aquilo. Devagar e pensativa, acenei com a cabeça em afirmação. Súbito me dei conta do olhar de monsieur Poirot fixo em mim.

– Pensa o mesmo, enfermeira?

– A ideia passou pela minha cabeça – disse honestamente.

– Por que motivo?

Expliquei a semelhança da letra no envelope que o sr. Coleman me mostrara.

Poirot virou ao dr. Leidner.

– O senhor também havia notado essa semelhança?

O dr. Leidner curvou a cabeça.

– Sim, havia. A caligrafia era pequena e meio dura... não ampla e fluente como a de Louise, mas várias letras tinham o mesmo formato. Vou lhe mostrar.

De um bolso interno do paletó, puxou algumas cartas e, por fim, escolheu uma página de uma delas e entregou a Poirot. Era parte de uma carta escrita para ele por sua esposa. Poirot cotejou-a atentamente com as cartas anônimas.

– Sim – murmurou. – Sim. Existem várias semelhanças... um jeito curioso de desenhar a letra *s*, um *e* característico. Não sou especialista em grafologia... Não posso afirmar com certeza (embora eu jamais tenha encontrado dois grafólogos que concordassem em algum ponto que fosse)... Mas o mínimo que se pode dizer é isto: a semelhança entre as duas caligrafias é acentuada. Parece altamente provável que todas as cartas tenham sido escritas pela mesma pessoa. Mas isso não é *certo*. Devemos levar em conta todas as chances.

Recostou-se na cadeira e falou com ar pensativo:

— Há três possibilidades. Primeira: a semelhança da caligrafia é pura coincidência. Segunda: essas cartas ameaçadoras foram escritas pela própria sra. Leidner por alguma razão misteriosa. Terceira: foram escritas por alguém que *copiou intencionalmente a letra dela*. Por quê? Não parece fazer sentido. Uma dessas três alternativas deve ser a correta.

Refletiu por um tempinho e, em seguida, virando para o dr. Leidner, indagou, retomando seu jeito animado:

— Quando a possibilidade de que a própria sra. Leidner fosse a autora dessas cartas lhe veio a primeira vez à mente, que teoria o senhor formulou?

O dr. Leidner meneou a cabeça.

— Tentei abandonar a ideia o mais rápido possível. Parecia-me uma coisa horrenda.

— Não buscou uma explicação?

— Bem — vacilou ele. — Imaginei se remoer o passado e ficar se afligindo com ele talvez não tivesse afetado levemente o cérebro de minha esposa. Pensei que talvez ela pudesse ter escrito aquelas cartas para si sem nem ao menos ter consciência disso. Isso é possível, não é? — acrescentou, virando ao dr. Reilly.

O dr. Reilly franziu os lábios.

— O cérebro humano é capaz de quase tudo — respondeu vagamente.

Mas relanceou um olhar cortante a Poirot que, como em obediência a ele, trocou de assunto.

— O detalhe das cartas é interessante — ponderou. — Mas temos que nos concentrar no caso como um todo. Existem, a meu ver, três soluções possíveis.

— Três?

— Sim. Solução número um e a mais simples: o primeiro marido de sua esposa está vivo. A princípio ele a intimida e depois leva a cabo as ameaças. Se aceitarmos essa solução, nosso problema é descobrir como ele entrou e saiu sem ser visto.

"Solução número dois: a própria sra. Leidner, por motivos de foro íntimo (provavelmente melhor compreendidos por um médico do que por um leigo), redige as cartas ameaçadoras. O episódio do gás é de autoria dela (lembre-se de que foi ela quem lhe acordou falando que sentiu cheiro de gás). Mas, *se foi a sra. Leidner quem escreveu as cartas, não corria risco por conta do suposto autor*. Devemos, portanto, procurar o assassino em outro lugar. Devemos, de fato, procurar entre os membros de sua equipe. Sim — em resposta a um murmúrio de protesto do dr. Leidner —, essa é a única conclusão lógica. Para satisfazer um rancor particular, um deles a matou. Essa pessoa, posso dizer, provavelmente tinha conhecimento das cartas... De qualquer forma, estava ciente de que a sra. Leidner temia ou fingia temer alguém. Esse fato, na opinião do homicida, tornaria o assassinato bastante confortável para ele. Sentiu-se seguro de que o crime seria imputado a um forasteiro misterioso... o autor das cartas ameaçadoras.

"Uma variante dessa solução é que na verdade o próprio assassino tenha escrito as cartas, tendo conhecimento do passado da sra. Leidner. Mas, nesse caso, não fica claro *por que* o criminoso teria copiado a letra da sra. Leidner já que, até onde conseguimos perceber, seria mais vantajoso a ele ou ela que as cartas aparentassem ter sido escritas por um forasteiro.

"A terceira solução é a mais interessante para mim. Sugiro que as cartas são autênticas. Foram escritas pelo primeiro marido da sra. Leidner (ou seu irmão mais novo), *que na verdade é um dos membros da expedição*."

CAPÍTULO 16

Os suspeitos

Dr. Leidner levantou-se num pulo.

– Impossível! Completamente impossível! A ideia é ridícula!

Sr. Poirot mirou-o com toda a calma, mas nada disse.

– Quer me fazer acreditar que o ex-marido de minha esposa está na expedição *e que ela não o reconheceu*?

– Exato. Reflita um pouco sobre os fatos. Por volta de quinze anos atrás, sua mulher viveu com esse homem alguns meses. Ela o reconheceria se topasse com ele depois desse período? Acredito que não. O rosto está mudado, o corpo já não é mais o mesmo... quem sabe a voz não esteja tão diferente, mas esse é um detalhe que ele pode resolver. E lembre-se: *ela não está procurando por ele entre as pessoas da expedição*. Ela o visualiza como alguém de *fora* – um intruso. Não, não acho que ela o reconheceria. E há uma segunda possibilidade. O irmão caçula... o menino tão intensamente devotado ao irmão mais velho. Hoje, ele é um homem feito. Ela seria capaz de reconhecer uma criança de dez, doze anos num homem perto dos trinta? Sim, temos que levar em conta William Bosner. Lembre-se, aos olhos dele, o irmão não era traidor, mas sim um mártir que deu a vida pela pátria... a Alemanha. Aos olhos dele, a traidora é a *sra. Leidner*... o monstro que enviou o amado irmão à morte! Uma criança suscetível é capaz de cultivar grande adoração heroica, e uma cabeça jovem pode se obcecar por uma ideia fixa que persiste até a vida adulta com facilidade.

— Isso é bem verdade – concordou o dr. Reilly. – A visão popular de que uma criança esquece fácil é inexata. Muita gente passa a vida toda sob a influência de uma fixação adquirida na mais tenra infância.

— *Bien*. Temos duas possibilidades: Frederick Bosner, homem de seus cinquenta e poucos anos, e William Bosner, com quase trinta. Vamos examinar os membros da equipe sob esses dois pontos de vista.

— Isso é grotesco – murmurou o dr. Leidner. – *Minha* equipe! Os membros de minha própria expedição.

— E, por isso, considerados acima de qualquer suspeita – comentou Poirot causticamente. – Prisma utilíssimo. *Commençons!* Quem, sem sombra de dúvida, pode ser descartado como Frederick ou William?

— As mulheres.

— Claro. Podemos riscar a srta. Johnson e a sra. Mercado da lista de suspeitos. Quem mais?

— Carey. É meu colaborador há longa data, muito antes de eu conhecer Louise...

— Sem falar que tem a idade errada. Deve ter, calculo eu, 38 ou 39 anos, jovem demais para ser Frederick, velho demais para ser William. Agora quanto aos outros. Temos o padre Lavigny e o sr. Mercado. Qualquer um deles pode ser Frederick Bosner.

— Mas, meu caro – gritou o dr. Leidner numa voz que mesclava irritação e divertimento –, o padre Lavigny é um epigrafista de renome mundial e Mercado trabalhou durante anos num famoso museu de Nova York. É *impossível* que um dos dois seja o homem de quem o senhor fala!

Poirot balançou a mão num gesto etéreo.

— Impossível... palavra que não me diz nada! Sempre examino o impossível com o máximo cuidado! Mas por enquanto vamos adiante. Quem mais? Carl Reiter, jovem de sobrenome germânico, David Emmott...

— Está comigo há duas temporadas, lembre-se.

— É um jovem com o dom da paciência. *Se* cometesse um crime, não teria pressa. Tudo seria planejado nos mínimos detalhes.

O dr. Leidner fez um gesto de desânimo.

— Por fim, William Coleman – prosseguiu Poirot.

— Ele é inglês.

— *Pourquoi pas?* A sra. Leidner não disse que o menino deixou os Estados Unidos e ninguém mais soube de seu paradeiro? Pode facilmente ter crescido na Inglaterra.

— O senhor tem resposta para tudo – retorquiu o dr. Leidner.

Minha cabeça estava a mil. Desde o início, tive a sensação de que o jeito do sr. Coleman se parecia mais com o de um personagem de P. G.

Wodehouse do que com o de um jovem de carne e osso. Será que durante todo o tempo ele estivera encenando um papel?

Poirot escrevia numa caderneta.

– Vamos em frente com organização e método – continuou. – Na primeira alternativa, temos dois nomes: padre Lavigny e sr. Mercado. Na segunda, temos Coleman, Emmott e Reiter.

"Agora vamos estudar o outro lado da questão: meios e oportunidade. *Quem entre os membros da expedição dispôs de meios e oportunidade de cometer o crime?* Com Carey na escavação, Coleman em Hassanieh e o senhor no terraço, restam o padre Lavigny, o sr. Mercado, a sra. Mercado, David Emmott, Carl Reiter, a srta. Johnson e a enfermeira Leatheran."

– Ahn?! – exclamei, saltando da cadeira.

O sr. Poirot fitou-me com um brilho divertido nos olhos.

– Sim, receio, *ma soeur*, que tenha que ser incluída. Com o pátio vazio, teria sido muito fácil sair do quarto e matar a sra. Leidner. Tem músculos fortes, e a vítima não suspeitaria de nada até o golpe ser desferido.

De tão perturbada, não fui capaz de emitir uma palavra sequer. O dr. Reilly, observei, parecia entreter-se bastante.

– O caso inusitado da enfermeira que matava um a um os pacientes – murmurou ele.

Então era essa impressão que ele tinha de mim!

O raciocínio do dr. Leidner tomara outro rumo.

– Emmott não, monsieur Poirot – objetou. – Não pode incluí-lo. Estava comigo no terraço, lembre-se, durante aqueles dez minutos.

– Apesar disso, não podemos descartá-lo. Pode ter descido, se encaminhado direto ao quarto da sra. Leidner, a matado e *então* chamado o menino de volta ao trabalho. Ou pode ter cometido o crime numa das ocasiões em que *ele* mandou o menino subir ao terraço.

O dr. Leidner meneou a cabeça, murmurando:

– Que pesadelo! É tudo tão... bizarro.

Para minha surpresa, Poirot concordou.

– Sim, é verdade. *É um crime bizarro.* É raro se deparar com crimes assim. Em geral, assassinatos são muito sórdidos... mas muito simples. Este, no entanto, é diferente... Suspeito, dr. Leidner, de que sua esposa era uma dama incomum.

Acertou tão em cheio que eu tive um sobressalto.

– Isso é verdade, enfermeira? – perguntou ele.

O dr. Leidner disse serenamente:

– Conte a ele como era Louise, enfermeira. Você não tem preconceitos.

Falei com toda a franqueza.

— Uma pessoa fascinante — contei. — Era impossível deixar de admirá-la e querer fazer as coisas por ela. Nunca encontrei alguém como ela antes.

— Obrigado — disse o dr. Leidner, abrindo um sorriso para mim.

— Esse é um testemunho valioso vindo de alguém de fora — disse Poirot com polidez. — Bem, vamos continuar. Sob a chancela de *meios e oportunidade* temos sete nomes: enfermeira Leatheran, srta. Johnson, sra. Mercado, sr. Mercado, sr. Reiter, sr. Emmott e padre Lavigny.

De novo pigarreou. Já notei que estrangeiros conseguem fazer os ruídos mais curiosos.

— Por enquanto, vamos supor que nossa terceira teoria esteja correta. A de que o assassino é Frederick ou William Bosner, e que Frederick ou William Bosner é um membro da equipe da expedição. Comparando as duas listas, podemos restringir os suspeitos a quatro. Padre Lavigny, sr. Mercado, Carl Reiter e David Emmott.

— O padre Lavigny está fora de questão — afirmou o dr. Leidner com decisão. — É um dos Pères Blancs em Cartago.

— E sua barba é bem verdadeira — emendei.

— *Ma soeur* — retorquiu Poirot —, um assassino de primeira categoria *nunca* usa barba postiça!

— E como sabe que o assassino é de primeira categoria? — desafiei com rebeldia.

— Porque, se não fosse, toda a verdade já estaria clara para mim neste instante... e não está.

Nada além de presunção, pensei comigo.

— De qualquer modo — repliquei, voltando ao assunto —, a barba deve ter levado um bom tempo para crescer.

— Observação pertinente — elogiou Poirot.

O dr. Leidner retorquiu irritado:

— Mas é um absurdo... um absurdo total. Tanto ele quanto Mercado são profissionais de renome. São conhecidos no meio há anos.

Poirot virou para ele.

— O senhor interpreta errado. Não leva em conta um ponto relevante: *se Frederick Bosner não está morto... o que tem feito todos esses anos?* Deve ter adotado outro nome, construído uma carreira.

— Como um Père Blanc? — indagou, cético, o dr. Reilly.

— Sei que é meio fantástico — confessou Poirot. — Mas não podemos simplesmente descartá-lo. Além do mais, há outras possibilidades.

— Os jovens? — indagou Reilly. — Se quer saber minha opinião, a julgar pelas aparências, só um de seus suspeitos é plausível.

— E quem seria?

– O jovem Carl Reiter. Não há nada concreto contra ele, mas, pensando bem, é preciso admitir algumas coisas... Tem a idade certa, sobrenome germânico, é novato na expedição e teve a oportunidade. Era só sair sorrateiro do ateliê, cruzar o pátio, cometer o crime e correr de volta enquanto não houvesse ninguém por perto. Se por acaso alguém espiasse no ateliê no momento em que estivesse ausente, sempre poderia alegar que estava no quarto escuro. Não digo que é seu homem, mas se fosse para suspeitar de alguém, diria que ele de longe é o mais provável.

Monsieur Poirot não pareceu lá muito receptivo. Balançou a cabeça com seriedade, mas também com certa dúvida.

– Sim – disse ele. – É o mais plausível, mas talvez não seja assim tão simples.

Em seguida emendou:

– Não digamos mais por enquanto. Gostaria agora, se possível, de examinar o quarto onde o crime ocorreu.

– Pois não – o dr. Leidner remexeu nos bolsos, então mirou o dr. Reilly. – O capitão Maitland levou – informou.

– Maitland passou para mim – disse Reilly. – Teve que se ausentar devido àquela tramoia curda.

Mostrou a chave.

Dr. Leidner gaguejou vacilante:

– Se importa se... eu não... Talvez, a enfermeira...

– Claro. Claro – disse Poirot. – Entendo plenamente. Jamais pretendo lhe causar sofrimento desnecessário. Se tiver a bondade de me acompanhar, *ma soeur*.

– Com certeza – eu disse.

CAPÍTULO 17

A mancha no lavatório

O corpo da sra. Leidner havia sido trasladado a Hassanieh para a necrópsia, mas afora isso tudo havia sido deixado exatamente como estava. O fato de haver pouca coisa no quarto facilitou a perícia policial.

À direita da porta, a cama, e defronte, as duas janelas gradeadas que davam ao campo. Junto à parede, entre as duas janelas, a mesa de carvalho com duas gavetas que servia de penteadeira para a sra. Leidner. Na parede leste, uma cômoda de pinho e uma série de ganchos, de onde pendiam vestidos protegidos com sacolas de algodão. Logo à esquerda da porta, o lavatório. No meio do quarto, uma escrivaninha de carvalho, despojada, mas de bom tamanho, com mata-borrão, tinteiro e uma pastinha de couro. Era nessa pasta que a sra. Leidner guardava as cartas anônimas. As cortinas consistiam em tiras curtas de tecido local – brancas com listras alaranjadas. Tapetes de couro de cabra enfeitavam o piso de pedra: três estreitinhos, marrons com listras brancas, na frente das duas janelas e do lavatório, e outro maior, de melhor qualidade, branco com listras marrons, entre a cama e a escrivaninha.

Nada de armários, alcovas nem cortinas compridas – de fato, nenhum lugar onde alguém pudesse se esconder. Uma colcha estampada de algodão cobria a cama simples de ferro. O único vestígio de luxo no quarto: a maciez de três travesseiros forrados com penas da melhor qualidade. Só no quarto da sra. Leidner havia aqueles travesseiros.

Em palavras sucintas, o dr. Reilly explicou onde o corpo da sra. Leidner havia sido encontrado – caído no tapete ao lado da cama.

Para ilustrar seu relato, acenou para eu dar um passo à frente.

– Não se incomoda, enfermeira? – disse ele.

Não sou dada a melindres. Deitei-me no chão e procurei adotar o melhor que pude a posição em que o corpo da sra. Leidner tinha sido encontrado.

– O dr. Leidner levantou a cabeça dela quando a encontrou – contou o doutor. – Mas eu o interroguei com mais detalhes, e ficou óbvio que ele não chegou realmente a mudar a posição dela.

– Parece bastante simples – disse Poirot. – Deitada na cama, adormecida ou descansando... alguém abre a porta, ela ergue a cabeça, levanta e...

– E ele a derruba com um golpe – arrematou o doutor. – A pancada a faz perder os sentidos e sem demora a leva à morte. Sabe...

Explicou o ferimento em linguagem técnica.

– Pouco sangue, então? – indagou Poirot.

– É, a hemorragia se deu na parte interna do crânio.

– *Eh bien* – ponderou Poirot –, isso parece bastante simples... à exceção de uma coisa. *Se o homem que entrou fosse um estranho, por que a sra. Leidner não pediu socorro logo? Se tivesse gritado, teria sido ouvida. A nossa enfermeira Leatheran a teria ouvido, além de Emmott e o menino.*

– Isso se explica fácil – rebateu secamente o dr. Reilly. – *Porque não era um estranho.*

Poirot assentiu com a cabeça.

– Sim – concordou, pensativo. – Pode ter ficado *surpresa* ao ver a pessoa... mas não teve *medo*. Então, quando ele a golpeou, *talvez* tenha emitido um grito abafado... tarde demais.

– O grito escutado pela srta. Johnson?
– Sim, se é que ela ouviu *mesmo*. Mas, para falar a verdade, duvido muito. Essas paredes de tijolos de barro são grossas, e as janelas estavam fechadas.
Caminhou até a cama.
– Deixou-a deitada na cama? – indagou-me ele.
Expliquei exatamente o que eu fizera.
– Ela pretendia dormir ou ler?
– Entreguei dois livros a ela... um de leitura bem leve e o outro de memórias. Ela costumava ler um tempinho e então, às vezes, interrompia a leitura para tirar uma soneca.
– E ela agia... como direi... de modo rotineiro?
Meditei.
– Sim. Parecia normal e bem-humorada – respondi. – Só um pouco lacônica, talvez, mas creditei isso ao fato de ela ter desabafado comigo no dia anterior. Às vezes isso deixa as pessoas um tanto constrangidas.
Os olhos de Poirot faiscaram.
– Ah, sim, de fato, eu que o diga.
Correu o olhar pelo quarto.
– E quando a senhorita veio aqui depois do crime, tudo estava como havia sido deixado antes?
Também corri o olhar ao redor.
– Sim, acho que sim. Não me lembro de nada fora do lugar.
– Nem sinal da arma utilizada para golpeá-la?
– Não.
Poirot mirou o dr. Reilly.
– O que era, em sua opinião?
A resposta do doutor foi imediata:
– Algo bem pesado, de bom tamanho, sem quinas nem pontas. A base redonda de uma estátua, digamos... algo assim. Veja bem, não sugiro que *foi* isso. Mas esse tipo de coisa. O golpe foi desferido com muita força.
– Por um braço forte? Um braço masculino?
– Sim... a não ser...
– A não ser... quê?
Dr. Reilly completou devagar:
– É possível que a sra. Leidner estivesse de joelhos... Nesse caso, um golpe desferido de cima com um objeto pesado não exigiria tanta força.
– *De joelhos* – cismou Poirot. – Ideia interessante, essa.
– Veja bem, não passa de uma suposição – apressou-se a salientar o doutor. – Não há absolutamente nada que leve a crer nisso.
– Mas é possível.

– Sim. Afinal de contas, face às circunstâncias, não tem nada de fantástico. Assim que o instinto lhe disse ser tarde demais, que ninguém chegaria a tempo, talvez ela tenha se ajoelhado de medo, em atitude de súplica, em vez de gritar.

– Sim – murmurou Poirot pensativo. – Ideia interessante...

Ideia fraca, pensei comigo. Não me entrava na cabeça a imagem da sra. Leidner se ajoelhando para alguém.

Poirot avançou devagar pelo quarto. Abriu as janelas, testou as grades de ferro, passou a cabeça entre elas e certificou-se de que em hipótese alguma conseguiria fazer a mesma coisa com os ombros.

– As janelas estavam fechadas quando a encontrou – disse ele. – Já estavam fechadas quando a deixou a sós, quinze para a uma?

– Sim, sempre são fechadas à tarde. Estas janelas não têm telas como na sala de estar e no refeitório. Ficam fechadas para evitar a entrada de insetos.

– Em todo o caso, ninguém poderia sair por ali – considerou Poirot. – E as paredes são das mais sólidas (feitas de tijolos de barro) e não existem alçapões nem claraboias. Só existe um modo de entrar neste quarto: *pela porta*. E só existe um modo de chegar à porta: *pelo pátio*. E só existe uma entrada para o pátio: *pelo arco*. E fora do arco havia cinco pessoas e todas contam a mesma história. De minha parte não acho que estejam mentindo... Não, não estão mentindo. Ninguém comprou o silêncio deles. O assassino estava *aqui*...

Não falei nada. Eu não tivera a mesma sensação quando estávamos todos reunidos à mesa?

Devagar, Poirot perambulou pelo quarto. Pegou uma foto em cima da cômoda. Um senhor de idade com cavanhaque branco. Mirou-me com olhos indagadores.

– O pai da sra. Leidner – esclareci. – Ela me contou.

Repôs a foto no lugar e relanceou os olhos nos itens do toucador – todos de legítima casca de tartaruga, sem ornamentos, mas de boa qualidade. Perscrutou a fileira de livros numa prateleira, lendo os títulos em voz alta.

– *Quem foram os gregos? Introdução à teoria da relatividade. Vida de Lady Hester Stanhope. O trem de Crewe. De volta a Matusalém. Linda Condon.* Sim, eles nos dizem algo, talvez. Não tinha nada de boba, essa sra. Leidner. Tinha um cérebro pensante.

– Ah! Era uma dama *muito* inteligente – opinei ansiosa. – Muito lida e por dentro de tudo. Nem um pouco vulgar.

Sorriu enquanto relanceava o olhar em minha direção.

– Sim – disse ele. – Já me dei conta disso.

Continuou a investigar. Parou alguns instantes na frente do lavatório, onde havia uma grande variedade de frascos e cremes de higiene pessoal.

Então, de repente, ele ajoelhou-se e examinou o tapete.

O dr. Reilly e eu nos juntamos a ele com rapidez. Ele examinava uma pequena mancha marrom-escura, quase invisível no marrom do tapete. De fato, só era um pouco perceptível numa das listras brancas.

– O que me diz, doutor? – indagou. – É sangue?

O dr. Reilly se ajoelhou.

– Pode ser – disse ele. – Quer que eu afirme com certeza?

– Se fizesse a bondade.

O sr. Poirot examinou o jarro e a bacia. O jarro, de pé num canto do lavatório. A bacia, vazia. Ao lado do lavatório, uma lata com água servida.

Virou-se para mim.

– Lembra-se, enfermeira? Este jarro estava *fora* da bacia ou *dentro* dela quando saiu do quarto da sra. Leidner às quinze para a uma?

– Não posso afirmar ao certo – respondi após alguns instantes. – Tenho a impressão de que estava dentro da bacia.

– É mesmo?

– Mas, veja bem – apressei-me a esclarecer –, só penso isso porque ele costumava ficar ali. É nessa posição que os meninos o deixam depois do almoço. Tenho a sensação de que se não estivesse ali eu teria notado.

Ele assentiu de modo apreciativo.

– Sim. Entendo isso. É seu treinamento hospitalar. Se algo estivesse fora do lugar no quarto, teria arrumado inconscientemente sem ao menos notar o que fazia. E depois do crime? Estava como agora?

Meneei a cabeça.

– Não prestei atenção – esclareci. – Só verifiquei se havia um lugar onde alguém podia se esconder e se o assassino havia deixado alguma pista.

– É sangue, sem dúvida – confirmou o dr. Reilly, pondo-se de pé. – É importante?

Poirot franzia a testa, perplexo. Jogou as mãos para cima com petulância.

– Não posso dizer. Como poderia? Talvez não signifique nada. Poderia dizer, se eu quisesse, que o assassino tocou na vítima... que havia sangue nas mãos dele... não muito sangue, mas havia... e então ele veio até aqui e lavou as mãos. Sim, pode ter sido isso. Mas não posso chegar a conclusões precipitadas e garantir que *foi* assim. Talvez essa mancha não tenha importância alguma.

– Teria sido pouquíssimo sangue – ponderou o dr. Reilly, em tom duvidoso. – Não jorrou sangue nem coisa parecida. Só deve ter pingado um pouco de sangue do ferimento. Claro, se ele tivesse tocado o local...

Estremeci. Uma imagem sórdida me veio à mente. A visão de alguém – talvez aquele fotógrafo cara de porco – golpeando aquela mulher fascinante. Em seguida, o agressor, dominado por uma terrível exultação maligna, se curvando sobre a vítima para sondar o ferimento... com o rosto, talvez, agora desfigurado... a fúria demente em pessoa...

O dr. Reilly percebeu meu calafrio.

– Qual o problema, enfermeira? – indagou.

– Nada não... Só fiquei toda arrepiada... – respondi. – Tive uma sensação sinistra.

O sr. Poirot deu meia-volta e me fitou.

– Sei do que a senhorita precisa – afirmou. – Logo que eu tiver encerrado aqui e voltar para Hassanieh em companhia do dr. Reilly, vamos levá-la conosco. Vai oferecer um chá à enfermeira Leatheran, não vai, doutor?

– Será um prazer.

– Ah, não, doutor – protestei. – Isso nem passa pela minha cabeça.

Monsieur Poirot deu um tapinha amistoso no meu ombro. Tapinha bem britânico, não um tapinha estrangeiro.

– A senhorita, *ma soeur*, vai nos obedecer – sentenciou ele. – Além disso, será vantajoso para mim. Tem muita coisa que quero discutir e não posso fazê-lo aqui, onde é preciso manter o decoro. O bondoso dr. Leidner idolatrava a esposa e tem a certeza (ah, tanta certeza) de que todo mundo sentia o mesmo em relação a ela! Mas isso, a meu ver, não reflete a natureza humana! Não... Queremos discutir a sra. Leidner sem... como é mesmo que se diz?... Sem papas na língua. Combinado então. Quando terminarmos aqui, vamos levá-la conosco a Hassanieh.

– Imagino – hesitei – que eu deva ir embora de qualquer jeito. É muito constrangedor.

– Fique sem fazer nada por uns dias – sugeriu o dr. Reilly. – Não pode mesmo ir embora antes do funeral.

– Tudo muito bonito – comentei. – Mas vamos supor que *eu* também seja assassinada, doutor?

Falei aquilo meio em tom de piada; o dr. Reilly levou na brincadeira e, acho eu, também teria respondido de forma cômica.

Monsieur Poirot, no entanto, para meu assombro, estacou no meio do quarto e apertou a cabeça entre as mãos.

– Ah! Se fosse possível... – murmurou. – É perigoso... sim... muito perigoso... mas fazer o quê? Como nos proteger do perigo?

– Ora, monsieur Poirot – apressei-me a dizer –, só estava brincando! Quem ia querer me matar, eu gostaria de saber?

– Matar você... ou outra pessoa – completou ele, e não gostei nem um pouco do jeito com que ele disse isso. Sem dúvida, arrepiante.
– Mas por quê? – insisti.
Então ele me fitou olho no olho.
– Eu brinco, mademoiselle – disse ele –, e dou risada. *Mas com certas coisas não se brinca.* Aprendi muito no exercício de minha profissão. E uma dessas coisas, a mais terrível, é esta: *o assassinato é um hábito...*

CAPÍTULO 18

Chá no dr. Reilly

Antes de partir, Poirot deu um giro por toda a sede e nas dependências anexas. Também fez perguntas indiretas aos empregados – ou seja, o dr. Reilly traduzia perguntas e respostas do inglês para o árabe e vice-versa.

Essas perguntas referiam-se principalmente à aparência do estranho que a sra. Leidner e eu havíamos avistado espiando pela janela e com quem o padre Lavigny tinha conversado no dia seguinte.

– Acha mesmo que aquele sujeito teve algo a ver com o caso? – indagou o dr. Reilly quando sacolejávamos no carro dele a caminho de Hassanieh.

– Gosto de toda e qualquer informação disponível – replicou Poirot.

E, para ser sincera, isso descreve os seus métodos com perfeição. Descobri mais tarde que não havia nada – nem um pedacinho de fofoca insignificante – em que ele não estivesse interessado. Os homens não costumam ser assim tão bisbilhoteiros.

Confesso que fiquei contente ao receber minha xícara de chá pouco depois de chegarmos à casa do dr. Reilly. Monsieur Poirot, observei, pôs cinco cubos de açúcar na xícara dele.

Mexendo meticulosamente o chá com sua colherinha, ele disse:
– Agora podemos falar, não é mesmo? Podemos avaliar quem tem probabilidade de ser o assassino.

– Lavigny, Mercado, Emmott ou Reiter? – indagou o dr. Reilly.

– Não, não... essa é a teoria número três. Agora quero me concentrar na teoria número dois... deixando de lado toda essa história de marido ou cunhado misterioso vindo à tona do passado. Agora vamos discutir, com a maior simplicidade, qual membro de expedição teve os meios e a oportunidade de matar a sra. Leidner, e quem provavelmente o fez.

– Achava que o senhor não gostasse muito dessa teoria.

– Em absoluto. Mas tenho certa sutileza natural – disse Poirot em tom de censura. – Como discutir na presença do dr. Leidner os prováveis motivos que levaram ao assassinato de sua esposa por um membro da expedição? Isso não seria nem um pouco sutil. Tive que sustentar a ficção que a esposa dele era encantadora e que todos a adoravam!

"Mas claro que as coisas não eram bem assim. Agora podemos ser cruéis e impessoais e dizer o que pensamos. Não temos mais que nos preocupar com os sentimentos alheios. É aí que a enfermeira Leatheran vai nos ajudar. Ela é, estou certo, uma ótima observadora."

– Ah, tenho lá minhas dúvidas – retorqui.

O dr. Reilly me passou um prato de bolinhos escoceses com passas recém-grelhados.

– Para recuperar as forças – ofereceu.

Bolinhos saborosos.

– Muito bem – continuou o monsieur Poirot em tom amável e loquaz. – Vai me contar, *ma soeur*, exatamente o que cada membro da expedição sentia em relação à sra. Leidner.

– Só estava lá há uma semana, monsieur Poirot – ponderei.

– Tempo suficiente para alguém de sua perspicácia. Enfermeiras percebem as coisas com rapidez. Fazem suas avaliações e são fiéis a elas. Vamos começar. Padre Lavigny, por exemplo?

– Hum... não saberia dizer ao certo. Ele e a sra. Leidner pareciam gostar de conversar. Mas costumavam papear em francês. E, embora eu tenha aprendido quando menina na escola, meu francês não é muito bom. Tenho a impressão de que os dois conversavam principalmente sobre livros.

– Os dois, como se diz, se davam bem... sim?

– Bem... sim, é possível descrever desse modo. Mas, no fim das contas, acho que ela deixava o padre Lavigny perplexo... bem... e quase incomodado por ficar perplexo, se é que o senhor me entende.

E contei-lhe a conversa que eu tivera com o padre Lavigny na escavação no primeiro dia, ocasião em que ele rotulara a sra. Leidner de "perigosa".

– Ora, ora, que interessante – comentou monsieur Poirot. – E ela... o que acha que ela pensava dele?

– Também é complicado afirmar isso. Não era nada fácil saber o que a sra. Leidner pensava das pessoas. Às vezes, imagino, *ele* a deixava perplexa. Lembro que uma vez ela disse ao dr. Leidner que o padre Lavigny era diferente de todos os padres que conhecia.

– Tragam a corda de cânhamo para o padre Lavigny – brincou o dr. Reilly.

– Meu bom amigo – disse Poirot, – não tem, quem sabe, algum paciente para atender? Por nada nesse mundo eu gostaria de atrapalhar seus deveres profissionais.

– Tenho um hospital inteiro para atender – respondeu o dr. Reilly.

Levantou-se e disse:

– Para bom entendedor, meia palavra basta.

E saiu dando risada.

– Melhor assim – continuou Poirot. – Agora vamos ter uma conversinha interessante *tête-à-tête*. Mas não se esqueça de comer.

Ele me passou um prato de sanduíches e me ofereceu uma segunda xícara de chá. Tratou-me com modos realmente atenciosos e agradáveis.

– E agora – retomou – vamos prosseguir com nossas impressões. Na sua opinião, quem *não* gostava da sra. Leidner?

– Bem – ressalvei –, é só a minha opinião e não gostaria que citasse a fonte.

– Naturalmente, não.

– Mas, a meu ver, a pequena sra. Mercado a odiava!

– Ah! E o sr. Mercado?

– Ele simpatizava muito com ela – revelei. – Não creio que alguma mulher, além da esposa, costumasse dar atenção para ele. E a sra. Leidner tinha um jeito amável de ficar interessada nas pessoas e nas coisas que lhe contavam. Isso confundiu a cabeça do coitado, imagino.

– E a sra. Mercado... estava descontente?

– Ela sentia muito ciúme... é a pura verdade. É preciso ter muita cautela quando o assunto envolve marido e mulher, e isso é um fato. Poderia lhe contar algumas coisas surpreendentes. Não tem ideia das coisas extraordinárias que as mulheres enfiam na cabeça quando os maridos estão em jogo.

– Não duvido do que diz. Então a sra. Mercado era ciumenta? E ela odiava a sra. Leidner?

– Peguei-a olhando para ela como se tivesse gana de matá-la... ah, meu Deus! – endireitei-me na cadeira. – De fato, monsieur Poirot, não quis dizer... quero dizer, nem passou pela minha cabeça que...

– Não, não. Entendo perfeitamente. A expressão escapou. Muito adequada, diga-se de passagem. E a sra. Leidner? Estava preocupada com essa animosidade da sra. Mercado?

– Bem – meditei –, não creio que aquilo a preocupasse. Na verdade, nem sei ao certo se ela chegou a notar. Uma vez pensei em alertá-la, mas não é do meu feitio. É melhor não falar demais. É o que sempre digo.

– Sem dúvida é um comportamento sensato. Pode me dar alguns exemplos de como a sra. Mercado demonstrava os sentimentos dela?

Contei-lhe nossa conversa no terraço.

– Então ela mencionou o primeiro casamento da sra. Leidner – disse Poirot pensativo. – Consegue lembrar se... ao mencioná-lo... ela pareceu preocupada com a possibilidade de você ter escutado uma versão diferente?

– Acha que ela poderia saber a verdade sobre o caso?

– Talvez. Ela pode ter escrito aquelas cartas... e idealizado as pancadinhas na janela e tudo mais.

– Também cheguei a imaginar algo assim. Ela parecia capaz de fazer esse tipo de vingança mesquinha.

– Sim. Um traço cruel, eu diria. Mas não um temperamento capaz de assassinato violento e a sangue-frio. A menos, é claro...

Fez uma pausa e prosseguiu:

– É intrigante, aquela coisa curiosa que ela lhe disse: *"Sei por que você está aqui"*. O que ela quis dizer com isso?

– Não tenho a mínima ideia – disse com franqueza.

– Ela pensou que você estava ali por algum motivo oculto, diferente do declarado. Que motivo? E por que se preocupava tanto com o assunto? Intrigante, também, o jeito com que ela a fitou durante o chá no dia em que você chegou.

– Bem, ela não é uma dama, monsieur Poirot – respondi em tom afetado.

– Isso, *ma soeur*, explica, mas não justifica.

Na hora, não consegui entender direito o que ele quis dizer. Mas ele logo emendou:

– E os outros membros da expedição?

Meditei um pouco antes de responder.

– Não creio que a srta. Johnson gostasse muito da sra. Leidner. Mas ela era bem direta e franca quanto a isso. Chegou até a admitir que tinha certa reserva. Sabe, ela é muito dedicada ao dr. Leidner e já trabalhava para ele há anos. E, claro, o casamento muda as coisas... não há como negar.

– Sim – disse Poirot. – E, do ponto de vista da srta. Johnson, seria um casamento inconveniente. Teria sido bem mais conveniente se o dr. Leidner tivesse se casado com *ela*.

– De fato – concordei. – Mas isso é típico dos homens. Nem um por cento deles leva em conta a conveniência. E não há como culpar o dr. Leidner. A srta. Johnson, coitada, está longe de ser uma miss. Já a sra. Leidner era linda... não jovem, é claro... mas, ah!, eu queria que o senhor a tivesse conhecido. Havia algo nela... Lembro de o sr. Coleman ter dito que ela parecia um ser fantástico que atraía os homens aos pântanos. Esse não foi um modo lá muito adequado de se expressar, só que... ah, bem... o senhor vai rir de mim, mas *havia* algo nela meio... bem... sobrenatural.

– Ela era capaz de enfeitiçar... sim, entendo – disse Poirot.

– Também não acho que ela e o sr. Carey se dessem muito bem – continuei. – Eu tinha a impressão de que *ele* sentia ciúmes exatamente como a srta. Johnson. Os dois sempre se tratavam com cerimônia. Sabe... ela passava as coisas para ele na mesa com muita educação e se dirigia a ele como sr. Carey, de modo bem formal. Claro, ele era um velho amigo do marido dela, e certas mulheres não toleram os velhos amigos de seus maridos. Não gostam de pensar que alguém os conheceu antes delas... pelo menos esse é um jeito meio confuso de explicar...

– Entendo perfeitamente. E os três jovens? Coleman, você me diz, tinha tendência a ser poético em relação a ela.

Não pude conter uma risada.

– Era engraçado, monsieur Poirot – disse eu. – Ele é um jovem tão pragmático.

– E os outros dois?

– Sobre o sr. Emmott não sei nada. É sempre tão calado e monossilábico. Ela sempre o tratava bem. Sabe... de modo cordial... o chamava de David e costumava pegar no pé dele sobre o interesse da srta. Reilly e coisas desse tipo.

– Verdade? E ele gostava disso?

– Não sei – disse eu em tom duvidoso. – Limitava-se a olhar para ela de um modo meio enigmático. Não dava para afirmar no que ele estava pensando.

– E o sr. Reiter?

– Nem sempre ela era gentil com ele – respondi devagar. – Acho que a irritava, pois costumava dizer a ele coisas bastante sarcásticas.

– E ele se importava?

– Ficava vermelho até a raiz dos cabelos, o coitado. Claro, ela não *queria* ser indelicada.

E então, de súbito, em meio ao tênue sentimento de compaixão pelo moço, veio-me à mente a hipótese de que ele não passava de um assassino a sangue-frio que estivera interpretando um papel durante todo esse tempo.

– Ah, monsieur Poirot – exclamei –, o que acha que aconteceu *de verdade*?

Balançou a cabeça de modo lento e pensativo.

– Diga-me – recomeçou. – Não tem medo de voltar para lá hoje à noite?

– Ah, *não* – eu disse. – Claro, lembro do que o senhor disse, mas quem é que ia querer matar justo *eu*?

– Acho que ninguém ia querer – disse ele devagar. – Em parte perguntei isso porque estou tão ansioso para ouvir tudo que tem a me contar. Não, eu acho... eu tenho certeza... a senhorita está perfeitamente segura.

– Se alguém tivesse me dito em Bagdá... – comecei e interrompi a fala.

– Ouviu alguma fofoca sobre os Leidner e a expedição antes de vir para cá? – quis saber ele.

Contei-lhe sobre o apelido da sra. Leidner e um pouco do que a sra. Kelsey dissera sobre ela.

Nesse ínterim a porta se abriu, e a srta. Reilly entrou. Voltava de um jogo de tênis com a raquete na mão.

Percebi que Poirot já havia sido apresentado a ela ao chegar a Hassanieh.

Perguntou-me "Como vai?" em sua costumeira atitude desligada e pegou um sanduíche.

– E então, monsieur Poirot – disse ela. – Está evoluindo a investigação de nosso mistério local?

– Devagar e sempre, mademoiselle.

– Pelo visto resgatou a enfermeira da confusão.

– A enfermeira Leatheran está me fornecendo informações valiosas sobre os membros da expedição. De quebra, descubro um bocado de coisas... sobre a vítima. E a vítima, mademoiselle, muitas vezes é a chave para o mistério.

A srta. Reilly disse:

– Muita esperteza sua, monsieur Poirot. É uma verdade inegável que se algum dia uma mulher mereceu ser assassinada, essa mulher é a sra. Leidner!

– Srta. Reilly! – gritei escandalizada.

Ela deu uma risadinha breve e asquerosa.

– Ah! – exclamou ela. – Acho que o senhor não tem ouvido bem a verdade. A enfermeira Leatheran, receio eu, foi enganada, como muitas outras pessoas. Sabe, monsieur Poirot, desejo do fundo do coração que este caso não seja um de seus triunfos. Gostaria muito que o assassino de Louise Leidner ficasse impune. De fato, eu mesma não pensaria duas vezes em eliminá-la.

Fiquei simplesmente enojada com a moça. Monsieur Poirot, é bom que se diga, sequer pestanejou. Só fez uma reverência e disse em tom aprazível:

– Espero, então, que a senhorita tenha um álibi para ontem à tarde...

Seguiu-se um instante de silêncio, quebrado pelo barulho da raquete da srta. Reilly caindo ao chão. Ela nem se deu ao trabalho de juntar. Tipo da moça indolente e relaxada! Respondeu numa voz meio esbaforida:

– Ah, sim, eu estava jogando tênis no clube. Mas, falando sério, monsieur Poirot, me pergunto... Será que o senhor realmente sabe algo sobre a sra. Leidner e o tipo de mulher que ela era?

Outra vez, ele fez uma leve e engraçada mesura e disse:

– Sou todo ouvidos, mademoiselle.

Ela vacilou um minuto e depois falou com tamanha falta de sensibilidade e decência que me deixou repugnada.

— Por convenção, é feio falar mal dos mortos. Isso é ridículo, eu acho. A verdade não deixa de ser verdade. No fim das contas, é melhor não falar mal dos vivos. É bem possível que isso os prejudique. Os mortos não correm esse risco. Mas o mal que eles causaram às vezes sobrevive a eles. Não chega a ser uma citação shakespeariana, mas quase! A enfermeira lhe contou sobre a estranha atmosfera que reinava em Tell Yarimjah? Contou como todos andavam com os nervos à flor da pele? E como todos costumavam se entreolhar como se fossem inimigos? Isso era obra de Louise Leidner. Três anos atrás, quando eu ainda era uma criança, eles formavam o grupo mais feliz e bem entrosado que alguém pode imaginar. Até o ano passado tudo transcorria bem. Mas neste ano uma influência maligna tomou conta deles... e isso foi obra *dela*. Era o tipo de mulher que não deixava ninguém ser feliz! *Existem* mulheres assim, e ela era uma delas! Ela sempre queria romper as coisas. Só por divertimento... ou pela sensação de poder... ou talvez só porque era inerente a ela. E ela era o tipo de mulher que precisava conquistar cada criatura do sexo masculino que estivesse a seu alcance!

— Srta. Reilly — gritei —, não acho que isso seja verdade. De fato, eu *sei* que não é.

Ela continuou a falar sem tomar conhecimento de minha presença.

— Não era suficiente para ela que o marido a adorasse. Tinha que fazer de bobo aquele imbecil do Mercado e suas pernas longas e vacilantes. E depois controlou Bill. Ele é um sujeito sensato, mas ela estava o deixando todo confuso e desnorteado. Quanto ao Carl Reiter, só atormentá-lo já era o bastante para ela. Era fácil. É um moço sensível. E ela também jogava charme para David.

"David era a melhor diversão, pois a enfrentava. Sentia o fascínio dela... mas não se deixava envolver por ele. Talvez porque tivesse a percepção de que ela no fundo não dava a mínima. E é por isso que a odeio tanto. Ela não é voluptuosa. Não *quer* casos extraconjugais. Tudo não passa de experimento premeditado, com o objetivo de se divertir à custa alheia, espalhando a discórdia e jogando uns contra os outros. Nessa arte ela também se esmerava. Tipo da mulher que nunca brigou com ninguém a vida toda... mas por onde anda brigas sempre acontecem! Ela as *provoca*. É uma espécie de Iago de saias. *Tem que* respirar drama. Mas *ela própria* não quer se envolver. Sempre está tramando algo... observando... se deliciando. Ah, consegue entender *uma palavra* do que estou dizendo?"

— Entendo, talvez, mais do que a mademoiselle pensa — respondeu Poirot.

Não consegui entender o tom da voz dele. Não parecia indignado. Parecia... ah, bem, não consigo explicar direito.

Mas parece que Sheila Reilly compreendeu, pois o rubor tomou conta de suas faces.

– Pense o que quiser – ela disse. – Só sei que estou certa quanto a ela. Apenas uma mulher inteligente que, para sair do tédio, fazia experimentos. Com pessoas... Como outros fazem com produtos químicos. Divertia-se aguilhoando os sentimentos da coitada da srta. Johnson e a vendo ter que se controlar e ser tolerante, experiente como ela é. Apreciava azucrinar a pequena Mercado e levá-la a um estado de violento frenesi. Gostava de *me* provocar e de falar coisas que me deixavam chateada... e sabia fazer isso com maestria! Adorava descobrir coisas sobre as pessoas e jogar isso na cara delas. Ah, não me refiro à chantagem sem disfarce... me refiro apenas a deixá-las sabendo que ela *sabia*... e deixá-las sem saber o que tencionava fazer a respeito. Mas, meu Deus, aquela mulher era uma artista! Os métodos *dela* nada tinham de imperfeitos!

– E o marido dela? – indagou Poirot.

– Ela nunca quis magoá-lo – disse a srta. Reilly devagar. – Sempre a vi tratando-o com doçura. Acho que ela gostava dele. Ele é um amor de pessoa... envolto em seu mundo próprio... suas escavações e teorias. E a idolatrava e pensava que ela era perfeita. Isso poderia ter incomodado certas mulheres. Não a incomodava. De certo modo, ele vivia numa felicidade ilusória... que de certa maneira não era ilusória, porque ele a enxergava a seu jeito. Mas é difícil conciliar essa visão com...

Calou-se.

– Continue, mademoiselle – disse Poirot.

De repente, ela virou para mim.

– O que disse sobre Richard Carey?

– Sobre o sr. Carey? – indaguei atônita.

– Sobre ela e Carey?

– Bem – respondi –, mencionei que eles não se davam muito bem...

Para minha surpresa, ela irrompeu num acesso de riso.

– Não se davam bem! Sua ingênua! Ele está completamente apaixonado por ela! E isso está estraçalhando ele por dentro... porque ele também venera Leidner. São amigos há anos. Claro, isso a satisfazia. Esforçou-se de modo especial para se meter entre os dois. Mas, ao mesmo tempo, tenho a impressão...

– *Eh bien?*

Ela franzia a testa, absorta em pensamentos.

– Tenho a impressão de que desta vez ela foi longe demais... o feitiço virou contra a feiticeira! Carey é atraente. Atraente como o diabo... Ela era fria... mas creio que pode ter perdido a frieza com ele...

— Acho um escândalo o que está dizendo – gritei. – Puxa vida, eles mal se dirigiam a palavra!

— Ah, é mesmo? – ela virou-se para mim. – Você está por fora. Na casa era "sr. Carey" para cá, "sra. Leidner" para lá, mas eles costumavam se encontrar fora dali. Ela descia a trilha em direção ao rio. E ele saía da escavação durante uma hora. Eles costumavam se encontrar entre as árvores frutíferas.

"Uma vez eu o vi se despedindo dela, caminhando a passos largos rumo à escavação, e ela ficou lá, olhando para ele. Agi como uma malcriada, imagino. Eu trazia um binóculo comigo, peguei-o e dei uma boa olhada no rosto dela. Se me perguntassem, diria que ela estava bem interessada em Richard Carey..."

Interrompeu a fala e olhou para Poirot.

— Desculpe me intrometer em seu caso – disse ela com um sorrisinho repentino e meio torcido –, mas achei que o senhor precisava conhecer a correta cor local.

E retirou-se da sala.

— Monsieur Poirot – exclamei –, não acredito numa só palavra disso!

Ele me fitou, sorriu e disse (de um jeito bem estranho, na hora pensei):

— Não pode negar, enfermeira, que a srta. Reilly lançou certa... luz sobre o caso.

CAPÍTULO 19

Nova suspeita

Não foi possível conversar mais, porque logo depois o dr. Reilly entrou, brincando que havia matado o mais cansativo de seus pacientes.

Ele e monsieur Poirot entabularam uma discussão mais ou menos médica sobre a psicologia e a condição mental de pessoas que escrevem cartas anônimas. O doutor mencionou casos que conhecera no exercício da profissão, e monsieur Poirot contou vários episódios de sua própria experiência.

— Não é tão simples como parece – resumiu. – Há a ânsia de poder e, com muita frequência, um intenso complexo de inferioridade.

O dr. Reilly assentiu com a cabeça.

— É por isso que o autor de cartas anônimas costuma ser a última pessoa a levantar suspeitas. Uma alma pacata e inofensiva, aparentemente incapaz de fazer mal a uma mosca. Por fora, de uma brandura e uma humildade cristãs... e, por dentro, fervilhando toda a fúria do inferno!

Poirot comentou pensativo:

– O senhor diria que a sra. Leidner apresentava alguma tendência de complexo de inferioridade?

Enquanto limpava o cachimbo, o dr. Reilly mal conteve o riso.

– É a última mulher no mundo que eu descreveria assim. Não tinha nada de reprimida. Vida, vida e mais vida... Isso que ela queria... e conseguiu!

– Acha possível, do ponto de vista psicológico, que ela tenha escrito aquelas cartas?

– Sim, acho. Mas, se o fez, o motivo foi seu instinto inerente de autodramatizar. A sra. Leidner era um pouco estrela de cinema na vida privada! *Precisava* ser o centro das atenções... o alvo dos holofotes. Pela lei dos opostos, casou-se com Leidner, que vem a ser o homem mais discreto e modesto que conheço. Ele a adorava... Mas isso não era suficiente para ela. Também tinha a necessidade de ser a heroína cobiçada.

– Então – sorriu Poirot –, não concorda com a teoria dele de que ela as escreveu e não se lembra de tê-lo feito?

– Não, não concordo. Não descartei a ideia na frente dele. Não é fácil dizer para um homem que acaba de perder a esposa tão amada que essa mesma esposa era uma exibicionista descarada e que o deixou quase louco de ansiedade só para satisfazer seu gosto pelo drama. Para ser sincero, não é recomendável contar a homem nenhum a verdade sobre sua esposa! Por curioso que pareça, eu revelaria à maioria delas a verdade sobre os maridos. As mulheres conseguem aceitar o fato de que homens são cafajestes, trapaceiros, consumidores de drogas, mentirosos inveterados e grosseirões incorrigíveis sem pestanejar e sem nem ao menos reduzir a afeição por eles! As mulheres são realistas fabulosas.

– Sendo franco, dr. Reilly, qual sua opinião exata sobre a sra. Leidner?

O dr. Leidner jogou as costas para trás na cadeira e soltou lentas baforadas de cachimbo.

– Para ser franco... é difícil dizer! Não a conhecia muito bem. Tinha charme... em doses generosas. Inteligência, simpatia... O que mais? Não tinha nenhum dos desagradáveis vícios corriqueiros. Não era lasciva, nem preguiçosa, nem mesmo frívola demais. Era, sempre tive a impressão (mas não tenho como provar), uma mentirosa contumaz. O que não sei (e gostaria de saber) é se ela mentia para si mesma ou só para as outras pessoas. De minha parte, sou bastante compreensivo com os mentirosos. Mulheres que não mentem não têm imaginação nem simpatia. Não creio que ela fosse mesmo caçadora de homens... só apreciava o esporte de flechá-los com a "seta de Cupido". Quem pode falar mais sobre isso é minha filha...

– Já tivemos o prazer – disse Poirot com um leve sorriso.

– Hum... – murmurou o dr. Reilly. – Ela não perdeu tempo! Criticou-a sem dó, imagino! As novas gerações não têm respeito pelos mortos. É uma pena que todos os jovens sejam pedantes! Condenam a "velha moralidade" e logo dão um jeito de estabelecer um código próprio, ainda mais imutável. Se a sra. Leidner tivesse tido meia dúzia de amantes, Sheila provavelmente a aprovaria como alguém que "aproveita a vida na plenitude" ou "obedece aos impulsos". Ela não percebe que a sra. Leidner agia em conformidade com o estilo... o estilo *dela*. O gato obedece ao instinto quando brinca com o camundongo! É inerente a ele. Homens não são menininhos para serem defendidos e protegidos. Têm que se deparar com mulheres-gato... com mulheres "até que a morte nos separe", fiéis como cadelas cocker spaniel... com mulheres dominadoras e rabugentas... e todas as outras mais! A vida é um campo de batalha... não um piquenique! Queria ver Sheila ser honesta o bastante para admitir que odiava a sra. Leidner pelos velhos e bons motivos plenamente pessoais. Bem dizer, Sheila é a única moça neste lugar e acha que tem que ser o foco da atenção de todos os jovens modernos. É natural que se aborreça quando uma mulher (que, na visão dela, está na meia-idade e tem dois maridos no currículo) aparece e a vence em seu próprio terreno. Sheila é uma boa moça, saudável, suficientemente bonita e atraente ao sexo oposto como seria de se esperar. Mas a sra. Leidner era algo fora de série nesse quesito. Possuía o tipo de magia calamitosa capaz de incendiar um ambiente... uma espécie de *Belle Dame sans Merci*.

Quase pulei da cadeira. Que coincidência ele dizer aquilo!

– A sua filha... sem querer ser indiscreto... nutre talvez uma *tendresse* por alguns dos jovens de lá?

– Ah, não creio. O fato é que Emmott e Coleman a cercam de atenções. Não sei se ela dá mais atenção a um do que a outro. Tem dois jovens oficiais da Força Aérea também. Imagino que, para ela, hoje tudo que cai na rede é peixe. No fundo, acho que o que mais a incomoda é a experiência desafiar a juventude! Ela não conhece tanto do mundo quanto eu. Na minha idade, realmente sabemos apreciar a tez de uma moça em idade escolar, com olhos límpidos e corpo sem flacidez. Mas mulheres acima dos trinta nos escutam com enlevo e atenção, lançam um comentário aqui e ali para mostrar ao interlocutor o quanto ele é um sujeito interessante – e poucos jovens conseguem resistir a isso! Sheila é uma moça bonita... mas Louise Leidner era deslumbrante. Olhos sedutores e aquela fantástica beleza dourada. Sim: deslumbrante.

Sim, pensei comigo, ele tem razão. A beleza é uma coisa maravilhosa. Ela *havia* sido bela. Não era o tipo de aparência que provoca ciúmes – a gente apenas recostava-se e a admirava. Senti naquele primeiro dia em que conheci a sra. Leidner que eu faria *qualquer coisa* por ela.

Não obstante, naquela noite, ao ser conduzida de carro de volta a Tell Yarimjah (o dr. Reilly insistiu que eu jantasse antes), lembrei de uma ou duas coisas que me deixaram com uma sensação desconfortável. Até então não tinha acreditado numa só palavra de toda a efusiva manifestação de Sheila Reilly. Havia tomado aquilo como puro rancor e maldade.

Mas subitamente me lembrei do modo com que a sra. Leidner insistira em passear sozinha naquela tarde e de como nem quisera ouvir falar de minha companhia. Foi impossível não ficar me perguntando se, afinal de contas, ela não *havia* ido se encontrar com o sr. Carey... E, é claro, *era* um tanto curioso, mesmo, o jeito formal com que os dois se tratavam. A maioria dos outros ela chamava pelo nome.

Ele nunca parecia olhá-la duas vezes, eu me lembrava. Talvez fosse porque ele não gostasse dela – ou talvez fosse o contrário...

Estremeci de leve. Ali estava eu, fantasiando e imaginando todo tipo de coisas – tudo por causa de uma explosão juvenil de rancor! Prova cabal do quão indelicado e perigoso é ficar falando nessas coisas.

A sra. Leidner *não havia* sido daquele jeito, não...

Claro, ela *não gostava* de Sheila Reilly. Naquele dia, na hora do almoço, ela havia sido quase maldosa com o sr. Emmott.

Engraçado o jeito com que ele a olhara. Tipo de jeito impossível de decifrar. A gente nunca consegue descobrir em que o sr. Emmott estava pensando. Tão calado. Mas legal. Uma pessoa legal e de confiança.

Por outro lado, não existe jovem mais bobo do que o sr. Coleman!

Eu alcançara esse ponto em minhas ponderações quando chegamos. O relógio só marcava nove da noite, e encontramos o portão trancado e chaveado.

Ibrahim veio correndo com sua grande chave para me fazer entrar.

Como de hábito, todo mundo ia dormir cedo em Tell Yarimjah. Nenhuma luz visível na sala de estar. Luz na sala de desenho e no gabinete do dr. Leidner, mas escuridão em quase todas as outras janelas. Todo mundo deveria ter ido para cama ainda mais cedo do que o de costume.

Ao passar pela sala de desenho a caminho de meu quarto, dei uma espiada para dentro. O sr. Carey, em mangas de camisa, debruçava-se sobre sua grande planta.

Parecia terrivelmente abatido, pensei. Tão tenso e extenuado. Senti uma súbita pontada de aflição. Não sei bem o que o sr. Carey tinha de especial. Não era nada do que ele *dizia*, porque dificilmente abria a boca e quando abria só falava coisas triviais. Não era nada do que ele *fazia*, porque isso também não era assim tão relevante. No entanto, era impossível não notá-lo, e tudo que se referia a ele parecia nos importar mais do que teria importado se fosse com outra pessoa. Ele só *fazia a diferença*, se é que você me entende.

Virou a cabeça e me viu. Tirou o cachimbo da boca e perguntou:

– Bem, enfermeira, já voltou de Hassanieh?

– Sim, sr. Carey. Fazendo serão? Parece que todos já foram dormir.

– Achei que podia continuar o trabalho – explicou. – Ando um pouquinho atrasado. E amanhã saio cedo para a escavação. Vamos começar a escavar de novo.

– Já? – indaguei, chocada.

Mirou-me com uma expressão estranha.

– É a melhor coisa, acho. Incentivei Leidner a fazê-lo. Amanhã ele vai estar em Hassanieh a maior parte do dia, providenciando as coisas. Mas os demais permanecem aqui. Sabe, nessas circunstâncias, não é nada fácil ficar todo mundo sentado de braços cruzados olhando um para a cara do outro.

Ele tinha razão, é claro. Em especial no clima nervoso e agitado em que todo mundo estava.

– É, de certo modo, o senhor tem razão, é claro – comentei. – A gente espairece a cabeça se está entretida fazendo algo.

O funeral, eu sabia, seria depois de amanhã.

Debruçou-se sobre a mesa outra vez. Não sei por que, mas meu coração angustiou-se por ele. Tive a certeza de que ele não ia pregar o olho naquela noite. Indaguei hesitante:

– Não quer um comprimido para dormir, sr. Carey?

Meneou a cabeça com um sorriso.

– Vou continuar, enfermeira. É um péssimo hábito tomar comprimidos para dormir.

– Então boa noite, sr. Carey – desejei. – Se tiver algo a meu alcance...

– Creio que não, obrigado, enfermeira. Boa noite.

– Sinto tremendamente – acrescentei, acho que meio impulsiva demais.

– Sente? – indagou surpreso.

– Por... por todos nós. É tão terrível. Mas em particular para o senhor.

– Para mim? Por que para mim?

– Ora, o senhor é um velho amigo dos dois.

– Sou um velho amigo de Leidner. Não era amigo dela em especial.

Falou como se realmente não a estimasse. Como gostaria que a srta. Reilly o tivesse escutado!

– Bem, boa noite – repeti e rumei depressa a meu quarto.

Ocupei-me com algumas ninharias antes de trocar de roupa. Lavei uns lenços e um par de luvas de couro; depois atualizei meu diário. Antes de começar a me aprontar para deitar, olhei de novo pela porta do quarto. Luzes na sala de desenho e na ala sul.

Imaginei que o dr. Leidner ainda estivesse acordado e trabalhando no gabinete. Fiquei me perguntando se deveria ou não ir até lá e desejar boa noite. Hesitei – não queria parecer serviçal nem intrometida. Ele poderia estar com afazeres e não querer ser incomodado. No fim, porém, uma espécie de inquietude me instigou. Afinal de contas, não seria mal nenhum. Apenas desejaria boa-noite, perguntaria se não podia ajudar em algo e iria embora.

Mas nem sinal do dr. Leidner. No gabinete iluminado, só havia uma pessoa: a srta. Johnson. Com a cabeça prostrada na mesa, chorava como se o coração dela fosse partir.

Fiquei muito impressionada. Uma pessoa tão calma e com tanto autodomínio. Tive pena ao vê-la assim.

– O que houve, minha querida? – perguntei. Envolvi-a com o braço e animei-a com um tapinha no ombro. – Ora, ora, não adianta ficar assim... Não deve ficar chorando aqui sozinha.

Ela não respondeu, e eu senti os terríveis e arrepiantes soluços que a atormentavam.

– Assim não, querida – pedi. – Controle-se. Vou lhe preparar uma boa xícara de chá quente.

Ergueu a cabeça e disse:

– Não, não, está tudo bem, enfermeira. É tolice minha.

– O que a deixou nesse estado, meu bem? – indaguei.

Não respondeu de imediato. Depois disse:

– É tudo tão horrível...

– Agora não comece a pensar nisso – disse-lhe. – O que passou, passou; não pode ser consertado. É inútil se amofinar.

Endireitou-se na cadeira e começou a ajeitar o cabelo.

– Estou agindo como uma tola – afirmou ela em sua voz áspera. – Fiquei um tempo limpando e organizando o escritório. Pensei que era melhor *fazer* algo. E então, de repente, me lembrei de tudo...

– Sim, sim – apressei-me a dizer. – Sei. Você precisa é de uma boa xícara de chá forte e uma bolsa de água quente na cama – confortei.

Aceitou as duas ofertas sem protestar.

– Obrigada, enfermeira – agradeceu ela, enquanto eu a acomodava na cama; ela bebeu o chá e sentiu o calor ameno da bolsa de água quente nos pés da cama. – É uma jovem bondosa e ajuizada. Não é sempre que ajo como tola.

– Ah, todo mundo corre esse risco numa situação dessas – amenizei. – É muita coisa junta. A tensão, o choque, a polícia em todos os lugares. Puxa, até eu estou com os nervos à flor da pele.

Falou devagar, numa voz esquisita:

— O que você disse no gabinete é verdade. O que passou, passou; não pode ser consertado...

Emudeceu por alguns instantes, até que disse – de modo assaz curioso, diga-se de passagem:

— Ela jamais foi uma boa mulher!

Bem, não discuti o mérito da questão. Sempre considerei natural que a srta. Johnson não se desse muito bem com a sra. Leidner.

Imaginei se, talvez, a srta. Johnson secretamente não sentira prazer com a morte da sra. Leidner e se envergonhara por isso.

Recomendei:

— Agora durma e não se preocupe com nada.

Só peguei umas coisas e coloquei nos devidos lugares. Meias no encosto da cadeira; casaco e saia num gancho. Juntei uma bolinha de papel amassado no chão. Devia ter caído de um bolso.

Acabava de desamassar para ver se eu podia jogar fora quando ela me deixou verdadeiramente atônita.

— Me dá isso aqui!

Eu entreguei a ela – não sem demonstrar espanto. Ela gritou de modo tão incisivo. Arrancou o papel de minha mão – literalmente arrancou – e então o segurou na chama da vela até transformá-lo em cinzas.

Como já disse, fiquei atônita – e a fitei.

Eu não tivera tempo de ver o papel – ela o havia puxado de mim com tanta rapidez. Mas, por incrível que pareça, enquanto queimava, ele se desdobrou na minha direção, e pude ver perfeitamente que nele existiam palavras escritas a tinta.

Só depois em meu quarto, ao me acomodar embaixo das cobertas, me dei conta do motivo pelo qual elas haviam parecido meio familiares para mim.

A letra era a mesma das cartas anônimas.

Foi por *isso* que a srta. Johnson tivera um ataque de remorso? Durante todo o tempo, teria sido ela a autora das cartas anônimas?

CAPÍTULO 20

Srta. Johnson, sra. Mercado, sr. Reiter

Confesso que a ideia me deixou completamente chocada. Nunca pensara em associar a *srta. Johnson* com as cartas. A sra. Mercado, talvez. Mas não a srta. Johnson, verdadeira dama de tanto autodomínio e sensatez.

Mas refleti, lembrando a conversa naquele entardecer entre o monsieur Poirot e o dr. Reilly, que exatamente por isso podia ser *ela*.

Se a srta. Johnson fosse a autora das cartas, aquilo explicava bastante, sabe. Nem por um segundo achei que a srta. Johnson tivera algo a ver com o assassinato. Mas eu percebia *sim* que a sua antipatia pela sra. Leidner poderia tê-la induzido a sucumbir à tentação de, bem... deixá-la com medo até da própria sombra... para usar uma expressão popular.

Talvez ela quisesse afugentar a sra. Leidner da escavação.

Mas então a sra. Leidner havia sido assassinada, e a srta. Johnson tivera uma terrível crise de remorso – primeiro por sua brincadeira cruel, e também, talvez, porque se deu conta de que aquelas cartas serviam de ótima proteção para o assassino. Não é de se admirar que ela tenha ficado tão transtornada. No fundo ela era, eu tinha certeza, uma pessoa decente. E aquilo explicava, também, o porquê de ter aceitado com tanta ansiedade o meu consolo de "o que passou, passou; não pode ser consertado".

Sem falar naquele comentário enigmático – como quem se justifica – "ela jamais foi uma boa mulher!".

A questão era: o que *eu* faria a respeito?

Virei e me revirei na cama por um bom tempo e no fim me decidi que contaria a monsieur Poirot na primeira chance.

Ele veio no dia seguinte, mas não tive oportunidade de falar com ele em particular.

Tivemos apenas um minuto a sós e, antes que eu pudesse coordenar as ideias, ele já havia se aproximado de mim e começado a sussurrar instruções no meu ouvido.

– Quero falar com a srta. Johnson... e com outros, talvez, na sala de estar. Continua com a chave do quarto da sra. Leidner?

– Sim – respondi.

– *Très bien*. Vá até lá, feche a porta atrás de si e dê um grito (não um berro). Um grito. Entende o que o quero dizer? É assombro, surpresa que eu quero que expresse... não terror insano. Quanto à desculpa se alguém lhe escutar, eu deixo isso para você... entortou o pé ou seja lá o que for.

Naquele instante, a srta. Johnson entrou no pátio e não houve mais tempo para nada.

Entendi muito bem o que monsieur Poirot pretendia. Assim que ele e a srta. Johnson haviam entrado na sala de estar, dirigi-me ao quarto da sra. Leidner e, abrindo a porta com a chave, entrei e fechei a porta atrás de mim.

Não há como negar que me senti meio boba ao ficar de pé em um quarto vazio e soltar um gritinho sem motivo. Além disso, não foi assim tão fácil regular a altura. Dei um "Ai" em alto e bom som e depois tentei um pouco mais alto e um pouco mais baixo.

Logo saí e preparei minha desculpa de entortar o pé (*acho* que ele quis dizer torcer!).

Mas de imediato ficou evidente que nenhuma desculpa seria necessária. Poirot e a srta. Johnson conversavam fluentemente; era claro que não havia acontecido nenhuma interrupção.

"Bem", pensei comigo mesmo, "esse assunto está resolvido. Ou a srta. Johnson imaginou aquele grito ou foi algo bem diferente."

Não achei conveniente entrar e interrompê-los. Havia uma espreguiçadeira na varanda, então me acomodei ali. As vozes dos dois flutuavam até meus ouvidos.

– A situação é delicada, a senhorita entende – ponderava Poirot. – O dr. Leidner... claramente amava a esposa...

– Ele a adorava – disse a srta. Johnson.

– Ele me conta, com toda a naturalidade, o quanto toda a equipe gostava dela! Quanto à equipe, quem pode dizer? Claro que dizem o mesmo. É polidez. É decência. *Talvez* também possa ser a verdade! Mas talvez *não*! E estou convencido, mademoiselle, de que a chave para esse enigma reside na completa compreensão da personalidade da sra. Leidner. Se eu pudesse ter a opinião (a opinião honesta) de cada membro da expedição, poderia, analisando o conjunto, formar uma imagem. Sinceramente, é por isso que estou aqui hoje. Eu sabia que o dr. Leidner estaria em Hassanieh. Assim fica mais fácil conversar com cada um de vocês e solicitar colaboração.

– Com certeza – começou a srta. Johnson e parou.

– Não me venha com esses clichês britânicos – implorou Poirot. – Não fique em cima do muro, não me diga que não se deve falar mal dos mortos, que... *enfin*... existe lealdade! Lealdade é uma coisa pestilenta em se tratando de crime. Obscurece mais e mais a verdade.

– Não devo lealdade especial à sra. Leidner – respondeu, lacônica, a srta. Johnson. Havia mesmo um tom agudo e ácido em sua voz. – Já com o dr. Leidner a história é diferente. E, no fim das contas, ela era esposa dele.

– Exato... exato. Entendo que a senhorita não queira falar mal da mulher do patrão. Mas não é um caso de dar referências sobre alguém. É um caso de morte repentina e misteriosa. Acreditar que a vítima era um anjo não vai facilitar minha tarefa.

– Com certeza não a chamaria de anjo – vaticinou a srta. Johnson, e o tom acre na voz tornou-se ainda mais óbvio.

– Diga-me sua opinião franca sobre a sra. Leidner... como mulher.

– Humpf! Para começar, monsieur Poirot, eu lhe aviso: vejo as coisas de certo viés. Sou dedicada (como todos são) ao dr. Leidner. E, imagino, quando a sra. Leidner entrou na história, ficamos com ciúmes. Causou-nos mágoa o tempo e a atenção que ele dedicava a ela. A devoção demonstrada por ele nos irritava. Estou sendo sincera, monsieur Poirot, e isso não é nada agradável para mim. A presença dela aqui me incomodava... sim, me incomodava, mas, é claro, eu tentava não transparecer. Fazia diferença para nós, sabe.

– Nós? A senhorita diz nós?

– Quero dizer o sr. Carey e eu. Somos os dois veteranos. E não nos agradava muito a nova ordem das coisas. Acho que é natural, se bem que talvez seja mesquinhez de nossa parte. Mas *fazia* sim diferença.

– Que tipo de diferença?

– Ah! Em tudo. Costumávamos ser um grupo tão divertido. Bastante descontração, sabe, piadas saudáveis, como fazem entre si colegas de trabalho. O dr. Leidner era alegre e despreocupado... parecia um menino.

– E quando a sra. Leidner veio ela mudou tudo isso?

– Bem, acho que não era *culpa* da sra. Leidner. Não foi tão ruim no ano passado. E por favor acredite, monsieur Poirot, não era nada do que ela *fazia*. Sempre me tratou com delicadeza... com a máxima delicadeza. Por isso, às vezes me sinto envergonhada. Ela não tinha culpa que as mínimas coisas que dizia e fazia pareciam me irritar. Realmente, ninguém poderia ser mais amável do que ela.

– E, apesar disso, as coisas mudaram nesta temporada? Existia uma atmosfera diferente?

– Ah, sem dúvida. Verdade. Não sei bem o que era. Tudo parecia dar errado... não no trabalho... quero dizer conosco... em nossa disposição mental. Nervos à flor da pele. A sensação de uma tempestade chegando.

– E a senhorita creditou isso à influência da sra. Leidner?

– Bem, não era assim antes da vinda dela – disse a srta. Johnson secamente. – Ah!, sou um velho cão queixoso e rabugento. Conservadora... gosto das coisas sempre iguais. Não deve dar muita importância para o que digo, monsieur Poirot.

– Como descreveria a personalidade e o temperamento da sra. Leidner?

A srta. Johnson vacilou por alguns instantes. Então disse devagar:

– Bem, é claro, ela era temperamental. Muitos altos e baixos. Querida com a gente num dia, e no outro não se dignava a nos dirigir a palavra. A gentileza em pessoa, acho eu. E atenciosa com os outros. Por outro lado, a gente percebia que havia sido mimada a vida toda. Achava perfeitamente natural que o dr. Leidner fizesse tudo por ela. E não creio que ela um dia tenha chegado a avaliar o quão extraordinário... o quão valoroso... era o homem com quem tinha casado. Aquilo às vezes me irritava. E, claro, ela era tremendamente agitada e nervosa. Cada coisa que costumava imaginar e o estado de pânico em que ficava! Dei graças a Deus quando o dr. Leidner trouxe a enfermeira Leatheran para cá. Era muita coisa para ele administrar junto; o trabalho e os medos da esposa.

– Qual é sua opinião sobre aquelas cartas anônimas que ela recebia?

Tive que fazê-lo: inclinei-me à frente na cadeira até conseguir vislumbrar o perfil da srta. Johnson prestes a responder à pergunta de Poirot.

Parecia tranquila e dona de si.

– Acho que alguém nos Estados Unidos sentia rancor dela e estava tentando assustá-la ou incomodá-la.

– *Pas plus sérieux que ça?*

– Essa é minha opinião. Ela era linda, sabe, e podia facilmente ter criado inimizades. Acho que aquelas cartas foram escritas por alguma mulher enciumada. A sra. Leidner, devido ao temperamento nervoso, levou-as a sério.

– Com certeza levou – concordou Poirot. – Mas lembre-se... a última foi entregue sem a ajuda do correio.

– Bem, imagino que isso *poderia* ser providenciado se alguém tivesse decidido e se esforçado a fazê-lo. Mulheres não medem esforços quando o assunto é satisfazer seu rancor, monsieur Poirot.

Não medem mesmo, pensei comigo!

– Talvez esteja certa, mademoiselle. Como a senhorita diz, a sra. Leidner era bonita. A propósito, conhece a srta. Reilly, a filha do médico?

– Sheila Reilly? Sim, claro.

Poirot adotou o tom confidencial de quem vai contar uma fofoca.

– Escutei um boato (é óbvio que não quero perguntar ao doutor), que havia uma *tendresse* entre ela e um dos membros da equipe do dr. Leidner. Sabe se isso é verdade?

A srta. Johnson demonstrou estar se divertindo.

– Ah, tanto o jovem Coleman quanto o David Emmott fazem assiduamente a corte. Acho que existe certa rivalidade entre os dois para ser o par dela num evento do clube. Via de regra, os dois rapazes iam aos sábados à noite ao clube. Mas não sei se da parte dela havia algo. Ela é apenas a única criatura jovem do local, sabe, então acha que tem todos na mão. Os oficiais da Força Aérea também tentam namorá-la.

– Então acha que o boato não é verídico?

– Bem... eu não sei. – A srta. Johnson assumiu uma expressão pensativa. – É verdade que ela vem aqui com bastante frequência. Visita a escavação e tudo mais. De fato, dia desses a sra. Leidner estava caçoando de David Emmott... dizendo que a moça estava correndo atrás dele. Coisa bem malévola de se dizer, pensei, e acho que ele não gostou... Sim, ela costuma vir aqui bastante. Eu a vi cavalgando rumo ao sítio arqueológico naquela tarde horrível. – Com um sinal de cabeça indicou a janela aberta. – Mas nem David Emmott nem Coleman estavam de serviço naquela tarde. O encarregado era Richard Carey. Sim, talvez ela *esteja* atraída por algum dos rapazes... mas é uma jovem tão moderna e fria que a gente não sabe até que ponto devemos levá-la a sério. Não tenho a mínima ideia de qual deles seja. Bill é um bom garoto, longe de ser o idiota que finge ser. David Emmott é um amor... tem muitas qualidades. Águas paradas são profundas.

Então lançou a Poirot um olhar zombeteiro e disse:

– Mas por acaso isso tem alguma relação com o crime, monsieur Poirot?

Monsieur Poirot ergueu as mãos em um estilo bastante francês.

– Assim me deixa encabulado, mademoiselle – afirmou. – Dá a impressão de que não passo de um mero bisbilhoteiro. Mas, sabe, estou sempre interessado nos casos amorosos de gente jovem.

– Sim – sussurrou a srta. Johnson. – É bonito quando o curso do amor verdadeiro corre suave.

Poirot deu um suspiro como resposta. Fiquei me perguntando se a srta. Johnson pensava em algum caso amoroso do tempo em que era moça. E fiquei me perguntando se o monsieur Poirot tinha esposa e se ele se comportava como a gente sempre escuta falar que os estrangeiros se comportam, com amantes e coisas do tipo. A imagem foi tão cômica que tive de conter o riso.

– Sheila Reilly tem personalidade forte – afirmou a srta. Johnson. – É jovem e imatura, mas é moça de família.

– Vou levar em conta suas palavras, mademoiselle – disse Poirot.

Levantou-se e acrescentou:

– Tem algum outro membro da expedição na casa?

– Marie Mercado deve estar por aí. Todos os homens foram à escavação hoje. Acho que eles queriam sair deste ambiente. Não os culpo. Se o senhor quiser ir até a escavação...

Ela saiu pela varanda e me disse com um sorriso:

– A enfermeira Leatheran fará a gentileza de acompanhá-lo, imagino.

– Ah, sem dúvida, srta. Johnson – prontifiquei-me.

– E vai estar de volta para o almoço, não vai, monsieur Poirot?

– Com prazer, mademoiselle.

A srta. Johnson retornou à sala de estar onde retomou o trabalho de catalogação.

– A sra. Mercado está no terraço – comuniquei. – Deseja falar com ela primeiro?

– Boa ideia. Vamos subir.

Enquanto subíamos as escadas, indaguei:

– Fiz o que o senhor me pediu. Escutou alguma coisa?

— Nenhum ruído.

— Isso vai tirar um peso da cabeça da srta. Johnson, de qualquer forma — comentei. — Ela anda angustiada, achando que poderia ter feito alguma coisa.

Sentada no parapeito, cabisbaixa, imersa em pensamentos, a sra. Mercado só percebeu a nossa aproximação quando Poirot estacou diante dela e a saudou com um bom-dia.

Então ela ergueu os olhos num sobressalto.

Parecia doente esta manhã, pensei. Grandes olheiras destacavam-se no rostinho aflito e mirrado.

— *Encore moi* — disse Poirot. — Hoje estou aqui por um objetivo especial.

E continuou na mesma linha que adotara com a srta. Johnson, explicando o quanto era necessário formar uma imagem realista da sra. Leidner.

A sra. Mercado, porém, não foi tão sincera quanto a srta. Johnson. Irrompeu em elogios enjoativos e, tenho certeza, muito distantes do que ela realmente sentia.

— Querida, *querida* Louise! É tão difícil explicar como ela era para quem não a conheceu. Criatura tão *exótica*. Tão diferente de todas as outras pessoas. Não sentia isso, enfermeira? Refém dos próprios nervos, claro, e cheia de fantasias, mas a gente tolerava certas coisas nela que não toleraria em outra pessoa. Tão *doce* com todo mundo, não é mesmo, enfermeira? E tão *humilde* em relação a si própria... quero dizer, não sabia nada de arqueologia, mas demonstrava interesse em aprender. Sempre perguntava a meu marido sobre os processos químicos para tratar os artefatos de metal e ajudava a srta. Johnson a colar os potes de cerâmica. Ah, *todos* a estimávamos.

— Quer dizer que não é verdade, madame, o que ouvi falar que havia por aqui certa tensão... uma atmosfera desconfortável?

A sra. Mercado arregalou os olhos negros e opacos.

— Ah! Quem *pode* ter lhe contado isso? A enfermeira? O dr. Leidner? Estou certa de que *ele* não teria notado nada, o coitado.

E relanceou-me um olhar completamente hostil.

Poirot abriu um sorriso sossegado.

— Tenho meus espiões, madame — ele declarou contente. E num átimo as pálpebras dela tremeram e piscaram.

— Não acha — comentou a sra. Mercado com ar de intensa doçura — que depois de um episódio desses todo mundo sempre finge um monte de coisas falsas? Sabe... tensão, atmosfera, a "sensação de algo prestes a acontecer"? Acho que o pessoal simplesmente *inventa* essas coisas depois.

— Há muita verdade nisso, madame — concordou Poirot.

— E de fato essa tensão *não* existia! Vivíamos como uma família plenamente feliz por aqui.

— Aquela mulher é uma das mentirosas mais descaradas que já conheci — declarei indignada, enquanto monsieur Poirot e eu nos afastávamos da casa pela trilha que conduzia à escavação. — Tenho certeza de que ela no fundo odiava a sra. Leidner!

— Não é bem o tipo de pessoa de quem se espera ouvir a verdade — concordou Poirot.

— Perda de tempo falar com ela — vociferei.

— Nem tanto... nem tanto. Se uma pessoa nos conta mentiras com os lábios, às vezes nos conta a verdade com os olhos. De que ela tem medo, a miudinha madame Mercado? Vislumbrei medo no olhar dela. Sim... sem dúvida tem medo de algo. Muito interessante.

— Tenho algo a lhe contar, monsieur Poirot — revelei.

Então relatei a minha volta na noite anterior e minha firme convicção de que a srta. Johnson escrevera as cartas anônimas.

— Quer dizer que *ela* também é mentirosa! — exclamei. — E o jeito calmo com que ela respondeu ao senhor esta manhã sobre essas mesmas cartas!

— Sim — concordou Poirot. — Interessante isso. *Pois ela deixou escapar que sabia tudo sobre as cartas.* Até agora ninguém as havia mencionado na presença dos membros da expedição. Claro, é possível que o dr. Leidner tenha contado a ela ontem. Os dois são amigos de longa data. Mas se ele não contou... bem... então não deixa de ser curioso e interessante, não acha?

Meu respeito por ele aumentou. Foi perspicácia da parte dele perceber a pisada em falso que ela dera ao mencionar as cartas.

— Vai tirar a limpo o assunto das cartas com ela? — eu quis saber.

Monsieur Poirot pareceu chocado com a ideia.

— Não, não, em absoluto. É sempre insensato alardear o que sabemos. Até o último minuto, guardo tudo aqui — contou ele, tocando a testa com o dedo indicador. — No instante exato... dou o pulo... como a pantera... e, *mon Dieu!* Bate o pavor!

Não pude evitar rir comigo mesma ao imaginar o pequenino monsieur Poirot no papel de uma pantera.

Havíamos acabado de chegar à escavação. A primeira pessoa que enxergamos foi o sr. Reiter, ocupado fotografando uma parede.

A impressão que eu tinha era a de que a equipe de escavação simplesmente entalhava paredes onde bem desejasse. O sr. Carey me explicou que era possível sentir a diferença na picareta e tentou me mostrar... mas para mim era tudo a mesma coisa. Quando os trabalhadores anunciavam *"Libn"* (tijolo de barro) — não passava de pura sujeira e lama até onde eu conseguia perceber.

O sr. Reiter terminou suas fotografias, entregou a câmera e as chapas para o menino que o auxiliava e lhe disse para levá-las à sede.

Poirot teceu perguntas sobre os tempos de exposição à luz, tipos de filme e assim por diante. Reiter respondeu com prontidão, demonstrando satisfação em falar do seu trabalho.

Ele se preparava para pedir licença e nos deixar quando Poirot outra vez mergulhou em sua conversa fixa. Para falar a verdade, não era bem uma conversa fixa, porque ele a variava a cada vez a fim de adaptá-la à pessoa com quem falava. Mas não vou transcrever tudo a cada oportunidade. Com pessoas sensatas como a srta. Johnson, ele ia direto ao ponto e com outros precisava fazer rodeios. Mas no final das contas alcançava o objetivo.

– Sim, sim, sei o que quer dizer – respondeu o sr. Reiter. – Mas, na verdade, não acho que possa ser de muita ajuda ao senhor. Sou novato por aqui (cheguei nesta temporada) e não falava muito com a sra. Leidner. Sinto, mas a verdade é que não posso lhe ajudar em nada.

Havia algo um tanto empertigado e estrangeiro em sua fala, embora, é claro, não tivesse nenhum sotaque – além do norte-americano, quero dizer.

– Consegue pelo menos me dizer se gostava ou não dela? – indagou Poirot, sorrindo.

O sr. Reiter ficou muito vermelho e gaguejou:

– Era uma pessoa encantadora... encantadora mesmo. E intelectual. Cérebro excelente... sim.

– *Bien*! Gostava dela. E ela gostava do senhor?

O sr. Reiter ficou ainda mais vermelho.

– Ah, acho... que ela ignorava minha presença. Fui infeliz uma ou duas vezes. Sempre dava azar quando tentava agradá-la. Acho que a irritava por ser tão desajeitado. Era sem querer... Eu teria feito *qualquer* coisa...

Poirot ficou com pena de seus gaguejos.

– Ótimo... Vamos pular a outro assunto. Era feliz o ambiente?

– Como é?

– O grupo era alegre? Ria e conversava?

– Não... não exatamente. Existia certa... formalidade.

Fez uma pausa, travando uma luta consigo, e então disse:

– Sabe, não sei me comportar em público. Sou atrapalhado. Tímido. O dr. Leidner sempre me tratou com a maior gentileza. Mas é ridículo... não consigo superar minha timidez. Sempre digo a coisa errada na hora errada. Derrubo jarros de água. Sou azarado.

Ele parecia mesmo um criança sem jeito.

– Todos nós fazemos essas coisas quando somos jovens – sorriu Poirot. – O equilíbrio, o *savoir-faire*, vem mais tarde.

Com uma palavra de despedida, seguimos nosso passeio.

Ele ponderou:

MORTE NA MESOPOTÂMIA

— Das duas, uma, *ma soeur*, ou é um jovem simplicíssimo ou um ator extraordinário.

Não respondi. Fui dominada outra vez pela ideia bizarra de que um membro da expedição era um assassino perigoso e calculista. De certo modo, naquela bonita e ensolarada manhã dominical, isso parecia impossível.

CAPÍTULO 21

Sr. Mercado, Richard Carey

— Trabalham em dois locais separados, pelo que vejo — constatou Poirot, vacilante.

O sr. Reiter estivera fazendo o registro fotográfico numa porção externa da escavação principal. Não longe dali, um segundo enxame de homens ia e vinha carregando cestas.

— É o que chamam de corte profundo — expliquei. — Não encontram muita coisa ali. Nada além de cacos de cerâmica de péssima qualidade, mas o dr. Leidner sempre diz que é muito interessante, então vai ver que é mesmo.

— Vamos até lá.

Caminhamos sem pressa, pois o sol estava quente.

O sr. Mercado supervisionava. Confabulava lá embaixo com o capataz, um velho que lembrava uma tartaruga — com um casaco de tweed sobre o típico camisolão árabe, de algodão, listrado.

Era meio difícil descer até o lugar em que eles estavam, pois só havia um estreito acesso com degraus, por onde os moços das cestas subiam e desciam sem parar, totalmente obstinados, nem sequer pensando na hipótese de dar passagem.

Segui Poirot escada abaixo quando, de repente, ele me perguntou por cima do ombro:

— O sr. Mercado é destro ou canhoto?

Ora, aquela pergunta era no mínimo extraordinária!

Pensei um instante e então afirmei decidida:

— Destro.

Poirot não se deu o trabalho de explicar. Só prosseguiu, comigo atrás dele.

O sr. Mercado pareceu bem contente ao nos ver.

Seu rosto comprido e melancólico iluminou-se.

Monsieur Poirot fingiu um interesse em arqueologia que, tenho certeza, não era sincero. Mas o sr. Mercado respondeu a tudo de modo atencioso. Explicou que já haviam escavado doze estratos de ocupação doméstica.

– Agora alcançamos definitivamente o quarto milênio – informou com entusiasmo.

Sempre pensei no milênio como algo do futuro – a época em que tudo vai dar certo.

O sr. Mercado mostrou diferentes cinturões de cinzas. (E que mãos trêmulas! Fiquei me perguntando se não estava com malária.) Detalhou como as características da cerâmica mudavam em cada camada, como ocorriam os sepultamentos – e como haviam achado um estrato quase todo composto de restos mortais infantis (pobrezinhos!). Também salientou a posição e a orientação flexionada dos corpos, deduzida pela disposição dos ossos.

Então, de súbito, na hora exata em que se agachou para pegar uma espécie de faca de pederneira junto a uns potes no canto, ele deu um pulo no ar e soltou um urro violento.

Deu meia-volta para se deparar comigo e com Poirot, que o fitávamos pasmados.

Levou a mão ao braço esquerdo.

– Algo me picou... como se fosse uma agulha queimando.

De imediato Poirot ficou elétrico.

– Rápido, *mon cher*, deixe-nos ver. Enfermeira Leatheran!

Dei um passo à frente.

Ele segurou o braço do sr. Mercado. Com agilidade, enrolou a manga da camisa cáqui até o ombro.

– Aqui – apontou o sr. Mercado.

Cerca de oito centímetros abaixo do ombro havia uma minúscula perfuração de onde escorria sangue.

– Curioso – comentou Poirot ao perscrutar a manga enrolada. – Não dá para notar nada. Uma formiga, talvez?

– Melhor colocar um pouco de iodo – sugeri.

Sempre levo comigo um frasquinho de iodo. Saquei-o do bolso e o apliquei. Mas fiz isso meio distraída, pois minha atenção foi desviada por algo bem diferente. Diminutas marcas de perfuração ao longo de toda a extensão do antebraço do sr. Mercado. Eu sabia muito bem o que era aquilo – *as marcas de uma agulha hipodérmica.*

O sr. Mercado desenrolou a manga e retomou sua explanação. O sr. Poirot escutou, mas não tentou conduzir a conversa aos Leidner. De fato, ele não perguntou nada ao sr. Mercado.

Logo nos despedimos do sr. Mercado e subimos os degraus do acesso.
— Que tal minha destreza? — indagou meu acompanhante.
— Destreza?
Monsieur Poirot retirou algo detrás da lapela do casaco e examinou com carinho. Para minha surpresa, vi que se tratava de uma agulha de cerzir, comprida e afiada. Uma bolinha de cera numa das pontas a transformava numa espécie de alfinete.
— Monsieur Poirot! — exclamei. — Foi o senhor que fez aquilo?
— Sim... fui o inseto picador. E o fiz com muita destreza, não acha? Você nem notou.
Era a pura verdade. *Eu* não o vira fazendo aquilo. E tenho certeza de que o sr. Mercado nem havia suspeitado. Poirot precisou ter sido rápido como um raio.
— Mas, monsieur Poirot, por quê? — indaguei.
Ele me respondeu com outra pergunta.
— Notou alguma coisa? — indagou.
Assenti com a cabeça, devagar.
— Marcas de agulha — eu disse.
— Agora sabemos algo sobre o sr. Mercado — disse Poirot. — Eu suspeitava... mas não *sabia*. Sempre é necessário *saber*.
"E o senhor utiliza os meios necessários para saber!", pensei comigo, mas não verbalizei.
De repente, Poirot bateu com a mão no bolso.
— Puxa, deixei cair meu lenço lá na escavação. Escondi o alfinete nele.
— Vou buscá-lo para o senhor — falei, retrocedendo meus passos com pressa.
A esta altura, sabe, algo me dizia que o monsieur Poirot e eu fazíamos uma dupla: médico e enfermeira com um paciente para tratar. Ou melhor, era mais como se o paciente exigisse cirurgia e Poirot fosse o médico encarregado de fazê-la. Talvez eu não devesse dizer isso, mas estranhamente aquilo começava a me divertir.
Recordei-me da época em que recém terminara meu treinamento e fui chamada a uma residência particular. Surgiu a necessidade de uma cirurgia de emergência, mas o marido da paciente não gostava nem de ouvir falar em hospitais. Não ia admitir que sua mulher fosse levada a um. Exigiu que a operação fosse realizada em casa.
Claro, foi uma oportunidade e tanto! Ninguém para me supervisionar! Encarreguei-me de tudo. Lógico, fiquei terrivelmente nervosa — pensei em todos os itens concebíveis que o médico poderia necessitar, mas mesmo assim tive medo de ter esquecido algo. Com médicos a gente nunca sabe. Às

vezes inventam de pedir coisas inimagináveis! Mas tudo transcorreu perfeitamente! Tudo que ele ia me pedindo, eu já tinha separadinho. Depois de pronta a cirurgia, ele classificou meu trabalho como de "primeira categoria". Eis uma coisa que a maioria dos médicos não se dá o trabalho de fazer! O médico também era muito simpático. E eu que providenciei tudo!

A paciente se recuperou, também, então todo mundo ficou feliz.

Bem, me sentia numa situação parecida agora. De certo modo, monsieur Poirot me lembrava um pouco aquele cirurgião. *Ele* também era baixinho. Um baixinho feioso com cara de macaco, mas um cirurgião magnífico. Sabia por instinto aonde ir. Já vi uma série de cirurgiões em ação e sei como há diferença entre eles.

Gradativamente, crescia a minha confiança no monsieur Poirot. Tinha a sensação de que ele, também, sabia o que estava fazendo. E eu começava a sentir que era minha missão ajudá-lo – como se diz – deixar à mão fórceps, algodão e o tudo o mais para quando ele precisasse. Por isso, sair correndo para procurar o lenço dele me pareceu tão natural quanto pegar uma toalha que o médico tivesse deixado cair no chão.

Encontrei o lenço e retornei, mas a princípio não vi nem sinal de Poirot. Enfim localizei-o. Estava sentado um pouco distante do montículo, conversando com o sr. Carey. Ao lado dele, o ajudante com aquela grande régua topográfica, mas naquele exato instante Carey falou algo para o menino, que a levou embora. Parecia que por enquanto ele havia encerrado o que fazia.

Quero esclarecer bem o que vou contar a seguir. Sabe, no fundo fiquei meio sem saber direito o que o monsieur Poirot queria que eu fizesse ou deixasse de fazer. Quero dizer, talvez ele tivesse me mandado buscar aquele lenço *de propósito*. Para me tirar do caminho.

Outra vez era como se fosse uma cirurgia. A gente precisa tomar cuidado para alcançar ao médico exatamente o que ele quer e não o que ele *não quer*. Quero dizer, imagine se você entregasse a pinça arterial na hora errada ou demorasse a passá-la na hora certa! Graças a Deus me defendo quando a coisa é para valer. Não cometo enganos em meu metiê. Mas, nesse assunto, eu era disparado a mais inexperiente das principiantes. Por isso, tinha que tomar cuidado para não cometer erros crassos.

Claro, nem passou pela minha cabeça que o monsieur Poirot não quisesse que eu escutasse a conversa entre ele e o sr. Carey. Mas talvez tivesse pensado que o sr. Carey ficaria mais à vontade se eu não estivesse por perto.

Vamos deixar as coisas bem claras: não quero que fiquem pensando que sou o tipo de mulher que anda por aí escutando conversas particulares às escondidas. Não é do meu feitio uma coisa dessas. Nunca, jamais. Por mais que eu tivesse vontade.

Em suma, se aquela *fosse* uma conversa particular, eu nunca, jamais, teria feito o que, para ser sincera, acabei fazendo.

No meu ponto de vista, encontrava-me numa situação privilegiada. Afinal de contas, a gente escuta muita coisa quando os pacientes despertam da anestesia. O paciente não gostaria que o escutássemos – e em geral nem tem ideia de que o *escutamos* –, mas o fato é que a gente escuta *mesmo*. Apenas fiz de conta que o sr. Carey era o paciente. Em nada o afetaria uma coisa que ele não ia ficar sabendo. E se você acha que era só curiosidade minha, bem, *admito* que estava mesmo curiosa. Se dependesse de mim, não queria perder um detalhe sequer.

Tudo isso apenas para contar que peguei um desvio e dei a volta por trás do monte de entulhos até ficar a um passo de onde eles estavam, mas escondida atrás do monte. E se alguém disser que foi desonroso peço a permissão de discordar. *Nada* deve ser escondido da enfermeira encarregada do caso, embora, é claro, caiba ao médico determinar o que será *feito*.

Não sei, é lógico, qual havia sido a linha de abordagem do monsieur Poirot, mas, quando cheguei, ele tocava no ponto nevrálgico, por assim dizer.

– Ninguém mais do que eu aprecia a devoção do dr. Leidner pela esposa – dizia ele. – Mas não raramente aprendemos mais sobre uma pessoa com o que contam seus inimigos do que seus amigos.

– Sugere que os defeitos dela eram mais importantes do que as virtudes? – indagou o sr. Carey em tom seco e sarcástico.

– Com certeza... em se tratando de assassinato. Parece estranho mas, até onde sei, nunca alguém foi assassinado por ter um caráter perfeito! Embora a perfeição sem dúvida seja uma coisa irritante.

– Receio não ser a pessoa indicada para lhe ajudar – lamentou Carey. – Para ser sincero, a sra. Leidner e eu não tínhamos muita sintonia. Não quero dizer que éramos inimigos, longe disso, mas também não éramos exatamente amigos. A sra. Leidner sentia, talvez, um pouco de ciúmes da minha velha amizade com o marido dela. Eu, por minha vez, apesar de admirá-la bastante e considerá-la extremamente atraente, sentia certa mágoa da influência que ela exercia sobre Leidner. Em decorrência disso, nos tratávamos com polidez, mas sem intimidades.

– Explicação admirável – elogiou Poirot.

Eu só conseguia ver suas cabeças, e vi a cabeça do sr. Carey virando bruscamente, como se tivesse notado algo desagradável no tom imparcial de monsieur Poirot.

Monsieur Poirot prosseguiu:

– O dr. Leidner não se incomodava pelo fato de o senhor e a esposa dele não se darem bem?

Carey vacilou por um instante até responder:

— Para ser sincero... não tenho certeza. Ele nunca disse nada. Eu torcia para que ele não notasse. É uma pessoa bastante centrada no trabalho, sabe.

— Então a verdade é que, de acordo com suas palavras, o senhor não gostava mesmo da sra. Leidner?

Carey deu de ombros.

— Se ela não fosse esposa de Leidner, é provável que eu tivesse gostado muito dela.

Riu como quem se diverte com a própria declaração.

Poirot fazia uma pequena pilha com fragmentos de louça de barro. Pronunciou em voz distante e sonhadora:

— Falei com a srta. Johnson hoje de manhã. Reconheceu ter alimentado certos preconceitos contra a sra. Leidner e que não gostava muito dela, mas fez questão de frisar que a sra. Leidner sempre a tratou com elegância.

— Pura verdade, eu diria — comentou Carey.

— Foi o que pensei. Em seguida conversei com a sra. Mercado. Contou por um bom tempo o quanto era afeiçoada à sra. Leidner e quanto a admirava.

Carey não emitiu resposta. Depois de um breve instante, Poirot continuou:

— Nisso... não acreditei! Então falo com o senhor e naquilo que o senhor me diz... bem, outra vez... *não acredito*...

As feições de Carey enrijeceram. Pude perceber a raiva — a raiva contida — em sua voz.

— Sinceramente, não posso fazer nada para mudar suas crenças... nem descrenças, monsieur Poirot. Escutou a verdade, acredite se quiser. Para mim, tanto faz.

Poirot não se irritou. Em vez disso, soou especialmente humilde e desalentado.

— Será culpa minha o fato de acreditar... ou deixar de acreditar? Tenho o ouvido aguçado, sabe. Além disso, a gente sempre escuta uma porção de boatos... rumores que correm por aí. A gente escuta e talvez... fica sabendo de algo! Sim, *boato* é o que não falta...

Carey levantou-se num pulo. Consegui observar nitidamente a veia pulsando em sua têmpora. Feições magníficas! Tão angulosas e trigueiras — e que mandíbula fabulosa, sólida e reta. Não me surpreendia que as mulheres se encantassem por aquele homem.

— Que boatos? — perguntou, encolerizado.

Poirot mirou-o de soslaio.

— Talvez possa imaginar. Os boatos de costume... sobre o senhor e a sra. Leidner.

— Que mentes sórdidas as pessoas têm!
— *N'est-ce pas?* São como cachorros. Por mais fundo que se enterre uma coisa desagradável, o cachorro sempre a desenterra.
— E o senhor acredita nesses boatos?
— Estou disposto a ser convencido... da verdade — afirmou Poirot, solene.
— Duvido que reconheça a verdade ao ouvi-la — riu-se Carey com rudeza.
— Ponha-me à prova e veja — desafiou Poirot, vigiando-o.
— É o que vou fazer! Vai ter a verdade! Eu odiava Louise Leidner... eis sua verdade! Eu a odiava do fundo da alma!

CAPÍTULO 22

David Emmott, padre Lavigny e uma descoberta

Virando-se abruptamente, Carey afastou-se com passadas largas e furiosas.
Poirot ficou ali sentado, observando-o. Em seguida murmurou:
— Sim... sei...
Sem virar a cabeça, disse em voz um pouco mais alta:
— Não saia daí ainda, enfermeira. Ele pode olhar para trás. Agora está tranquilo. Trouxe meu lenço? Muito obrigado. É muita gentileza sua.
Não mencionou nada sobre o fato de eu ter escutado a conversa — e não tenho a mínima ideia de como ele *sabia* disso. Nem por uma vez olhou em minha direção. Fiquei bastante aliviada por ele não ter tocado no assunto. Quero dizer, me sentia bem *comigo mesma* em relação àquilo, mas teria sido um pouco constrangedor ter que me explicar para ele. Foi bom que ele pareceu não querer explicações.
— Acha que ele realmente a odiava, monsieur Poirot? — indaguei.
Poirot meneou a cabeça devagar e respondeu, com uma curiosa expressão no rosto:
— Sim... acho que odiava, sim.
Então se ergueu com energia e começou a caminhar rumo ao local onde os homens trabalhavam no topo do montículo. Eu o segui. A princípio, não conseguimos ver ninguém além de árabes, mas por fim encontramos o sr. Emmott, deitado de bruços, dando assopradelas na poeira de um esqueleto de mulher recém-descoberto.
Abriu seu sorriso agradável e discreto ao nos ver.
— Dando uma olhada por aí? — perguntou. — Se esperarem, num minutinho dou atenção a vocês.

Sentou-se direito, pegou a espátula e começou a afastar delicadamente o solo ao redor dos ossos, parando de vez em quando para usar um fole ou o próprio sopro. Por sinal, considerei esse último procedimento deveras anti-higiênico.

— Vai acabar com tudo que é micróbio asqueroso na boca, sr. Emmott — protestei.

— Micróbio asqueroso é o que não falta em minha dieta diária, enfermeira — retorquiu solene. — Micróbios nada conseguem fazer a um arqueólogo... e quando tentam só conseguem ficar naturalmente desmotivados.

Raspou mais um pouco do solo em volta do fêmur. Então deu instruções ao capataz a seu lado, especificando exatamente o que era para ser feito.

— Prontinho – disse ele, pondo-se em pé. — Reiter pode fotografá-la depois do almoço. Foi enterrada com itens bem bonitos.

Mostrou-nos uma tigelinha de cobre com zinabre e alguns alfinetes. E uma porção de microartefatos dourados e azuis, pecinhas do colar de contas.

Os ossos e todos os artefatos, depois de escovados e limpos com faca, ficaram prontos e em condição de serem fotografados.

— Quem é ela? – quis saber Poirot.

— Primeiro milênio. Dama de certa influência, talvez. Formato bem estranho de crânio... Mercado precisa dar uma olhada nele. Parece homicídio.

— Uma sra. Leidner de dois mil e poucos anos atrás? – disse Poirot.

— Quem sabe – respondeu o sr. Emmott.

Com a ajuda da picareta, Bill Coleman escavava um muro.

David Emmott gritou uma coisa que eu não entendi para ele e logo começou a mostrar o local ao monsieur Poirot.

Quando o breve passeio expositivo acabou, Emmott mirou o relógio.

— Daqui a dez minutos começa o intervalo – comentou. — Vamos indo para a sede?

— Parece perfeito – disse Poirot.

Andamos devagar pela trilha de chão batido.

— Imagino que todos devam estar contentes por voltar ao trabalho – ponderou Poirot.

Emmott retorquiu, austero:

— Sim, é o melhor que podia acontecer. Não é nada fácil ficar em casa matando tempo e jogando conversa fora.

— Sabendo sempre *que um de vocês é o assassino.*

Emmott não respondeu. Não fez gesto de desagrado. Naquele momento, percebi que ele suspeitara da verdade desde o começo, quando havia interrogado os criados da casa.

Depois de um tempinho, perguntou em voz baixa:

— Está chegando a algum lugar, monsieur Poirot?
Poirot respondeu em tom sério:
— Vai me ajudar a chegar a algum lugar?
— Ora, é claro.
Observando-o com atenção, Poirot disse:
— O cerne do caso é a sra. Leidner. Quero informações sobre ela.
David Emmott retorquiu devagar:
— Como assim, informações sobre ela?
— Não me refiro a de onde ela veio nem a qual era seu nome de solteira. Não me refiro ao formato do rosto nem à cor dos olhos. Refiro-me ao... jeito de ser.
— Acha que isso tem relevância no caso?
— Tenho certeza disso.
Emmott permaneceu em silêncio alguns instantes e depois disse:
— Talvez tenha razão.
— E é nisso que o senhor pode me ajudar. Pode me dizer que tipo de mulher ela era.
— Posso? Eu mesmo muitas vezes fiquei me perguntando isso.
— Chegou a alguma conclusão?
— Acho que no final sim.
— *Eh bien*?
Mas o sr. Emmott calou-se por um tempo, antes de dizer:
— O que a enfermeira pensava dela? Dizem que as mulheres captam o âmago das outras mulheres com rapidez, e uma enfermeira trava contato com um vasto leque de tipos.
Mesmo se eu tivesse desejado, Poirot não me deu nenhuma oportunidade de falar. Replicou com rapidez:
— O que quero saber é: o que um *homem* pensava dela?
Emmott sorriu de leve.
— Imagino que todos diriam quase a mesma coisa. — Fez uma pausa e emendou: — Ela não era jovem, mas não seria exagero dizer que não conheci mulher mais linda.
— Isso não é bem uma resposta, sr. Emmott.
— Não está longe de ser, monsieur Poirot.
Calou-se de novo e então prosseguiu:
— Quando eu era menino, costumava ouvir um conto de fadas. Um conto de fadas nórdico, sobre a Rainha da Neve e o menino Kay. Acho que a sra. Leidner era meio assim... sempre levando o pequenino Kay para passear.
— Ah, sim, um conto de Hans Andersen, não é? E tinha também a menina. A pequena Gerda, não era esse o nome dela?

– Talvez. Não lembro muito bem.
– Não pode ir um pouco mais além, sr. Emmott?
David Emmott balançou a cabeça.
– Nem eu mesmo sei se a avaliei corretamente. Ela era meio indecifrável. Num dia, fazia coisas diabólicas; no outro, coisas maravilhosas. Mas acho que acerta ao dizer que ela é o cerne do caso. É isso que ela sempre ambicionou ser: *o centro das atenções*. E gostava de *desvelar* as outras pessoas... Quero dizer, não ficava satisfeita com as coisas banais: queria virar nossa alma ao avesso para poder enxergá-la.
– E se alguém não lhe desse o prazer? – perguntou Poirot.
– Daí ela podia se tornar má!
Percebi os seus lábios se fecharem resolutos e a mandíbula enrijecer.
– Imagino, sr. Emmott, que não queira expressar uma opinião completamente não oficial sobre quem a matou?
– Não sei – disse Emmott. – Verdade: não tenho a mínima ideia. Acho que se eu fosse Carl (Carl Reiter, quero dizer), teria sentido vontade de matá-la. Ela vivia se divertindo às custas dele. Mas, é claro, ele bem que pede por isso sendo tão suscetível. Praticamente pedia para lhe soltarem os cachorros.
– E a sra. Leidner... soltava os cachorros nele? – perguntou Poirot.
De repente, Emmott abriu um sorrisinho irônico.
– Não. Alfinetadinhas... esse era o método dela. Claro, ele *sabe* ser irritante. Parece um menino chorão e covarde. Mas alfinetes são armas dolorosas.
Relanceei um olhar furtivo a Poirot e pensei ter detectado um leve tremor em seus lábios.
– Mas não acredita mesmo que Carl Reiter a matou? – perguntou ele.
– Não. Não acredito que alguém mataria uma mulher porque ela, insistentemente, refeição após refeição, o faz parecer um idiota.
Pensativo, Poirot balançou a cabeça.
Claro, o sr. Emmott pintou a sra. Leidner como bastante desumana. Faltou fazer o contraponto.
Havia algo tremendamente irritante nas atitudes do sr. Reiter. Ele se assustava quando alguém lhe dirigia a palavra e fazia coisas tolas – como ficar toda hora passando a geleia mesmo sabendo que ninguém queria. Eu mesma me sentia inclinada a ser meio ríspida com ele.
Os homens não entendem como seus trejeitos tendem a dar nos nervos das mulheres. A elas não sobra alternativa além da rispidez.
Pensei em mencionar o fato ao sr. Poirot em momento oportuno.
Chegamos à sede, e o sr. Emmott convidou Poirot a usar o lavatório de seu quarto.
Apressei-me a atravessar o pátio na direção do meu.

Saí praticamente na mesma hora que eles, e nós três rumávamos ao refeitório quando o padre Lavigny apareceu no vão da porta do quarto dele e convidou Poirot a entrar.

O sr. Emmott veio a meu encontro, e fomos juntos ao refeitório. A srta. Johnson e a sra. Mercado já estavam lá; minutos depois, o sr. Mercado, o sr. Reiter e Bill Coleman uniram-se a nós.

No momento em que sentávamos à mesa e Mercado pedia ao menino árabe para avisar ao padre Lavigny que o almoço estava servido, um gritinho abafado deixou todos perplexos.

Imagino que nossos nervos ainda não estavam recuperados, porque todo mundo se assustou. A srta. Johnson empalideceu e disse:

– *O que foi isso*? O que aconteceu?

A sra. Mercado a fitou e retorquiu:

– Qual *é* o problema, minha cara? É só um barulho lá nos campos.

Mas naquele instante Poirot e o padre Lavigny entraram.

– Achamos que alguém tinha se machucado – disse a srta. Johnson.

– Mil perdões, mademoiselle – pediu Poirot. – A culpa é minha. O padre Lavigny me explicava as inscrições de umas tábulas, e eu me aproximei da janela para ver melhor... E, *ma foi*, sem querer me enrosquei no tapete e contorci o pé. Na hora a dor foi tão intensa que tive que gritar.

– Pensamos que era outro assassinato – brincou a sra. Mercado, rindo.

– Marie! – repreendeu o marido.

Ela respondeu ao tom de censura corando e mordendo o lábio.

A srta. Johnson prontamente mudou o assunto para a escavação e quais artefatos de interesse tinham sido descobertos naquela manhã. A conversa durante todo o almoço continuou rigorosamente arqueológica.

Acho que todo mundo sentiu que era a coisa mais segura.

Depois do café, passamos à sala de estar. Em seguida, os homens, à exceção do padre Lavigny, retornaram à escavação.

O padre Lavigny levou Poirot ao depósito de antiguidades, e eu fui junto. A esta altura, eu já conhecia as coisas muito bem. Não escondi uma ponta de orgulho – quase como se o objeto me pertencesse – quando o padre Lavigny pegou a taça de ouro da estante e mostrou a Poirot, que exclamou com êxtase e deleite:

– Que primor! Que obra de arte!

O padre Lavigny concordou animado e começou a realçar as qualidades do artefato com entusiasmo e conhecimento genuínos.

– Nenhuma cera nele hoje – comentei.

– Cera? – indagou Poirot, fitando-me.

– Cera? – repetiu o padre Lavigny, também com os olhos fixos em mim.

Elucidei minha observação.

– Ah, *je comprends* – disse o padre Lavigny. – Sim, sim, cera de vela.

Aquilo conduziu direto ao assunto do visitante da madrugada. Ignorando minha presença, os dois passaram a falar francês; eu deixei os dois sozinhos e retornei à sala de estar.

A sra. Mercado costurava meias do marido, e a srta. Johnson lia um livro. Coisa rara em se tratando dela. Quase sempre costumava arranjar outra ocupação.

Depois de um tempo, o padre Lavigny e Poirot saíram, e o primeiro pediu licença sob a alegação de ter trabalho a fazer. Poirot sentou-se conosco.

– Sujeito interessante – comentou, perguntando sobre o volume de trabalho que o padre Lavigny fizera até então.

A srta. Johnson explicou que raras tábuas haviam sido encontradas e que pouquíssimos blocos e selos cilíndricos com inscrições haviam aparecido. O padre Lavigny, porém, ajudava no acompanhamento dos trabalhos de escavação e já aprendia a falar o árabe coloquial com muita rapidez.

Aquilo conduziu a conversa aos selos cilíndricos e, em seguida, a srta. Johnson pegou no armário uma lâmina de impressões feitas ao se rolar os cilindros sobre plasticina.

Percebi, ao nos curvarmos sobre elas, admirando os vivazes desenhos, que deveria ter sido naquelas impressões que ela estivera trabalhando na tarde fatídica.

Enquanto falávamos, notei que Poirot amassava e rolava uma bolinha de plasticina entre os dedos.

– Utiliza muita plasticina, mademoiselle? – indagou.

– Uma quantidade razoável. Neste ano já utilizamos bastante... mas nem sei como. Metade de nosso estoque se foi.

– Onde é guardada, mademoiselle?

– Aqui... neste armário.

Ao guardar a lâmina de impressões, ela mostrou a ele a prateleira com rolos de plasticina, *durofix* (adesivo para cerâmica à base de nitrocelulose), cola especial para fotografias e artigos de papelaria.

Poirot se abaixou.

– E isto... o que é isto, mademoiselle?

Escorregara a mão no espaço entre a prateleira e o fundo e puxara um curioso objeto amarrotado.

Enquanto ele o alisava, constatamos que se tratava de uma espécie de máscara, com olhos e boca pintados toscamente com tinta nanquim, toda borrada de plasticina.

– Que coisa mais extraordinária! – exclamou a srta. Johnson. – É a primeira vez que vejo isto. Como foi parar ali? E o que vem a ser?

– Como foi parar ali? Bem, não existe esconderijo perfeito, e suponho que este armário só seria limpo no fim da temporada. Quanto ao que *vem a ser*... isso também, penso eu, não é difícil de dizer. *Temos aqui o rosto que a sra. Leidner descreveu.* O rosto fantasmagórico avistado no lusco-fusco, do lado externo da janela do quarto... sem corpo anexo.

A sra. Mercado deixou escapar um gritinho agudo.

A srta. Johnson ficou branca. Murmurou:

– Então não *era* fantasia, mas alguém pregando uma peça... uma peça perversa! Quem terá sido?

– Sim – gritou a sra. Mercado. – Quem poderia ter feito essa coisa tão malvada?

Poirot não tentou responder. Com o rosto sombrio, entrou na sala contígua, retornou com uma caixa de papelão vazia na mão e colocou dentro dela a máscara amarrotada.

– A polícia tem que ver isto – explicou.

– É horrível – disse a srta. Johnson em voz baixa. – Horrível!

– Acha que tudo está escondido por aqui em algum lugar? – guinchou estridente a sra. Mercado. – Acha talvez que a arma... o porrete com que ela foi morta... ainda todo coberto de sangue, talvez... Ah! Estou assustada... estou assustada...

A srta. Johnson agarrou-a pelo ombro.

– Acalme-se – disse com firmeza. – O dr. Leidner está chegando. Não devemos incomodá-lo.

De fato, naquele exato instante o carro entrara pátio adentro. O dr. Leidner desembarcou e logo veio em direção à porta da sala de estar. Vincado pela fadiga, seu rosto aparentava o dobro da idade de três dias atrás.

Comunicou em voz suave:

– O funeral será amanhã às onze horas. O major Deane vai rezar a missa.

A sra. Mercado balbuciou algo e retirou-se da sala.

O dr. Leidner indagou a srta. Johnson:

– Vai ir, Anne?

E ela respondeu:

– Claro, querido, todos vamos ir. É claro.

Ela não disse mais nada, mas o rosto deve ter expressado o que a língua era incapaz de fazer, pois a fisionomia dele iluminou-se de afeto e fugaz alívio.

– Querida Anne – murmurou. – Você me consola e me ajuda maravilhosamente. Minha velha e boa amiga.

Descansou a mão no braço dela; notei o rubor subindo nas faces dela enquanto resmungava mais rabugenta que nunca:

– Tudo bem.

Mas na sua expressão percebi de relance: por um breve instante, Anne Johnson era a imagem perfeita da felicidade.

E outra ideia lampejou em meu cérebro. Logo, talvez, no curso natural das coisas e à medida que a compaixão intensificasse a afinidade pelo velho amigo, uma nova e feliz conjuntura pudesse surgir.

Não que eu tenha vocação para casamenteira; além disso, é claro, seria uma indecência pensar numa coisa dessas antes mesmo do funeral. Mas, afinal de contas, *seria* uma solução feliz. Ele a apreciava, e não havia sombra de dúvida de que ela era muitíssimo dedicada a ele e de que seria tremendamente feliz exercendo essa dedicação pelo resto da vida. Quer dizer, isso se ela fosse capaz de suportar os constantes elogios às perfeições de Louise. Mas você nem imagina o que as mulheres conseguem tolerar quando obtêm o que almejam.

Em seguida, o dr. Leidner cumprimentou Poirot, perguntando-lhe se havia feito algum progresso.

A srta. Johnson, atrás do dr. Leidner, mirou fixamente a caixa na mão de Poirot e balançou a cabeça. Dei-me conta de que ela suplicava a Poirot para não contar sobre a máscara ao dr. Leidner. Ela sentia, estou certa, de que ele já sofrera o suficiente naquele dia.

Poirot condescendeu ao desejo dela.

– Essas coisas andam devagar, monsieur – ponderou.

Então, após breves palavras formais, retirou-se.

Acompanhei-o até o carro.

Eu tinha meia dúzia de perguntas a fazer mas, não sei o porquê, quando ele se virou e me fitou, acabei não perguntando nada. Seria o mesmo que perguntar ao cirurgião se achava que eu havia realizado um bom trabalho. Só esperei, humilde, pelas instruções.

Para a minha grande surpresa, ele disse:

– Cuide-se, minha filha.

E em seguida acrescentou:

– Fico pensando se para a senhorita está bom permanecer aqui...

– Tenho que falar com o dr. Leidner sobre minha partida – expliquei.

– Mas acho melhor esperar para depois do funeral.

Assentiu com a cabeça de modo aprovador.

– Neste meio-tempo – aconselhou – não tente descobrir muita coisa. Entenda, não quero que trapaceie! – E emendou com um sorriso nos lábios:

– A senhorita segura os instrumentos e eu faço a cirurgia.

Não era engraçado ele falar justamente aquilo?
Então falou de modo meio irrelevante:
– Personalidade curiosa, esse padre Lavigny.
– Um monge arqueólogo me parece uma coisa estranha – comentei.
– Ah, sim, a senhorita é protestante. Quanto a mim, sou católico praticante. Sei um bocado sobre padres e monges.

Franziu a testa, pareceu titubear, até que disse:
– Lembre-se: quando quer, ele é esperto o bastante para induzir alguém a dar com a língua nos dentes.

Se ele estava me alertando para não falar demais, eu sentia que não era necessário!

Aquilo me incomodou e, embora eu preferisse não perguntar nenhuma das coisas que realmente queria saber, não via por que deixar de mencionar uma coisa.

– Vai me desculpar, monsieur Poirot – iniciei. – Mas o certo é "torci o pé", não *entortei* nem *contorci*.
– Ah! Obrigado, *ma soeur*.
– Não há de quê. Mas nada como aprender a expressão correta.
– Vou me lembrar – respondeu Poirot, com humildade incomum.

Entrou no carro, e o motorista deu a partida. Observei o carro sair pelo portão e atravessei o pátio devagar, com várias interrogações na cabeça.

Primeiro, aquelas marcas hipodérmicas no braço do sr. Mercado. Que droga será que ele usava? Depois, aquela medonha máscara amarela lambuzada de plasticina. E o quão estranho era o fato de Poirot e de a srta. Johnson não terem ouvido meu grito na sala de estar naquela manhã, enquanto todo mundo ouvira Poirot com perfeição no refeitório na hora do almoço – embora a distância entre o quarto do padre Lavigny e o refeitório fosse exatamente igual à distância entre o quarto da sra. Leidner e a sala de estar.

E súbito senti uma onda de satisfação por ter ensinado ao *doutor* Poirot uma expressão correta em inglês!

Mesmo se ele *fosse* um grande detetive ia se dar conta de que *não* sabia *tudo*!

CAPÍTULO 23

Experiência mediúnica

Considerei o funeral comovente. Assim como os membros da expedição, todos os ingleses em Hassanieh compareceram – até mesmo Sheila Reilly, discreta e recatada, vestindo um conjuntinho preto de casaco e saia. Torci para que ela estivesse um pouco arrependida das coisas indelicadas que havia dito.

Quando voltamos à sede em Tell Yarimjah, acompanhei o dr. Leidner até o gabinete e toquei no assunto de minha partida. Ele foi muito gentil, me agradeceu por tudo o que eu havia feito (tudo?... mas a inútil aqui não tinha feito nada!) e insistiu para que aceitasse, além do salário combinado, uma gratificação equivalente ao pagamento de uma semana extra.

Protestei, pois no fundo achava que não fizera nada que merecesse salário.

– Na verdade, dr. Leidner, prefiro não receber salário algum. Ficaria feliz se o senhor simplesmente reembolsasse minhas despesas de viagem.

Mas ele nem quis ouvir falar nisso.

– Sabe – expliquei –, tenho a sensação de que não mereço, dr. Leidner. Quero dizer, eu... bem, eu fracassei. Ela... minha vinda não a salvou.

– Ora, tire essas bobagens da cabeça, enfermeira – ponderou ele com franqueza. – Afinal de contas, não a contratei para ser detetive. Eu sequer sonhava que a vida de minha esposa corria perigo. Estava convencido de que era puro nervosismo. Para mim, a preocupação a havia conduzido a um curiosíssimo estado mental. Você fez tudo que podia ser feito. Ela não só lhe estimava como confiava em você. E acho que nos últimos dias se sentiu mais feliz e segura com sua presença. Não há motivo para ficar se recriminando.

O leve tremor em sua voz me revelou no que pensava. Se alguém era culpado por não levar a sério os medos da sra. Leidner, esse alguém era *ele*.

– Dr. Leidner – acrescentei curiosa –, já chegou a uma conclusão sobre as cartas anônimas?

Respondeu com um suspiro:

– Não sei o que pensar. O monsieur Poirot chegou a alguma conclusão?

– Até ontem, não – respondi, equilibrando-me com habilidade, pensei, na corda bamba entre realidade e ficção. Afinal de contas, ele não havia chegado até eu lhe contar sobre a srta. Johnson.

Minha ideia era insinuar a verdade ao dr. Leidner e observar sua reação. No dia anterior – devido à perspectiva prazerosa de ver o dr. Leidner e a srta. Johnson juntos, somada ao afeto e a confiança que ele sentia por ela –, esqueci por completo das cartas. Até mesmo agora eu tinha a sensação de que talvez fosse maldade trazer o assunto à tona. Mesmo se as tivesse escrito, a srta. Johnson sofrera maus bocados após a morte da sra. Leidner. Mas eu queria testar se aquela possibilidade em especial já passara pela cabeça do dr. Leidner.

– Em geral, carta anônima é obra feminina – afirmei, para ver como ele reagia.

– Imagino que sim – suspirou ele. – Mas esquece que essas, enfermeira, podem ser autênticas. Podem ter sido escritas de fato por Frederick Bosner.

– Não, não me esqueço – retorqui. – Mas algo me diz que essa não é a explicação verdadeira.

– Também acho – concordou ele. – É absurda a ideia de que ele é membro da expedição. É apenas uma teoria mirabolante do monsieur Poirot. Acho que a verdade é bem mais simples. Claro, o assassino é um lunático. Ficou rondando o local... talvez em alguma espécie de disfarce. E, de um jeito ou de outro, conseguiu entrar naquela tarde fatídica. Os criados podem estar mentindo... podem ter sido subornados.

– Suponho que seja possível – disse eu em tom duvidoso.

O dr. Leidner continuou com um quê de irritação.

– Para o monsieur Poirot, tanto faz como tanto fez suspeitar dos membros de minha expedição. Quanto a mim, tenho plena certeza de que *nenhum* deles tem algo a ver com isso! Trabalhei com eles. Eu os *conheço*!

Parou de repente e logo disse:

– É essa sua experiência, enfermeira? Que cartas anônimas costumam ser escritas por mulheres?

– Nem sempre é esse o caso – ressaltei. – Mas certa espécie de rancor feminino encontra alívio dessa forma.

– Imagino que está pensando na sra. Mercado? – quis saber ele.

E balançou a cabeça.

– Mesmo se fosse má o suficiente para querer prejudicar Louise, dificilmente teria as informações necessárias – afirmou.

Lembrei das primeiras cartas na pastinha de couro.

Se a sra. Leidner a tivesse deixado aberta e um belo dia a sra. Mercado estivesse sozinha matando tempo pela casa, ela poderia com facilidade tê-las encontrado e lido. Homens nunca pensam nas possibilidades mais simples!

– E, afora ela, sobra apenas a srta. Johnson – comentei, observando-o.

– Isso seria completamente ridículo!

Bem conclusivo o sorrisinho com que ele havia dito isso. A ideia que a autoria das cartas fosse da srta. Johnson nunca passara por sua cabeça! Vacilei por um instante apenas – mas nada disse. Não é meu feitio dedurar uma pessoa parecida comigo – mulher e trabalhadora. Além disso, testemunhei o comovente e genuíno remorso da srta. Johnson. Águas passadas não movem moinho. O dr. Leidner já tinha problemas suficientes. Por que expô-lo à nova desilusão?

Ficou combinado que eu partiria no dia seguinte, e consegui, por intermédio do dr. Reilly, uma breve estadia com a enfermeira-chefe do hospital, enquanto tomava minhas providências para retornar à Inglaterra, seja via Bagdá ou direto via Nissibin de carro ou de trem.

O dr. Leidner teve a gentileza de me pedir que escolhesse uma recordação entre os pertences da sra. Leidner.

– Ah, não, imagine, dr. Leidner – protestei. – Não seria capaz. É muita bondade sua.

Ele insistiu.

– Mas gostaria que ficasse com algo. E Louise, tenho certeza, teria desejado o mesmo.

E prosseguiu, sugerindo que eu aceitasse o conjunto de utensílios do toucador em casca de tartaruga!

– Ah, não, dr. Leidner! Nossa, é um conjunto *caríssimo*. Não poderia aceitar.

– Ela não tinha irmãs, sabe... ninguém que queira essas coisas. Não há mais ninguém para herdá-las.

Compreensível que ele não quisesse vê-las caírem nas mãozinhas gananciosas da sra. Mercado. E acho que ele preferia não oferecê-las à srta. Johnson.

Prosseguiu em tom bondoso:

– Pelo menos pense no assunto. A propósito, aqui está a chave da caixa de joias de Louise. Talvez encontre algo que goste. E eu ficaria muito grato se acondicionasse... todas as roupas dela. Imagino que Reilly possa dar bom destino a elas entre famílias cristãs carentes de Hassanieh.

Expressei a minha disposição para cumprir a tarefa com alegria.

De imediato coloquei mãos à obra.

O guarda-roupa ali mantido pela sra. Leidner era muito simples e logo estava separado e acondicionado em duas malas. Ela guardava todos os documentos na pastinha de couro. Na caixa de joias, itens simples sem muito valor: anel de pérola, broche de diamantes, correntinha de pérolas, dois broches que lembravam barras de ouro em miniatura (do tipo com alfinete de segurança) e um colar de âmbar.

Evidente que não ia pegar as pérolas nem os diamantes, mas hesitei um pouco entre o colar de âmbar e o conjunto de toucador. Mas no fim não vi motivo para não escolher o último. Foi uma lembrança amável da parte do dr. Leidner; eu tinha certeza de que não havia nela nenhum favorecimento.

Aceitaria a oferta no mesmo espírito em que havia sido feita, sem quaisquer orgulhos falsos. Afinal de contas, eu *havia* sido admiradora dela.

Bem, tudo prontinho. Malas acondicionadas, a caixa de joias chaveada de novo e separada para ser entregue ao dr. Leidner, junto com a fotografia do pai da sra. Leidner e uma miscelânea de outros itens pessoais sem valor material.

Quando terminei, o quarto, esvaziado de seus apetrechos, parecia despido e lúgubre. Eu não tinha mais nada a fazer – mas por um motivo ou outro relutava a sair de lá. Era como se ainda houvesse algo a ser feito ali. Algo que eu devia *ver* – ou algo que devia *saber*. Não sou supersticiosa, mas *realmente* me veio a ideia de que talvez o espírito da sra. Leidner estivesse perambulando no quarto, tentando estabelecer contato comigo.

No hospital, lembro de uma vez em que uma das enfermeiras levou um tabuleiro Ouija que fez revelações extraordinárias.

Talvez, embora nunca houvesse pensado na hipótese, eu fosse mediúnica.

Como se diz, às vezes a aflição é tanta que ficamos suscetíveis a imaginar toda sorte de tolices.

Zanzei inquieta pelo quarto, tocando aqui e ali. Mas, é claro, nada havia no ambiente além de mobília vazia. Não havia nada entre as gavetas nem enfiado em algum vão. Eu não podia esperar algo desse tipo.

No fim (parece maluquice, mas, como já disse, a aflição nos afeta) acabei fazendo uma coisa bem esquisita.

Fui até a cama, me deitei e cerrei os olhos.

Intencionalmente tentei esquecer quem e o que eu era. Tentei me remeter àquela tarde fatídica. Encarnei a sra. Leidner descansando, tranquila e inocente.

É incrível *como* a gente se aflige.

Sou uma pessoa objetiva e prática – nem um pouco assombrada, mas confesso que depois de cinco minutos ali deitada comecei a me *sentir* assombrada.

Não ofereci resistência. Propositalmente encorajei a sensação.

Disse a mim mesma:

– Sou a sra. Leidner. Sou a sra. Leidner. Estou aqui deitada... meio adormecida. Em breve... daqui a pouco... a porta vai se abrir.

Continuei falando aquilo... como se estivesse me auto-hipnotizando.

– É quase uma e meia da tarde... está chegando a hora... A porta vai se abrir... *a porta vai se abrir*... Vou ver quem vai entrar por ela...

Espetei meus olhos na porta. Logo ela se abriria. Eu *veria* ela se abrir. E veria *a pessoa que a abriu.*

Eu devia estar meio extenuada naquela tarde para sonhar que podia resolver o mistério dessa forma.

Mas acreditei mesmo. Uma espécie de calafrio desceu pela espinha e alcançou minhas pernas, que ficaram dormentes – paralisadas.

– Estou entrando em transe – eu disse. – E nesse transe vou ver...

Continuei a repetir de modo invariável:

– A porta vai se abrir... a porta vai se abrir.

A gélida sensação de dormência tornou-se mais intensa.

E então, devagarinho, *vi a porta começando a se abrir.*

Foi medonho.

Nunca antes nem depois vivenciei situação tão horrenda.

Fiquei petrificada – arrepiada da cabeça aos pés. Não conseguia me mexer. Nem para salvar a minha vida conseguiria me mover.

E o pavor tomou conta de mim. O pavor me afligia, cegava e emudecia.

Aquela porta se abrindo devagar.

Tão silenciosa.

Num instante eu veria...

Devagar... devagar... a fresta cada vez maior.

Bill Coleman entrou sorrateiro.

Ele deve ter tomado o maior susto da vida!

Pulei da cama com um grito de terror e precipitei-me rumo à porta.

Ele permaneceu imóvel como estátua, o rosto néscio e rosado ainda mais rosado e boquiaberto de espanto.

– Epa, opa, opa – disse ele. – Qual o problema, enfermeira?

Voltei à realidade num estrondo.

– Minha nossa, sr. Coleman – eu disse. – Que medo o senhor me deu!

– Desculpa – respondeu ele com um sorrisinho fugaz.

Foi então que notei: ele segurava na mão um pequeno ramalhete de ranúnculos escarlates, lindas florzinhas silvestres que cresciam nos arredores de Tell Yarimjah. A sra. Leidner gostava delas.

Ele corou até ficar bem vermelho e disse:

– Em Hassanieh, a gente não consegue comprar flores, nem nada do tipo. Coisa lamentável a falta de flores no túmulo. Daí tive a ideia de dar uma passadinha aqui e colocar um buquê no vasinho no qual ela costumava deixar flores na mesa. Meio que um jeito de mostrar que ela não foi esquecida, né? Um tanto estúpido, eu sei. Mas... sincero.

Que gesto doce. Lá estava ele, todo encabulado e constrangido como ficam os britânicos ao fazer qualquer coisa emotiva. A meu ver, uma bonita lembrança.

– Ora, acho a ideia ótima, sr. Coleman – elogiei.

Peguei o potinho, enchi-o de água, e colocamos as flores nele.

O sr. Coleman cresceu em meu conceito depois desse episódio. Revelou coração e bons sentimentos.

Não voltou a me perguntar o que me fizera emitir aquele guincho, e fiquei grata por isso. Eu teria me sentido estúpida explicando.

— Mantenha os pés no chão no futuro, mulher — murmurei comigo mesma, enquanto ajeitava os punhos e alisava o uniforme. — Você não é talhada para essas coisas sobrenaturais.

Apressei-me a fazer minhas próprias malas e me mantive ocupada pelo restante do dia.

O padre Lavigny teve a delicadeza de expressar grande pesar pela minha partida. Declarou que minha disposição e meu bom senso tinham sido úteis para todos. Bom senso! Ainda bem que ele não sabia de meu comportamento idiota no quarto da sra. Leidner.

— Monsieur Poirot não apareceu hoje — observou.

Contei-lhe que Poirot me dissera que estaria ocupado o dia todo enviando telegramas.

O padre Lavigny ergueu as sobrancelhas.

— Telegramas? Para os Estados Unidos?

— Imagino que sim. Ele disse: "Para o mundo todo!". Mas acho que nisso havia certo exagero estrangeiro.

E então fiquei muito vermelha, pois lembrei que o padre Lavigny também era estrangeiro.

No entanto, não pareceu se ofender; apenas riu agradavelmente e me perguntou se havia alguma novidade sobre o homem com estrabismo.

Eu disse que não sabia; pelo menos não havia escutado nada.

O padre Lavigny me perguntou de novo sobre aquela ocasião em que a sra. Leidner e eu flagráramos o homem na ponta dos pés tentando espiar pela janela.

— Parece claro que o homem tinha enorme interesse na sra. Leidner — comentou pensativo. — Desde então fico pensando... será que o homem não podia ser um europeu fantasiado de iraquiano?

Ideia nova, aquela. Avaliei-a com minúcia. Eu havia tomado como ponto pacífico que o homem era nativo mas, é claro, pensando bem, chegara a essa conclusão com base no talhe de suas roupas e no amarelo de sua tez.

O padre Lavigny expôs sua intenção de dar uma volta até o local onde a sra. Leidner e eu tínhamos visto o homem parado.

— Nunca se sabe, talvez ele tenha deixado cair algo. Na literatura policial o criminoso sempre deixa uma pista.

— Imagino que na vida real os criminosos sejam mais cuidadosos – comentei.

Peguei as meias que eu tinha costurado e coloquei-as na mesa da sala de estar para que cada homem pegasse as suas quando entrasse. Em seguida, como não havia nada melhor a fazer, subi ao terraço.

Avistei a srta. Johnson, mas ela não me escutou. Fui reto em sua direção antes que me notasse.

Mas enquanto me aproximava percebi que havia algo muito errado.

Lá estava ela, petrificada no meio do terraço, com os olhos fixos à frente e uma expressão horrorosa no rosto. Como se tivesse visto algo impossível de acreditar.

Aquilo me deixou muito assustada.

Minha nossa, já a tinha visto perturbada na outra noite, mas desta vez era bem diferente.

— Querida – falei ao me aproximar –, qual o problema?

Virou a cabeça ao ouvir isso e me fitou – quase como se não estivesse me vendo.

— O que houve? – insisti.

Fez uma espécie de careta esquisita – como se tentasse engolir, mas a garganta estivesse muito seca. Disse com a voz rouca:

— Acabo de ver uma coisa.

— O que acaba de ver? Conte-me. O que poderia ser? Parece transtornada.

Fez um esforço para se recompor, mas continuava com a fisionomia horrível.

Respondeu de novo naquela medonha voz estrangulada:

— *Vi como alguém de fora poderia entrar... sem ninguém perceber.*

Segui a direção de seu olhar, mas não enxerguei nada.

O sr. Reiter em pé à porta do ateliê, o padre Lavigny atravessando o pátio – nada além disso.

Perplexa, virei a cabeça e me deparei com o olhar dela fixo no meu, com a expressão mais estranha que se possa imaginar.

— Realmente – falei – não entendo aonde quer chegar. Vai me explicar?

Mas ela meneou a cabeça.

— Agora não. Mais tarde. *Tínhamos* que ter visto. Ah, tínhamos que ter visto!

— Se pelo menos me contasse...

Outra vez balançou a cabeça.

— Tenho que pensar primeiro.

E passando por mim, desceu trôpega a escada.

Não fui atrás; obviamente não me queria por perto. Em vez disso, sentei no parapeito e tentei decifrar o enigma. Mas não cheguei a lugar nenhum. Só havia um caminho para entrar no pátio – pelo grande arco. Logo além do arco, eu podia enxergar o menino responsável por buscar água, ao lado de seu cavalo, batendo papo com o cozinheiro indiano. Ninguém poderia ter passado por eles e entrado sem ser visto.

Intrigada, balancei a cabeça e desci os degraus.

CAPÍTULO 24

O assassinato é um hábito

Todos se recolheram cedo nesta noite. A srta. Johnson comparecera ao jantar e se comportara mais ou menos como sempre. Em seu olhar, porém, havia uma espécie de pasmo, e repetidas vezes ela não escutou o que as pessoas lhe falavam.

Não sei explicar a atmosfera de desconforto durante a janta. O leitor diria, suponho, que isso era de se esperar numa casa em que todos haviam ido a um funeral no mesmo dia. Mas sei o que eu quero dizer.

Ultimamente, nossas refeições eram silenciosas e contidas, mas ainda prevalecia o espírito de companheirismo. Havia solidariedade com o luto do dr. Leidner e o sentimento cordial de estarmos todos no mesmo barco.

Mas essa janta me lembrou do primeiro chá ali – com a sra. Mercado me vigiando e a estranha sensação de uma tempestade prestes a desabar.

Havia tido o mesmo pressentimento – só que bem mais intenso – quando havíamos nos sentado à mesa com Poirot na cabeceira.

Durante a janta todos estavam com os nervos à flor da pele... com os corações oprimidos... aflitos. Um simples objeto que caísse no chão provocaria um grito.

Como já disse, todos nos separamos pouco depois. Fui me deitar quase de imediato. A última coisa que escutei enquanto pegava no sono foi a voz da sra. Mercado desejando boa-noite para a srta. Johnson bem à frente de minha porta.

Logo caí no sono – extenuada pelos meus esforços e ainda mais pela experiência tola no quarto da sra. Leidner. Dormi um sono profundo e sem sonhos por várias horas.

Despertei num sobressalto com a sensação de uma iminente catástrofe. Algum rumor me acordara e, ao me sentar na cama e aguçar os ouvidos, escutei o barulho outra vez.

Uma espécie de estertor horrível, sufocado e agonizante.

Num piscar de olhos, eu estava em pé com a vela acesa na mão. Peguei uma lanterna, também, para o caso de a vela se apagar. Saí do quarto e continuei de ouvidos aguçados. Sabia que o som não vinha de longe. Voltou a se repetir – do quarto contíguo ao meu... o quarto da srta. Johnson.

Com pressa entrei. Na cama, o corpo inteiro da srta. Johnson contorcia-se de agonia. Deixei a vela na mesa e me reclinei sobre ela. Os lábios se mexeram, e ela tentou falar – mas só emitiu um gemido rouco e medonho. Nos cantos da boca e no queixo, manchas cinzentas em carne viva.

O seu olhar desviou do meu e repousou num copo no chão, onde ela obviamente o deixara cair. No local em que o copo caíra formara-se uma mancha rubra no tapete claro. Peguei-o e corri o dedo na superfície interna. Retraí a mão num grito agudo. Então examinei o interior da boca da pobre mulher.

Não havia a menor dúvida. De um jeito ou de outro, intencionalmente ou não, ela havia engolido certa quantidade de ácido corrosivo – oxálico ou clorídrico, eu suspeitava.

Corri para chamar o dr. Leidner. Ele acordou os outros, e fizemos por ela tudo o que estava a nosso alcance, mas durante todo o tempo eu tinha a terrível sensação de mal sem cura. Tentamos uma solução forte de carbonato de sódio – e, em seguida, ministramos azeite de oliva. Para aliviar a dor, apliquei uma injeção subcutânea de sulfato de morfina.

David Emmott foi a Hassanieh chamar o dr. Reilly, mas antes de o médico chegar, sobreveio o fim.

Não vou entrar em detalhes. Envenenamento por solução concentrada de ácido clorídrico (o que depois se provou ser o caso) é uma das mortes mais doloridas que se pode imaginar.

Quando me curvava sobre ela para aplicar a morfina, ela fez um esforço descomunal para falar. Entre os fundos gemidos, distinguiu-se apenas um horrendo sussurro estrangulado.

– A janela... – disse ela. – *Enfermeira... a janela...*

Mas isso foi tudo – ela não pôde continuar. Perdeu completamente os sentidos.

Nunca vou esquecer aquela noite. A vinda do dr. Reilly. A chegada do capitão Maitland. E, enfim, ao amanhecer, a de Hercule Poirot.

Foi ele quem me pegou suavemente pelo braço e me conduziu até o refeitório, onde me fez sentar e tomar uma boa xícara de chá forte.

– Pronto, *mon enfant* – disse ele –, assim é melhor. Está exausta.

Ao ouvir isso, desatei a chorar.

– É tão horrível – solucei. – Parece um pesadelo. Que sofrimento horrível. E o olhar dela... Ah, monsieur Poirot... o olhar...

Deu um tapinha em meu ombro. Uma amiga não poderia ter sido mais amável.

– Sim, sim... não pense nisso. Fez tudo o que podia.

– Um dos ácidos corrosivos.

– Sim. Solução concentrada de ácido clorídrico.

– O produto que usam na cerâmica?

– Sim. A srta. Johnson provavelmente o bebeu sem estar bem acordada. Quer dizer... a menos que tenha tomado de propósito.

– Ah, monsieur Poirot, que ideia horrível!

– É uma possibilidade, afinal. O que acha?

Avaliei por um instante e balancei a cabeça com veemência.

– Não acredito. Não, não acredito nem um pouco. – Hesitei e disse: – Acho que ela descobriu algo ontem à tarde.

– Como assim, descobriu algo?

Contei-lhe a conversa curiosa de nós duas.

Poirot assobiou baixinho.

– *La pauvre femme!* – exclamou. – Ela disse que queria pensar no assunto... não é? Foi o mesmo que assinar sua sentença de morte. Se ao menos ela tivesse falado... naquela hora... logo.

Pediu:

– Diga-me outra vez as palavras exatas que ela usou.

Repeti-as.

– Ela viu como alguém poderia ter entrado de fora sem ninguém perceber? Vamos, *ma soeur*, vamos até o terraço; vai me mostrar exatamente onde ela estava.

Subimos juntos e mostrei a Poirot o lugar exato em que a srta. Johnson estava parada.

– Bem aqui? – disse Poirot. – Então o que vejo? Metade do pátio... o arco... e as portas do gabinete, do ateliê e do laboratório. Havia alguém no pátio?

– O padre Lavigny caminhava rumo ao arco e o sr. Reiter estava parado na frente da porta do ateliê.

– E ainda assim não vejo a mínima possibilidade de alguém entrar sem o conhecimento de vocês... Mas *ela* viu...

Enfim desistiu, balançando a cabeça.

– *Sacré nom d'un chien... va! O que* será que ela viu?

O sol raiava. O céu oriental inteiro crispou-se de rosa, laranja e cinza--pérola.

– Que aurora linda! – exclamou Poirot suavemente.

O rio serpenteava à nossa esquerda, e Tell Yarimjah surgia delineada em dourado. Ao sul, as árvores em flor e a lavoura tranquila. A roda-d'água gemia a distância – um ruído tênue e insólito. Ao norte, os graciosos minaretes e a alvura de conto de fadas do povoado de Hassanieh.

Cena de incrível beleza.

E então, pertinho de mim, Poirot emitiu um suspiro demorado e profundo.

– Que estúpido tenho sido – murmurou ele. – Quando a verdade é tão clara... tão clara.

CAPÍTULO 25

Suicídio ou homicídio?

Nem tive tempo de perguntar a Poirot o que ele queria dizer, pois o capitão Maitland nos chamava, solicitando a nossa presença lá embaixo.

Descemos com pressa.

– Olhe aqui, Poirot – informou ele. – Nova complicação. O tal monge sumiu.

– Padre Lavigny?

– Sim. Ninguém tinha notado até agora há pouco. Então alguém se deu conta de que ele era o único do grupo que não tinha aparecido, e fomos até seu quarto. A cama está arrumada e não há nem sinal dele.

A coisa toda lembrava um pesadelo. Primeiro, a morte da srta. Johnson e, agora, o desaparecimento do padre Lavigny.

Convocados e interrogados, os funcionários foram incapazes de esclarecer o mistério. Ele havia sido avistado a última vez por volta das oito horas da noite anterior. Na ocasião, dissera que ia dar um passeio antes de dormir.

Ninguém o vira retornar desse passeio.

Como de costume, o portão havia sido fechado e trancado às nove horas. Ninguém, porém, lembrou de destrancá-lo pela manhã. Um criado pensou que o outro ia fazer e vice-versa.

O padre Lavigny teria voltado durante a noite? Teria ele, enquanto fazia o passeio mais cedo, descoberto algo de natureza suspeita e, ao resolver investigar mais tarde, talvez se transformado numa terceira vítima?

O capitão Maitland virou-se quando o dr. Reilly apareceu, seguido pelo sr. Mercado.

– Olá, Reilly. Descobriu algo?

– Sim. O produto veio do laboratório. Conferi os estoques com o sr. Mercado. É ácido clorídrico do laboratório.

– Do laboratório... é mesmo? Estava chaveado?

O sr. Mercado fez que não com a cabeça. As mãos tremiam e os músculos do rosto se contorciam. Parecia um farrapo humano.

– Não era esse o costume – balbuciou. – Sabe... justo agora... estamos utilizando-o a toda hora. Eu... ninguém jamais sonhou...

– O lugar é chaveado à noite?

– Sim... todas as salas são chaveadas. As chaves ficam penduradas na sala de estar.

– Logo, se alguém tivesse a chave da sala de estar conseguiria o molho inteiro.

– Sim.

– E é uma chave sem nada de mais, imagino?

– Ah, sim.

– Nada indica ter sido a própria srta. Johnson quem pegou o produto do laboratório? – indagou o capitão Maitland.

– Não foi ela – afirmei em tom alto e decidido.

Senti um toque de alerta em meu braço. Poirot estava em pé logo atrás de mim.

E então uma coisa tenebrosa aconteceu.

Não tenebrosa por si só – na verdade foi apenas a incongruência que a tornou pior do que qualquer outra coisa.

Um carro entrou no pátio e dele pulou um homenzinho. Usava chapéu de cortiça e uma grossa capa impermeável com cinto.

Foi ao encontro do dr. Leidner (que estava ao lado do dr. Reilly) e apertou calorosamente a sua mão.

– *Vous voilà, mon cher* – exclamou. – Prazer em vê-lo. A caminho da escavação italiana em Fugima, passei aqui na tarde de sábado... Mas lá no montículo não havia um europeu sequer e eu não falo nada de árabe! Não tive tempo de vir até a sede. Hoje de manhã saí de Fugima às cinco... Pretendo ficar umas duas horas aqui... e então seguir com o comboio. *Eh bien*, como vai a temporada?

Foi patético.

A voz animada, a postura objetiva, toda a sensatez agradável do mundo cotidiano que àquela altura se esvaíra há tempos. Simplesmente irrompeu ali sem saber de nada e sem perceber nada – repleto de camaradagem alegre.

Não é de se admirar que o dr. Leidner não tenha articulado nada. Apenas engasgou e fez um apelo emudecido ao dr. Reilly.

O médico mostrou-se à altura da situação.

Puxou o homenzinho (um arqueólogo francês chamado Verrier, que escavava nas Ilhas Gregas, fiquei sabendo mais tarde) para um canto e lhe explicou o que se passava.

Verrier ficou horrorizado. Ele próprio estivera numa escavação italiana distante da civilização nos últimos dias e nada ouvira falar a respeito.

Não economizou pêsames e desculpas, enfim caminhando a passos largos na direção do dr. Leidner e tomando suas duas mãos de modo afetuoso.

– Que tragédia! Meu Deus, que tragédia! Estou sem palavras. *Mon pauvre collègue.*

E, abanando a cabeça num derradeiro e ineficaz esforço de demonstrar seus sentimentos, o homenzinho entrou no carro e zarpou.

Como eu disse, essa introdução momentânea de alívio cômico no meio da tragédia pareceu realmente mais grotesca do que qualquer outra coisa que havia acontecido.

– A próxima etapa – frisou o dr. Reilly com firmeza – é o café da manhã. Sim, eu insisto. Vamos, Leidner, precisa se alimentar.

O dr. Leidner estava uma pilha de nervos, o coitado. Acompanhou-nos ao refeitório, onde um desjejum funéreo foi servido. Acho que o café quente e os ovos fritos caíram muito bem, embora na verdade todo mundo estivesse meio sem fome. O dr. Leidner tomou um pouco de café e ficou ali sentado, fazendo bolinhas com o miolo do pão. O rosto sombrio se estorcia de espanto e dor.

Depois do café da manhã, o capitão Maitland foi direto ao assunto.

Expliquei como eu havia acordado, escutado um barulho estranho e entrado no quarto da srta. Johnson.

– Diz que havia um copo no chão?

– Sim. Ela deve ter deixado cair depois de beber.

– Quebrado?

– Não, caído no tapete. (Receio que o ácido tenha estragado o tapete, a propósito.) Peguei o copo e coloquei-o na mesa.

– Estou satisfeito que a senhorita tenha nos contado isso. Constatamos dois conjuntos de impressões digitais no copo, e um deles com certeza pertence à própria srta. Johnson. O outro deve ser seu.

Calou-se por um instante e logo disse:

– Por favor, continue.

Descrevi com minúcia o que eu havia feito e os métodos usados, implorando ansiosa com o olhar a aprovação do dr. Reilly. Ele a deu com um aceno de cabeça.

– Fez tudo o que seria possível tentar para reverter a situação – ponderou ele. E, embora eu tivesse bastante certeza de que eu havia feito tudo ao meu alcance, foi um alívio ter minha convicção confirmada.

– Sabia exatamente o que ela havia tomado? – perguntou o capitão Maitland.

– Não... mas pude notar, é claro, que se tratava de ácido corrosivo.

O capitão Maitland interrogou com gravidade:

– Na sua opinião, enfermeira, a srta. Johnson tomou o ácido de modo intencional?

– Ah, não! – exclamei. – Nunca pensaria numa coisa dessas!

Não sei por que motivo tinha tanta certeza. Em parte, penso, devido às insinuações do monsieur Poirot. O seu "O assassinato é um hábito" ficara impresso em minha mente. Além disso, é difícil de acreditar que alguém venha a cometer suicídio de modo tão terrivelmente doloroso.

Comentei isso, e o capitão Maitland assentiu com a cabeça, pensativo.

– Concordo que não é um método usual – anuiu ele. – Mas se alguém andasse muito perturbado e esse produto fosse fácil de obter, talvez tivesse sido utilizado com esse objetivo.

– E por acaso ela *andava* muito perturbada? – perguntei em tom duvidoso.

– Conforme a sra. Mercado, sim. Ela disse que a srta. Johnson não parecia a mesma no jantar de ontem à noite... que ela mal respondia quando alguém lhe dirigia a palavra. A sra. Mercado tem certeza absoluta de que a srta. Johnson estava muito perturbada e de que naquela altura já havia lhe ocorrido a ideia de se matar.

– Bem, não acredito nisso nem por um instante – retorqui com franqueza.

A sra. Mercado, pois sim! Sórdida e sorrateira!

– Então em *que* a senhorita acredita?

– Acho que ela foi assassinada – respondi sem rodeios.

Ele vociferou de chofre a pergunta seguinte. Tive a sensação de ter voltado aos tempos de assistente hospitalar.

– Algum motivo em especial?

– Me parece de longe a solução mais possível.

– Essa é apenas sua opinião. Não havia motivo para que a vítima fosse assassinada...

– Vai me desculpar – retorqui –, havia sim. Ela descobriu algo.

– Descobriu algo? O que ela descobriu?

Repeti nossa conversa no terraço tim-tim por tim-tim.

– Ela recusou a contar do que se tratava a descoberta?

– Sim. Alegou que precisava de tempo para pensar no assunto.

– Mas demonstrava muita agitação?

– Sim.

– *Um jeito de entrar sem ser visto.* – O capitão Maitland meditou um bom tempo, o cenho franzido. – Não tem ideia a qual conclusão ela havia chegado?

– Nem a mínima ideia. Quebrei a cabeça, mas não tive nenhum vislumbre.

O capitão Maitland indagou:

– O que acha, monsieur Poirot?

Poirot respondeu:

– Acho que o senhor tem aí um possível motivo.

– Para assassinato?

– Para assassinato.

O capitão Maitland franziu a testa.

– Ela não conseguiu falar antes de morrer?

– Sim, conseguiu balbuciar duas palavras.

– Quais foram?

– *A janela...*

– A janela? – repetiu o capitão Maitland. – A senhorita entendeu ao que ela se referia?

Balancei a cabeça.

– Quantas janelas existem no quarto dela?

– Só uma.

– Que se abre para o pátio?

– Sim.

– Estava aberta ou fechada? Pelo que me lembro, aberta. Mas talvez alguém a tenha aberto depois?

– Não. Ela estava aberta o tempo todo. Fiquei me perguntando...

Emudeci.

– Prossiga, enfermeira.

– Examinei a janela, claro, mas não consegui ver nada de anormal nela. Fiquei me perguntando se, talvez, alguém não tinha trocado os copos por ali.

– Trocado os copos?

– Sim. Sabe, a srta. Johnson sempre levava um copo d'água com ela para a cama. Acho que esse copo deve ter sido trocado e um copo de ácido posto no lugar dele.

– O que nos diz, dr. Reilly?

– Se foi homicídio, é provável que tenha sido feito assim – apressou-se a afirmar o dr. Reilly. – Nenhuma pessoa com razoável capacidade de observação beberia um copo de ácido achando que era água... Isso se a pessoa estivesse plenamente acordada. Mas, se a pessoa fosse acostumada a tomar um copo d'água no meio da noite, poderia com facilidade estender o braço, encontrar o copo no lugar de sempre e, ainda semidormente, engolir às pressas líquido suficiente para ser fatal, sem ao menos se dar conta do que havia acontecido.

O capitão Maitland refletiu por um minuto.

– Vou retornar e examinar a janela. Fica perto da cabeceira da cama?

Pensei antes de responder.

– Esticando bem o braço é possível alcançar a mesinha que fica ao lado da cabeceira da cama.

– A mesa onde ela costumava deixar o copo d'água?

– Sim.

– A porta estava chaveada?

– Não.

– Então qualquer um poderia ter entrado por ali e feito a substituição?

– Claro.

– Assim seria bem mais arriscado – comentou o dr. Reilly. – Uma pessoa em sono profundo com frequência acorda ao ouvir o som de passos. Se a mesa pudesse ser alcançada da janela, esse seria o modo mais seguro.

– Não penso apenas no copo – retorquiu o capitão Maitland com ar distraído.

Saindo do torpor, voltou a me interrogar.

– Na sua opinião, quando a coitada percebeu que ia morrer, ficou ansiosa por lhe informar que alguém tinha substituído a água por ácido pela janela aberta? Será que o *nome* da pessoa não seria mais pertinente?

– Talvez ela não soubesse o nome – ressaltei.

– Ou talvez fosse mais pertinente dar uma dica sobre a descoberta feita durante o dia...

O dr. Reilly tomou a palavra:

– À beira da morte, Maitland, nem sempre se guarda senso de proporção. É provável que um detalhe em especial vire obsessão. A mão assassina entrando pela janela poderia ser o fato primordial que a obcecava naquele instante. Pode ter lhe parecido importante que as pessoas soubessem disso. Na minha opinião, ela não estava muito errada. *Era* importante! Talvez tivesse concluído que as pessoas pensariam que se tratava de suicídio. Se pudesse falar com fluência, talvez dissesse: "Não cometi suicídio. Não quis tomar isso. Alguém deve ter posto perto da minha cama *pela janela*".

O capitão Maitland tamborilou os dedos na mesa antes de responder. Então disse:

– Sem dúvida há dois modos de abordar o caso. Suicídio ou homicídio. O que pensa a respeito, dr. Leidner?

O dr. Leidner permaneceu calado por um tempo, a seguir disse em tom baixo e decidido:

– Homicídio. Anne Johnson não era o tipo de mulher que se mataria.

– Não – concordou o capitão Maitland. – Não no curso normal dos fatos. Mas podem ter havido circunstâncias nas quais isso se tornasse a coisa natural a ser feita.

– Por exemplo?

O capitão Maitland abaixou-se para pegar um embrulho que antes, eu notara, ele havia descansado ao pé da cadeira. Içou-o para cima da mesa com certo esforço.

– Aqui temos algo que ninguém sabe – revelou. – Encontramos isto embaixo da cama dela.

Meio atrapalhado, desfez o nó do embrulho e puxou o invólucro para o lado, revelando um grande e pesado moinho de mão.

Nele não havia nada de especial – uma dúzia de mós parecidas já havia sido encontrada durante as escavações.

O que chamava a atenção neste espécime em particular era a mancha, opaca e escura, e o fragmento de algo parecido com cabelo.

– É sua tarefa confirmar, dr. Reilly – fez a ressalva o capitão Maitland. – Mas não creio haver muita dúvida: este é o instrumento com o qual a sra. Leidner foi assassinada!

CAPÍTULO 26

A próxima serei eu!

Foi horrível demais. O dr. Leidner quase desmaiou; eu mesma me senti um pouco enjoada.

O dr. Reilly examinou o objeto com prazer profissional.

– Sem impressões digitais, imagino? – comentou.

– Sem digitais.

O dr. Reilly sacou uma pinça do bolso e investigou com apuro o objeto.

– Hum... fragmentos de tecido humano... e cabelo... cabelo loiro. Esse é o veredito não oficial. Claro, vou ter que proceder ao teste apropriado, grupo sanguíneo etc. Mas não há muita dúvida. Foi encontrado embaixo da cama da srta. Johnson? Bem, logo... *esta* é a brilhante ideia: ela cometeu o crime e, então, (que descanse em paz) o remorso bateu, e ela acabou com a própria vida. É uma hipótese... uma bela hipótese.

Dr. Leidner só conseguiu balançar a cabeça inconsolável.

– Anne não... Anne não – murmurou.

– Para começar, não sei onde ela escondeu isto – ponderou o capitão Maitland. – Todos os quartos foram revistados depois do primeiro crime.

Na mesma hora pensei: "No armário do material de escritório", mas não disse nada.

– Seja lá onde estivesse, ela ficou insatisfeita com o esconderijo e o levou para o próprio quarto, que já havia sido vasculhado como todos os outros. Ou talvez tenha feito isso após resolver se suicidar.

– Não acredito nisso – afirmei em alto e bom som.

E, não sei por que, também não conseguia acreditar que a boa e gentil srta. Johnson havia esmigalhado os miolos da sra. Leidner. Não conseguia ver aquilo acontecendo! E, no entanto, a teoria *realmente* se encaixava com certas coisas – o ataque de choro naquela noite, por exemplo. Afinal de contas, até eu tinha pensado que era "remorso", mas jamais passou pela minha cabeça que esse remorso se referia a algo além de um crime menor e insignificante.

– Não sei no que acreditar – confessou o capitão Maitland. – Também é preciso esclarecer o sumiço do padre francês. Meus homens estão fazendo um pente fino nas redondezas, no caso de que ele tenha sido atingido na cabeça e o corpo tenha rolado num propício canal de irrigação.

– Ah! Agora me lembro – comecei.

Todos me encararam de modo indagador.

– Ontem à tarde – expliquei. – Ele me interrogou sobre o estrábico que espiava pela janela naquele dia. Perguntou onde era exatamente que ele estava na trilha. Daí me disse que ia sair para dar uma olhada. Comentou que em histórias de detetive o criminoso sempre deixa uma pista.

– Que um raio me fulmine se algum dos criminosos que investiguei fez isso – retrucou o capitão Maitland. – Então era atrás disso que ele estava? Eu me pergunto se achou algo *mesmo*. Seria coincidência demais os dois (ele e a srta. Johnson) descobrirem uma pista para a identidade do assassino quase ao mesmo tempo.

Acrescentou irritadiço:

– Estrábico? Estrábico? Esse caso do estrábico me deixa com a pulga atrás da orelha. Não sei por que meus investigadores não conseguem identificá-lo!

– Provavelmente, porque ele não é estrábico – disse Poirot com a voz baixa.

– Quer dizer que ele forjou o estrabismo? Não sabia que era possível forjar uma coisa dessas.

Poirot limitou-se a comentar:

– O estrabismo pode ser uma coisa utilíssima.
– O diabo que o diga! Eu daria muito para saber onde esse sujeito está agora, com ou sem estrabismo!
– A esta altura – disse Poirot –, meu palpite é que ele já ultrapassou a fronteira síria.
– Avisamos Tell Kotchek e Abu Kamal... na verdade, todos os postos fronteiriços.
– Ele deve ter atravessado as montanhas. Pela rota que às vezes os caminhões pegam ao fazer contrabando.
O capitão Maitland grunhiu.
– Então é melhor telegrafarmos a Deir ez Zor?
– Fiz isso ontem... Pedi para que ficassem de olho em um carro com dois suspeitos, cujos passaportes estivessem em perfeita ordem.
O capitão Maitland o fitou.
– Mesmo? O *senhor* fez isso? Dois suspeitos... ahn?
Poirot balançou a cabeça em afirmação.
– Existem dois homens envolvidos.
– Algo me diz, monsieur Poirot, que o senhor tem muitas cartas na manga.
Poirot meneou a cabeça.
– Não – respondeu ele. – Realmente não. A verdade só me veio nesta manhã, enquanto eu admirava a aurora. Belíssima aurora.

Acho que ninguém havia notado a presença da sra. Mercado na sala. Ela devia ter entrado furtivamente quando todos nos espantávamos com a apresentação daquela horrível e grande pedra manchada de sangue.

Mas agora, sem aviso prévio, soltou o guincho de um porco em degola.
– Ai, meu Deus! – gritou ela. – Vejo tudo. Agora vejo tudo. *Foi o padre Lavigny.* Ele é louco... obsessão religiosa. Acha que todas as mulheres são pecadoras. *Vai matar todas elas.* Primeiro a sra. Leidner, depois a srta. Johnson. E a próxima serei eu...

Num grito frenético, precipitou-se através da sala e se agarrou no casaco do dr. Reilly.
– Não vou ficar aqui, estou dizendo! Não fico aqui nem mais um dia. Há perigo. O perigo nos ronda. Ele está escondido em algum lugar... esperando a hora de dar o bote. E ele vai me atacar!

Abriu a boca e começou a gritar de novo.

Corri até o dr. Reilly, que a segurara pelos pulsos. Dei-lhe um tabefe em cada bochecha e, com a ajuda do dr. Reilly, a fiz sentar-se numa cadeira.
– Ninguém vai matar a senhora – eu disse. – Não vamos permitir isso. Sente-se e procure se comportar.

Ela não gritou mais. Calou-se e ficou ali sentada me fitando com o olhar perdido e estupefato.

Em seguida, nova interrupção. A porta se abriu, e Sheila Reilly entrou. Com o rosto lívido e sério, ela avançou reto na direção de Poirot.

– Passei no correio hoje de manhã, monsieur Poirot – contou ela. – Tinha um telegrama para o senhor... então resolvi trazer.

– Obrigado, mademoiselle.

Pegou o telegrama e abriu-o, enquanto ela perscrutava o seu rosto.

Sem alterar a expressão facial, Poirot leu, alisou, dobrou e guardou o telegrama no bolso.

A sra. Mercado o mirava. Disse numa voz estrangulada:

– Veio... dos Estados Unidos?

– Não, madame – informou ele. – De Túnis.

Ela o encarou por um instante como se não tivesse compreendido; então, com um suspiro profundo, recostou-se na cadeira.

– Padre Lavigny – concluiu ela. – Eu *tinha* razão. Sempre pensei que havia algo de esquisito nele. Ele me disse cada coisa uma vez... acho que é louco... – Fez uma pausa e emendou: – Vou me calar. Mas *tenho* que ir embora daqui. Joseph e eu podemos nos hospedar na pensão.

– Paciência, madame – pediu Poirot. – Vou explicar tudo.

O capitão Maitland o observava com curiosidade.

– Acha mesmo que chegou à solução desse caso? – interpelou.

Poirot fez uma reverência.

Foi uma reverência bem teatral. Acho que irritou o capitão Maitland.

– Bem – vociferou ele –, desembuche, homem.

Mas não era assim que Hercule Poirot agia. Percebi perfeitamente que ele queria deitar e rolar. Fiquei me perguntando se ele sabia *mesmo* a verdade ou se apenas estava se exibindo.

Ele virou ao dr. Reilly.

– Teria a bondade, dr. Reilly, de convocar os demais?

Solícito, o dr. Reilly levantou-se num pulo e saiu para cumprir o pedido. Poucos minutos depois, os outros membros da expedição começaram a aparecer na sala. Primeiro Reiter e Emmott. Em seguida, Bill Coleman. Então Richard Carey e, por último, o sr. Mercado.

Coitado, aparentava a morte em pessoa. Imagino que estivesse morrendo de medo de ser condenado pelo descuido de permitir o fácil acesso a produtos químicos.

Todos se sentaram à mesa de modo bem parecido com o dia em que Poirot chegara. Bill Coleman e David Emmott hesitaram antes de sentar, relanceando olhares a Sheila Reilly que, de costas para eles, mirava a janela.

– Quer se sentar, Sheila? – indagou Bill.
David Emmott disse baixinho, arrastando agradavelmente as vogais:
– Não vai se sentar?
Então ela se virou e fitou primeiro um e depois o outro. Cada um oferecia uma cadeira. Fiquei imaginando qual ela aceitaria.
No fim não aceitou nenhuma.
– Vou me sentar aqui – disse de chofre. E acomodou-se na beira da mesa, perto da janela.
– Quer dizer – acrescentou –, isso se o capitão Maitland não se importar com a minha permanência...
Não tenho lá bem certeza do que o capitão Maitland teria dito. Poirot adiantou-se a ele:
– Claro que não, mademoiselle – disse Poirot. – Na verdade, é necessário que a senhorita permaneça.
Ela ergueu as sobrancelhas.
– Necessário?
– Foi essa a palavra que usei, mademoiselle. Tenho que lhe fazer certas perguntas.
Outra vez suas sobrancelhas se ergueram, mas ela não disse mais nada. Virou o rosto para a janela como se estivesse decidida a ignorar o que se passaria na sala atrás dela.
– E agora – disse o capitão Maitland – talvez saibamos a verdade!
Falou com bastante impaciência. Em essência era um homem de ação. Nesse exato momento, tive a certeza de que ele estava ansioso para sair e realizar tarefas práticas – comandar a busca pelo corpo do padre Lavigny ou quem sabe enviar agentes para sua captura e prisão.
Mirou Poirot com algo similar à antipatia.
– Se o amiguinho tem algo a dizer, por que não diz?
Era como se eu pudesse ver as palavras na ponta da língua de Poirot.
Mas, em vez de falar, ele correu um lento olhar de avaliação por todos nós. Em seguida, levantou-se.
Não sei o que eu esperava que ele fosse dizer – com certeza algo dramático. Ele era esse tipo de pessoa.
Mas sem dúvida não esperava que ele começasse com uma frase em árabe.
No entanto, foi isso o que aconteceu. Pronunciou as palavras de modo pausado e solene – e, na verdade, quase místico, se é que você me entende.
– *Bismillahi ar rahman ar rahim.*
E deu a tradução:
– Em nome de Alá, o Misericordioso, o Compassivo.

CAPÍTULO 27

Começo de uma jornada

— *B*ismillahi ar rahman ar rahim. Essa é a expressão usada pelos árabes antes de empreender uma jornada. *Eh bien*, também vamos iniciar uma jornada. Uma jornada ao passado. Uma jornada aos estranhos meandros da alma humana.

Não creio que até aquele instante eu tivesse sentido algo do que se convencionou chamar "glamour do Oriente". Para ser franca, o que me deixou admirada foi a *bagunça* em todas as esferas. De repente, porém, aquela fala de monsieur Poirot fez surgir uma espécie de visão bizarra perante meus olhos. Pensei em palavras como Samarkand e Ispahan; em comerciantes barbudos; em camelos se ajoelhando; em carregadores cambaleantes com grandes fardos nas costas atados em volta da testa; em mulheres de cabelo pintado de hena e de rostos tatuados, ajoelhadas lavando roupa à beira do Tigre — escutei seus estranhos cantos angustiosos e o longínquo gemido da roda d'água.

Quase tudo, coisas que vira e ouvira sem dar importância. Mas agora, de certa forma, pareciam *diferentes* — como o retalho de uma colcha bolorenta que, perto da luz, de súbito revela as cores ricas de um antigo bordado...

Então corri o olhar pela sala e senti a estranha verdade do que monsieur Poirot dissera — *começávamos* a empreender uma jornada. Começávamos ali juntos naquele instante, mas cada qual pegaria um caminho distinto.

E olhei para todos como se, de certa forma, os estivesse vendo pela primeira — *e* última vez. Sei que soa ridículo, mas foi isso que senti.

Nervoso, o sr. Mercado estorcia os dedos e — com seus esquisitos olhos claros de pupilas dilatadas — encarava Poirot. A sra. Mercado fitava o marido com um estranho cuidado vigilante — uma tigresa prestes a atacar. O dr. Leidner parecia ter encolhido de modo curioso. O último golpe fora a gota d'água para deixá-lo todo curvo e amarfanhado. Quase podia se dizer que ele nem estava na sala, mas sim num local distante só seu. Com a boca entreaberta e os olhos saltados, o sr. Coleman não parava de observar Poirot. Aparência quase idiota. O sr. Emmott olhava as próprias botas; nem consegui ver direito o rosto dele. Confuso e de beiço espichado, o sr. Reiter nunca se pareceu tanto com um porquinho belo e limpo. A srta. Reilly mirava fixamente pela janela. Não sei o que passava na cabeça dela e nem o que ela sentia. Foi quando relanceei o olhar para o sr. Carey. Não sei explicar o porquê, mas ver o rosto dele me deixou transtornada; desviei o olhar. Lá estávamos, todos nós. E algo me dizia: quando monsieur Poirot terminasse, não seríamos mais os mesmos...

Sensação esquisita...

A voz de Poirot continuou plácida. Como um rio correndo manso em seu leito... rumo ao oceano...

– Desde o comecinho pressenti que para entender este caso não se deveria procurar por sinais ou pistas externas, mas por pistas mais verdadeiras: as pistas do conflito de personalidades e dos segredos do coração.

"E ressalvo que, embora tenha chegado ao que acredito ser a verdadeira solução do caso, *não disponho de provas materiais*. Eu *sei* que foi assim que aconteceu porque *deve* ter sido assim, porque *de nenhuma outra forma* cada fato isolado se encaixa em seu lugar específico e reconhecido.

"E esta, para meu crivo, é a solução mais satisfatória possível."

Fez uma pausa e prosseguiu:

– Vou começar minha jornada no instante em que entrei no caso... quando me apresentaram o fato consumado. Pois bem, cada caso, na minha opinião, tem *modelo* e *forma* definidos. O padrão do nosso, a meu ver, girava todo em volta da personalidade da sra. Leidner. Até que soubesse *com exatidão que tipo de mulher a sra. Leidner era*, eu não seria capaz de saber por que ela foi assassinada nem quem a matou.

"Este, então, foi meu ponto de partida: a personalidade da sra. Leidner.

"Também havia outro pormenor psicológico de interesse: o singular clima de tensão que se alegava existir entre os membros da expedição, confirmado por várias testemunhas distintas (algumas não pertencentes ao grupo). Decidi que, embora dificilmente fosse um ponto de partida, deveria levar em conta esse detalhe ao longo de minhas investigações.

"A ideia consensual era de que esse ambiente decorria da influência direta da sra. Leidner sobre os membros da expedição, mas, por motivos que vou salientar mais tarde, isso não me parecia plenamente aceitável.

"Para começo de conversa, como mencionei, concentrei-me única e exclusivamente na personalidade da sra. Leidner. Lancei mão de meios variados para avaliar essa personalidade. As reações que ela provocava em uma série de pessoas, todas com acentuadas diferenças de caráter e temperamento, bem como o que eu conseguia compilar por meio de minha própria observação, que, claro, tinha alcance limitado. Mas acabei tomando conhecimento *real* de certos fatos.

"A sra. Leidner tinha gostos simples e até mesmo austeros. Nem de longe amava o luxo. Por outro lado, tecia um bordado de sumo primor e requinte. Isso revelava alguém de gosto delicado e artístico. Da observação dos livros no quarto dela, formei um juízo adicional: tratava-se de uma mulher inteligente e, em última análise, egocêntrica.

"Haviam me insinuado que a maior preocupação da sra. Leidner era atrair o sexo oposto... que ela seria, de fato, lasciva. Não vi fundamento nisso.

"No quarto dela notei os seguintes livros na prateleira: *Quem foram os gregos?*, *Introdução à teoria da relatividade*, *Vida de Lady Hester Stanhope*, *De volta a Matusalém*, *Linda Condon* e *O trem de Crewe*.

"Ela se interessava, para começo de conversa, em cultura e ciência modernas. Ou seja, cultivava um lado nitidamente intelectual. Entre os romances, *Linda Condon* e, em menor grau, *O trem de Crewe*, pareciam revelar que a sra. Leidner sentia afinidade e interesse por mulheres independentes... desimpedidas ou presas em armadilhas masculinas. Também demonstrava óbvia curiosidade pela personalidade de Lady Hester Stanhope. *Linda Condon* é um primoroso estudo da adoração feminina pela própria beleza. *O trem de Crewe* é a análise de uma pessoa individualista e arrebatada. *De volta a Matusalém* revela simpatia por uma postura mais intelectual do que emocional em relação à vida. Pressenti que começava a entender a falecida.

"Na sequência, estudei as reações daqueles que formavam o círculo imediato da sra. Leidner... e minha imagem da morta tornava-se cada vez mais completa.

"Ficou claro, a partir dos relatos do dr. Reilly e de outros, que a sra. Leidner era uma daquelas mulheres dotadas pela natureza não apenas com a beleza, mas com o tipo de magia catastrófica que às vezes acompanha a beleza e que pode, mesmo, existir independentemente dela. Em geral, essas mulheres deixam um rastro de episódios violentos atrás de si. Elas provocam desastres... às vezes para outras pessoas... às vezes para si próprias.

"Convenci-me de que a sra. Leidner em essência idolatrava a *si mesma*; seu maior deleite era a sensação de *poder*. Onde quer que estivesse, ela *precisava* ser o centro do universo. E todos a seu redor, homens ou mulheres, tinham que reconhecer seu domínio. Com certas pessoas isso era fácil. A enfermeira Leatheran, por exemplo, mulher de natureza generosa e imaginação romântica, deixou-se capturar de modo instantâneo e cultivou sem relutância uma admiração integral. Mas havia um segundo caminho pelo qual a sra. Leidner exercitava seu domínio: o caminho do medo. Onde a conquista se mostrava fácil demais, ela se deliciava com o lado mais cruel de sua natureza... Gostaria de reiterar com ênfase que não se trata do que alguém pode chamar de crueldade *consciente*, mas sim de algo natural e irrefletido. Algo como o comportamento do gato com o camundongo. Quando a consciência entrava em ação, ela se tornava, em essência, uma pessoa boa, capaz de tudo para ser atenciosa e solícita.

"Claro, o primeiro e mais importante problema a solucionar era o das cartas anônimas. Quem as escrevera e por quê? Perguntei a mim mesmo: a autora das cartas seria a *própria* sra. Leidner?

"Para resolver esse enigma, era necessário retroceder um longo caminho... voltar, de fato, à data do primeiro casamento da sra. Leidner. Aqui nossa jornada começa para valer. Na viagem à vida da sra. Leidner.

"Antes de tudo, temos que perceber que a Louise Leidner daquela época é basicamente a mesma Louise Leidner que vocês conheceram.

"Na flor da idade, dona de extraordinária beleza (o tipo de beleza ao mesmo tempo triste e fascinante que perturba os sentidos e a alma de um homem de um jeito que nenhuma beleza apenas material consegue), mas, no fundo, já egocêntrica.

"É natural que a ideia de se casar provoque repulsa nessas mulheres. Até sentem atração pelos homens, mas preferem pertencer a si próprias. Encarnam mesmo *La Belle sans Merci* do poema. Entretanto, a sra. Leidner *realmente* se casou... e podemos supor, penso eu, que o marido dela deve ter sido um homem de personalidade forte.

"Diante da revelação das atividades traiçoeiras do marido, a sra. Leidner age como contou à enfermeira Leatheran. Passa as informações ao governo.

"Ora, na minha apreciação, essa atitude carrega significado psicológico. Ela contou à enfermeira Leatheran que era uma jovem muito idealista e patriótica, e que esse sentimento havia motivado a sua ação. Mas é fato bem conhecido que todos nós temos a tendência a nos autoenganar quanto aos motivos de nossas próprias ações. É instintivo: selecionamos o motivo mais politicamente correto! A sra. Leidner pode ter se levado a crer que o patriotismo inspirou sua atitude, mas na verdade acredito ter sido o resultado do desejo inconfesso de se livrar do marido! Não gostava de dominação... não gostava da sensação de pertencer a alguém... de fato, não gostava de ter papel coadjuvante. Aproveitou uma saída patriótica para recuperar a liberdade.

"Mas, no subconsciente, incrustou-se uma corrosiva sensação de culpa que desempenharia importante papel em seu destino.

"O que nos conduz direto ao tema das cartas. A sra. Leidner exercia intensa atração sobre os homens. Por várias vezes, sentiu-se atraída por eles – mas sempre uma carta ameaçadora aparecia, e o romance não dava em nada.

"Quem escreveu aquelas cartas? Frederick Bosner, seu irmão William ou a *própria sra. Leidner?*

"Há elementos que corroboram cada uma dessas teorias. Parece-me claro que a sra. Leidner era uma dessas mulheres que inspiram paixões arrebatadas nos homens, do tipo que podem virar obsessão. Acho bem possível acreditar num Frederick Bosner para quem Louise, sua mulher, importasse mais do que qualquer outra coisa no mundo! Ela já o havia traído uma vez, e ele não ousaria aproximar-se dela abertamente, mas uma coisa pelo menos estava determinado a fazer: ela seria só dele e de mais ninguém. Preferia vê-la morta do que nos braços de outro homem.

"Por outro lado, se a sra. Leidner, no fundo, tivesse aversão pelos laços do matrimônio, poderia ter escolhido esse modo de se desvencilhar de posições delicadas. Era uma caçadora cuja presa, depois de dominada, tornava-se descartável! Desejando emoção na vida, ela inventou um drama altamente satisfatório: um marido ressuscitado que proibia os proclamas de casamento! Aquilo satisfazia seus instintos mais selvagens. Tornava-a uma figura romântica, uma heroína trágica e evitava um novo compromisso.

"Essa situação perdura durante anos. Sempre que há qualquer possibilidade de casamento... chega uma carta ameaçadora.

"*Mas agora tocamos num ponto muito interessante.* O dr. Leidner entra em cena... e não chega nenhuma carta de proibição! Nada a impede que se torne a sra. Leidner. Só *depois* do casamento chega uma carta.

"Isso logo nos leva à pergunta: por quê?

"Vamos analisar cada uma das teorias.

"*Se* a sra. Leidner fosse a autora das cartas, o problema seria de fácil explicação. A sra. Leidner *quer* de verdade casar-se com o dr. Leidner. E assim *realmente* casa-se com ele. Mas, nesse caso, *por que escreve uma carta para si mesma depois*? Sua ânsia por emoção é intensa demais para ser suprimida? E por que só aquelas duas cartas? Depois delas mais nenhuma é recebida até um ano e meio depois.

"Agora vejamos a outra teoria, a de que as cartas foram escritas pelo primeiro marido, Frederick Bosner (ou seu irmão). Por que a carta ameaçadora chega *depois* do casamento? É presumível que Frederick não *desejasse* que ela se casasse com Leidner. Por que, então, ele não impede o casamento? Ele conseguiu fazê-lo com sucesso em ocasiões anteriores. E por que, *tendo esperado acontecer o casamento*, ele retoma as ameaças?

"A resposta, não muito satisfatória, é que por um motivo ou outro ele não pôde se manifestar com antecedência. Talvez estivesse preso ou no exterior.

"Outro fato a considerar é a tentativa de envenenamento por gás. Parece extremamente implausível ter sido praticada por alguém de fora. Os prováveis autores eram os próprios dr. e sra. Leidner. Não parece haver motivo concebível para que o *dr.* Leidner fizesse uma coisa dessas, então somos levados a concluir que foi a *sra.* Leidner que planejou e executou a farsa.

"Por quê? Mais drama?

"Depois disso, o dr. e a sra. Leidner viajam ao exterior e por um ano e meio desfrutam de uma vida feliz e pacata, sem ameaça de morte para causar perturbação. Creditam isso à bem-sucedida manobra de apagar vestígios de seu novo paradeiro, mas essa explicação é descabida. Nos dias de hoje, viajar ao exterior é uma coisa totalmente inadequada a esse propósito. E ainda mais no caso dos Leidner. Ele era o diretor de uma expedição patrocinada por um museu. Indagando no museu, Frederick Bosner obteria de imediato seu endereço correto. Mesmo levando em conta a existência de circunstâncias limitantes para que seguisse o rastro do casal, não haveria empecilho para que ele continuasse a enviar as cartas ameaçadoras. E me parece que um homem obcecado sem dúvida teria feito isso.

"Em vez disso, ele não se manifesta durante quase dois anos, quando as cartas voltam a aparecer.

"*Por que* as cartas voltaram a aparecer?

"Questão intricada... cuja resposta mais fácil seria: a sra. Leidner estava aborrecida e queria mais drama. Mas a mim isso não satisfazia. Essa forma particular de drama me parecia um tanto vulgar e tosca para combinar bem com sua exigente personalidade.

"A única coisa a fazer era manter a cabeça aberta em relação a esse ponto.

"Existiam três possibilidades: (1) as cartas foram escritas pela própria sra. Leidner; (2) as cartas foram escritas por Frederick Bosner (ou pelo jovem William Bosner); ou (3) elas podem ter sido escritas *originalmente* tanto pela sra. Leidner quanto pelo primeiro marido, mas agora eram *falsificações*... ou seja, de autoria de uma *terceira* pessoa que sabia das primeiras cartas.

"Agora vou proceder à análise franca do séquito da sra. Leidner.

"Primeiro examinei as oportunidades reais que cada membro da expedição teve para cometer o assassinato.

"Grosso modo, pelo visto, *qualquer um* poderia tê-lo cometido (no que tange à oportunidade), à exceção de três pessoas.

"O dr. Leidner, de acordo com testemunhos irrefutáveis, nunca abandonou o terraço. O sr. Carey trabalhava no sítio arqueológico. O sr. Coleman cumpria missões em Hassanieh.

"Mas esses álibis, meus amigos, não eram assim *tão bons* quanto aparentavam. Abro exceção ao dr. Leidner. Não há sequer sombra de dúvida: ele permaneceu no terraço todo o tempo e só desceu uma hora e quinze minutos depois do crime ter acontecido.

"Mas era *absolutamente* certo que o sr. Carey estava no montículo o tempo todo?

"E o sr. Coleman *estava mesmo em Hassanieh* na hora em que o crime aconteceu?"

Bill Coleman corou, abriu e fechou a boca, correndo o olhar ao redor de modo inquieto.

A expressão do sr. Carey não mudou.

Poirot continuou em tom suave.

— Também me detive em outra pessoa que, na minha avaliação, seria perfeitamente capaz de cometer assassinato *se ela se sentisse com força suficiente*. A srta. Reilly tem coragem, inteligência e um toque de crueldade. Quando ela conversava comigo sobre a falecida, eu lhe disse, em tom de brincadeira, que seria bom que ela tivesse um álibi. Acho que a srta. Reilly naquele instante sabia que, pelo menos, havia sentido no coração a vontade de matar. De qualquer forma, tratou logo de inventar uma mentira boba e sem nexo. Disse que tinha ido jogar tênis naquela tarde. No dia seguinte, fiquei sabendo numa conversa casual com a srta. Johnson que, em vez de jogar tênis, a srta. Reilly *na verdade rondava a casa na hora do crime*. Ocorreu-me que a srta. Reilly, mesmo não sendo culpada do crime, poderia ser capaz de me contar algo útil.

Parou e em seguida emendou com voz tranquila:

— Vai nos contar, srta. Reilly, o que *viu* naquela tarde?

A moça não respondeu logo. Permaneceu olhando pela janela sem virar a cabeça. Ao tomar a palavra, o fez com a voz desinteressada e comedida:

— Cavalguei até a escavação depois do almoço. Devo ter chegado lá por volta de quinze para as duas.

— Encontrou algum de seus amigos na escavação?

— Não, parecia que ninguém comandava os trabalhos além do encarregado árabe.

— Não viu o sr. Carey?

— Não.

— Curioso – disse Poirot. – Monsieur Verrier também não viu quando foi lá naquela mesma tarde.

Mirou Carey sugestivamente, que não se moveu nem falou.

— Tem alguma explicação, sr. Carey?

— Fui dar uma caminhada. Não havia nada de interesse acontecendo.

— Caminhou em que direção?

— À beira do rio.

— Não de volta para a casa?

— Não.

— Imagino – interpôs a srta. Reilly – que estivesse esperando por alguém que não apareceu.

Ele a fitou, mas não emitiu resposta.

Poirot não insistiu nesse detalhe. Dirigiu-se à moça outra vez:

— Viu algo mais, mademoiselle?

— Sim. Não muito longe da sede, me deparei com a caminhonete da expedição estacionada num uádi. Achei aquilo muito estranho. Então avistei o sr. Coleman. Caminhava cabisbaixo, como se procurasse algo.

– Olhe aqui – explodiu o sr. Coleman –, eu...

Poirot o interrompeu com um gesto de autoridade.

– Espere. Falou com ele, srta. Reilly?

– Não. Não falei.

– Por quê?

A moça disse devagar:

– Porque, de vez em quando, ele erguia a cabeça e olhava ao redor de modo incrivelmente furtivo. Aquilo me deu uma sensação desagradável. Puxei as rédeas, fiz o cavalo virar a cabeça e me afastei a trote. Acho que ele não me viu. Eu estava a uma boa distância, e ele, absorto no que fazia.

– Olha só – seria impossível manter o sr. Coleman calado por mais tempo –, tenho uma boa explicação para o que (admito) parece um tanto suspeito. Na realidade, no dia anterior eu tinha achado no montículo um bonito selo cilíndrico. Guardei no bolso do casaco em vez de levar ao depósito de antiguidades... e me esqueci completamente. Então descobri que tinha deixado o cilindro cair do bolso... em algum lugar por aí. Não queria chamar atenção para o caso, por isso decidi fazer uma procura minuciosa às escondidas. Tinha certeza de que havia perdido no caminho entre a sede e a escavação. Mandei um mestiço fazer parte das compras e voltei mais cedo. Estacionei num lugar discreto e fiquei procurando nas imediações durante mais de hora. Mesmo assim não consegui achar o maldito cilindro! Daí subi na caminhoneta e fui para a sede. Claro que todo mundo pensou que eu recém havia chegado.

– E não fez nada para convencê-los do contrário? – indagou docemente Poirot.

– Bem, isso foi bastante natural sob as circunstâncias, não acha?

– Não posso dizer que concordo – murmurou Poirot.

– Ah, vamos lá... não procure problema: *esse* é meu lema! Mas não pode me acusar de nada. Nunca entrei no pátio, e o senhor não será capaz de encontrar alguém que tenha visto.

– Nisso, é claro, reside a dificuldade – admitiu Poirot. – A declaração dos funcionários de que *ninguém entrou no pátio vindo de fora*. Mas me ocorreu, depois de refletir, que *não* foi bem isso que eles disseram. Juraram que *nenhum estranho* havia entrado na propriedade. Ninguém lhes perguntou *se um membro da expedição* havia entrado.

– Bem, pode perguntar a eles – retorquiu Coleman. – Que um raio caia em minha cabeça se me viram ou se flagraram Carey.

– Ah! Mas isso levanta um ponto bem interessante. Eles notariam *um intruso* sem dúvida... mas será que notariam *um membro da expedição*? Os membros da equipe estão a toda hora num entra e sai. Os funcionários dificilmente repararaim suas idas e vindas. É possível, penso eu, que tanto o sr. Carey quanto o sr. Coleman *pudessem* ter entrado sem que o fato ficasse registrado na memória dos funcionários.

– Bobagem! – exclamou o sr. Coleman.

Poirot prosseguiu tranquilo:

– Dos dois, acho que o sr. Carey era o menos provável de ser notado entrando e saindo. O sr. Coleman partira rumo a Hassanieh de carro naquela manhã e era esperado que retornasse a bordo dele. Sua chegada a pé seria, portanto, detectável.

– Claro que seria! – disse Coleman.

Richard Carey ergueu a cabeça e fixou os olhos azul-escuros em Poirot.

– Está me acusando de assassinato, sr. Poirot? – indagou.

Seu jeito era bastante calmo, mas a voz insinuava certa ameaça.

Poirot fez uma reverência na direção dele.

– Por enquanto, só conduzo todos vocês a uma jornada... minha jornada rumo à verdade. Até agora estabeleci um fato: todos os membros da expedição, inclusive a enfermeira Leatheran, *poderiam* ter cometido o crime. O fato de ser pouco provável que alguns o tenham cometido é secundário.

"Tendo examinado *meios* e *oportunidade*, passei então ao *motivo*. Descobri que *cada um de vocês poderia ter o seu motivo!*"

– Ah! Monsieur Poirot – gritei. – *Eu* não! Ora, eu era uma forasteira que tinha acabado de chegar.

– *Eh bien, ma soeur*, e não era *justo isso que a sra. Leidner temia*? Um *forasteiro* recém-chegado?

– Mas... mas... ora, o dr. Reilly sabia tudo sobre mim! Foi ele quem sugeriu a minha vinda!

– O quanto ele sabia, na verdade? *Em essência, o que a senhorita mesma havia lhe contado*. Não terá sido a primeira nem a última vez que um impostor se fez passar por enfermeira.

– Escreva para o St. Christopher – desafiei.

– Por ora fique em silêncio. É impossível prosseguir enquanto a senhorita conduz essa discussão. Não estou dizendo que suspeito da senhorita *agora*. Tudo o que digo é que, mantendo a cabeça aberta, qualquer um pode com facilidade ser alguém diferente do que finge ser. Existem muitos casos bem-sucedidos de homens que se travestiram de mulher, sabe. O jovem William Bosner poderia ter tentado algo desse tipo.

Tive que me segurar para não lhe dizer poucas e boas. Homem travestido de mulher, pois sim! Mas ele ergueu a voz e continuou com tamanho ar de determinação que pensei duas vezes.

– Agora vou ser franco... e cruel. É necessário. Vou desnudar a estrutura secreta deste local.

"Perscrutei e estudei cada alma aqui presente. Para começar, o dr. Leidner. Logo me convenci que o amor pela esposa era a causa maior de sua vida. A perda o dilacerava e arrasava. A enfermeira Leatheran já mencionei. Se fosse farsante, era muitíssimo competente. Fiquei inclinado a acreditar que ela era mesmo o que afirmava ser: uma enfermeira de plena eficácia."

– Obrigada por nada – atalhei.

– Minha atenção voltou-se de imediato ao casal Mercado, claramente num estado de grande inquietude e agitação. Primeiro avaliei a sra. Mercado. Seria capaz de matar e, caso positivo, por que razões?

"O físico da sra. Mercado é frágil. À primeira vista, não parecia concebível que pudesse ter forças para derrubar alguém como a sra. Leidner com uma pesada ferramenta de pedra. Se, entretanto, a sra. Leidner estivesse ajoelhada na hora do golpe, a ideia se tornaria pelo menos *fisicamente possível*. Existem maneiras pelas quais uma mulher pode induzir que outra se ajoelhe. Ah! Não maneiras emocionais! Por exemplo, a mulher pode dobrar a barra da saia e pedir que a outra a prenda com alfinetes. Ela se ajoelharia no chão sem suspeitar de nada.

"Mas o motivo? A enfermeira Leatheran tinha me contado sobre os olhares zangados que a sra. Mercado dirigia à sra. Leidner. O sr. Mercado, é claro, capitulou ao feitiço da sra. Leidner sem oferecer resistência. Mas eu não acreditava que a solução residisse no mero ciúme. Tinha certeza de que, na verdade, a sra. Leidner não se interessava nem um pouco pelo sr. Mercado... e, sem dúvida, a sra. Mercado sabia disso. Ela poderia estar temporariamente furiosa, mas para *assassinato* teria que haver maior provocação. Mas a sra. Mercado é em essência um tipo maternal veemente. Pelo jeito que olhava o marido, dei-me conta de que não apenas o amava, mas que lutaria por ele com unhas e dentes. E mais do que isso: *que ela considerava a possibilidade de fazê-lo*. Andava sempre vigilante e inquieta. A inquietude era por ele... não por si própria. E quando estudei o sr. Mercado, sem muita dificuldade pude fazer uma suposição sobre onde residia o problema. Providenciei um modo de me assegurar da veracidade de minha suposição. O sr. Mercado é um viciado em drogas... no estágio avançado, que não tolera abstinência.

"Ora, acho que não preciso contar a todos que o consumo de drogas durante períodos demorados resulta no embotamento do senso moral.

"Sob a influência das drogas, a pessoa comete atos que nem sonharia cometer poucos anos antes do vício. Em certos casos, homicídios foram cometidos... e é difícil dizer se o autor do crime era ou não completamente responsável pelos seus atos. A lei varia um pouco nesse ponto conforme o país.

A principal característica de um criminoso viciado em drogas é a confiança arrogante na própria esperteza.

"Achei possível haver algum incidente desonroso, talvez criminoso, no passado do sr. Mercado, que sua esposa tivesse de uma forma ou de outra conseguido abafar. No entanto, a carreira dele andava na corda bamba. Se algo sobre esse incidente viesse à tona, seria a ruína do sr. Mercado. Por isso, a esposa dele ficava sempre à espreita. Mas tinha que medir forças com a sra. Leidner, pessoa de inteligência aguçada e adoração por poder. Ela poderia até induzir o pobre coitado a tê-la como confidente. Teria sido bem adequado a seu peculiar temperamento saborear um segredo que pudesse revelar a qualquer minuto com efeitos desastrosos.

"Aqui, então, haveria um possível motivo para assassinato da parte do casal Mercado. Para proteger o esposo, a sra. Mercado, eu não tinha dúvida, seria capaz de qualquer coisa! Tanto ela como o marido tiveram a oportunidade... durante aqueles dez minutos em que o pátio ficou deserto."

O sr. Mercado gritou:

— Não é verdade!

Poirot não prestou atenção.

— A seguir me detive na srta. Johnson. *Ela* seria capaz de assassinato?

"Avaliei que sim. Era uma pessoa de vontade e autodomínio férreos. Essas pessoas constantemente reprimem os sentimentos... e um belo dia a represa arrebenta! Mas, se a srta. Johnson tivesse cometido o crime, só poderia ser por alguma razão conectada ao dr. Leidner. Se de algum modo ela se convencesse de que a sra. Leidner estragava a vida do marido, então o ciúme intenso e despercebido lá no fundo, aproveitando um motivo plausível, saltaria à tona, desenfreado.

"Sim, a srta. Johnson representava uma possibilidade significativa.

"Restavam os três jovens.

"Primeiro, Carl Reiter. Se, por hipótese, um integrante da expedição fosse William Bosner, Reiter seria de longe a pessoa mais provável. Mas, se *fosse* William Bosner, com certeza era um ator de primeira! Se ele fosse apenas *ele mesmo*, teria algum motivo para assassinato?

"Analisando do ponto de vista da sra. Leidner, Carl Reiter era uma vítima muito fácil e não permitia divertimento. Pronto a se lançar ao chão e idolatrar de imediato. A sra. Leidner desprezava adoração cega... e a postura de capacho quase sempre faz aflorar a pior face das mulheres. A sra. Leidner tratava Carl Reiter com crueldade realmente premeditada. Um escárnio aqui... uma alfinetada ali. Ela tornou a vida dele um inferno."

Poirot calou-se de repente e dirigiu-se ao jovem de modo pessoal e bastante íntimo.

– *Mon ami*, que isso lhe sirva de lição. Você é *homem*. Comporte-se, pois, como *homem*! É contra a natureza masculina rastejar. O sexo feminino e a natureza reagem quase da mesma forma! Lembre-se: é melhor pegar o maior prato à mão e jogar na cabeça da mulher do que se retorcer como verme sempre que ela olha para você!

Abandonou o estilo intimista e retornou ao tom de preleção.

– Será que Carl Reiter havia sido aguilhoado a tal nível de suplício a ponto de fazê-lo voltar-se contra a causadora? Seria capaz de matá-la? O sofrimento provoca coisas esquisitas em um homem. Não havia como ter *certeza* de que *não* era isso!

"A seguir, William Coleman. O comportamento dele, conforme o relato da srta. Reilly, é sem dúvida suspeito. Se fosse o criminoso, só podia ser porque sua extrovertida personalidade esconde a identidade secreta de William Bosner. Não creio que William Coleman, do jeito que aparenta ser, tenha temperamento assassino. Seus deslizes podem se situar noutra direção. Ah! Talvez a enfermeira Leatheran saiba de que se trata?"

Como *diabos* ele fez isso? Tenho certeza de que não fiz a expressão de quem pensava em algo.

– Não é nada, mesmo – hesitei. – Só que, *a bem da verdade*, o sr. Coleman disse uma vez que daria um bom falsificador.

– Pormenor interessante – argumentou Poirot. – Portanto, se tivesse topado com uma das antigas cartas ameaçadoras, ele poderia tê-las copiado sem dificuldade.

– Opa lá! – exclamou o sr. Coleman. – Isso que eu chamo de conspiração.

Poirot retomou a palavra.

– Quanto a ele ser ou não William Bosner, eis uma questão difícil de verificar. Mas o sr. Coleman tem falado de um *tutor* (não de um pai) e não há nada que descarte a ideia.

– Besteira – retorquiu o sr. Coleman. – Não consigo entender por que todos levam a sério esse sujeito.

– Dos três jovens, falta analisarmos o sr. Emmott – continuou Poirot. – Também um possível escudo para a identidade de William Bosner. Sejam quais forem as *razões pessoais* que pudesse ter para a eliminação da sra. Leidner, logo percebi que não teria como descobri-las a partir dele. Ele é capaz de guardar sua opinião com uma classe extraordinária, e não havia a mínima chance de provocá-lo ou de enganá-lo para que se traísse em algum ponto. De toda a expedição, ele parecia ser o melhor e mais imparcial juiz da personalidade da sra. Leidner. Acho que sempre a conheceu exatamente por aquilo que ela era... mas qual impressão a personalidade da sra. Leidner causou nele fui incapaz de sondar. Imagino que a própria sra. Leidner tenha se sentido provocada e irritada por sua atitude.

"Devo dizer que, de toda a expedição, *quanto à personalidade e à capacidade*, o sr. Emmott me parecia o mais apto a levar a cabo de modo satisfatório um crime inteligente e bem-cronometrado."

Pela primeira vez, o sr. Emmott parou de mirar as próprias botas e levantou o olhar.

– Obrigado – murmurou.

Em sua voz transpareceu um leve toque de divertimento.

– As últimas duas pessoas da lista: Richard Carey e o padre Lavigny.

"De acordo com o testemunho da enfermeira Leatheran e de outros, o sr. Carey e a sra. Leidner não se davam bem. Os dois esforçavam-se para manter a cortesia. Outra pessoa, a srta. Reilly, propôs uma teoria bem distinta para explicar essa atitude de polidez glacial.

"Logo me restaram pouquíssimas dúvidas sobre a exatidão da hipótese da srta. Reilly. Tive a certeza absoluta lançando mão do simples expediente de incitar o sr. Carey a uma conversa despreocupada e irrefletida. Não tive dificuldades. Logo percebi que um estado de alta tensão nervosa o dominava. De fato, ele estava (e está) à beira de um total colapso nervoso. Quem sofre de uma dor quase insuportável raramente consegue impor resistência.

"As defesas do sr. Carey vieram abaixo quase de imediato. Ele me confessou, com uma sinceridade da qual nem por um instante duvidei, que odiava a sra. Leidner.

"E sem dúvida falava a verdade. Ele *realmente* odiava a sra. Leidner. Mas *por que* a odiava?

"Já falei de mulheres que possuem magia catastrófica. Mas homens também têm essa magia. Existem homens que sem o mínimo esforço atraem as mulheres. O que hoje se chama de *sex appeal*! O sr. Carey tem essa qualidade em grau intenso. A princípio, mostrou-se dedicado ao amigo e chefe e indiferente à esposa dele. Essa situação não servia à sra. Leidner. Ela *precisava* dominar... e enfiou na cabeça que ia subjugar Richard Carey. Mas aqui, acredito, algo completamente imprevisto aconteceu. Ela própria, talvez pela primeira vez na vida, caiu vítima de uma paixão arrebatadora. Ela se apaixonou... se apaixonou de verdade... por Richard Carey.

"E ele... não foi capaz de resistir a ela. Essa é a verdade sobre o terrível estado de tensão nervosa que ele tem suportado. É um homem dilacerado por duas paixões contrárias. Amava Louise Leidner... sim, mas ele também a odiava. Odiava-a por acabar sua lealdade para com o amigo. Não há maior ódio do que o de um homem induzido a amar uma mulher contra a sua vontade.

"Aqui vislumbrei motivo mais que suficiente. Convenci-me de que para Richard Carey, *em certos momentos*, a coisa mais natural a fazer seria golpear com toda a força o belo rosto que o enfeitiçara.

"Durante o tempo todo, algo me dizia que o assassinato de Louise Leidner era um *crime passionnel*. No sr. Carey, encontrei o assassino ideal para esse tipo de crime.

"Resta outro candidato para o título de assassino: o padre Lavigny. Logo tive minha atenção atraída ao bom padre devido às discrepâncias entre sua descrição do estranho que espiava pela janela e a fornecida pela enfermeira Leatheran. Em geral, todos os relatos fornecidos por testemunhas diferentes contêm *certas* discrepâncias, mas nesse caso elas eram absolutamente gritantes. Além disso, o padre Lavigny insistia numa característica específica (estrabismo) que facilitaria bastante a identificação.

"Sem demora ficou claro que, *enquanto a descrição da enfermeira Leatheran era substancialmente exata*, a do padre Lavigny *destoava em tudo*. A impressão que se tinha era que o padre Lavigny tentava nos ludibriar de modo intencional... como se ele *não quisesse que o homem fosse capturado*.

"Mas, nesse caso, *ele devia saber algo sobre essa singular pessoa*. Ele havia sido visto conversando com o homem, mas tínhamos apenas sua palavra como testemunho do conteúdo da conversa.

"O que o iraquiano fazia quando a enfermeira Leatheran e a sra. Leidner o avistaram? Tentava espiar pela janela... a janela da sra. Leidner, elas pensaram, mas me dei conta ao ir até o local onde elas estavam, que poderia igualmente ter sido a *janela do depósito de antiguidades*.

"Na noite seguinte, um alarme soou. Havia um intruso no depósito de antiguidades. No entanto, não havia evidência de algo roubado. Para mim, o ponto curioso é que quando o dr. Leidner chegou ao local, descobriu que o *padre Lavigny já estava lá*. O padre Lavigny conta que avistou uma luz. *Mas de novo só temos a palavra dele para nos basearmos.*

"O padre Lavigny começou a despertar a minha curiosidade. Durante as investigações, sempre quando insinuei que ele poderia ser Frederick Bosner, o dr. Leidner desdenhou a insinuação. Afirma que o padre Lavigny é um profissional renomado. Faço a suposição de que Frederick Bosner, que teve quase vinte anos para construir uma carreira usando novo nome, a esta altura podia muito bem *ser* um profissional renomado! Em todo o caso, não acho que nesse meio-tempo ele tenha se dedicado a uma congregação religiosa. Uma solução bem mais simples se desvela.

"Alguém na expedição conhecia pessoalmente o padre Lavigny antes de sua vinda? Ao que parece, não. Por que, então, ele não podia ser *alguém se fazendo passar pelo bom padre*? Descobri que um telegrama tinha sido enviado a Cartago em razão do repentino adoecimento do dr. Byrd, que acompanharia a expedição. O que pode ser mais fácil do que interceptar um telegrama? Quanto ao trabalho, não havia outro epigrafista ligado à expedição. Com um conhecimento superficial, um homem esperto *poderia* iludir os demais. Até o momento, poucas tábulas e inscrições haviam aparecido, e fiquei sabendo que as manifestações do padre Lavigny sobre o significado das frases inscritas despertavam certa estranheza.

"Tudo indicava que o padre Lavigny era um *impostor*.

"Mas seria ele Frederick Bosner?

"De certo modo, as coisas não pareciam se moldar dessa forma. A verdade parecia pender a uma direção bem diferente.

"Tive uma longa conversa com o padre Lavigny. Sou católico praticante e conheço muitos padres e membros de congregações religiosas. O padre Lavigny parecia não se encaixar no papel. Mas, por outro lado, ele me parecia muito familiar numa habilidade bastante distinta. Com frequência eu *havia encontrado* sujeitos desse tipo... mas não eram membros de congregações religiosas. Longe disso!

"Comecei a enviar telegramas.

"E então, de modo involuntário, a enfermeira Leatheran me forneceu uma pista valiosa. Examinávamos os ornamentos de ouro no depósito de antiguidades quando ela mencionou um vestígio de cera grudado à taça de ouro. Eu pergunto: 'Cera?'. O padre Lavigny repete, 'Cera?', numa entonação que disse tudo! Soube num átimo exatamente o que ele fazia ali."

Poirot fez uma pausa e logo se dirigiu diretamente ao dr. Leidner.

– Sinto lhe informar, monsieur, que a taça de ouro, a adaga de ouro, os ornamentos de cabelo e vários outros itens no depósito de antiguidades *não são os artigos autênticos* encontrados pela expedição. São engenhosas cópias galvanotípicas. O padre Lavigny é, acabo de saber por esta última resposta a meus telegramas, ninguém menos do que Raoul Menier, um dos ladrões mais talentosos conhecidos pela polícia francesa. Especialista em roubar *objets d'art* de museus e coisas do tipo. Seu cúmplice é o meio-turco Ali Yusuf, um primoroso ourives. A primeira notícia que tivemos de Menier foi quando se revelou que certos artefatos no Louvre não eram genuínos. Em todas as vezes, se descobriu que um arqueólogo famoso *não previamente conhecido de vista pelo diretor* havia manuseado os artigos falsos ao fazer uma recente visita ao Louvre. Ao serem interrogados, todos esses eminentes cavalheiros negaram ter visitado o Louvre nas ocasiões declaradas!

"Fiquei sabendo que Menier planejava em Túnis roubar o acervo dos Santos Padres quando o seu telegrama chegou. O padre Lavigny, mal de saúde, foi obrigado a recusar, mas Menier deu um jeito de interceptar o telegrama e trocar por um de aceitação. Sentiu-se seguro ao fazer isso. Mesmo se os monges lessem em algum jornal (por si só uma coisa improvável) que o padre Lavigny estava no Iraque, eles só iam pensar que os jornais tinham publicado uma informação equivocada, como acontece com tanta frequência.

"Menier e o cúmplice chegam. O último é visto fazendo o reconhecimento externo do depósito de antiguidades. O plano é o padre Lavigny fazer moldes de cera. Então Ali produz cópias perfeitas. Sempre existem certos colecionadores dispostos a pagar um bom preço por antiguidades genuínas sem fazer perguntas embaraçosas. O padre Lavigny fará a substituição dos artigos genuínos pelos falsos... de preferência à noite.

"E sem dúvida é isso que ele está fazendo quando a sra. Leidner o escuta e dá o alarme. O que ele pode fazer? Rápido inventa a história de ter enxergado uma luz no depósito de antiguidades.

"Aquilo 'colou', como se diz, muito bem. Mas a sra. Leidner não era boba. Deve ter se lembrado do vestígio de cera que havia notado e tirou suas conclusões. Se descobriu tudo, então o que ia fazer? Não seria *dans son caractère* cruzar os braços e divertir-se fazendo insinuações para deixar o padre Lavigny constrangido? Vai deixá-lo saber que ela suspeita... mas não que *sabe*. É, talvez, um jogo perigoso, mas ela gosta de jogos perigosos.

"Mas talvez ela tenha prolongado o jogo demais. O padre Lavigny vislumbra a verdade e ataca antes de ela se dar conta das intenções dele.

"Padre Lavigny é Raoul Menier... um ladrão. Seria também... um assassino?"

Poirot caminhou pela sala. Tirou um lenço do bolso, enxugou a testa e prosseguiu:

– Essa era minha posição hoje de manhã. Existiam oito possibilidades, e não sabia qual delas era a correta. Eu ainda não sabia *quem era o assassino*.

"Mas o assassinato é um hábito. O homem ou a mulher que mata uma vez vai matar de novo.

"E, pelo segundo assassinato, o homicida foi entregue em minhas mãos.

"Durante todo o tempo, algo me dizia que uma das pessoas do grupo talvez tivesse guardado informações... informações que incriminariam o assassino.

"Se fosse assim, essa pessoa corria perigo.

"Minha apreensão recaía mais na enfermeira Leatheran, dona de personalidade dinâmica e intelecto vivo e curioso. Temia que descobrisse mais do que seria seguro para ela saber.

"Como é do conhecimento de todos, um segundo assassinato aconteceu. Mas a vítima não foi a enfermeira Leatheran... e sim a srta. Johnson.

"Aprecio a ideia de que teria alcançado a solução certa de qualquer modo por puro raciocínio, mas com certeza o assassinato da srta. Johnson me ajudou a descobrir a verdade mais rápido.

"Para começo de conversa, havia um suspeito a menos (a própria srta. Johnson), pois nem por um instante considerei a tese de suicídio.

"Agora vamos examinar os fatos desse segundo assassinato.

"Fato número um: na tarde de domingo, a enfermeira Leatheran encontra a srta. Johnson em prantos. Naquela mesma tarde, a srta. Johnson queima o fragmento de uma carta que a enfermeira acredita ser escrita com a mesma letra das cartas anônimas.

"Fato número dois: no entardecer antes de sua morte, a srta. Johnson é encontrada estática no terraço pela enfermeira Leatheran, num estado de horror incrédulo. Quando a enfermeira pergunta o motivo, ela diz: 'Descobri como alguém poderia entrar no pátio sem ninguém perceber'. Não fala mais nada. O padre Lavigny está cruzando o pátio, e o sr. Reiter encontra-se na porta do ateliê.

"Fato número três: a srta. Johnson é encontrada agonizando. As únicas palavras que consegue articular são 'a janela... a janela...'.

"Esses são os fatos. Eis os problemas com os quais nos deparamos:

"Qual é a verdade sobre as cartas?

"O que a srta. Johnson viu do terraço?

"O que ela quis dizer com 'a janela... a janela...'?

"*Eh bien*, vamos pegar o segundo problema como o de solução mais fácil. Subi com a enfermeira Leatheran e fiquei na posição exata que a srta. Johnson estava. Dali, ela podia ver o pátio, o arco e o lado norte do prédio, além de dois membros da expedição. Teriam aquelas palavras algo a ver com o sr. Reiter ou com o padre Lavigny?

"Quase de imediato uma possível explicação lampejou em meu cérebro. Se um intruso viesse de *fora* só poderia fazê-lo *disfarçado*. E só havia *uma* pessoa cuja aparência geral se prestaria a uma representação dessas. Padre Lavigny! De chapéu colonial, óculos escuros, barba negra e uma comprida vestimenta de lã, típica dos monges, um estranho poderia passar sem que os empregados *se dessem conta* de que havia entrado.

"Era *isso* que a srta. Johnson queria dizer? Ou ela havia ido mais longe? Teria percebido que toda a *personalidade* de padre Lavigny era um disfarce? Que ele não era quem fingia ser?

"Com as informações de que dispunha sobre o padre Lavigny, inclinei-me a declarar o mistério resolvido. Raoul Menier era o assassino. Tinha matado a sra. Leidner para silenciá-la antes que ela o entregasse à polícia. Agora *outra pessoa demonstra que penetrou o seu segredo*. Ela, também, deve ser eliminada.

"E, assim, tudo se explica! O segundo assassinato. A fuga do padre Lavigny... sem vestimenta e sem barba. (Ele e o comparsa sem dúvida agora atravessam com rapidez a Síria portando irrepreensíveis passaportes, na pele de dois caixeiros-viajantes.) A ação de colocar o moinho de mão manchado de sangue embaixo da cama da srta. Johnson.

"Como eu disse, estava quase satisfeito... mas não plenamente. Pois a solução perfeita deve explicar *tudo*... e essa não explicava.

"Não explicava, por exemplo, por que a srta. Johnson disse 'a janela' quando morria. Não explicava o acesso de choro por causa da carta. Não explicava sua atitude no terraço... o horror incrédulo e a recusa a contar à enfermeira Leatheran o que afinal *ela agora suspeitava ou sabia*.

"Era uma solução que se encaixava com os fatos *externos*, mas que não satisfazia as exigências *psicológicas*.

"E então, enquanto recapitulava no terraço esses três pontos: as cartas, o terraço e a janela, eu *vi*... exatamente como a srta. Johnson tinha visto!

"*E desta vez o que vi explicava tudo!*"

CAPÍTULO 28

Fim da jornada

Poirot correu o olhar em volta. Nesse momento, todos os rostos estavam fixos nele. Por um instante houvera certa descontração – um relaxamento da tensão. Súbito a tensão retornara.

Algo vinha à tona... algo...

A voz de Poirot, calma e fria, continuou:

– As cartas, o terraço, "a janela"... Sim, tudo se explicava... tudo se encaixava.

"Eu disse há pouco que três homens tinham álibi para a hora do crime. Demonstrei que dois desses álibis não tinham valor. Agora vejo meu imenso... meu assombroso engano. O terceiro álibi também não tinha valor. O dr. Leidner não só *poderia* ter cometido o assassinato... como eu estava convencido de que o *havia* cometido."

Um silêncio dominou o ambiente, um silêncio de perplexidade e incompreensão. O dr. Leidner nada disse. Pareceu ainda mais perdido em seu longínquo mundo. David Emmott, no entanto, remexeu-se inquieto e falou.

– Não sei o que quer dar a entender, monsieur Poirot. Eu lhe disse que o dr. Leidner em nenhum momento saiu do terraço até pelo menos quinze para as três. Esta é a verdade absoluta. Juro pela minha honra. Não estou mentindo. Teria sido impossível que ele o fizesse sem eu ter visto.

Poirot assentiu com a cabeça.

– Ah, acredito no senhor. *O dr. Leidner não saiu do terraço.* Esse fato é inconteste. Mas o que vi (e o que a srta. Johnson viu) foi *que o dr. Leidner poderia matar a esposa sem sair do terraço.*

Todos o fitamos surpresos.

– A *janela*! – exclamou Poirot. – A janela *da sra. Leidner*! Foi disso que me dei conta... e a srta. Johnson também. A janela da sra. Leidner, logo abaixo, abria-se para o lado oposto ao pátio. Lá em cima, o dr. Leidner, sozinho, sem ninguém para testemunhar seus atos, com aqueles pesados moinhos à disposição. Simples, simplicíssimo, com uma condição: *a de que o assassino tivesse a oportunidade de mudar a posição do cadáver antes que alguém o visse...* Ah, é primoroso... de uma simplicidade inacreditável!

"Escutem... tudo aconteceu assim:

"O dr. Leidner está no terraço trabalhando com a cerâmica. Ele pede para o senhor subir, sr. Emmott, e enquanto o distrai conversando, percebe que, como costuma acontecer, o menino se aproveita de sua ausência para abandonar o trabalho e sair do pátio. Ele retém o senhor por dez minutos, então o deixa voltar ao pátio e, assim que o senhor está lá embaixo ralhando com o menino, desencadeia a execução do plano.

"Tira do bolso a máscara besuntada de plasticina, com a qual já havia assustado a mulher numa ocasião prévia, e a dependura por cima do parapeito até tocar a janela do quarto da esposa.

"Essa, lembrem-se, é a janela que se abre para o campo, no lado oposto ao pátio.

"A sra. Leidner, tranquila e feliz, está deitada na cama meio adormecida. De repente, a máscara começa a bater na janela e ela desperta. Mas agora não era lusco-fusco (era plena luz do dia), e não havia nada de aterrorizante naquilo. Reconhece o objeto por aquilo que ele é: uma forma tosca de embuste! Em vez de se assustar, fica revoltada. Faz o que qualquer outra mulher faria em seu lugar. Pula da cama, abre a janela, põe a cabeça pelas grades e vira o rosto para cima para ver quem é o autor da trapaça.

"O dr. Leidner espera. Mantém, equilibrado e pronto, um pesado moinho de mão. No instante propício *ele o deixa cair...*

"Com um grito abafado (ouvido pela srta. Johnson), a sra. Leidner cai sobre o tapete junto à janela.

"Detalhe: no moinho há um buraco e, por ele, o dr. Leidner havia passado com antecedência uma corda. Agora só precisa puxar a corda e içar o moinho. Ele o repõe com cuidado, com a face manchada de sangue para baixo, entre os demais artefatos semelhantes no terraço.

"Então, continua seu trabalho por uma hora ou mais, até que julga chegar o momento do segundo ato. Desce as escadas, conversa com o sr. Emmott e com a enfermeira Leatheran, atravessa o pátio e entra no quarto da esposa. Esta é a explicação, segundo o relato do próprio dr. Leidner, do que ele fez ao entrar no quarto:

"*– Vi o corpo de minha esposa todo amontoado, caído perto da cama. Por um instante fiquei petrificado; não conseguia me mexer. Enfim me aproximei, ajoelhei-me ao lado dela e ergui sua cabeça. Vi que ela estava morta... Por fim me levantei. Fiquei aturdido, como se estivesse embriagado. Consegui alcançar a porta e pedir ajuda.*

"Relato perfeitamente possível dos atos de um homem atordoado pela dor. Agora ouçam o que acredito ser a verdade. O dr. Leidner entra no quarto, corre até a janela e, tendo calçado um par de luvas, fecha-a e passa a tranca. Em seguida, pega nos braços o corpo da mulher e o transporta até uma posição entre a cama e a porta. Percebe então uma leve mancha de sangue no tapete à frente da janela. Não pode trocar pelo outro tapete, eles têm tamanhos diferentes, mas adota a segunda melhor opção. Dispõe o tapete manchado na frente do lavatório e o tapete do lavatório perto da janela. Se a mancha for percebida, será conectada com o *lavatório*... e não com a *janela*. Detalhe importantíssimo. É fulcral que nem se cogite que a janela teve algo a ver com o caso. A seguir, surge à porta e encena o papel do marido transtornado, coisa que, imagino, não é tão difícil. Pois ele *realmente* amava a mulher."

– Meu bom homem – gritou o dr. Reilly, impaciente –, se ele a amava, por que a matou? Qual é o motivo? Por que não fala, Leidner? Diga que isso não passa de loucura do sr. Poirot.

O dr. Leidner não abriu a boca nem se mexeu.

Poirot disse:

– Não falei desde o começo que esse era um *crime passionnel*? Por que o primeiro marido dela, Frederick Bosner, ameaçava matá-la? Porque a amava... E no fim, sabe, fez valer suas bravatas...

"*Mais oui... mais oui*... assim que me dei conta de que o dr. Leidner era o assassino, tudo se encaixava...

"Pela segunda vez, recomeço minha jornada desde o princípio: o primeiro casamento da sra. Leidner... as cartas ameaçadoras... o segundo casamento. As cartas a impediram de se casar com qualquer outro homem, mas não a impediram de se casar com o dr. Leidner. E isso fica fácil de entender... *se o dr. Leidner for na verdade Frederick Bosner*.

"De novo me permitam recomeçar a nossa jornada, agora do ponto de vista do jovem Frederick Bosner.

"Para começo de conversa, ele ama a esposa Louise com uma paixão avassaladora, do tipo que apenas mulheres assim conseguem suscitar. Ela o trai. Ele é condenado à morte. Foge. Envolve-se num acidente ferroviário, mas consegue ressurgir com uma falsa identidade: *a do jovem arqueólogo sueco, Eric Leidner,* cujo cadáver fica gravemente desfigurado e, de modo conveniente, é enterrado como Frederick Bosner.

"Qual é a atitude do novo Eric Leidner em relação à mulher que desejava enviá-lo à morte? Em primeiríssimo lugar, *ele ainda a ama.* Ele se dedica a construir sua vida nova. Tem grande capacidade; a profissão é compatível com seus interesses, e ele transforma a carreira num sucesso. *Mas nunca esquece a paixão que governa sua vida.* Mantém-se informado dos passos da mulher. De uma coisa está friamente determinado (lembrem-se do modo com que a própria sra. Leidner descreveu o primeiro marido para a enfermeira Leatheran... gentil e bondoso, mas implacável): *ela não vai pertencer a outro homem.* Sempre que julga necessário, envia uma carta. Imita certas particularidades da caligrafia da esposa, para o caso de ela resolver levar as cartas à polícia. Mulheres que escrevem cartas anônimas e melodramáticas para si mesmas são um fenômeno tão corriqueiro que a polícia com certeza chegaria a essa conclusão devido à semelhança da letra. Ao mesmo tempo, ele a deixa na dúvida se está vivo ou não.

"Por fim, depois de muitos anos, considera que chegou a hora e volta a entrar na vida dela. Tudo transcorre como planejado. A esposa nem sonha com sua verdadeira identidade. É um arqueólogo famoso. O jovem aprumado e bonito agora é um barbudo de meia-idade e ombros caídos. E assim vemos a história se repetir. Pela segunda vez, ela consente em se casar com ele. *E não chega nenhuma carta de objeção ao casamento.*

"Mas, *depois,* uma carta chega. Por quê?

"Acho que o dr. Leidner não queria se arriscar. A intimidade do casamento *poderia* despertar uma lembrança. Deseja causar a impressão indelével na esposa, de uma vez por todas, *que Eric Leidner e Frederick Bosner são duas pessoas diferentes.* A ponto de uma carta ameaçadora desse último ter chegado em protesto ao primeiro. Em seguida, vem o caso bastante pueril do envenenamento com gás... providenciado pelo dr. Leidner, é claro. Ainda com o mesmo objetivo em vista.

"Depois disso, ele se satisfaz. Não há necessidade de novas cartas. Os dois podem se aquietar felizes na vida matrimonial.

"E então, após quase dois anos, *as cartas reiniciam.*

"*Por quê? Eh bien,* acho que sei. Porque a ameaça por trás das cartas *sempre foi autêntica.* (É por isso que a sra. Leidner vivia assustada. Ela conhecia a natureza cortês, mas implacável de Frederick.) *Se ela pertencesse a qualquer outro homem à exceção dele, ele a mataria. E ela havia se entregado a Richard Carey.*

"E então, ao descobrir isso, a sangue-frio, com toda a calma, o dr. Leidner prepara o cenário para o assassinato.

"Agora percebem o importante papel desempenhado pela enfermeira Leatheran? Isso explica a curiosa conduta do dr. Leidner (que me intrigou desde o princípio) em contratar seus serviços para a esposa. Era crucial que uma testemunha profissional e confiável fosse capaz de atestar sem controvérsias que a sra. Leidner já estava morta *há mais de uma hora* quando o corpo fosse encontrado; ou seja, que ela havia sido morta num horário em que *todos pudessem jurar que o marido estava no terraço*. Alguém poderia levantar a suspeita de que ele a tivesse matado ao entrar no quarto e encontrar o corpo... Mas essa hipótese nem seria aventada se uma enfermeira bem-treinada afirmasse com ênfase que ela já estava morta há mais de uma hora.

"Outra coisa que se explica é o curioso clima de nervosismo e tensão que dominava a expedição este ano. Desde o começo, nunca pensei que isso pudesse ser atribuído *apenas* à influência da sra. Leidner. Durante vários anos, essa mesma expedição cultivou uma reputação de feliz camaradagem. Na minha opinião, o estado mental de uma comunidade sempre está diretamente relacionado com a influência de seu líder. O dr. Leidner, por mais calado que fosse, sempre teve personalidade forte. Com sensibilidade, capacidade de julgamento e simpatia ao lidar com as pessoas, conseguia manter uma atmosfera feliz o tempo todo.

"Se havia mudança, portanto, ela provinha do líder. Em outras palavras: do dr. Leidner. Era o *dr*. Leidner, e não a sua esposa, o responsável pela tensão e inquietude. Não é de se admirar que o pessoal tivesse percebido a mudança sem entendê-la. O dr. Leidner, por fora o mesmo, apenas interpretava o papel de bondoso e cordial. Por trás dessa máscara, pulsava um fanático obcecado maquinando um assassinato.

"E agora vamos esmiuçar o segundo crime: o da srta. Johnson. Organizando a papelada do dr. Leidner no gabinete (tarefa à qual se entregou sem ser mandada, ansiosa por arrumar algo a fazer), ela deve ter se deparado com o rascunho inacabado de uma das cartas anônimas.

"Para ela, aquilo deve ter sido ao mesmo tempo incompreensível e intensamente perturbador! O dr. Leidner aterrorizando a esposa de propósito! Não conseguia entender... mas aquilo a perturbava demais. É nesse estado de espírito que a enfermeira Leatheran a descobre chorando.

"Não acho que a esta altura ela suspeitasse que o dr. Leidner fosse o assassino, mas minhas experiências sonoras nos quartos da sra. Leidner e do padre Lavigny não lhe passam despercebidas. Ela se dá conta de que, se *havia sido* o grito da sra. Leidner que ela ouvira, *a janela do quarto dela devia estar aberta, não fechada*. Por enquanto, isso não lhe dizia nada importante, *mas ela vai se lembrar disso*.

"A mente dela continua trabalhando... buscando com empenho a verdade. Talvez ela tenha feito alguma referência às cartas; o dr. Leidner compreende e muda de comportamento. É possível que ela tivesse percebido que ele, de repente, tornou-se receoso.

"Mas o dr. Leidner *não podia* ter matado a mulher! Todo o tempo estava no *terraço*.

"E então, numa tardinha, enquanto ela mesma se encontra no terraço quebrando a cabeça para resolver o problema, a verdade lampeja em sua mente. A sra. Leidner tinha sido morta *dali de cima*, pela janela aberta.

"Foi nesse instante que a enfermeira Leatheran a encontrou.

"Mas, de imediato, a antiga afeição volta a se reafirmar, e ela providencia uma rápida camuflagem. A enfermeira Leatheran não deve adivinhar a horripilante e recente descoberta.

"De modo deliberado, olha na direção oposta (para o pátio) e faz uma observação sugerida pela aparência do padre Lavigny enquanto ele atravessa o pátio.

"E se recusa a comentar mais. Tem que '*pensar no assunto*'.

"E o dr. Leidner, que a tem vigiado aflito, *percebe que ela sabe de tudo*. Ela não é o tipo de mulher capaz de esconder dele o horror e a perturbação que a dominavam.

"É bem verdade que até então ela não o havia denunciado... mas por quanto tempo poderia confiar nela?

"O assassinato é um hábito. Aquela noite, ele troca o copo d'água por outro de ácido. Existia certa possibilidade de que as pessoas acreditassem em autoenvenenamento proposital. Existia inclusive a possibilidade de que ela fosse considerada a autora do primeiro crime e que agora estivesse dominada pelo remorso. Para realçar a última ideia, ele pega o moinho do terraço e o planta embaixo da cama dela.

"Não é para menos que a coitada da srta. Johnson, agonizante, houvesse tentado compartilhar desesperadamente a informação conquistada a duras penas. Pela 'janela', por *ali* que a sra. Leidner foi assassinada... *Não* pela porta: pela janela...

"E assim tudo se explica, tudo se encaixa... Com perfeição psicológica.

"Mas não há prova... Não há prova alguma..."

Nenhum de nós falou. Perdidos num oceano de horror... Sim, e não apenas de horror. De compaixão, também.

O dr. Leidner nem pestanejou. Permaneceu sentado, impassível, como durante toda a explicação. Um sujeito marcado pela idade, dominado pelo cansaço e esgotamento.

Por fim, mexeu-se de leve e mirou Poirot com olhos ternos e exaustos.

– Não – disse ele –, não há provas. Mas isso não importa. O senhor sabia que eu não negaria a verdade... Nunca neguei a verdade... Acho que estou até muito feliz... Estou tão cansado...

Emendou simplesmente:

– Sinto muito quanto a Anne. Aquilo foi malvadeza... estupidez... não era *eu*! E ela sofreu, também, coitada. Sim, não era eu. Era o medo...

Um sorrisinho pairou nos lábios estorcidos pela dor.

– Daria um bom arqueólogo, monsieur Poirot. Tem o dom de recriar o passado.

"Tudo aconteceu exatamente como o senhor disse.

"Eu amava Louise e a matei... se o senhor tivesse conhecido Louise entenderia... Ou melhor: acho que o senhor entende assim mesmo..."

CAPÍTULO 29

L'Envoi

Sobra pouca coisa a contar.

Eles prenderam o "padre" Lavigny e o cúmplice quando se preparavam para embarcar num vapor em Beirute.

Sheila Reilly se casou com o jovem Emmott. Acho que será bom para ela. Ele não é capacho – vai mantê-la em seu lugar. Ela teria feito gato e sapato do coitado do Bill Coleman.

Eu cuidei dele, a propósito, quando ele teve apendicite, um ano atrás. Passei a gostar muito de Bill. Sua família ia mandá-lo à África do Sul para entrar no ramo agrícola.

Não retornei ao Oriente. É engraçado – às vezes me dá vontade. Lembro do ranger da roda-d'água, das lavadeiras, daquele esquisito olhar insolente dos camelos – e sinto saudades. Afinal de contas, talvez a sujeira não seja assim tão insalubre quanto nos ensinam na infância!

O dr. Reilly costuma me visitar quando está na Inglaterra e, como já disse, foi ele quem me pediu para escrever este livro.

– É pegar ou largar – eu disse a ele. – Sei que a gramática está toda envinesada e não segue a norma culta... mas cheguei ao fim.

Ele não se fez de rogado: pegou o manuscrito. Vou ter uma sensação estranha se algum dia virar livro.

Monsieur Poirot retornou para a Síria e, cerca de uma semana depois, voltou para casa no *Expresso Oriente*; na viagem se viu às voltas com outro assassinato. Ele demonstrou perspicácia, não vou negar, mas não vou perdoá-lo assim tão fácil por me fazer de boba como ele fez. Fingir pensar que eu talvez estivesse envolvida no crime e não fosse uma enfermeira de verdade!

Médicos às vezes são assim. Perdem a nossa amizade, mas não a piada. Nunca pensam no sentimento alheio!

Tenho pensado muito na sra. Leidner e em como ela era de verdade... Às vezes me parece que ela não passava de uma terrível mulher – em outras, me lembro de tudo: de como ela me tratava bem, do quanto sua voz era macia, de como era lindo o seu cabelo loiro... E sinto que talvez, no fim das contas, ela merecesse mais compaixão do que censura...

E não consigo deixar de me compadecer do dr. Leidner. Sei que por duas vezes ele cometeu assassinato, mas parece que isso não faz diferença. Ele era tão perdidamente apaixonado por ela. É horrível amar alguém assim.

Não sei explicar, quanto mais amadureço, quanto mais conheço as pessoas, a tristeza e a doença, mais sentida fico por todos. Às vezes, sabe, não sei que fim levou a boa e rígida moral com que minha tia me criou. Mulher deveras religiosa e singular. Não havia vizinho nosso cujos defeitos ela não conhecesse como a palma da mão.

Ai, meu Deus, é bem verdade o que o dr. Reilly disse. Como é que se para de escrever? Se pelo menos me viesse à cabeça uma boa frase de efeito.

Tenho que pedir ao dr. Reilly uma frase típica dos árabes.

Como aquela que monsieur Poirot utilizou.

Em nome de Alá, o Misericordioso, o Compassivo...

Algo assim.

MORTE NO NILO

Tradução de Bruno Alexander

*Para a minha velha amiga Sybil Bennett,
que também adora perambular pelo mundo*

PRÓLOGO DA AUTORA

Morte no Nilo foi escrito depois que voltei de um inverno no Egito. Lendo-o agora, vejo-me de volta no vapor, indo de Assuã a Wadi Halfa. Havia muitos passageiros a bordo, mas os deste livro viajaram em minha mente e tornaram-se cada vez mais reais para mim – no contexto de um vapor navegando pelo Nilo. O livro tem muitos personagens e uma trama bastante elaborada. Considero a situação central fascinante, com muitas possibilidades dramáticas, e os três personagens, Simon, Linnet e Jacqueline, parecem vivos para mim.

Meu amigo Francis L. Sullivan gostou tanto do livro que vivia me pedindo para transformá-lo em peça de teatro, o que acabei fazendo.

A meu ver, este livro é um de meus melhores livros sobre "viagens internacionais", e se as histórias policiais são "literatura de entretenimento" (e por que não deveriam ser?), o leitor pode entreter-se com céus ensolarados e águas cristalinas, assim como com crimes, no conforto de uma poltrona.

Agatha Christie

CAPÍTULO 1

I

— Linnet Ridgeway!

– É *ela*! – exclamou o sr. Burnaby, proprietário do Three Crowns, cutucando o companheiro.

Os dois homens ficaram boquiabertos, com os olhos arregalados.

Um enorme Rolls-Royce vermelho tinha acabado de parar em frente à agência de correio local.

Uma jovem desceu do carro, sem chapéu, trajando um vestido que parecia (só *parecia*) simples. Uma moça de cabelos dourados e feições autoritárias, muito bonita, como raramente se via em Malton-under-Wode.

Com passos rápidos e decididos, ela entrou no correio.

– É ela! – repetiu o sr. Burnaby. E continuou, em tom mais baixo e respeitoso: – Ela tem milhões... Gastará um dinheirão no lugar. Piscinas, jardins italianos, salão de bailes... Metade da casa virá abaixo para ser reformada...

– Trará dinheiro para a cidade – ponderou o amigo, um sujeito magro e débil. Falava com um tom de inveja e rancor.

– Sim, será ótimo para Malton-under-Wode. Ótimo mesmo – concordou o sr. Burnaby, complacente. E acrescentou: – Despertará o interesse de todos.

– Um pouco diferente de sir George – disse o outro.

– Ah, foram os cavalos – disse o sr. Burnaby de maneira indulgente. – Ele nunca teve sorte.

– Quanto ele recebeu pela propriedade?

– Sessenta mil, pelo que ouvi dizer.

O sujeito magro assoviou.

– E dizem que ela pretende gastar mais sessenta mil até terminar! – continuou o sr. Burnaby com ar triunfante.

– Nossa! – exclamou o sujeito magro. – Onde ela *arranjou* tanto dinheiro?

– Na América, pelo que eu soube. A mãe era filha única de um desses milionários. Como nos filmes, não?

A jovem saiu do correio e entrou no carro.

– Parece errado para mim – sussurrou o sujeito magro acompanhando a partida da moça. – Essa aparência. Dinheiro e beleza... é demais! Uma jovem rica assim não tem direito de ser bonita. E ela é bonita... tem tudo. Não acho justo...

II

Trecho da coluna social do *Daily Blague*.

Entre as pessoas que jantavam no Chez Ma Tante, reparei na bela Linnet Ridgeway. Ela estava em companhia da honorável Joanna Southwood, de lorde Windlesham e do sr. Toby Bryce. A srta. Ridgeway, como todos sabem, é filha de Melhuish Ridgeway, casado com Anna Hartz. Herdou do avô, Leopold Hartz, uma enorme fortuna. A adorável Linnet é a sensação do momento. Corre o boato de que seu noivado será anunciado em breve. Lorde Windlesham parecia realmente épris!*

III

– Querida, vai ficar uma *maravilha*! – disse a honorável Joanna Southwood.

Ela estava no quarto de Linnet Ridgeway, em Wode Hall. Olhava pela janela para os jardins e o descampado com traços azuis formados pelos bosques.

– É perfeito, não acha? – disse Linnet, apoiando-se no parapeito da janela. A expressão de seu rosto era animada, viva, dinâmica. A seu lado, Joanna Southwood parecia um pouco apagada. Era uma jovem alta e magra, de 27 anos, rosto inteligente e sobrancelhas feitas.

– E você conseguiu tanto em tão pouco tempo! Contratou muitos arquitetos?

– Três.

– Como eles são? Acho que nunca conheci um.

– São legais. Pareceram-me pouco práticos, às vezes.

– Isso não é problema para você, querida. É a pessoa mais prática que conheço.

Joanna pegou um colar de pérolas da penteadeira.

– Imagino que sejam verdadeiras, não, Linnet?

– Claro.

– Sei que é "claro" para você, minha querida, mas não seria para a maioria das pessoas. Geralmente, elas não são naturais. Chegam a vender

---

* "Perdidamente apaixonado." (N.T.)

imitações baratas. Querida, suas pérolas são *incríveis*, tão bem combinadas. Devem valer uma fortuna.

– Um pouco vulgares, não acha?

– Não, de modo algum. Uma beleza. Quanto valem?

– Cerca de cinquenta mil.

– Quanto dinheiro! Não tem medo de ser roubada?

– Não, estou sempre com esse colar. E, de qualquer maneira, as pérolas estão no seguro.

– Você me deixaria usá-lo até a hora do jantar? Seria tão emocionante.

– Claro. Como quiser – disse Linnet, achando graça.

– Sabe, Linnet, eu realmente a invejo. Você simplesmente tem *tudo*. É jovem, bonita, rica, saudável, até *inteligente*! Quando faz 21 anos?

– Em junho. Darei uma grande festa em Londres, para comemorar a maioridade.

– E depois se casará com Charles Windlesham? Os terríveis jornalistas fofoqueiros estão empolgadíssimos. E Charles parece bastante afeiçoado.

– Não sei – disse Linnet, encolhendo os ombros. – Não quero me casar com ninguém ainda.

– Faz muito bem, querida! Depois do casamento, muita coisa muda, não?

O telefone tocou e Linnet foi atender.

– Alô? Sim?

Respondeu-lhe a voz do mordomo:

– A srta. de Bellefort está na linha. Posso passar a ligação?

– Bellefort? Sim, claro. Pode passar.

Ouviu-se um clique e depois uma voz ansiosa, suave, ligeiramente ofegante:

– Alô, é a srta. Ridgeway? *Linnet*!

– *Jackie querida*! Há séculos que não tenho nenhuma notícia sua.

– Eu sei. Um horror. Linnet, quero muito vê-la.

– Você não pode vir aqui? Adoraria lhe mostrar minha nova aquisição.

– É justamente isso o que desejo fazer.

– Pegue um trem, então, ou venha de carro.

– Combinado. Vou no meu velho carrinho de dois lugares. Comprei-o por quinze libras, e às vezes funciona muito bem. Mas é um veículo temperamental. Se eu não chegar até a hora do chá, você já sabe que ele enguiçou. Até mais, querida.

Linnet desligou e voltou para onde estava Joanna.

– Minha amiga mais antiga, Jacqueline de Bellefort. Estivemos juntas num convento em Paris. Ela teve uma vida bastante azarada. O pai era um conde francês, a mãe era americana, do sul. O pai fugiu com outra mulher, e a mãe perdeu todo o dinheiro na crise de Wall Street. Jackie ficou totalmente quebrada. Não sei como ela conseguiu se sustentar nos últimos dois anos.

Joanna polia as unhas vermelhas com o lencinho da amiga. Inclinou a cabeça para ver o efeito.

– Querida – disse, de maneira arrastada –, não será *cansativo*? Quando acontece uma infelicidade com meus amigos, abandono-os *imediatamente*! Parece crueldade, mas evitamos muitos aborrecimentos mais tarde! Eles sempre pedem dinheiro emprestado, ou então abrem uma loja de roupa, e temos que comprar os vestidos mais horríveis do mundo. Alguns decidem pintar abajures ou echarpes.

– Quer dizer que se eu perdesse todo o meu dinheiro, me abandonaria?

– Sim, querida, abandonaria. Você não pode dizer que não sou sincera! Só gosto de pessoas bem-sucedidas. E descobrirá que quase todos são assim, só que a maioria das pessoas não admite. Dizem apenas que não aturam mais fulana ou beltrana! "Ela ficou tão *amargurada* e esquisita depois do que aconteceu, coitada!"

– Como você é má, Joanna!

– Só estou fazendo minha parte, como todo mundo.

– *Eu* não.

– Por motivos óbvios! Você não precisa ser sórdida, com todo o dinheiro que recebe trimestralmente.

– E você está enganada sobre Jacqueline – disse Linnet. – Ela não é uma parasita. Já tentei ajudá-la, mas ela não aceitou. É orgulhosa à beça.

– Por que tanta pressa para vir aqui? Aposto que quer alguma coisa! Espere e verá.

– Ela parecia empolgada com algo – admitiu Linnet. – Jackie é sempre muito emotiva. Uma vez, ela chegou a enfiar um canivete em alguém!

– Nossa, que emocionante!

– Um menino estava maltratando um cachorro. Jackie tentou fazer com que parasse, mas ele não parou. Como ele era mais forte do que Jackie, eles se debateram, até que ela puxou um canivete e enfiou nele. Você não imagina a confusão!

– Imagino. Deve ter sido horrível!

A criada de Linnet entrou no quarto. Pediu licença baixinho, pegou um vestido no armário e retirou-se.

– O que houve com Marie? – perguntou Joanna. – Parece que esteve chorando.

– Coitada! Lembra que lhe contei que ela queria se casar com um homem que trabalhava no Egito? Como não o conhecia muito bem, resolvi investigar um pouco e descobri que ele tem mulher e três filhos.

– Você deve ter vários inimigos, Linnet.
– Inimigos? – perguntou Linnet, surpresa.
Joanna assentiu com a cabeça e pegou um cigarro.
– Inimigos, minha querida. Você é assustadoramente eficiente e sabe muito bem o que deve ser feito.
Linnet riu.
– Não tenho nenhum inimigo neste mundo.

IV

Lorde Windlesham estava sentado sob um cedro, admirando a encantadora paisagem de Wode Hall. Não havia nada que estragasse aquela beleza antiga. As novas construções ficavam fora do campo de visão. Uma linda vista, iluminada pelo sol de outono. No entanto, não era mais Wode Hall o que Charles Windlesham via, e sim uma mansão elisabetana imponente, com um grande quintal e um fundo mais sombrio... A própria mansão da família Charltonbury, e, no primeiro plano, um vulto feminino – uma jovem de cabelos dourados e expressão confiante no rosto... Linnet, como senhora de Charltonbury!

Ele tinha uma grande esperança. A recusa de Linnet não havia sido categórica. Era mais um pedido de tempo. Podia esperar.

Como era incrível tudo aquilo! Ele se beneficiaria financeiramente com o casamento, mas não era uma necessidade que o obrigasse a deixar os sentimentos de lado. E amava Linnet. Teria desejado se casar com ela mesmo que não tivesse um centavo. E, entretanto, era uma das moças mais ricas da Inglaterra. Isso era algo extra.

Distraiu-se fazendo planos para o futuro. O magistério de Roxdale, talvez, a restauração da ala oeste, sem a necessidade de abandonar a caça...

Charles Windlesham sonhava à luz do dia.

V

Eram quatro horas da tarde quando o carrinho velho de dois lugares parou com um ruído de rodas sobre cascalhos secos. Uma moça saiu dele – uma criatura pequena, delgada, de cabelos negros volumosos. Subiu correndo os degraus e tocou a campainha.

Pouco tempo depois, ela foi conduzida à enorme sala de estar, e um mordomo eclesiástico anunciou, com a entonação pesarosa de sempre:

– A srta. de Bellefort.
– Linnet!
– Jackie!

Windlesham afastou-se um pouco, observando, de maneira compreensiva, aquela pequena criatura impetuosa atirar-se de braços abertos sobre Linnet.

– Lorde Windlesham, está é a srta. de Bellefort, minha melhor amiga.

Uma bela menina, pensou ele. Não exatamente bonita, mas atraente, sem dúvida, com aqueles cabelos negros ondulados e olhos enormes. Ele murmurou algumas palavras diplomáticas e conseguiu, discretamente, deixar a sós as duas amigas.

Jacqueline reagiu rapidamente, naquele seu modo característico, que Linnet conhecia bem.

– Windlesham? Windlesham? *Este* é o homem com quem você se casará, segundo os jornais! Você se casará, Linnet? Mesmo?

– Talvez – respondeu Linnet falando baixinho.

– Querida! Fico tão feliz! Parece um bom rapaz.

– Não fique feliz antes do tempo. Ainda não me decidi.

– Claro que não! As rainhas sempre agem com a devida deliberação na escolha de um consorte.

– Não seja ridícula, Jackie.

– Mas você *é* uma rainha, Linnet! Sempre foi. *Sa Majesté, la reine Linette. Linette la blonde*! E eu... eu sou a confidente da rainha! A dama de honra de confiança.

– Que besteira, Jackie! Onde esteve esse tempo todo? Você sumiu. Nunca escreveu.

– Detesto escrever cartas. Onde estive? Atolada até o pescoço, querida. Em EMPREGOS. Empregos desagradáveis, com mulheres desagradáveis!

– Querida, gostaria que você...

– Aceitasse a generosidade da rainha? Pois bem, querida, é por isso que estou aqui. Não, não para pedir dinheiro emprestado. Ainda não cheguei a esse ponto. Mas vim lhe pedir um imenso favor.

– Diga.

– Como você se casará com esse Windlesham, talvez compreenda.

Linnet ficou sem entender por um instante, até que compreendeu.

– Jackie, você está me dizendo...?

– Sim, querida. *Estou noiva!*

– Então era isso! Bem que me pareceu bastante animada. Você é sempre assim, mas hoje me pareceu ainda mais.

– É exatamente como me sinto.

– Conte-me sobre ele.

– Ele se chama Simon Doyle. É alto, forte, muito simples e pueril. Uma pessoa adorável! Pobre. Não tem dinheiro. Vem do que vocês chamam aqui de "condado", mas um condado muito pobre. É filho caçula e essas coisas. Sua família é de Devonshire. Ele ama o campo e tudo o que está relacionado com a vida no campo. E pensar que passou os últimos cinco anos confinado num escritório abafado da cidade. Agora, estão reduzindo despesas, e ele ficou sem emprego. Linnet, eu *morro* se não me casar com ele. Morro mesmo, de verdade...

– Não seja ridícula, Jackie.

– É verdade. Sou louca por ele. Ele é louco por mim. Não conseguimos viver um sem o outro.

– Querida, você está apaixonada!

– Eu sei. É horrível, não? O amor toma conta de nós, e não há nada que possamos fazer.

Fez uma breve pausa. Os olhos negros dilatados assumiram, de repente, uma expressão trágica. Ela estremeceu.

– É até assustador, às vezes! Simon e eu fomos feitos um para o outro. Jamais amarei outro homem. E *você* precisa nos ajudar, Linnet. Soube que comprou este lugar, e isso me deu uma ideia. Você precisará de um administrador, talvez dois. Quero que dê o cargo a Simon.

– Oh! – exclamou Linnet alarmada.

Jacqueline emendou:

– Ele entende bastante do assunto. Sabe tudo sobre propriedades rurais, foi criado numa. E tem experiência profissional também. Ah, Linnet, não daria o emprego a ele, por amor a mim? Se ele não for bem, você o manda embora. Mas isso não acontecerá. E nós podemos viver numa pequena casa. Nós duas poderemos nos ver com muito mais frequência. E o jardim ficará lindo.

Levantou-se.

– Diga que sim, Linnet. Diga que concorda. Minha linda e querida amiga Linnet, diga que sim.

– Jackie...

– Você concorda?

Linnet começou a rir.

– Sua ridícula! Traga seu namorado. Conversarei com ele e veremos o que vamos fazer.

Jackie jogou-se sobre ela beijando-a com exuberância.

– *Minha querida Linnet*! Você é uma amiga de verdade! Eu sabia. Jamais me decepcionaria. Jamais! É a pessoa mais adorável do mundo. Até logo.

– Mas você não ficará aqui?

– Eu? Não. Estou voltando para Londres. Amanhã venho com Simon e combinamos tudo. Você vai adorá-lo. Ele é um amor.

– Não quer esperar um pouco e tomar um chá?
– Não, não posso esperar, Linnet. Estou muito empolgada. Quero voltar logo para contar ao Simon. Sei que sou doida, querida, mas não posso fazer nada. O casamento vai me curar, assim espero. Sempre me pareceu que o casamento ajuda as pessoas a ficarem mais moderadas.

Virou-se na porta, parou por um momento e voltou correndo para um último abraço rápido.

– Querida Linnet, você é única!

VI

Monsieur Gaston Blondin, proprietário do elegante restaurante Chez Ma Tante, não era um homem que dava a honra de sua companhia a muitos clientes. Até as pessoas ricas, belas e conhecidas às vezes esperavam em vão por um sinal de atenção. Só em casos raríssimos é que monsieur Blondin, de maneira condescendente, cumprimentava um convidado, acompanhando-o a uma mesa privilegiada e trocando com ele algumas palavras adequadas.

Naquela noite em especial, monsieur Blondin havia exercido a prerrogativa real três vezes: uma para uma duquesa, outra para um piloto famoso e a última para um sujeito baixinho, de aspecto cômico, com enormes bigodes negros, que, a julgar pelas aparências, não merecia nenhuma atenção por parte do dono do estabelecimento.

Monsieur Blondin, no entanto, tratou-o com exagerada atenção. Embora ninguém tivesse conseguido uma mesa na última meia hora, agora surgira uma, misteriosamente, num dos pontos mais cobiçados do restaurante. Monsieur Blondin acompanhou o convidado até a mesa, com prontidão.

– Mas, claro, para *o senhor* sempre haverá mesa, monsieur Poirot! Ficaria feliz que nos desse essa honra com mais frequência.

Hercule Poirot sorriu, lembrando-se de um incidente em que um cadáver, um garçom, monsieur Blondin e uma moça adorável tinham estado envolvidos.

– Muita gentileza sua, monsieur Blondin – disse Poirot.

– E o senhor está sozinho, monsieur Poirot?

– Sim, estou.

– Pois bem. Jules preparará uma refeição maravilhosa para o senhor. Uma obra de arte! As mulheres, por mais encantadoras que sejam, têm essa desvantagem: nos distraem da comida. O senhor apreciará o jantar, monsieur Poirot, garanto. Agora, quanto ao vinho...

A conversa assumiu um caráter técnico. Jules, o *maître d'hôtel*, assistia.

Antes de retirar-se, monsieur Blondin demorou-se um pouco, baixando a voz em tom confidencial.

– O senhor está trabalhando em algum caso grave?

Poirot sacudiu a cabeça.

– Não, infelizmente – respondeu tranquilamente. – Economizei algum dinheiro e hoje posso gozar de uma vida de ociosidade.

– Invejo-o.

– Não há motivo para isso. Posso lhe garantir que não é tão divertido quanto parece. – Poirot suspirou. – É verdade quando dizem que o homem foi obrigado a inventar o trabalho para fugir do martírio de ter que pensar.

Monsieur Blondin entregou os pontos.

– Mas existe tanta coisa para fazer! Lugares para viajar.

– Sim, podemos viajar. Até que viajo bastante. Neste inverno devo visitar o Egito. O clima de lá, pelo que dizem, é magnífico! Será bom sair do nevoeiro, dos dias cinzentos, da monotonia da chuva incessante.

– Ah, o Egito... – suspirou monsieur Blondin.

– É possível ir de trem agora, parece, sem ter que enfrentar o mar, exceto pelo Canal.

– Ah, o mar... O senhor não gosta de viajar pelo mar?

Hercule Poirot abanou a cabeça em sinal negativo, estremecendo ligeiramente.

– Eu também não – comentou monsieur Blondin. – É curioso como afeta o estômago.

– Mas só alguns estômagos! Para algumas pessoas, o balanço não tem nenhum efeito. Elas até *gostam*!

– Uma injustiça de Deus – concluiu monsieur Blondin.

Sacudiu a cabeça tristemente e retirou-se, remoendo o pensamento ímpio.

Garçons habilidosos, com movimentos suaves, chegaram à mesa. Torradas, manteiga, balde de gelo, tudo o que é necessário para uma ótima refeição.

A orquestra rompeu num êxtase de sons dissonantes. Londres dançava.

Hercule Poirot passou a observar o ambiente, registrando as impressões em sua mente metódica.

Que expressão de tédio e cansaço na maioria dos rostos! Alguns daqueles homens robustos, porém, pareciam se divertir... Na fisionomia de seus pares, notava-se uma resignação paciente. A gorda de roxo estava radiante... Sem dúvida, os gordos tinham algumas compensações na vida – um prazer, um entusiasmo – negadas àqueles de contornos mais na moda.

Havia muitos jovens. Alguns com o olhar perdido, outros entediados, outros infelizes. Que absurdo dizer que a juventude é a época da felicidade! A juventude é a época da maior vulnerabilidade.

O olhar de Poirot tranquilizou-se ao pousar num casal específico. Eles combinavam muito bem – um rapaz alto, de ombros largos, uma moça esbelta e delicada. Dois corpos que se moviam num ritmo perfeito de felicidade. Felicidade encontrada no ambiente, na hora e na companhia um do outro.

A dança parou abruptamente. Bateram palmas, e a música recomeçou. Depois de um segundo bis, o casal voltou para sua mesa, perto de Poirot. A menina vinha corada, rindo. Poirot observou seu rosto quando ela se sentou, olhando, sorridente, para o companheiro.

Havia algo além de riso naquele olhar. Hercule Poirot balançou a cabeça, pensativo.

"Essa menina ama demais", disse para si mesmo. "Não é prudente. Não mesmo".

Nesse momento, uma palavra chamou-lhe a atenção: "Egito".

As vozes dos dois chegavam-lhe claramente: a da menina, calma, arrogante, com um leve sotaque estrangeiro carregado no "r"; a do rapaz, agradável, grave, num inglês britânico polido.

– *Não* estou sendo otimista, Simon. Linnet não nos deixará na mão, garanto.

– Talvez *eu a* deixe na mão.

– Besteira. É o trabalho perfeito para você.

– Para dizer a verdade, também acho. Não tenho nenhuma dúvida de minha capacidade. E hei de vencer. Por *você!*

A menina riu baixinho, um riso de felicidade.

– Esperamos três meses... para termos certeza de que você não será despedido... e então...

– Então a aceitarei como minha legítima esposa. Não é assim que se diz?

– E, como eu disse, vamos para o Egito passar a lua de mel. Que se dane que seja caro! Eu sempre quis conhecer o Egito, a vida toda. O Nilo, as pirâmides, a areia...

O rapaz disse, com voz ligeiramente indistinta:

– Vamos conhecer juntos, Jackie... juntos! Será maravilhoso.

– Será tão maravilhoso para você quanto será para mim? Você realmente se importa tanto quanto eu?

A voz dela tornou-se subitamente dura. Seus olhos arregalaram-se, quase com medo.

A resposta do rapaz veio logo em seguida, com aspereza:

– Não diga bobagem, Jackie.

– Não sei... – repetiu ela. Depois, encolheu os ombros e disse: – Vamos dançar.

Hercule Poirot murmurou:

– *Une qui aime et un qui se laisse aimer.** Também não sei.

VII

Joanna Southwood disse:

– E se ele for um sujeito terrível?

– Oh, não creio – disse Linnet, sacudindo a cabeça. – Confio no gosto de Jacqueline.

– Ah, mas em matéria de amor existe muito contrassenso – murmurou Joanna.

Linnet abanou a cabeça com impaciência e mudou de assunto.

– Preciso falar com o sr. Pierce a respeito daqueles planos.

– Planos?

– Sim, algumas casas em péssimas condições sanitárias. Pretendo demoli-las e realocar os moradores.

– Uma atitude bastante higiênica e humanitária de sua parte, querida!

– Tinha que ser assim de qualquer maneira. Essas casas invadiriam a privacidade de minha nova piscina.

– Os moradores estão satisfeitos com a ideia?

– A maioria sim. Um ou dois estão fazendo mais objeções, estão dando trabalho. Eles parecem não compreender que suas condições de vida melhorarão!

– Mas você foi irredutível, suponho.

– Minha querida Joanna, é o melhor para eles, de verdade.

– Sim, querida, tenho certeza de que sim. Um benefício compulsório.

Linnet franziu a testa. Joanna riu.

– Vamos, admita que você *é* uma tirana. Uma tirana solidária, por assim dizer.

– Não sou nem um pouco tirana.

– Mas gosta que as coisas sejam do seu jeito!

– Nem sempre.

– Linnet Ridgeway, pode me olhar nos olhos e dizer *alguma vez* em que você não fez exatamente o que queria?

– Inúmeras vezes.

– Ah, sim, "inúmeras vezes". Mas nenhum exemplo concreto. E você não consegue pensar em nenhum caso, por mais que tente. O triunfante progresso de Linnet Ridgeway em sua carruagem dourada.

– Acha que sou egoísta? – perguntou Linnet, sem rodeios.

---

* "Uma que ama e um que se deixa amar." (N.T.)

– Não, apenas irresistível. Efeito da combinação "dinheiro-encanto". Todos se curvam perante você. O que não consegue comprar com dinheiro, você compra com um sorriso. Resultado: Linnet Ridgeway, a moça que tem tudo.

– Não seja ridícula, Joanna!

– Ora, você não tem tudo?

– Creio que sim... Mas dito assim, parece repulsivo.

– Claro que é repulsivo, querida. Você provavelmente se sentirá entediada com o tempo. Enquanto isso, aproveite o progresso triunfante na carruagem dourada. Só me pergunto o que acontecerá quando você quiser passar por uma rua onde houver uma placa informando "Trânsito impedido".

– Não seja tola, Joanna.

Quando lorde Windlesham se juntou a elas, Linnet lhe disse:

– Joanna está me dizendo as coisas mais desagradáveis.

– Tudo despeito, querida, despeito – disse Joanna em tom vago, levantando-se.

Não se desculpou por deixá-los. Percebera o brilho no olhar de Windlesham.

Ele ficou em silêncio por um ou dois minutos. Em seguida, foi direto ao assunto:

– Já se decidiu, Linnet?

Linnet respondeu lentamente:

– Estou sendo cruel? Suponho que deva dizer "não"...

Ele a interrompeu:

– Não diga isso. Você tem tempo para decidir, todo o tempo do mundo. Mas acho que seríamos felizes juntos.

– Estou me divertindo muito com tudo isso – disse Linnet, com um tom tímido, quase infantil. – Eu queria transformar Wode Hall em minha casa dos sonhos, e acho que está ficando bonita, não?

– Linda. Bem planejada. Tudo perfeito. Você é muito inteligente, Linnet. – Ele fez uma breve pausa e continuou: – E você gosta de Charltonbury, não? É claro que precisa de uma modernização. Mas você é tão talentosa para isso. Você gosta.

– Sim, Charltonbury é uma maravilha.

Ela falava com um entusiasmo espontâneo, mas por dentro sentiu um calafrio repentino. Uma nota estranha havia soado, perturbando sua completa satisfação com a vida. Não analisou o sentimento no momento, mas depois, quando Windlesham foi embora, procurou sondar os recônditos de sua mente.

Charltonbury: sim, havia sido isso. Desagradara-lhe a menção de Charltonbury. Mas por quê? Charltonbury era uma mansão relativamente famosa. Os ancestrais de Windlesham tinham aquela casa desde os tempos elisabetanos. A posição de senhora de Charltonbury era insuperável na sociedade. Windlesham era um dos melhores partidos da Inglaterra.

Evidentemente, não podia levar Wode a sério. O lugar não podia ser comparado com Charltonbury.

Ah, mas Wode era *dela*! Ela que escolheu, comprou e reformou, investindo dinheiro ali. Era sua propriedade, seu reino.

De certa forma, não contaria muito se ela se casasse com Windlesham. Que utilidade teriam duas casas de campo? E das duas, é claro que descartariam Wode Hall.

Ela, Linnet Ridgeway, não existiria mais. Seria a condessa de Windlesham, levando um bom dote a Charltonbury e seu dono. Já não seria rainha, mas consorte do rei.

"Estou sendo ridícula", pensou Linnet.

Mas era curioso como ela odiava a ideia de abandonar Wode...

E não havia outra coisa perturbando-a?

A voz de Jackie, com aquela entonação indistinta: "Eu *morro* se não me casar com ele. Morro mesmo, de verdade...".

Tão certa, tão sincera. Será que ela, Linnet, sentia o mesmo por Windlesham? É claro que não. Talvez não fosse capaz de sentir isso por ninguém. Devia ser maravilhoso aquele sentimento...

O som de um carro chegou pela janela aberta.

Linnet levantou-se, com impaciência. Devia ser Jackie e o rapaz. Precisava recebê-los.

Estava na porta de entrada quando Jacqueline e Simon Doyle desceram do carro.

– Linnet! – disse Jackie, correndo em sua direção. – Este é Simon. Simon, esta é Linnet, a pessoa mais maravilhosa do mundo.

Linnet viu um rapaz alto, de ombros largos, com olhos azuis muito escuros, cabelos castanhos ondulados, queixo quadrado, um sorriso simples e cativante de criança.

Estendeu o braço. A mão que cumprimentou a sua era firme e quente. Linnet gostou do jeito como ele a olhou, com expressão ingênua e verdadeira de admiração.

Jackie dissera-lhe que a amiga era maravilhosa, e via-se que ele achava o mesmo.

Um sentimento de ternura a invadiu.

— Isso não é incrível? – disse ela. – Entre, Simon. Deixe-me receber meu novo administrador dignamente.

Ao voltar-se para mostrar o cominho, pensava:

"Estou extremamente feliz. Gostei do namorado de Jackie... Gostei muito..."

E numa pontada repentina: "Sortuda essa Jackie...".

VIII

Tim Allerton reclinou-se em sua poltrona de vime e bocejou, contemplando o mar. Em seguida, olhou de soslaio para a mãe.

A sra. Allerton era uma dama bonita, de cabelos brancos. Tinha cinquenta anos. Dando à boca uma expressão de severidade toda vez que olhava para o filho, procurava disfarçar a imensa afeição que sentia por ele. Mas não enganava ninguém, muito menos o filho.

— Você gosta mesmo de Maiorca, mãe? – perguntou ele.

— Bem, é barato – considerou a sra. Allerton.

— E frio – emendou Tim, sentindo um arrepio.

Tim era um jovem alto, magro, de cabelos negros e peito franzino. Sua boca tinha uma expressão muito doce. Os olhos eram tristes, e o queixo, pouco firme. Suas mãos, longas e delicadas.

Ameaçado pela tuberculose alguns anos antes, nunca teve um físico realmente robusto. Diziam que ele "escrevia", mas seus amigos sabiam que ele não gostava que lhe fizessem perguntas sobre suas produções literárias.

— No que você está pensando, Tim?

A sra. Allerton estava alerta. Os olhos castanhos escuros pareciam desconfiados.

— Estava pensando no Egito – Tim Allerton respondeu, sorrindo.

— Egito? – a sra. Allerton estranhou.

— Sim. Calor de verdade. Areias douradas. O Nilo. Gostaria de subir o Nilo. Você não?

— Ah, *gostaria*! – exclamou secamente. – Mas o Egito é caro, meu filho. Não é para quem precisa contar centavos.

Tim riu. Levantou-se, espreguiçou-se. De repente, pareceu mais animado. Falava com empolgação.

— As despesas ficam por minha conta. Sim, mãe. Uma pequena oscilação no mercado de ações. Com resultados bastante satisfatórios, como soube hoje de manhã.

— Hoje de manhã? – perguntou a sra. Allerton, em tom brusco. – Você recebeu apenas uma carta e...

Interrompeu-se, mordendo os lábios.

Não dava para precisar se a expressão no rosto de Tim era de alegria ou de aborrecimento. A alegria acabou ganhando.

– Era uma carta de Joanna – concluiu ele, friamente. – Que excelente detetive você seria, mãe! O famoso Hercule Poirot teria de rever suas conquistas se você estivesse no ramo.

A sra. Allerton irritou-se.

– É que acabei vendo a letra...

– E sabia que não era do corretor, certo? Pois bem. Para ser exato, recebi a comunicação dele ontem. A letra de Joanna, coitada, realmente chama a atenção: rabiscos por todo o envelope, como se tivesse passado por ali uma aranha embriagada.

– O que Joanna diz? Alguma notícia?

A sra. Allerton esforçava-se para dar à voz um tom casual e despreocupado. A amizade entre Tim e sua prima de segundo grau, Joanna Southwood, sempre a irritou. Não, como ela dizia, que houvesse alguma coisa entre eles. Tinha certeza de que não havia. Tim nunca demonstrara qualquer interesse sentimental por Joanna, nem ela por ele. A atração mútua entre os dois parecia basear-se na fofoca e no fato de terem um grande número de amigos e conhecidos em comum. Ambos gostavam de falar da vida alheia. Joanna tinha a língua solta, para não dizer ferina.

Não era o receio de ver o filho apaixonado por Joanna que fazia a sra. Allerton se retrair quando a menina estava presente ou quando chegavam cartas dela.

Era outro sentimento, difícil de definir. Talvez, sem perceber, tivesse ciúme do prazer que Tim parecia sentir na companhia da prima. Ele e a mãe eram tão companheiros que a sra. Allerton sempre ficava um pouco perturbada ao vê-lo envolvido e interessado por outra mulher. Imaginava também que sua própria presença, nessas ocasiões, podia constranger os dois jovens, pessoas de outra geração. Já aconteceu várias vezes de encontrá-los bastante entretidos numa conversa e notar que a conversa morria quando ela chegava. Os dois, então, como manda a boa educação, procuravam integrá-la ao contexto. Não havia dúvida de que a sra. Allerton não gostava de Joanna Southwood. Achava-a falsa, fingida e superficial. Precisava se esforçar para não expressar sua opinião abertamente.

Em resposta à pergunta, Tim retirou a carta do bolso e começou a ler. Era uma carta longa, observou a mãe.

– Nada de mais – disse Tim. – Os Devenishes estão se divorciando. O velho Monty foi detido por dirigir bêbado. Windlesham foi para o Canadá. Parece que ficou muito abalado com a recusa de Linnet Ridgeway. Ela se casará com aquele administrador.

— Que estranho! Ele é muito apavorante?

— Não, de forma alguma! É um dos Doyle, de Devonshire. Sem dinheiro, claro... e estava noivo de uma das melhores amigas de Linnet.

— Não acho isso certo – disse a sra. Allerton, corando.

Tim lançou-lhe um olhar rápido e afetuoso.

— Eu sei, mãe. Você não aprova a cobiça ao marido da outra e esse tipo de coisa.

— Em minha época, tínhamos nossas normas – disse a sra. Allerton. – Felizmente! Hoje em dia, os jovens acham que podem fazer o que bem entenderem.

Tim sorriu.

— Não acham somente. Eles fazem. *Vide* Linnet Ridgeway!

— Bem, a meu ver, é um horror.

Os olhos de Tim brilharam.

— Anime-se, sua senhora obstinada! Talvez eu concorde com você. De qualquer maneira, *eu* não me apropriei da esposa ou noiva de ninguém ainda.

— Tenho certeza de que você jamais faria isso – disse a sra. Allerton, que acrescentou com orgulho –, teve uma boa educação.

— Então o crédito é seu, não meu.

Sorriu de modo provocativo, dobrando a carta e guardando-a. Um pensamento passou pela cabeça da sra. Allerton: "Ele me mostra a maioria das correspondências, mas só lê trechos das cartas de Joanna".

Afastou esse pensamento indigno e decidiu, como sempre, agir como uma senhora bem-educada.

— Joanna está aproveitando a vida? – perguntou.

— Mais ou menos. Está pensando em abrir uma delicatessen em Mayfair.

— Ela sempre afirma que está com dificuldades financeiras – comentou a sra. Allerton com uma ponta de despeito –, mas vive saindo, e suas roupas devem custar uma fortuna. Ela está sempre bem-vestida.

— Talvez ela não pague pelas roupas – sugeriu Tim. – Não, mãe, não estou me referindo ao que sua mente aristocrática deve estar pensando. Quero dizer que talvez ela deixe de pagar as contas, no sentido literal.

A sra. Allerton suspirou.

— Não sei como as pessoas conseguem fazer isso.

— É um dom especial – disse Tim. – Quando a pessoa tem gostos extravagantes e nenhuma noção do valor do dinheiro, encontra sempre alguém que lhe dê crédito ilimitado.

— Sim, mas o sujeito acaba miserável, como o coitado sir George Wode.

— Você tem uma queda por aquele tratador de cavalos. Provavelmente porque ele a chamou de "botão de rosa" em algum baile de 1879.

– Eu nem era nascida em 1879 – retrucou a sra. Allerton, com veemência. – Sir George é um homem encantador, e não quero que você o chame de tratador de cavalos.

– Ouvi histórias curiosas sobre ele, contadas por pessoas que o conhecem.

– Você e Joanna não têm nenhum escrúpulo de falar da vida das pessoas. Qualquer assunto serve, contanto que haja maldade.

Tim ergueu as sobrancelhas.

– Mãe, você está irritada. Não sabia que o velho Wode era tão querido.

– Você não imagina como foi difícil para ele ter que vender Wode Hall. Ele adorava aquele lugar.

Tim tinha uma resposta pronta, mas conteve-se. Afinal, quem era ele para julgar? Acabou dizendo, de modo ponderado:

– Quer saber? Acho que você está certa. Linnet convidou-o para ver as reformas, e ele se recusou veementemente.

– Claro. Ela deveria ter tido o cuidado de não convidá-lo.

– E creio que ele guarda rancor em relação a ela. Resmunga coisas sempre que a vê. Não deve perdoá-la por ter oferecido um preço exagerado pela propriedade em ruínas.

– E você não acha isso compreensível? – perguntou a sra. Allerton.

– Francamente, não – disse Tim, sem se alterar. – Por que viver no passado? Por que se apegar a coisas que já não existem?

– O que podemos colocar no lugar?

Tim respondeu, encolhendo os ombros:

– Entusiasmo, talvez. Novidade. O prazer de não saber o que acontecerá. Em vez de herdar um pedaço inútil de terra, o prazer de ganhar dinheiro por conta própria, com a própria inteligência e habilidade.

– Uma transação bem-sucedida na bolsa!

– Por que não? – Tim riu.

– E o que você diria de uma *perda* na bolsa?

– Falta de tato, mãe. Uma observação inapropriada, sobretudo hoje... O que você me diz da viagem ao Egito?

– Bem...

Ele interrompeu, sorrindo.

– Combinado. Nós dois sempre quisemos conhecer o Egito.

– Que data você sugere?

– No mês que vem. Janeiro é a melhor época lá. Aproveitaremos a adorável companhia das pessoas deste hotel por mais algumas semanas.

– Tim! – exclamou a sra. Allerton em tom de reprovação. Em seguida, acrescentou, sentindo-se culpada: – Prometi à sra. Leech que você a levaria à polícia. Ela não fala espanhol.

Tim fez cara de que não entendia.

– A respeito daquele anel? O rubi vermelho de sua filha? Ainda insiste em dizer que foi roubado? Posso ir, se você quiser, mas será uma perda de tempo. Só servirá para colocar em apuros uma pobre criada. Vi claramente o anel em seu dedo quando ela foi ao mar aquele dia. Deve ter caído na água, e ela nem percebeu.

– Ela diz que tem certeza de que o deixou em cima da penteadeira.

– Pois não deixou. Eu vi com meus próprios olhos. Essa mulher é uma idiota. Qualquer pessoa que entra no mar em dezembro achando que a água está quentinha só porque o sol está brilhando pode ser considerada idiota. Além disso, mulheres obesas não deveriam ter permissão para se exibir de maiô. É uma cena revoltante.

A sra. Allerton murmurou:

– Creio que realmente deva parar de ir ao mar ou piscina.

Tim deu uma gargalhada.

– Você? Você está melhor que a maioria das jovens.

A sra. Allerton suspirou:

– Gostaria que houvesse mais gente jovem para você aqui.

Tim Allerton sacudiu a cabeça, enfaticamente.

– Eu não. Eu e você nos damos bastante bem, sem distrações externas.

– Mas você gostaria que Joanna estivesse aqui.

– Não gostaria, não – declarou com inesperada firmeza. – Você está equivocada nesse ponto. Joanna me diverte, mas não gosto muito dela. Sua presença me irrita. Ainda bem que não está aqui. Ficaria até bastante satisfeito se nunca mais a visse na vida. – Acrescentou, baixinho: – Só existe uma mulher no mundo por quem sinto verdadeiro respeito e admiração e creio, sra. Allerton, que você sabe muito bem quem é essa mulher.

Sua mãe ficou vermelha e parecia um pouco confusa.

Tim concluiu, em tom grave:

– Não existem muitas mulheres realmente legais no mundo. Mas você é uma delas.

IX

Em um apartamento com vista para o Central Park, em Nova York, a sra. Robson exclamou:

– Mas que beleza! Você é realmente uma menina de sorte, Cornelia.

Cornelia Robson corou. Era uma moça alta, meio desajeitada, bonita, com olhos castanhos, que lembravam os olhos de um cão.

– Ah, será maravilhoso! – suspirou ela.

A velha srta. Van Schuyler inclinou a cabeça, satisfeita com a atitude correta das parentes pobres.

— Sempre sonhei com uma viagem à Europa – disse Cornelia –, mas nunca achei que fosse realizar meu sonho.

— A srta. Bowers vai comigo, evidentemente, como sempre – disse a srta. Van Schuyler –, mas como companheira de viagem ela é muito limitada... muito mesmo. Cornelia poderá me ajudar com várias coisinhas.

— Será um prazer, prima Marie – disse Cornelia prontamente.

— Então está combinado – falou a srta. Van Schuyler. – Vá procurar a srta. Bowers, minha querida. Está na hora de minha gemada.

Cornelia retirou-se. Sua mãe disse:

— Minha querida Marie, sou-lhe *muito* grata! Você sabe que, a meu ver, Cornelia sofre muito por não ser um sucesso na sociedade. Ela fica mortificada. Se eu tivesse condições de levá-la para conhecer os lugares... mas você sabe como tem sido, desde a morte de Ned.

— Fico muito feliz de levá-la – disse a srta. Van Schuyler. – Cornelia sempre foi uma menina muito prestativa, disposta a ajudar e não tão egoísta quanto as jovens de hoje em dia.

A sra. Robson levantou-se e beijou o rosto enrugado e ligeiramente amarelado da prima rica.

— Sou-lhe realmente grata – repetiu.

Na escada, encontrou uma mulher alta, de aparência competente, trazendo um copo com um líquido amarelo espumante.

— Srta. Bowers, indo para a Europa?

— Sim, sra. Robson.

— Que viagem incrível!

— Sim, creio que será muito agradável.

— Mas você já foi para o exterior antes.

— Ah, sim, sra. Robson. Fui para Paris com a srta. Van Schuyler no outono passado. Mas nunca fui ao Egito.

A sra. Robson hesitou.

— Espero que não haja nenhum inconveniente – disse, com voz baixa.

A srta. Bowers respondeu com o tom de sempre:

— Oh, *não*, sra. Robson. Cuidarei bem *disso*. Estou sempre alerta.

Mas ainda havia uma leve preocupação na fisionomia da sra. Robson enquanto descia vagarosamente os últimos degraus da escada.

X

Em seu escritório na cidade, o sr. Andrew Pennington estava abrindo sua correspondência particular. De repente, fechou o punho e bateu com força na escrivaninha. O rosto enrubesceu, e duas veias grossas saltaram-lhe na testa. Apertou um botão na mesa, e surgiu uma estenógrafa com louvável prontidão.

– Diga ao sr. Rockford para vir aqui.

– Sim, sr. Pennington.

Alguns minutos depois, Sterndale Rockford, sócio de Pennington, entrou no escritório. Os dois eram parecidos: altos, magros, cabelos grisalhos e rostos inteligentes, com a barba feita.

– O que houve, Pennington?

Pennington levantou a vista da carta que estava lendo e disse:

– Linnet casou-se...

– O quê?

– Você ouviu muito bem. Linnet Ridgeway *casou-se*!

– Como? Quando? Por que não soubemos?

Pennington consultou o calendário que estava em cima de sua mesa.

– Ela não estava casada quando escreveu esta carta, mas está casada agora. Dia quatro, de manhã. Isso é hoje.

Rockford despencou numa cadeira.

– Nossa! Sem avisar, nem nada. Quem é o marido?

Pennington olhou novamente a carta.

– Doyle. Simon Doyle.

– Que tipo de sujeito é esse? Já ouviu falar dele?

– Não. Ela não diz muito... – Pennington passou os olhos pelas linhas escritas com boa caligrafia. – Tenho a impressão de que há algo dissimulado nessa história... Mas isso não vem ao caso. A questão toda é que ela se casou.

Os olhares de ambos encontraram-se. Rockford abanou a cabeça.

– O assunto requer análise.

– O que faremos?

– Eu que pergunto.

Os dois homens ficaram em silêncio. Até que Rockford perguntou:

– Tem algum plano?

– O *Normandie* sai hoje – respondeu Pennington, lentamente. – Um de nós poderia ir.

– Você é doido! Qual é sua ideia?

Pennington começou:

– Esses advogados britânicos... – e parou.

– O quê? Não está pensando em enfrentá-los, está? Você é louco!

– Não estou sugerindo que você... ou eu... que um de nós vá para a Inglaterra.

– Qual é a ideia, então?

Pennington alisou a carta em cima da mesa.
— Linnet passará a lua de mel no Egito. Deve ficar lá um mês ou mais...
— Egito?
Rockford pensou por um momento. Depois, ergueu a cabeça e encarou o sócio.
— Egito – disse –, *essa* é a sua ideia!
— Sim... um encontro fortuito. Num passeio. Linnet e o marido em clima de lua de mel. Pode ser feito.
— Linnet é astuta – disse Rockford, pouco convencido. – Muito astuta. Mas...
Pennington continuou, tranquilamente:
— Podemos conseguir.
Novamente, os olhares dos dois se cruzaram. Rockford assentiu com a cabeça.
— Está certo, meu caro.
Pennington consultou o relógio.
— Precisamos correr, seja lá qual de nós for.
— Vai você – propôs Rockford. – Sempre teve sucesso com Linnet. Tio Andrew... essa é a entrada.
Pennington ficou sério.
— Espero cumprir o plano.
— Você vai – disse o sócio. – A situação é crítica...

XI

William Carmichael disse ao rapaz franzino que abriu a porta com olhar curioso:
— Pode mandar o sr. Jim entrar, por favor.
Jim Fanthorp entrou na sala e olhou para o tio com expressão inquisidora.
— Finalmente – resmungou o velho.
— Mandou me chamar?
— Dê uma olhada nisto.
O rapaz sentou-se e puxou para perto de si a pilha de papéis. O velho o observava.
— E então?
A resposta veio em seguida:
— Parece-me suspeito.
Novamente, o sócio mais velho da Carmichael, Grant & Carmichael soltou seu grunhido costumeiro.
Jim Fanthorp releu a carta que acabara de chegar do Egito:

...Parece estranho escrever cartas de negócios num dia como este. Passamos uma semana em Mena House e fizemos uma excursão a Fayum. Depois de amanhã, vamos subir o Nilo, até Luxor e Assuã de vapor. Talvez cheguemos até Cartum. Quando fomos à Cook hoje de manhã para tratar das passagens, imagine quem foi a primeira pessoa que encontramos? Meu procurador americano, Andrew Pennington. Acho que você o conheceu há dois anos, quando ele veio à Inglaterra. Não tinha a mínima ideia de que estava no Egito, e ele também não sabia que eu estava aqui, nem que tinha me casado! Minha carta contando-lhe do casamento deve ter chegado depois que saiu de viagem. Ele subirá o Nilo na mesma excursão que a nossa. Não é muita coincidência? Muito obrigada por tudo o que você fez por mim nesse momento tão conturbado. Eu...

Quando o jovem ia virar a página, o sr. Carmichael pegou a carta de sua mão.

– É isso – disse. – O resto não importa. O que você acha?

O sobrinho refletiu por um momento e disse:

– Bem, acho que não foi coincidência...

O tio concordou com a cabeça.

– Gostaria de ir ao Egito? – perguntou.

– Acha aconselhável?

– Acho que não há tempo a perder.

– Mas por que eu?

– Use a cabeça, rapaz, use a cabeça. Linnet Ridgeway nunca o viu, nem Pennington. Se for de avião, pode chegar a tempo.

– Não gosto da ideia.

– Talvez não. Mas você precisa ir.

– É... necessário?

– Em minha opinião – disse o sr. Carmichael – é absolutamente vital.

XII

A sra. Otterbourne, ajeitando o turbante que usava enrolado na cabeça, disse com impaciência:

– Realmente não entendo por que não vamos para o Egito. Estou cansada de Jerusalém.

Como a filha não respondeu, ela continuou:

– Você podia pelo menos responder quando falam com você.

Rosalie Otterbourne estava olhando um retrato num jornal. Abaixo estava escrito:

A sra. Simon Doyle, que antes do casamento era a conhecida e bela srta. Linnet Ridgeway. O sr. e a sra. Doyle estão de férias no Egito.

Rosalie disse:
— Você gostaria de ir para o Egito, mãe?
— Gostaria — respondeu asperamente a sra. Otterbourne. — A meu ver, fomos tratadas com muita indiferença aqui. É melhor eles nos darem um desconto, senão farei propaganda negativa do lugar. Quando insinuei isso, eles foram muito impertinentes, muito mesmo. Falei tudo o que eu achava.
A jovem suspirou.
— Os lugares são todos iguais, mãe. Gostaria de ir embora logo.
— E hoje de manhã — continuou a sra. Otterbourne — o gerente teve a audácia de me dizer que todos os quartos foram reservados com antecedência e que teríamos de desocupar o nosso em dois dias.
— Então precisamos ir para outro lugar.
— De jeito nenhum. Estou disposta a lutar por meus direitos.
Rosalie murmurou:
— Acho melhor irmos para o Egito. Não faz diferença.
— Não é uma questão de vida ou morte — concordou a sra. Otterbourne.
Mas ela estava enganada. Na realidade, a questão era exatamente de vida ou morte.

CAPÍTULO 2

— Aquele é Hercule Poirot, o detetive — disse a sra. Allerton.
Ela e o filho estavam sentados em cadeiras de vime vermelhas do lado de fora do Hotel Catarata, em Assuã, observando o vulto de duas pessoas que se afastavam: um homem baixinho vestido com paletó de seda branca e uma jovem alta e esbelta.
Tim Allerton endireitou-se na cadeira, prestando atenção.
— Aquele homenzinho engraçado? — perguntou incrédulo.
— Aquele homenzinho engraçado.
— Mas o que ele está fazendo aqui? — perguntou Tim.
Sua mãe riu.
— Querido, você parece tão exaltado. Por que os homens gostam tanto de crimes? Detesto romance policial e nunca leio esse tipo de livro. Mas não creio que monsieur Poirot esteja aqui por algum motivo em especial. Ele já ganhou um bom dinheiro e deve estar aproveitando a vida.

— Parece que soube escolher a menina mais bonita do lugar.

A sra. Allerton inclinou um pouco a cabeça observando as costas de Hercule Poirot e sua companhia, que se distanciavam.

A moça ao lado dele era alguns centímetros mais alta. Caminhava com elegância, nem muito rígida, nem desajeitada.

— Ela é realmente bonita — concordou a sra. Allerton, lançando um olhar de soslaio para Tim e divertindo-se ao ver o peixe morder a isca.

— Ela é mais do que isso. Pena que pareça tão mal-humorada e irritada.

— Talvez seja apenas a fisionomia, meu filho.

— Uma menina diabólica, com certeza. Mas belíssima.

O alvo desses comentários andava lentamente ao lado de Poirot. Rosalie Otterbourne girava na mão uma sombrinha fechada e sua expressão confirmava o que Tim acabara de dizer. Parecia bastante mal-humorada e aborrecida. As sobrancelhas estavam contraídas, e a linha rubra dos lábios caía nos cantos.

Os dois passaram pelo portão do hotel, viraram à esquerda e entraram na sombra do jardim público.

Hercule Poirot conversava gentilmente, com expressão de bom humor beatífico. Estava de paletó de seda branca, passado cuidadosamente, e chapéu panamá. Levava na mão um moscadeiro sofisticado, com cabo de imitação de âmbar.

— ...estou fascinado — dizia ele. — Os recifes negros de Elefantina, o sol, os barquinhos no rio. Sim, é bom estar vivo. — Fez uma pausa e acrescentou: — Não acha, mademoiselle?

Rosalie Otterbourne respondeu secamente:

— Provavelmente. Mas acho Assuã um lugar sombrio. O hotel está quase vazio, e todos têm mais de cem anos...

Parou, mordendo os lábios.

Os olhos de Hercule Poirot cintilaram.

— É verdade. Já estou com um pé na cova.

— Não estava falando do senhor — disse a menina. — Desculpe-me se fui grosseira.

— Nem um pouco. É normal querer companheiros de sua idade. Ali há pelo menos *um*.

— Aquele que fica sentado com a mãe o tempo todo? Gosto *dela*, mas ele é horrível... tão convencido!

Poirot sorriu.

— E eu? Sou convencido?

— Não. Não acho.

Evidentemente, ela não estava interessada, mas isso não perturbou Poirot, que simplesmente comentou, com plácida satisfação:

– Meu melhor amigo diz que sou muito convencido.

– Bem – disse Rosalie vagamente –, suponho que o senhor tenha motivos para tal. Infelizmente, os crimes não me interessam.

Poirot disse, com ar solene:

– Fico feliz de saber que a senhorita não tem nenhum segredo a ocultar.

Por um instante, a fisionomia carrancuda do rosto da menina transformou-se, quando lançou um olhar curioso para ele. Poirot continuou, sem parecer notar coisa alguma.

– Madame, sua mãe não estava no almoço hoje. Espero que não esteja indisposta.

– Ela não gosta deste lugar – explicou Rosalie, sem dizer muito. – Ficarei feliz quando formos embora.

– Somos companheiros de viagem, não? Nós dois faremos a excursão até Wadi Halfa e a Segunda Catarata.

– Sim.

Saíram da sombra do jardim para um poeirento trecho de estrada margeado pelo rio. Cinco vendedores de colares, dois de cartões postais, três de escaravelhos de gesso, dois meninos e algumas outras pessoas da região, todas com algum interesse, aproximaram-se deles.

– Quer contas, senhor? Muito bonitas, senhor. Muito baratas...

– Moça, quer um escaravelho? Olhe... grande rainha... muita sorte.

– Olhe, senhor... lazulita de verdade. Muito bonita, muito barata...

– Quer passeio de burro, senhor? Burro muito bom. Burro Whiskey e Soda, senhor...

– Quer ir às pedreiras de granito, senhor? Burro muito bom. Outro burro muito ruim, senhor. Outro burro cai...

– Quer cartão postal... muito barato... muito bonito...

– Olhe, moça... só dez piastras... muito barato... lazulita... esse, marfim...

– Este, muito bom mata-moscas... de âmbar...

– Vai de barco, senhor? Tenho muito bom barco, senhor...

– Volta para o hotel, moça? Este burro, primeira classe...

Hercule Poirot fazia gestos vagos para se livrar daquele enxame de pessoas. Rosalie atravessou a multidão com ar de sonâmbula.

– É melhor fingir que somos surdos e cegos – comentou.

Aquele povinho corria ao lado deles, murmurando queixosamente:

– Gorjeta? Gorjeta? Hip, hip, hurra... muito bonito, muito bom...

Os trapos de cores alegres agitavam-se de modo pitoresco, e as moscas pousavam em bandos em suas pálpebras. Alguns eram persistentes. Outros ficaram para trás, preparando o próximo ataque.

Agora, Poirot e Rosalie percorriam o corredor de lojas. A abordagem ali era suave, persuasiva...

"Quer visitar minha loja hoje, senhor?", "Quer esse crocodilo de marfim, senhor?", "Ainda não veio na minha loja, senhor? Vou lhe mostrar coisas muito bonitas".

Entraram na quinta loja, e Rosalie comprou vários rolos de filme fotográfico – a finalidade daquele passeio.

Saíram e foram até a margem do rio.

Um dos vapores do Nilo acabava de atracar. Poirot e Rosalie observavam com interesse os passageiros.

– Muita gente, não? – comentou Rosalie, virando a cabeça ao perceber a chegada de Tim Allerton. O rapaz estava um pouco ofegante, como se tivesse caminhado depressa.

Ficaram ali por alguns instantes, até que Tim quebrou o silêncio.

– Uma multidão horrenda – comentou em tom de desdém, indicando as pessoas que desembarcavam.

– Geralmente são terríveis – concordou Rosalie.

Os três tinham o ar de superioridade daqueles que já estão na posição de analisar os recém-chegados.

– Uau! – exclamou Tim, com um entusiasmo repentino. – Se não é Linnet Ridgeway!

A informação não comoveu Poirot, mas Rosalie ficou interessada. Inclinou-se para a frente, perdendo a fisionomia emburrada.

– Onde? – perguntou. – Aquela de branco?

– Sim, com o rapaz alto. Estão desembarcando agora. Deve ser o novo marido. Não me lembro seu nome agora.

– Doyle – lembrou Rosalie. – Simon Doyle. Saiu nos jornais. Ela é riquíssima, não?

– Uma das mulheres mais ricas da Inglaterra – informou Tim, animadamente.

Os três observadores ficaram em silêncio olhando os passageiros que desciam. Poirot fitou com curiosidade o alvo daqueles comentários.

– Ela é muito bonita – murmurou.

– Algumas pessoas têm tudo – disse Rosalie, num tom amargo.

Havia em seu rosto uma estranha expressão de rancor ao acompanhar a jovem descendo a passarela de desembarque.

Linnet Doyle estava arrumada como para subir ao palco, com a segurança de uma atriz famosa. Estava acostumada a ser olhada, a ser admirada, a ser o centro das atenções onde quer que fosse.

Percebeu os olhares atentos sobre ela e, ao mesmo tempo, quase que não se importava, pois tais tributos faziam parte de sua vida.

Desceu representando um papel, ainda que inconscientemente: a rica e famosa noiva em lua de mel. Voltou-se com um pequeno sorriso para o rapaz alto a seu lado, fazendo uma observação qualquer. Ele respondeu, e o som de sua voz pareceu interessar Poirot. O olhar do detetive acendeu-se e suas sobrancelhas contraíram-se.

O casal passou perto deles. Poirot ouviu Simon Doyle dizer:

– Encontraremos tempo para isso, querida. Podemos tranquilamente ficar uma ou duas semanas, se você gostar daqui.

Seu rosto estava voltado para ela, com expressão de desejo, adoração e certa humildade.

Poirot examinou-o com ar pensativo: ombros largos, rosto bronzeado, olhos azul-escuros, a simplicidade infantil do sorriso.

– Um sujeito de sorte – comentou Tim depois que eles passaram. – Imagine, encontrar uma herdeira que não tem adenoides e pés chatos!

– Eles parecem muito felizes – disse Rosalie com uma ponta de inveja na voz. Acrescentou de repente, tão baixo que Tim não conseguiu entender:
– Não é justo.

Mas Poirot ouviu. Franziu a testa de perplexidade e lançou um rápido olhar em direção a Rosalie.

Tim disse:

– Preciso conseguir algumas coisas para minha mãe agora.

Ergueu o chapéu e afastou-se. Poirot e Rosalie voltaram lentamente para o hotel, dispensando algumas ofertas de burros no caminho.

– Não é justo, mademoiselle? – perguntou Poirot, gentilmente.

A menina corou, irritada.

– Não sei o que quer dizer com isso.

– Estou repetindo o que a senhorita acabou de dizer baixinho. Eu ouvi.

Rosalie Otterbourne encolheu os ombros.

– Realmente, parece um pouco demais para uma pessoa só. Dinheiro, beleza, porte e...

Fez uma pausa, e Poirot completou:

– Amor? É isso? Amor? Mas a senhorita não sabe. Talvez ela tenha se casado só pelo dinheiro que tem!

– O senhor não viu a forma como ele olhava para ela?

– Oh, sim, mademoiselle. Vi tudo o que havia para ver. Vi até algo que a senhorita não viu.

– O quê?

Poirot respondeu vagarosamente:

– Vi, mademoiselle, linhas escuras sob os olhos de uma mulher. Vi mãos apertando uma sombrinha com tanta força que as articulações dos dedos ficaram brancas...

Rosalie olhava fixo para ele.

– O que quer dizer com isso?

– Quero dizer que nem tudo que reluz é ouro. Quero dizer que, embora aquela moça seja rica, bela e amada, *alguma coisa* não está bem. E digo mais...

– Sim?

– Sei – disse Poirot, franzindo o cenho – que já ouvi essa voz antes, em algum lugar. A voz do monsieur Doyle. Só não sei onde.

Mas Rosalie não estava ouvindo. Havia parado bruscamente. Com a ponta da sombrinha desenhava rabiscos na areia. De repente, explodiu:

– Sou detestável. Uma peste abominável. Gostaria de rasgar o vestido dela e pisar naquele rosto belo, arrogante e cheio de confiança. Sou uma invejosa, mas é assim que me sinto. Ela é tão bem-sucedida e segura de si!

Hercule Poirot ficou um pouco chocado com a explosão. Sacudiu-a levemente pelo braço.

– *Tenez...* A senhorita se sentirá melhor por ter dito isso.

– Odeio essa mulher! Nunca odiei tanto alguém à primeira vista.

– Magnífico.

Rosalie olhou para Poirot sem entender. Depois, começou a rir.

– *Bien* – disse Poirot, rindo também.

Os dois voltaram calmamente para o hotel.

– Preciso encontrar minha mãe – disse Rosalie quando eles entraram no hall.

Poirot dirigiu-se para o terraço que dava para o Nilo. Havia pequenas mesas preparadas para o chá, mas ainda era cedo. Ele ficou olhando o rio por um tempo e depois saiu para passear pelo jardim.

Algumas pessoas jogavam tênis no sol quente. Poirot parou para observá-las um pouco, depois seguiu o caminho que descia a ladeira. Ali, sentada num banco em frente ao Nilo, encontrou a jovem do Chez Ma Tante. Reconheceu-a imediatamente. O rosto dela, depois daquela noite, ficou gravado em sua memória. Mas a expressão agora era bem diferente. Ela estava mais pálida, mais magra, e havia em seu rosto linhas que indicavam cansaço e sofrimento.

Poirot recuou um pouco. Ela não o havia visto, e ele conseguiu observá-la por um tempo sem que notasse sua presença. Seu pé batia impacientemente no chão. Os olhos, escuros, queimando em lenta combustão, tinham a expressão incomum de um triunfo sombrio. A jovem olhava para o Nilo, onde os barcos de velas brancas deslizavam de um lado para o outro do rio.

Um rosto, uma voz. Lembrou-se de ambos. O rosto da jovem e a voz que acabara de ouvir, a voz de um noivo recém-casado.

E enquanto estava ali, observando a jovem distraída, deu-se a próxima cena do drama.

Ouviram-se vozes lá de cima. A moça no banco levantou-se. Linnet Doyle e o marido desciam em sua direção. Linnet parecia alegre e confiante. A fisionomia tensa e a rigidez dos músculos desapareceram. Linnet estava feliz.

A jovem, de pé, deu um ou dois passos para a frente. Os outros dois pararam.

– Oi, Linnet – disse Jacqueline de Bellefort. – Você está aqui! Estamos sempre nos esbarrando. Oi, Simon, como vai?

Linnet Doyle recuara apoiando-se na rocha com uma breve exclamação. O belo rosto de Simon Doyle foi tomado pela ira. Ele avançou como se quisesse agredir a figura esguia na sua frente.

Com um rápido movimento de cabeça, ela sinalizou que percebera a presença de um estranho. Simon virou o rosto e viu Poirot. Disse, sem jeito:

– Oi, Jacqueline. Não esperávamos encontrá-la aqui.

As palavras tiveram uma entonação pouco convincente.

A jovem deu um sorriso amarelo.

– Uma surpresa! – comentou. Depois, com um pequeno aceno, seguiu caminho ladeira acima.

Poirot tomou a direção oposta, mas ainda ouviu Linnet Doyle dizer:

– Simon, pelo amor de Deus! Simon, o que podemos fazer?

CAPÍTULO 3

O jantar havia terminado. A iluminação no terraço do Hotel Catarata era suave. A maioria dos hóspedes estava sentada em pequenas mesas.

Simon e Linnet Doyle apareceram, acompanhados por um senhor distinto, de cabelos grisalhos, rosto barbeado e perspicaz de americano. O pequeno grupo hesitou um momento à porta. Tim Allerton levantou-se de sua cadeira e dirigiu-se a eles.

– Não deve se lembrar de mim, com certeza – disse de maneira agradável para Linnet – mas sou primo de Joanna Southwood.

– Claro, que distração a minha! Tim Allerton. Este é meu marido – apresentou, com um leve tremor na voz. Seria orgulho? Inibição? – e este é meu procurador americano, o sr. Pennington.

– Gostaria de apresentar minha mãe – disse Tim.

Pouco minutos depois, estavam todos sentados juntos, no mesmo grupo – Linnet no canto, Tim e Pennington, cada um de um lado, falando com ela, disputando sua atenção. A sra. Allerton conversava com Simon Doyle.

A porta do salão foi empurrada. Uma súbita tensão invadiu a bela jovem sentada no canto entre os dois homens. Não havia por que preocupar-se. Era um homenzinho baixinho que vinha ao terraço.

A sra. Allerton disse:

– Você não é a única celebridade aqui, minha querida. Aquele homenzinho engraçado é Hercule Poirot.

Falara suavemente, mais por instinto, para quebrar uma pausa constrangedora, mas Linnet pareceu mexida com a informação.

– Hercule Poirot? Claro... Já ouvi falar dele.

Parecia imergir em pensamentos. Os dois homens a seu lado ficaram momentaneamente confusos.

Poirot caminhou até o parapeito do terraço, mas sua companhia logo foi solicitada.

– Sente-se, monsieur Poirot. Que noite linda!

Ele obedeceu.

– *Mais oui, madame*, muito linda mesmo.

Ele sorriu educadamente para a sra. Otterbourne. Que turbante ridículo, e aqueles retalhos de seda preta! A sra. Otterbourne continuou, em tom lamurriento:

– Muitas pessoas notáveis aqui, não? Com certeza os jornais publicarão alguma notícia a respeito disso em breve. Belezas da sociedade, escritoras famosas...

Parou com um sorriso de falsa modéstia.

Poirot sentiu, mais do que viu, a esquiva da moça mal-humorada à sua frente.

– Está escrevendo algum romance atualmente, madame? – perguntou.

A sra. Otterbourne sorriu de novo, com certo constrangimento.

– Tenho tido muita preguiça. Preciso realmente recomeçar. Meus leitores estão ficando impacientes. E meu editor, coitado! Pedidos em cada correspondência! Até telegrama já mandou.

Novamente, ele sentiu a moça mudar na escuridão.

– Não me importo de lhe contar, monsieur Poirot. Estou aqui, em parte, em busca da cor local. *Neve em pleno deserto*, eis o nome de meu novo livro. Forte. Sugestivo. Neve... no deserto... derretida no primeiro sopro ardente da paixão.

Rosalie levantou-se, murmurando alguma coisa, e afastou-se em direção ao jardim escuro.

— Precisamos ser fortes — continuou a sra. Otterbourne, sacudindo enfaticamente o turbante. — A dura realidade. Meus livros são sobre isso. Todos importantes. Banidos pelas bibliotecas... não importa! Eu digo a verdade. Sexo... ah! Monsieur Poirot... por que é que todo mundo tem tanto medo de sexo? O sustentáculo do universo! O senhor já leu meus livros?

— Infelizmente não, madame. A senhora há de compreender. Não leio muitos romances, meu trabalho...

A sra. Otterbourne disse com firmeza:

— Preciso lhe dar um exemplar de *Sombra da figueira*. Creio que o senhor gostará. É duro, mas *real*!

— Muita gentileza de sua parte, madame. Lerei com prazer.

A sra. Otterbourne ficou calada por um momento. Manuseava um longo colar de contas que dava duas voltas em seu pescoço. Olhou de um lado para o outro.

— Acho que vou lá em cima buscar.

— Oh, madame, não precisa se incomodar. Mais tarde...

— Não. Não é incômodo nenhum. — Levantou-se. — Gostaria de lhe mostrar...

— O que foi, mãe? — perguntou Rosalie, aparecendo de repente.

— Nada, querida. Estou indo lá em cima pegar um livro para o monsieur Poirot.

— *Sombra da figueira*? Eu pego.

— Você não sabe onde está, querida. Eu vou.

— Sei sim.

A menina atravessou rapidamente o terraço e entrou no hotel.

— Permita-me felicitá-la, madame, pela linda filha que tem — disse Poirot, curvando-se educadamente.

— Rosalie? Sim, sim... ela é bonita. Mas é muito *difícil*, monsieur Poirot. E não tem paciência com doenças. Sempre acha que sabe mais. Pensa que sabe mais a respeito de minha saúde do que eu mesma...

Poirot fez sinal para um garçom que passava.

— Gostaria de um licor, madame? *Chartreuse*? *Crème de menthe*?

A sra. Otterbourne respondeu que não com a cabeça.

— Não, não. Sou praticamente abstêmia. O senhor deve ter reparado que não bebo nada além de água. Às vezes, uma limonada. Não suporto bebidas alcoólicas.

— Então posso pedir uma limonada para a senhora?

Poirot fez o pedido: uma limonada e um *bénédictine*.

A porta do salão abriu e Rosalie apareceu com o livro.

— Aqui está — disse, com voz inexpressiva.

— O monsieur Poirot acabou de pedir uma limonada para mim — disse a mãe.

— E a mademoiselle, o que deseja?

— Nada. — Acrescentou, ao perceber a falta de gentileza: — Nada, obrigada.

Poirot pegou o volume que a sra. Otterbourne lhe entregou. Conservava a capa original, em cores alegres, onde se via, sentada numa pele de tigre, uma moça de cabelo curto e unhas rubras, em trajes de Eva. Em cima dela, uma árvore com folhas de carvalho, cheia de maçãs enormes e exageradamente coloridas.

Sombra da figueira, de Salome Otterbourne. Dentro, havia uma nota do editor, ressaltando entusiasticamente a enorme coragem e realismo daquele tratado sobre a vida amorosa de uma mulher moderna. "Destemido, original, realista" eram os adjetivos empregados.

Poirot inclinou-se e murmurou:

— Muito honrado, madame.

Ao erguer a cabeça, seus olhos se encontraram com os da filha da autora. Quase que involuntariamente, fez um pequeno movimento, perplexo e consternado com a dor que aqueles olhos revelavam.

Nesse momento, chegaram as bebidas, desfazendo o peso.

Poirot ergueu sua taça galantemente.

— *À votre santé, madame... mademoiselle.*

A sra. Otterbourne, bebericando a limonada, murmurou:

— Tão refrescante... delicioso!

O silêncio tomou conta dos três. Ficaram contemplando os recifes negros e brilhantes do Nilo. Pareciam fantásticos ao luar, como enormes monstros pré-históricos deitados com metade do corpo fora d'água. Uma brisa leve soprou repentinamente e logo desapareceu. O clima era de expectativa.

Hercule Poirot voltou a olhar o terraço e seus ocupantes. Estaria enganado ou havia o mesmo clima de expectativa ali? Era como no teatro, quando esperamos pela entrada da atriz principal.

Bem nesse momento, as portas do salão moveram-se novamente, dessa vez dando a impressão de um movimento importante. Todos pararam de falar e olharam para aquele lado.

Pela porta, apareceu uma jovem morena e esbelta, de vestido longo, vinho. Fez uma pequena pausa, atravessou o terraço com ar decidido e sentou-se numa mesa vazia. Não havia nada de ostensivo, nada fora de propósito em sua conduta, e, no entanto, dera a impressão de uma artista entrando no palco.

— Veja só — disse a sra. Otterbourne, sacudindo a cabeça com o turbante —, ela acha que é alguém, essa moça!

Poirot não falou nada. Só observava. A jovem sentara-se num lugar de onde podia encarar Linnet Doyle. Em seguida, observou Poirot, Linnet

Doyle inclinou-se para a frente, disse algo e se levantou, indo sentar em outra cadeira. Estava agora de costas para a recém-chegada.

Poirot ficou pensativo.

Cinco minutos depois, a outra jovem foi se sentar no lado oposto do terraço. Fumava e sorria placidamente. Mas sempre, mesmo que sem perceber, seu olhar voltava-se para a mulher de Simon Doyle.

Depois de quinze minutos, Linnet Doyle levantou-se abruptamente e entrou no hotel. Seu marido seguiu-a sem perder tempo.

Jacqueline de Bellefort sorriu e virou a cadeira. Acendeu um cigarro e pôs-se a contemplar o Nilo. Continuava sorrindo sozinha.

CAPÍTULO 4

— Monsieur Poirot.

Poirot levantou-se imediatamente. Continuara sentado no terraço sozinho, depois de todos irem embora. Imerso em meditação, estivera contemplando as rochas negras, lisas e brilhantes, quando a menção de seu nome o fez voltar a si.

Era uma voz educada, firme e encantadora, apesar de um pouco arrogante, talvez.

Hercule Poirot, erguendo-se rapidamente, deparou-se com os olhos exigentes de Linnet Doyle. Ela vestia uma manta de veludo roxo sobre o vestido de cetim branco, e parecia mais bela e imponente do que Poirot imaginara ser possível.

– Monsieur Hercule Poirot? – perguntou Linnet.

A frase era mais uma afirmação do que uma pergunta.

– A seu dispor, madame.

– Talvez saiba quem sou.

– Sim, madame. Ouvi falar de seu nome. Sei exatamente quem é.

Linnet assentiu com a cabeça, como se não esperasse outra resposta.

– Poderia me acompanhar à sala de jogos, monsieur Poirot? – continuou, com seu ar autocrático e sedutor. – Gostaria muito de conversar com o senhor.

– Claro que sim, madame.

Ela foi na frente. Ele a acompanhou. Quando chegaram à sala de jogos, Linnet fez sinal para que Poirot fechasse a porta. Sentou-se, em seguida, numa cadeira de uma das mesas, e Poirot sentou-se à sua frente.

Linnet foi direta, sem nenhuma hesitação.

— Ouvi falar muito do senhor, monsieur Poirot, e sei que é um homem muito inteligente. Preciso de alguém que possa me ajudar, e acredito piamente que é essa pessoa.

Poirot inclinou a cabeça.

— Muita gentileza sua, madame, mas estou de férias, e quando estou de férias, não aceito casos.

— Podemos chegar a um acordo.

Linnet não disse isso de maneira insultuosa, apenas com a confiança de uma jovem que sempre conseguiu o que queria.

— Estou sendo alvo, monsieur Poirot, de uma perseguição intolerável — continuou Linnet Doyle. — Essa perseguição tem que parar! Minha ideia era ir à polícia, mas meu marido acha que não adiantaria.

— Poderia explicar melhor? — pediu Poirot, com educação.

— Oh, sim, explicarei sim. É muito simples.

Ainda não havia nenhuma hesitação. Linnet Doyle tinha uma mentalidade bem definida, empresarial. Fez uma breve pausa apenas para poder apresentar os fatos da maneira mais concisa possível.

— Antes de conhecer meu marido, ele estava noivo da srta. de Bellefort. Ela era minha melhor amiga. Meu marido terminou o noivado com ela, pois eram totalmente incompatíveis. Lamento dizer que minha amiga ficou muito abalada. Sinto muito, mas ninguém pode impedir isso. Ela fez... bem, algumas ameaças... às quais dei pouca atenção e, devo dizer, ela não tentou cumprir. Acontece que, em vez disso, ela adotou a estratégia de nos seguir aonde quer que vamos.

Poirot franziu a testa.

— Ah, uma vingança um tanto quanto incomum.

— Muito incomum... e ridícula! Mas também bastante importuna.

Mordeu o lábio.

Poirot concordou.

— Sim, posso imaginar. A senhora, pelo que entendi, está em lua de mel.

— Sim. Aconteceu, a primeira vez, em Veneza. Ela estava lá, no Danielli's. Achei que fosse apenas coincidência. Muito constrangedor. Depois a encontramos a bordo, em Brindisi. Pensávamos que estivesse indo para a Palestina. Julgamos que ela ficaria no navio. Mas ao chegarmos ao Mena House, ela estava lá, esperando por nós.

Poirot assentiu com a cabeça.

— E agora?

— Subimos o Nilo. Eu já esperava encontrá-la a bordo. Quando não a vi, achei que tivesse desistido de ser tão... tão infantil! Mas ao chegarmos aqui, ela estava nos esperando.

Poirot observou-a com atenção por um momento. Ela ainda estava controlada, mas as articulações da mão que se agarravam à mesa estavam brancas pela força que fazia.

– E a senhora tem medo de que isso continue – disse Poirot.

– Sim – confirmou Linnet, fazendo uma pausa. – Claro que essa situação toda é absurda! Jacqueline está fazendo um papel ridículo. Admira-me que não tenha mais orgulho, mais dignidade.

Poirot fez um pequeno gesto.

– Às vezes, madame, o orgulho e a dignidade ficam em segundo plano! Existem outras emoções mais fortes.

– Sim, possivelmente – disse Linnet com impaciência. – Mas o que ela espera ganhar com isso?

– Nem sempre é uma questão de ganhar, madame.

Alguma coisa no tom de Poirot desagradou Linnet. Ela corou e replicou imediatamente:

– O senhor está certo. Os motivos não vêm ao caso. O ponto principal é que isso tem que parar.

– E o que a senhora propõe que façamos?

– Bem... naturalmente, meu marido e eu não podemos continuar sujeitos a esse incômodo. Deve haver algum tipo de medida legal que se possa tomar contra uma situação dessas.

Linnet falava com impaciência. Poirot perguntou, fitando-a:

– Ela chegou a ameaçá-la com palavras em público? Usou palavrão? Tentou agredi-la fisicamente?

– Não.

– Então, francamente, não vejo o que a senhora possa fazer. Se uma moça gosta de viajar por certos lugares, e esses lugares são os mesmos em que você e seu marido se encontram, *eh bien*, que mal há nisso? As pessoas têm direito de ir e vir. Ela não me parece estar invadindo sua privacidade. É sempre em público que acontecem esses encontros?

– Quer dizer que não há nada que eu possa fazer a respeito? – perguntou Linnet, incrédula.

Poirot respondeu, placidamente:

– Nada, a meu ver. A mademoiselle de Bellefort está em seu direito.

– Mas é uma situação de enlouquecer! É *intolerável* ter que lidar com isso.

Poirot disse secamente:

– Compreendo sua posição, madame, até porque a senhora não deve estar acostumada a lidar com circunstâncias desagradáveis.

– *Tem de* haver uma maneira de acabar com isso – murmurou Linnet, franzindo a testa.

Poirot encolheu os ombros.

– A senhora poderia ir embora, ir para outro lugar – sugeriu.

– Ela nos seguirá!

– Possivelmente.

– Que absurdo!

– Exatamente.

– De qualquer maneira, por que eu deveria fugir? Como se... como se... – fez uma pausa.

– Exatamente, madame. Como se...! Eis a questão, não?

Linnet ergueu a cabeça e encarou-o.

– O que o senhor quer dizer com isso?

Poirot mudou de entonação, inclinando-se para a frente:

– Por que se importa tanto, madame? – perguntou, em tom confidencial e curioso, sem ser invasivo.

– Por quê? Porque é enlouquecedor! Irritante. Já lhe disse por quê.

Poirot sacudiu a cabeça.

– Não tudo.

– O que o senhor quer dizer? – Linnet perguntou de novo.

Poirot encostou-se, dobrou os braços e falou de modo impessoal.

– *Écoutez*, madame. Vou lhe contar uma pequena história. Um dia, há um ou dois meses, eu estava jantando num restaurante em Londres. Na mesa do meu lado, havia duas pessoas, um rapaz e uma moça. Os dois estavam muito felizes, pareciam apaixonados. Falavam animados sobre o futuro. Não que eu escute o que não é da minha conta. Eles não se preocupavam com quem os ouvia. O rapaz estava de costas para mim, mas consegui ver o rosto da moça. Ela estava realmente apaixonada, de corpo e alma, e não era daquelas que amam levianamente. Para ela, o amor era uma questão de vida ou morte. Eles estavam noivos, pelos que pude perceber, e planejavam a lua de mel. O plano era ir ao Egito.

Poirot fez uma pausa. Linnet perguntou bruscamente:

– E então?

– Isso foi há um ou dois meses – continuou Poirot –, mas não me esqueço do rosto da jovem. Sabia que o reconheceria se o visse novamente. E lembro-me também da voz do rapaz. Creio, madame, que não será difícil adivinhar quando vi novamente aquele rosto e ouvi aquela voz. Foi aqui no Egito. O rapaz em lua de mel, sim, mas em lua de mel com outra mulher.

Linnet disse secamente:

– E daí? Já mencionei os fatos.

– Os fatos, sim.
– E...?
Poirot disse lentamente:
– A jovem do restaurante falou de uma amiga, uma amiga que, segundo ela, não a decepcionaria. Essa amiga, creio, é a senhora.
– Sim. Eu lhe contei que éramos melhores amigas.
Linnet corou.
– E ela confiava na senhora?
– Sim.
Linnet hesitou por um momento, mordendo os lábios com impaciência. Em seguida, como Poirot não parecia disposto a falar, disse:
– Claro que a situação foi muito desagradável. Mas essas coisas acontecem, monsieur Poirot.
– Ah, sim, acontecem mesmo, madame. – Fez uma pausa. – A senhora frequenta a igreja anglicana?
– Sim – respondeu Linnet, ligeiramente surpresa.
– Então já deve ter ouvido trechos da Bíblia, que são lidos em voz alta na igreja. Deve ter ouvido falar do rei Davi, do homem rico que tinha muitos rebanhos e do homem pobre que só tinha uma ovelha, e de como o homem rico tirou do homem pobre sua única ovelha. Foi algo que aconteceu, madame.

Linnet aprumou-se na cadeira, com os olhos fervendo de raiva.
– Vejo perfeitamente aonde quer chegar, monsieur Poirot! Sendo bem direta, o senhor acha que roubei o namorado de minha amiga. Do ponto de vista sentimental, que é, creio eu, o ponto de vista das pessoas de sua geração, talvez seja verdade. Mas a dura realidade é diferente. Não nego que Jackie estivesse loucamente apaixonada por Simon, mas acho que o senhor não levou em conta o fato de que talvez ele não sentisse o mesmo. Ele gostava muito dela, mas acho que mesmo antes de me conhecer, já estava começando a sentir que havia cometido um erro. Olhe para a questão de maneira bem objetiva, monsieur Poirot. Simon descobre que é a mim que ele ama, não a Jackie. O que ele deve fazer? Assumir uma nobreza heroica e casar-se com uma mulher que não ama, arruinando, dessa forma, três vidas? Pois é duvidoso que pudesse fazer Jackie feliz nessas circunstâncias. Se já estivesse casado com ela quando me conheceu, concordo que talvez seu dever fosse manter-se fiel, mesmo não estando muito convencida disso. Se uma pessoa está infeliz, a outra também sofre. Mas o noivado não é um laço indissolúvel. Se um erro foi cometido, o melhor a fazer é encarar os fatos antes que seja tarde demais. Concordo que foi muito difícil para Jackie, e sinto muito por isso, mas paciência. Aconteceu.
– Imagino.

Ela encarou-o.

– Como assim?

– Tudo muito sensato, muito lógico o que diz. Mas não explica um ponto.

– Qual?

– Sua própria atitude, madame. Poderia encarar essa perseguição de duas maneiras: ela poderia lhe causar aborrecimento, sim, ou poderia despertar sua piedade, ao ver sua amiga tão ferida que resolveu deixar todas as convenções de lado. Mas não é assim que reage. Para a senhora, essa perseguição é *intolerável*. Por quê? Só pode ser por um motivo: sentimento de culpa.

Linnet levantou-se.

– Como o senhor ousa dizer isso? Realmente, monsieur Poirot, isso já está indo longe demais.

– Ouso sim, madame. Serei bastante franco. A meu ver, embora tenha tentado iludir-se, a senhora tentou conscientemente roubar o marido de sua amiga. Em minha opinião, sentiu, desde o início, uma forte atração por ele. Mas houve um momento em que hesitou, quando se deu conta de que havia uma *escolha*: poderia desistir ou seguir em frente. Essa escolha, a meu ver, dependia da *senhora*, não do monsieur Doyle. A senhora é bonita, rica, inteligente, esperta, atraente, poderia ter se valido disso ou desistido. Tem tudo o que a vida pode oferecer, madame. A vida de sua amiga resumia-se a uma única pessoa. A senhora sabia disso, mas, apesar de hesitar, não abriu mão de seu desejo. Ao contrário, decidiu agir de acordo com o que queria, como o homem rico da Bíblia, que se apoderou da única ovelha do homem pobre.

Silêncio. Linnet controlou-se como pôde.

– Isso não tem nada a ver com o caso! – disse friamente.

– Tem sim. Estou explicando simplesmente por que as aparições inesperadas da mademoiselle de Bellefort a têm perturbado tanto. É porque, embora ela possa parecer pouco digna no que está fazendo, a senhora, intimamente, sabe que ela tem esse direito.

– Isso não é verdade.

Poirot encolheu os ombros.

– Vejo que insiste em querer se iludir.

– De forma alguma.

Poirot disse suavemente:

– Tenho a impressão, madame, de que tem tido uma vida feliz e de que sua atitude em relação aos outros tem sido sempre generosa e amável.

– Faço o possível – disse Linnet, com simplicidade, quase desânimo. A raiva e a impaciência haviam sumido de seu rosto.

— E é por isso que a ideia de ter ferido alguém a incomoda tanto, e também por estar relutante em admitir o fato. Perdoe-me se estou sendo impertinente, mas a psicologia é o fator mais importante num caso.

Linnet disse calmamente:

— Mesmo supondo que seja verdade o que o senhor diz... e, veja bem, não estou admitindo nada... o que fazer agora? Não podemos mudar o passado. Precisamos lidar com o presente como ele é.

Poirot concordou.

— A senhora raciocina com clareza. Sim, não podemos mudar o passado. Precisamos aceitar as coisas como elas são. E às vezes, madame, isso é tudo o que podemos fazer: aceitar as consequências de nossas ações.

— O senhor está dizendo que não posso fazer absolutamente nada? — perguntou Linnet, incrédula.

— A senhora precisa ter coragem. Essa é minha opinião.

— O senhor não poderia falar com Jackie... com a srta. de Bellefort? Convencê-la? — perguntou Linnet.

— Sim, poderia. Posso falar com ela, se esse é seu desejo. Mas não espere grandes resultados. Imagino que a mademoiselle de Bellefort esteja tão obcecada que nada a demoverá de seu propósito.

— Mas certamente podemos fazer *alguma coisa* para nos livrarmos dessa situação.

— Vocês poderiam, claro, voltar para a Inglaterra e estabelecerem-se em sua própria casa.

— Mesmo assim, creio que Jackie seria capaz de se hospedar na cidade para que eu a visse todas as vezes que saísse de casa.

— É verdade.

— Além disso, não acho que Simon concordará em fugir — disse Linnet, lentamente.

— Como ele está encarando tudo isso?

— Ele está furioso... simplesmente furioso.

Poirot consentiu.

Linnet disse em tom de súplica:

— O senhor falará com ela?

— Sim. Mas acho que não conseguirei mudar nada.

— Jackie é extraordinária! — exclamou Linnet, com agressividade. — Jamais sabemos o que ela fará.

— A senhora me falou há pouco de algumas ameaças que ela fez. Poderia me dizer que tipo de ameaça?

Linnet encolheu os ombros.

– Ela ameaçou... bem, ameaçou nos matar. Às vezes, Jackie demonstra seu temperamento latino.

– Compreendo – disse Poirot, em tom grave.

Linnet repetiu o pedido:

– O senhor vai agir por mim?

– Não, madame – respondeu Poirot com segurança. – Não farei isso pela senhora. Farei o possível sob o ponto de vista humanitário. Isso sim. A situação é difícil e perigosa. Farei o possível para resolver a questão, mas não estou muito confiante em minhas chances de sucesso.

– Mas o senhor não vai agir por *mim*? – perguntou Linnet Doyle.

– Não, madame – respondeu Hercule Poirot.

CAPÍTULO 5

Hercule Poirot encontrou Jacqueline de Bellefort sentada nos rochedos próximos ao Nilo. Tivera certeza de que ela não saíra à noite e que a encontraria nas imediações do hotel.

Ela estava sentada com o queixo apoiado na palma das mãos e não se virou ao ouvir alguém se aproximar.

– Mademoiselle de Bellefort? – falou Poirot. – Podemos conversar um pouco?

Jacqueline virou um pouco a cabeça, sorrindo timidamente.

– Claro – respondeu. – O senhor é o monsieur Hercule Poirot, suponho. Posso adivinhar? Veio conversar comigo em nome da sra. Doyle, que lhe prometeu uma grande quantia em dinheiro se o senhor for bem-sucedido em sua missão.

Poirot sentou-se no banco a seu lado.

– Sua suposição é, em parte, verdadeira – disse, sorrindo. – Acabei de conversar com a madame Doyle, mas não recebi nenhum dinheiro dela, e, a rigor, não estou aqui em seu nome.

– Ah! – fez Jacqueline, analisando atentamente seu interlocutor. – Então, por que o senhor veio? – perguntou abruptamente.

Hercule Poirot respondeu com outra pergunta:

– Já tinha me visto antes, mademoiselle?

– Não, acho que não.

– Pois eu já a conhecia. Sentei ao seu lado no Chez Ma Tante. Estava lá com o monsieur Simon Doyle.

A fisionomia da moça assumiu um aspecto inexpressivo.

— Lembro-me daquela noite...
— Desde então – continuou Poirot – muitas coisas aconteceram.
— Tem razão. Muitas coisas aconteceram.
A voz dela era dura, com um tom de amargura e desespero.
— Mademoiselle, falo como amigo. Enterre seus mortos!
Ela ficou surpresa.
— Como assim?
— Esqueça-se do passado! Volte-se para o futuro! O que passou, já passou. A amargura não mudará nada.
— Tenho certeza de que conviria perfeitamente a Linnet.
— Não estou pensando nela neste momento! – garantiu Poirot. – Estou pensando na *senhorita*. Já sofreu muito, é verdade, mas o que está fazendo agora só prolonga o sofrimento.
Ela discordou com a cabeça.
— O senhor está equivocado. Às vezes, sinto até prazer.
— E isso, mademoiselle, é o pior de tudo.
— O senhor não é tolo – disse ela, acrescentando lentamente –, apenas quer ser gentil.
— Vá para casa, mademoiselle. A senhorita é jovem, inteligente. Tem a vida inteira pela frente.
Jacqueline discordava.
— O senhor não compreende, ou não quer compreender. Simon é minha vida.
— O amor não é tudo, mademoiselle – disse Poirot, suavemente. – Só na juventude é que temos essa ilusão.
Mas a jovem ainda discordava.
— O senhor não compreende – disse, lançando-lhe um rápido olhar. – O senhor deve saber tudo a respeito, conversou com Linnet e estava no restaurante aquela noite... Simon e eu nos amávamos.
— Sei que a senhorita o amava.
Ela foi rápida em perceber a inflexão das palavras dele e repetiu enfaticamente:
— *Nós nos amávamos*. E eu amava Linnet... Confiava nela. Ela era minha melhor amiga. Linnet sempre comprou o que queria, nunca se privou de nada. Quando viu Simon, desejou-o e simplesmente apropriou-se dele.
— E ele consentiu em ser comprado?
Jacqueline sacudiu a cabeça lentamente.
— Não, não é bem assim. Se fosse, eu não estaria aqui agora... O senhor está insinuando que Simon não merece ser amado... Se tivesse casado por dinheiro, seria verdade. Mas não se casou pelo dinheiro. O caso é mais

complexo do que parece. Existe algo chamado *deslumbramento*, monsieur Poirot. E o dinheiro ajuda nisso. Linnet tinha um "ambiente". Era a rainha de um reino, a jovem princesa, cheia de luxo. Como numa peça de teatro. Tinha o mundo a seus pés, um dos homens mais ricos e cobiçados da Inglaterra queria se casar com ela. E ela decide voltar-se para o obscuro Simon Doyle... Admira-se de que isso tenha lhe subido à cabeça? – fez um gesto repentino. – Veja a lua lá em cima. Vemos perfeitamente, não? É muito real. Mas se o sol estivesse brilhando, não veríamos lua nenhuma. Foi exatamente assim. Eu era a lua, quando o sol saiu, Simon não conseguiu mais me ver, ficou ofuscado. Não conseguia ver mais nada além do sol, Linnet.

Fez uma pausa e continuou:

– Ou seja, foi deslumbramento. Ele ficou deslumbrado. Além disso, existe a questão da total segurança dela, seu hábito de mandar. Ela é tão segura de si que consegue convencer os outros. Simon foi fraco, talvez, mas ele é uma pessoa muito simples. Ele teria me amado, e somente a mim, se Linnet não tivesse aparecido e o arrebatado em sua carruagem dourada. Eu sei, sei perfeitamente, que ele jamais teria se apaixonado se ela não tivesse feito todo esse jogo.

– É a sua opinião. Respeito.

– Eu *sei*. Ele me amava. Sempre me amará.

– Mesmo agora? – perguntou Poirot.

Uma resposta rápida lhe veio aos lábios, mas ela a conteve. Olhou para Poirot, com o rosto enrubescido. Virou o rosto, baixou a cabeça e disse em voz baixa:

– Sim, eu sei. Ele me odeia agora. Sim, me odeia... Ele que se cuide!

Com um gesto rápido, remexeu na bolsa de seda que estava no banco. Em seguida, estendeu a mão, revelando um pequeno revólver com coronha de madrepérola – parecia de brinquedo.

– Bonitinho, não? – disse ela. – Nem parece verdadeiro, mas é! Uma destas balas pode matar um homem ou uma mulher. E sou boa atiradora – sorriu, distante. – Na infância, quando fui para a Carolina do Sul com minha mãe, meu avô me ensinou a atirar. Ele era do tipo que acreditava em resolver os problemas à bala, principalmente quando a honra estava em jogo. Meu pai também, travou vários duelos na juventude. Era um bom espadachim. Chegou a matar um homem uma vez, por certa mulher. Vê, portanto, monsieur Poirot, tive a quem puxar. Comprei este revólver quando tudo aquilo aconteceu. Queria matar um dos dois, só não sabia quem. Matar os dois teria sido insatisfatório. Se eu achasse que Linnet teria medo... mas ela é corajosa. É capaz de se defender. Então decidi esperar. A ideia me seduzia cada vez mais. Afinal, eu poderia realizar meu propósito a qualquer momento. Seria mais divertido esperar. Até que veio a ideia em minha mente: segui-los! Aonde quer que fossem, juntos e felizes, haveriam de *me* encontrar! E funcionou. Linnet ficou bastante abalada. Nada a teria abalado tanto. Ficou profundamente irritada... Foi aí que comecei a me divertir... E ela não pode fazer nada. Sou sempre amável e educada. E isso está estragando tudo para eles – disse, soltando uma risada sonora.

Poirot segurou-a pelo braço.

– Silêncio. Fique quieta.

Jacqueline olhou para ele:

– Pois não? – disse, com um sorriso desafiador.

– Mademoiselle, eu lhe imploro, não faça isso.

– O senhor quer que eu deixe Linnet em paz.

– É algo mais profundo do que isso. Não abra seu coração ao mal.

Boquiaberta, uma expressão de perplexidade surgiu em seu olhar.

Poirot continuou, em tom grave:

– Porque se abrir, o mal entrará... Sim, o mal certamente entrará... Entrará e fará morada dentro da senhorita. Depois de um tempo, já não será possível expulsá-lo.

Jacqueline encarava-o, com um olhar vacilante.

– Não sei – disse, até concluir –, o senhor não pode me impedir.

– Não – concordou Hercule Poirot –, não posso impedi-la – disse com tristeza.

– Mesmo que quisesse matá-la, o senhor não poderia me impedir.

– Não... não se a senhorita estivesse disposta a pagar o preço.

Jacqueline de Bellefort riu.

– Oh, não tenho medo da morte! Afinal, que motivo tenho para viver? O senhor deve achar errado matar uma pessoa que nos machucou, mesmo que ela tenha nos tirado tudo o que tínhamos no mundo.

Poirot disse com firmeza:

– Sim, mademoiselle. Matar, a meu ver, é um crime imperdoável.

Jacqueline riu novamente.

– Então deve aprovar meu plano atual de vingança. Porque enquanto ele estiver dando certo, não usarei o revólver... Mas tenho medo... sim, tenho medo às vezes... vejo tudo vermelho... quero feri-la... esfaqueá-la, gostaria de encostar meu revólver em sua cabeça e então... é só apertar o gatilho... *Oh!*

A exclamação assustou Poirot.

– O que foi, mademoiselle?

Ela virou-se, olhando para a sombra.

– Alguém... ali de pé. Agora já foi embora.

Hercule Poirot olhou em volta.

O lugar parecia deserto.

– Parece-me que não há ninguém aqui além de nós dois, mademoiselle. – Levantou-se. – De qualquer maneira, já disse tudo o que tinha a dizer. Desejo-lhe uma boa noite.

Jacqueline levantou-se também. Perguntou, quase em tom de súplica:

– O senhor compreende que eu não posso fazer o que me pede?

Poirot negou com um gesto de cabeça.

– Não. Porque a senhorita poderia esquecer, sim. Há sempre um momento! Sua amiga, Linnet, também poderia ter parado... mas ela não aproveitou o momento. E quando uma pessoa faz isso, fica presa e não tem uma segunda chance.

– Não tem uma segunda chance... – repetiu Jacqueline de Bellefort, taciturna. Depois, ergueu a cabeça, em atitude de desafio. – Boa noite, monsieur Poirot.

Ele sacudiu a cabeça tristemente e acompanhou-a até o hotel.

CAPÍTULO 6

Na manhã seguinte, Simon Doyle juntou-se a Hercule Poirot quando saía do hotel para dar um passeio na cidade.

– Bom dia, monsieur Poirot.

– Bom dia, monsieur Doyle.

– Está indo para a cidade? Importa-se que o acompanhe?

– Claro que não. Será um prazer.

Os dois caminhavam lado a lado. Passaram pelo portão e ganharam a sombra das árvores. Simon tirou o cachimbo da boca e disse:

– Soube que minha esposa conversou com o senhor ontem à noite, não?

– Sim.

Simon Doyle franziu a testa. Era o tipo de homem de ação, com dificuldade de externar os pensamentos em palavras e expressar-se com clareza.

– Fiquei feliz com uma coisa – disse. – O senhor conseguiu convencê-la de que não podemos fazer nada.

– Realmente, não existe nada que se possa fazer do ponto de vista legal – confirmou Poirot.

– Exato. Linnet não entendia isso. – Simon sorriu timidamente. – Linnet foi criada acreditando que qualquer perturbação pode ser automaticamente solucionada pela polícia.

– Quem dera – disse Poirot.

Houve uma pausa. Até que Simon disse bruscamente, ficando com o rosto vermelho:

— É o cúmulo ela ser perseguida dessa maneira! Linnet não fez nada! Se alguém afirmar que me portei como um miserável, tudo bem, deve ser verdade. Mas não admito que Linnet seja responsabilizada. Ela não tem nada a ver com isso.

Poirot inclinou a cabeça, mas não fez nenhum comentário.

— O senhor... chegou a falar com Jackie? Com a srta. de Bellefort?

— Sim, conversei.

— Conseguiu convencê-la a parar?

— Receio que não.

Simon perdeu a paciência:

— Será que ela não vê que está fazendo um papel ridículo? Não percebe que nenhuma mulher decente agiria dessa maneira? Será que ela não tem um pouco de orgulho, de dignidade?

Poirot encolheu os ombros.

— Ela tem apenas a sensação... como dizer?... de que foi lesada — explicou Poirot.

— Sim, mas, pelo amor de Deus, moças decentes não agem assim. Admito que errei. Não a tratei direito. Entendo que ela esteja zangada comigo e que nunca mais queira me ver. Mas essa perseguição... é um *absurdo*! Fica se exibindo! O que ela espera ganhar com isso?

— Quer se vingar, talvez.

— Tolice! Compreenderia melhor se ela agisse de maneira melodramática... se me desse um tiro, por exemplo.

— Acha isso mais de seu feitio?

— Para ser franco, sim. Ela é impulsiva e tem um temperamento terrível. Não me surpreenderia que cometesse uma loucura num surto de fúria. Mas essa história de espionagem... — sacudiu a cabeça.

— É mais sutil... sim. Inteligente!

Doyle fitou-o.

— O senhor não compreende. Linnet está enlouquecendo com tudo isso.

— E o senhor?

Simon olhou para ele com ar de surpresa.

— Eu? Gostaria de torcer o pescoço daquela peste.

— Não sobrou nada, então, do antigo sentimento?

— Meu caro monsieur Poirot... como explicar? É como a lua quando aparece o sol. Não vemos mais a lua. Assim que conheci Linnet, Jackie deixou de existir.

— *Tiens, c'est drôle, ça!* — murmurou Poirot.

– Como?

– Sua comparação me pareceu interessante, só isso.

Mais uma vez corando, Simon disse:

– Imagino que Jackie tenha dito que só me casei com Linnet por dinheiro, certo? É mentira! Não me casaria por dinheiro com nenhuma mulher. O que Jackie não entende é que é difícil para um homem quando... quando uma mulher gosta dele como ela gostava de mim.

– Como assim? – perguntou Poirot, encarando Simon.

– Parece calhordice dizer isso, mas Jackie gostava *demais* de mim.

– *Un qui aime et un qui se laisse aimer* – disse Poirot, baixinho.

– O quê? O que disse? O senhor há de compreender: um homem não quer que a mulher goste mais dele do que ele gosta dela. – A voz de Simon foi se tornando mais cálida. – Ninguém quer sentir que é *propriedade* de alguém. Seu corpo e sua alma passam a pertencer ao outro. É uma atitude bastante *possessiva*. "Este homem é *meu*, ele me pertence!" Esse tipo de comportamento eu não tolero. Nenhum homem tolera. Queremos fugir, nos libertar. O homem quer sentir que a mulher lhe pertence, e não o contrário.

Parou de falar e acendeu um cigarro com as mãos ligeiramente trêmulas.

Poirot perguntou:

– E é assim que o senhor se sentia em relação à mademoiselle Jacqueline?

– Hein? – Simon foi pego de surpresa. Depois, admitiu: – Sim, na verdade, sim. Ela nunca percebeu nada, evidentemente. E não é o tipo de coisa que eu poderia falar. Mas estava me sentindo realmente inquieto... até conhecer Linnet e ficar estonteado. Nunca tinha visto mulher mais linda na vida. Tudo tão maravilhoso. Todos prostrados a seus pés, e ela escolhe logo um bobo como eu.

Simon falava em tom de admiração, ingenuidade e assombro.

– Compreendo – disse Poirot, assentindo com a cabeça. – Sim, compreendo.

– Por que Jackie não encara a situação como um homem? – perguntou Simon, ressentido.

Poirot sorriu.

– Ora, monsieur Doyle, para começar, porque ela *não é* um homem.

– Não, não... o que quero dizer é levar na esportiva. Afinal, cada um tem o que merece. A culpa foi minha, admito. Mas paciência! Se o sujeito não gosta mais da namorada, é loucura se casar com ela. E agora que conheço bem Jackie e vejo a que extremos ela é capaz de chegar, sinto que escapei de uma boa.

– A que extremos ela é capaz de chegar – repetiu Poirot, pensativo. – O senhor tem alguma ideia de que extremos são esses, monsieur Doyle?

Simon fitou-o, perplexo.

– Não... O que o senhor quer dizer com isso?

– O senhor sabe que ela carrega um revólver na bolsa?

Simon franziu a testa e sacudiu a cabeça.

– Não creio que vá usá-lo agora. Poderia ter usado antes. Mas acredito que já passou desse ponto. Agora, quer apenas vingança. Quer se vingar de nós dois.

Poirot encolheu os ombros.

– Pode ser – disse, sem convicção.

– Estou preocupado é com Linnet – declarou Simon, sem necessidade.

– Já percebi – disse Poirot.

– Não tenho medo de que Jackie tenha qualquer atitude melodramática com o revólver, mas essa história de espionagem e perseguição está acabando com Linnet. Vou lhe contar o plano que fiz, e talvez o senhor possa me ajudar a aprimorá-lo. Para começar, anunciei abertamente que ficaremos aqui dez dias. Mas amanhã o navio *Karnak* parte de Shellal para Wadi Halfa. Pretendo comprar as passagens com um pseudônimo. Faremos uma excursão para Filae. A criada de Linnet pode levar as malas. Pegaremos o *Karnak* em Shellal. Quando Jackie descobrir que não voltamos, será tarde demais, já estaremos em plena viagem. Ela achará que fugimos para o Cairo. Aliás, penso até em dar uma gorjeta ao porteiro para dizer isso. Nas agências de turismo ela não vai conseguir informações, porque nossos nomes não constarão da lista de passageiros. Que tal?

– Um plano bem articulado, realmente. E se ela decidir esperá-los aqui até voltarem?

– Talvez não voltemos. Poderíamos continuar até Cartum e talvez pegar um avião até o Quênia. Ela não pode nos seguir pelo mundo todo.

– Não. Em algum momento, as dificuldades financeiras a impedirão. Pelo que soube, ela não tem muito dinheiro.

Simon olhou para Poirot com admiração.

– O senhor é muito inteligente. Não tinha pensado nisso. Jackie não tem muitos recursos.

– E mesmo assim ela conseguiu segui-los até agora.

Simon disse, sem certeza:

– Ela tem uma pequena renda, claro. Pouco menos de duzentas libras por ano, creio. Deve ter gastado tudo o que tinha para fazer o que está fazendo.

– Em algum momento, então, o dinheiro acabará, e ela ficará sem nada.

– Sim...

Simon mexeu-se, pelo desconforto que a ideia lhe causara. Poirot observava-o atentamente.

– Não – disse –, não é uma ideia muito agradável.
– Bem, não posso fazer nada! – exclamou Simon, com certa agressividade. Em seguida perguntou: – O que o senhor achou do meu plano?
– Acho que pode dar certo. Mas, evidentemente, é uma *retirada*.
Simon corou.
– O senhor quer dizer que estamos fugindo? Bem, é verdade... Mas Linnet...
Poirot assentiu com a cabeça.
– Como diz, talvez seja realmente a melhor solução. Mas lembre-se de que a mademoiselle de Bellefort é inteligente.
Simon falou sombriamente:
– Algum dia, creio que teremos de enfrentar a situação de frente. A atitude dela não é nada razoável.
– Razoável, *mon Dieu*! – exclamou Poirot.
– Não há motivo para uma mulher não se comportar como um ser racional – disse Simon com frieza.
– Muitas vezes elas se comportam – disse Poirot, secamente –, e isso é ainda mais preocupante! – fez uma pausa e continuou: – Eu também estarei no *Karnak*. Faz parte do meu itinerário.
– Ah! – Simon hesitou e depois, escolhendo as palavras, perguntou com certo constrangimento: – Não é por nossa causa, é? Não gostaria de pensar que...
Poirot negou prontamente:
– De forma alguma. Já estava tudo marcado desde antes de sair de Londres. Sempre faço meus planos com antecedência.
– Não prefere ir de um lugar para outro ao sabor do vento? Não é muito mais agradável?
– Talvez. Mas para ter sucesso na vida, cada detalhe precisa ser estudado de antemão.
Simon riu e disse:
– É assim que os assassinos mais habilidosos devem agir, creio eu.
– Sim, embora eu deva admitir que o crime mais brilhante de que tenho memória e um dos mais difíceis de resolver foi cometido no calor do momento.
Simon pediu, de um jeito meio infantil:
– O senhor poderia nos contar alguns de seus casos a bordo do *Karnak*.
– Não, não. Seria falar de trabalho.
– Sim, mas seu trabalho é muito interessante. A sra. Allerton concorda. Ela não vê a hora de poder conversar com o senhor e fazer diversas perguntas.
– A sra. Allerton? A senhora de cabelos grisalhos com o filho dedicado?

— Sim. Ela estará no *Karnak* também.
— Ela sabe que vocês...
— Certamente não — respondeu Simon, seguro. — Ninguém sabe. Parti do princípio de que é melhor não confiar em ninguém.
— Uma medida louvável, que sempre adoto. A propósito, a terceira pessoa de seu grupo, aquele homem de cabelos grisalhos...
— Pennington?
— Sim. Ele está viajando com vocês?
Simon respondeu, sério:
— Não é muito comum numa lua de mel, certo? Pennington é o procurador americano de Linnet. Encontramos com ele por acaso, no Cairo.
— *Ah, vraiment!* Posso lhe fazer uma pergunta? Sua esposa já é maior de idade?
Simon achou graça na pergunta.
— Ainda não completou 21 anos, mas não teve que pedir o consentimento de ninguém para se casar comigo. Foi uma grande surpresa para Pennington. Ele saiu de Nova York no *Carmanic* dois dias antes de chegar a carta de Linnet contando de nosso casamento. Ele não sabia de nada.
— O *Carmanic*... — murmurou Poirot.
— Ele ficou muito surpreso quando nos encontrou no Shepheard's, no Cairo.
— Foi realmente uma grande coincidência!
— Sim. Descobrimos que ele faria essa viagem pelo Nilo e decidimos nos juntar. Não podíamos fazer diferente. Além disso, acabou sendo um alívio, de certo modo. — Simon parecia constrangido novamente. — Linnet tem andado muito nervosa, esperando ver Jackie a todo momento e em todo lugar. Quando estávamos sozinhos, esse era um assunto recorrente. A companhia de Andrew Pennington é uma ajuda nesse sentido. Somos obrigados a falar de outras coisas.
— Sua esposa não se abriu com o sr. Pennington?
— Não — respondeu Simon, com um tom ligeiramente agressivo. — Esse assunto não diz respeito a ninguém. Além disso, quando iniciamos essa viagem pelo Nilo, achamos que o caso estivesse encerrado.
Poirot abanou a cabeça.
— O caso ainda não está encerrado. Não... o fim ainda não está próximo. Tenho certeza disso.
— Devo dizer, monsieur Poirot, que o senhor não é muito animador.
Poirot lançou-lhe um olhar com uma leve irritação, pensando consigo mesmo: "Este anglo-saxão não leva nada a sério! Precisa crescer!".

Linnet Doyle e Jacqueline de Bellefort levavam o caso muito a sério. Mas, na postura de Simon, Poirot não via nada além de impaciência masculina e aborrecimento.

– Posso lhe fazer uma pergunta impertinente? A ideia de passar a lua de mel no Egito foi sua?

Simon enrubesceu.

– Não, claro que não. Aliás, por mim, teríamos ido para qualquer outro lugar, mas Linnet fazia questão. Então...

Interrompeu-se ineptamente.

– Compreendo – disse Poirot.

Compreendia que se Linnet fazia questão de algo, isso tinha que acontecer.

Poirot pensou consigo mesmo: "Ouvi três versões da mesma história: a de Linnet Doyle, a de Jacqueline de Bellefort e a de Simon Doyle. Qual delas estará mais próxima da verdade?".

CAPÍTULO 7

Simon e Linnet Doyle partiram na excursão para Filae por volta das onze da manhã do dia seguinte. Jacqueline de Bellefort, sentada na varanda do hotel, viu os dois partindo no pitoresco barco a velas. O que não viu foi a partida do carro, cheio de malas, na frente do hotel. O carro, que levava a criada, bastante séria, virou à direita em direção a Shellal.

Hercule Poirot decidiu passar as duas horas que sobravam antes do almoço na ilha de Elefantina, bem em frente ao hotel em que estava hospedado.

Desceu até o ancoradouro e juntou-se aos dois homens que entravam em um dos barcos do hotel. Percebia-se que os dois não se conheciam. O mais jovem havia chegado de trem no dia anterior. Era um rapaz magro, alto, de cabelos negros, rosto fino e um queixo pugnaz. Vestia uma calça de flanela cinza bastante suja e um suéter de gola alta, inadequado para o clima. O outro era um sujeito de meia-idade, atarracado, que não perdeu tempo em puxar conversa com Poirot, num inglês quebrado. Sem participar da conversa, o mais novo ficou olhando de cara feia para os dois e virou-se de costas para eles, pondo-se a admirar a agilidade com que os barqueiros núbios conduziam o barco com os dedos dos pés, enquanto manipulavam as velas com as mãos.

A água estava bastante tranquila, as rochas negras passavam suavemente, e uma leve brisa soprava-lhes o rosto. Chegaram rapidamente a

Elefantina. Assim que desembarcaram, Poirot e seu loquaz companheiro foram para o museu. Nesse momento, este último já havia oferecido a Poirot seu cartão de visita, onde se lia: "Signor Guido Richetti, Arqueólogo".

Para não ficar atrás, Poirot retribuiu o cumprimento e apresentou seu cartão. Terminadas as formalidades, os dois entraram juntos no museu. O italiano era uma fonte de informações eruditas. Os dois conversavam em francês.

O jovem de calça de flanela deu uma volta pelo museu, sem muito interesse, bocejando de vez em quando, e depois saiu.

Poirot e o signor Richetti o acompanharam. O italiano estava animado com as ruínas, mas Poirot, reconhecendo um guarda-sol listrado de verde nas pedras perto do rio, seguiu naquela direção.

A sra. Allerton estava sentada numa grande rocha, com um caderno de desenho ao lado e um livro no colo.

Poirot tirou educadamente o chapéu, e a sra. Allerton puxou conversa.

– Bom dia – ela disse. – Creio que é quase impossível nos livrarmos dessa criançada.

Um grupo de meninos morenos a cercava, sorrindentes, de mãos estendidas e implorando por gorjeta com ar esperançoso.

– Achei que eles tivessem se cansado de mim – disse a sra. Allerton, desalentada. – Estão me observando há mais de duas horas e vão se aproximando aos poucos. Até eu gritar *"imshi"*, "saiam daqui" e ameaçá-los com a sombrinha. Eles se dispersam por um tempo, mas depois voltam e ficam me olhando, com esses olhos nojentos, assim como os narizes. Acho que não gosto de criança... a não ser que esteja razoavelmente limpa e tenha noções básicas de educação.

Riu com certa resignação.

Poirot, amavelmente, tentou dispersar os meninos, mas sem resultado. Eles se afastaram, mas voltaram em seguida.

– Se pudesse ter sossego no Egito, eu gostaria mais daqui – disse a sra. Allerton. – Mas não conseguimos ficar sozinhos em lugar nenhum. Há sempre alguém pedindo dinheiro ou oferecendo burros, contas, passeios às vilas dos nativos etc.

– É um grande inconveniente, sem dúvida – concordou Poirot.

Estendeu o lenço no rochedo e sentou-se cautelosamente.

– Seu filho não está com a senhora hoje de manhã? – perguntou.

– Não. Tim precisava mandar algumas cartas antes de irmos embora. Vamos fazer a excursão à Segunda Catarata.

– Eu também.

– Que ótimo! Queria lhe dizer que estou encantada em conhecê-lo. Quando estávamos em Maiorca, conheci uma tal de sra. Leech, e ela nos contou maravilhas sobre o senhor. Ela havia perdido um anel de rubi no mar e lamentava que o senhor não estivesse lá para ajudá-la a encontrar.

– Ah, *parbleu*, mas não sou nenhuma foca!

Os dois riram.

A sra. Allerton continuou:

– Vi-o de minha janela caminhando com Simon Doyle hoje de manhã. O que o senhor acha do rapaz? Estamos bastante interessados nele.

– É mesmo?

– Sim. O senhor deve saber que o seu casamento com Linnet Ridgeway foi uma grande surpresa. Ela ia se casar com lorde Windlesham, e de repente aparece noiva desse rapaz que ninguém sabe quem é!

– A senhora a conhece bem, madame?

– Não, mas uma prima minha, Joanna Southwood, é uma de suas melhores amigas.

– Ah, sim, já vi esse nome nos jornais. – Poirot calou-se por um momento e depois continuou: – Está em evidência, a mademoiselle Joanna Southwood.

– Oh, ela sabe como se anunciar – disse a sra. Allerton, em tom crítico.

– A senhora não gosta dela, madame?

– Fui um pouco maldosa com esse comentário – disse a sra. Allerton, em tom penitente. – Sou de outro tempo. Não gosto muito dela. Mas Tim e Joanna são muito amigos.

– Compreendo – disse Poirot.

A sra. Allerton lançou-lhe um rápido olhar e mudou de assunto.

– Há poucos jovens aqui. Aquela menina bonita de cabelos castanhos... a mãe é horrível, com aquele turbante... é quase a única jovem daqui. Reparei que o senhor conversou bastante com ela. Essa menina me interessa.

– Por que, madame?

– Sinto pena dela. Como uma pessoa pode sofrer quando é jovem e sensível. Acho que está sofrendo.

– Sim, ela não está feliz, a coitadinha.

– Tim e eu a chamamos de "a menina amuada". Tentei falar com ela uma ou duas vezes, mas ela me desprezou. Creio que também fará essa viagem pelo Nilo e imagino que podermos nos aproximar, não acha?

– É possível, madame.

– Sou muito sociável, na verdade. Interesso-me bastante pelas pessoas. Tantos tipos diferentes. – Fez uma pausa e continuou: – Tim me contou que o nome dessa jovem é de Bellefort, é a moça que estava noiva de Simon Doyle. Deve ser constrangedor um encontro desses.

– É constrangedor mesmo – concordou Poirot.

— Sabe, pode parecer besteira, mas ela me assusta um pouco. Parece tão... intensa.

Poirot assentiu com a cabeça.

— A senhora não está de todo errada. Uma grande força emotiva é sempre assustadora.

— O senhor também se interessa pelas pessoas em geral, monsieur Poirot? Ou só por possíveis criminosos?

— Madame, quase ninguém escapa dessa categoria.

A sra. Allerton ficou ligeiramente alarmada.

— O senhor acha mesmo?

— Com o devido incentivo, acho sim — acrescentou Poirot.

— Que deve variar.

— Naturalmente.

A sra. Allerton hesitou, com um pequeno sorriso no rosto.

— Até eu?

— As mães, madame, são especialmente impiedosas quando os filhos estão em perigo.

— É verdade — disse, em tom grave. — O senhor tem razão.

Fez silêncio e depois acrescentou, sorrindo:

— Estou tentando imaginar motivos de crimes para cada uma das pessoas do hotel. Muito divertido isso. Simon Doyle, por exemplo.

Poirot disse, sorrindo também:

— Um crime muito simples. Um atalho para seu objetivo. Nenhuma sutileza.

— E, portanto, fácil de ser descoberto.

— Sim. Ele não seria muito esperto.

— E Linnet?

— Seria como a rainha de *Alice no País das Maravilhas*. "Cortem-lhe a cabeça".

— Claro. O direito divino da monarquia! Com um pequeno toque da vinha de Nabote. E a jovem perigosa... Jacqueline de Bellefort... *ela* seria capaz de cometer um assassinato?

Poirot hesitou um pouco.

— Sim, acho que sim — respondeu, em tom de dúvida.

— Mas o senhor não tem certeza.

— Não. Ela me intriga.

— Não acho que o sr. Pennington seja capaz de matar, o senhor acha? Ele parece tão sem vida, tão apático, sem sangue nas veias.

— Mas, possivelmente, com um poderoso instinto de autopreservação.

— Sim, é verdade. E a coitada sra. Otterbourne naquele turbante?

— Existe a vaidade.

— E isso é motivo para um assassinato? – perguntou a sra. Allerton, sem concordar.

— Os motivos, às vezes, são muito banais, madame.

— Quais são os motivos mais comuns, monsieur Poirot?

— Dinheiro, geralmente. Ou seja, lucro, com todas as ramificações possíveis. Depois vingança, seguido de amor, medo, ódio e beneficência...

— Monsieur Poirot!

— Ah, sim, madame. Conheci uma pessoa chamada, digamos, A, que foi assassinada por B só para beneficiar a C. Os crimes políticos muitas vezes são cometidos com o mesmo intuito. Alguém é considerado prejudicial à civilização e, por esse motivo, é eliminado. Esses criminosos se esquecem de que vida e morte são assuntos de Deus – disse Poirot, em tom grave.

A sra. Allerton concluiu, com tranquilidade.

— Fico feliz de ouvir o senhor dizer isso. Ainda assim, Deus escolhe seus instrumentos.

— É perigoso pensar assim, madame.

A sra. Allerton replicou, num tom mais leve.

— Depois desta conversa, monsieur Poirot, admira-me que ainda haja um ser vivo no mundo!

Levantou-se.

— Precisamos voltar. Sairemos logo depois do almoço.

Quando chegaram ao ancoradouro, encontraram o jovem de suéter acomodando-se no barco. O italiano já estava esperando. Quando o barqueiro núbio soltou a vela e eles partiram, Poirot dirigiu a palavra ao desconhecido.

— Existem coisas maravilhosas no Egito, não acha?

O jovem fumava um cachimbo relativamente malcheiroso. Tirando-o da boca, disse enfaticamente, sem faltar com a polidez:

— Elas me dão nojo.

A sra. Allerton colocou o *pince-nez* e observou-o com grande interesse,

— É mesmo? E por quê? – quis saber Poirot.

— As pirâmides, por exemplo. Grandes blocos de cantaria inútil, erguidos para satisfazer o egoísmo despótico de um rei inflado. Pense na multidão de homens que penaram e morreram construindo as pirâmides. Fico furioso de pensar no sofrimento e tortura que elas representam.

A sra. Allerton disse alegremente:

— O senhor preferiria não ter nenhuma pirâmide, Partenon, túmulo ou templo só pela satisfação de saber que as pessoas faziam três refeições por dia e morreram em seu leito.

O rapaz encarou-a com expressão de raiva.

— Acho que os seres humanos valem mais do que as pedras.
— Mas não duram tanto — observou Hercule Poirot.
— Prefiro ver um operário bem alimentado a admirar o que chamam de obra de arte. O que importa é o futuro, não o passado.

Isso foi demais para o signor Richetti, que desandou a proferir um discurso inflamado, difícil de acompanhar.

O jovem replicou dizendo a todos o que achava do sistema capitalista. Não media as palavras.

Concluída a invectiva, eles chegaram ao cais do hotel.
— Muito bem — murmurou a sra. Allerton, animada, e desembarcou.

O jovem olhou feio para ela.

No hall do hotel, Poirot encontrou Jacqueline de Bellefort, vestida com roupas de montaria. A jovem curvou-se, de modo irônico.
— Vou andar de jumento. Recomenda as vilas nativas, monsieur Poirot?
— Essa é sua excursão hoje, mademoiselle? *Eh bien*, as vilas são pitorescas, mas não gaste muito com as lembrancinhas locais.
— Que são enviadas de navios da Europa? Não, não sou assim tão ingênua.

Com um pequeno aceno de cabeça, ela saiu para a claridade do sol.

Poirot terminou de arrumar as malas, uma tarefa bastante simples, uma vez que seus pertences estavam sempre na mais perfeita ordem. Em seguida, desceu ao restaurante, onde almoçou.

Depois do almoço, o ônibus do hotel levou até a estação os hóspedes que iam à Segunda Catarata. De lá, pegariam o expresso diário, de Cairo para Shellal. Um trajeto que durava dez minutos.

Os Allerton, Poirot, o jovem com a calça suja de flanela e o italiano eram os passageiros. A sra. Otterbourne e a filha haviam feito a excursão à represa e a Filae. Tomariam o vapor em Shellal.

O trem de Cairo e Luxor estava atrasado cerca de vinte minutos, mas finalmente chegou, dando início à algazarra habitual. Carregadores nativos tiravam as malas do trem, esbarrando em outros carregadores que as colocavam.

Poirot, um tanto ofegante, por fim se viu num compartimento próprio, com sua bagagem, a dos Allerton e outra totalmente desconhecida, enquanto Tim e a mãe estavam em outro lugar com o resto das malas.

O compartimento em que Poirot se encontrava estava ocupado por uma senhora idosa, de rosto bastante enrugado, gola alta branca, do estilo que se usava no século XVIII, muitos diamantes e uma expressão de desprezo pelo resto da humanidade.

Lançou um olhar aristocrático para Poirot e escondeu-se por detrás de uma revista americana. À sua frente, estava sentada uma jovem grandalhona, meio desajeitada, com menos de trinta anos. Tinha olhos castanhos, cabelos em desalinho e ar de quem gosta de agradar. De vez em quando, a velha olhava por cima da revista e dava-lhe uma ordem qualquer.

"Cornelia, pegue as mantas." "Quando chegarmos, tome conta de minha mala. Não deixe ninguém pegá-la." "Não se esqueça de minha guilhotina."

A viagem foi curta. Em dez minutos eles chegaram ao píer onde o *Karnak* os esperava. As Otterbourne já estavam a bordo.

O *Karnak* era menor do que o *Papyrus* e o *Lotus*, vapores da Primeira Catarata, grandes demais para passar pelos canais da represa de Assuã. Os passageiros subiram a bordo e foram direto para suas acomodações. Como o navio não estava cheio, a maioria acomodou-se nas cabines do tombadilho. Toda a parte frontal desse tombadilho tinha um salão envidraçado, onde os passageiros podiam ficar para observar o rio. No convés de baixo, ficava a sala de fumantes e uma pequena sala de estar, e, no convés inferior a esse, o restaurante.

Depois de deixar a bagagem na cabine, Poirot voltou ao tombadilho para acompanhar a partida. Juntou-se a Rosalie Otterbourne, que estava debruçada na amurada.

– Vamos para Núbia. Está feliz, mademoiselle?

A jovem suspirou profundamente.

– Sim. Tenho a impressão de que estamos nos afastando de tudo, finalmente.

Fez um gesto com a mão. Havia um aspecto selvagem no lençol de água à frente deles, os enormes rochedos sem vegetação que chegavam até a margem, vestígios de casas em ruínas, abandonadas pela subida das águas. O cenário tinha um encanto melancólico, quase tenebroso.

– Afastando-nos das *pessoas* – explicou Rosalie Otterbourne.

– Exceto as pessoas de nosso grupo.

Ela encolheu os ombros. Depois disse:

– Há alguma coisa neste país que faz com que eu me sinta... má. Tudo o que está fervendo dentro de mim vem à tona. É tudo tão injusto...

– Será? Não podemos julgar pelas aparências.

Rosalie murmurou:

– Veja a mãe de algumas pessoas e compare com a minha. Para ela, não existe outro deus além do sexo, e Salome Otterbourne é sua profetisa. – Interrompeu-se. – Não deveria ter dito isso.

Poirot fez um gesto com as duas mãos.

– Por que não? Estou acostumado a ouvir muitas coisas. Se, como diz, está fervendo por dentro... como geleia ao fogo... *eh bien*, deixe que a espuma venha à superfície, para que se possa tirá-la com uma colher.

Fez um gesto como se deixasse cair algo no Nilo.

– Pronto, já foi.

– O senhor é fora de série! – elogiou Rosalie. O rosto fechado abriu-se num sorriso. Em seguida, ficou rígida novamente: – Olhe quem está aqui! A sra. Doyle e o marido! Nem imaginava que *eles* também fariam esta viagem.

Linnet havia acabado de sair de uma cabine localizada na parte central do convés. Simon vinha atrás dela. Poirot teve um leve sobressalto ao vê-la, tão radiante, tão segura de si. Uma mistura de arrogância e felicidade. Simon Doyle também, parecia outra pessoa. Sorria de orelha a orelha, feliz como um menino.

– Isso é magnífico – disse Simon, inclinando-se na amurada. – Acho que vou gostar muito desta viagem, você não, Linnet? Nem parece muito turística, parece que estamos realmente indo ao coração do Egito.

Sua esposa respondeu rapidamente:

– Tem razão. É muito mais selvagem.

Linnet passou a mão pelo braço dele. Ele a segurou carinhosamente.

– Pronto, Lin, partimos – murmurou.

O navio afastava-se do cais. Havia começado a viagem à Segunda Catarata, viagem que duraria sete dias, considerando ida e volta.

Atrás deles, ouviram uma gargalhada estridente. Linnet deu meia-volta. Jacqueline de Bellefort estava ali, sorrindo com expressão de prazer.

– Olá, Linnet! Não esperava encontrá-la aqui. Pensei que você tivesse dito que ficaria mais dez dias em Assuã. Que surpresa!

– Você... você não... – balbuciou Linnet, forçando um sorriso convencional: – Eu... eu também não esperava encontrá-la.

– Não?

Jacqueline afastou-se para o outro lado do navio. Linnet apertou o braço do marido.

– Simon... Simon...

Toda a expressão de alegria no rosto de Doyle desaparecera. Ele estava furioso. Cerrou os punhos apesar do esforço que fazia para se controlar.

Os dois afastaram-se um pouco. Sem virar a cabeça, Poirot conseguiu ouvir algumas palavras soltas:

"... voltar... impossível... poderíamos...", e depois, um pouco mais alto, o som da voz de Doyle, desesperado, mas decidido:

– Não podemos fugir para sempre, Lin. Precisamos acabar com essa história agora.

Passaram-se algumas horas. A luz do dia estava se desvanecendo. Poirot encontrava-se no salão envidraçado, olhando para a frente. O *Karnak* atravessava um trecho estreito. Os recifes desciam com uma espécie de ferocidade até o rio que corria entre eles. Haviam chegado a Núbia.

Poirot ouviu um movimento e encontrou Linnet Doyle a seu lado, cruzando e descruzando as mãos, irreconhecível. Parecia uma criança assustada.

– Monsieur Poirot, estou com medo... – ela disse. – Medo de tudo. Nunca me senti assim antes. Todas essas rochas selvagens, terríveis, duras. Para onde estamos indo? O que acontecerá? Estou com medo, confesso. Todos me odeiam. Nunca me senti assim antes. Sempre fui gentil com as pessoas... sempre ajudei... e as pessoas me odeiam... muita gente me odeia. Com exceção de Simon, estou cercada de inimigos... É horrível saber... que existem pessoas que nos odeiam...

– Mas por que tudo isso, madame?

Ela abanou a cabeça.

– Acho que estou nervosa. Sinto-me insegura. Tudo à minha volta parece perigoso.

Lançou um rápido olhar por sobre o ombro e depois disse bruscamente:

– Como terminará tudo isso? Estamos presos aqui. Numa armadilha! Não há saída. Temos que seguir em frente. Não sei onde estou.

Linnet deixou-se cair numa cadeira. Poirot a observava, preocupado. Seu olhar revelava compaixão.

– Como ela soube que estaríamos neste navio? – disse Linnet. – Como soube?

Poirot sacudiu a cabeça.

– Ela é inteligente – respondeu.

– Sinto que jamais escaparei dela.

Poirot disse:

– Existe uma solução. Aliás, admira-me que ainda não tenha lhe ocorrido. Afinal, dinheiro não é problema para a senhora, madame. Por que não pegou uma lancha particular?

– Se soubéssemos que isso ia acontecer... mas nós não percebemos. E era difícil... – Ela surgiu de repente – Ah! O senhor não sabe da metade de minhas dificuldades. Tenho de ter cuidado com Simon... Ele é extremamente sensível em matéria de dinheiro, de eu ter tanto! Ele queria que fosse com ele a alguma cidadezinha da Espanha... Queria pagar nossa lua de mel do próprio bolso. Como se isso *importasse*! Os homens são mesmo tolos! Ele precisa se acostumar a viver no conforto. A mera ideia de uma lancha particular o perturbou. Despesa desnecessária. Preciso educá-lo... aos poucos.

Linnet ergueu os olhou e mordeu os lábios, sentindo que havia se exposto demais.

Levantou-se.

– Preciso me trocar. Desculpe-me, monsieur Poirot. Acho que falei um monte de besteira.

CAPÍTULO 8

A sra. Allerton, com um vestido preto elegante e discreto, desceu para o restaurante. O filho encontrou-a na porta.

– Desculpe-me, querido. Achei que estivesse atrasada.

– Onde nos sentaremos?

No salão, havia pequenas mesas. A sra. Allerton ficou parada à espera que o maître, ocupado em acomodar um grupo de pessoas, viesse atendê-los.

– A propósito – comentou –, convidei aquele homenzinho, Hercule Poirot, para sentar-se à nossa mesa.

– Mãe, você não fez isso! – exclamou Tim, surpreso e incomodado.

A sra. Allerton olhou para o filho sem entender. Tim era uma pessoa tão aberta...

– Você se importa?

– Sim, me importo. Que sujeitinho mais mal-educado!

– Ah, não, Tim! Não concordo com você.

– De qualquer maneira, para que nos envolvermos com um desconhecido? Presos num vaporzinho como este, essa situação sempre causa aborrecimento. Ele nos seguirá de manhã, de tarde e de noite.

– Sinto muito, querido – disse a sra. Allerton, compungida. – Achei que você fosse gostar. Afinal, ele tem muita experiência de vida. E você adora romances policiais.

Tim resmungou.

– Preferiria que você não tivesse essas ideias brilhantes, mãe. Agora não podemos fazer nada, imagino.

– Não mesmo, Tim.

– Melhor me conformar, então.

O maître veio nesse momento e conduziu-os a uma mesa. O rosto da sra. Allerton exibia uma expressão de perplexidade ao segui-lo. Tim costumava ser tão afável e aberto. Essa explosão de raiva não era de seu feitio. Ele não sentia a habitual aversão e desconfiança dos ingleses pelos estrangeiros. Tim era bastante cosmopolita. Paciência, pensou ela, suspirando. Os homens são mesmo incompreensíveis! Até os mais próximos e queridos têm reações e sentimentos inesperados.

Assim que se sentaram, Hercule Poirot entrou rapidamente no salão, sem fazer barulho. Parou, apoiando a mão no encosto da terceira cadeira.

– Permite realmente, madame, que eu aceite seu amável convite?

– Claro. Sente-se, monsieur Poirot.

– Muita gentileza sua.

A sra. Allerton reparou que, ao sentar-se, Poirot lançou um rápido olhar para Tim, e que Tim não conseguira esconder totalmente o mau humor.

A sra. Allerton decidiu criar um ambiente agradável. Durante a sopa, pegou a lista de passageiros que estava ao lado de seu prato.

– Vamos tentar identificar todo o grupo – sugeriu animada. – Sempre me divirto com isso.

Começou a ler:

– Sra. Allerton, sr. T. Allerton. Fácil! Srta. de Bellefort. Colocaram-na na mesma mesa das Otterbourne. Como será que ela e Rosalie estão se relacionando? Quem é o próximo? Dr. Bessner. Dr. Bessner? Quem consegue identificar o dr. Bessner?

Olhou para uma mesa onde havia quatro homens sentados juntos.

– Deve ser aquele gordinho de bigode e cabeça quase raspada. Alemão, com certeza. Parece que está gostando da sopa.

Dava para ouvir o som que ele fazia ao tomar a sopa.

A sra. Allerton continuou:

– Srta. Bowers? Alguém adivinha? Há três ou quatro mulheres... Não, por enquanto vamos deixá-la de lado. Sr. e sra. Doyle. Sim, os destaques desta viagem. Ela é realmente linda, e que vestido maravilhoso está usando.

Tim virou-se na cadeira. Linnet, o marido e Andrew Pennington estavam sentados à uma mesa do canto. Linnet usava um vestido branco e um colar pérolas.

– A meu ver, parece-me bastante simples – disse Tim. – Um pedaço de pano com um cordão no centro.

– Sim, querido – disse a sra. Allerton. – Uma descrição bem masculina de um modelo de oitenta guinéus.

– Não entendo por que as mulheres gastam tanto dinheiro com roupas – disse Tim. – Parece um absurdo para mim.

A sra. Allerton deu continuidade ao estudo dos companheiros de viagem.

– O sr. Fanthorp deve ser um dos quatro naquela mesa. O rapaz quieto, que não fala nunca. Rosto simpático, cauteloso e inteligente.

Poirot concordou.

— Sim, ele é inteligente. Não fala, mas ouve atentamente e também observa. Sim, usa muito bem os olhos. Não é do tipo que estará viajando por prazer nesta parte do mundo. O que será que ele está fazendo aqui?

— Sr. Ferguson — leu a sra. Allerton. — Ferguson deve ser nosso amigo anticapitalista. Sra. Otterbourne, srta. Otterbourne. Sabemos quem são. Sr. Pennington? Conhecido como tio Andrew. Um homem bonito...

— Mãe! — ralhou Tim.

— Ora, acho-o muito bonito, apesar de um pouco insosso — comentou a sra. Allerton. — Queixo forte. Provavelmente o tipo de homem sobre o qual lemos nos jornais, que trabalha em Wall Street... ou *na* Wall Street? Garanto que é riquíssimo. Próximo: monsieur Hercule Poirot, cujos talentos estão sendo desperdiçados. Não pode arrumar um crime para o monsieur Poirot, Tim?

A provocação da sra. Allerton, embora bem-intencionada, aborreceu o filho, que a fulminou com o olhar. A sra. Allerton emendou:

— Sr. Richetti. Nosso amigo italiano, o arqueólogo. Depois, srta. Robson e, por último, srta. Van Schuyler. A última é fácil. A senhora americana feiíssima e esquiva, que não fala com ninguém, a não ser que seja de um nível muito elevado! Mas é uma figura estupenda, não? Uma espécie de antiguidade. As duas mulheres com ela devem ser a srta. Bowers e a sra. Robson, talvez uma secretária, a magra de *pince-nez*, e uma parente pobre, a jovem patética que certamente está se divertindo, apesar de ser tratada como uma escrava. Acho que Robson é a secretária e Bowers, a parente pobre.

— Errado, mãe — disse Tim, rindo. De uma hora para a outra, recuperou o bom humor.

— Como você sabe?

— Porque eu estava no salão antes do jantar e ouvi a velha dizendo para a moça: "Onde está a srta. Bowers? Vá chamá-la, Cornelia". E Cornelia foi correndo, como um cão obediente.

— Preciso conhecer a srta. Van Schuyler — disse a sra. Allerton, com ar pensativo.

Tim riu de novo.

— Ela a tratará com desdém, mãe.

— De forma alguma. Prepararei o terreno, sentando-me ao lado dela e falando em tom baixo e educado (mas penetrante) de todos os parentes e amigos nobres de que me lembrar. Creio que uma referência casual ao primo de segundo grau de seu pai, o duque de Glasgow, ajudará.

— Como você é inescrupulosa, mãe!

O que aconteceu depois do jantar não deixou de ser interessante para quem estudava a natureza humana.

O jovem socialista (que era mesmo o sr. Ferguson, conforme julgara a sra. Allerton) retirou-se para a sala de fumantes, desdenhando a presença dos passageiros que estavam no salão envidraçado do tombadilho.

A srta. Van Schuyler, como era de se esperar, assegurou para si o melhor lugar e o mais resguardado, avançando decidida para a mesa onde estava sentada a sra. Otterbourne.

– A senhora há de me desculpar, mas *acho* que deixei meu material de tricô aqui.

Diante daquele olhar hipnótico, a senhora de turbante levantou-se e saiu da mesa. A srta. Van Schuyler e sua comitiva instalaram-se ali. A sra. Otterbourne sentou-se numa mesa perto, arriscando alguns comentários recebidos com tanta frieza que ela logo desistiu. A srta. Van Schuyler ficou lá, sentada em glorioso isolamento. Os Doyle sentaram-se com os Allerton. O dr. Bessner continuou ao lado do quieto sr. Fanthorp. Jacqueline de Bellefort estava sozinha, com um livro na mão. Rosalie Otterbourne parecia inquieta. O sr. Allerton falou com a jovem uma ou duas vezes, tentando entrosá-la no grupo, mas a menina respondia de modo descortês.

Hercule Poirot passou a noite ouvindo a história da sra. Otterbourne como escritora.

No caminho para a cabine naquela noite, encontrou Jacqueline de Bellefort. Ela estava debruçada sobre a amurada. Virou a cabeça ao ouvir alguém se aproximar, e Poirot ficou assombrado com a expressão de profunda infelicidade que lhe transparecia no rosto. A despreocupação, o desafio malicioso, o triunfo sombrio haviam desaparecido.

– Boa noite, mademoiselle.

– Boa noite, monsieur Poirot – respondeu ela. Hesitou, mas perguntou: – Ficou surpreso ao me ver aqui?

– Não fiquei tão surpreso, mas com pena... muita pena...

Poirot falava de maneira grave.

– Pena... de *mim*?

– Sim. Mademoiselle, a senhorita escolheu o caminho mais perigoso. Assim como nós aqui neste navio embarcamos numa viagem, a senhorita embarcou numa jornada solitária... uma jornada num rio de águas tormentosas, navegando por entre rochas ameaçadoras, em direção a sabe-se lá que correntes de desastre...

– Por que o senhor está dizendo isso?

– Porque é verdade... A senhorita cortou as amarras que a atracavam num cais seguro. Agora, parece-me que não há mais volta.

– Tem razão... – ela concordou, falando devagar.

Depois, arremessando a cabeça para trás, disse:

— Pois bem. Precisamos seguir nossa estrela, para onde ela nos conduzir.
— Cuidado, mademoiselle, que a estrela pode ser falsa...
Ela riu e imitou a voz de papagaio dos meninos que ofereciam burros:
— Essa estrela muito ruim, senhor! Essa estrela cair...
Poirot estava quase pegando no sono quando o murmúrio de vozes o despertou. Era a voz de Simon Doyle, repetindo as mesmas palavras que disse quando o navio partiu de Shellal.
— Precisamos acabar com essa história agora...
"Sim", pensou Poirot, "precisamos acabar com essa história agora."
Poirot não estava nada satisfeito.

CAPÍTULO 9

I

Na manhã seguinte, o navio chegou cedo a Ez-Zebua.

Cornelia Robson, com o rosto radiante e um chapéu de aba larga na cabeça, foi uma das primeiras a descer. Cornelia não sabia desprezar as pessoas. Era muito simpática e estava disposta a gostar de todos.

Não recuou ao ver Poirot, de paletó branco, camisa rosa, gravata borboleta e chapéu de caça branco, como provavelmente teria recuado a aristocrática srta. Van Schuyler. Caminhando juntos por uma avenida de esfinges, ela respondeu amavelmente à tentativa dele de puxar conversa.

— Suas companheiras não vão desembarcar para visitar o templo?
— Bem, a prima Marie, isto é, a srta. Van Schuyler, nunca se levanta cedo. Precisa ter muito cuidado com sua saúde. E, evidentemente, deve ter precisado da ajuda da srta. Bowers, a enfermeira. Além disso, ela falou que esse não é um dos templos mais interessantes. Mas foi muito gentil e permitiu que eu viesse.
— Muita gentileza mesmo — disse Poirot, secamente.

A ingênua Cornelia não percebeu a ironia.
— Ah, ela é muito amável. Realmente foi muito generosa em ter me convidado para esta viagem. Sinto-me uma menina de sorte. Mal acreditei quando ela disse para minha mãe que eu deveria vir.
— E a senhorita tem aproveitado?
— Ah, sim. Tem sido maravilhoso! Conheci a Itália... Veneza, Pádua, Pisa... e o Cairo. Só no Cairo é que a prima Marie não se sentia muito bem, e não pude sair muito. E agora esta viagem incrível para Wadi Halfa.

Poirot disse, sorrindo:

— A senhorita é muito alegre, mademoiselle.

Olhou pensativo para Rosalie, que andava sozinha e em silêncio na frente deles.

— Ela é muito bonita, não acha? — disse Cornelia, acompanhando o olhar de Poirot. — Tem um jeito meio altivo. Muito inglesa. Não é tão simpática quanto a sra. Doyle. A sra. Doyle é a mulher mais linda e elegante que já vi na vida! E o marido dela parece venerá-la, não? Acho aquela senhora de cabelos grisalhos muito distinta, não acha? É prima de um duque, parece. Estava falando sobre ele perto de nós ontem à noite. Mas acho que ela mesma não é nobre.

Cornelia foi falando até o guia fazer um sinal para todos pararem e anunciar:

— Este templo foi dedicado ao deus egípcio Amon e ao deus sol Rá, cujo símbolo é uma cabeça de gavião...

A tagarelice monótona continuou. O dr. Bessner, de Baedeker na mão, murmurava em alemão. Preferia a palavra escrita.

Tim Allerton não se reunira ao grupo. A mãe procurava quebrar o gelo com o reservado sr. Fanthorp. Andrew Pennington, de braço dado com Linnet Doyle, escutava atentamente, parecendo muito interessado nas medidas apresentadas pelo guia.

— Dezenove metros de altura? Parece um pouco menos para mim. Grande sujeito esse Ramsés. Uma energia e tanto!

— Um ótimo negociante, tio Andrew.

Andrew Pennington fitou-a com olhar de aprovação.

— Está muito bem hoje, Linnet. Tenho me preocupado com você ultimamente, andava muito abatida.

Conversando, o grupo retornou ao navio. Mais uma vez, o *Karnak* deslizou pelo rio. O cenário era menos inóspito agora. Havia palmeiras, campos cultivados.

A mudança de paisagem pareceu trazer certo alívio à opressão que se abatera sobre os passageiros. Tim Allerton havia superado o mau humor. Rosalie estava menos emburrada. Linnet parecia quase despreocupada.

Pennington lhe disse:

— É falta de tato falar de negócios para uma noiva em lua de mel, mas há uma ou duas coisas...

— Claro, tio Andrew — disse Linnet, assumindo imediatamente a postura de uma mulher de negócios. — Meu casamento requer algumas modificações, evidentemente.

— Exatamente. Quando puder, queria que assinasse alguns documentos.

— Por que não agora?

Andrew Pennington olhou em volta. Estavam quase sozinhos naquele canto do salão envidraçado. A maioria das pessoas estava do lado de fora no convés que ficava entre o salão e as cabines. Os únicos presentes no salão eram o sr. Ferguson, que bebia cerveja numa mesinha do centro, de pernas esticadas e com as mesmas calças sujas de flanela, assobiando entre um gole e outro; Hercule Poirot, sentado perto dele; e a srta. Van Schuyler, sentada num canto, lendo um livro sobre o Egito.

— Ótimo — disse Andrew Pennington, retirando-se do salão.

Linnet e Simon sorriram um para o outro — um sorriso lento que levou alguns minutos para se definir.

— Tudo bem, querida? — perguntou ele.

— Sim, por enquanto... Engraçado, mas não me sinto mais atormentada.

Simon disse com plena convicção:

— Você é maravilhosa!

Pennington voltou trazendo uma pilha de documentos.

— Meu Deus! — protestou Linnet. — Preciso assinar tudo isso?

Andrew Pennington disse, em tom escusatório:

— Sei que é chato, mas gostaria que ficasse tudo em ordem. Primeiro, o aluguel da propriedade da Quinta Avenida. Depois, a concessão daqueles terrenos... — continuou falando, organizando os papéis. Simon bocejava.

A porta do convés abriu-se, e o sr. Fanthorp entrou. Deu uma olhada geral pelo salão, dirigindo-se em seguida para onde estava Poirot, ficando ali a contemplar a água cristalina e a areia amarela...

— ...assine aqui — concluiu Pennington, estendendo uma folha para Linnet e indicando um espaço em branco.

Linnet pegou o documento e examinou-o. Voltou à primeira página, pegou a caneta-tinteiro que Pennington colocara sobre a mesa e assinou: *Linnet Doyle...*

Pennington retirou o papel e apresentou outro.

Fanthorp foi andando na direção deles, sem um propósito específico. Olhou com curiosidade pela janela lateral para algo que pareceu interessar-lhe na margem.

— É apenas a transferência — informou Pennington. — Nem precisa ler.

Mas Linnet leu rapidamente. Pennington colocou um terceiro papel diante dela. Mais uma vez, Linnet leu-o com atenção.

— Está tudo em perfeita ordem — disse Andrew. — Nada de especial. Só terminologia legal.

Simon continuava bocejando.

– Minha querida, você não vai ler tudo, vai? Daqui a pouco está na hora do almoço.

– Sempre leio tudo – disse Linnet. – Aprendi com meu pai. Ele dizia que podia haver algum erro involuntário.

Pennington deu uma gargalhada.

– Você é uma ótima mulher de negócios, Linnet.

– Muito mais cautelosa do que eu – disse Simon, rindo. – Nunca li um documento na vida. Assino onde me mandam assinar, na linha pontilhada, e pronto.

– Isso é desleixo – reprovou Linnet.

– Não tenho jeito para negócios – declarou Simon, de bom humor. – Nunca tive. O sujeito me diz para assinar, eu assino. Muito mais simples.

Andrew Pennington fitou-o, pensativo.

– Um pouco arriscado às vezes, não, Doyle? – disse secamente, acariciando o lábio superior.

– Que nada! – retrucou Simon. – Não sou dessas pessoas que acham que todo mundo quer nos passar para trás. Confio nos outros, e dá certo. Acho que nunca fui enganado.

De repente, para surpresa de todos, o silencioso sr. Fanthorp virou-se, dirigindo-se a Linnet:

– Espero não estar me intrometendo, mas gostaria de dizer o quanto admiro sua competência. Em minha profissão... sou advogado... vejo que as mulheres, infelizmente, são pouco metódicas. Jamais assinar um documento sem ler até o final é admirável. Admirável mesmo!

Curvou-se ligeiramente e depois, ainda vermelho, voltou a contemplar as margens do Nilo.

Linnet não sabia direito o que dizer.

– Obrigada...

Mordeu os lábios para conter o riso. O jovem havia sido tão solene!

Andrew Pennington parecia incomodado.

Simon Doyle não sabia se devia ficar incomodado ou achar graça.

As orelhas do sr. Fanthorp estavam bastante vermelhas.

– Próximo, por favor – disse Linnet, sorrindo para Pennington.

Mas Pennington ainda estava incomodado.

– Talvez seja melhor em outro momento – disse, de mau humor. – Como Doyle disse, se for ler tudo, ficaremos aqui até a hora do almoço. Não podemos perder a linda paisagem. De qualquer maneira, os dois primeiros documentos eram os únicos urgentes. Trataremos do resto depois.

– Que calor que está fazendo aqui! – disse Linnet. – Vamos lá para fora.

Os três saíram. Hercule Poirot virou a cabeça. Seu olhar pousou-se sobre as costas do sr. Fanthorp, mudando em seguida para o sr. Ferguson, que continuava relaxado, cabeça para trás, assobiando baixinho.

Finalmente, Poirot olhou para a empertigada srta. Van Schuyler no canto. A velha olhava furiosa para o sr. Ferguson.

A porta abriu-se, e Cornelia Robson entrou correndo.

– Você demorou – resmungou a srta. Van Schuyler. – Onde estava?

– Desculpe-me, prima Marie. A lã não estava onde a senhora me disse que estaria. Estava em outra caixa.

– Minha querida, você nunca encontra nada! É esforçada, eu sei, mas precisa ser mais rápida e esperta. Basta ter *concentração*.

– Sinto muito, prima Marie. Sou muito tola mesmo.

– Ninguém precisa ser tolo, minha querida. É só se esforçar. Convidei-a para esta viagem e espero um pouco de atenção em troca.

Cornelia corou.

– Sinto muito mesmo, prima Marie.

– E onde está a srta. Bowers? Há dez minutos que eu devia ter tomado minhas gotas. Por favor, vá procurá-la. O médico disse que é muito importante...

Nesse momento, a srta. Bowers entrou, carregando um pequeno copo com o remédio.

– Suas gotas, srta. Van Schuyler.

– Deveria ter tomado às onze da manhã – reclamou a velha. – Se há uma coisa que detesto é falta de pontualidade.

– Está certo – concordou a srta. Bowers, consultando o relógio de pulso. – Falta meio minuto para as onze.

– No meu relógio são onze e dez.

– A senhora pode confiar no meu relógio. Ele nunca atrasa, nem adianta – disse a srta. Bowers, imperturbável.

A srta. Van Schuyler tomou as gotas.

– Estou me sentindo muito pior – disse, irritada.

– Sinto muito, srta. Van Schuyler.

A srta. Bowers não parecia sentir muito. Parecia completamente desinteressada. Dera a resposta que devia dar, mecanicamente.

– Está muito quente aqui – resmungou a srta. Van Schuyler. – Arranje-me uma cadeira no convés, srta. Bowers. Cornelia, traga meu material de tricô. Tome cuidado para não deixá-lo cair. Depois, quero que enrole um pouco de lã.

A procissão saiu.

O sr. Ferguson suspirou, mudou de posição e exclamou em voz alta, para quem quisesse ouvir:

– Meu Deus, que vontade de enforcar essa velha!

Poirot perguntou, em tom interessado:

– É um tipo que lhe desagrada, não?

– Desagrada? Muito. Que bem essa velha já fez na vida? Jamais trabalhou, jamais levantou um dedo para ajudar. Vive às custas dos outros. Uma parasita, e uma parasita bem repugnante. Há muitas pessoas neste navio que não fariam falta no mundo.

– Acha mesmo?

– Sim. Aquela moça que estava aqui agora, assinando documentos de transferência e fazendo-se de importante. Centenas, milhares de trabalhadores matando-se por uma ninharia para que ela possa usar meias de seda e gozar de luxos inúteis. Disseram-me que é uma das mulheres mais ricas da Inglaterra, e nunca trabalhou na vida.

– Quem lhe disse que ela é uma das mulheres mais ricas da Inglaterra?

O sr. Ferguson encarou-o com hostilidade.

– Um homem com quem o senhor não gostaria de falar! Um homem que trabalha com as próprias mãos e não se envergonha disso. Muito diferente de seus vagabundos enfeitados e preguiçosos – disse, olhando feio para a gravata borboleta e a camisa rosa de Poirot.

– Pois eu trabalho com o cérebro e não tenho vergonha disso – retrucou Poirot, em resposta ao olhar do outro.

– Deviam ser mortos à bala – bufou o sr. Ferguson. – Todos eles!

– Meu jovem – disse Poirot –, que paixão pela violência!

– O senhor tem alguma outra solução? Precisamos destruir antes de construir.

– Sem dúvida, é mais fácil e mais espetacular.

– Com o que *o senhor* trabalha? Aposto que não trabalha. Deve se considerar um homem comum.

– Não mesmo. Sou um homem superior – disse Hercule Poirot, com certa arrogância.

– O que o senhor faz?

– Sou detetive – informou Hercule Poirot com a mesma modéstia de quem diz "sou rei".

– Nossa! – exclamou o rapaz, perplexo. – Quer dizer que aquela menina anda com um detetive tolo para todos os lados? Tem tanto cuidado *assim*?

– Não tenho nenhuma ligação com o monsieur e a madame Doyle – declarou Poirot, secamente. – Estou de férias.

– Aproveitando, não?

— E o senhor? Não vai me dizer que também está de férias.

— Férias! — exclamou o sr. Ferguson, com desdém, acrescentando enigmaticamente: — Estou estudando as condições.

— Muito interessante — murmurou Poirot, saindo delicadamente para o tombadilho.

A srta. Van Schuyler instalara-se no melhor lugar. Cornelia estava ajoelhada à sua frente, com uma meada de lã em volta dos braços esticados. A srta. Bowers, sentada muito ereta, lia o *Saturday Evening Post*.

Poirot foi andando por ali em direção ao convés do estibordo. Ao passar pela popa, quase se chocou contra uma mulher, que o olhou assustada. Morena, provocante, do tipo latino, vestida de preto. Estivera conversando com um homem grandalhão, fardado, que devia ser um dos maquinistas. Havia uma estranha expressão no rosto de ambos, de culpa e sobressalto. Poirot ficou curioso sobre o que eles haviam conversado.

Continuou caminhando pelo bombordo. Uma porta de cabine abriu-se. A sra. Otterbourne, vestida com roupão de cetim escarlate, quase caiu em seus braços.

— Desculpe-me, meu caro sr. Poirot, desculpe-me. O balanço... o balanço das águas. Nunca consegui me equilibrar. Seria bom se o navio não balançasse... — Agarrou o braço dele. — Não aguento esse balanço... Nunca me sinto bem a bordo... E fico aqui sozinha, horas e horas. Aquela minha filha não tem nenhuma consideração, nenhum cuidado com sua pobre mãe, que fez tudo por ela... — A sra. Otterbourne começou a chorar. — Tenho trabalhado feito escrava por ela, feito escrava. Uma *grande amourese*... é isso que eu poderia ter sido... uma *grande amourese*... sacrifiquei tudo... tudo... e ninguém se importa! Mas direi a todo mundo... direi agora mesmo... como ela me abandona... como é cruel... trouxe-me nesta viagem chatíssima... direi a todo mundo agora...

Ia sair, mas Poirot a impediu.

— Vou chamá-la, madame. Volte para sua cabine. É melhor assim...

— Não. Quero contar para todos... todos do barco...

— É muito perigoso, madame. A água está agitada. A senhora pode ser jogada para fora do navio.

A sra. Otterbourne olhou-o com ar de dúvida.

— O senhor acha?

— Sim.

Poirot conseguiu. A sra. Otterbourne vacilou, mas voltou para a cabine.

O detetive, satisfeito, foi procurar Rosalie Otterbourne, que estava sentada entre a sra. Allerton e Tim.

— Sua mãe a procura, mademoiselle.

Rosalie estava rindo, feliz da vida. Nesse momento, sua fisionomia anuviou-se. Ela olhou desconfiada para Poirot e saiu correndo.

– Não entendo essa menina – disse a sra. Allerton. – É tão instável. Num dia é simpática, no outro, nem fala.

– Totalmente mimada e mal-humorada – opinou Tim.

A sra. Allerton discordou com a cabeça.

– Não. Não acho que seja isso. Acho que é infelicidade.

Tim encolheu os ombros.

– Bom, cada um com seus problemas – disse em tom áspero.

Ouviu-se um som de gongo.

– Almoço! – exclamou a sra. Allerton, com alegria. – Estou morrendo de fome.

II

Naquela noite, Poirot reparou que a sra. Allerton conversava com a srta. Van Schuyler. Ao passar, a sra. Allerton piscou o olho para ele.

– Claro, no castelo Calfries... o querido duque... – dizia ela.

Cornelia, de folga por um tempo, estava no tombadilho ouvindo o dr. Bessner, que lhe falava sobre egiptologia, conforme aprendera nas páginas do Baedeker. Cornelia parecia encantada.

Debruçado sobre a amurada, Tim Allerton dizia:

– De qualquer maneira, é um mundo ruim...

– É injusto – disse Rosalie Otterbourne. – Algumas pessoas têm tudo.

Poirot soltou um suspiro. Estava feliz que não era mais jovem.

CAPÍTULO 10

Na segunda-feira de manhã, várias exclamações de prazer e alegria foram ouvidas no convés do *Karnak*. O navio estava ancorado e, a alguns metros de distância, iluminado pelo sol daquela hora, podia ver-se um grande templo talhado na rocha. Quatro figuras rupestres colossais miravam eternamente o Nilo e o nascente.

Cornelia Robson disse, de modo incoerente:

– Ah, monsieur Poirot, não é uma maravilha? Tão grandes e serenos, perto deles nos sentimos tão pequenos... como insetos... e nada parece ter importância, não acha?

O sr. Fanthorp, que estava perto deles, murmurou:

– Sim, muito impressionante.

– Grandioso, não? – disse Simon Doyle, aproximando-se. Confidenciou a Poirot: – Não gosto muito de visitar templos, sair em passeios turísticos e essas coisas, mas um lugar como este impressiona. Aqueles antigos faraós devem ter sido pessoas extraordinárias.

Os outros haviam se afastado. Simon baixou a voz.

– Estou muito feliz de termos feito esta viagem. Ajudou a esclarecer as coisas. Incrível, mas foi o que aconteceu. Linnet recuperou-se. Segundo ela, é porque *enfrentou* a situação.

– Acho muito provável – concordou Poirot.

– Ela disse que quando viu Jackie no navio, sentiu-se muito mal. Mas depois, de uma hora para outra, deixou de se importar com isso. Nós dois combinamos de parar de fugir dela. Resolvemos encará-la de frente e mostrar que essa sua atitude ridícula não nos incomoda mais. É apenas falta de dignidade da parte dela, só isso. Ela achou que iria nos intimidar, mas agora não estamos mais intimidados. Ela verá.

– Sim – disse Poirot, pensativo.

– Esplêndido, não?

– Ah, sim.

Linnet apareceu no convés, sorridente. Usava um vestido de linho claro, cor de damasco. Cumprimentou Poirot sem grande entusiasmo. Acenou com a cabeça e levou o marido.

Poirot reconheceu, com um prazer momentâneo, que sua atitude crítica não havia sido muito apreciada. Linnet estava acostumada a ter admiração de todos por tudo o que fazia. Hercule Poirot pecara nesse sentido.

A sra. Allerton apareceu e comentou baixinho:

– Que diferença nessa jovem! Parecia preocupada e não muito feliz em Assuã. Hoje, está tão contente que dá até medo que esteja enfeitiçada.

Antes de Poirot perguntar, foi feita a chamada para todos se reunirem. O guia oficial levou o grupo para visitar Abu Simbel.

Poirot passou a caminhar ao lado de Andrew Pennington.

– É sua primeira vez no Egito? – perguntou.

– Não, estive aqui em 1923. Na verdade, no Cairo. Ainda não tinha feito essa viagem pelo Nilo.

– Veio no *Carmanic*, não? Pelo menos foi o que a madame Doyle me falou.

Pennington lançou-lhe um olhar penetrante.

– Vim, sim – admitiu.

– Gostaria de saber se o senhor encontrou alguns amigos meus que estavam a bordo: a família Rushington Smith.

– Não me lembro de ninguém com esse nome. O navio estava cheio, e o tempo estava ruim. Muitos passageiros não saíram da cabine. E, de qualquer maneira, a viagem é tão curta que não chegamos a saber quem está a bordo e quem não.

– É verdade. Que surpresa agradável o senhor encontrar-se com a madame Doyle e o marido. Não sabia que eles estavam casados?

– Não. A sra. Doyle me escreveu contando, mas a carta chegou depois de eu partir, e só a recebi após nosso encontro inesperado no Cairo.

– O senhor a conhece há muitos anos, não?

– Conheço sim, monsieur Poirot. Conheço Linnet Ridgeway desde que era deste tamanhinho – disse, mostrando a altura com a mão. – Seu pai e eu éramos grandes amigos. Um homem muito especial, Melhuish Ridgeway... muito bem-sucedido.

– Soube que a filha herdou uma fortuna considerável... Ah, *pardon*, talvez não seja delicado dizer isso.

Andrew Pennington sorriu.

– Todos sabem disso. Sim, Linnet é uma mulher muito rica.

– Pelo que entendi, no entanto, a última queda deve afetar qualquer ação, por mais sólida que seja.

Pennington levou um tempo para responder.

– Sim, é verdade, até certo ponto – disse. – As coisas estão muito difíceis hoje em dia.

Poirot murmurou:

– Mas imagino que a madame Doyle tenha tino para os negócios.

– Tem, sim. Linnet é uma mulher prática e inteligente.

Pararam. O guia começou a falar sobre o templo construído pelo grande Ramsés. As quatro enormes estátuas do próprio Ramsés, talhadas na rocha, duas de cada lado da entrada, pareciam encarar o pequeno grupo de turistas.

O signor Richetti, ignorando as explicações do guia, estava ocupado examinando os relevos dos escravos negros e sírios, na base das estátuas.

Quando o grupo entrou no templo, uma sensação de paz e tranquilidade tomou conta de todos. Os relevos em cores vivas em algumas das paredes internas ainda eram ressaltados, mas o grupo começou a dividir-se em subgrupos.

O dr. Bessner lia em voz alta seu Baedeker, em alemão, parando de vez em quando para traduzir um trecho para Cornelia, que caminhava docilmente a seu lado. Mas foi por pouco tempo. A srta. Van Schuyler, entrando de braço dado com a fleumática srta. Bowers, ordenou:

– Cornelia, venha aqui – disse, interrompendo a aula.

O dr. Bessner ainda sorria depois que ela se afastou, mirando-a vagamente através das lentes grossas.

– Uma moça muito simpática – disse para Poirot. – Não é magricela como as jovens de hoje. Não. Tem belas curvas. E ouve com atenção. É um verdadeiro prazer ensiná-la.

Poirot não pôde deixar de pensar que era sina de Cornelia ter sempre de obedecer ou aprender. De qualquer maneira, era sempre quem ouvia, nunca quem falava.

A srta. Bowers, momentaneamente liberada pela ordem peremptória dada a Cornelia, parou no meio do templo, olhando em volta com curiosidade e frieza. Não parecia muito encantada com as maravilhas do passado.

– O guia disse que o nome de um desses deuses ou deusas era Mut. Acredita?

Havia um santuário interno, com quatro imagens perpetuadas em sua apatia majestosa.

Linnet e o marido as contemplavam, de braços dados. Linnet tinha a expressão típica da nova civilização, inteligente, curiosa, alheia ao passado.

Simon disse, de repente:

– Vamos sair daqui. Não gosto desses quatro sujeitos, principalmente daquele de chapéu comprido.

– Deve ser Amon. E aquele é Ramsés. Por que você não gosta deles? Acho-os muito imponentes.

– Imponentes demais para o meu gosto. Possuem um mistério inquietante. Vamos para o sol.

Linnet riu, mas o acompanhou.

Saíram do templo para o sol, pisando na areia amarela e quente. Linnet começou a rir. Aos pés deles, em fila, viram as cabeças de seis meninos núbios, como se estivessem separadas do corpo. Uma cena horripilante. Moviam-se de um lado para o outro, entoando:

– Hip, hip, hurra! Hip, hip, hurra! Muito bonito, muito bom. Muito obrigado.

– Que absurdo! Como eles fazem isso? Estão enterrados muito fundo?

Simon atirou-lhes algumas moedas.

– Muito bonito, muito bom, muito caro – imitou-os.

Dois garotos encarregados do "show" pegaram as moedas.

Linnet e Simon continuaram em frente. Não tinham a mínima vontade de voltar para o barco e estavam cansados de fazer turismo. Sentaram-se de costas para a rocha, aquecendo-se ao sol.

"Que delícia o sol", pensava Linnet. "Tão quente, tão seguro... como é bom ser feliz... como é bom ser eu... eu... eu... Linnet..."

Fechou os olhos. Estava meio acordada, meio adormecida, deixando-se levar pelos pensamentos, como a areia pelo vento.

Simon estava de olhos abertos, também com expressão de alegria. Que bobo tinha sido ao se aborrecer naquela primeira noite... Não havia motivo para isso... Estava tudo bem... Afinal de contas, Jackie era digna de confiança...

Ouviu-se um berro. As pessoas acudiram, gesticulando e gritando.

Simon ficou imóvel por um momento. Depois, levantou-se e arrastou Linnet junto.

Um minuto depois teria sido tarde demais. Um grande bloco de pedra rolara do penhasco e caíra bem atrás deles. Se Linnet tivesse ficado onde estava, teria sido esmagada.

Pálidos, os dois continuaram agarrados. Hercule Poirot e Tim Allerton chegaram correndo.

– *Ma foi*, madame, escapou por pouco.

Os quatro olharam para cima instintivamente. Não viram nada, mas havia uma senda no alto do despenhadeiro. Poirot lembrou-se de ter visto alguns nativos andando por lá quando o grupo de turistas desembarcou.

Olhou para o casal. Linnet ainda estava perplexa, atordoada. Simon demonstrava fúria.

– Maldita! – exclamou.

Interrompeu-se, lançando um rápido olhar para Tim Allerton, que disse:

– Foi por pouco! Será que algum idiota soltou a pedra ou ela terá se soltado sozinha?

Linnet estava lívida.

– Acho que alguém jogou – disse com dificuldade.

– Poderia ser reduzida a pó. Tem certeza de que não tem nenhum inimigo, Linnet?

Linnet engoliu em seco e teve dificuldade de responder à pergunta simples.

– Volte para o navio, madame – disse Poirot, sem perder tempo. – A senhora precisa se recuperar.

Caminharam a passos rápidos. Simon, contendo a fúria, Tim, tentando distrair Linnet do perigo de que acabara de escapar. Poirot estava sério.

Quando chegaram à passarela de embarque, Simon estancou, estupefato.

Jacqueline de Bellefort descia do navio. Com seu vestido de guingão azul, parecia uma criança naquela manhã.

– Meu Deus! – exclamou Simon quase sem conseguir falar. – Então foi um acidente mesmo.

A raiva desapareceu de seu rosto. A expressão de alívio que a sucedeu foi tão evidente que Jacqueline percebeu alguma coisa de errado.
– Bom dia – disse. – Acho que estou um pouco atrasada.
Cumprimentou a todos com um gesto de cabeça e seguiu em direção ao templo.
Simon agarrou Poirot pelo braço. Tim e Linnet haviam ido na frente.
– Meu Deus, que alívio! Eu pensei...
– Sim, eu sei o que o senhor pensou – disse Poirot. Mas ainda continuava sério e preocupado.
Poirot virou a cabeça, observando cuidadosamente o restante dos passageiros do navio.
A srta. Van Schuyler regressava lentamente, apoiando-se no braço da srta. Bowers.
Um pouco mais distante, a sra. Allerton ria da fila de cabeças dos garotos núbios. A sra. Otterbourne estava com ela.
Não enxergou nenhum dos outros passageiros.
Poirot abanou a cabeça, enquanto acompanhava Simon de volta ao navio.

CAPÍTULO 11

— A senhora me explicará, madame, o que quis dizer com "enfeitiçada"?
A sra. Allerton pareceu um pouco surpresa. Ela e Poirot subiam com dificuldade o rochedo próximo à Segunda Catarata. A maioria do grupo tinha ido de camelo, mas Poirot achava que o movimento do animal se assemelhava ao balanço do navio. A sra. Allerton alegou resguardar sua dignidade pessoal.
Haviam chegado a Wadi Halfa na noite anterior. Naquela manhã, duas lanchas transportaram todo o grupo à Segunda Catarata, com exceção do signor Richetti, que insistira em ir sozinho a um lugar remoto chamado Semna. Segundo ele, o local era muito importante por ter sido a entrada para Núbia na época de Amenemhat III. O signor Richetti queria ver a tal laje na qual se lia que os negros precisavam pagar alfândega para entrar no Egito. Tentaram de tudo para dissuadi-lo, mas foi em vão. O signor Richetti estava determinado e rejeitou todas as objeções: (1) que a excursão não valia a pena; (2) que a expedição não poderia ser realizada, devido à impossibilidade de se conseguir um carro na região; (3) que nenhum carro seria adequado para a viagem; (4) que o preço de um veículo seria proibitivo. Depois de zombar de

(1), expressar incredulidade quanto a (2), ter se prontificado a encontrar um carro no caso (3) e pechinchar em árabe fluente no argumento (4), o signor Richetti partiu, finalmente, de maneira furtiva e secreta, para evitar que algum outro turista mudasse de ideia e resolvesse acompanhá-lo.

– "Enfeitiçada"? – perguntou a sra. Allerton, inclinando a cabeça ao considerar a resposta. – Na verdade, quis dizer que parece aquela espécie de felicidade exaltada que precede um desastre. "Bom demais para ser verdade", sabe?

A sra. Allerton se prolongou no assunto. Poirot ouvia atentamente.

– Obrigado, madame. Agora entendo. É estranho que a senhora tenha dito isso ontem, sem prever que a madame Doyle fosse escapar da morte pouco tempo depois.

A sra. Allerton estremeceu.

– Deve ter escapado por pouco. O senhor acha que algum daqueles meninos podem ter jogado a pedra por diversão? É o tipo de coisa que as crianças gostam de fazer. Sem intenção de machucar, na verdade.

Poirot encolheu os ombros.

– Pode ser, madame.

Mudou de assunto, falando de Maiorca e fazendo várias perguntas práticas em relação a uma possível visita.

A sra. Allerton, àquela altura, gostava bastante daquele homenzinho, talvez por espírito de contradição. Percebera que Tim tentava fazer com que ela não se envolvesse muito com Hercule Poirot, que ele qualificava como "o pior tipo de mal-educado". Mas ela não o via assim. Talvez fosse a maneira exótica de se vestir de Poirot que despertasse o preconceito do filho. Ela, por sua vez, achava-o inteligente e interessante, além de muito compreensivo. De uma hora para a outra, estava fazendo-lhe confidências sobre a antipatia que sentia por Joanna Southwood. Era um alívio falar do assunto. E afinal, por que não? Ele não conhecia Joanna e provavelmente jamais conheceria. Por que não desabafar e falar do ciúme que sempre a atormentara?

Nesse mesmo momento, Tim e Rosalie Otterbourne falavam dela. Tim reclamava, em tom meio brincalhão. Saúde má, não o bastante para despertar interesse, nem boa o suficiente para que pudesse levar a vida que queria. Pouco dinheiro, nenhuma ocupação atraente.

– Uma vida completamente insípida – concluiu, descontente.

Rosalie disse de modo abrupto:

– Você tem algo que muita gente invejaria.

– O quê?

– Sua mãe.

Tim ficou surpreso e orgulhoso ao mesmo tempo.

– Minha mãe? Sim, ela é realmente especial. Fico feliz que tenha percebido.

– Ela é maravilhosa. Tão amável... serena e calma... como se nada fosse capaz de perturbá-la... e sempre bem humorada também...

Rosalie gaguejava um pouco em sua sinceridade.

Tim sentiu uma onda de simpatia pela menina. Desejou poder retribuir o elogio, mas, lamentavelmente, a sra. Otterbourne representava, a seu ver, um dos maiores perigos da humanidade. A incapacidade de responder à altura deixou-o constrangido.

A srta. Van Schuyler ficara na lancha. Não podia arriscar-se a subir, fosse de camelo ou fosse a pé.

– Sinto ter de lhe pedir para ficar comigo, srta. Bowers – disse em tom brusco. – Queria que você fosse e Cornelia ficasse, mas as jovens de hoje são muito egoístas. Ela saiu correndo, sem nem falar comigo. E vi que conversava com aquele sujeito desagradável e mal-educado, Ferguson. Cornelia me decepcionou bastante. Não tem o mínimo tato social.

A srta. Bowers replicou, com seu jeito prosaico de sempre:

– Melhor assim, srta. Van Schuyler. Está muito quente para caminhar, e não consigo nem pensar naquelas selas dos camelos. Estarão fatalmente cheias de pulgas.

Ajeitou os óculos, contraiu os olhos para acompanhar o grupo que vinha descendo o morro e disse:

– A srta. Robson não está mais com aquele jovem. Está com o dr. Bessner.

A srta. Van Schuyler resmungou.

Desde que descobrira que o dr. Bessner tinha uma grande clínica na Tchecoslováquia e era um médico bastante conhecido na Europa, tratava-o com mais cordialidade. Além disso, podia vir a precisar de seus serviços profissionais até o fim da viagem.

Quando o grupo voltou para o *Karnak*, Linnet soltou uma exclamação de surpresa.

– Um telegrama para mim!

Apanhou-o pela ponta e abriu-o.

– Não entendo... batata, beterraba... o que significa isso, Simon?

Simon aproximava-se para ler sobre o ombro dela quando uma voz furiosa disse:

– Desculpe-me, esse telegrama é para mim.

O signor Richetti arrancou o papel da mão de Linnet, olhando feio para ela.

Linnet fitou-se, admirada, e depois virou o envelope.

– Ah, Simon, que tolice a minha! É Richetti, não Ridgeway... E, de qualquer maneira, meu nome nem é mais Ridgeway. Preciso pedir desculpa.

Linnet seguiu o arqueólogo até a popa.

– Sinto muito, signor Richetti. Meu nome de solteira era Ridgeway, e como me casei há pouco tempo...

Interrompeu-se, sorridente, convidando-o a sorrir também do deslize de uma recém-casada.

Mas Richetti não parecia muito disposto a sorrir. Nem a rainha Vitória, em seus momentos de maior descontentamento, teria se mostrado tão severa.

– Os nomes devem ser lidos com cuidado. Qualquer descuido nesse sentido é imperdoável.

Linnet corou, mordendo os lábios. Não estava acostumada a ver suas desculpas recebidas daquela maneira. Voltou para onde estava Simon.

– Esses italianos são mesmo insuportáveis – disse, irritada.

– Deixe para lá, querida. Vamos ver aquele crocodilo de marfim que você gostou.

Os dois desceram do navio juntos.

Poirot, que os observava, ouviu um suspiro forte a seu lado. Era Jacqueline de Bellefort, agarrada à amurada. A expressão de seu rosto impressionou Poirot. Não havia mais alegria ou malícia. Ela parecia consumida por um fogo ardente.

– Eles não ligam mais – disse, falando rápido e baixo. – Estão além de mim. Não consigo alcançá-los. Não se importam que eu esteja aqui ou não... Não tenho mais como feri-los...

Suas mãos tremiam.

– Mademoiselle...

– Ah, agora é tarde demais – interrompeu ela. – Tarde demais para advertências. O senhor estava certo: eu não devia ter vindo. Não nesta viagem. Como é que o senhor disse? Jornada da alma? Não tenho como voltar atrás. Preciso seguir em frente. E estou seguindo. Eles não serão felizes juntos. Não serão... Prefiro matá-lo antes...

Afastou-se repentinamente. Poirot, fitando-a, sentiu alguém lhe tocar o ombro.

– Sua amiga parece bem perturbada, monsieur Poirot.

Poirot virou-se, surpreendendo-se ao encontrar um velho conhecido.

– Coronel Race.

O homem alto e bronzeado sorriu.

– Que surpresa, hein?

Hercule Poirot havia encontrado o coronel Race um ano antes, em Londres. Os dois haviam sido convidados para o mesmo jantar – jantar que acabou na morte de um estranho sujeito: o dono da casa.

Poirot sabia que Race era um homem imprevisível. Geralmente, podia ser encontrado num dos postos avançados do Império onde havia perigo de rebelião.

– Então está em Wadi Halfa – comentou.

– Sim, aqui neste navio.

– O que isso quer dizer?

– Que voltarei com vocês para Shellal.

Hercule Poirot franziu a testa.

– Muito interessante. Aceita um drinque?

Foram para o salão envidraçado, agora vazio. Poirot pediu um uísque para o coronel e uma laranjada grande com bastante açúcar para si mesmo.

– Então voltará conosco – disse Poirot, dando o primeiro gole. – Iria mais rápido se fosse com o navio do governo, que viaja tanto de dia quanto de noite, não?

O rosto do coronel Race enrugou-se pelo sorriso.

– Sempre certo, monsieur Poirot – disse, com prazer.

– Está interessado nos passageiros, então?

– Um dos passageiros.

– Qual? Eu poderia saber? – perguntou Hercule Poirot, como quem não quer nada.

– Infelizmente nem eu sei – lamentou Race.

Poirot ficou interessado.

Race disse:

– Não há motivo para não lhe contar. Temos tido muitos aborrecimentos aqui, de uma forma ou de outra. Não estamos atrás das pessoas que promovem a desordem, mas dos homens que colocam fogo na pólvora. Eram três. Um morreu. Outro está na cadeia. Quero o terceiro... um homem que já cometeu cinco ou seis assassinatos a sangue-frio. É um dos agitadores pagos mais inteligentes que já existiu... E ele está neste navio. Sei disso pelo trecho de uma carta que chegou a nossas mãos. Tivemos que decodificá-la, mas dizia: "X estará na viagem do *Karnak*, do dia sete ao dia treze". Não dizia o nome de X.

– Tem alguma descrição dele?

– Não. É descendente de americano, irlandês e francês. Meio mestiço. Isso não ajuda muito. Alguma ideia?

– Uma ideia... – Poirot ficou pensando.

Os dois se conheciam tão bem que Race não insistiu. Ele sabia que Hercule Poirot só falaria quando tivesse certeza.

Poirot coçou o nariz e disse, em tom descontente:

— Está acontecendo algo neste navio que me causa bastante inquietação.

Race olhou para ele sem entender.

— Imagine uma pessoa A — explicou Poirot — que prejudicou seriamente uma pessoa B. A pessoa B deseja vingança e começa a fazer ameaças.

— A e B estão neste navio?

— Sim — confirmou Poirot.

— E B, suponho, é mulher.

— Exato.

Race acendeu um cigarro.

— Eu não me preocuparia. Pessoas que avisam o que farão geralmente não fazem nada.

— Sobretudo quando se trata de *les femmes*. É verdade.

Mas Poirot não parecia satisfeito.

— Alguma outra consideração? — indagou Race.

— Sim, não é só isso. Ontem, a pessoa A escapou por pouco da morte, o tipo de morte que poderia ter sido chamado, muito convenientemente, de acidente.

— Planejado por B?

— Não. Essa é a questão. B não tem como ter participado.

— Então foi acidente mesmo.

— Creio que sim. Mas não gosto desse tipo de acidente.

— Tem certeza de que B não está envolvido?

— Absoluta.

— Pois bem. Coincidências acontecem. Falando nisso, quem é A? Uma pessoa especialmente desagradável?

— Pelo contrário. A é uma moça muito bonita, rica e simpática.

Race sorriu.

— Parece um romance.

— *Peut-être*. Mas lhe digo uma coisa: não estou nada satisfeito, meu amigo. Se eu estiver certo, e isso tem acontecido com frequência...

Race sorriu daquele comentário típico.

— ...então há motivo para inquietação — continuou Poirot. — E agora vem você e aparece com mais uma complicação, dizendo que há um assassino no *Karnak*.

— Ele não costuma matar moças encantadoras.

Poirot sacudiu a cabeça, contrariado.

— Estou com medo, meu amigo — disse. — Estou com medo... Hoje, aconselhei essa moça, a madame Doyle, a ir com o marido para Cartum e não voltar a este navio. Mas eles não me escutaram. Estou rezando para que cheguemos a Shellal sem nenhuma catástrofe.

– Você não está sendo muito pessimista, não?

Poirot balançou a cabeça.

– Estou com medo – disse simplesmente. – Sim, eu, Hercule Poirot, estou com medo...

CAPÍTULO 12

I

Cornelia Robson estava dentro do templo de Abu Simbel. Era a noite do dia seguinte, uma noite tranquila e quente. O *Karnak* ancorara novamente em Abu Simbel para permitir uma segunda visita ao templo, dessa vez com luz artificial. Fazia uma grande diferença. Cornelia, admirada, comentou o fato com o sr. Ferguson, que estava a seu lado.

– Dá para ver muito melhor agora! – exclamou ela. – Todos os inimigos do rei degolados por sua ordem. Dá para ver bem. E ali, um lindo castelo que eu não tinha percebido antes. Queria que o dr. Bessner estivesse aqui, para me explicar o que é.

– Não entendo como aguenta aquele velho idiota – disse Ferguson, com tristeza.

– Ele é um dos homens mais gentis que já conheci.

– Velho pedante.

– Não fale assim.

O jovem segurou-a pelo braço. Os dois saíam do templo, avançando para a noite enluarada.

– Como consente em ser importunada por aquele velho e dominada por aquela megera?

– Sr. Ferguson!

– Não tem personalidade? Não sabe que é tão boa quanto ela?

– Não sou, não! – exclamou Cornelia, convicta.

– Não é tão rica, isso é verdade.

– Não. Não é isso. A prima Marie é muito culta e...

– Culta! – o jovem largou o braço dela tão repentinamente quanto o agarrara. – Essa palavra me causa repugnância.

Cornelia encarou-o, alarmada.

– Ela não gosta de vê-la conversando comigo, não é? – perguntou o jovem.

Cornelia enrubesceu, sem saber o que dizer.

– Por quê? Porque julga que não sou de seu nível social! Isso não lhe dá raiva?

Cornelia balbuciou:

– Gostaria que você não se exaltasse tanto com isso.

– Não compreende, como americana, que todos nascem livres e iguais?

– Não é bem assim – contestou Cornelia, certa do que dizia, mas sem se alterar.

– Minha querida, isso faz parte de sua Constituição!

– A prima Marie diz que os políticos não são cavalheiros – disse Cornelia. – E é óbvio que não somos todos iguais. Não faz sentido. Sei que não sou bonita e costumava ficar mal por causa disso, mas já consegui superar essa questão. Gostaria de ter nascido elegante e bela como a sra. Doyle, mas não foi assim que aconteceu, e não adianta ficar aborrecida por causa disso.

– Sra. Doyle! – exclamou Ferguson em tom de profundo desprezo. – É o tipo de mulher que deveria ser morta como exemplo.

Cornelia fitou-o, ansiosa.

– Deve ser sua digestão – diagnosticou ela, calmamente. – Tenho um remédio especial que a prima Marie tomou uma vez. Quer tomar?

– Você é impossível! – exclamou Ferguson, afastando-se dali.

Cornelia dirigiu-se para o navio. Quando estava subindo, Ferguson a alcançou.

– Você é a melhor pessoa deste navio – disse ele. – Lembre-se disso.

Corada de prazer, Cornelia foi para o salão envidraçado. A srta. Van Schuyler estava conversando com o dr. Bessner – uma conversa agradável sobre alguns clientes aristocratas do médico.

– Espero não ter demorado muito, prima Marie – disse Cornelia, em tom contrito.

Consultando o relógio, a velha resmungou:

– Não foi um exemplo de rapidez. E o que você fez com minha estola de veludo?

Cornelia olhou em volta.

– Verei se está na cabine – disse.

– Claro que não está lá! Estava comigo depois do jantar, e não saí daqui. Estava na cadeira.

Cornelia fez uma busca assistemática.

– Não encontro em lugar nenhum, prima Marie.

– Procure direito! – ordenou a srta. Van Schuyler, como quem dá ordem a um cachorro. Cornelia, submissa, obedeceu.

O quieto sr. Fanthorp, que estava sentado numa mesa perto, levantou-se para ajudá-la. Mas ninguém encontrou a tal estola.

O dia fora tão quente e abafado que a maioria das pessoas se retirara cedo, depois da visita ao templo. Os Doyle jogavam *bridge* com Pennington e Race numa mesa do canto. O único ocupante do salão era Hercule Poirot, que bocejava numa mesa perto da porta.

A srta. Van Schuyler, desfilando como uma rainha, com sua comitiva formada por Cornelia e a srta. Bowers, parou para lhe dizer algumas palavras antes de ir para a cama. Poirot levantou-se rapidamente, contendo um bocejo de dimensões colossais.

– Só agora percebi quem é, monsieur Poirot – disse a srta. Van Schuyler. – Meu velho amigo, Rufus Van Aldin, me falou do senhor. Gostaria que me contasse alguns de seus casos, quando puder.

Poirot, com o olhar reluzente apesar da sonolência, curvou-se de maneira exagerada. Com um aceno de cabeça cordial, mas condescendente, a srta. Van Schuyler seguiu para o quarto.

Poirot bocejou mais uma vez. Sentia-se pesado e zonzo de tanto sono e mal conseguia ficar de olhos abertos. Olhou de relance para os jogadores de *bridge*, absortos no jogo, depois para o jovem Fanthorp, que lia, compenetrado. Além deles, não havia mais ninguém no salão.

Atravessou a porta e saiu ao convés. Jacqueline de Bellefort, que vinha apressadamente em direção contrária, quase se chocou contra ele.

– Perdão, mademoiselle.

– O senhor está com cara de sono, monsieur Poirot – disse ela.

– *Mais oui* – admitiu Poirot. – Estou morrendo de sono. Mal consigo ficar de olhos abertos. O dia foi muito opressivo.

– Sim – concordou ela, refletindo a respeito. – Um dia em que as coisas saem do controle! Não conseguimos mais continuar...

Falava baixo e com entusiasmo. Não olhava para Poirot, mas para a areia da costa. Suas mãos pareciam garras, rígidas.

De repente, a tensão se desfez.

– Boa noite, monsieur Poirot – ela disse.

– Boa noite, mademoiselle.

Os olhos deles se encontraram, por pouco tempo. Lembrando-se desse momento no dia seguinte, Poirot chegou à conclusão de que havia um apelo naquele olhar. Não se esqueceria disso.

Poirot dirigiu-se à sua cabine e Jacqueline foi para o salão.

II

Cornelia, depois de ter atendido a srta. Van Schuyler em muitas tarefas, úteis e inúteis, pegou um bordado e voltou para o salão. Não sentia o mínimo sono. Pelo contrário, estava bem acordada e ligeiramente empolgada.

Os quatro jogadores de *bridge* ainda estavam lá. Em outra cadeira, Fanthorp lia tranquilamente. Cornelia sentou-se com seu bordado.

De repente, a porta abriu-se, e Jacqueline de Bellefort apareceu. Ficou parada na entrada, a cabeça lançada para trás. Depois, tocou uma campainha, foi até Cornelia e sentou-se.

– Esteve em terra? – perguntou.

– Sim. Achei tudo lindo ao luar.

Jacqueline concordou com a cabeça.

– Sim, está uma noite linda... uma verdadeira noite de lua de mel.

Seu olhar foi para a mesa de *bridge*, fixando-se por um momento em Linnet Doyle.

O garçom veio atender a campainha. Jacqueline pediu um gim duplo. Ao fazer o pedido, Simon Doyle lançou-lhe um olhar rápido, deixando transparecer uma sobra de ansiedade no rosto.

Sua esposa disse:

– Simon, estamos esperando você.

Jacqueline cantarolava baixinho. Quando o drinque chegou, ela propôs um brinde:

– Ao crime!

Bebeu de um só gole e pediu outro.

Simon olhou de novo para aquele lado. Começou a jogar distraído. Seu parceiro, Pennington, chamava-lhe a atenção.

Jacqueline voltou a cantarolar, primeiro baixinho e depois mais alto:

– *Ele era dela e a enganou...*

– Desculpe-me – disse Simon a Pennington. – Tolice minha não ter voltado a seu naipe. Assim, eles ganham o *rubber*.

Linnet levantou-se.

– Estou com sono. Acho que vou para a cama.

– Já está na hora mesmo – disse o coronel Race.

– Concordo – disse Pennington.

– Você vem, Simon?

– Ainda não – respondeu ele, lentamente. – Acho que vou beber um drinque antes.

Linnet assentiu com a cabeça e saiu. Race saiu logo depois. Pennington terminou seu drinque e acompanhou os dois.

Cornelia começou a recolher o bordado.

– Não vá ainda, srta. Robson – disse Jacqueline. – Por favor. A noite é uma criança. Não me abandone.

Cornelia voltou a sentar-se.

— Nós, mulheres, precisamos ser solidárias umas com as outras — disse Jacqueline, jogando a cabeça para trás e soltando uma gargalhada estridente, sem alegria.

O segundo drinque chegou.

— Tome algo — sugeriu Jacqueline.

— Não, muito obrigada — retrucou Cornelia.

Jacqueline inclinou a cadeira para trás. Cantarolava alto agora:

— *Ele era dela e a enganou...*

O sr. Fanthorp virou uma página do livro *Conheça a Europa*.

Simon Doyle pegou uma revista.

— Acho que vou para a cama — anunciou Cornelia. — Está ficando muito tarde.

— Você não pode ir para a cama ainda — declarou Jacqueline. — Não vou deixar. Conte-me um pouco sobre você.

— Não sei. Não há muito a dizer — balbuciou Cornelia. — Não saio muito de casa, quase não viajo. Esta é minha primeira viagem à Europa. Estou adorando.

Jacqueline riu.

— Você é o tipo de pessoa feliz, não? Nossa, como eu gostaria de ser assim.

— Gostaria? Mas... tenho certeza...

Cornelia ficou aturdida. A srta. de Bellefort estava bebendo demais. Bem, isso não era novidade para Cornelia. Tinha visto muita bebedeira durante os anos da Lei Seca. Mas não era só isso... Jacqueline de Bellefort estava falando com ela, olhando para ela, e, no entanto, Cornelia sentia que suas palavras se dirigiam a outra pessoa...

Mas havia somente duas pessoas no salão: o sr. Fanthorp e o sr. Doyle. O sr. Fanthorp parecia bastante entretido em seu livro. O sr. Doyle tinha um ar estranho, uma expressão vigilante no olhar.

— Fale-me sobre você — Jacqueline pediu novamente.

Sempre obediente, Cornelia procurou falar. Contou detalhes inúteis de sua vida diária, num discurso monótono. Não estava acostumada a ser ouvida. Seu papel era sempre ouvir. Mas a srta. de Bellefort queria saber. Quando Cornelia parava, a outra a incentivava.

— Continue. Conte mais.

E, então, Cornelia continuava ("A mamãe, claro, está numa condição muito delicada; às vezes, come só cereais..."), sabendo que tudo o que dizia era extremamente desinteressante, mas lisonjeada pelo aparente interesse de sua interlocutora. Será que ela estava interessada? Não estaria, por acaso, ouvindo alguma outra coisa, ou, quem sabe, esperando ouvir outra coisa? Olhava para Cornelia, sim, mas não havia *outra pessoa* naquela sala?

— E, claro, temos aulas de arte muito boas. No último inverno, fiz um curso de...

(Que horas seriam? Devia ser tarde. Falara sem parar. Se pelo menos acontecesse alguma coisa...)

E imediatamente, como uma resposta a seu pedido, realmente aconteceu algo que lhe pareceu muito natural no momento.

Jacqueline virou a cabeça e falou com Simon Doyle.

— Toque a campainha, Simon. Quero outro drinque.

Simon Doyle ergueu os olhos da revista e disse calmamente:

— Os garçons já foram dormir. Já passa da meia-noite.

— Mas eu quero outro drinque.

— Você já bebeu demais, Jackie — censurou Simon.

— E o que você tem a ver com isso? — perguntou Jacqueline, agressivamente.

Ele encolheu os ombros.

— Nada.

Ela encarou-o por um tempo. Depois perguntou:

— O que houve, Simon? Está com medo?

Simon não respondeu. Pegou de novo a revista, muito sabiamente.

Cornelia murmurou:

— Nossa... está tarde... preciso...

Começou a recolher suas coisas, deixou cair um dedal...

— Não vá — pediu Jacqueline. — Queria ter a presença de outra mulher aqui, para me apoiar — disse, rindo novamente. — Sabe do que Simon tem medo? De que *eu* lhe conte a história da *minha* vida.

— É mesmo?

Cornelia viu-se dominada por emoções contraditórias. Sentia-se profundamente constrangida, mas, ao mesmo tempo, bastante curiosa. Que expressão *sombria* no rosto de Simon Doyle.

— Sim, é uma história muito triste — disse Jacqueline, em voz baixa, insolente. — Ele me tratou muito mal. Não foi, Simon?

Simon Doyle ordenou, com brutalidade:

— Vá dormir, Jackie. Você está bêbada.

— Se está constrangido, meu querido Simon, pode sair da sala.

Simon Doyle encarou-a. A mão que segurava a revista tremia ligeiramente, mas ele falou com firmeza:

— Vou ficar.

Cornelia disse pela terceira vez:

— Realmente preciso ir. Está tarde...

– Você não vai – disse Jacqueline, estendendo o braço e obrigando Cornelia a sentar-se. – Você vai ficar e ouvir o que tenho a dizer.

– Jackie – exclamou Simon asperamente –, você está fazendo um papel ridículo! Pelo amor de Deus, vá dormir.

Jacqueline endireitou-se na cadeira e começou a falar, sem medir as palavras.

– Está com medo que eu faça um escândalo, não? Você, tão inglês, sempre tão reservado! Quer que eu me comporte direitinho, não? Mas não quero nem saber. É melhor sair daqui logo, porque vou falar... e muito.

Jim Fanthorp fechou o livro com cuidado, bocejou, consultou o relógio, levantou-se e saiu. Atitude bastante inglesa e muito pouco convincente.

Jacqueline virou-se na cadeira e encarou Simon.

– Maldito idiota – esbravejou –, achava que podia me tratar dessa maneira e sair impune?

Simon Doyle abriu a boca, mas não disse nada. Fez silêncio na esperança de que aquela explosão de raiva se extinguisse por conta própria se não dissesse nada para provocá-la.

A voz de Jacqueline era carregada e confusa. Cornelia parecia fascinada. Não tinha o costume de testemunhar emoções tão à flor da pele.

– Eu avisei – disse Jacqueline – que o mataria antes de vê-lo com outra mulher... Acha que eu estava brincando? *Pois se engana.* Estava só esperando! Você é meu. Ouviu bem? Meu!

Simon permanecia em silêncio. A mão de Jacqueline procurava alguma coisa na bolsa. Ela inclinou-se para a frente.

– Disse que o mataria e estava falando a verdade...

Sua mão ergueu-se de repente segurando um objeto reluzente.

– Vou matá-lo como um cachorro, o cachorro que você é...

Simon finalmente reagiu. Ergueu-se de um salto, mas no mesmo instante ela apertou o gatilho...

Simon caiu sobre uma cadeira, contorcendo-se... Cornelia soltou um grito e correu para a porta. Jim Fanthorp estava no convés, debruçado sobre a amurada.

– Sr. Fanthorp! – berrava Cornelia. – Sr. Fanthorp!

Ele correu na direção da moça, que o agarrou, descontrolada.

– Ela atirou nele! Ela atirou nele!

Simon Doyle estava caído sobre uma cadeira... Jacqueline ficou paralisada. Tremia violentamente e, com os olhos arregalados de pavor, fitava a mancha vermelha que se espalhava pela calça de Simon, bem abaixo do joelho, no ponto da ferida, que ele comprimia com um lenço.

– Eu não queria... – gaguejava Jacqueline. – Oh, meu Deus, eu não queria...

A arma desprendeu-se de seus dedos nervosos, caindo no chão com um ruído de metal. Ela deu-lhe um pontapé e o revólver foi parar debaixo de uma das poltronas.

Simon murmurou, com a voz fraca:

– Fanthorp, pelo amor de Deus... alguém está vindo... Diga que está tudo bem... foi só um acidente... não foi nada. Não quero escândalo.

Fanthorp anuiu, compreendendo rapidamente. Virou-se para a porta, onde apareceu o rosto de um núbio assustado.

– Está tudo bem! – disse. – Está tudo bem! Foi só uma brincadeira.

O rapaz negro pareceu perplexo, mas depois tranquilizou-se. Sorriu, mostrando os dentes, fez um cumprimento com a cabeça e saiu.

Fanthorp virou-se.

– Muito bem. Acho que ninguém mais ouviu. Pareceu o estalo de uma rolha. Agora, o próximo passo...

Parou, sobressaltado. Jacqueline começou a chorar histericamente.

– Oh, meu Deus, eu preferia estar morta... Vou me matar... Vai ser melhor... Oh, o que eu fiz? O que eu fiz?

Cornelia correu em sua direção.

– Calma, querida, calma.

Simon, com a testa molhada e o rosto contraído de dor, disse em tom de urgência:

– Leve-a daqui. Pelo amor de Deus, leve-a daqui! Leve-a para a cabine dela, Fanthorp. Srta. Robson chame aquela sua enfermeira.

Simon olhava para os dois, suplicante.

– Não a deixem sozinha. Chamem a enfermeira para cuidar dela. Depois, tragam o velho Bessner aqui. Pelo amor de Deus, não deixem que minha esposa fique sabendo.

Jim Fanthorp assentiu com a cabeça. O jovem silencioso sabia comportar-se de maneira calma e competente numa emergência.

Ele e Cornelia levaram Jacqueline, que chorava e se debatia, para a cabine. Lá, tiveram mais problemas. Jacqueline tentava se soltar, soluçando alto.

– Vou me afogar... Vou me afogar... Não mereço viver... Oh, Simon... Simon!

Fanthorp disse para Cornelia:

– Melhor chamar a srta. Bowers. Eu fico aqui enquanto isso.

Cornelia concordou e foi atrás da enfermeira.

Assim que ela saiu, Jacqueline agarrou Fanthorp.

— A perna dele está sangrando... está quebrada... ele pode sangrar até morrer. Preciso ir lá ajudá-lo... Oh, Simon... Simon... como fui capaz de fazer uma coisa dessas?

Ela erguera a voz. Fanthorp disse:

— Calma... calma... Ele ficará bem.

Ela começou a debater-se de novo.

— Solte-me! Quero me jogar na água... Quero me matar!

Fanthorp, segurando-a pelos ombros, obrigou-a a ficar na cama.

— Você precisa ficar aqui. Não faça barulho. Procure se controlar. Está tudo bem, garanto.

Para alívio dele, a moça atormentada conseguiu se controlar um pouco, mas Fanthorp ficou agradecido mesmo quando as cortinas se abriram e a eficiente srta. Bowers, impecavelmente vestida num quimono horrível, entrou, acompanhada de Cornelia.

— O que houve? — perguntou a srta. Bowers, tomando conta da situação sem demonstrar surpresa ou alarme.

Fanthorp deixou Jacqueline a seus cuidados e foi correndo à cabine do dr. Bessner. Bateu e entrou quase que imediatamente.

— Dr. Bessner?

Ouviu um ronco terrível. Uma voz assustada perguntou:

— Sim? O que houve?

Fanthorp acendeu a luz. O médico piscou os olhos, parecendo uma coruja gigante.

— Doyle está ferido. A srta. de Bellefort atirou nele. Aqui no salão. O senhor pode vir?

O médico robusto reagiu prontamente. Fez algumas perguntas rápidas, vestiu um roupão e os chinelos, pegou uma maleta de primeiros socorros e acompanhou Fanthorp até o salão.

Simon conseguira abrir uma janela. Estava debruçado ali, procurando respirar ar puro, com o rosto pálido.

O dr. Bessner aproximou-se.

— Deixe-me ver.

Um lenço ensopado de sangue estava no chão, e no tapete havia também uma poça vermelha.

O exame do médico foi pontilhado de exclamações e grunhidos teutônicos.

— Sim, é grave... O osso está fraturado. E houve uma grande perda de sangue. *Herr* Fanthorp, precisamos levá-lo para a minha cabine. Ele não pode andar. Precisamos carregá-lo, assim.

Quando levantaram Simon, Cornelia apareceu na entrada da porta. Ao vê-la, o médico soltou um grunhido de satisfação.

– *Ach*, é você? *Gut*. Venha conosco. Preciso de ajuda. Você será melhor que nosso amigo aqui. Ele já está pálido.

Fanthorp sorriu, sem vontade.

– Chamo a srta. Bowers? – perguntou.

– Muito bem, moça, não vá desmaiar, hein? – disse o dr. Bessner.

– Farei o que o senhor mandar – disse Cornelia, prestativa.

Bessner gostou de ouvir aquilo.

A pequena procissão passou pelo tombadilho.

Os dez minutos seguintes foram puramente cirúrgicos, e o sr. Jim Fanthorp não gostou nada. Sentia-se intimamente envergonhado pela força exibida por Cornelia.

– Bem, é o melhor que posso fazer – anunciou o dr. Bessner, terminando. – Você foi um herói, meu amigo – disse, dando um tapinha nas costas de Simon. Depois, enrolou a manga da camisa e tirou uma seringa da maleta.

– Agora, vou lhe dar algo para dormir. E sua esposa?

Simon disse, com a voz que lhe saía:

– Não quero que ela saiba até amanhã de manhã... – Fez uma pausa e continuou: – Eu... ninguém deve culpar Jackie... A culpa foi toda minha. Tratei-a muito mal... coitada... ela não sabia o que estava fazendo...

O dr. Bessner concordou com a cabeça.

– Sim, compreendo...

– A culpa é minha... – insistiu Simon. Olhou para Cornelia. – Alguém precisa ficar com ela. Ela poderia... fazer alguma loucura.

O dr. Bessner deu-lhe a injeção. Cornelia disse, com calma e competência:

– Não se preocupe, sr. Doyle. A srta. Bowers ficará com ela a noite toda...

Simon olhou-a, agradecido. Relaxou os músculos e fechou os olhos. De repente, abriu-os novamente.

– Fanthorp?

– Sim, Doyle.

– O revólver... não podemos deixá-lo jogado por aí. Os criados encontrariam de manhã.

Fanthorp concordou.

– Certo. Vou resolver isso.

Saiu da cabine e percorreu o convés. A srta. Bowers apareceu na porta da cabine de Jacqueline

— Ela ficará bem, agora — informou. — Dei-lhe uma injeção à base de morfina.

— Mas a senhora ficará com ela?

— Oh, sim. A morfina deixa algumas pessoas agitadas. Ficarei aqui a noite toda.

Fanthorp dirigiu-se ao salão.

Cerca de três minutos depois, o médico ouviu alguém bater na porta de sua cabine.

— Dr. Bessner?

— Sim? — respondeu o médico robusto.

Fanthorp chamou-o ao tombadilho.

— Olhe, não consigo achar aquela arma...

— Que arma?

— O revólver. Caiu da mão da moça. Ela o chutou, e ele foi parar debaixo de uma das poltronas. Mas não está mais lá.

Os dois ficaram se olhando.

— Quem pode ter pegado?

Fanthorp encolheu os ombros.

Bessner disse:

— Estranho... Mas não vejo o que possamos fazer.

Intrigados e ligeiramente alarmados, os dois homens se separaram.

CAPÍTULO 13

Hercule Poirot estava tirando a espuma do rosto recém-barbeado quando ouviu uma batida na porta. Quase que imediatamente, o coronel Race entrou, sem cerimônia, fechando a porta atrás de si.

— Seu instinto estava correto — disse. — Aconteceu.

Poirot endireitou-se e perguntou bruscamente:

— Aconteceu o quê?

— Linnet Doyle está morta. Levou um tiro na cabeça ontem à noite.

Poirot ficou em silêncio por um tempo. Duas cenas apareceram vivamente diante de seus olhos — uma jovem em Assuã dizendo com a voz ofegante: "Gostaria de encostar meu revólver em sua cabeça e então... é só apertar o gatilho". E outra, mais recente, a mesma voz dizendo: "Um dia em que as coisas saem do controle! Não conseguimos mais continuar". E aquela expressão fugidia de súplica no olhar. O que acontecera com ele que não respondera ao apelo? Estivera cego, surdo e tonto de sono.

Race continuou:

– Como tenho certa posição oficial, entregaram-me o caso. O navio deveria partir em meia hora, mas só partirá quando eu autorizar. Existe a possibilidade, claro, de que o assassino tenha vindo de fora do navio.

Poirot abanou a cabeça, discordando.

Race achava o mesmo que ele.

– Tem razão. Podemos descartar essa possibilidade. Bem, meu caro, agora é com você. Você entende melhor deste assunto do que eu.

Poirot arrumara-se com pressa.

– Estou à sua disposição – disse.

Os dois saíram ao tombadilho.

Race disse:

– Bessner já deveria estar aqui. Mandei chamá-lo.

Havia quatro cabines de luxo no navio, com banheiro. Das duas a bombordo, uma era ocupada pelo dr. Bessner, a outra, por Andrew Pennington. A estibordo, a primeira era ocupada pela srta. Van Schuyler, a outra, por Linnet Doyle. A cabine de seu marido era a seguinte, contígua à sua.

Um criado de rosto pálido parado do lado de fora da cabine de Linnet Doyle abriu a porta para os dois homens entrarem. O dr. Bessner estava debruçado sobre a cama. Ergueu a cabeça e disse alguma coisa quando os outros dois entraram.

– O que o senhor pode nos dizer, doutor? – perguntou Race.

Bessner coçou o queixo não barbeado, com ar pensativo.

– *Ach!* Ela levou um tiro... um tiro à queima-roupa. Veja... aqui, logo acima da orelha... foi onde a bala entrou. Uma bala muito pequena... de calibre 22, acredito. O revólver, quase encostado na cabeça... veja, a pele está chamuscada.

De novo, Poirot lembrou-se das palavras que ouvira em Assuã.

Bessner continuou:

– Ela estava dormindo. Não houve luta. O assassino entrou no escuro e atirou nela deitada.

– Ah, *non*! – exclamou Poirot. Suas noções de psicologia estavam sendo ultrajadas. Jacqueline entrando sorrateiramente numa cabine escura, de revólver na mão... não, a imagem não fazia sentido.

Bessner fitou-o através das lentes grossas.

– Mas foi o que aconteceu.

– Sim, sim. Não quis dizer isso. Minha intenção não era contradizê-lo.

Bessner soltou um grunhido de satisfação.

Poirot aproximou-se do médico. Linnet Doyle estava deitada de lado, em posição natural e calma. Mas, acima da orelha, havia um pequeno furo e um círculo de sangue seco em volta.

Poirot balançou a cabeça com tristeza.

Nisso, seu olhar foi parar na parede à sua frente, para seu grande espanto. A brancura da parede estava maculada por uma enorme letra J traçada com uma tinta castanho-avermelhada.

Poirot olhou fixamente para a parede. Depois, inclinou-se sobre a moça morta e, com muito cuidado, levantou sua mão direita. Um dos dedos estava manchado de castanho-avermelhado.

– *Non d'un nom d'un nom!* – exclamou Hercule Poirot.

– Como?

O dr. Bessner ergueu os olhos.

– *Ach! Isso.*

Race disse:

– Deus do céu! O que me diz disso, Poirot?

– Você quer saber o que é isso – disse Poirot, ligeiramente convencido. – *Eh bien*, é muito simples, não? A madame Doyle está morrendo, deseja indicar seu assassino e escreve com o dedo, molhado no próprio sangue, a inicial de quem a matou. Oh, sim, bastante simples.

– *Ach*, mas...

O dr. Bessner ia falar, mas um gesto brusco de Race o silenciou.

– É isso o que lhe ocorre? – perguntou o coronel.

Poirot voltou-se para ele, concordando com a cabeça.

– Sim, sim. É, como eu disse, de uma incrível simplicidade! Tão familiar, não? Acontece com tanta frequência nas páginas dos romances policiais. Na verdade, já é até um pouco *vieux jeu*! O que nos leva a suspeitar que nosso assassino é... antiquado!

Race respirou profundamente.

– Compreendo – disse. – A princípio, achei... – interrompeu-se.

Poirot emendou com um sorriso:

– Que eu acreditava em todos os velhos clichês melodramáticos? Mas, perdão, dr. Bessner, o que o senhor ia dizer mesmo?

Bessner respondeu, com sua voz gutural:

– O que eu ia dizer? Que isso é um absurdo. A pobre moça morreu na hora. Molhar o dedo no sangue (como veem, há muito pouco sangue) e escrever a letra J na parede... um absurdo essa ideia! Um absurdo melodramático.

– *C'est de l'enfantillage* – concluiu Poirot.

– Mas foi feito com um propósito – sugeriu Race.

– Naturalmente – concordou Poirot, sério.

– O que significa a letra J? – perguntou Race.

Poirot respondeu na hora:

— J de Jacqueline de Bellefort, uma jovem que me declarou, há menos de uma semana, que nada lhe daria mais prazer do que... — fez uma pausa e depois citou: — "encostar meu revólver em sua cabeça e apertar o gatilho".

— *Gott im Himmel!* — exclamou o dr. Bessner.

Houve um momento de silêncio. Em seguida, Race respirou fundo e disse:

— Que foi exatamente o que aconteceu aqui.

— Sim — respondeu Bessner. — Foi um revólver de calibre muito pequeno. Como eu disse, provavelmente 22. A bala precisa ser extraída, evidentemente, para termos certeza.

Race compreendia.

— E o que nos diz sobre a hora da morte? — indagou o coronel.

Bessner coçou o queixo de novo, fazendo um ruído áspero.

— Não tenho como ser muito preciso. Agora são oito horas da manhã. Eu diria, levando em consideração a temperatura de ontem à noite, que ela está morta há umas seis horas, no máximo oito.

— Ou seja, entre meia-noite e duas da manhã.

— Exatamente.

Houve uma pausa. Race olhou em volta.

— E o marido? Suponho que esteja dormindo na cabine contígua.

— No momento — informou o dr. Bessner —, ele está dormindo em minha cabine.

Os outros dois ficaram surpresos.

Bessner abanou a cabeça várias vezes.

— *Ach, so.* Vejo que não lhes contaram. O sr. Doyle foi atingido por um tiro ontem à noite no salão.

— Tiro? De quem?

— De uma jovem, Jacqueline de Bellefort.

Race perguntou bruscamente:

— É grave?

— Sim. O osso foi fraturado. Fiz tudo o que estava a meu alcance, mas o sr. Doyle precisará tirar uma radiografia e receber tratamento adequado o quanto antes. Neste navio, é impossível.

— Jacqueline de Bellefort — murmurou Poirot, voltando a olhar para o J pintado na parede.

Race disse com urgência:

— Se não há mais nada a fazer aqui, vamos lá para baixo. A gerência deixou a sala de fumantes à nossa disposição. É fundamental sabermos os detalhes do que aconteceu ontem à noite.

Saíram da cabine. Race trancou a porta e guardou a chave.

– Podemos voltar mais tarde – disse. – A primeira coisa a fazer é esclarecer todos os fatos.

Eles desceram para o convés de baixo, onde encontraram o gerente do *Karnak* esperando, pouco à vontade, na porta da sala de fumantes. O coitado estava terrivelmente abalado com toda aquela história e não via a hora de passar a responsabilidade para o coronel Race.

– Parece-me que a melhor opção é deixar tudo em suas mãos, senhor, levando em conta sua posição oficial. Recebi ordens de me colocar à sua disposição sobre aquele outro assunto. Se quiser assumir o comando, cuidarei para que tudo seja feito conforme sua vontade.

– Ótimo! Para começar, gostaria que esta sala fosse reservada para mim e para o monsieur Poirot durante a investigação.

– Certamente, senhor.

– Por enquanto é isso. Continue com seu trabalho. Sei onde encontrá-lo.

Levemente aliviado, o gerente saiu da sala.

– Sente-se, Bessner – disse Race. – Vamos repassar toda a história do que aconteceu ontem à noite.

Ele e Poirot ouviram em silêncio o relato do médico, com sua voz estrondosa.

– Muito claro – comentou Race, no final. – A moça se preparou, com a ajuda de um drinque ou dois, e finalmente atirou no sr. Doyle, com um revólver calibre 22. Em seguida, foi até a cabine de Linnet Doyle e atirou nela também.

– Não, não – disse o dr. Bessner. – Não acho que tenha sido assim. Não teria sido *possível*. Em primeiro lugar, ela não teria escrito sua própria inicial na parede. Seria ridículo, *nicht wahr?*

– Poderia – declarou Race – se estivesse tão cegamente furiosa e enciumada quanto parecia. Talvez quisesse assinar o crime, por assim dizer.

Poirot discordava com a cabeça.

– Não, não. Não acho que ela teria sido tão *bruta* assim.

– Então só há uma explicação para esse J. Foi escrito por outra pessoa para incriminá-la.

Bessner concordou.

– Sim, e o criminoso foi infeliz, porque não só é *improvável* que a jovem Fräulein tenha cometido o crime, mas *impossível*, a meu ver.

– Como assim?

Bessner contou da histeria de Jacqueline e das circunstâncias que os levaram a chamar a srta. Bowers para tomar conta dela.

– E acho... tenho certeza de que a srta. Bowers ficou a noite inteira com ela.

– Se foi assim, o caso fica muito mais simples – disse Race.
– Quem descobriu o crime? – perguntou Poirot.
– A criada da sra. Doyle, Louise Bourget. Foi chamar a patroa, como sempre, e a encontrou morta. Saiu apavorada da cabine e desmaiou nos braços de um criado. Ele contou para o gerente, que veio falar comigo. Fui chamar o dr. Bessner e depois fui à sua procura.

Poirot concordou com a cabeça.

– Doyle precisa saber – continuou Race. – O senhor disse que ele ainda está dormindo?

– Sim – respondeu Bessner. – Está dormindo em minha cabine. Dei-lhe um sedativo forte ontem à noite.

Race virou-se para Poirot.

– Bem – disse –, acho que não precisamos mais prender o doutor, não é? Obrigado, doutor.

Bessner ficou em pé.

– Vou tomar meu café da manhã. Depois, volto para minha cabine, para ver se o sr. Doyle já pode ser acordado.

– Obrigado.

Bessner retirou-se. Poirot e Race entreolharam-se.

– O que acha, Poirot? – perguntou Race. – Você está no comando. Acatarei suas ordens. Você diz, eu faço.

Poirot curvou-se.

– *Eh bien!* – disse. – Precisamos iniciar o inquérito. Primeiro, acho que devemos verificar o incidente de ontem à noite. Ou seja, interrogar Fanthorp e a srta. Robson, que foram as testemunhas do que ocorreu. O desaparecimento da arma é muito significativo.

Race tocou uma campainha e enviou uma mensagem pelo criado.

Poirot suspirou, sacudindo a cabeça.

– Muito sério isso – murmurou. – Muito sério.

– Tem alguma ideia? – perguntou Race com curiosidade.

– Minhas ideias são conflitantes. Não consigo colocá-las em ordem. Não podemos nos esquecer do grande fato de que essa moça odiava Linnet Doyle e queria matá-la.

– Você acha que ela seria capaz de fazer isso?

– Acho que sim – Poirot respondeu, sem muita convicção.

– Mas não dessa forma, não é? É isso o que o preocupa, não? Ela não entraria na cabine no escuro e atiraria nela enquanto dormia. É o elemento "sangue-frio" que o confunde, não?

– Em certo sentido, sim.

– Acha que essa moça, Jacqueline de Bellefort, seria incapaz de um crime frio e premeditado?
Poirot respondeu, vagarosamente:
– Não tenho certeza. Ela teria a inteligência de premeditar, sim. Mas duvido que chegasse a concretizar o *ato* em si.
– Compreendo – disse Race. – Bem, de acordo com o relato de Bessner, também teria sido fisicamente impossível.
– Se isso for verdade, facilita bastante o caso. Esperemos que seja verdade. – Poirot fez uma pausa e acrescentou com simplicidade: – Ficarei feliz se for, porque gosto muito daquela moça.
A porta abriu-se. Fanthorp e Cornelia entraram. Bessner chegou logo depois.
– Não é um horror? – disse Cornelia, ofegante. – Coitada da sra. Doyle! Tão encantadora. Só um *demônio* para feri-la! E o sr. Doyle, coitado. Ficará desesperado quando souber. Ontem à noite mesmo, estava preocupadíssimo, com medo que a esposa ficasse sabendo do incidente.
– É justamente sobre isso que queremos que nos conte, srta. Robson – disse Race. – Queremos saber exatamente o que aconteceu ontem à noite.
Cornelia começou um pouco confusa, mas uma ou duas perguntas de Poirot a ajudaram.
– Ah, sim, compreendo. Depois do *bridge*, a madame Doyle foi para sua cabine. Será que foi mesmo?
– Foi – disse Race. – Eu a vi. Cheguei a dizer boa-noite para ela na porta.
– A que horas foi isso?
– Ah, não sei dizer – respondeu Cornelia.
– Eram onze e vinte – disse Race.
– *Bien*. Então, às onze e vinte, madame Doyle estava viva. Nesse momento, quem estava no salão?
Fanthorp respondeu:
– Doyle, a srta. de Bellefort, eu e a srta. Robson.
– Isso mesmo – confirmou Cornelia. – O sr. Pennington tomou um drinque e foi dormir.
– Isso foi quanto tempo depois?
– Ah, uns três ou quatro minutos depois.
– Antes das onze e meia, então.
– Sim.
– Então, só ficaram no salão a senhorita, a srta. de Bellefort, o monsieur Doyle e o monsieur Fanthorp. O que vocês ficaram fazendo?
– O sr. Fanthorp estava lendo um livro. Eu fiquei bordando. A srta. de Bellefort estava... estava...

Fanthorp ajudou:

— Estava enchendo a cara.

— Sim — confirmou Cornelia. — Conversava comigo, pedindo-me que contasse minha vida. E dizia coisas... principalmente para mim, mas acho que suas palavras eram para o sr. Doyle. Ele começou a ficar irritado, mas não falou nada. Devia ser para ela se acalmar.

— Mas ela não se acalmou.

— Não. Tentei ir embora uma ou duas vezes, mas ela insistiu para eu ficar, e comecei a me sentir muito constrangida. Depois, o sr. Fanthorp se levantou e saiu...

— Era uma situação constrangedora mesmo — disse Fanthorp. — Achei melhor sair discretamente. A srta. de Bellefort estava preparando uma cena.

— E aí ela puxou o revólver — continuou Cornelia —, e o sr. Doyle deu um salto para tentar impedi-la, mas o revólver disparou, e a bala atingiu-o na perna. Nesse momento, a srta. de Bellefort começou a chorar e soluçar... e eu, aterrorizada, corri atrás do sr. Fanthorp. Ele me acompanhou. O sr. Doyle pediu que não fizéssemos escândalo, e um dos rapazes núbios ouviu o barulho e apareceu no salão, mas o sr. Fanthorp disse para ele que estava tudo bem. Aí, levamos Jacqueline para a cabine dela, e o sr. Fanthorp ficou um pouco com ela até eu chegar com a srta. Bowers.

Cornelia parou, ofegante.

— A que horas foi isso?

Cornelia repetiu:

— Ah, não sei.

Mas Fanthorp respondeu, sem pestanejar:

— Mais ou menos meia-noite e vinte. Sei que à meia-noite e meia cheguei à minha cabine.

— Preciso que me esclareçam um ou dois pontos — disse Poirot. — Depois que a madame Doyle se retirou, algum de vocês quatro saiu do salão?

— Não.

— Têm certeza de que a mademoiselle de Bellefort não saiu de lá?

Fanthorp respondeu sem hesitar:

— Absoluta. Nem Doyle, nem a srta. de Bellefort, nem a srta. Robson, nem eu. Ninguém saiu.

— Ótimo. Isso prova que a mademoiselle de Bellefort não poderia ter assassinado a madame Doyle antes de meia-noite e vinte, digamos. Agora, mademoiselle Robson, a senhorita disse que foi chamar a mademoiselle Bowers. A mademoiselle de Bellefort ficou sozinha na cabine durante esse tempo?

— Não. O sr. Fanthorp ficou com ela.

– Ótimo! Até agora, a mademoiselle de Bellefort tem um álibi perfeito. Ela é a próxima pessoa a ser ouvida, mas antes de chamá-la, gostaria de saber sua opinião sobre um ou dois pontos. O monsieur Doyle, segundo a senhorita, estava muito preocupado que a mademoiselle de Bellefort ficasse sozinha. Será que temia que ela estivesse pensando em cometer outra loucura?

– Essa é a minha opinião – respondeu Fanthorp.

– Temia que ela atacasse a madame Doyle.

– Não – disse Fanthorp. – Não creio que fosse esse seu receio. A meu ver, ele temia que ela fizesse alguma loucura contra si própria.

– Suicídio?

– Sim. Nesse momento, o efeito do álcool já havia desaparecido, e ela estava arrasada com o que havia feito. Recriminava-se o tempo todo, dizendo que era melhor morrer.

Cornelia disse timidamente:

– Acho que ele estava bastante preocupado com ela. Falou com muita calma. Disse que era tudo culpa sua, que ele a tratava mal. Foi muito delicado.

Hercule Poirot ouvia, pensativo.

– E o revólver? – continuou. – O que aconteceu com o revólver?

– Ela deixou o revólver cair – informou Cornelia.

– E depois?

Fanthorp explicou que havia voltado para procurar, mas não encontrou nada.

– Aha! – exclamou Poirot. – Agora estamos chegando perto. Por favor, sejam bastante precisos. Gostaria que descrevessem exatamente o que aconteceu.

– A srta. de Bellefort deixou o revólver cair, dando-lhe um pontapé em seguida.

– Como se sentisse repugnância – explicou Cornelia. – Sei o que ela sentia.

– E o revólver foi parar debaixo de uma poltrona, vocês disseram. Agora, muita atenção. A mademoiselle de Bellefort não pegou o revólver antes de sair do salão?

Tanto Fanthorp quanto Cornelia foram incisivos neste ponto.

– *Précisément*. Quero apenas ter certeza, vocês compreendem. Chegamos, então, a este ponto. Quando a mademoiselle de Bellefort sai do salão, o revólver está debaixo da poltrona, e como ela não ficou sozinha depois disso, estando sempre na companhia do monsieur Fanthorp, da mademoiselle Robson ou da mademoiselle Bowers, não teve oportunidade de ir ao salão pegar a arma. Que horas eram, monsieur Fanthorp, quando voltou para procurar o revólver?

– Deve ter sido um pouco antes da meia-noite e meia.

– E quanto tempo se passou, desde o momento em que o senhor e o dr. Bessner carregaram o monsieur Doyle para fora do salão até o senhor voltar?

– Uns cinco minutos, talvez um pouco mais.

– Então, nesses cinco minutos, alguém pegou o revólver debaixo da poltrona, onde ele estava, de certa forma, escondido. Esse alguém *não* era a mademoiselle de Bellefort. Quem poderia ser? É muito provável que essa pessoa tenha sido o assassino da madame Doyle. Podemos presumir também que essa pessoa viu ou ouviu parte do que aconteceu no salão um pouco antes.

– Não entendo como o senhor chegou a essa conclusão – objetou Fanthorp.

– O senhor acabou de nos contar que o revólver estava debaixo da poltrona, fora do alcance da vista. Portanto, é pouco provável que ele tenha sido descoberto por *acaso*. Ele foi pego por alguém que sabia que ele estava lá. Esse alguém, portanto, deve ter assistido à cena.

Fanthorp sacudiu a cabeça.

– Não vi ninguém quando saí para o convés, pouco antes do tiro.

– Ah, mas o senhor saiu pela porta a estibordo.

– Sim. Do mesmo lado de minha cabine.

– Então, se houvesse alguém na porta a bombordo espiando pelo vidro, o senhor não teria visto.

– Não – admitiu Fanthorp.

– Alguém ouviu o tiro, além do rapaz núbio?

– Que eu saiba, não.

Fanthorp continuou:

– As janelas estavam todas fechadas, pois a srta. Van Schuyler tinha sentido uma corrente de ar no início da noite. As portas estavam fechadas também. Muito difícil que alguém tenha ouvido o disparo. Deve ter soado como o estouro de uma rolha.

Race disse:

– Até onde eu sei, ninguém parece ter ouvido o segundo tiro, o tiro que matou a sra. Doyle.

– Falaremos disso daqui a pouco – disse Poirot. – Por enquanto, quero me ater à mademoiselle de Bellefort. Precisamos falar com a srta. Bowers. Mas, antes de vocês irem – deteve Fanthorp e Cornelia com um gesto –, gostaria que me dessem algumas informações sobre vocês. Assim, não será necessário chamá-los de novo. Primeiro o senhor, monsieur. Nome completo?

– James Lechdale Fanthorp.

– Endereço?

– Glasmore House, Market Donnington, Northamptonshire.

— Profissão?
— Sou advogado.
— Suas razões para visitar este país?
Houve uma pausa. Pela primeira vez, o impassível sr. Fanthorp pareceu desconcertado. Disse, por fim, murmurando:
— Por... prazer.
— Ah! — exclamou Poirot. — Tirou umas férias, não?
— Bem... sim.
— Muito bem, sr. Fanthorp. Poderia fazer um resumo do que fez ontem à noite depois dos acontecimentos que acaba de expor?
— Fui direto para a cama.
— A que horas foi isso?
— Um pouco depois da meia-noite e meia.
— Sua cabine é a 22, a estibordo, a mais próxima do salão.
— Sim.
— Gostaria de fazer-lhe mais uma pergunta. O senhor ouviu alguma coisa, qualquer coisa, depois que foi para sua cabine?
Fanthorp parou para pensar.
— Fui deitar logo. Tenho a impressão de ter ouvido o som de algo caindo na água quando adormecia. Mais nada.
— O senhor ouviu algo caindo na água? Perto?
— Não sei dizer. Estava quase dormindo.
— E a que horas deve ter sido isso?
— À uma, mais ou menos. Não sei.
— Obrigado, monsieur Fanthorp. Isso é tudo.
Poirot dirigiu a atenção para Cornelia.
— Agora a mademoiselle Robson. Nome completo?
— Cornelia Ruth. Meu endereço é The Red House, Bellfield, Connecticut.
— O que a trouxe ao Egito?
— A prima Marie, a srta. Van Schuyler, me convidou.
— A senhorita já conhecia a madame Doyle antes desta viagem?
— Não.
— E o que a senhorita fez ontem à noite?
— Fui direto para a cama depois de ajudar o dr. Bessner com a perna do sr. Doyle.
— Sua cabine é...?
— A cabine 43, a bombordo, bem ao lado da srta. de Bellefort.
— E ouviu alguma coisa?
— Não ouvi nada — respondeu Cornelia.
— Nenhum som de água?

– Não. Nem poderia ouvir, pois o navio está encostado à margem do meu lado.

Poirot demonstrou que compreendia com um gesto de cabeça.

– Obrigado, mademoiselle Robson. Poderia fazer a gentileza de chamar a mademoiselle Bowers?

Fanthorp e Cornelia retiraram-se.

– Parece claro – disse Race. – A menos que três testemunhas independentes estejam mentindo, Jacqueline de Bellefort não pegou o revólver. Mas alguém pegou. E alguém presenciou a cena. E alguém foi ousado o suficiente para escrever um grande J na parede.

Bateram na porta, e a srta. Bowers entrou. A enfermeira sentou-se com seu jeito calmo e eficiente de sempre. Em resposta a Poirot, disse seu nome, endereço e profissão, acrescentando:

– Estou cuidando da srta. Van Schuyler há mais de dois anos.

– A saúde da mademoiselle Van Schuyler está muito ruim?

– Não. Eu não diria isso – retrucou a srta. Bowers. – Ela não é nenhuma jovem, e se preocupa com sua saúde, de modo que gosta de ter uma enfermeira sempre a seu lado. Mas não tem nada grave. Só precisa de atenção e está disposta a pagar por isso.

Poirot mostrou que compreendia.

– Soube que a mademoiselle Robson foi chamá-la ontem à noite.

– Sim.

– Poderia me contar exatamente o que aconteceu?

– Bem, a srta. Robson me contou resumidamente o que tinha acontecido, e eu a acompanhei. Encontrei a srta. de Bellefort num estado de grande ansiedade e histeria.

– Ela fez alguma ameaça à madame Doyle?

– Não. Nada. Ela se censurava, num tom mórbido. Havia bebida demais, parece, e estava sentindo o efeito disso. Não achei bom deixá-la sozinha. Dei-lhe uma injeção à base de morfina e fiquei com ela.

– Agora, mademoiselle Bowers, quero que me responda uma questão: a mademoiselle de Bellefort saiu da cabine em algum momento?

– Não.

– E a senhorita?

– Eu fiquei com ela até hoje de manhã.

– Tem certeza?

– Absoluta.

– Obrigado, mademoiselle Bowers.

A enfermeira retirou-se. Os dois homens entreolharam-se.

Jacqueline de Bellefort era inocente. Quem, então, teria assassinado Linnet Doyle?

CAPÍTULO 14

Race disse:
— Alguém pegou o revólver, e não foi Jacqueline de Bellefort. Alguém que sabia o suficiente para julgar que o crime seria atribuído a ela. Mas essa pessoa não sabia que uma enfermeira lhe daria uma injeção à base de morfina e passaria a noite a seu lado. E mais um detalhe: alguém já havia tentado matar Linnet Doyle, empurrando uma pedra de cima do penhasco. Esse alguém *não* era Jacqueline de Bellefort. Quem seria, então?

Poirot disse:
— Será mais simples dizer quem não poderia ter sido. O monsieur Doyle, a madame Allerton, o monsieur Allerton, a mademoiselle Van Schuyler e a mademoiselle Bowers são inocentes, pois estavam todos no meu campo de visão naquele momento.

— Hmm — fez Race. — Ainda temos muita gente. E o motivo?

— É nisso que espero que o monsieur Doyle possa nos ajudar. Houve vários incidentes...

A porta abriu-se e Jacqueline de Bellefort entrou. Estava muito pálida e caminhava com dificuldade.

— Não fui eu — ela disse, com voz de criança assustada. — Não fui eu. Por favor, acreditem em mim. Todo mundo vai pensar que fui eu... mas não fui eu... não fui eu. Que horror! Queria que não tivesse acontecido. Eu poderia ter matado Simon ontem à noite. Estava descontrolada. Mas o outro tiro não fui eu...

Sentou-se, desabando em lágrimas.

Poirot procurou consolá-la.

— Calma, calma. Sabemos que não matou a madame Doyle. Está provado... sim, provado, *mon enfant*. Não foi a senhorita.

Jackie endireitou-se de repente, com um lenço molhado nas mãos.

— Quem foi, então?

— É exatamente isso que estamos nos perguntando — respondeu Poirot. — Não pode nos ajudar nisso, minha jovem?

Jacqueline sacudiu a cabeça.

— Não sei... Não tenho ideia... Não tenho a mínima ideia — disse, franzindo a testa. — Não consigo pensar em ninguém que desejasse sua morte. — Sua voz vacilou: — A não ser eu.

— Desculpem-me por um momento — interrompeu Race. — Acabei de pensar em algo.

Saiu apressadamente da sala.

Jacqueline de Bellefort ficou sentada, cabisbaixa, torcendo os dedos, nervosa. De repente, exclamou:

— A morte é uma coisa horrível! Horrível! Odeio pensar nisso.

— Sim – concordou Poirot. – Não é agradável pensar que agora, neste exato momento, alguém está comemorando o sucesso da execução de seu plano.

— Não! Não! – gritou Jackie. – É horrível pensar dessa maneira.

Poirot encolheu os ombros.

— Mas é verdade.

Jackie falou em voz baixa:

— Queria que ela morresse... e agora ela *está* morta... E, o que é pior... morreu exatamente como eu disse.

— Sim, mademoiselle. Com um tiro na cabeça.

Jacqueline exclamou:

— Eu estava certa, então, naquela noite no Hotel Catarata. Havia realmente alguém ouvindo!

— Eu me perguntava se a senhorita se lembraria disso. Sim, é muita coincidência que a madame Doyle tenha morrido exatamente da forma como descreveu.

Jackie encolheu os ombros.

— Aquele homem, aquela noite... Quem poderia ter sido?

Poirot ficou em silêncio por um tempo, depois perguntou, com outro tom de voz:

— Tem certeza de que era um homem, mademoiselle?

— Sim, claro. Pelo menos...

— Sim?

Jacqueline franziu a testa, semicerrando os olhos na tentativa de lembrar.

— *Achei* que fosse um homem... – disse lentamente.

— Mas agora não tem tanta certeza.

— Não, não tenho certeza – respondeu. – Julguei que fosse um homem... mas vi apenas um vulto... uma sombra...

Fez uma pausa e, como Poirot não disse nada, acrescentou:

— O senhor acha que era uma mulher? Mas nenhuma mulher deste navio ia querer matar Linnet.

Poirot limitou-se a mover a cabeça de um lado para o outro.

A porta abriu-se e Bessner apareceu.

— Poderia falar com o sr. Doyle, monsieur Poirot? Ele gostaria de vê-lo.

Jackie deu um salto, agarrando o médico pelo braço.

— Como ele está? Está bem?

— É claro que não está bem – respondeu o dr. Bessner em tom de reprovação. – O osso está fraturado.

– Mas não morrerá – quis saber Jackie.
– *Ach*, quem falou de morrer? Vamos levá-lo para a cidade. Lá, ele vai tirar uma radiografia e receber o tratamento adequado.
– Oh! – exclamou a moça, comprimindo as mãos uma contra a outra e desabando de novo numa cadeira.

Poirot saiu ao convés com o médico e encontrou Race, que se reuniu a eles. Subiram o tombadilho e foram até a cabine de Bessner.

Simon Doyle estava deitado, escorado por almofadas e travesseiros, com um imobilizador improvisado na perna. Tinha o rosto bastante pálido, devastado pela dor e pelo choque. Mas a expressão predominante em sua fisionomia era de perplexidade – a penosa perplexidade de uma criança.

– Por favor, entrem – murmurou. – O médico me contou... me contou... sobre Linnet... Não consigo acreditar. Simplesmente não consigo acreditar que seja verdade.

– Sim, o senhor deve estar bastante abalado – disse Race.

Simon balbuciou:

– Não foi Jackie. Tenho certeza de que não foi ela! Tudo leva a crer que foi, mas garanto que não foi. Ela... ela estava um pouco nervosa ontem à noite e vinha preparada, e é por isso que me acertou. Mas ela não cometeria... um *assassinato*... um assassinato a sangue-frio...

Poirot disse calmamente:

– Não se desgaste, monsieur Doyle. Quem atirou em sua mulher não foi a mademoiselle de Bellefort.

Simon olhou para ele sem entender.

– Sério?

– Mas, como não foi a mademoiselle de Bellefort – continuou Poirot –, o senhor teria alguma ideia de quem pode ter sido?

Simon respondeu que não com a cabeça, ainda mais perplexo.

– Impossível. Além de Jackie, ninguém desejava sua morte.

– Pense bem, monsieur Doyle. Ela não tinha inimigos? Ninguém guardava algum ressentimento em relação a ela?

Simon abanou a cabeça com o mesmo ar atônito.

– É algo totalmente surreal. Há Windlesham, claro. Ela o abandonou para se casar comigo. Mas não consigo imaginar um sujeito educado como Windlesham cometendo um assassinato. De qualquer maneira, ele está a muitos quilômetros de distância daqui. O mesmo se aplica ao sir George Wode. Ele tinha um pequeno ressentimento em relação a Linnet quanto à casa. Reprovava a reforma. Mas está longe daqui, em Londres, e seria absurdo pensar num crime por um motivo tão fútil.

— Escute, monsieur Doyle — Poirot falava com seriedade. — No primeiro dia a bordo do *Karnak*, fiquei impressionado com uma breve conversa que tive com sua esposa. Ela estava muito aborrecida, muito confusa. Disse... preste bem atenção... que *todo mundo* a odiava, que tinha medo e se sentia insegura... como se *todos* à sua volta fossem inimigos.

— Ela ficou realmente perturbada quando viu Jackie no navio. Eu também fiquei — comentou Simon.

— É verdade, mas isso não explica aquelas palavras. Quando ela disse que estava cercada de inimigos, com certeza era exagero, mas sem dúvida se referia a mais de uma pessoa.

— O senhor está certo — admitiu Simon. — Creio que posso explicar. Havia um nome na lista de passageiros que a incomodou.

— Um nome na lista de passageiros? Que nome?

— Bem, ela não me disse. Na verdade, eu não estava nem escutando. Pensava na questão toda de Jacqueline. Pelo que me lembro, Linnet disse algo sobre enganar as pessoas nos negócios, e que ela não se sentia à vontade quando encontrava alguém que tinha uma queixa contra sua família. Embora eu não conheça muito a história da família, sei que a mãe de Linnet era filha de um milionário. Seu pai era apenas rico, mas depois do casamento começou a investir em ações. Como resultado, claro, várias pessoas tiveram prejuízo. O senhor sabe como é: um dia o sujeito está lá em cima, no outro, na sarjeta. Bem, suponho que houvesse alguém a bordo cujo pai perdera dinheiro por causa do pai de Linnet. Lembro-me de que ela disse: "É horrível quando as pessoas nos odeiam sem nem nos conhecer".

— Sim — concordou Poirot, pensativo. — Isso explica o que ela me disse. Pela primeira vez sentia o peso de sua posição e não as vantagens. O senhor tem certeza, monsieur Doyle, de que ela não mencionou o nome desse homem?

Simon balançou a cabeça.

— Na verdade, não prestei muita atenção. Só disse: "Hoje em dia, ninguém dá muita importância ao que aconteceu com os pais. A vida não para". Algo assim.

Bessner disse secamente:

— *Ach*, mas tenho um palpite. Existe um rapaz a bordo que demonstra ressentimento.

— Ferguson? — perguntou Poirot.

— Sim. Ele falou contra a sra. Doyle uma ou duas vezes. Eu mesmo escutei.

— O que podemos fazer para descobrir? — indagou Simon.

Poirot respondeu:

– O coronel Race e eu devemos interrogar todos os passageiros. Enquanto não tivermos todas as versões, seria leviandade conceber teorias. Há, ainda, a criada. É a primeira que interrogaremos. Seria bom que fizéssemos isso aqui. A presença do monsieur Doyle pode ajudar.

– Sim, boa ideia – disse Simon.

– Ela estava com a sra. Doyle há muito tempo?

– Há uns dois meses, não mais.

– Só há dois meses! – exclamou Poirot.

– O senhor não acha...

– Sua esposa tinha joias de valor?

– Tinha pérolas – contou Simon. – Ela me contou uma vez que valiam quarenta ou cinquenta mil. – Simon estremeceu. – Meu Deus, o senhor acha que aquelas malditas pérolas...

– Roubo é um possível motivo – disse Poirot. – De qualquer maneira, é muito pouco provável. Bem, veremos. Pode chamar a criada.

Louise Bourget era a mesma morena vivaz que Poirot encontrara no tombadilho outro dia.

Mas agora a vivacidade desaparecera. Via-se que tinha chorado, e a moça parecia assustada. No entanto, transparecia-lhe no rosto uma expressão astuciosa que desagradou os dois homens.

– Seu nome é Louise Bourget?

– Sim, monsieur.

– Quando viu a madame Doyle viva pela última vez?

– Ontem à noite, monsieur. Estava na cabine dela para ajudá-la a tirar a roupa.

– Que horas eram?

– Um pouco depois das onze, monsieur. Não sei exatamente. Despi a madame, coloquei-a na cama e saí.

– Quanto tempo levou tudo isso?

– Dez minutos, monsieur. A madame estava cansada. Pediu-me para apagar as luzes quando saísse.

– E quando saiu, o que a senhorita fez?

– Fui para minha cabine, monsieur, no convés de baixo.

– E a senhorita não viu nem ouviu nada que possa nos ajudar?

– Como poderia, monsieur?

– Isso, mademoiselle, só a senhorita poderia dizer – retrucou Poirot.

A mulher olhou-o de soslaio.

– Mas, monsieur, eu não estava perto... O que eu poderia ter visto ou ouvido? Estava no convés de baixo. Minha cabine fica do outro lado do navio. Impossível ouvir alguma coisa de lá. Naturalmente, se não tivesse conseguido dormir, se tivesse subido as escadas, *aí* sim, talvez tivesse visto o assassino, esse monstro, entrando ou saindo da cabine da madame, mas como foi...

Ergueu as mãos num gesto suplicante para Simon.

– Monsieur, eu lhe imploro... O que posso dizer?

– Minha querida – disse Simon asperamente –, não seja tola. Ninguém acha que você viu ou ouviu coisa alguma. Não se preocupe. Eu cuidarei de você. Ninguém a está acusando de nada.

– Monsieur é muito bom – murmurou Louise, fechando os olhos modestamente.

– Podemos afirmar, portanto, que a senhorita não viu nem ouviu nada? – perguntou Race, sem paciência.

– Foi o que eu disse, monsieur.

– E a senhorita não conhece ninguém que tivesse alguma desavença com a sua patroa?

Para surpresa de todos os presentes, Louise respondeu que conhecia.

– Ah, sim, conheço. A essa pergunta posso responder "sim" tranquilamente.

– Refere-se à mademoiselle de Bellefort? – perguntou Poirot.

– Ela, com certeza. Mas não é dela que estou falando. Há um homem a bordo que não gostava da madame, que estava muito zangado porque ela o havia prejudicado.

– Meu Deus! – Simon exclamou. – O que significa tudo isso?

Louise continuou, enfaticamente:

– Sim, sim, é exatamente isso! A história está relacionada à ex-criada da madame, que trabalhou antes de mim. Um homem, um dos maquinistas deste navio, queria se casar com ela. E ela, Marie, também queria. Mas a madame Doyle investigou a vida dele e descobriu que esse tal Fleetwood já era casado... entendem? Uma mulher deste país. Ela havia voltado para sua família, mas ele ainda era casado com ela. A madame contou tudo isso para Marie, e Marie ficou muito triste, sem querer saber mais dele. Fleetwood ficou furioso e quando descobriu que a madame Doyle era mademoiselle Linnet Ridgeway antes do casamento, disse-me que gostaria de matá-la! A intromissão dela havia estragado sua vida, disse ele.

Louise fez uma pausa triunfante.

– Interessante – comentou Race.

Poirot voltou-se para Simon.

– O senhor sabia disso?

– Não – respondeu Simon, com evidente sinceridade. – Duvido até que Linnet soubesse que esse homem estava no navio. Provavelmente se esquecera do incidente.

Perguntou bruscamente à criada.
— Você contou alguma coisa para a sra. Doyle sobre isso?
— Não, monsieur, claro que não.
Poirot perguntou:
— A senhorita sabe algo sobre o colar de pérolas de sua patroa?
— O colar de pérolas? — repetiu Louise com os olhos arregalados. — Ela o usou ontem à noite.
— A senhorita viu o colar quando ela foi para a cama?
— Sim, monsieur.
— Onde ela o colocou?
— Na mesinha de cabeceira, como sempre.
— Foi onde o viu pela última vez?
— Sim, monsieur.
— E o colar estava lá hoje de manhã?
Um olhar de espanto surgiu no rosto da menina.
— *Mon Dieu*! Nem reparei. Aproximei-me da cama, vi a madame... soltei um berro e saí correndo. Acabei desmaiando.
Hercule Poirot fez que compreendia com a cabeça.
— A senhorita não reparou. Mas sou bom observador e digo-lhe que não havia nenhum colar na mesinha de cabeceira hoje de manhã.

CAPÍTULO 15

Poirot não se enganara. Não havia colar de pérolas na mesinha de cabeceira de Linnet Doyle.

Louise Bourget foi encarregada de conferir os pertences de Linnet. De acordo com ela, estava tudo em ordem. Só o colar havia desaparecido.

Quando saíram da cabine, um dos criados estava esperando para avisar que o café da manhã tinha sido servido na sala de fumantes. Ao atravessarem o convés, Race parou e debruçou-se sobre a amurada.

— Ah! Vejo que teve uma ideia, meu amigo.

— Sim. Ocorreu-me algo quando Fanthorp disse que ouviu o som de alguma coisa caindo na água. É perfeitamente possível que, depois do crime, o assassino tenha jogado o revólver lá embaixo.

— Acha realmente possível, meu amigo? — perguntou Poirot.

Race encolheu os ombros.

— É uma possibilidade. Afinal, a arma não foi encontrada na cabine. Foi a primeira coisa que procurei.

— Mesmo assim — disse Poirot —, parece incrível que a arma tenha sido jogada na água.
— Onde ela está, então? — indagou Race.
Poirot respondeu, pensativo:
— Se não está na cabine da madame Doyle, pela lógica só pode estar em um lugar.
— Onde?
— Na cabine da mademoiselle de Bellefort.
— Sim, faz sentido... — disse Race. — Ela não está na cabine agora. Vamos lá dar uma olhada?
— Não, meu amigo, seria precipitado de nossa parte — respondeu Poirot. — Talvez a arma ainda não tenha sido colocada lá.
— O que acha de uma busca imediata em todo o navio?
— Dessa forma, mostraríamos nossas cartas. Devemos agir com bastante cautela. Nossa posição é muito delicada no momento. Vamos discutir a situação enquanto comemos.
Race concordou. Os dois foram para a sala de fumantes.
— Bem — disse Race, servindo-se de café. — Temos duas situações concretas: o desaparecimento das pérolas e a questão de Fleetwood. Em relação às pérolas, tudo leva a crer que foi roubo, mas... não sei se concordará comigo...
Poirot emendou:
— Mas foi um momento estranho para pensar nisso?
— Exato. Roubar as pérolas numa situação dessas acarretaria uma revista rigorosa em todos os passageiros a bordo. Como o ladrão poderia esperar escapar?
— Ele pode ter ido a terra e deixado o colar em algum lugar.
— A companhia tem sempre um vigia em terra.
— Então não seria possível. Será que o assassinato foi cometido para desviar a atenção do roubo? Não, não faz sentido. Uma ideia absurda. Mas suponhamos que a madame Doyle tenha acordado e apanhado o ladrão no flagra.
— E por isso o ladrão atirou nela? Mas ela estava dormindo quando a mataram.
— Então não faz sentido... Tenho uma ideia em relação a essas pérolas... e, no entanto... não... é impossível. Porque se eu estivesse certo, as pérolas não teriam desaparecido. Diga-me: o que você acha da criada?
— Achei que ela sabia mais do que disse — respondeu Race lentamente.
— Ah, você também teve essa impressão?
— Não é uma menina confiável, isso é certo — disse Race.
— Sim, eu não confiaria nela — concordou Hercule Poirot, acompanhando as palavras com um gesto afirmativo de cabeça.

— Acha que ela teve alguma relação com o assassinato?
— Não. Acho que não.
— Com o roubo das pérolas?
— Isso já é mais provável. Ela trabalhava há pouco tempo com a madame Doyle. Talvez faça parte de uma quadrilha especializada em roubos de joias. Nesse caso, há sempre uma criada com ótimas referências. Infelizmente, não temos condições de obter informações nesse sentido. E, de qualquer maneira, essa explicação não me convence... Aquelas pérolas... ah, *sacré*, meu palpite *devia* estar certo. E, no entanto, ninguém seria tão imbecil... – interrompeu-se.
— E Fleetwood?
— Devemos interrogá-lo. Talvez a solução esteja aí. Se a história de Louise Bourget for verdadeira, ele tinha motivo para desejar vingança. Poderia ter ouvido a conversa entre Jacqueline e o monsieur Doyle, e entrado no salão para pegar o revólver depois que eles saíram. Sim, é possível. E a letra J escrita com sangue. Isso também estaria de acordo com uma natureza simples e brutal.
— Então ele é justamente a pessoa que estamos procurando?
— Sim... só... — Poirot coçou o nariz e disse com uma pequena careta — reconheço minhas fraquezas. Dizem que gosto de complicar os casos. Mas a solução que você está apresentando é... simples demais, fácil demais. Não sinto que tenha acontecido realmente assim. Admito que pode ser apenas preconceito de minha parte.
— Bom, melhor chamarmos o sujeito aqui.
Race tocou a campainha e deu a ordem de chamá-lo.
— Alguma outra possibilidade? – perguntou em seguida.
— Muitas, meu amigo. Há, por exemplo, o procurador americano.
— Pennington?
— Sim, Pennington. Houve uma cena curiosa aqui outro dia. – Poirot narrou os acontecimentos para Race. – É significativo. A madame queria ler todos os documentos antes de assinar. Pennington, então, deu a desculpa de assinar outro dia. E o marido fez um comentário bastante interessante.
— Que comentário?
— Ele disse: "Nunca li um documento na vida. Assino onde me mandam assinar". Percebe o significado disso? Pennington percebeu. Vi em seus olhos. Ele olhou para Doyle como se tivesse mudado completamente de ideia. Imagine, meu amigo, que você é procurador da filha de um homem muito rico. Talvez você use esse dinheiro para especular. Sei que acontece assim nos romances policiais, mas também lemos isso nos jornais. Acontece, meu amigo, *acontece*.
— Não duvido – disse Race.

– Talvez ainda haja tempo para especular bastante. Sua tutelada ainda não atingiu a maioridade. Até que ela resolve se casar. De uma hora para a outra, o controle passa de suas mãos para as mãos dela. Que desastre! Mas ainda há uma chance. Ela está em lua de mel. Talvez se descuide dos negócios. Um documento enfiado no meio dos outros, assinado sem ser lido... Mas Linnet Doyle não era assim. Em lua de mel ou não, estamos falando de uma mulher de negócios. E então o marido faz um comentário, e uma nova ideia passa na cabeça daquele homem desesperado para salvar-se da ruína. Se Linnet Doyle morresse, sua fortuna passaria para as mãos do marido... e com ele seria fácil lidar. Seria como uma criança nas mãos de um homem astuto como Andrew Pennington. *Mon cher colonel*, garanto que *vi* esse pensamento passar pela mente de Andrew Pennington. "Se fosse com Doyle que eu tivesse que tratar..." Era o que ele estava pensando.

– É bem possível – disse Race, secamente –, mas você não tem provas.

– Infelizmente não.

– Há também o jovem Ferguson – disse Race. – Fala de modo bastante contrariado. Não que eu me guie pelo modo de falar das pessoas. Mesmo assim, talvez ele seja o sujeito cujo pai foi arruinado pelo velho Ridgeway. Sei que é uma ideia um pouco sem nexo, mas está dentro das possibilidades. Algumas pessoas ficam remoendo injúrias do passado. – Fez uma breve pausa e acrescentou: – E há também o meu amigo.

– Sim, há o "seu amigo", como você diz.

– Ele é um assassino – afirmou Race. – Sabemos disso. Por outro lado, não vejo que ligação possa ter tido com Linnet Doyle. Os dois viviam em esferas completamente diferentes.

Poirot disse, com calma:

– A menos que, acidentalmente, ela tivesse recebido provas da identidade dele.

– É possível, mas pouco provável.

Bateram na porta.

– Ah, chegou nosso quase bígamo.

Fleetwood era um homem grande e truculento. Olhou desconfiado para os dois. Poirot reconheceu-o como o sujeito que tinha visto conversando com Louise Bourget.

– Queria falar comigo? – perguntou Fleetwood.

– Sim – respondeu Race. – Você provavelmente está sabendo que foi cometido um assassinato neste navio ontem à noite.

Fleetwood concordou com a cabeça.

– E creio que você tinha motivos para não gostar da mulher que foi assassinada.

Uma expressão de espanto surgiu no olhar de Fleetwood.
– Quem lhe falou isso?
– Você achava que a sra. Doyle havia se intrometido na sua relação com uma determinada jovem.
– Sei quem lhe falou isso: aquela francesa petulante. Essa menina é uma mentirosa.
– Mas essa história específica é verdade, não?
– É mentira!
– Diz isso sem saber ainda do que se trata.
O homem enrubesceu, engolindo em seco.
– É verdade que o senhor ia se casar com uma moça chamada Marie, e que ela desistiu quando soube que já era casado?
– Isso não era da conta dela.
– Da conta da sra. Doyle, você quer dizer? Bem, bigamia é bigamia.
– Não foi assim. Casei-me com uma das nativas daqui. Não deu certo, e ela voltou para a sua família. Não a vejo há uns seis anos.
– Mas continuava casado com ela.
O homem ficou em silêncio. Race continuou:
– A sra. Doyle, ou srta. Ridgeway na época, descobriu tudo.
– Sim, descobriu. Aquela maldita! Metendo o nariz onde não é chamada. Eu teria cuidado de Marie, teria feito tudo por ela. E ela jamais ficaria sabendo da outra, não fosse por aquela intrometida. Sim, confesso, eu *tinha* raiva daquela mulher e fiquei revoltado quando a vi neste navio, toda cheia de joias e dando ordens para todo mundo, sem se lembrar, por um segundo, que havia estragado a vida de um homem! Fique revoltado sim, mas daí a acharem que sou um assassino, que peguei um revólver e a matei, já é demais! Nunca toquei nela. Deus é testemunha.

Parou. O suor escorria-lhe pelo rosto.
– Onde você estava ontem à noite entre meia-noite e duas da manhã?
– Na minha cama, dormindo. Meu companheiro de quarto pode confirmar.
– Veremos – disse Race, dispensando-o com um pequeno sinal de cabeça. – Por enquanto é só.
– *Eh bien?* – perguntou Poirot quando Fleetwood saiu.
Race encolheu os ombros.
– Ele foi bastante objetivo. Está nervoso, claro, mas é normal. Temos de investigar seu álibi, embora não creia que será decisivo. Seu companheiro de quarto provavelmente estava dormindo, e ele poderia ter saído e entrado sem o outro perceber. O importante é saber se alguém o viu.
– Sim, precisamos verificar.

– O próximo passo, em minha opinião – disse Race –, é investigar se alguém ouviu alguma coisa que possa nos dar uma ideia da hora do crime. Bessner diz que o assassinato ocorreu entre meia-noite e duas da manhã. É provável que algum passageiro tenha ouvido o disparo, mesmo sem se dar conta de que era um tiro. Eu não ouvi nada. E você?

Poirot respondeu que não com um gesto de cabeça.

– Estava dormindo como uma pedra. Não ouvi nada, absolutamente nada. Dormia profundamente.

– Pena – comentou Race. – Espero que tenhamos mais sorte com os passageiros que têm cabine a estibordo. Já falamos com Fanthorp. Os Allerton são os próximos. Mandarei um criado chamá-los.

A sra. Allerton entrou rapidamente, trajando um vestido de seda listrado, cinza. Via-se aflição em seu rosto.

– É horrível! – exclamou ela, aceitando a cadeira que Poirot lhe ofereceu. – Mal posso acreditar. Aquela criatura adorável, com a vida inteira pela frente... morta. Não dá para acreditar.

– Sei como se sente, madame – disse Poirot, empaticamente.

– Que bom que *o senhor* está aqui – comentou com simplicidade. – Poderá descobrir quem a matou. Fiquei feliz ao saber que não foi aquela pobre menina de expressão trágica.

– A senhora se refere a mademoiselle de Bellefort? Quem lhe disse que não foi ela?

– Cornelia Robson – respondeu a sra. Allerton, com um sorriso tímido. – Ela ficou muito empolgada com toda essa história. Talvez tenha sido a única coisa interessante que já lhe aconteceu na vida. E provavelmente a única que lhe acontecerá nesse sentido. Mas ela é tão boazinha que sente vergonha por estar gostando. Acha que é horrível de sua parte.

A sra. Allerton fitou Poirot por alguns segundos e acrescentou:

– Mas chega de tagarelar. O senhor quer me fazer perguntas.

– Sim, por favor. A que horas foi se deitar, madame?

– Um pouco depois das dez e meia.

– E a senhora dormiu logo?

– Sim. Estava com sono.

– E ouviu algum barulho, qualquer barulho, durante a noite?

A sra. Allerton franziu as sobrancelhas.

– Sim, acho que ouvi um barulho de água e depois alguém correndo. Ou foi o contrário? Estou um pouco confusa. A impressão que tive é que alguém tinha caído na água. Parecia sonho. Mas depois acordei e fiquei prestando atenção, mas não ouvi mais nada.

– Sabe a que horas foi isso?

– Não. Mas acho que foi pouco tempo depois que eu dormi. Digo, deve ter sido na primeira hora de sono, ou próximo disso.

– Infelizmente, madame, essa informação é muito vaga.

– É mesmo. Mas melhor eu não querer adivinhar sem ter a menor ideia, não é?

– E isso é tudo o que tem a nos dizer, madame?

– Acho que sim.

– A senhora já conhecia a madame Doyle?

– Não. Tim a conhecia. E eu já tinha ouvido falar muito sobre ela, por uma prima nossa, Joanna Southwood, mas nunca tínhamos conversado até nos encontrarmos em Assuã.

– Tenho outra pergunta, madame, se me permitir a indiscrição.

A sra. Allerton murmurou com um rápido sorriso:

– Adoraria que me fizessem uma pergunta indiscreta.

– Pois bem. A senhora, ou alguém de sua família, já teve algum prejuízo financeiro em consequência de transações com o pai da madame Doyle, Melhuish Ridgeway?

A sra. Allerton ficou perplexa com a pergunta.

– Não! As finanças familiares nunca sofreram, exceto em alguns períodos de baixa. O senhor sabe, hoje em dia tudo rende menos do que antes. Nunca houve nada de melodramático em nossa pobreza. Meu marido nos deixou pouco dinheiro, mas ainda tenho o que herdei, embora os juros não sejam os mesmos daquele tempo.

– Obrigado, madame. Poderia chamar seu filho, por favor?

Tim disse quando sua mãe voltou:

– Fim do martírio? Minha vez agora! Que tipo de pergunta lhe fizeram?

– Apenas se eu tinha ouvido alguma coisa ontem à noite – respondeu a sra. Allerton. – E infelizmente não ouvi nada. Não sei como. Afinal de contas, a cabine de Linnet é quase do lado da minha. Eu deveria ter ouvido o disparo. Mas vá. Eles estão à sua espera.

Poirot repetiu as mesmas perguntas para Tim Allerton.

– Fui para a cama cedo – respondeu Tim –, às dez e meia, mais ou menos. Fiquei lendo. Um pouco depois das onze, apaguei a luz.

– O senhor ouviu alguma coisa depois disso?

– Ouvi a voz de um homem dizendo boa noite, não muito longe.

– Era eu dizendo boa noite para a sra. Doyle – informou Race.

– Sim. Depois disso, dormi. Mais tarde, ouvi um certo tumulto, alguém chamando Fanthorp, lembro-me agora.

– A mademoiselle Robson quando saiu do salão.

– Sim, imagino que sim. Depois, ouvi várias vozes diferentes. E alguém correndo pelo convés. E aí o som de um baque na água. Em seguida, ouvi a voz do velho Bessner dizendo algo do tipo "cuidado agora" e "não tão depressa".

– O senhor ouviu um baque.

– Sim, algo do tipo.

– Tem certeza de que não foi um *tiro*?

– Bom, pode ter sido... Ouvi um som parecido com o estalo de uma rolha. Talvez tenha sido o tiro. Posso ter pensado em água por associação de ideias: o som de rolha me fez lembrar de um líquido sendo despejado num copo... A impressão que tive foi que estava acontecendo algum tipo de festa. Meu desejo era que todos fossem dormir e fizessem silêncio.

– Algo mais depois disso?

Tim ficou pensando.

– Só Fanthorp andando em sua cabine, que é do lado da minha. Achei que ele nunca mais fosse dormir.

– E depois disso?

Tim encolheu os ombros.

– Depois disso, nada.

– Não ouviu mais nada?

– Não.

– Obrigado, monsieur Allerton.

Tim levantou-se e saiu da cabine.

CAPÍTULO 16

Race estudava meticulosamente a planta do tombadilho do *Karnak*.

– Fanthorp, o jovem Allerton, a sra. Allerton. Depois, uma cabine vazia, a de Simon Doyle. A cabine da sra. Doyle e depois a da velha americana. Se alguém ouviu alguma coisa, ela também deve ter ouvido. Se ela já estiver acordada, melhor mandarmos chamá-la.

A srta. Van Schuyler entrou na cabine, com aparência mais velha e amarelada do que de costume. Os pequenos olhos negros tinham uma expressão de desagrado e perversidade.

Race levantou-se, cumprimentando-a com uma inclinação do corpo.

– Sentimos muito incomodá-la, srta. Van Schuyler. É muita gentileza de sua parte. Por favor, sente-se.

A srta. Van Schuyler disse, secamente:

– Odeio estar envolvida nisso. Odeio. Não quero estar vinculada de forma alguma com esse assunto tão desagradável.

– Certo. Eu estava justamente dizendo ao monsieur Poirot que o quanto antes ouvíssemos seu depoimento, melhor, porque assim não teremos mais de incomodá-la.

A srta. Van Schuyler olhou para Poirot com um pouco mais de simpatia.

– Fico feliz de ver que vocês compreendem meus sentimentos. Não estou acostumada com essas coisas.

Poirot disse em tom confortador:

– Entendemos, madame. É por isso que queremos deixá-la livre de aborrecimentos o mais rápido possível. Agora, a que horas foi para a cama ontem à noite?

– Costumo dormir às dez horas. Ontem, fui dormir mais tarde, porque Cornelia Robson, muito desconsideradamente, me deixou esperando.

– *Très bien*, mademoiselle. Agora, o que a senhora ouviu depois de se retirar?

A srta. Van Schuyler respondeu:

– Tenho o sono muito leve.

– *Merveille!* Uma sorte para nós.

– Fui acordada por aquela jovem exibida, a criada da sra. Doyle, dizendo: "*Bonne nuit, madame*", numa voz alta demais, em minha opinião.

– E depois disso?

– Voltei a dormir. Acordei com a impressão de que havia alguém em minha cabine, mas percebi que a pessoa estava na cabine ao lado.

– Na cabine da sra. Doyle?

– Sim. Depois ouvi alguém no convés e o som de algo caindo na água.

– Sabe que horas eram?

– Posso lhe dizer a hora exata. Era uma e dez.

– Tem certeza?

– Sim. Vi no relógio que fica na mesa de cabeceira.

– Não ouviu um tiro?

– Não, nada parecido.

– Mas pode ter sido um disparo que a acordou.

A srta. Van Schuyler considerou a questão, inclinando a cabeça.

– Talvez – admitiu, contrariada.

– E a senhora tem alguma ideia do que pode ter causado o baque na água?

– Sei exatamente o que foi.

– Sabe? – perguntou o coronel Race, interessado.

— Sim. Não estava gostando daquele barulho de passos, de modo que me levantei e fui até a porta da cabine. A srta. Otterbourne estava debruçada na amurada e tinha acabado de jogar alguma coisa na água.

— A srta. Otterbourne? — Race repetiu, espantado.

— Sim.

— Tem certeza de que era a srta. Otterbourne?

— Vi seu rosto.

— E ela não a viu?

— Acho que não.

Poirot inclinou-se para a frente.

— E qual era a expressão no rosto dela, mademoiselle? — perguntou.

— Estava visivelmente alterada.

Race e Poirot trocaram um rápido olhar.

— E depois? — quis saber Race.

— A srta. Otterbourne afastou-se pelo lado da popa, e eu voltei para a cama.

Bateram na porta, e o gerente entrou, com um pacote encharcado na mão.

— Conseguimos, coronel.

Race pegou o pacote e desembrulhou, dobra por dobra, o tecido de veludo molhado. De dentro, caiu um pequeno revólver com coronha de madrepérola, enrolado num lenço comum manchado de rosa.

Race olhou para Poirot com ar de triunfo.

— Viu? Eu estava certo. A arma foi realmente jogada na água — disse, mostrando o revólver na palma da mão.

— O que me diz, monsieur Poirot? É o mesmo revólver que viu aquela noite no Hotel Catarata?

Poirot examinou a arma com cuidado e disse sem pestanejar:

— Sim. É o mesmo. Tem os mesmos adornos e as iniciais J.B. É um *article de luxe*, bem feminino, mas não deixa de ser uma arma letal.

— Calibre 22 — murmurou Race. — Duas balas disparadas. Sim, não resta muita dúvida.

A srta. Van Schuyler tossiu para chamar a atenção.

— E minha estola? — perguntou.

— Sua estola, mademoiselle?

— Sim, essa é minha estola de veludo.

Race pegou o lenço molhado.

— Isso é seu, srta. Van Schuyler?

— Claro que é meu! — exclamou a velha, sem paciência. — Não a encontrei ontem à noite. Perguntei para todos se tinham visto minha estola.

Poirot consultou Race com o olhar, e este assentiu discretamente.

– Onde a senhora a viu pela última vez, srta. Van Schuyler?

– No salão ontem à noite. Quando cheguei à cabine, não consegui mais encontrá-la em lugar nenhum.

Race perguntou rapidamente:

– A senhora percebe para que ela foi usada?

Race abriu a estola, indicando com um dedo a parte queimada e vários furinhos.

– O assassino usou-a para abafar o som do disparo.

– Que insolência! – exclamou a srta. Van Schuyler. Seu rosto murcho ficou vermelho de irritação.

Race disse:

– Ficarei feliz, srta. Van Schuyler, se a senhora me contar como era sua relação com a sra. Doyle antes desta viagem.

– Não havia relação.

– Mas a senhora a conhecia?

– Sabia quem era, evidentemente.

– Mas sua família e a dela não tinham contato?

– Como família, sempre nos orgulhamos de sermos exclusivos, coronel Race. Minha querida mãe jamais sonharia em ter contato com alguém da família Hartz, que, além do dinheiro, não tinha nada.

– Isso é tudo o que a senhora tem a dizer, srta. Van Schuyler?

– O que eu tinha a dizer, já disse. Linnet Ridgeway foi criada na Inglaterra, e eu nunca a tinha visto até esta viagem.

Levantou-se. Poirot abriu-lhe a porta, e ela saiu, com passos duros.

Os dois homens entreolharam-se.

– Essa é a versão dela – disse Race –, e ela a sustentará até o fim. Talvez seja verdade. Não sei. Mas... Rosalie Otterbourne? Por essa eu não esperava.

Poirot sacudiu a cabeça, perplexo.

– Mas não faz sentido! – exclamou, batendo com o punho na mesa. – *Nom d'un nom d'un nom!* Não faz sentido.

Race ficou olhando para ele.

– O que você quer dizer exatamente com isso?

– Quero dizer que até certo ponto tudo caminha logicamente. Alguém queria matar Linnet Doyle. Alguém presenciou a cena no salão ontem à noite. Alguém entrou lá, sem ser visto, e pegou o revólver... o revólver de Jacqueline de Bellefort, lembre-se bem! Alguém atirou em Linnet Doyle com esse revólver e escreveu a letra J na parede... Tudo muito claro, não? Tudo apontando para Jacqueline. E aí o que o assassino faz? Deixa o revólver, a prova do crime, o revólver de Jacqueline de Bellefort, à vista? Não, ele, ou ela, joga a arma, a única prova contundente, na água. Por que, meu amigo, por quê?

— Muito esquisito — comentou Race, balançando a cabeça.

— É mais do que esquisito... É *impossível*!

— Impossível não, pois aconteceu.

— Não foi isso o que eu quis dizer. A sequência dos acontecimentos é impossível. Alguma coisa está errada.

CAPÍTULO 17

O coronel Race olhou com curiosidade para o colega. Respeitava, e com razão, a inteligência de Hercule Poirot. Mas naquele momento não conseguiu acompanhar seu raciocínio. Resolveu, porém, não perguntar nada. Raramente fazia perguntas. Seguiu com a conversa.

— O que fazer agora? Interrogar a menina Otterbourne?

— Sim, isso talvez nos ajude um pouco.

Rosalie Otterbourne entrou mal-humorada. Não parecia nervosa ou assustada, simplesmente estava relutante e irritada.

— Então, o que desejam?

Race foi o porta-voz.

— Estamos investigando a morte da sra. Doyle — explicou.

Rosalie consentiu com a cabeça.

— Poderia me dizer o que fez ontem à noite?

Rosalie refletiu um minuto.

— Minha mãe e eu fomos para a cama cedo... antes das onze. Não ouvimos nada de especial, apenas um murmúrio em frente à cabine do dr. Bessner. Ouvi a voz pesada do alemão. Evidentemente, só hoje de manhã é que fiquei sabendo o que tinha acontecido.

— Não ouviu um tiro?

— Não.

— Chegou a sair da cabine em algum momento?

— Não.

— Tem certeza?

Rosalie encarou-o.

— Como assim? Claro que tenho certeza.

— Você, por acaso, não teria dado a volta pelo convés e jogado alguma coisa na água?

Rosalie corou.

– Existe alguma lei que proíba jogar coisas na água?
– Não, claro que não. Então você fez isso?
– Não. Não fiz. Como lhe disse, não saí de minha cabine.
– E se alguém tivesse dito que a viu...?
Ela o interrompeu.
– Quem disse que me viu?
– A srta. Van Schuyler.
– A srta. Van Schuyler? – perguntou realmente assombrada.
– Sim. A srta. Van Schuyler disse que olhou pela porta de sua cabine e a viu jogando algo na água.
Rosalie disse abertamente:
– É mentira! – exclamou. Depois, como se tivesse sido acometida por um pensamento repentino, perguntou: – A que horas foi isso?
Foi Poirot quem respondeu:
– Uma e dez, mademoiselle.
Rosalie ficou pensativa.
– Ela viu mais alguma coisa?
Poirot fitou-a com curiosidade, coçando o queixo.
– Ver... não – respondeu –, mas ouviu.
– Ouviu o quê?
– Alguém caminhando na cabine da madame Doyle.
– Compreendo – murmurou Rosalie.
Estava pálida agora. Totalmente pálida.
– E insiste em dizer que não atirou nada na água, mademoiselle.
– Por que eu haveria de andar no meio da noite jogando coisas na água?
– Pode haver um motivo... um motivo inocente.
– Inocente? – repetiu a menina, bruscamente.
– Foi o que eu disse. Acontece que alguma coisa foi jogada na água ontem à noite, mademoiselle... uma coisa nem um pouco inocente.
Race mostrou a estola de veludo manchada, abrindo-a para exibir seu conteúdo.
Rosalie Otterbourne recuou.
– Foi com isso que a mataram?
– Sim, mademoiselle.
– E o senhor acha que eu... que fui eu que a matei? Mas isso não tem cabimento! Por que eu haveria de querer matar Linnet Doyle? Eu nem a conheço!
Soltou uma gargalhada, levantando-se com desdém.
– A história toda é tão ridícula!
– Lembre-se, srta. Otterbourne – disse Race –, que a srta. Van Schuyler é capaz de jurar que viu seu rosto ao luar.

Rosalie riu de novo.

– Aquela velha? Já deve estar quase cega. Não foi a mim que ela viu. – Fez uma pausa. – Posso ir agora?

Race assentiu, e Rosalie Otterbourne retirou-se.

Os dois homens entreolharam-se. Race acendeu um cigarro.

– Bom, é isso. Contradições. Em qual das duas devemos acreditar?

Poirot sacudiu a cabeça.

– Tenho a leve impressão de que nenhuma das duas foi totalmente franca.

– Isso é o mais difícil de nosso trabalho – comentou Race, desanimado. – As pessoas ocultam a verdade pelos motivos mais fúteis. Qual o próximo passo? Dar prosseguimento ao interrogatório dos passageiros?

– Acho que sim. É sempre bom agir com ordem e método.

Race concordou.

A sra. Otterbourne foi a seguinte a ser chamada. Ela confirmou o que a filha dissera: as duas foram dormir antes das onze horas. Não ouvira nada de diferente durante a noite. Não sabia dizer se Rosalie saíra da cabine ou não. Sobre o crime, parecia disposta a discorrer.

– O *crime passionel*! – exclamou. – O instinto primitivo: matar! Tão ligado ao instinto sexual. Aquela menina, Jacqueline, meio latina, de temperamento ardente, obedecendo aos instintos mais profundos de seu ser, avança, de revólver em punho...

– Mas Jacqueline de Bellefort não atirou na madame Doyle. Disso temos certeza. Está provado – declarou Poirot.

– O marido, então – propôs a sra. Otterbourne, sem se dar por vencida. – A sede de sangue e o instinto sexual: um crime passional. Existem muitos exemplos conhecidos.

– O sr. Doyle foi baleado na perna e estava impossibilitado de se mover, com uma fratura no osso – explicou o coronel Race. – Passou a noite com o dr. Bessner.

A sra. Otterbourne ficou ainda mais desapontada. Procurou outra solução.

– É claro! – exclamou. – Como fui tola! A srta. Bowers!

– A srta. Bowers?

– Sim! É tão *evidente* do ponto de vista psicológico. Repressão! A virgem reprimida! Enfurecida ao ver os dois, um casal jovem e apaixonado. Claro que foi ela! É o tipo perfeito: pouco atraente, respeitável por natureza. Em meu livro, *A vinha estéril*...

O coronel Race interrompeu-a com delicadeza:

– Suas informações foram muito úteis, sra. Otterbourne. Precisamos continuar com nosso trabalho agora. Muito obrigado.

Acompanhou-a educadamente até a porta e voltou enxugando a testa.

– Que mulher diabólica! Por que alguém não *a* matou?

– Pode acontecer ainda – Poirot consolou-o.

– Pode haver algum sentido nisso. Quem falta? Pennington. Acho que vamos deixá-lo para o fim. Richetti. Ferguson.

O signor Richetti chegou muito agitado e tagarela.

– Mas que horror, que infâmia! Uma moça tão jovem e tão bela. Um crime hediondo! – exclamou, gesticulando com veemência.

Suas respostas foram objetivas. Ele tinha ido para a cama cedo, muito cedo. Para ser preciso, após o jantar. Lera um pouco – um livreto muito interessante, recém-publicado, *Prähistorische Forschung in Kleinasien*, sobre a arte em cerâmica das montanhas da Anatólia.

Desligara a luz um pouco antes das onze horas. Não, não ouvira nenhum tiro, nem nenhum som parecido com o estalo de uma rolha. A única coisa que ouvira – mas isso foi mais tarde, no meio da noite – foi o som de algo caindo na água, um som forte, perto de sua escotilha.

– Sua cabine é no convés de baixo, a estibordo, não?

– Sim, exatamente. E ouvi o som de algo caindo na água. Um som muito forte – disse, erguendo os braços para dar ênfase ao que dizia.

– O senhor saberia me dizer a que horas foi isso?

O signor Richetti refletiu por um momento.

– Uma, duas, três horas depois que fui dormir. Talvez às duas da manhã.

– Poderia ter sido à uma e dez, por exemplo?

– Sim, poderia. Ah, mas que crime terrível! Tão desumano... Uma mulher tão linda!

O signor Richetti sai, ainda gesticulando bastante.

Race olhou para Poirot. Poirot levantou as sobrancelhas expressivamente, encolhendo os ombros. Próximo: sr. Ferguson.

Ferguson foi difícil.

– Quanto estardalhaço! – exclamou em tom de desprezo, sentado de maneira insolente numa cadeira. – O que importa tudo isso? Existem mulheres em excesso no mundo.

Race falou friamente:

– O senhor poderia nos contar o que fez ontem à noite, sr. Ferguson?

– Não vejo razão para isso, mas tudo bem. Fiquei andando à toa por um tempo. Desci do navio com a srta. Robson. Quando ela voltou, fiquei mais um tempo sozinho, passeando. Voltei para minha cabine mais ou menos à meia-noite.

– Sua cabine fica no convés de baixo, a estibordo?
– Fica. Não estou em cima, com a nobreza.
– O senhor ouviu um tiro? Deve ter soado como o estalo de uma rolha.
Ferguson ficou pensando.
– Sim. Acho que ouvi algo como o som de uma rolha... Não me lembro quando... antes de ir dormir. Mas ainda havia muita gente acordada... muita agitação, passos apressados de um lado para o outro no convés de cima.
– Deve ter sido o tiro disparado pela srta. de Bellefort. Não ouviu outro tiro?
Ferguson balançou a cabeça.
– Nem o som de algo caindo na água?
– Isso sim. Acho que sim. Mas havia tanto barulho que não tenho certeza.
– O senhor chegou a sair de sua cabine durante a noite?
Ferguson sorriu.
– Não. E não participei da boa ação, infelizmente.
– Sr. Ferguson, não seja infantil.
O jovem não gostou do comentário.
– Por que não dizer o que penso? Sou a favor da violência.
– Mas imagino que o senhor não pratica o que prega – murmurou Poirot.
Inclinou-se para a frente.
– Foi Fleetwood que lhe disse que Linnet Doyle era uma das mulheres mais ricas da Inglaterra, não foi?
– O que Fleetwood tem a ver com isso?
– Fleetwood, meu amigo, tinha um excelente motivo para matar Linnet Doyle. Guardava-lhe rancor.
O sr. Ferguson saltou da cadeira como que impulsionado por uma mola.
– Que jogo sujo é esse, hein? – perguntou, indignado. – Colocar a culpa no pobre Fleetwood, que não pode se defender, que não tem dinheiro para pagar advogados. Mas uma coisa eu lhes digo: se vocês tentarem incriminá-lo, terão de se ver comigo.
– E quem é o senhor? – perguntou Poirot docemente.
O sr. Ferguson enrubesceu.
– Sou uma pessoa leal aos amigos – respondeu, rispidamente.
– Muito bem, sr. Ferguson, por enquanto é só – disse Race.
Quando Ferguson se retirou, Race comentou, inesperadamente:
– Um jovem até bastante simpático.

— Não acha que ele pode ser o homem que *você* está procurando? — indagou Poirot.

— Não creio. Tenho certeza de que está a bordo. A informação foi muito precisa. Bem, uma coisa de cada vez. Vejamos o que Pennington diz.

CAPÍTULO 18

Andrew Pennington demonstrou todas as convencionais reações de pesar e choque. Estava, como sempre, muito bem-vestido. Usava agora um smoking. O rosto comprido e bem barbeado exibia uma expressão de perplexidade.

— Senhores — disse, com tristeza —, esse caso me abalou profundamente! A pequena Linnet... Lembro-me dela como a criatura mais linda do mundo. Como Melhuish Ridgeway se orgulhava da filha! Bom, não vale a pena entrar nisso. Digam-me apenas o que posso fazer para ajudá-los. É só o que lhes peço.

Race disse:

— Para começar, sr. Pennington, o senhor ouviu alguma coisa ontem à noite?

— Não, senhor. Não posso dizer que ouvi. Minha cabine fica ao lado da cabine do dr. Bessner, número quarenta e quarenta e um. Ouvi certa agitação por volta da meia-noite. Evidentemente, não sabia do que se tratava na ocasião.

— Não ouviu mais nada? Tiros?

— Nada parecido — respondeu Andrew Pennington, sacudindo a cabeça.

— E a que horas o senhor foi para a cama?

— Um pouco depois das onze, acho.

Inclinou-se para a frente.

— Não creio que seja novidade para vocês, mas há muitos boatos correndo pelo navio. Aquela menina meio francesa, Jacqueline de Bellefort. Há algo de suspeito nela. Linnet não me disse nada, mas não sou cego nem surdo. Ela e Simon tiveram um caso há algum tempo, não tiveram? *Cherchez la femme*, é uma regra que costuma funcionar, e eu diria que vocês não precisam *cherchez* muito.

— Ou seja, de acordo com o senhor, foi Jacqueline de Bellefort quem matou a madame Doyle? — perguntou Poirot.

— É o que me parece. Evidentemente, *saber* mesmo, não sei de nada.

— Infelizmente, nós sabemos!

— Como assim? — perguntou o sr. Pennington, espantado.

– Sabemos que é quase impossível que a mademoiselle de Bellefort tenha matado a madame Doyle.

Poirot explicou com detalhes as circunstâncias. Pennington parecia relutante em aceitá-las.

– Concordo que faz sentido, mas aquela enfermeira... Aposto que ela não ficou acordada a noite toda. Deve ter cochilado, e a menina saiu e voltou sem que ninguém percebesse.

– Muito pouco provável, monsieur Pennington. Lembre-se de que ela havia tomado uma forte injeção à base de morfina. E, de qualquer maneira, as enfermeiras costumam ter sono leve e acordam quando o paciente acorda.

– Acho tudo muito esquisito – declarou Pennington.

Race disse de maneira gentil, mas autoritária:

– O senhor pode acreditar, sr. Pennington, que examinamos todas as possibilidades com muito cuidado. Não há dúvida quanto ao resultado: Jacqueline de Bellefort não matou a sra. Doyle. Desse modo, somos obrigados a procurar em outro lugar, e achamos que o senhor pode nos ajudar nesse ponto.

– Eu? – perguntou Pennington, nervoso.

– Sim. O senhor era amigo íntimo da vítima. Deve saber mais de sua vida do que o próprio marido, que a conheceu há poucos meses. O senhor deve saber, por exemplo, se existe alguém com alguma queixa contra ela, alguém que tivesse motivos para desejar sua morte.

Andrew Pennington passou a língua pelos lábios secos.

– Garanto-lhes que não tenho a mínima ideia. Linnet foi criada na Inglaterra. Sei muito pouco a respeito de sua vida e suas relações.

– Além disso – ponderou Poirot –, alguém neste navio estava interessado em seu desaparecimento. O senhor deve se lembrar que a madame Doyle escapou por pouco, aqui mesmo, quando aquela pedra rolou lá de cima. Ah, mas talvez o senhor não estivesse lá.

– Não. Eu estava dentro do templo nesse momento. Soube depois, claro. Foi por um triz. Mas possivelmente um acidente, não?

Poirot encolheu os ombros.

– Naquele momento, achamos que sim. Agora, não sabemos.

– Sim, sim, claro – disse Pennington, enxugando o rosto com um lenço fino de seda.

O coronel Race tomou a palavra:

– O sr. Doyle referiu-se a uma pessoa neste navio que tinha rancor, não em relação a ela pessoalmente, mas em relação à sua família. O senhor sabe quem poderia ser?

– Não tenho a mínima ideia – respondeu Pennington, estupefato.

– Ela nunca mencionou o assunto?

— Não.
— O senhor era amigo íntimo do pai dela. Não se lembra de nenhuma transação sua que tenha gerado a ruína de algum adversário nos negócios?

Pennington abanou a cabeça.

— Nenhum caso especial. Essas transações eram frequentes, claro, mas não me lembro de ninguém que tivesse feito ameaças, nem nada parecido.

— Em resumo, sr. Pennington, o senhor não pode nos ajudar.

— É o que parece. Sinto muito, senhores.

Race trocou um olhar com Poirot e depois disse:

— Sinto, também. Tínhamos esperança.

Levantou-se para mostrar que havia terminado.

Andrew Pennington disse:

— Como Doyle está de cama, com certeza desejará que eu cuide de tudo. Perdoe-me, coronel, mas quais são as providências?

— Quando sairmos daqui, vamos direto para Shellal. Chegaremos amanhã de manhã.

— E o corpo?

— Será levado para uma das câmaras frigoríficas.

Andrew Pennington fez um cumprimento com a cabeça e retirou-se.

Poirot e Race entreolharam novamente.

— O sr. Pennington — disse Race, acendendo um cigarro — não estava nem um pouco à vontade.

Poirot concordou.

— E o sr. Pennington estava tão perturbado que contou uma mentira estúpida. Ele *não* estava no templo de Abu Simbel quando a pedra caiu. Eu mesmo posso jurar, *moi qui vous parle*. Eu tinha acabado de sair de lá.

— Uma mentira estúpida — disse Race — e reveladora.

Poirot concordou de novo.

— Mas, por enquanto — disse, sorrindo —, vamos tratá-lo com luvas de pelica, não?

— Essa era a ideia — disse Race.

— Meu amigo, você e eu nos entendemos maravilhosamente bem.

Ouviram um ronco distante e sentiram o chão vibrar. O *Karnak* iniciava sua viagem de regresso a Shellal.

— As pérolas — disse Race. — É o próximo assunto a esclarecer.

— Você tem algum plano?

— Sim — respondeu Race, consultando o relógio. — Daqui a meia hora será servido o almoço. No final da refeição, proponho fazermos um anúncio. Simplesmente informar que o colar de pérolas foi roubado e pedir que ninguém se retire para fazermos uma busca no navio.

Poirot gostou do plano.

— Muito engenhoso. O indivíduo que roubou o colar ainda está com ele. Pego de surpresa, o ladrão não terá como jogar o colar na água, numa atitude de desespero.

Race puxou algumas folhas de papel em sua direção.

— Gosto de fazer um resumo dos fatos à medida que avanço – disse, em tom de quem se desculpa. – Ajuda a esclarecer as coisas.

— Faz bem. Método e ordem são fundamentais – disse Poirot.

Race escreveu por alguns minutos em sua letra pequena e caprichada. Quando terminou, empurrou para Poirot o resultado de seu trabalho.

— Veja se discorda de alguma coisa.

Poirot pegou as folhas e leu o título:

ASSASSINATO DA SRA. LINNET DOYLE

A sra. Doyle foi vista com vida, a última vez, pela criada Louise Bourget. Hora: 23h30 (aproximadamente).

Das 23h30 às 00h20, as seguintes pessoas têm álibis: Cornelia Robson, James Fanthorp, Simon Doyle, Jacqueline de Bellefort – *mais ninguém* –, mas o crime provavelmente foi cometido *após* esse horário, pois é quase certo que a arma utilizada seja o revólver de Jacqueline de Bellefort, que até então estava na bolsa dela. Não está *provado* que o crime foi cometido com esse revólver, e só poderemos ter certeza depois da autópsia e da perícia técnica. Mas podemos considerar isso como provável.

Provável sequência de acontecimentos: X (o assassino) presenciou a cena entre Jacqueline e Simon Doyle no salão envidraçado e viu onde caiu o revólver, debaixo da poltrona. Quando o salão ficou vazio, X foi pegar a arma, julgando que o crime seria atribuído a Jacqueline de Bellefort. De acordo com esta teoria, as seguintes pessoas podem ser consideradas inocentes:

Cornelia Robson, uma vez que não teve oportunidade de ir pegar o revólver antes de James Fanthorp voltar para procurá-lo.

Srta. Bowers – idem.

Dr. Bessner – idem.

Observação: Fanthorp não pode ser considerado totalmente inocente, pois poderia ter colocado a arma no bolso, dizendo depois que não conseguiu encontrá-la.

Qualquer outra pessoa poderia ter pegado o revólver durante aquele intervalo de dez minutos.

Possíveis motivos para o crime:

Andrew Pennington. Partindo do princípio de que é culpado de práticas fraudulentas. Há uma boa quantidade de indícios neste sentido, mas não o suficiente para incriminá-lo. Se foi ele quem empurrou a pedra, é um homem que sabe aproveitar as oportunidades. O crime, evidentemente, não foi premeditado, exceto em linhas *gerais*. O momento do tiro no salão ontem à noite representou uma oportunidade ideal.

Objeções à teoria da culpabilidade de Pennington: *por que ele jogou o revólver na água, se a arma constituía uma prova valiosa contra J.B.?*

Fleetwood. Motivo: vingança. Fleetwood considera-se prejudicado por Linnet Doyle. Pode ter presenciado a cena e visto onde a arma foi parar. Talvez tenha apanhado o revólver por ser um objeto útil, não com a ideia de culpar Jacqueline. Isso condiz com o fato de a arma ter sido jogada na água. *Mas, nesse caso, por que ele teria escrito a letra J com sangue na parede?*

Observação: É mais provável que o lenço barato encontrado em volta do revólver pertença a um homem como Fleetwood do que a algum dos passageiros ricos.

Rosalie Otterbourne. Devemos aceitar o depoimento da srta. Van Schuyler ou a versão de Rosalie? Alguma coisa *foi* jogada na água, provavelmente o revólver enrolado na estola de veludo.

Pontos a serem estudados. Rosalie tinha algum motivo? Pode não ter gostado de Linnet Doyle e até sentido inveja dela, mas isso não parece configurar motivo para um assassinato. Rosalie só poderá ser incriminada se descobrirmos um motivo adequado. Até onde sabemos, não havia nenhuma ligação anterior entre Rosalie Otterbourne e Linnet Doyle.

Srta. Van Schuyler. A estola de veludo em que a arma foi enrolada pertencia à srta. Van Schuyler. De acordo com seu próprio depoimento, ela a viu pela última vez no salão envidraçado. Chamou a atenção para a perda da estola durante a noite, e empreendeu-se uma busca para encontrá-la. Sem resultado.

Como a estola foi parar nas mãos de X? Será que X a roubou mais cedo naquela noite? Nesse caso, por quê? Ninguém podia prever que haveria uma cena entre Jacqueline e Simon. Será que X encontrou a estola no salão quando foi pegar o revólver debaixo da poltrona? Nesse caso, por que não foi encontrada na ocasião da busca? Será que a srta. Van Schuyler realmente havia perdido a estola? Isto é: Será que a srta. Van Schuyler matou Linnet Doyle? Sua acusação a Rosalie Otterbourne seria uma mentira deliberada? Se matou a sra. Doyle, qual o motivo?

Outras possibilidades:
Roubo como motivo. Possível, uma vez que o colar de pérolas desapareceu, e Linnet Doyle usou-o ontem à noite.
Alguém contra a família Ridgeway. Possível – mas sem provas. Sabemos que há um homem perigoso a bordo, um assassino. Temos um assassino e uma morte. Não haverá ligação entre os dois? Para chegarmos a essa conclusão, precisaríamos demonstrar que Linnet Doyle possuía informações que ameaçavam esse homem.
Conclusões: Podemos dividir as pessoas a bordo em dois grupos: aqueles que tinham um possível motivo ou contra quem há indícios concretos e aqueles que, até onde sabemos, estão livres de suspeita.

Grupo I	*Grupo II*
Andrew Pennington	Sra. Allerton
Fleetwood	Tim Allerton
Rosalie Otterbourne	Cornelia Robson
Srta. Van Schuyler	Srta. Bowers
Louise Bourget (roubo?)	Dr. Bessner
Ferguson (política?)	Signor Richetti
	Sra. Otterbourne
	James Fanthorp

Poirot empurrou os papéis de volta.
– Muito justo, muito exato, o que você escreveu.
– Concorda?
– Sim.
– E o que você tem a dizer?
Poirot empertigou-se.
– Tenho uma pergunta: "*Por que* o revólver foi jogado na água?".
– Só isso?
– No momento, sim. Enquanto não chegar a uma resposta satisfatória a essa pergunta, de nada vale o resto. Este deve ser o ponto de partida.

Você perceberá, meu amigo, que em seu resumo, você não tentou solucionar essa questão.

Race encolheu os ombros.

– Pânico – disse, em resposta à pergunta.

Poirot sacudiu a cabeça, com perplexidade. Pegou o veludo molhado e abriu-o em cima da mesa, passando os dedos em volta dos furos e das marcas chamuscadas.

– Diga-me, meu amigo – falou de repente –, você tem mais intimidade do que eu com armas de fogo. Uma coisa assim, enrolada num revólver, amorteceria efetivamente o som do tiro?

– Não. Não como um silenciador.

Poirot continuou sua linha de raciocínio:

– Muito bem. Um homem, com certeza um homem acostumado a lidar com armas de fogo, saberia disso. Mas uma mulher... uma mulher *não* saberia.

Race fitou-o com curiosidade.

– Provavelmente não.

– Não. Deve ter lido romances policiais, em que o autor nem sempre é muito exato nos detalhes.

Race sacudiu o revólver com coronha de madrepérola.

– De qualquer maneira, este revólver é muito pequeno para fazer barulho – disse. – Só um estalo. Com outros barulhos à volta, o mais provável é que não ouvíssemos nada.

– Sim, já pensei nisso.

Poirot examinou o lenço.

– Lenço de homem, mas não de um cavalheiro. Um lenço barato.

– O tipo de lenço que um homem como Fleetwood usaria.

– Sim. Reparei que Andrew Pennington usa um lenço de seda bastante fino.

– E Ferguson? – sugeriu Race.

– Possivelmente. Como bravata. Mas aí usaria uma bandana.

– Utilizou-o em vez de uma luva, imagino, para segurar a arma sem deixar impressões digitais – disse Race, acrescentando, em tom jocoso: – "O caso do lenço cor-de-rosa".

– Ah, sim. Uma cor bem *jeune fille**, não?

Poirot colocou o lenço na mesa e voltou a examinar a estola com as marcas de pólvora.

– De qualquer maneira, é estranho...

– O quê?

---

* "De menina." (N.T.)

– *Cette pauvre* madame Doyle. Deitada tão em paz... com aquele furo na cabeça. Lembra-se de sua expressão?

Race olhou-o com curiosidade.

– Percebi que você está querendo me dizer alguma coisa, mas não faço a mínima ideia do que seja.

CAPÍTULO 19

Bateram na porta.

– Pode entrar – disse Race.

Um criado entrou.

– Desculpe-me – falou, dirigindo-se a Poirot –, mas o sr. Doyle quer falar com o senhor.

– Já estou indo.

Poirot levantou-se, saiu, subiu a escada que levava ao tombadilho e foi até a cabine do dr. Bessner.

Simon, com o rosto vermelho e febril, estava apoiado em travesseiros. Parecia constrangido.

– Muita gentileza sua vir até aqui, monsieur Poirot. Gostaria de lhe fazer um pedido.

– Pois não?

Simon corou ainda mais.

– Em relação a Jackie. Quero vê-la. O senhor acha... o senhor se importaria... acha que ela se incomodaria se o senhor lhe pedisse para vir aqui? Fico deitado, pensando... Aquela pobre menina... afinal, ela não passa de uma criança... e eu a tratei tão mal... e... – não sabia como continuar e calou-se.

Poirot olhou-o, interessado.

– O senhor deseja ver a mademoiselle Jacqueline? Vou chamá-la.

– Obrigado. É muita bondade sua.

Poirot foi atrás de Jacqueline de Bellefort e encontrou-a encolhida num canto do salão envidraçado. Havia um livro aberto em seu colo, mas ela não o lia.

Poirot disse gentilmente:

– Poderia vir comigo, mademoiselle? O monsieur Doyle gostaria de vê-la.

– Simon? – perguntou ela, perplexa. Corou, depois empalideceu. – Ele quer *me* ver?

Poirot achou comovente aquela incredulidade.

– Poderia vir, mademoiselle?
Ela o acompanhou docilmente, como uma criança intrigada.
– Sim, é claro.
Poirot entrou na cabine.
– Aqui está a mademoiselle.
Jacqueline entrou, vacilante, e parou. Ficou muda, olhando fixo para o rosto de Simon.
– Oi, Jackie. – Ele também estava constrangido. – Muito obrigado por ter vindo. Eu queria dizer... ou seja... o que eu queria dizer...
Ela interrompeu-o nesse momento. Suas palavras saíram desenfreadas, em tom de desespero.
– Simon, eu não matei Linnet. Você sabe que não fui eu... Eu estava louca ontem à noite. Será que você é capaz de me perdoar?
Simon falava com mais facilidade agora.
– Claro. Não tem importância! Não tem a mínima importância! É isso o que eu queria dizer. Achei que você podia estar um pouco preocupada...
– *Preocupada? Um pouco?* Ah, Simon!
– Era por isso que queria vê-la. Queria lhe dizer que está tudo bem, viu? Você estava um pouco perturbada ontem à noite. Normal.
– Ah, Simon! Eu poderia ter acabado com sua vida!
– Não com um revólver de brinquedo como aquele...
– E sua perna? Talvez você nunca mais volte a andar...
– Olhe, Jackie, não seja dramática. Assim que chegarmos a Assuã, eles tirarão uma radiografia e extrairão a bala, e tudo ficará bem de novo.
Jacqueline engoliu em seco duas vezes. Depois, correu para o lado da cama, ajoelhou-se perto de Simon, escondendo o rosto nas mãos e soluçando. Simon acariciou-lhe a cabeça, meio sem jeito. Seu olhar encontrou o de Poirot, que, com um suspiro relutante, saiu da cabine.
Ao sair, ainda ouviu murmúrios:
– Como pude ser tão má? Oh, Simon!... Sinto tanto!
Do lado de fora, Cornelia Robson estava debruçada sobre a amurada. Virou a cabeça.
– Ah, é o senhor, monsieur Poirot. Parece estranho, de certa forma, que o dia esteja tão bonito.
Poirot olhou para o céu.
– Quando o sol brilha, não conseguimos ver a lua – disse. – Mas quando o sol se põe... ah, quando o sol se põe...
Cornelia ficou olhando para ele, boquiaberta.
– Perdão?

– Eu estava dizendo, mademoiselle, que quando o sol se pôr, conseguiremos ver a lua. Não?
– Sim, claro – disse ela, sem entender direito.
Poirot riu.
– Devaneios. Não repare.
Em seguida, dirigiu-se lentamente para a popa do navio. Ao passar pela primeira cabine, parou um minuto. Conseguiu ouvir trechos de conversa lá dentro.
– Profunda ingratidão... depois de tudo o que fiz por você... você não tem consideração com a coitada de sua mãe... não imagina o quanto sofri...
Poirot comprimiu os lábios. Ergueu a mão e bateu na porta.
Fez-se silêncio. Depois a sra. Otterbourne perguntou:
– Quem é?
– A mademoiselle Rosalie está?
Rosalie apareceu na porta. Poirot ficou impressionado com sua aparência. Havia círculos escuros sob seus olhos e sulcos em volta da boca.
– O que houve? – perguntou, sem nenhuma cordialidade. – O que o senhor quer?
– O prazer de alguns minutos de conversa com a mademoiselle. Poderia vir?
Rosalie olhou-o desconfiada.
– Por que eu deveria?
– Eu lhe imploro, mademoiselle.
– Bem...
Ela saiu ao convés, fechando a porta atrás de si.
– Pois não?
Poirot segurou-a delicadamente pelo braço e conduziu-a em direção à popa. Passaram pelos banheiros e deram a volta pelo outro lado. Estavam sozinhos naquela parte do navio. O Nilo corria atrás deles.
Poirot apoiou-se na amurada. Rosalie continuou ereta e tesa.
– Pois não? – perguntou novamente, com a mesma rispidez.
Poirot falou lentamente, escolhendo as palavras.
– Poderia lhe fazer algumas perguntas, mademoiselle, mas não creio que consista em respondê-las.
– Parece, então, uma perda de tempo ter me trazido aqui.
Poirot passou o dedo pela amurada de madeira.
– Está acostumada, mademoiselle, a suportar sozinha o peso de seus aborrecimentos... Mas não há como fazer isso por muito tempo. A tensão torna-se grande demais. No seu caso, mademoiselle, isso já está acontecendo.
– Não sei do que o senhor está falando – disse Rosalie.

– Estou falando de fatos. Fatos objetivos e desagradáveis. Vamos falar abertamente e sem muitos rodeios. Sua mãe é alcoólatra, mademoiselle.

Rosalie não respondeu. Chegou a abrir a boca, mas não disse nada. Dessa vez, parecia perdida.

– Não precisa falar nada, mademoiselle. Deixe essa parte para mim. Em Assuã, fiquei interessado na relação entre vocês. Vi imediatamente que, apesar de seus comentários pouco filiais, a senhorita, na verdade, estava protegendo sua mãe de alguma coisa. Logo percebi o que era. Soube muito antes de encontrar sua mãe um dia de manhã, completamente embriagada. Compreendi que o caso dela era de crises esporádicas, muito mais difícil de tratar. A senhorita lidava com tudo isso de maneira bastante corajosa. No entanto, sua mãe tinha a sagacidade de quem bebe às escondidas. Conseguiu esconder uma boa quantidade de bebidas. Não me admiraria saber que só ontem a senhorita descobriu o esconderijo dela. Portanto, ontem à noite, assim que sua mãe pegou no sono, a senhorita apanhou todo o conteúdo do *depósito*, foi até o outro lado do navio (uma vez que o seu lado fica contra a margem) e jogou tudo no Nilo.

Poirot fez uma pausa.

– Acertei?

– Sim, acertou – Rosalie disse num ímpeto. – Fui tola em não lhe contar. Mas não queria que todo mundo soubesse. A notícia se espalharia por todo o navio. E parecia uma besteira tão grande... isto é... que eu...

Poirot completou a frase para ela.

– Uma besteira tão grande que a senhorita fosse suspeita de cometer um assassinato?

Rosalie concordou com um gesto de cabeça.

Em seguida, explodiu de novo:

– Tenho me esforçado tanto para que ninguém saiba. Na verdade, não é culpa dela. Ela começou a ficar desanimada. Seus livros não vendiam mais. As pessoas estão cansadas de todas essas histórias sexuais baratas... Ela ficou magoada, profundamente magoada. E aí começou a beber. Durante muito tempo, não percebi por que ela estava tão esquisita. Quando descobri, tentei impedi-la. Ela parava por um tempo, mas depois recaía, e começava a discutir e brigar com as pessoas. Um horror! – estremeceu. – Sempre tive que estar alerta, para ajudá-la... Depois, ela começou a implicar comigo. Voltou-se contra mim. Às vezes, chego a achar que ela me odeia.

– *Pauvre petite* – disse Poirot.

Rosalie virou-se bruscamente para ele.

– Não sinta pena de mim. Não seja gentil. Será mais fácil assim – disse, soltando um suspiro comovente. – Estou tão cansada... estou exausta.

– Eu sei – disse Poirot.

– As pessoas me acham insuportável. Arrogante e mal-humorada. Não consigo ser de outro jeito. Já me esqueci de como ser gentil.

– Foi o que lhe disse: a senhorita suportou esse peso sozinha por muito tempo.

Rosalie disse lentamente:

– É um alívio falar sobre isso. O senhor sempre foi tão amável comigo, monsieur Poirot. Acho que muitas vezes fui grosseira.

– *La politesse* não é necessária entre amigos.

A expressão de desconfiança voltou de repente ao rosto de Rosalie.

– O senhor contará para todos? Imagino que terá de contar, por causa daquelas malditas garrafas que joguei na água.

– Não, não será necessário. Diga-me apenas uma coisa: a que horas foi isso? À uma e dez?

– Mais ou menos. Não me lembro exatamente.

– A mademoiselle Van Schuyler *a* viu? A senhorita viu a *mademoiselle Van Schuyler*?

– Não, não *a* vi – respondeu Rosalie.

– Ela disse que espiou pela porta da cabine.

– Não teria como vê-la. Só olhei para o convés e depois para o rio.

Poirot anuiu.

– E a senhorita viu alguém quando olhou para o convés?

Houve uma pausa bastante longa. Rosalie franziu a testa, como quem reflete.

Finalmente, respondeu, em tom firme:

– Não. Não vi ninguém.

Hercule Poirot consentiu com a cabeça. Mas seu olhar era grave.

CAPÍTULO 20

Os passageiros entraram no salão de jantar, sozinhos ou em duplas, com expressão de desânimo, como se achassem indecoroso sentarem-se à mesa para comer. Tomaram seus lugares com ar quase penitente.

Tim Allerton chegou alguns minutos depois que sua mãe sentou. Parecia bastante mal-humorado.

– Maldita hora em que resolvi fazer esta viagem – resmungou.

A sra. Allerton balançou a cabeça tristemente.

– Ah, querido, sinto o mesmo. Aquela moça tão linda! Que crueldade. Pensar que alguém foi capaz de matá-la a sangue-frio. Um horror que possam fazer algo assim. E a outra coitadinha...
– Jacqueline?
– Sim. Sinto muita pena dela. Parece tão infeliz!
– Para ela aprender a não brincar com armas – disse Tim com frieza, servindo-se de manteiga.
– Deve ter tido uma educação deficiente.
– Pelo amor de Deus, mãe. Não seja tão maternal.
– Como você está mal-humorado, Tim!
– Estou mesmo. Quem não estaria?
– Não vejo por quê. A situação é apenas triste.
Tim disse, com irritação:
– Você está vendo a situação do ponto de vista romântico! Parece não compreender que estar envolvido num caso de assassinato não é brincadeira.
A sra. Allerton sobressaltou-se.
– Mas, certamente...
– Esse é o ponto! Não existe isso de "certamente". Todo mundo neste maldito navio é suspeito. Eu e você, assim como todos os outros.
– Tecnicamente, sim – objetou a sra. Allerton –, mas é absurdo.
– Não há nada de absurdo quando o assunto é assassinato! Você pode ficar aí sentada, exalando honestidade e integridade, mas os policiais de Shellal ou Assuã não a julgarão pelas aparências.
– Talvez já saibam a verdade antes disso.
– Por quê?
– O monsieur Poirot pode descobrir.
– Aquele velho charlatão? Não descobrirá nada. Só tem presunção e bigodes.
– Bem, Tim – disse a sra. Allerton –, talvez você tenha razão, mas não há outro jeito. Melhor nos conformarmos e encararmos a situação com o máximo de tranquilidade possível.
Mas seu filho não parecia tranquilo.
– Ainda há o roubo daquelas malditas pérolas.
– As pérolas de Linnet?
– Sim. Parece que roubaram o colar dela.
– Deve ter sido o motivo do crime – opinou a sra. Allerton.
– Por quê? Você está misturando duas coisas completamente diferentes.
– Quem lhe disse que o colar sumiu?
– Ferguson. Ele soube pelo amigo maquinista, que soube pela criada.
– Eram pérolas lindas – declarou a sra. Allerton.

Poirot sentou-se à mesa, cumprimentando a sra. Allerton.

– Estou um pouco atrasado – disse.

– O senhor devia estar ocupado – disse a sra. Allerton.

– Sim, tenho estado bastante ocupado.

Poirot pediu uma garrafa de vinho ao garçom.

– Somos muito fiéis a nossos hábitos – observou a sra. Allerton. – O senhor sempre bebe vinho. Tim sempre bebe uísque com soda. E eu, sempre experimentando uma nova marca de água mineral.

– *Tiens*! – exclamou Poirot, olhando-a por um momento. Depois, murmurou para si mesmo: – É uma ideia, que...

Em seguida, encolhendo os ombros com impaciência, afastou a preocupação repentina que o distraíra e começou a conversar sobre outros assuntos.

– É grave o ferimento do sr. Doyle? – quis saber a sra. Allerton.

– Sim, bastante grave. O dr. Bessner está ansioso para chegar a Assuã, para que possam tirar uma radiografia e extrair a bala. Mas ele acredita que não haverá sequelas permanentes.

– Coitado do Simon – disse a sra. Allerton. – Ontem mesmo ele parecia feliz como um menino, a quem nada faltava no mundo. E agora sua linda esposa está morta, e ele, inutilizado numa cama. Mas espero...

– O que a senhora espera, madame? – perguntou Poirot aproveitando a pausa da sra. Allerton.

– Espero que ele não esteja muito zangado com aquela pobrezinha.

– Com a mademoiselle Jacqueline? Muito pelo contrário. Ele estava muito preocupado com ela.

Poirot virou-se para Tim.

– Eis um interessante problema de psicologia. Durante todo o tempo em que a mademoiselle Jacqueline os seguiu de um lugar para o outro, ele estava furioso. Mas agora, depois de ter levado um tiro dela, sendo gravemente ferido e com risco de ficar inválido para sempre, toda sua raiva parece ter desaparecido. Dá para entender?

– Sim – respondeu Tim, pensativo. – Acho que consigo entender. Na primeira situação, ele se sentia um tolo...

Poirot concordou.

– Tem razão. Sua dignidade masculina era abalada.

– Mas agora, olhando sob certo aspecto, *ela* é que fez papel de tola. Todos estão contra ela, e assim...

– Ele consegue ser generoso e perdoá-la – completou a sra. Allerton. – Como os homens são infantis!

– Uma afirmação totalmente falsa que as mulheres sempre fazem – murmurou Tim.

Poirot sorriu.

— Diga-me uma coisa: a prima da madame Doyle, a srta. Joanna Southwood, era parecida com ela?

— O senhor deve ter se confundido, monsieur Poirot. Ela é nossa prima e amiga de Linnet.

— Ah, perdão, fiz confusão. É uma moça que está em evidência. Cheguei a me interessar no caso dela por algum tempo.

— Por quê? – perguntou Tim secamente.

Poirot quase se levantou para cumprimentar Jacqueline de Bellefort, que acabava de entrar, passando por eles em direção à sua mesa. Estava corada e um pouco ofegante. Seus olhos brilhavam. Quando Poirot se sentou novamente, parecia ter esquecido a pergunta de Tim.

— Será que todas as jovens que têm joias valiosas são tão descuidadas quanto a madame Doyle? – murmurou vagamente.

— É verdade, então, que o colar foi roubado? – perguntou a sra. Allerton.

— Quem lhe disse isso, madame?

— Ferguson – respondeu Tim.

— Sim, é verdade – informou Poirot, bastante sério.

— Imagino – disse a sra. Allerton, nervosa – que isso será muito desagradável para todos nós. Foi o que Tim disse.

O rapaz fechou a cara, mas Poirot não perdeu tempo.

— Ah, então já passou por essa experiência? Já esteve numa casa em que houve um roubo.

— Nunca – retrucou Tim.

— Ah, sim, querido, você esteve na casa dos Portarlingtons naquela época, quando os diamantes daquela velha detestável foram roubados.

— Você sempre confunde as histórias, mãe. Eu estava lá quando descobriram que o colar de diamantes que ela usava em volta do pescoço gordo era falso! A substituição deve ter sido feita meses antes. Aliás, muita gente disse que foi ela mesma quem forjou tudo!

— Joanna deve ter dito, imagino.

— Joanna não estava lá.

— Mas ela os conhecia. E esse comentário é bem típico dela.

— Você sempre implica com a Joanna, mãe.

Poirot mudou rapidamente de assunto. Disse que pretendia fazer uma grande compra numa das lojas de Assuã. Um tecido lilás e dourado muito bonito de um comerciante indiano. Teria que pagar taxas alfandegárias, mas...

— Eles falaram que podem... como se diz? ...despachar para mim. E que os impostos não serão muito altos. Acham que chegará tudo em ordem?

A sra. Allerton relatou que soube de muitas pessoas que compraram coisas naquelas lojas e não tiveram nenhum problema em enviar as compras diretamente para a Inglaterra. Tudo chegou direitinho.

– *Bien*. Farei isso. Mas é um trabalhão quando estamos no exterior e nos chega uma encomenda da Inglaterra! Já aconteceu com vocês, de chegar algum pacote quando estão viajando?

– Acho que não. Já aconteceu, Tim? Às vezes você recebe livros, mas nunca tivemos problema.

– Ah, com livros é diferente.

A sobremesa foi servida. Nesse momento, sem prévio aviso, o coronel Race levantou-se e fez seu discurso.

Falou sobre as circunstâncias do crime e anunciou o roubo das pérolas. Disse que realizariam uma busca no navio e que ficaria grato se todos os passageiros permanecessem no salão até concluírem o procedimento. Depois, se ninguém se opusesse, seriam todos revistados.

Poirot escapou agilmente para seu lado. Houve muita agitação, vozes indignadas, desconfiadas, perplexas...

Poirot aproximou-se de Race e murmurou algo em seu ouvido, no momento em que Race estava para sair do salão.

Race ouviu, fez um sinal positivo com a cabeça e chamou um empregado. Disse-lhe alguma coisa e depois, junto com Poirot, saiu ao convés, fechando a porta atrás de si.

Ficaram um tempo debruçados sobre a amurada, em silêncio. Race acendeu um cigarro.

– Não é ruim sua ideia – disse. – Logo veremos se dá resultado. Dou-lhes três minutos.

A porta do salão de jantar abriu-se, e o mesmo criado com quem eles tinham falado apareceu. Cumprimentou Race e disse:

– Tudo certo. Uma senhora disse que precisa falar com o senhor urgentemente.

– Ah! – exclamou Race, satisfeito. – Quem?

– Srta. Bowers, a enfermeira.

Race pareceu surpreso.

– Mande-a para a sala de fumantes. Não deixe mais ninguém sair.

– Não se preocupe, senhor. O outro empregado cuidará disso.

O homem voltou para o restaurante. Poirot e Race foram para a sala de fumantes.

– Bowers, hein? – murmurou Race.

Mal chegaram à sala de fumantes, o criado reapareceu com a srta. Bowers. Convidou-a a entrar e saiu, fechando a porta.

– Muito bem, srta. Bowers – disse o coronel Race, fitando-a com curiosidade no olhar. – O que está acontecendo?

A srta. Bowers estava impassível como sempre.

– Queira desculpar-me, coronel Race, mas nas atuais circunstâncias, achei melhor falar imediatamente com o senhor – disse, abrindo a bolsa preta – para lhe devolver isto.

Tirou de dentro um colar de pérolas, que colocou em cima da mesa.

CAPÍTULO 21

Se a srta. Bowers fosse do tipo de mulher que gostasse de causar sensação, teria ficado totalmente satisfeita com o resultado de seu gesto.

O coronel Race parecia completamente estupefato.

– Extraordinário! – exclamou, apanhando as pérolas na mesa. – Poderia explicar, srta. Bowers?

– Claro. Foi para isso que eu vim – disse a srta. Bowers, acomodando-se numa cadeira. – Evidentemente, foi difícil decidir o que fazer. A família, naturalmente, preferiria evitar um escândalo e confiava em meu bom senso, mas as circunstâncias são tão fora do comum que não tive escolha. É claro que não encontrando nada nas cabines, o próximo passo seria revistar os passageiros, e se as pérolas fossem encontradas comigo, a situação seria constrangedora, e a verdade teria que vir à tona.

– E qual é a verdade? A senhorita pegou essas pérolas na cabine da sra. Doyle?

– Não. Claro que não, coronel Race. Foi a srta. Van Schuyler.

– A srta. Van Schuyler?

– Sim. Ela não consegue evitar, mas... pega as coisas. Sobretudo joias. Na verdade, é por isso que estou sempre com ela. Não por sua saúde. É por essa pequena idiossincrasia. Fico alerta, e felizmente nunca tive problema desde que estou com ela. Basta eu ficar atenta. E ela sempre esconde as coisas no mesmo lugar, dentro de uma meia, o que facilita a busca. Todo dia de manhã, verifico suas meias. Além disso, tenho o sono leve e durmo sempre num quarto contíguo, com a porta de comunicação aberta, se estivermos num hotel. Ou seja, costumo ouvir tudo. Procuro convencê-la a voltar para a cama. Num navio, claro, é muito mais difícil. Mas geralmente ela não faz isso à noite. É mais uma mania de pegar as coisas que ela vê esquecidas. Evidentemente, ela sempre gostou de pérolas.

A srta. Bowers parou de falar.

– Como descobriu que o colar tinha sido roubado? – perguntou Race.

– Ele estava dentro da meia dela hoje de manhã. Eu sabia de quem era, claro. Já tinha reparado nesse colar. Fui devolvê-lo na esperança de que a sra. Doyle não tivesse se levantado ainda e não tivesse dado por sua falta. Mas quando cheguei à sua cabine encontrei um criado, que me contou do assassinato, dizendo que ninguém podia entrar. Fiquei, então, num dilema. Mas ainda esperava conseguir devolver o colar mais tarde, antes de perceberem que ele havia desaparecido. Posso lhe dizer que passei uma manhã muito desagradável, pensando na melhor maneira de proceder. A família da srta. Van Schuyler é tão reservada e exclusiva. Seria um escândalo se uma notícia dessas saísse nos jornais. Mas não será necessário, não é?

A srta. Bowers parecia preocupada.

– Depende das circunstâncias – respondeu o coronel Race, sem se comprometer. – Mas faremos o possível para ajudar. O que a srta. Van Schuyler diz a respeito disso?

– Oh, ela negará, claro. Ela sempre nega. Diz que alguma pessoa maldosa colocou o objeto lá. Ela nunca admite que pegou alguma coisa. É por isso que volta rapidinho para a cama se for pega a tempo. Diz que estava saindo apenas para ver a lua, ou algo parecido.

– A srta. Robson sabe desse seu... defeito?

– Não. Sua mãe sabe, mas a srta. Robson é uma menina muito simples, e a mãe achou melhor ela não saber de nada. Sou perfeitamente capaz de tomar conta da srta. Van Schuyler sozinha – acrescentou a competente srta. Bowers.

– Gostaríamos de agradecer, mademoiselle, por ter vindo tão rápido – disse Poirot.

A srta. Bowers levantou-se.

– Espero ter feito o melhor.

– Tenha certeza disso.

– Levando em consideração um assassinato também...

O coronel Race interrompeu-a, com voz grave.

– Srta. Bowers, vou lhe fazer uma pergunta e quero que responda com toda a franqueza. A srta. Van Schuyler tem um problema mental a ponto de ser cleptomaníaca. A senhorita acha que ela também tem tendências homicidas?

A srta. Bowers respondeu imediatamente:

– Não! De jeito nenhum. Sou capaz de jurar que não. A velha não faria mal a uma mosca.

A resposta veio com tanta segurança que não havia mais nada a dizer. Mesmo assim, Poirot ainda fez mais uma pergunta.

– A srta. Van Schuyler tem problema de surdez, não?

— Para falar a verdade, sim, monsieur Poirot. Nada grave. Ou seja, é algo que não se nota conversando com ela. Mas muitas vezes ela não ouve quando alguém entra no quarto, ou coisas desse tipo.

— A senhorita acha que ela ouviria alguém caminhando na cabine da sra. Doyle, que é ao lado da sua?

— Acho que não. A cama dela fica do outro lado, longe da parede em comum entre as cabines. Acho que ela não ouviria nada.

— Obrigado, srta. Bowers.

Race disse:

— Poderia voltar ao salão de jantar e esperar com os outros?

Abriu a porta para ela e viu-a descendo as escadas e entrando no salão. Depois, fechou a porta e voltou para a mesa. Poirot estava com o colar na mão.

— Bem — disse Race, sombriamente —, a reação foi rápida. Mulher muito calma e astuta, perfeitamente capaz de sonegar informações, se isso lhe convier. E como fica a srta. Marie Van Schuyler agora? Não creio que possamos eliminá-la da lista de suspeitos. Ela poderia ter cometido o crime para se apoderar das joias. Não podemos acreditar na enfermeira. Ela fará de tudo para proteger a família.

Poirot concordou. Estava muito ocupado com as pérolas, revirando-as pelos dedos, examinando-as à altura dos olhos.

— Podemos acreditar em parte da história da velha. Ela realmente espreitou pela porta da cabine e viu Rosalie Otterbourne. Mas não creio que ela tenha ouvido alguma coisa ou alguém na cabine de Linnet Doyle. Devia estar apenas espiando, esperando o melhor momento para sair da cabine e ir roubar as joias.

— Então Rosalie estava realmente lá.

— Sim, jogando as garrafas de bebida da mãe no rio.

O coronel Race sacudiu a cabeça, com pena.

— Então é isso! Deve ser difícil para uma menina tão nova.

— Sim, a vida não tem sido muito alegre para *cette pauvre petite Rosalie*.

— Fico feliz de que isso tenha sido esclarecido. Será que *ela* não viu ou ouviu alguma coisa?

— Perguntei isso. Ela respondeu, depois de uns vinte segundos, que não tinha visto ninguém.

— Oh! — exclamou Race, alerta.

— Sim, muito sugestivo.

Race disse lentamente:

— Se Linnet Doyle foi assassinada por volta de uma e dez, ou mais tarde, parece incrível que ninguém tenha ouvido o tiro. É verdade que aquele revólver não faz muito barulho, mas, de qualquer maneira, o navio devia estar completamente silencioso a essa hora, e qualquer ruído, mesmo um pequeno estalo, deveria ser ouvido. Mas começo a entender melhor agora. A cabine ao lado da dela, na parte da frente, estava desocupada, pois seu marido estava na cabine do dr. Bessner. A outra, na parte de trás, é da srta. Van Schuyler, que é parcialmente surda. Sobra apenas...

Fez uma pausa e olhou para Poirot, fazendo suspense. Poirot assentiu com a cabeça.

– A cabine perto da dela, do outro lado do navio, isto é, a de Pennington. Parece que sempre voltamos a Pennington.

– Voltaremos a ele daqui a pouco, mas sem luvas de pelica! Ah, sim, estou me prometendo esse prazer.

– Nesse meio-tempo, melhor continuarmos com nossa busca no navio. O colar ainda é uma desculpa conveniente, mesmo que já estejamos com ele. A srta. Bowers não deverá falar nada.

– Ah, essas pérolas! – exclamou Poirot, examinando-as mais uma vez contra a luz. Passou a língua sobre elas, chegando a morder uma. Depois, com um suspiro, largou-as sobre a mesa.

– Mais complicações, meu amigo – disse. – Não sou especialista, mas lidei muito com joias em minha profissão e tenho quase certeza do que digo. Estas pérolas não passam de imitação.

CAPÍTULO 22

— Este maldito caso está ficando cada vez mais complicado – praguejou o coronel Race, pegando o colar. – Tem certeza de que são falsas? Parecem verdadeiras para mim.

– Sim, a imitação é perfeita.

– O que isso significa? Talvez Linnet Doyle tivesse mandado fazer pérolas de imitação para viajar mais tranquila. Muitas mulheres fazem isso.

– Nesse caso, o marido saberia.

– Talvez ela não tenha lhe contado.

Poirot balançou a cabeça, insatisfeito.

– Não, não creio que seja isso. Na primeira noite, reparei nas pérolas da madame Doyle, em seu brilho maravilhoso. Tenho certeza de que eram verdadeiras.

– Isso nos leva a duas possibilidades. Primeiro, que a srta. Van Schuyler só roubou o colar de imitação depois que o verdadeiro foi roubado por outra pessoa. Segundo, que toda aquela história de cleptomania é inventada.

Ou a srta. Bowers é uma ladra e inventou a história procurando afastar suspeitas com a entrega do colar falso, ou estamos diante de uma verdadeira quadrilha de ladrões de joias, disfarçados de família americana.

– Sim – murmurou Poirot. – Difícil saber. Mas chamo atenção para um detalhe: fazer uma imitação perfeita do colar, com fecho e tudo, a ponto de enganar a madame Doyle requer muita destreza. Não é algo que dá para ser feito às pressas. A pessoa que copiou as pérolas teve tempo de examinar as verdadeiras.

Race levantou-se.

– Não adianta ficarmos especulando. Vamos dar prosseguimento ao trabalho. Precisamos encontrar as pérolas verdadeiras. E, ao mesmo tempo, ficaremos de olhos abertos.

Revistaram as cabines do convés inferior. A do signor Richetti continha diversos trabalhos arqueológicos em diferentes idiomas, uma grande variedade de roupas, loções de cabelo bastante perfumadas e duas cartas pessoais, uma de uma expedição arqueológica na Síria e outra, aparentemente, de uma irmã em Roma. Seus lenços eram todos de seda, coloridos.

Passaram para a cabine de Ferguson.

Literatura comunista, uma boa quantidade de fotografias, *Erewhon*, de Samuel Butler, e uma edição barata do *Diário* de Pepys. Tinha poucos pertences pessoais. A maior parte das roupas estava rasgada e suja. A roupa de baixo, contudo, era de ótima qualidade. Lenços caros, de linho.

– Algumas discrepâncias interessantes – murmurou Poirot.

Race concordou.

– Estranho que não haja nenhum documento pessoal, carta etc.

– Sim, dá o que pensar. Um jovem esquisito o monsieur Ferguson – disse Poirot, examinando um anel com sinete, antes de guardá-lo na gaveta onde o encontrou.

Foram para a cabine de Louise Bourget. A criada costumava comer depois dos outros passageiros, mas Race dera ordem para que fosse se juntar ao resto do grupo. Um dos criados apareceu.

– Desculpe-me, senhor – disse –, mas não consegui encontrar a moça em lugar nenhum. Não sei onde ela pode estar.

Race olhou para dentro da cabine. Vazia.

Foram para o tombadilho, começando a estibordo. A primeira cabine era de James Fanthorp. Tudo na mais perfeita ordem. O sr. Fanthorp trazia pouca bagagem, mas tudo o que tinha era de boa qualidade.

– Nenhuma carta – disse Poirot, pensativo. – O sr. Fanthorp tem o cuidado de destruir sua correspondência.

Seguiram para a cabine de Tim Allerton.

Havia sinais de uma personalidade anglo-católica: um pequeno tríptico e um grande rosário de madeira cuidadosamente trabalhado. Além das roupas pessoais, Poirot e Race encontraram um manuscrito incompleto, bastante anotado e rabiscado, uma boa quantidade de livros, quase todos recém-publicados, e muitas cartas, jogadas de qualquer maneira numa gaveta. Poirot, que jamais tivera o mínimo escrúpulo de ler a correspondência alheia, examinou-as. Notou que não havia nenhuma carta de Joanna Southwood. Pegou um bastão de cola, manuseou-o por um ou dois minutos e disse:

– Vamos continuar.

– Nenhum lenço barato – comentou Race, recolocando rapidamente o que havia tirado de uma gaveta.

A cabine da sra. Allerton foi a seguinte. Muito arrumada, com um leve cheiro de lavanda no ar. A busca foi rápida.

– Uma boa mulher – disse Race, ao sair.

A próxima cabine era a que Simon Doyle usava como vestiário. As coisas de primeira necessidade, como pijama e objetos de toalete, foram levados para a cabine do dr. Bessner, mas o resto de seus pertences ainda estava ali: duas grandes malas de couro e uma bolsa de mão. Havia também algumas roupas no armário.

– Examinemos tudo com muita atenção, meu amigo – disse Poirot –, porque é provável que o ladrão tenha escondido as pérolas aqui.

– Acha possível?

– Totalmente! Pense bem. O ladrão, seja ele quem for, deveria saber que, mais cedo ou mais tarde, faríamos uma busca e que seria insensato esconder o colar em sua própria cabine. As outras cabines apresentam dificuldades específicas. Mas esta cabine pertence a um homem que não tem como visitá-la sozinho. Portanto, se o colar for encontrado aqui, ficaremos na mesma.

Por mais que procurassem, não encontraram nada.

– *Zut!* – exclamou Poirot baixinho, saindo mais uma vez ao convés.

A cabine de Linnet Doyle tinha sido trancada depois de removido o corpo, mas Race estava com a chave. Destrancando-a, os dois homens entraram.

Exceto pela ausência do corpo, a cabine estava exatamente igual a como estava de manhã.

– Poirot – disse Race –, se há algo para ser descoberto aqui, pelo amor de Deus, vá em frente e descubra! Você é capaz.

– Desta vez não se refere às pérolas, *mon ami?*

– Não. O assassinato é o principal. Deve haver algo que deixei escapar hoje de manhã.

Com calma e habilidade, Poirot começou a busca. Ajoelhou-se e inspecionou meticulosamente o assoalho. Em seguida, a cama. Depois, passou para o armário, as gavetas da cômoda, um baú e as duas malas de luxo. Examinou a valise, também luxuosa. Por fim, concentrou-se no lavatório. Havia diversos cremes, talcos, loções faciais, mas a única coisa que pareceu interessar Poirot foram dois pequenos frascos com uma etiqueta onde se lia "Nailex". Poirot pegou os frascos e levou-os para a penteadeira. Um, com o rótulo "Nailex Rose", estava quase vazio, com uma ou duas gotas de um líquido vermelho escuro no fundo. O outro, do mesmo tamanho, mas chamado "Nailex Cardinal", estava quase cheio. Poirot destapou primeiro o frasco vazio e depois o frasco cheio, cheirando os dois com delicadeza.

Uma fragrância de pera tomou conta do ambiente. Com uma ligeira expressão de desagrado, Poirot fechou os frascos.

– Descobriu alguma coisa? – perguntou Race.

Poirot respondeu com um provérbio francês:

– *On ne prend pas les mouches avec le vinaigre.**

Depois disse, com um suspiro:

– Meu amigo, não tivemos sorte. O assassino não nos ajudou. Não deixou cair as abotoaduras, a ponta do charuto, a cinza do cigarro ou, no caso de ser uma mulher, o lenço, o batom ou um prendedor de cabelo.

– Apenas o frasco de esmalte.

Poirot encolheu os ombros.

– Preciso perguntar à criada. Existe algo realmente muito curioso nisso.

– Onde será que ela se meteu? – perguntou Race, em tom de exclamação.

Os dois saíram da cabine, fecharam a porta e passaram para a cabine da srta. Van Schuyler.

De novo, encontraram todos os pertences típicos de uma pessoa rica, produtos de toalete, malas de qualidade, algumas cartas privadas e documentos em perfeita ordem.

A cabine seguinte era a dupla ocupada por Poirot e, depois dela, a cabine de Race.

– Pouco provável que tenha escondido aqui – opinou o coronel.

Poirot discordou.

– É possível. Uma vez, no Expresso do Oriente, investiguei um assassinato em que havia sumido um quimono vermelho. O quimono tinha de estar no trem. Sabe onde o encontrei? Na minha própria maleta, que estava trancada! Que impertinência!

– Bem, vejamos se alguém foi impertinente com você ou comigo desta vez.

---

* "Não atraímos moscas com vinagre." (N.E.)

Mas o ladrão das pérolas não havia sido impertinente com Hercule Poirot ou com o coronel Race.

Contornando a popa, fizeram uma busca meticulosa na cabine da srta. Bowers, mas não encontraram nada suspeito. Os lenços dela eram de linho simples, com uma inicial.

A cabine das Otterbourne era a seguinte. Novamente, Poirot fez uma busca cuidadosa, mas sem resultado.

Entraram na próxima cabine, que era do dr. Bessner. Simon Doyle estava deitado com uma bandeja de comida intocada a seu lado.

– Estou sem apetite – disse, desculpando-se.

Parecia febril e muito pior do que mais cedo. Poirot compreendeu a ansiedade de Bessner em levá-lo o mais rápido possível para um hospital. O pequeno detetive belga explicou o que Race e ele estavam fazendo, e Simon fez um gesto de aprovação com a cabeça. Ficou estupefato ao saber que as pérolas haviam sido devolvidas pela srta. Bowers, mais ainda ao saber que eram falsas.

– O senhor tem certeza, monsieur Doyle, de que sua esposa não tinha um colar de imitação que trouxe em vez do verdadeiro?

– Tenho. Certeza absoluta – respondeu Simon, convicto. – Linnet amava esse colar e o usava o tempo todo. Tinha seguro contra qualquer tipo de risco. Por isso, talvez, não se preocupasse tanto.

– Então precisamos continuar nossa busca.

Poirot começou a abrir gavetas. Race foi direto para uma das malas.

– Vocês não estão suspeitando do velho Bessner, não é? – perguntou Simon, sem entender o que eles faziam.

– Por que não? – disse Poirot, encolhendo os ombros. – Afinal de contas, o que sabemos do dr. Bessner? Só o que ele mesmo diz.

– Mas ele não teria como esconder aqui sem que eu visse.

– Não *hoje*, mas talvez há alguns dias. Não sabemos quando a substituição foi feita.

– Nunca pensei nisso.

A busca, no entanto, foi em vão.

A cabine seguinte era de Pennington. Os dois homens levaram algum tempo examinando o conteúdo de uma pasta cheia de documentos legais e de negócios. A maioria precisava da assinatura de Linnet.

Poirot sacudiu a cabeça, desconsolado.

– Parece tudo certo, não?

– Sim. Mas aquele homem não é nenhum idiota. Se *houvesse* algum documento comprometedor aqui, uma procuração ou coisa parecida, ele certamente o teria destruído logo após o crime.

— É verdade.

Poirot tirou da gaveta de cima da cômoda um pesado revólver Colt. Examinou-o e colocou-o de volta no lugar.

— Pelo visto, ainda há pessoas que viajam armadas — murmurou.

— Sim. Sugestivo. De qualquer maneira, Linnet Doyle não foi assassinada com uma arma desse calibre. — Race fez uma pausa e disse: — Pensei numa possível resposta à sua questão sobre a arma que foi jogada no rio. Talvez o assassino tenha deixado o revólver na cabine de Linnet Doyle, e outra pessoa o tenha jogado na água.

— Sim, é possível. Pensei nisso. Mas essa hipótese abre espaço para diversas outras questões. Quem era essa segunda pessoa? Que interesse tinha em proteger Jacqueline de Bellefort dando cabo da arma? O que essa segunda pessoa estava fazendo aqui? A única pessoa que sabemos que entrou na cabine foi a mademoiselle Van Schuyler. Seria possível que ela tenha pegado a arma? Que motivo *ela* teria para proteger Jacqueline de Bellefort? E, no entanto, que outro motivo pode existir para o desaparecimento da arma?

— Talvez ela tenha reconhecido a estola, se assustado e jogado tudo fora — sugeriu Race.

— A estola, talvez, mas ela teria jogado a arma também? De qualquer maneira, concordo que talvez seja uma solução. Mas é, *bon Dieu*, pouco sutil. E você ainda não percebeu um detalhe em relação à estola...

Quando saíram da cabine de Pennington, Poirot sugeriu que Race revistasse as cabines que faltavam, de Jacqueline, Cornelia e duas outras desocupadas, enquanto ele ia trocar uma palavra com Simon Doyle. Assim sendo, voltou e entrou na cabine de Bessner.

— Olhe, fiquei pensando — disse Simon. — Tenho certeza de que o colar de ontem era o verdadeiro.

— Por que, monsieur Doyle?

— Porque Linnet — fez uma expressão de dor ao pronunciar o nome da esposa — estava apreciando suas pérolas antes do jantar. Ela entendia de joias. Teria percebido a substituição.

— Em todo caso, era uma imitação muito bem feita. Diga-me uma coisa: a madame Doyle tinha o hábito de separar-se do colar? Já chegou a emprestá-lo a alguma amiga, por exemplo?

Simon corou, levemente constrangido.

— Sabe, monsieur Poirot, é difícil responder... eu... eu não conhecia Linnet há muito tempo.

— Foi um romance rápido, o de vocês.

Simon continuou:

– E então... eu não saberia uma coisa dessas. Mas Linnet era muito generosa com suas coisas. Não duvido de que já tenha emprestado o colar.

– Ela nunca emprestou o colar – a voz de Poirot era calma – para a mademoiselle de Bellefort, por exemplo?

– O que o senhor quer dizer com isso? – perguntou Simon, vermelho. Tentou sentar-se mais ereto, teve uma contração de dor e voltou a recostar-se. – Aonde o senhor quer chegar? Que Jackie roubou o colar? Ela não roubou. Posso garantir que não. Jackie é honesta como ninguém. A mera ideia de que ela possa ter roubado alguma coisa é absurda... completamente absurda.

Poirot olhou para ele com brilho nos olhos.

– Uh, lá, lá! – exclamou, inesperadamente. – Parece que fui mexer em casa de marimbondo.

Simon repetiu obstinado, sem dar atenção ao comentário de Poirot:

– Jackie é honesta!

Poirot lembrou-se de uma voz de mulher em Assuã, à beira do Nilo, dizendo "Amo Simon, e ele me ama...".

Ficou conjeturando qual das três declarações que ouvira naquela noite era a verdadeira. Parecia-lhe que Jacqueline fora quem mais se aproximara da verdade.

A porta abriu-se, e Race entrou.

– Nada – disse em tom brusco. – Bem, já sabíamos. Os criados estão vindo para nos informar sobre o resultado da busca no salão.

Um criado e uma criada apareceram na porta. O criado foi o primeiro a falar.

– Nada, senhor.

– Algum dos homens se opôs?

– Só o italiano, senhor. Falou bastante. Disse que era uma vergonha... algo assim. E tinha um revólver.

– Que tipo de revólver?

– Mauser automático, calibre 25, senhor.

– Os italianos são muito temperamentais – disse Simon. – Richetti perdeu a cabeça em Wadi Halfa só por causa de um telegrama. Foi bastante grosseiro com Linnet.

Race voltou-se para a criada, uma mulher grande e bela.

– Nada nas mulheres, senhor. Todas protestaram, exceto a sra. Allerton, que foi bastante solícita. Nenhum sinal do colar. A propósito, a jovem, a srta. Rosalie Otterbourne, tinha um pequeno revólver na bolsa.

– De que tipo?

– Um revólver bem pequeno, senhor, com cabo de madrepérola. Parecia de brinquedo.

Race teve um sobressalto.

– Com os diabos! – exclamou baixinho. – Pensei que ela estivesse acima de qualquer suspeita, e agora... Será que toda mulher neste maldito navio anda com revólver de cabo de madrepérola?

Fez uma pergunta direta à criada:

– Ela demonstrou alguma emoção quando você descobriu a arma?

– Não creio que tenha percebido – respondeu a criada. – Eu estava de costas para ela quando examinei sua bolsa.

– De qualquer maneira, ela devia saber que o revólver seria encontrado. Bom, não sei o que dizer. E a criada?

– Procuramos no navio inteiro, senhor. Não a encontramos em lugar nenhum.

– O que houve? – perguntou Simon.

– A criada da sra. Doyle, Louise Bourget. Desapareceu.

– *Desapareceu*?

Race disse pensativo:

– É possível que *ela* tenha roubado o colar. É a única pessoa que poderia ter conseguido uma réplica.

– E aí, quando soube que iam revistar o navio, atirou-se na água? – sugeriu Simon.

– Isso é absurdo – exclamou Race, com irritação. – Uma mulher não pode atirar-se de um navio como este em plena luz do dia sem ninguém perceber. Ela deve estar escondida em algum lugar. – Voltou a dirigir-se à criada: – Onde ela foi vista pela última vez?

– Mais ou menos meia hora antes de tocarem a sineta do almoço, senhor.

– Revistaremos a cabine dela, de qualquer maneira – disse Race. – Talvez encontremos alguma pista de seu paradeiro.

Race desceu para o convés inferior, acompanhado por Poirot. Destrancaram a porta da cabine e entraram.

Louise Bourget, cujo trabalho era manter as coisas dos outros em ordem, não parecia muito aplicada no que se referia a seus próprios pertences. Em cima da cômoda havia um monte de bugigangas. Ao lado, uma mala aberta, com roupas saindo, impedindo-a que se fechasse. Nas cadeiras, roupas de baixo penduradas.

Enquanto Poirot examinava cuidadosamente as gavetas da cômoda, Race revistava a maleta.

Os sapatos de Louise estavam perto da cama. Um deles, de couro envernizado preto, parecia descansar num ângulo bastante incomum, quase sem apoio. Tão extraordinário que chamou a atenção de Race.

O coronel fechou a mala e curvou-se sobre os sapatos. Soltou uma exclamação brusca.

– *Qu'est-ce qu'il y a?* – perguntou Poirot.

Race respondeu sombriamente:

– Ela não desapareceu. Ela está aqui... debaixo da cama.

CAPÍTULO 23

O corpo da mulher morta, que em vida havia sido Louise Bourget, jazia no chão da cabine. Os dois homens debruçaram-se sobre o cadáver.

Race foi o primeiro a levantar-se.

– Está morta há mais ou menos uma hora, eu diria. Bessner saberá. Foi esfaqueada no coração. Morte instantânea, suponho. Não está nada bonita.

– Não.

Poirot sacudiu a cabeça, estremecendo.

O rosto moreno e felino estava deformado numa expressão de surpresa e fúria, os lábios abertos, expondo os dentes.

Poirot inclinou-se novamente e ergueu a mão direita da moça, que ainda segurava alguma coisa. Abriu-lhe os dedos e entregou a Race um pedaço de papel fino, de tom rosa-claro.

– Está vendo o que é?

– Dinheiro – respondeu Race.

– O canto de uma nota de mil francos, creio.

– Bem, é fácil entender o que aconteceu – disse Race. – Ela sabia alguma coisa e estava chantageando o assassino. Reparamos que ela não foi muito objetiva hoje de manhã.

– Fomos idiotas! – exclamou Poirot. – Deveríamos ter percebido... na ocasião. O que ela disse? "O que eu poderia ter visto ou ouvido? Estava no convés de baixo. Naturalmente, se não tivesse conseguido dormir, se tivesse subido as escadas, *aí* sim, talvez tivesse visto o assassino, esse monstro, entrando ou saindo da cabine da madame, mas como foi..." Claro, foi isso o que aconteceu. Ela subiu, viu alguém entrando na cabine de Linnet Doyle (ou saindo) e, por conta de sua ganância insensata, está aí agora...

– E estamos longe de saber quem a matou – concluiu Race, desanimado.

– Não, não – objetou Poirot. – Sabemos muito mais agora. Sabemos quase tudo. Só que o que sabemos parece incrível... e, no entanto, deve ter sido assim. Só eu que não vejo. Ah, que idiota fui hoje de manhã! Nós dois sentimos que ela estava escondendo alguma coisa e não descobrimos o motivo lógico: chantagem.

– Ela deve ter exigido dinheiro imediatamente, para ficar calada – disse Race. – Exigência com ameaças. O assassino foi obrigado a ceder e pagou com notas francesas. Alguma pista?

Poirot balançou a cabeça, pensativo.

– Não creio. Muita gente traz dinheiro extra em viagens, às vezes libras, às vezes dólares, mas também francos. Possivelmente o assassino lhe deu tudo o que tinha em diversas moedas. Vamos continuar a reconstituição.

– O assassino vem à sua cabine, lhe dá o dinheiro e depois...

– E depois – continuou Poirot – ela conta o dinheiro. Oh, sim, conheço esse tipo. Ela conta o dinheiro, distraída, quando o assassino a ataca. Tendo conseguido matá-la, pega o dinheiro e foge, sem perceber que o canto de uma nota havia rasgado.

– Talvez possamos identificá-lo por aí – sugeriu Race, sem muita convicção.

– Acho difícil – disse Poirot. – Ele deve ter examinado as notas e reparado na nota rasgada. Claro, se ele fosse um sujeito sovina, não iria rasgar uma nota de mil francos. Mas acredito que ele seja exatamente o contrário.

– Por quê?

– Tanto este crime quanto o assassinato da madame Doyle requerem certas características: coragem, audácia, destreza, rapidez. Essas características não condizem com uma personalidade prudente, de uma pessoa que economiza.

– Melhor eu chamar o dr. Bessner – disse Race, desalentado.

O exame médico não durou muito tempo. Com uma profusão de *achs* e *sos*, Bessner examinou o corpo.

– Ela está morta há não mais de uma hora – informou. – A morte foi muito rápida... instantânea.

– E que arma o senhor acha que foi usada?

– *Ach*, isso é interessante. Foi algo muito afiado, muito fino, muito delicado. Posso mostrar de que tipo.

De volta à cabine de Bessner, o médico abriu uma maleta e pegou um bisturi.

– Algo assim, meu amigo. Não foi uma faca comum de cozinha.

– Quero crer – disse Race, de maneira sugestiva – que todos os seus instrumentos estão aí. Não está faltando nenhum, certo?

Bessner fitou-o, indignado.

– O que o senhor quer dizer com isso? Acha que eu, Carl Bessner, conhecido em toda a Áustria, com clientes de alto nível, iria matar uma miserável *femme de chambre*? Ah, mas é ridículo, absurdo o que diz! Não está faltando nenhum bisturi. Nenhum. Estão todos aqui, em seus lugares. O senhor mesmo pode ver. E não me esquecerei desse insulto à minha profissão.

O dr. Bessner fechou bruscamente a maleta e saiu furioso para o convés.

– Uau! O velho ficou zangado – disse Simon.

– Lamentável – disse Poirot, encolhendo os ombros.

– Vocês estão equivocados. O velho Bessner é uma ótima pessoa, apesar de ser boche.

O dr. Bessner reapareceu subitamente.

– Poderiam fazer o favor de sair de minha cabine? Preciso fazer o curativo na perna de meu paciente.

A srta. Bowers havia entrado com ele e esperava, profissional, que os outros se retirassem.

Race e Poirot obedeceram calmamente. Race murmurou alguma coisa e saiu. Poirot virou à esquerda. Ouviu vozes femininas, uma risada. Jacqueline e Rosalie estavam juntas na cabine desta última.

A porta estava aberta, e as duas estavam sentadas ao seu lado. Ergueram os olhos quando a sombra de Poirot caiu sobre elas. Rosalie Otterbourne sorriu para ele pela primeira vez, um sorriso tímido e receptivo, um pouco incerto, como quem faz uma coisa nova que não está acostumado.

– Falando da desgraça alheia, mademoiselles? – Poirot acusou-as.

– Não, nada disso – respondeu Rosalie. – Na verdade, estamos comparando batons.

Poirot sorriu.

– *Les chiffons d'aujourd'hui* – murmurou.

Mas havia algo de mecânico em seu sorriso, e Jacqueline de Bellefort, mais rápida e perspicaz do que Rosalie, percebeu. Largou o batom que estava segurando e saiu ao convés.

– Aconteceu alguma coisa, não?

– Sim, mademoiselle. A senhorita acertou.

– O quê? – Rosalie perguntou, saindo da cabine.

– Outra morte – respondeu Poirot.

Rosalie ficou perplexa. Poirot a observava atentamente. Viu espanto e algo mais – consternação – transparecendo em seus olhos.

– A criada da madame Doyle foi assassinada – contou o detetive, sem rodeios.

– Assassinada? – repetiu Jacqueline. – O senhor disse *assassinada*?

– Sim, foi o que eu disse.

Embora a resposta se dirigisse a Jacqueline, Poirot olhava para Rosalie. Foi para ela que disse em seguida:

— A criada viu alguma coisa que não deveria ter visto. Receando que ela não conseguisse guardar segredo, resolveram silenciá-la.

— O que será que ela viu?

Novamente, quem perguntou foi Jacqueline e Poirot respondeu para Rosalie. Um triângulo curioso.

— Quanto a isso, não há dúvida, creio eu — disse Poirot. — Ela viu alguém entrando e saindo da cabine de Linnet Doyle naquela noite fatídica.

Poirot era um ótimo observador. Reparou na rápida tomada de ar de quem leva um susto e no estremecimento das pálpebras de Rosalie Otterbourne. A moça reagira exatamente como ele esperava.

— Ela disse quem viu? — perguntou Rosalie.

De maneira gentil e pesarosa, Poirot respondeu que não com um gesto de cabeça.

Ouviram-se passos no tombadilho. Era Cornelia Robson, de olhos arregalados.

— Oh, Jacqueline! — exclamou, assustada. — Aconteceu algo horrível! Outra coisa horrorosa!

Jacqueline virou-se para ela. As duas deram alguns passos naquela direção. Quase que instintivamente, Poirot e Rosalie Otterbourne tomaram a direção oposta.

Rosalie perguntou rispidamente:

— Por que me olha assim? O que o senhor está pensando?

— A senhorita está me fazendo duas perguntas. Vou lhe fazer apenas uma, em resposta. Por que não me conta toda a verdade, mademoiselle?

— Não sei o que o senhor está dizendo. Já lhe contei... tudo... hoje de manhã.

— Não, nem tudo. Não me contou que carrega na bolsa uma arma de pequeno calibre, com coronha de madrepérola. Não me contou tudo o que viu a noite passada.

Ela corou e disse bruscamente:

— Não é verdade. Não tenho revólver nenhum.

— Eu não disse revólver. Disse uma pequena arma que a senhorita carrega na bolsa.

Rosalie deu meia-volta, entrou na cabine, pegou sua bolsa de couro cinza e entregou-a nas mãos de Poirot.

— O que o senhor está falando é absurdo. Pode olhar, se quiser.

Poirot abriu a bolsa. Não havia nenhuma arma lá dentro.

Devolveu-a para Rosalie, que o olhava com expressão de triunfo e desdém.

– Não – disse Poirot com prazer. – Não está aqui.

– Está vendo, monsieur Poirot? O senhor nem sempre está certo. E está enganado sobre aquela outra coisa ridícula que disse.

– Creio que não.

– O senhor é irritante! – disse Rosalie, batendo o pé no chão. – Coloca uma ideia na cabeça e fica insistindo nesse mesmo ponto.

– Porque quero que me diga a verdade.

– Qual é a verdade? O senhor parece saber mais do que eu.

– Quer que eu lhe diga o que a senhorita viu? – perguntou Poirot. – Se eu estiver certo, admitirá que estou certo? Vou lhe dizer minha ideia. Acho que quando deu a volta pela popa do navio, a senhorita parou involuntariamente porque viu um homem saindo da cabine do centro do convés, a cabine de Linnet Doyle, como ficou sabendo no dia seguinte. A senhorita o viu saindo, fechando a porta e afastando-se. Talvez tenha entrado em uma das duas últimas cabines. Estou certo, mademoiselle?

Ela não respondeu.

Poirot disse:

– Talvez lhe pareça mais prudente não falar. Talvez tenha medo de ser morta, se falar.

Por um momento, Poirot pensou que ela havia mordido a isca, que a acusação de falta de coragem conseguiria aquilo que argumentos mais sutis não teriam conseguido.

Os lábios de Rosalie Otterbourne abriram-se, tremendo.

– Não vi ninguém – declarou ela.

CAPÍTULO 24

A srta. Bowers saiu da cabine do dr. Bessner ajeitando as mangas sobre os punhos.

Jacqueline abandonou Cornelia abruptamente e aproximou-se da enfermeira.

– Como ele está? – perguntou.

Poirot chegou a tempo de ouvir a resposta. A srta. Bowers parecia preocupada.

– Ele está mal, mas não muito – disse.

– Quer dizer que está pior? – quis saber Jacqueline.

– Bem, posso dizer que ficarei aliviada quando ele fizer uma radiografia, extrair a bala e tomar um analgésico. Quando o senhor acha que chegaremos a Shellal, monsieur Poirot?

— Amanhã de manhã.

A srta. Bowers comprimiu os lábios e abanou a cabeça.

— Isso não é nada bom. Estamos fazendo tudo o que podemos, mas há sempre o perigo de septicemia.

Jacqueline agarrou o braço da srta. Bowers.

— Ele vai morrer? Ele vai morrer?

— Meu Deus, não, srta. de Bellefort. Isto é, espero que não. O ferimento em si não é perigoso, mas sem dúvida é necessário tirar uma radiografia o quanto antes. E, claro, o coitado do sr. Doyle deve ficar em repouso absoluto hoje. Já teve agitação e preocupação demais. Não é de se espantar que a febre tenha subido. Com o choque da morte da esposa, e uma ou outra coisa...

Jacqueline soltou o braço da enfermeira e afastou-se. Ficou debruçada sobre a amurada.

— O que estou dizendo é que devemos sempre esperar pelo melhor — disse a srta. Bowers. — O sr. Doyle tem uma ótima saúde, dá para ver. É possível que nunca tenha ficado doente na vida. Isso é um ponto a seu favor. Mas não há como negar que esta alta temperatura é um sinal negativo e...

Abanou a cabeça, ajeitou as mangas mais uma vez e retirou-se.

Com os olhos cheios de lágrimas, Jacqueline caminhou tateante em direção à sua cabine. Sentiu que alguém a ajudava e guiava. Viu Poirot a seu lado. Apoiou-se nele, e ele a conduziu até a porta.

Jacqueline jogou-se na cama e começou, então, a chorar livremente, chegando a soluçar.

— Ele vai morrer! Ele vai morrer! Eu sei que ele vai morrer... E fui eu que o matei. Sim, fui eu que o matei...

Poirot encolheu os ombros.

— Mademoiselle — disse com certa resignação —, o que está feito está feito. Não há como voltar atrás. É tarde demais para arrependimentos.

Ela exclamou com mais veemência:

— Fui eu que o matei! E eu o amo tanto... tanto...

— Demais... — suspirou Poirot.

Havia sido seu pensamento muito tempo antes, no restaurante de monsieur Blondin. Pensava o mesmo agora.

Após hesitar um pouco, ele continuou:

— Não acredite em tudo o que a srta. Bowers diz. As enfermeiras, a meu ver, são sempre lúgubres! A enfermeira da noite admira-se sempre de encontrar seu paciente vivo ao anoitecer. A enfermeira do dia admira-se sempre de encontrá-lo vivo ao amanhecer! Elas sabem demais das complicações que podem surgir. Quando estamos dirigindo um automóvel, sempre podemos pensar: "Se um carro saísse daquele cruzamento, ou se aquele caminhão desse marcha ré de repente, ou se o veículo que se aproxima perdesse a direção, ou se um cachorro saltasse por cima daquela cerca... *eh bien*, eu provavelmente teria morrido". Mas partimos do princípio, geralmente com razão, de que nada disso realmente acontecerá, e de que a viagem terminará em paz. Mas se a pessoa já sofreu ou já presenciou um ou mais acidentes, é provável que enxergue de outra forma.

Jacqueline perguntou, sorrindo por entre as lágrimas:

– Está tentando me consolar, monsieur Poirot?

– O *bon Dieu* sabe o que estou tentando fazer! A senhorita não deveria ter vindo nesta viagem.

– Não mesmo. Teria sido melhor não ter vindo. Tem sido... horrível. Mas... logo terminará.

– *Mais oui, mais oui.*

– E Simon vai para o hospital, receberá o tratamento adequado, e ficará tudo bem.

– Fala como uma criança! "E viveram felizes para sempre". Essa é a ideia, não?

Ela ficou vermelha.

– Monsieur Poirot, eu nunca quis... nunca...

– É cedo demais para pensar numa coisa dessas! Essa é a frase hipócrita que deveria ser dita, não? Mas a senhorita é meio latina, mademoiselle Jacqueline. Deve ser capaz de admitir os fatos mesmo que eles não sejam muito apropriados. *Le roi est mort... vive le roi!* O sol se põe e a lua nasce. Essa é a ideia, não?

– O senhor não compreende. Ele sente apenas compaixão por mim, pois sabe como me sinto por ter lhe causado tanto sofrimento.

– Ah, bom, a piedade verdadeira é um sentimento sublime – disse Poirot, olhando-a com expressão zombeteira.

Murmurou em francês:

"La vie est vaine.
Un peu d'amour,
Un peu de haine,
Et puis bonjour.

La vie est brève.
Un peu d'espoir,
Un peu de rêve,
*Et puis bonsoir."**

---

* "A vida é vã. / Um pouco de amor, / Um pouco de ódio, / E depois, bom dia. // A vida é breve. / Um pouco de esperança, / Um pouco de sonho, / E depois, boa noite." (N.T.)

Poirot saiu de novo ao convés. O coronel Race, que caminhava de um lado para o outro, veio falar com ele.
— Poirot. Estava procurando-o. Tenho uma ideia. Passando o braço pelo de Poirot, começaram a andar juntos.
— Apenas um comentário casual de Doyle. Não dei importância no momento. Algo sobre um telegrama.
— *Tiens... c'est vrai.*
— Talvez não haja nada, mas não podemos deixar de explorar nenhum caminho. Com os diabos! Dois assassinatos, e ainda estamos no escuro.
Poirot sacudiu a cabeça.
— No escuro, não. No claro.
Race fitou-o com curiosidade.
— Você tem alguma ideia?
— É mais do que uma ideia agora. *Eu tenho certeza.*
— Desde quando?
— Desde a morte da criada, Louise Bourget.
— Eu não vejo nada!
— Meu amigo, é tão claro. Cristalino como água. Só que há certas dificuldades, certos constrangimentos, impedimentos, em torno de uma pessoa como Linnet Doyle, há tantos... tantos sentimentos hostis... ódio, ciúme, inveja, maldade. Como uma nuvem de moscas, zumbindo, zumbindo...
— Mas você acha que sabe? – perguntou Race, ansioso por uma resposta. – Você não diria que sabe, a não ser que tivesse certeza. Eu não sei de verdade. Tenho minhas suspeitas, claro...
Poirot parou, colocando a mão sobre o braço de Race.
— Você é um grande homem, *mon colonel...* Você não diz: "Conte-me, o que você acha?". Você sabe que se eu pudesse falar agora, eu falaria. Mas ainda há muita coisa a esclarecer. De qualquer maneira, pense, reflita um pouco sobre o que vou lhe dizer. Existem certos pontos... Há a declaração da mademoiselle de Bellefort de que alguém ouviu nossa conversa aquela noite no jardim de Assuã. Há a declaração do monsieur Tim Allerton sobre o que ouviu e fez na noite do crime. Há as respostas significativas de Louise Bourget às nossas perguntas hoje de manhã. Há o fato de que a madame Allerton bebe água, seu filho bebe uísque com soda e eu bebo vinho. Some a tudo isso os dois vidros de esmalte e o provérbio que citei. E, finalmente, chegamos ao ponto crucial de toda a história, o fato de que a arma foi envolvida num lenço barato e numa estola de veludo, sendo, depois, jogada no rio...
Race ficou em silêncio por um tempo, depois balançou a cabeça.
— Não – disse ele. – Não compreendo. Tenho uma vaga ideia do que você está insinuando, mas os fatos não batem.

– Batem sim! É que você está vendo apenas metade da verdade. E lembre-se: precisamos começar de novo, do início, pois nossas primeiras deduções estavam totalmente erradas.

Race fez uma careta.

– Estou acostumado com isso. Tenho a impressão de que o trabalho do detetive é descartar as deduções iniciais, sempre falsas, e recomeçar.

– Sim, é verdade. E é justamente isso que as pessoas não fazem. Elas concebem uma teoria e querem que tudo se encaixe. Se um pequeno fato não se encaixar, a teoria é abandonada. Mas os fatos que não se encaixam são justamente os mais significativos. O tempo todo reconheci a importância de o revólver ter sido retirado do local do crime. Eu sabia que significava alguma coisa, mas só descobri o que era meia hora atrás.

– Ainda não compreendo!

– Você compreenderá! Reflita nos pontos que ressaltei. Agora, vamos solucionar a questão do telegrama. Isto é, se o *Herr Doktor* nos receber.

O dr. Bessner ainda estava de mau humor. Abriu a porta de cara fechada.

– O que foi? Querem ver meu paciente de novo? Não acho bom. Ele está com febre. Já teve emoção demais hoje.

– Só uma pergunta – prometeu Race. – Só isso.

O médico abriu passagem, resmungando qualquer coisa, e os dois homens entraram na cabine.

– Volto daqui a três minutos – disse Bessner. – Depois, vocês vão embora.

Saiu com passos pesados.

Simon Doyle ficou olhando para Race e Poirot, curioso.

– Pois não? O que houve?

– Uma coisinha – respondeu Race. – Agora, quando os criados me disseram que o signor Richetti causou problema com a busca no navio, o senhor comentou que isso não era uma surpresa, pois sabia que ele tinha um gênio difícil, que ele havia sido grosseiro com sua esposa a respeito de um telegrama. Poderia nos contar sobre esse incidente?

– Sim. Foi em Wadi Halfa. Tínhamos acabado de voltar da Segunda Catarata. Linnet julgou ter visto um telegrama para ela. Fez confusão com o nome. Tinha se esquecido de que não se chamava mais Ridgeway, e Richetti e Ridgeway são palavras parecidas quando escritas com letras intrincadas. Então ela abriu o telegrama e não entendeu nada. Estava tentando compreender, quando Richetti veio, furioso, e arrancou o telegrama de suas mãos. Ela foi pedir desculpa, mas ele não aceitou, sendo bastante grosseiro com ela.

Race respirou profundamente.

– E o senhor sabe, sr. Doyle, o que dizia o telegrama?

– Sim. Linnet leu uma parte em voz alta. Dizia...

Fez uma pausa. Ouviu uma agitação do lado de fora. Uma voz estridente se aproximava.

– Onde estão o monsieur Poirot e o coronel Race? Preciso vê-los *imediatamente*! É muito importante. Tenho informações vitais. Eu... Eles estão com o sr. Doyle?

Bessner não havia fechado a porta. Somente a cortina se interpunha entre o convés e a cabine. A sra. Otterbourne afastou-a para um lado e entrou como um furacão. Estava vermelha, caminhava de modo incerto e falava sem muito controle das palavras.

– Sr. Doyle – ela disse dramaticamente –, eu sei quem matou sua esposa!

– O quê?

Simon ficou olhando para ela, assim como os outros dois homens.

A sra. Otterbourne lançou-lhes um olhar triunfante. Estava feliz, extremamente feliz.

– Sim – disse. – Minha teoria está confirmada. Os instintos primitivos mais profundos... pode parecer impossível, fantástico, mas é verdade!

– Pelo que entendi, a senhora tem provas contra a pessoa que matou a sra. Doyle – disse Race, secamente.

A sra. Otterbourne sentou-se numa cadeira e inclinou-se para a frente.

– Sim, eu tenho. Os senhores hão de concordar que a pessoa que matou Louise Bourget também matou Linnet Doyle, não? Que os dois crimes foram cometidos pela mesma pessoa.

– Sim, sim – disse Simon, impaciente. – Claro. Faz sentido. Continue.

– Então não me enganei. Sei quem matou Louise Bourget. Portanto, sei quem matou Linnet Doyle.

– A senhora está dizendo que tem uma teoria a respeito de quem matou Louise Bourget? – sugeriu Race, com ceticismo.

A sra. Otterbourne voltou-se para ele como uma fera.

– Não. Eu sei quem matou. Eu *vi* a pessoa, com meus próprios olhos.

Simon, febril, exclamou:

– Pelo amor de Deus, comece do início. Sabe quem matou Louise Bourget?

A sra. Otterbourne respondeu que sim com a cabeça.

– Vou contar exatamente o que aconteceu.

Sim, ela estava feliz, sem dúvida! Era o seu momento, seu triunfo. E daí que seus livros não fossem vendidos, que o público idiota que antes os devorava tivesse agora outras preferências? Salome Otterbourne seria novamente famosa. Seu nome apareceria em todos os jornais. Ela seria a principal testemunha de acusação no tribunal.

Respirou fundo e começou a falar.

— Foi quando desci para o almoço. Estava sem fome. Com todo o horror da recente tragédia... Bem, não quero entrar nisso. No meio do caminho, reparei que tinha... deixado uma coisa na cabine. Falei para Rosalie ir na frente. Ela foi.

A sra. Otterbourne fez uma pausa.

A cortina da porta tremulou, como que levantada pelo vento, mas nenhum dos três homens percebeu.

— Eu... — a sra. Otterbourne parou de novo. Era um assunto delicado, mas precisava entrar naquele mérito. — Eu... tinha um trato com... uma das pessoas que trabalha no navio. Ele... ficou de me arranjar uma coisa, mas eu não queria que minha filha soubesse. Ela é meio implicante às vezes...

Não era uma história muito bem contada, mas depois ela poderia pensar em algo para impressionar no tribunal.

Race olhou interrogativamente para Poirot.

Poirot assentiu com a cabeça, de modo quase imperceptível. Seus lábios formaram a palavra "bebida".

A cortina da porta voou novamente, revelando qualquer coisa com um brilho azul acinzentado.

A sra. Otterbourne continuou:

— O combinado tinha sido que eu me encontrasse com um homem que estaria à minha espera no convés de baixo. Ao caminhar por ali, vi uma porta de cabine se abrindo e alguém olhar para fora. Era a menina, Louise Bourget... não sei direito o nome dela, parecia estar esperando alguém. Quando viu que era eu, ficou decepcionada e entrou correndo. Não pensei mais no assunto, claro. Fui até onde devia ir e recebi a tal coisa das mãos do homem. Paguei-lhe e... troquei algumas palavras com ele. Depois voltei. Quando estava passando por aquele canto, vi alguém batendo na porta da cabine da criada e entrando.

— E essa pessoa era... — disse Race.

Bang!

O barulho da explosão foi retumbante. Cheiro forte de pólvora na cabine. A sra. Otterbourne virou-se lentamente de lado, como que em suprema indagação, depois seu corpo tombou para a frente, batendo pesadamente no chão. De trás da orelha, o sangue começou a jorrar saindo de um buraco bem redondo.

Houve um momento de silêncio estupefato. Em seguida, os dois homens fisicamente aptos levantaram-se num salto. O corpo da mulher atrapalhava um pouco seus movimentos. Race debruçou-se sobre ela, enquanto Poirot, com um pulo de gato, saiu ao convés.

Não havia ninguém. No chão, bem perto do umbral, Poirot encontrou o revólver: um Colt grande.

O detetive olhou nas duas direções. O convés estava deserto. Dirigiu-se, então, para a popa. Ao fazer a curva, deparou-se com Tim Allerton, que vinha apressadamente na direção contrária.

– O que foi isso? – perguntou Tim, ofegante.

– Viu alguém quando vinha para cá? – perguntou Poirot, sem perder tempo.

– Se vi alguém? Não.

– Então venha comigo.

Poirot pegou o rapaz pelo braço e voltou para a cabine de Bessner. Havia agora um grupo de pessoas em frente à porta. Rosalie, Jacqueline e Cornelia tinham saído de sua cabine. Mais pessoas vinham do salão: Ferguson, Jim Fanthorp e a sra. Allerton.

Race estava ao lado do revólver. Poirot perguntou a Tim Allerton:

– Tem alguma luva no bolso?

Tim procurou.

– Tenho.

Poirot colocou a luva e abaixou-se para examinar o revólver. Race fez o mesmo. Os outros observavam, em suspense.

– Ele não foi para o outro lado – disse Race. – Fanthorp e Ferguson estavam no salão. Teriam visto o sujeito.

Poirot completou:

– E a sra. Allerton o teria visto se ele tivesse ido em direção à popa.

Race disse, apontando para o revólver:

– Creio que vimos esta arma há pouco tempo. Precisamos nos certificar disso.

Bateu na porta de Pennington. Ninguém respondeu. A cabine estava vazia. Race foi até a cômoda ao lado da cama e abriu a gaveta bruscamente. O revólver havia desaparecido.

– Isso está claro – disse Race. – Agora, onde está Pennington?

Saíram novamente ao convés. A sra. Allerton juntara-se ao grupo. Poirot aproximou-se dela.

– Madame, leve a srta. Otterbourne daqui e cuide dela. Sua mãe foi... – consultou Race com o olhar e Race assentiu – assassinada.

O dr. Bessner chegou alvoroçado.

– *Gott im Himmel!* O que foi agora?

Abriram caminho para ele. Race indicou a cabine, e Bessner entrou.

– Encontrem Pennington – pediu Race. – Alguma impressão digital no revólver?

– Não – respondeu Poirot.

Encontraram Pennington no convés de baixo. Estava na pequena sala de estar, escrevendo cartas.

– Alguma novidade? – perguntou, erguendo o rosto bonito e bem barbeado.

– O senhor ouviu um tiro?

– Agora que falaram nisso... acho que ouvi um barulho sim. Mas nunca imaginei... quem levou o tiro?

– A sra. Otterbourne.

– A *sra. Otterbourne*? – repetiu Pennington, parecendo admirado. – Uma surpresa! A sra. Otterbourne. – Sacudiu a cabeça. – Não consigo imaginar. – Baixou a voz: – Parece-me, senhores, que temos um maníaco homicida a bordo. Precisamos organizar um sistema de defesa.

– Sr. Pennington, há quanto tempo o senhor está nesta sala? – perguntou Race.

– Deixe-me ver... – disse o sr. Pennington, coçando o queixo. – Acho que há uns vinte minutos.

– E não saiu em nenhum momento?

– Não – respondeu, sem entender a pergunta.

– Sr. Pennington – disse Race –, a sra. Otterbourne foi assassinada com o seu revólver.

CAPÍTULO 25

O sr. Pennington ficou chocado, sem conseguir acreditar.

– Mas isso é muito sério – disse –, muito sério mesmo.

– Extremamente sério para o senhor, sr. Pennington.

– Para mim? – perguntou Pennington, perplexo. – Mas, meu caro senhor, se eu estava aqui, escrevendo tranquilamente quando o disparo foi efetuado.

– O senhor tem uma testemunha que comprove isso?

– Não. Não tenho. Mas é obviamente impossível que eu tenha ido até o tombadilho, atirado naquela pobre mulher (e por que eu haveria de atirar nela?) e voltado sem ninguém me ver. A esta hora do dia, há sempre muita gente no salão.

– E como o senhor explica o uso de seu revólver?

– Bem... nesse ponto, talvez eu tenha alguma responsabilidade. Pouco tempo depois de embarcarmos, houve uma conversa uma noite no salão sobre armas de fogo, me lembro bem, e eu mencionei que sempre trago um revólver comigo nas viagens.

– Quem estava presente?

– Não me lembro exatamente. A maioria das pessoas, acho. Muita gente.

Pennington sacudiu a cabeça.

– Sim, nesse ponto tenho uma parcela de culpa. – Fez uma pausa e continuou: – Primeiro Linnet, depois a criada de Linnet e agora a sra. Otterbourne. Não faz sentido!

– *Houve* um motivo – disse Race.

– Houve?

– Sim. A sra. Otterbourne estava a ponto de nos dizer o nome de uma pessoa que ela viu entrando na cabine de Louise. Antes de dizer, alguém a matou.

Andrew Pennington enxugou a testa com um lenço de seda fino.

– Tudo isso é tão terrível... – murmurou.

– Monsieur Pennington, eu gostaria de discutir certos aspectos do caso com o senhor – disse Poirot. – Poderia vir à minha cabine em meia hora?

– Será um prazer.

Mas Pennington não parecia sentir prazer nenhum. Race e Poirot entreolharam-se e saíram da sala.

– Sujeito astuto – disse Race –, mas ele está com medo, não acha?

– Sim, o monsieur Pennington não está nada tranquilo – concordou Poirot.

Quando chegaram ao tombadilho, a sra. Allerton saía da cabine e, ao ver Poirot, chamou-o com urgência.

– Pois não, madame.

– Aquela pobre menina! Diga-me, monsieur Poirot, existe alguma cabine dupla que eu possa dividir com ela? Melhor não voltar para a cabine em que estava com a mãe, e a minha é só para uma pessoa.

– Isso pode ser resolvido, madame. Muita bondade sua.

– É apenas cuidado. Além do mais, gosto dessa menina. Sempre gostei.

– Ela está muito abalada?

– Terrivelmente. Parecia totalmente dedicada àquela mulher odiosa. Isso que é patético. Tim acha que era alcoólatra. É verdade?

Poirot consentiu com a cabeça.

– Coitada. Não devemos julgá-la. Mas a menina devia ter uma vida terrível.

– Tinha mesmo, madame. É muito orgulhosa e foi sempre muito leal.

– Sim, gosto disso. De lealdade, digo. É um atributo fora de moda hoje em dia. Essa menina é um pouco estranha. Orgulhosa, reservada, teimosa e, no fundo, muito afetuosa, creio eu.

— Vejo que a deixei em boas mãos, madame.

— Sim, não se preocupe. Cuidarei dela. Ela está se apegando a mim de uma maneira muito comovente.

A sra. Allerton entrou de novo na cabine. Poirot voltou ao local do crime. Cornelia ainda estava no convés, de olhos arregalados.

— Não entendo, monsieur Poirot — disse. — Como o assassino conseguiu escapar sem que o víssemos?

— Sim, como? — Jacqueline perguntou, aproveitando a pergunta da outra.

— Ah, não foi um truque de desaparecimento como pensa, mademoiselle — explicou Poirot. — Há três direções que o assassino pode ter tomado.

Jacqueline parecia intrigada.

— Três?

— Poderia ter ido para a direita ou para a esquerda. Não vejo uma terceira opção — colocou Cornelia.

Jacqueline franzia a testa. De repente, compreendeu.

— É claro. Ele poderia se mover em duas direções num único plano, mas poderia seguir perpendiculares. Ou seja, não teria como *subir*, mas poderia descer.

Poirot sorriu.

— A senhorita é inteligente, mademoiselle.

Cornelia disse:

— Sei que pareço tola, mas ainda não entendo.

Jacqueline explicou:

— O que o monsieur Poirot está dizendo, querida, é que o assassino pode ter saltado sobre a amurada para o convés de baixo.

— Meu Deus! — exclamou Cornelia. — Nunca pensei nisso. Ele teria que ser muito ágil, não? Para não perder tempo.

— Isso é fácil — disse Tim Allerton. — Lembre-se de que há sempre um momento de choque após um acontecimento desses. Ouvimos um disparo e ficamos paralisados por um tempo.

— Foi o que aconteceu com o senhor, monsieur Allerton?

— Sim, foi. Fiquei imóvel como uma estátua por uns cinco segundos. Depois, saí correndo.

Race saiu da cabine de Bessner solicitando com autoridade:

— Poderiam fazer a gentileza de evacuar a área? Queremos remover o corpo.

Todos se afastaram de modo obediente. Poirot os acompanhou. Cornelia disse com tristeza:

— Jamais me esquecerei desta viagem enquanto eu viver. Três mortes... Parece um pesadelo.

Ferguson ouviu o que ela disse e exclamou, com certa agressividade:
— Isso é porque vocês são supercivilizados. Deveriam enxergar a morte como os orientais. É um mero incidente, que mal se nota.
— Isso funciona para eles — disse Cornelia —, que não têm instrução, coitados.
— Não. Isso é bom. A instrução desvitalizou a raça branca. Veja a América, imersa numa orgia cultural. Uma coisa nojenta.
— Acho que está dizendo bobagem — observou Cornelia, enrubescendo. — Todo inverno assisto a aulas sobre arte grega e a Renascença, e já estudei sobre mulheres famosas da história.
— Arte grega, Renascença! Mulheres famosas da história! — exclamou o sr. Ferguson, irritado. — Fico nervoso só de ouvi-la. É o *futuro* que importa, menina, não o passado. Três mulheres morreram neste navio. E daí? Elas não fazem falta. Linnet Doyle e seu dinheiro! A criada francesa, uma parasita doméstica. A sra. Otterbourne, uma mulher inútil e idiota. Você acha que alguém se importa com a morte delas? *Eu* não me importo. Acho até bom.
— Um erro seu! — disse Cornelia com veemência. — E estou cansada de ouvir sua ladainha, como se ninguém mais tivesse importância além de *você*. Eu não gostava muito da sra. Otterbourne, mas sua filha sempre foi muito próxima dela e está muito abalada com a morte da mãe. Não sei muito a respeito da criada francesa, mas imagino que alguém gostasse dela em algum lugar do mundo. E, quanto a Linnet Doyle... Bem, acima de qualquer consideração, ela era adorável! Sua beleza chegava a ofuscar. Sei que sou feia, e isso me faz apreciar ainda mais o belo. Ela era linda, uma mulher tão bela quanto uma obra de arte grega. E quando uma coisa bela desaparece, o mundo todo perde. E ponto final.
O sr. Ferguson recuou um passo e enfiou as duas mãos no cabelo, puxando-o com força.
— Desisto — disse. — Você é inacreditável. Não tem um pingo de despeito feminino! — E virando-se para Poirot: — O senhor sabia que o pai de Cornelia foi praticamente arruinado pelo pai de Linnet Ridgeway? Mas essa menina fica com raiva quando vê a herdeira passeando com pérolas e roupas francesas? Não. Limita-se a balir: "Ela não é linda?". Como uma ovelhinha. Não deve ter sentido dor nenhuma.
Cornelia corou.
— Senti, sim. Por um minuto. Meu pai morreu de desgosto.
— Sentiu dor por um minuto! Essa é boa.
Cornelia disse rispidamente:
— Bem, não foi você quem disse que devemos focar no futuro, não no passado? Tudo isso é passado, não é? Já passou.

– Você me pegou agora – disse Ferguson. – Cornelia Robson, você é a única mulher decente que conheci. Quer se casar comigo?

– Não fale besteira.

– Estou falando sério. É um pedido de casamento oficial, mesmo que na presença do velho detetive. De qualquer maneira, o senhor é testemunha, monsieur Poirot. Acabei de pedir essa moça em casamento... contra todos os meus princípios, porque não acredito em contratos legais entre os sexos. Mas como não creio que ela aceitasse outra coisa, que seja então o matrimônio. Vamos, Cornelia, aceite.

– Você é ridículo – disse Cornelia.

– Por que você não quer se casar comigo?

– Não é sério – disse Cornelia.

– Quer dizer que não estou falando sério ou que não sou sério em relação ao caráter?

– As duas coisas, mas eu me referia ao caráter. Você ri de tudo o que é sério. Educação, cultura, morte... Não daria para confiar em você.

Parou de falar, corou novamente e entrou apressada na cabine.

Ferguson ficou olhando naquela direção.

– Maldita! Pareceu-me que estava sendo sincera. Quer um homem de confiança. Essa é boa! *De confiança.* – Fez uma pausa e perguntou, com curiosidade: – O que houve, monsieur Poirot? O senhor está tão pensativo!

Poirot voltou à realidade com um sobressalto.

– Estava refletindo. Só isso. Refletindo.

– Meditação sobre a morte. "Morte, a dízima periódica", de Hercule Poirot. Uma de suas monografias mais conhecidas.

– Monsieur Ferguson – disse Poirot –, o senhor é um jovem muito impertinente.

– Desculpe-me. Gosto de atacar as instituições estabelecidas.

– E eu sou uma instituição estabelecida?

– Exatamente. O que o senhor acha dessa menina?

– Da srta. Robson?

– Sim.

– Acho que é uma menina de muito caráter.

– Tem razão. É enérgica. Parece meiga, mas não é. Corajosa. Ela é... Meu Deus, eu quero essa menina. Não será um mau passo enfrentar a velha. Se eu conseguir que ela se manifeste contra mim, pode ser que Cornelia passe a me ver com outros olhos.

Ferguson virou-se e foi para o salão envidraçado. A srta. Van Schuyler estava sentada em seu lugar de sempre, no canto, parecendo mais arrogante do que nunca. Tricotava. Ferguson foi em sua direção. Hercule Poirot, entrando sem chamar a atenção, sentou-se a uma distância discreta, parecendo absorto na leitura de uma revista.

– Boa tarde, srta. Van Schuyler.

A srta. Van Schuyler ergueu os olhos por um segundo, baixou-os novamente e murmurou friamente:

– Boa tarde.

– Olhe, srta. Van Schuyler, gostaria de conversar com a senhora sobre um assunto muito importante. Quero me casar com sua prima.

O novelo de lã da srta. Van Schuyler caiu no chão, rolando para longe.

– O senhor deve estar fora de si, meu rapaz – disse ela, com perversidade.

– De modo algum. Estou decidido a me casar com ela. Até lhe pedi em casamento!

A srta. Van Schuyler observou-o friamente, com o olhar curioso de quem examina um inseto raro.

– Pediu? E com certeza ela o mandou passear.

– Ela recusou.

– Claro.

– "Claro" nada. Insistirei até ela aceitar.

– Posso lhe garantir, senhor, que tomarei providências para que minha prima não seja objeto de nenhum assédio – disse a srta. Van Schuyler em tom mordaz.

– O que a senhora tem contra mim?

A srta. Van Schuyler limitou-se a franzir a testa e a dar um puxão veemente num fio de lã, como que colocando fim naquela conversa.

– Diga-me – insistiu Ferguson –, o que a senhora tem contra mim?

– Parece-me que isso é bastante óbvio, sr. ...não sei seu nome.

– Ferguson.

– Sr. Ferguson – repetiu a srta. Van Schuyler com evidente desprezo. – Essa ideia de casamento está fora de cogitação.

– A senhora está dizendo que não sou digno dela? – perguntou Ferguson.

– Acho que isso está mais do que claro.

– Em que sentido não sou digno?

A srta. Van Schuyler não respondeu.

– Tenho duas pernas, dois braços, boa saúde e inteligência normal. O que há de errado nisso?

– Existe algo chamado "posição social", sr. Ferguson.

– Uma besteira absurda!

A porta abriu-se e Cornelia entrou. Parou imediatamente ao ver sua temível prima Marie conversando com seu pretendente.

O sr. Ferguson virou a cabeça, sorriu e chamou, sem medo de causar escândalo:

— Venha, Cornelia. Estou pedindo sua mão em casamento, da maneira mais convencional.

— Cornelia — vociferou a srta. Van Schuyler —, *você deu corda a este rapaz?*

— Não... claro que não... pelo menos... não exatamente... quer dizer...

— Quer dizer o quê?

— Ela não me deu corda — intrometeu-se o sr. Ferguson, ajudando Cornelia. — Eu sou responsável por tudo. Ela não me rejeitou logo, porque tem um coração muito bom. Cornelia, sua prima diz que não sou digno de você. Isso, evidentemente, é verdade, mas não pelo que ela fala. Minha natureza moral certamente não se compara à sua, mas sua prima diz que não estou no seu nível social.

— Isso, creio eu, é óbvio para Cornelia — disse a srta. Van Schuyler.

— É? — perguntou o sr. Ferguson, olhando fixo para Cornelia. — É por isso que você não quer se casar comigo?

— Não — respondeu Cornelia, enrubescendo. — Se eu gostasse de você, me casaria independentemente de quem é.

— Mas você não gosta de mim?

— Acho-o insolente. A forma como você diz as coisas... As *coisas* que diz... Nunca conheci alguém como você. Eu...

Prestes a chorar, Cornelia saiu correndo do salão.

— No geral — ponderou o sr. Ferguson —, não é um mau começo.

Recostou-se na cadeira, assobiou, cruzou as pernas e continuou:

— Ainda vou lhe chamar de prima.

A srta. Van Schuyler tremeu de raiva.

— Saia daqui agora, senhor, ou mando chamar o criado.

— Paguei minha passagem — disse Ferguson. — Eles não podem me expulsar de um salão público. Mas atenderei a seu pedido.

Ferguson levantou-se e saiu displicentemente, cantarolando baixinho. Louca de raiva, a srta. Van Schuyler levantou-se com grande esforço. Poirot, saindo discretamente de seu esconderijo atrás da revista, apareceu e abaixou-se para pegar o novelo de lã.

— Obrigado, monsieur Poirot. Se puder chamar a srta. Bowers... Estou muito perturbada. Aquele rapaz insolente.

— Um tanto excêntrico, diria — comentou Poirot. — Quase todos da família são assim. Corrompidos. Sempre inclinados a exageros — acrescentou irresponsavelmente. — A senhora o reconheceu, com certeza.

— Reconheci-o?

— Ele se apresenta como Ferguson. Não usará seu título devido a suas ideias avançadas.

– Seu *título*? – perguntou a srta. Van Schuyler, interessada.
– Sim, aquele rapaz é o lorde Dawlish. Riquíssimo, claro, mas tornou-se comunista quando esteve em Oxford.

A srta. Van Schuyler, expressando no rosto emoções contraditórias, indagou:

– Há quanto tempo o senhor sabe disso, monsieur Poirot?

Poirot deu de ombros.

– Vi a foto dele numa dessas revistas e o reconheci. Depois, encontrei um anel com o brasão em sua cabine. Quanto a isso, não há dúvida.

Poirot divertia-se com o conflito de emoções que se apresentava no semblante da srta. Van Schuyler. Finalmente, com uma amável inclinação de cabeça, ela disse:

– Muito agradecida, monsieur Poirot.

Poirot ficou olhando-a sorrindo enquanto ela saía do salão. Depois, sentou-se, sério novamente. Seguia um determinado curso de ideias na mente. De vez em quando, movia a cabeça em sinal positivo.

– *Mais oui* – disse por fim. – Tudo se encaixa.

CAPÍTULO 26

Race encontrou Poirot ainda lá.

– Bem, Poirot, o que me diz? Pennington deve chegar em dez minutos. Deixo tudo em suas mãos.

Poirot levantou-se rapidamente.

– Primeiro, mande chamar o jovem Fanthorp.

– Fanthorp? – perguntou Race, surpreso.

– Sim. Traga-o à minha cabine.

Race acatou o pedido e retirou-se. Poirot foi para sua cabine. Minutos depois, chegavam Fanthorp e Race.

Poirot indicou duas cadeiras e ofereceu cigarro.

– Muito bem, sr. Fanthorp, vamos ao que interessa! – disse Poirot. – Vejo que usa a mesma gravata que meu amigo Hastings.

Jim Fanthorp olhou para sua gravata com certa perplexidade.

– É uma gravata clássica, da velha escola – disse.

– Exatamente. Saiba que, embora estrangeiro, conheço um pouco o ponto de vista inglês. Sei, por exemplo, que há coisas "que se fazem" e coisas "que não se fazem".

Jim Fanthorp riu.

– Não dizemos muito esse tipo de coisa hoje em dia, senhor.
– Talvez não, mas o costume persiste. A gravata da velha escola ainda é a gravata da velha escola, e há certas coisas (sei por experiência própria) que quem usa a gravata da velha escola não faz! Uma dessas coisas, monsieur Fanthorp, é intrometer-se numa conversa privada sem ser chamado quando não conhecemos as pessoas que conversam.

Fanthorp ficou olhando para ele.

Poirot continuou:

– Mas outro dia, monsieur Fanthorp, isso foi exatamente o que o senhor fez. Certas pessoas estavam tratando de negócios particulares no salão. O senhor aproximou-se, obviamente para ouvir o que eles diziam, chegando a congratular a sra. Doyle por sua maneira criteriosa de tratar de negócios.

Jim Fanthorp corou. Poirot continuou, sem dar espaço para comentários.

– Agora, monsieur Fanthorp, isso não é o comportamento de quem usa uma gravata igual a de meu amigo Hastings! Hastings é delicadíssimo, morreria de vergonha se fizesse uma coisa dessas. Portanto, levando em consideração o fato de o senhor ser muito novo para ter condições de bancar uma viagem tão cara, visto que o senhor trabalha numa pequena empresa de advocacia, onde não ganha nenhuma soma exorbitante, e verificando que o senhor não mostra nenhum sinal de doença recente que exigisse uma viagem deste tipo, eu me pergunto, e pergunto também ao senhor, qual o motivo de sua presença neste navio?

Jim Fanthorp lançou a cabeça para trás.

– Recuso-me a fornecer-lhe qualquer informação nesse sentido, monsieur Poirot. Acho que o senhor é realmente louco.

– Não sou louco. Sou bastante são. Onde é sua firma? Em Northampton. Não muito longe de Wode Hall. Que conversa o senhor tentou ouvir? Sobre documentos. Qual a finalidade de seu comentário, uma observação que o senhor fez com evidente constrangimento e *mal-estar*? Impedir que a sra. Doyle assinasse os documentos sem ler.

Poirot fez uma pausa.

– Neste navio, tivemos um assassinato e, logo em seguida, mais dois assassinatos, em rápida sucessão. Se eu lhe disser que a arma que matou a sra. Otterbourne foi o revólver do monsieur Andrew Pennington, talvez perceba que é seu dever nos contar tudo o que sabe.

Jim Fanthorp ficou em silêncio por alguns minutos. Finalmente, disse:

– O senhor tem um jeito estranho de expor as coisas, monsieur Poirot, mas não deixo de apreciá-lo. O problema é que não tenho informações precisas para lhe fornecer.

– Quer dizer, então, que é um caso de mera suspeita?

– Sim.

– E por isso o senhor acha insensato falar? Do ponto de vista legal, pode ser verdade. Mas não estamos num tribunal. O coronel Race e eu procuramos um assassino. Qualquer informação que possa nos ajudar a encontrá-lo será útil.

Jim Fanthorp refletiu mais uma vez.

– Pois bem – disse. – O que vocês querem saber?

– Por que o senhor fez esta viagem?

– Vim a mandado de meu tio, Carmichael, procurador da sra. Doyle na Inglaterra. Ele cuidava de muitos assuntos dela e, por isso, mantinha constante correspondência com o sr. Andrew Pennington, procurador americano da sra. Doyle. Diversos pequenos incidentes (não tenho como enumerá-los todos) fizeram com que meu tio desconfiasse de que as coisas não andavam como deviam.

– Em outras palavras – disse Race –, seu tio suspeitava que Pennington fosse um trapaceiro?

Jim Fanthorp assentiu, sorrindo sem graça.

– O senhor explica de maneira muito mais direta do que eu, mas é isso mesmo. Diversas desculpas dadas por Pennington, algumas explicações escusas sobre alocação de fundos despertaram a desconfiança de meu tio. A suspeita ainda não se confirmara quando a srta. Ridgeway casou-se inesperadamente e saiu em lua de mel para o Egito. O casamento tranquilizou meu tio, pois ele sabia que quando ela voltasse para a Inglaterra, a direção dos negócios lhe seria entregue. Mas, numa carta remetida do Cairo, ela conta que encontrou Andrew Pennington no Egito, por coincidência. A suspeita de meu tio cresce de novo. Segundo ele, Pennington, possivelmente em estado de desespero, iria tentar obter a assinatura da sra. Doyle para cobrir seus desfalques. Como não tinha nenhuma prova para apresentar a ela, meu tio estava numa situação bastante complicada. A única solução que encontrou foi me mandar aqui, de avião, para tentar descobrir o que estava acontecendo. Eu devia ficar de olhos abertos e agir, se necessário. Uma missão muito desagradável, acredite. Aliás, na ocasião que o senhor mencionou, tive de fazer o papel de enxerido. Foi chato, mas fiquei satisfeito com o resultado.

– De alertar a sra. Doyle? – perguntou Race.

– Não exatamente isso. Acho que consegui intimidar Pennington. Fiquei convencido de que ele não tentaria mais nada por um tempo, e até lá eu esperava já ter intimidade suficiente com o sr. e a sra. Doyle para alertá-los. Na verdade, pretendia falar com o sr. Doyle. A sra. Doyle era tão apegada a Pennington que seria difícil insinuar qualquer coisa contra ele. Seria mais fácil alertar o marido.

Race mostrou que compreendia.

Poirot perguntou:

– O senhor poderia me dar uma opinião sincera em relação a uma questão, monsieur Fanthorp? Se você estivesse decidido a enganar alguém, escolheria a madame Doyle ou o monsieur Doyle como vítima?

Fanthorp sorriu.

– O sr. Doyle, sem dúvida. Linnet Doyle era muito esperta em termos de negócios. O marido, creio eu, é um desses sujeitos confiantes que não entendem nada de negócios e estão sempre dispostos a "assinar na linha pontilhada", como ele mesmo disse.

– Concordo – disse Poirot, olhando para Race. – Aí está o motivo.

Jim Fanthorp comentou:

– Mas são apenas conjecturas. Não são *provas*.

Poirot retrucou na hora:

– *Ah!* Conseguiremos as provas!

– Como?

– Possivelmente com o próprio sr. Pennington.

Fanthorp parecia duvidar.

– Acho difícil. Muito difícil.

Race consultou o relógio.

– Ele já deve estar chegando.

Jim Fanthorp entendeu a insinuação e retirou-se.

Dois minutos depois, Andrew Pennington chegou, todo sorridente. Somente a linha dura do queixo e a expressão cautelosa do olhar o traíam, revelando o lutador experiente de sobreaviso.

– Muito bem, cavalheiros, aqui estou – disse, sentando-se e olhando para os dois.

– Pedimos que viesse aqui, monsieur Pennington – começou Poirot –, porque é bastante óbvio que o senhor está diretamente envolvido e interessado no caso.

Pennington franziu a testa.

– Estou?

– Sim, está – respondeu Poirot, delicadamente. – Pelo que eu soube, o senhor conhecia Linnet Ridgeway desde que ela era criança.

– Ah, isso! – exclamou, ficando mais descontraído. – Desculpe-me, não tinha entendido direito. Sim, como lhe disse hoje de manhã, conheci Linnet quando ela era criancinha.

– O senhor tinha intimidade com o pai dela?

– Sim, Melhuish Ridgeway e eu éramos muito próximos. Muito mesmo.

– Tão íntimos que antes de morrer ele o nomeou procurador da filha, entregando a seus cuidados toda a fortuna que ela herdou, certo?

– Sim, mais ou menos isso – respondeu. A expressão cautelosa voltou a seu rosto. – Eu não era o único procurador, naturalmente. Havia outros.

– Morreram?

– Dois morreram. O outro, o sr. Sterndale Rockford, está vivo.

– Seu sócio?

– Sim.

– Pelo que eu soube, a mademoiselle Ridgeway ainda não era maior de idade quando se casou.

– Ela ia fazer 21 anos em julho.

– E, no rumo normal dos acontecimentos, ela passaria a ter controle sobre sua fortuna?

– Sim.

– Mas o casamento precipitou os eventos.

O rosto de Pennington retesou-se.

– Desculpem-me, cavalheiros, mas o que vocês têm a ver com isso?

– Se lhe desagrada responder...

– Não é questão de desagradar. Não me importo que perguntem. Mas não vejo motivo para tudo isso.

– Ah, mas certamente, monsieur Pennington – disse Poirot, inclinando-se para a frente com o olhar penetrante –, há a questão do motivo. Nesse sentido, devemos levar em consideração os aspectos financeiros do caso.

Pennington disse com pesar:

– Segundo o testamento de Ridgeway, Linnet assumiria o controle dos negócios quando fizesse 21 anos ou quando se casasse.

– Sem nenhuma outra condição?

– Nenhuma.

– E estamos falando de milhões, suponho.

– Sim, milhões.

Poirot disse delicadamente:

– Sua responsabilidade, sr. Pennington, junto com seu sócio, deve ter sido enorme.

Pennington retrucou secamente:

– Estamos acostumados com a responsabilidade. Isso não nos preocupa.

– Será?

Alguma coisa no tom de Poirot desconcertou-o.

– O que o senhor quer dizer com isso? – perguntou Pennington, irritado.

Poirot respondeu com um ar envolvente de franqueza:

– Estava aqui me perguntando, sr. Pennington, se o casamento repentino de Linnet Ridgeway não teria causado certa... consternação no seu escritório.

– Consternação?
– Foi o que eu disse.
– Aonde o senhor quer chegar?
– É simples. Os negócios de Linnet Doyle estão em perfeita ordem, como deveriam estar?

Pennington levantou-se.
– Chega! Para mim, basta! – exclamou, dirigindo-se à porta.
– Mas responderá à minha pergunta primeiro?
– Estão em perfeita ordem – replicou Pennington, rispidamente.
– Pelo que concluí, o senhor ficou tão alarmado com a notícia do casamento de Linnet Ridgeway que decidiu pegar o primeiro navio para a Europa e fingir um encontro aparentemente fortuito no Egito.

Pennington voltou-se em direção a eles, retomando o controle.
– O que o senhor está dizendo é um absurdo completo! Eu nem sabia que Linnet tinha se casado até encontrá-la no Cairo. Fiquei surpreso, sim. A carta dela deve ter chegado em Nova York um dia depois de minha partida. Recebi-a uma semana depois.
– O senhor veio no *Carmanic*, não?
– Exatamente.
– E a carta chegou em Nova York após a partida do *Carmanic*?
– Quantas vezes tenho que repetir isso?
– Estranho – disse Poirot.
– O que é estranho?
– Que em sua bagagem não haja nenhuma etiqueta do *Carmanic*. As únicas etiquetas recentes de uma viagem transatlântica são do *Normandie*. O *Normandie*, pelo que eu me lembro, saiu dois dias depois do *Carmanic*.

Pennington ficou sem saber o que dizer por um momento. Via-se dúvida em seus olhos.

O coronel Race interveio, de modo a apressar a confissão.
– Vamos, sr. Pennington – disse ele –, temos diversos motivos para acreditar que o senhor veio no *Normandie* e não no *Carmanic* como disse. Nesse caso, o senhor recebeu a carta da sra. Doyle antes de sair de Nova York. Não vale a pena negar, pois a coisa mais fácil do mundo é verificar esse ponto com as respectivas companhias.

Andrew Pennington procurou distraidamente uma cadeira e sentou-se, com fisionomia impassível. Por trás da máscara, seu cérebro ágil preparava a próxima cartada.
– Entrego os pontos. Os senhores foram inteligentes demais para mim. Mas tive meus motivos para agir como agi.
– Sem dúvida – disse Race, sucinto.

– Se eu lhes disser quais foram, imagino que serão mantidos em caráter confidencial.

– O senhor pode confiar que agiremos de acordo com as circunstâncias. Naturalmente, não podemos garantir nada às cegas.

– Bem – suspirou Pennington. – Melhor confessar. Eu estava preocupado com um negócio suspeito que estava sendo realizado na Inglaterra. Como não podia fazer muito por carta, resolvi verificar a questão pessoalmente.

– O que o senhor quer dizer com "negócio suspeito"?

– Eu tinha razões de sobra para acreditar que Linnet estava sendo enganada.

– Por quem?

– Por seu advogado inglês. Como esse não é o tipo de acusação que se pode fazer levianamente, decidi vir saber pessoalmente do que se tratava.

– Isso demonstra cuidado de sua parte. Mas por que a mentira em relação à carta?

– Ora – Pennington estendeu as mãos –, não podemos nos intrometer numa lua de mel sem entrar em detalhes práticos e explicar nossos motivos. Achei melhor que parecesse coincidência. Além disso, eu não sabia nada a respeito do marido. Ele podia até ser cúmplice de todo o engodo.

– Em suma, o senhor agiu sem nenhum interesse próprio – disse o coronel Race secamente.

– Exatamente, coronel.

Houve uma pausa. Race olhou para Poirot, que se inclinou para a frente.

– Monsieur Pennington, não acreditamos numa só palavra de sua história.

– Mas que inferno! E no que os senhores acreditam então?

– Parece-nos que o casamento inesperado de Linnet Ridgeway o colocou num impasse financeiro e que o senhor veio correndo para tentar resolver sua situação, isto é, procurando ganhar tempo. Com esse plano em mente, tentou obter a assinatura da madame Doyle em certos documentos, sem sucesso. Então, na viagem pelo Nilo, caminhando no penhasco de Abu Simbel, o senhor deslocou uma rocha que quase acertou o alvo...

– Vocês estão loucos.

– Acreditamos que o mesmo tipo de circunstância ocorreu na viagem de volta, isto é, apresentou-se a oportunidade de eliminar a madame Doyle quando a morte dela seria atribuída a outra pessoa. Não somente acreditamos, mas *sabemos* que seu revólver foi usado para matar a mulher que estava a ponto de revelar o nome do assassino tanto de Linnet Doyle quanto de Louise...

– Maldição! – exclamou Pennington, interrompendo a eloquência de Poirot. – Aonde vocês querem chegar? Estão loucos? Que motivo eu teria para matar Linnet? Eu não ficaria com seu dinheiro. O dinheiro vai para o marido. Por que não interrogam Simon? *Ele* é que sai ganhando, não eu.

Race explicou friamente:

– Doyle não deixou o salão na noite da tragédia até levar um tiro na perna. A impossibilidade de caminhar depois disso é atestada por um médico e uma enfermeira, duas testemunhas de confiança. Simon Doyle não poderia ter matado sua esposa, nem Louise Bourget, nem a sra. Otterbourne. O senhor sabe disso tanto quanto nós.

– Sei que não a matou – disse Pennington, parecendo um pouco mais calmo. – Minha única questão é por que se voltam contra mim, se eu não ganho nada com essa morte?

– Mas, meu caro – disse Poirot, num tom suave como o ronronar de um gato –, isso é uma questão de opinião. A madame Doyle era uma mulher experiente, a par de seus negócios e muito perspicaz para descobrir qualquer irregularidade. Assim que assumisse o controle da fortuna, o que aconteceria quando voltasse para a Inglaterra, ela suspeitaria. Mas agora que está morta, o marido herda tudo, como o senhor mesmo disse, e o caso muda de figura. Simon Doyle não sabe nada dos negócios da esposa, exceto que ela era rica. É um sujeito simples e confiante. Não é difícil apresentar documentos complicados, ocultando o ponto principal em uma profusão de algarismos e adiando a prestação de contas com o pretexto de formalidades legais e a recente depressão econômica. Há uma diferença muito grande entre lidar com a esposa e com o marido.

Pennington encolheu os ombros.

– Suas ideias são... absurdas.

– O tempo dirá.

– O que o senhor disse?

– Eu disse que "o tempo dirá"! Este é um caso de três mortes, três assassinatos. A lei exigirá uma investigação completa dos negócios da madame Doyle.

Poirot viu os ombros de Pennington caírem e percebeu que vencera. As suspeitas de Jim Fanthorp confirmavam-se.

– O senhor jogou e perdeu – continuou Poirot. – É inútil querer continuar blefando.

– O senhor não entende – murmurou Pennington. – Foi tudo muito direto. A maldita crise econômica, a loucura de Wall Street. Mas já preparei uma virada. Com sorte, tudo estará bem em meados de junho.

Com as mãos trêmulas, pegou um cigarro e tentou acendê-lo, mas não conseguiu.

– Suponho – ponderou Poirot – que a pedra tenha sido uma tentação repentina. O senhor achava que ninguém o estava vendo.

– Foi um acidente. Juro que foi um acidente! – exclamou o homem, inclinando-se para a frente com expressão ansiosa e olhos aterrorizados. – Tropecei e caí contra a pedra. Juro que foi acidente...

Os dois homens não disseram nada.

De repente, Pennington recobrou o controle de si mesmo. Ainda estava abalado, mas seu espírito de luta reaparecera. Caminhou em direção à porta.

– Os senhores não podem me incriminar por isso. Foi um acidente. E não fui eu que a matei. Ouviram? Vocês também não podem me incriminar por isso. Nunca.

Saiu.

CAPÍTULO 27

Quando a porta se fechou, Race soltou um suspiro profundo.

– Conseguimos mais do que achei que conseguiríamos. Confissão de fraude e de tentativa de assassinato. Mais do que isso, é impossível. Um homem pode confessar uma tentativa de assassinato, mas não confessará o assassinato em si.

– Às vezes, sim – disse Poirot, com o olhar distante.

Race fitou-o com curiosidade.

– Você tem um plano?

Poirot assentiu com a cabeça. Depois disse, enumerando nos dedos:

– O jardim em Assuã. A declaração do sr. Allerton. Os dois frascos de esmalte. Minha garrafa de vinho. A estola de veludo. O lenço manchado. O revólver deixado na cena do crime. A morte de Louise. A morte da madame Otterbourne. Sim, está tudo aí. Não foi Pennington, Race!

– O quê? – perguntou Race, sem entender.

– Não foi Pennington. Ele tinha um motivo, é verdade. *Desejava* matá-la, sim. Chegou a tentar. *Mais c'est tout.* Mas esse crime exigia algo que Pennington não tinha: audácia, destreza, coragem, tenacidade e uma mente engenhosa. Pennington não possui esses atributos. Ele jamais cometeria um crime, a menos que soubesse que era seguro. Esse crime não tinha nada de seguro! Era necessário audácia. Pennington não é audacioso. É apenas astuto.

Race olhou para Poirot com o respeito que um homem competente sente por outro.

– Já conseguiu elucidar tudo? – perguntou.

– Acho que sim. Há uma ou duas coisas... Aquele telegrama que Linnet Doyle leu, por exemplo. Gostaria de esclarecer esse ponto.

– Meu Deus, esquecemos de perguntar a Doyle. Ele ia nos contar quando a coitada da madame Otterbourne apareceu. Perguntaremos de novo.

– Daqui a pouco. Primeiro, quero conversar com outra pessoa.

– Com quem?

– Tim Allerton.

Race franziu a testa.

– Allerton? Bom, é só mandar chamá-lo.

Race tocou uma campainha e mandou o criado dar o recado.

Tim Allerton entrou com expressão indagadora.

– O criado disse que vocês queriam falar comigo.

– Sim, monsieur Allerton. Sente-se.

Tim sentou-se. Estava atento, mas parecia ligeiramente contrariado.

– Posso ajudar em alguma coisa? – perguntou em tom polido, mas sem entusiasmo.

Poirot respondeu.

– Até certo ponto, talvez. Só lhe peço que me escute.

Tim ficou surpreso com a proposta.

– Claro. Sou o melhor ouvinte do mundo. Solto interjeições nos momentos certos.

– Ótimo. Interjeições servirão. *Eh bien*, vamos começar. Quando os conheci em Assuã, monsieur Allerton, senti grande atração pelo senhor e pela senhora sua mãe. Para começar, achei-a uma das pessoas mais encantadoras que já conheci...

O rosto inexpressivo de Tim modificou-se por um momento.

– Sim. Ela é única – disse o rapaz.

– Mas a segunda coisa que me interessou foi quando o senhor mencionou o nome de uma moça.

– Uma moça?

– Sim. Uma tal de mademoiselle Joanna Southwood. Eu tinha acabado de ouvir aquele nome.

Poirot fez uma pequena pausa e continuou:

– Nos últimos três anos, alguns roubos de joias preocuparam bastante a Scotland Yard. São furtos que podem ser classificados como "roubos da alta sociedade". O método utilizado é geralmente o mesmo: a substituição da joia verdadeira por uma imitação. Meu amigo, o inspetor Japp, chegou à conclusão de que os roubos não eram praticados por uma única pessoa, mas por duas, que trabalhavam de maneira bastante entrosada. Segundo Japp, os roubos eram obra de pessoas em boa condição social. E, finalmente, sua atenção voltou-se para a mademoiselle Joanna Southwood. Todas as vítimas eram suas amigas ou conhecidas, e em todos os casos ela chegara a ter em suas mãos a joia em questão. Além disso, seu estilo de vida não condizia com sua renda. Por outro lado, ficou claro que o roubo em si, ou seja, a substituição, não era realizado por ela. Em algumas ocasiões, ela nem estava na Inglaterra no momento do roubo. Então, pouco a pouco, uma ideia começou a se formar na cabeça do inspetor Japp. Numa determinada época, a mademoiselle Southwood era sócia de uma firma de joias modernas. De acordo com a teoria de Japp, ela examinava as joias, desenhando-as minuciosamente, e em seguida providenciava para que fossem copiadas por algum joalheiro experiente, humilde, mas desonesto. A terceira parte da operação consistia na substituição da joia verdadeira pela falsa, substituição feita por uma pessoa que pudesse provar nunca ter tido contato com as joias, nem nenhuma relação com réplicas ou imitações de pedras preciosas. Sobre a identidade dessa pessoa, Japp não sabia nada. Alguns trechos de sua conversa me interessaram. Um anel desaparecido durante sua estadia em Maiorca, o fato de que o senhor estivera hospedado numa casa em que houve uma dessas substituições, sua intimidade com a mademoiselle Southwood. Devo destacar também o fato de o senhor não gostar de minha presença e tentar evitar a simpatia de sua mãe em relação a mim. Poderia ser apenas uma questão pessoal, claro, mas não achei que fosse o caso. O senhor fazia muito esforço para ocultar sua antipatia. *Eh bien!* Após o assassinato de Linnet Doyle, descobre-se que o colar de pérolas dela desapareceu. Na mesma hora pensei no senhor, mas não fiquei convencido. Porque se o senhor, como desconfio, é cúmplice da mademoiselle Southwood (que era amiga íntima da madame Doyle), a substituição seria o método empregado, não um roubo descarado. Mas aí as pérolas são devolvidas inesperadamente, e o que eu descubro? Que elas não são passam de imitação. Nesse momento, descubro quem é o verdadeiro ladrão. O colar roubado e devolvido era falso, uma imitação que o senhor colocou no lugar da joia verdadeira.

Poirot olhou para o jovem à sua frente. Tim estava pálido. Não tinha o espírito combativo de Pennington. Era mais fraco. O rapaz falou, esforçando-se para sustentar seu jeito zombeteiro:

– É mesmo? E o que eu fiz com as pérolas?

– Eu sei.

A expressão de Tim transformou-se.

Poirot continuou, lentamente:

— Há somente um lugar onde podem estar. Refleti a respeito e cheguei a esta conclusão. Essas pérolas, monsieur Allerton, estão escondidas num rosário em sua cabine. As contas do rosário são entalhadas com perfeição. Acho que o senhor mandou fazer esse rosário sob encomenda. As contas podem ser desatarraxadas, embora isso não seja evidente. Dentro de cada conta há uma pérola colada. A maioria dos investigadores policiais respeita símbolos religiosos, a não ser que haja algo obviamente suspeito neles. O senhor confiou nisso. Tentei descobrir como a mademoiselle Southwood enviou o colar falso para o senhor. Ela deve ter mandado, uma vez que o senhor veio para cá saindo de Maiorca, quando ouviu dizer que a madame Doyle passaria a lua de mel aqui. Segundo minha teoria, o colar foi enviado num livro, num recorte feito nas páginas do meio. Os livros quase nunca são abertos no correio.

Houve uma pausa, uma longa pausa. Depois, Tim disse, calmamente:

— O senhor venceu! Foi um bom jogo, mas finalmente acabou. Não há nada a fazer, creio eu, além de acatar o castigo.

Poirot assentiu com a cabeça.

— O senhor sabe que foi visto aquela noite?

— Visto? — perguntou Tim, espantado.

— Sim. Na noite em que Linnet Doyle morreu, alguém o viu saindo da cabine dela depois da uma da madrugada.

Tim disse:

— O senhor não está insinuando... Eu não a matei! Juro! Tenho estado muito agitado e confuso. Ter escolhido logo aquela noite... Meu Deus, tem sido horrível!

Poirot disse:

— Sim, o senhor deve ter tido momentos desagradáveis. Mas agora que a verdade veio à tona, talvez o senhor possa nos ajudar. A madame Doyle estava viva ou morta quando o senhor roubou as pérolas?

— Não sei — respondeu Tim, com a voz rouca. — Juro por Deus, monsieur Poirot, que eu não sei! Eu tinha descoberto onde ela colocava o colar à noite: na mesinha de cabeceira. Entrei na cabine, estendi a mão e peguei o colar, deixando lá o falso. Depois saí. Achei que ela estivesse dormindo, claro.

— O senhor chegou a ouvir a respiração dela? Certamente o senhor teria reparado nisso.

Tim parou para refletir.

— Estava tudo muito silencioso. Muito silencioso mesmo. Não, não me lembro de ter ouvido sua respiração.

— Havia cheiro de pólvora no ar, como se um tiro tivesse sido dado recentemente?

— Acho que não. Não me lembro direito.

Poirot suspirou.
– Então estamos na mesma.
– Quem foi que me viu? – perguntou Tim, com curiosidade.
– Rosalie Otterbourne. Ela vinha do outro lado e o viu saindo da cabine de Linnet Doyle e entrando na sua.
– Então foi ela quem lhe contou.
Poirot disse suavemente:
– Desculpe-me. Ela não me contou.
– Mas então, como o senhor sabe?
– Porque sou Hercule Poirot. Não preciso que me digam. Quando lhe perguntei, sabe o que ela me respondeu? "Não vi ninguém". Ela mentiu.
– Por quê?
Poirot disse em tom imparcial:
– Talvez porque tenha pensado que o homem que viu era o assassino. Parecia isso.
– Mais um motivo para lhe contar.
Poirot encolheu os ombros.
– Ela não pensava assim, pelo visto.
Tim disse, com uma entonação esquisita:
– Ela é uma menina extraordinária. Deve ter passado maus bocados com aquela mãe dela.
– Sim, a vida não tem sido fácil para ela.
– Coitada – murmurou Tim. Depois, olhou para Race. – Bem, senhor, qual o próximo passo? Confesso que peguei as pérolas na cabine de Linnet, e vocês as encontrarão exatamente no lugar em que disseram que estão. Sou culpado. Mas no que se refere à srta. Southwood, não confesso nada. Vocês não têm provas contra ela. Como recebi o colar falso não importa a ninguém.
Poirot falou baixinho:
– Uma atitude muito correta.
Tim disse, com humor repentino:
– Sempre cavalheiro! – e acrescentou: – Talvez compreenda agora como me incomodava ver minha mãe aproximando-se do senhor. Não sou um criminoso calejado o suficiente para gostar de me ver cara a cara com um detetive famoso um pouco antes de um golpe tão arriscado! Algumas pessoas teriam prazer nisso. Eu não tive. Para ser franco, fiquei com medo.
– Mas isso não o impediu de seguir em frente.
Tim deu de ombros.
– Meu medo não era tão grande. A substituição tinha de ser feita em algum momento, e eu tinha uma oportunidade única neste navio: uma cabine perto da minha, e Linnet tão preocupada com suas questões que não perceberia a troca.

– Não sei, não...

Tim encarou-o.

– O que o senhor quer dizer?

Poirot tocou a campainha.

– Pedirei à srta. Otterbourne para vir aqui um minuto.

Tim franziu a testa, mas não disse nada. Um criado veio, recebeu a ordem e saiu com o recado.

Rosalie chegou alguns minutos depois. Seus olhos, vermelhos de chorar, arregalaram-se ao ver Tim, mas sua atitude desconfiada e desafiadora havia desaparecido completamente. Rosalie sentou-se e, com uma docilidade inédita, olhou para Race e para Poirot.

– Lamentamos incomodá-la, srta. Otterbourne – disse Race, educadamente, um pouco aborrecido com Poirot.

– Não importa – disse a menina em voz baixa.

Poirot explicou:

– Precisamos esclarecer um ou dois pontos. Quando lhe perguntei se tinha visto alguém no tombadilho à uma e dez da madrugada, a senhorita respondeu que não. Felizmente, consegui descobrir a verdade sem sua ajuda. O monsieur Allerton acabou de confessar que esteve na cabine de Linnet Doyle ontem à noite.

A jovem olhou rapidamente para Tim, que confirmou, bastante sério.

– O horário confere, monsieur Allerton?

Allerton respondeu:

– Confere, sim.

Rosalie fitava-o, perplexa. Seus lábios abriram-se, trêmulos.

– Mas você não... você não...

– Não, eu não a matei – retrucou Tim, imediatamente. – Sou ladrão, não assassino. Tudo virá à luz. Eu estava atrás das pérolas.

Poirot disse:

– O sr. Allerton diz que foi à cabine da madame Doyle noite passada para trocar o colar verdadeiro por um falso.

– É verdade? – perguntou Rosalie, com olhos sérios, tristes e infantis.

– Sim – respondeu Tim.

Pausa. O coronel Race mexeu-se, incomodado.

Poirot falou, num tom de voz curioso:

– Veja bem, essa é a versão do monsieur Allerton, em parte confirmada pelo seu testemunho. Isto é, há prova de que ele foi à cabine de Linnet Doyle ontem à noite, mas não quanto ao motivo.

Tim encarou Poirot.

– Mas o senhor sabe!

– O que eu sei?

– Ora, sabe que estou com o colar.

– *Mais oui... mais oui.* Sei que está com o colar, mas não quando o pegou. Pode ter sido *antes* da noite passada... O senhor acabou de dizer que Linnet Doyle não repararia na substituição. Não tenho tanta certeza disso. Suponhamos que ela tenha reparado... suponhamos, inclusive, que ela soubesse quem era o culpado... que ela tivesse ameaçado denunciá-lo... E suponhamos que o senhor tenha presenciado a cena no salão entre Jacqueline de Bellefort e Simon Doyle e que, assim que o salão ficou vazio, o senhor entrou lá e pegou a arma. Uma hora depois, quando o navio já estava tranquilo, o senhor poderia ter entrado na cabine de Linnet Doyle e resolvido colocar um fim na possibilidade de denúncia...

– Meu Deus! – exclamou Tim, pálido, olhando para Hercule Poirot com olhos de sofrimento.

Poirot continuou:

– Mas uma outra pessoa o viu: Louise Bourget. No dia seguinte, ela foi chantageá-lo. Ou o senhor lhe pagava uma boa quantia de dinheiro, ou ela contaria para todo mundo. O senhor percebeu que ceder à chantagem seria o início do fim. Fingiu concordar, marcou um encontro na cabine dela antes do almoço. Aí, enquanto ela contava as notas, o senhor a esfaqueou. Mas a sorte não estava ao seu lado. Alguém o viu entrando na cabine dela... – e dirigindo-se discretamente para Rosalie: – Sua mãe. Mais uma vez, o senhor teve que agir rapidamente. Era arriscado, mas não havia outra oportunidade. O senhor ouvira Pennington falando do revólver dele. Correu à cabine de Pennington, pegou a arma, ficou do lado de fora da cabine do dr. Bessner escutando e atirou na madame Otterbourne antes que ela revelasse seu nome.

– Não! – berrou Rosalie. – Não foi ele! Não foi ele!

– Depois disso, o senhor fez a única coisa que podia fazer: dar a volta pela popa. Quando o encontrei, o senhor fingiu que vinha na direção *contrária*. Para não deixar impressões digitais, usara luvas, e essas luvas estavam em seu bolso quando lhe perguntei.

– Juro por Deus que isso não é verdade. É tudo mentira – disse Tim, mas sua voz trêmula e insegura, não convencia.

Foi nesse momento que Rosalie Otterbourne os surpreendeu.

– Claro que não é verdade! E o monsieur Poirot sabe disso. Fala assim por algum motivo que só ele saberá.

Poirot olhou para ela, com um sorriso no rosto. Estendeu as mãos, como quem entrega os pontos.

– A mademoiselle é muito inteligente... Mas concorda que foi engenhoso?

– Maldição! – exclamou Tim cada vez mais furioso. Poirot ajudou.

– As aparências o incriminam, monsieur Allerton. Quero que compreenda isso. E lhe direi algo mais agradável. Ainda não examinei aquele rosário em sua cabine. Talvez não encontre nada lá. E aí, como a mademoiselle Otterbourne insiste em dizer que não viu ninguém no convés ontem à noite, *eh bien*! Não temos mais nenhuma evidência contra o senhor. As pérolas foram roubadas por uma cleptomaníaca, que já as devolveu. Estão numa pequena caixa na mesa perto da porta, se o senhor quiser examiná-las com a mademoiselle.

Tim levantou-se, sem saber o que dizer. Quando falou, suas palavras pareciam inadequadas, mas é possível que tenham agradado a quem as ouvia.

– Obrigado! – disse. – Não precisarão me dar outra chance.

Abriu a porta para Rosalie. A jovem saiu com a pequena caixa, acompanhada por Tim.

Caminharam lado a lado. Tim abriu a caixa, pegou o colar falso e jogou-o no Nilo.

– Pronto! – disse. – Quando devolver a caixa a Poirot, o colar verdadeiro estará dentro dela. Que idiota que eu fui!

Rosalie perguntou em voz baixa:

– Por que você começou com isso?

– Por que comecei a roubar, você diz? Não sei. Tédio... preguiça... espírito de aventura. Uma forma mais atraente de ganhar a vida do que penando num trabalho. Parece sórdido, admito, mas tinha certa atração. Principalmente por causa do risco, suponho.

– Acho que entendo.

– Sim, mas você jamais teria uma atitude dessas.

Rosalie ponderou por um momento, depois respondeu, baixando a cabeça:

– Não – disse ela simplesmente. – Não teria.

Tim disse:

– Ah, minha querida... você é tão linda... tão especial. Por que não quis dizer que me viu ontem à noite?

– Achei que pudessem suspeitar de você – respondeu Rosalie.

– Você suspeitou de mim?

– Não. Não o julgava capaz de matar.

– Tem razão. Não tenho a compleição dos assassinos. Sou apenas um mísero ladrão.

Ela tocou-lhe no braço, timidamente.

– Não diga isso.

Ele pegou suas mãos.

– Rosalie, você sabe a que me refiro? Ou me desprezará e me censurará para sempre?

Ela sorriu.

– Você tem motivos para me censurar...

– Rosalie, meu amor...

Ela o deteve.

– Mas e Joanna?

Tim soltou um grito repentino.

– Joanna? Você parece a minha mãe. Não dou a mínima para Joanna. Tem cara de cavalo e olhos de ave de rapina. Uma mulher horrível.

Rosalie disse em seguida:

– Sua mãe não precisa saber de nada.

– Não sei – disse Tim, pensativo. – Acho que lhe contarei. Minha mãe é forte. Aguenta muita coisa. Sim, acho que destruirei suas ilusões maternais a meu respeito. Ficará tão aliviada de saber que minha relação com Joanna era somente comercial que me perdoará.

Chegaram à cabine da sra. Allerton, e Tim bateu firmemente na porta. A sra. Allerton veio abri-la.

– Rosalie e eu... – começou Tim e parou.

– Ah, meus queridos – disse a sra. Allerton, abraçando Rosalie. – Minha querida. Eu sempre desejei isso... mas Tim não dava o braço a torcer... fingia que não gostava de você. Claro que não me enganou.

Rosalie disse, emocionada:

– A senhora sempre foi tão delicada comigo. Eu desejava...

Não conseguiu continuar, soluçando de felicidade no ombro da sra. Allerton.

CAPÍTULO 28

Quando a porta se fechou atrás de Tim e Rosalie, Poirot voltou-se com ar penitente para o coronel Race. O coronel olhava para ele bastante sério.

– Você consentirá com meu esquema, não? – perguntou Poirot. – É um tanto irregular. Sei que é irregular... mas prezo muito a felicidade humana.

– Não parece prezar a minha – disse Race.

– Aquela *jeune fille*. Sinto ternura por ela, e vejo que está apaixonada por aquele rapaz. Será uma ótima junção. Ela tem a força de que ele precisa, a sogra gosta dela... tudo perfeito.

— Em resumo, o casamento foi arranjado pelos deuses e por Hercule Poirot. Tudo o que preciso fazer é tomar parte na conspiração.

— Mas, *mon ami*, já lhe disse que não passa de suposição de minha parte.

Race sorriu de repente.

— Está certo — disse. — Não sou policial, graças a Deus! Atrevo-me a dizer que o rapaz se endireitará daqui para a frente. A menina já é correta. O que estou reclamando é de como você trata a *mim*! Sou um homem paciente, mas paciência tem limite! Você sabe quem cometeu os três assassinatos neste navio ou não?

— Sei.

— Então por que toda essa volta?

— Acha que estou apenas me distraindo com questões secundárias? E isso o aborrece? Mas não é o caso. Uma vez participei profissionalmente de uma expedição arqueológica... e aprendi uma coisa lá. Durante a escavação, quando encontravam algo no solo, tudo em volta era cuidadosamente limpo. Tiravam a terra solta, raspando em torno com uma faca, até o objeto aparecer, soberano, pronto para ser extraído e fotografado sem nada atrapalhando. Foi isso que tentei fazer: tirar tudo o que atrapalhava para que pudéssemos enxergar a verdade, a verdade nua e crua.

— Ótimo — disse Race. — Vamos à verdade nua e crua. Não foi Pennington. Não foi o jovem Allerton. Suponho que não tenha sido Fleetwood. Diga-me quem foi, para variar.

— Meu amigo, é exatamente o que farei.

Bateram na porta. Race blasfemou baixinho. Eram o dr. Bessner e Cornelia. A moça parecia preocupada.

— Ah, coronel Race — exclamou ela —, a srta. Bowers acabou de me contar sobre a prima Marie. Foi um grande choque. Ela disse que não conseguia mais suportar a responsabilidade sozinha, que era melhor eu saber, já que faço parte da família. Não quis acreditar, a princípio, mas o dr. Bessner tem me ajudado.

— Nada disso — protestou o médico, com modéstia.

— Ele tem sido tão gentil, explicando tudo, que a pessoa não consegue evitar. Ele já atendeu cleptomaníacos em sua clínica. E explicou que muitas vezes a cleptomania deve-se a um quadro de neurose grave.

Cornelia dizia as palavras com admiração.

— É algo entranhado no subconsciente. Às vezes um pequeno trauma de infância. O dr. Bessner já curou muitas pessoas, fazendo o paciente voltar ao passado e lembrar-se do que o traumatizou.

Cornelia fez uma pausa, respirou profundamente e continuou:

— Mas fico muito preocupada de que todos descubram. Seria terrível se a notícia chegasse a Nova York. Sairia nos jornais. A prima Marie, a mamãe... seria uma vergonha para todo mundo.

Race suspirou.

— Não se preocupe. Aqui tudo está sendo abafado.

— Desculpe-me, não entendi, coronel Race.

— O que eu estava tentando dizer é que qualquer caso menos grave que assassinato está ficando em segundo pano.

— Oh! — exclamou Cornelia juntando as mãos. — Fico *tão* aliviada. Estava realmente preocupada.

— A senhorita tem um coração muito bom — disse o dr. Bessner, dando-lhe um tapinha benevolente no ombro. E dirigindo-se aos outros: — Ela é muito sensível e especial.

— Nem tanto. O senhor está sendo amável.

Poirot murmurou:

— Tem visto o sr. Ferguson?

Cornelia corou.

— Não... mas a prima Marie tem falado sobre ele.

— Parece que o rapaz é nobre — comentou o dr. Bessner. — Devo confessar que não aparenta, com aqueles trajes horríveis. Não consigo imaginar que seja um moço bem-educado.

— E o que acha, mademoiselle?

— Acho que deve ser completamente doido — disse Cornelia.

Poirot perguntou ao médico:

— Como vai seu paciente?

— *Ach*, está indo muito bem. Acabo de tranquilizar a Fräulein de Bellefort. Talvez não acreditem, mas ela estava desesperada só porque ele teve um pouquinho de febre hoje à tarde! Nada mais natural. É incrível que a febre não tenha subido. Mas ele é como nossos camponeses: tem uma excelente constituição física. Uma saúde de ferro. Já os vi com graves ferimentos que eles nem notam. É o mesmo com o sr. Doyle. O pulso está normal, temperatura, apenas um pouco acima do desejado. Consegui acalmar a moça. Mesmo assim, é ridículo, *nicht wahr*? Num momento, a pessoa atira no sujeito. No momento seguinte, está histérica, com medo que ele morra.

Cornelia disse:

— Ela o ama profundamente.

— *Ach*! Mas não faz sentido. Se *a senhora* amasse um homem, atiraria nele? Não, porque a senhora é sensata.

— De qualquer maneira, não gosto de assuntos que se resolvem com tiro — disse Cornelia.

– Evidentemente. A senhora é muito feminina.

Race interrompeu a troca de amabilidades.

– Como Doyle está bem, não vejo motivo para não retomarmos nossa conversa de hoje à tarde. Ele estava me contando sobre um telegrama.

O corpo volumoso do dr. Bessner moveu-se para cima e para baixo.

– Ha, ha, ha, muito engraçado! Doyle me falou do telegrama. Vegetais... batatas, alcachofras, alho-poró... *Ach*! Perdão?

Race endireitou-se na cadeira.

– Meu Deus – exclamou. – Então é isso! Richetti!

Olhou para os outros três, que o encaravam sem entender nada.

– Um novo código foi usado na rebelião da África do Sul. Batata significa metralhadora, alcachofras são explosivos poderosos, e assim por diante. Richetti é tão arqueólogo quanto eu! É um criminoso muito perigoso, um homem que matou mais de uma vez, e garanto que foram várias. A sra. Doyle abriu o telegrama por engano. Se ela repetisse na minha presença o que leu, Richetti saberia que estava frito!

Voltou-se para Poirot.

– Estou certo? – perguntou. – Richetti é quem estávamos procurando?

– É quem *você* estava procurando – respondeu Poirot. – Sempre achei que havia algo de esquisito nele. Ele era articulado demais naquele papel. Um bom arqueólogo, mas pouco humano.

Poirot fez uma pausa e continuou:

– Mas não foi Richetti quem matou Linnet Doyle. Eu já tinha o que posso chamar de "a primeira metade" do assassino há algum tempo. Agora tenho também "a segunda metade". O quadro está completo. No entanto, embora eu saiba o que aconteceu, não tenho nenhuma prova. Do ponto de vista intelectual, a solução me satisfaz. Na prática, não. Só há uma esperança: uma confissão do assassino.

O dr. Bessner deu de ombros, com ceticismo.

– Só por milagre.

– Não creio. Não nas atuais circunstâncias.

Cornelia perguntou, ansiosa:

– Mas quem é? O senhor não contará para nós?

Poirot olhou silenciosamente para os três presentes. Race sorria sarcasticamente. Bessner ainda parecia cético. Cornelia fitava-o, boquiaberta.

– *Mais oui* – respondeu. – Devo confessar que gosto de plateia. Sou vaidoso. Fico todo convencido. Gosto de que pensem: "Vejam como Hercule Poirot é inteligente!".

Race mexeu-se na cadeira.

— Muito bem — disse o coronel —, vejamos como Hercule Poirot é inteligente.

Sacudindo a cabeça tristemente, Poirot disse:

— Para começar, devo declarar que fui ignorante... totalmente ignorante. Para mim, o maior obstáculo era o revólver... o revólver de Jacqueline de Bellefort. Por que aquele revólver não tinha ficado na cena do crime? A intenção do assassino, obviamente, era incriminá-la. Por que, então, levar a arma? Fui tão ignorante que imaginei os motivos mais estapafúrdios. O motivo verdadeiro era muito simples. O assassino levou o revólver porque *precisava* levá-lo... porque não tinha escolha.

CAPÍTULO 29

— Você e eu, meu amigo, começamos nossa investigação com uma ideia preconcebida — disse Poirot para Race. — A ideia de que o crime havia sido cometido por um impulso momentâneo, sem nenhum planejamento prévio. Alguém desejava eliminar Linnet Doyle e aproveitou a oportunidade para agir num momento em que o crime seria certamente atribuído a Jacqueline de Bellefort. Portanto, concluímos que a pessoa em questão presenciara a cena entre Jacqueline e Simon Doyle e se apoderara do revólver depois que o salão ficou vazio.

Dirigindo-se a todos:

— Mas, meus amigos, se essa ideia preconcebida estivesse errada, o caso seria totalmente diferente. E a ideia *estava* errada! O crime não foi cometido impulsivamente. Ao contrário, foi muito bem planejado e calculado, com todos os detalhes estudados de antemão, até o sedativo colocado na garrafa de vinho de Hercule Poirot naquela noite! Pois é. Sedaram-me de modo que eu não pudesse participar do que aconteceria. Ocorreu-me essa ideia como uma possibilidade. Eu bebo vinho. Meus dois companheiros de mesa bebem uísque e água mineral, respectivamente. Nada mais fácil do que colocar uma dose inofensiva de sedativo em minha garrafa. As garrafas ficam na mesa o dia inteiro. Mas ignorei esse pensamento. Tinha feito calor durante o dia, e estava bastante cansado. Não seria estranho que eu dormisse pesado, mesmo tendo sono leve.

Fez uma pausa e continuou:

— Eu ainda estava apegado à ideia preconcebida. Se tivessem colocado um sedativo em meu vinho, significaria que houve premeditação. Ou seja, antes das sete e meia, quando o jantar foi servido, o crime já havia sido planejado. E isso, do ponto de vista da ideia preconcebida, era absurdo. O primeiro ponto contra essa ideia foi quando encontraram o revólver no Nilo. Para começar, se nossas suposições estivessem certas, a arma jamais teria sido jogada na água... E não foi só isso.

Poirot virou-se para o dr. Bessner.

– O senhor, dr. Bessner, examinou o corpo de Linnet Doyle. O senhor há de se lembrar que a pele em torno do ferimento estava chamuscada. Isso significa que o tiro foi dado à queima-roupa.

Bessner confirmou.

– É verdade.

– Mas o revólver foi encontrado dentro de uma estola de veludo, e o veludo apresentava sinais de que a bala perfurara o tecido dobrado, parecendo que a intenção do assassino fora abafar o som do disparo. Mas se o tiro tivesse sido dado através do veludo, a pele da vítima não estaria chamuscada. Portanto, o tiro dado através da estola não poderia ser o tiro que matou Linnet Doyle. Poderia ter sido o outro tiro, disparado por Jacqueline de Bellefort contra Simon Doyle? Não, porque havia duas testemunhas nesse momento, e investigamos tudo nesse sentido. Parecia, portanto, que houvera um *terceiro* tiro, sobre o qual nada sabíamos. Mas só dois tiros foram disparados do revólver e não havia nenhum indício de um terceiro disparo.

Pequena pausa.

– Estávamos diante de uma circunstância muito curiosa, difícil de explicar. O próximo ponto interessante foram os dois frascos de esmalte que encontrei na cabine de Linnet Doyle. As mulheres hoje em dia gostam muito de variar a cor das unhas, mas eu reparei que Linnet Doyle usava sempre a mesma cor, um tom chamado "Cardinal", vermelho escuro. O outro frasco tinha um rótulo escrito "Rose", que é um tom rosa claro, mas as poucas gotas que restavam no frasco não eram rosa, mas vermelhas. Fiquei curioso, destapei o frasco e cheirei o conteúdo. Em vez do cheiro forte habitual de pera, o cheiro era de vinagre. As gotas no fundo do frasco, então, deviam ser de tinta vermelha. Não havia nenhum motivo para que a madame Doyle não tivesse tinta vermelha na cabine, mas seria mais natural que a guardasse num frasco de tinta, não num frasco de esmalte. Parecia haver uma relação entre a tinta e o lenço manchado de rosa usado para enrolar o revólver. A tinta vermelha sai fácil com água, mas sempre deixa uma mancha rosada. Talvez eu tivesse descoberto a verdade só com esses indícios, mas houve um acontecimento que pôs fim a todas as duvidas. Louise Bourget foi morta em circunstâncias que demonstravam claramente que ela havia chantageado o assassino. Além do pedaço de uma nota de mil francos encontrada em sua mão, lembrei-me de umas palavras significativas que ela usara de manhã.

Poirot pediu atenção.

— Ouçam atentamente, pois aqui está o centro de toda a questão. Quando lhe perguntei se vira alguma coisa na noite anterior, ela me deu uma resposta curiosa: "Naturalmente, se não tivesse conseguido dormir, se tivesse subido as escadas, *aí* sim, talvez tivesse visto o assassino, esse monstro, entrando ou saindo da cabine da madame...". Agora, o que significa isso?

Bessner, interessado, respondeu imediatamente:

— Significa que ela subiu sim as escadas.

— Não, não. O senhor não compreendeu o que quero dizer. Por que ela contaria isso para *nós*?

— Para dar uma pista.

— Mas por que para *nós*? Se ela sabia quem era o assassino, tinha duas opções: contar-nos a verdade ou guardar segredo e chantagear o assassino, pedindo dinheiro em troca de seu silêncio. Mas ela não fez nem uma coisa nem outra. Nem respondeu logo: "Não vi ninguém. Estava dormindo" ou "Sim, vi fulano". Por que usar aquele palavreado? *Parbleu*, só pode haver um motivo! Ela queria dar um sinal para o assassino. Portanto, o assassino devia estar presente na ocasião. Mas além de mim e do coronel Race, só havia mais duas pessoas presentes: Simon Doyle e o dr. Bessner.

O médico levantou-se furioso.

— *Ach*! O que o senhor está dizendo? Está me acusando? De novo? Mas isso é ridículo. Um desrespeito!

Poirot disse com firmeza:

— Fique quieto. Estou contando o que pensei no momento. Não é nada pessoal.

— Não significa que ele pensa isso agora — disse Cornelia, procurando acalmar o médico.

Poirot retomou a explicação rapidamente:

— Fiquei, então, entre Simon Doyle e o dr. Bessner. Mas que razão teria Bessner para matar Linnet Doyle? Nenhuma, até onde eu sei. Simon Doyle, então? Mas isso era impossível! Havia várias testemunhas capazes de jurar que ele não saiu do salão até o momento da confusão. Depois, ele foi ferido, e teria sido fisicamente impossível sair. Eu tinha provas disso? Sim, tinha o depoimento da madame Robson, de Jim Fanthorp e de Jacqueline de Bellefort em relação à primeira parte, e o atestado profissional do dr. Bessner e da mademoiselle Bowers em relação à segunda parte. Não havia dúvida. O dr. Bessner, então, devia ser o culpado. Em favor dessa teoria havia o fato de que a criada foi esfaqueada com um instrumento cirúrgico. Por outro lado, foi o próprio dr. Bessner que chamou a atenção para esse ponto.

Poirot continuou:

— E aí, meus amigos, um segundo fato indiscutível se apresentou diante de meus olhos. A insinuação de Louise Bourget não poderia ter sido feita ao dr. Bessner, porque ela poderia ter falado com ele em particular no momento em que desejasse. Havia *somente uma pessoa* a quem ela podia estar se dirigindo: Simon Doyle! Simon Doyle estava ferido, tinha a companhia constante de um médico, encontrava-se na cabine desse médico. Foi para ele que ela se arriscou a dizer aquelas palavras ambíguas, pois talvez não tivesse outra chance. E lembro-me bem do que ela disse no final, ao ir embora: "Monsieur, eu lhe imploro... O que posso dizer?". E ele responde: "Minha querida, não seja tola. Ninguém acha que você viu ou ouviu coisa alguma. Não se preocupe. Eu cuidarei de você. Ninguém a está acusando de nada". Era a garantia que ela queria e conseguiu.

Bessner exclamou:

— *Ach*! Que tolice! Acha que um homem com um osso fraturado e a perna imobilizada pode sair pelo navio esfaqueando as pessoas? Posso garantir que era *impossível* Simon Doyle sair da cabine.

Poirot disse calmamente:

— Eu sei. É verdade. Era impossível mesmo. Impossível, mas aconteceu. As palavras de Louise Bourget só poderiam ter um sentido. Então, resolvi voltar ao início e revisar o caso à luz desse novo conhecimento. Teria sido possível que no período anterior à confusão Simon Doyle tivesse saído do salão sem os outros perceberem? Eu não via como. Ignoraria o testemunho qualificado do dr. Bessner e da mademoiselle Bowers? Também não. Mas lembrei-me de que houvera um intervalo. Simon Doyle ficou sozinho no salão por cinco minutos, e o depoimento do dr. Bessner só se aplicava ao momento depois desse período. Em relação ao período em questão, tínhamos apenas o testemunho visual, e aquilo que parecia provável já não era certo. Deixando de lado as suposições, o que foi realmente *visto*? A srta. Robson viu a mademoiselle de Bellefort atirar, viu Simon Doyle cair numa cadeira, viu Simon comprimir um lenço contra a perna e viu o lenço tingir-se de vermelho. O que o monsieur Fanthorp ouviu e viu? Fanthorp ouviu o tiro, encontrou Doyle com um lenço manchado de vermelho preso à perna. O que aconteceu em seguida? Doyle insistiu para que levassem a mademoiselle de Bellefort, pedindo que não a deixassem sozinha. Depois disso, sugeriu que Fanthorp fosse chamar o médico. A mademoiselle Robson e o monsieur Fanthorp levaram a mademoiselle de Bellefort dali, e nos cinco minutos seguintes estiveram ocupados no convés a bombordo. As cabines da mademoiselle Bowers, do dr. Bessner e da mademoiselle de Bellefort ficam todas daquele lado. Simon Doyle só precisava de dois minutos. Ele pega o revólver embaixo do sofá, tira o sapato, corre sem fazer barulho pelo convés a estibordo, entra na cabine da esposa, vê que ela está dormindo, dá um tiro na cabeça dela, coloca o frasco com tinta vermelha no lavatório (não poderia ser encontrado com ele), volta correndo, pega a estola de veludo da mademoiselle Van Schuyler, que ele havia escondido oportunamente no vão de uma cadeira, enrola-a no revólver e dá um tiro na própria perna. A cadeira onde cai (agora realmente com dor) fica perto de uma janela. Ele abre a janela e joga a arma no Nilo (enrolada no lenço revelador e na estola).

– Impossível! – disse Race.

– Não, meu amigo, nada *impossível*. Lembre-se do depoimento de Tim Allerton. Ele ouviu um estalo *seguido* de um baque na água. E ouviu outra coisa: passos de alguém correndo, passando por sua porta. Mas ninguém podia estar correndo no convés a estibordo. O que ele ouviu foram os passos de Simon Doyle, correndo só de meias.

Race disse:

– Ainda acho impossível. Ninguém conseguiria elaborar todo esse plano numa velocidade dessas, ainda mais um sujeito de raciocínio lento como Doyle.

– Mas muito rápido e ágil fisicamente!

– Isso é verdade. Mas ele não seria capaz de planejar tudo sozinho.

– E não planejou, meu amigo. Foi aí que todos nós nos enganamos. Parecia um crime cometido impulsivamente, mas *não* foi. Como eu disse, foi tudo muito bem planejado, nos mínimos detalhes. Simon Doyle não teria um frasco de tinta vermelha no bolso *por acaso*. Não, foi planejado. Não foi *por acaso* que Jacqueline de Bellefort chutou o revólver para debaixo da poltrona, onde ficaria escondido e esquecido.

– Jacqueline?

– Exatamente. As duas metades do assassinato. Qual foi o álibi de Simon? O tiro dado por Jacqueline. Qual foi o álibi de Jacqueline? A insistência de Simon, que fez com que a enfermeira passasse toda a noite com ela. Somando os dois, encontramos todos os atributos necessários para cometer um crime: a inteligência fria e calculista de Jacqueline de Bellefort e a agilidade e aptidão física de Simon.

Poirot fez uma pausa e continuou.

– Olhem da maneira certa e encontrarão respostas para todas as perguntas. Simon Doyle e Jacqueline tiveram um relacionamento. Admitam a hipótese de que ainda se amavam, e tudo fica claro. Simon livra-se da esposa rica, herda seu dinheiro e, no momento certo, casa-se com o antigo amor. Um plano muito engenhoso. A perseguição da madame Doyle por Jacqueline fazia parte do plano. A suposta raiva de Simon... Mesmo assim, houve falhas. Numa conversa comigo, ele fez um discurso acalorado contra mulheres possessivas, falando com verdadeira amargura. Eu deveria ter percebido que ele estava falando da esposa, não de Jacqueline. Além disso, sua atitude para com a esposa. Um inglês inexpressivo como Simon Doyle jamais expõe suas emoções em público. Simon não era um bom ator. Exagerou na dedicação. Aquela conversa que tive com a mademoiselle Jacqueline também, em que ela fingiu que tinha visto alguém. Eu não vi ninguém. E não havia ninguém! Mas seria uma boa pista falsa mais tarde. Até que, uma noite no navio, julguei ter ouvido uma conversa entre Simon e Linnet do lado de fora de minha cabine. Ele disse: "Precisamos acabar com essa história agora". Era Simon sim, mas dirigindo-se a Jacqueline.

Pausa.

– O drama final foi perfeitamente planejado e calculado. O sedativo colocado no meu vinho, de modo que eu não atrapalhasse, a mademoiselle Robson como testemunha, a preparação da cena, a histeria e o remorso exagerado da mademoiselle de Bellefort. Ela fez bastante barulho, para evitar que o disparo fosse ouvido. *En vérité*, foi uma ideia muito inteligente. Jacqueline declara que atirou em Doyle. A mademoiselle Robson e Fanthorp confirmam suas palavras. E quando o médico examina a perna de Simon, vê que ele realmente foi baleado. Parece incontestável! Para os dois é um álibi perfeito, à custa, claro, de certo risco e dor para Simon Doyle, mas era necessário que a ferida realmente o inutilizasse.

Outra pausa.

– Mas aí surge um imprevisto. Louise Bourget não consegue dormir. Ela sobe as escadas e vê Simon Doyle correndo até a cabine da esposa e voltando. Muito fácil juntar as peças no dia seguinte. Louise decide ganhar dinheiro com chantagem, assinando, assim, sua sentença de morte.

– Mas o sr. Doyle não tinha como matá-la – objetou Cornelia.

– Não, esse crime foi cometido por sua parceira. Logo que pode, Simon pede para ver Jacqueline. Chega a me pedir para deixá-los a sós. Conta a Jacqueline do novo perigo. Eles precisam agir imediatamente. Simon sabe onde Bessner guarda os bisturis. Depois do crime, o bisturi é recolocado em seu lugar, e, muito atrasada e ofegante, Jacqueline de Bellefort chega para almoçar. Mesmo assim, ainda não está tudo certo, porque a madame Otterbourne viu Jacqueline entrando na cabine de Louise Bourget e vai correndo contar a Simon. Jacqueline é a assassina. Lembra-se de como Simon gritou com a coitada? Achamos que ele estivesse nervoso, mas a porta tinha ficado aberta, e ele estava tentando avisar sua cúmplice do perigo. Ela ouviu e agiu, rápida como um raio. Lembrou-se de que Pennington falara de um revólver. Foi buscá-lo, aproximou-se da porta, ficou à escuta e, no momento decisivo, atirou. Ela chegara a dizer que tinha boa pontaria, e era verdade.

Poirot fez outra pausa e continuou.
— Depois do terceiro crime, observei que o assassino poderia ter tomado três direções. O que eu queria dizer é que ele poderia ter ido para a popa (nesse caso o assassino era Tim Allerton), poderia ter pulado pela amurada (muito pouco provável) ou poderia ter entrado numa cabine. A cabine de Jacqueline ficava a duas cabines de distância da cabine do dr. Bessner. Era só se livrar do revólver, entrar na cabine, desarrumar o cabelo e jogar-se na cama. Arriscado, mas a única chance possível.

Fizeram silêncio. Depois Race perguntou:
— O que aconteceu com a primeira bala disparada contra Doyle pela jovem?
— Creio que entrou na mesa, há um buraco recente nela. Acho que Doyle teve tempo de tirar a bala com um canivete e jogá-la pela janela. Tinha, evidentemente, um cartucho reserva, para que pensássemos que somente duas balas tinham sido usadas.

Cornelia suspirou.
— Eles pensaram em tudo. Que horror!

Poirot ficou em silêncio. Mas não era um silêncio modesto. Seus olhos pareciam dizer: "Você está enganada. Eles não contavam com Hercule Poirot!".

Em voz alta, disse:
— Agora, doutor, vamos dar uma palavrinha com seu paciente.

CAPÍTULO 30

Muito mais tarde naquela noite, Hercule Poirot bateu na porta de uma cabine.
Uma voz disse "entre", e ele entrou.
Jacqueline de Bellefort estava sentada numa cadeira. Em outra, perto da parede, estava a criada robusta.
Jacqueline olhou para Poirot, pensativa. Fez um gesto para a criada.
— Ela pode ir?
Poirot respondeu que sim, e a mulher retirou-se. Poirot puxou a cadeira desocupada e sentou-se perto de Jacqueline. Os dois ficaram em silêncio. Poirot parecia infeliz.
Jacqueline foi a primeira a falar.
— Bem — ela disse —, está tudo acabado! O senhor foi inteligente demais para nós, monsieur Poirot.
Poirot suspirou, estendendo as mãos, aparentemente sem nada para dizer.

– Mesmo assim – disse Jacqueline de modo reflexivo –, não vejo que tivesse muitas provas. O senhor estava certo, claro, mas se tivéssemos continuado com o blefe...

– Não teria como ser de outra forma, mademoiselle.

– É prova suficiente para uma mente lógica, mas não creio que teria convencido os jurados. Bom, agora não adianta lamentar-se. O senhor acusou Simon, e ele entregou os pontos. Perdeu a cabeça, coitado, e confessou tudo. É um mau perdedor.

– Mas a senhorita, mademoiselle, é uma boa perdedora.

Ela riu subitamente, um riso estranho, alegre, desafiador.

– Sim, eu sei perder – disse, olhando para Poirot.

Depois, exclamou:

– Não se preocupe, monsieur Poirot! Comigo, quero dizer. O senhor se preocupa, não?

– Sim, mademoiselle.

– Mas nunca lhe ocorreria me deixar escapar?

Hercule Poirot respondeu calmamente:

– Não.

Ela concordou em silêncio, com um gesto de cabeça.

– Não adianta ser sentimental. Eu seria capaz de fazer de novo... Não sou mais uma pessoa confiável. Sinto isso... – Continuou, taciturna: – É tão fácil... matar. E começamos a sentir que não importa... que a única coisa que importa somos *nós mesmos*. É perigoso isso.

Fez uma pausa e depois disse, com um sorriso:

– O senhor fez o possível por mim. Aquela noite em Assuã... disse para que eu não abrisse meu coração ao mal... O senhor já desconfiava de minhas intenções?

Poirot respondeu que não.

– Só sabia que o que lhe dizia era verdade.

– Era mesmo. Eu poderia ter parado naquele momento. Quase parei. Poderia ter dito a Simon que não continuaria com aquilo... Mas aí, talvez...

Interrompeu-se.

– O senhor gostaria de ouvir minha versão? Desde o início?

– Se quiser me contar, mademoiselle.

– Acho que quero. Foi tudo muito simples, na verdade. Simon e eu nos amávamos...

Disse essas palavras de modo leve, mas havia reminiscências por trás.

Poirot comentou, simplificando:

– E para a senhorita o amor bastaria, mas para ele não.

– Poderíamos resumir dessa forma, talvez. Mas o senhor não compreende Simon. Ele sempre quis ser rico. Gostava de tudo o que o dinheiro proporciona: cavalos, iates, esportes, as coisas boas da vida. E nunca conseguiu obtê-las. Simon é muito simples. Quando deseja algo, é como uma criança: precisa conseguir. Apesar disso, nunca pensou em se casar com uma mulher rica e horrível. Ele não era desse tipo. Aí nos conhecemos... e... e isso resolveu as coisas. Só não sabíamos quando poderíamos nos casar. Simon tivera um bom trabalho, que acabou perdendo, até certo ponto por culpa própria. Tentou ser esperto com dinheiro e foi descoberto. Não creio que tivesse realmente a intenção de ser desonesto. Deve ter achado que era assim que as pessoas faziam na cidade grande.

O rosto de seu interlocutor iluminou-se, mas ele não disse nada.

– Estávamos nessa situação, quando me lembrei de Linnet e de sua nova casa de campo. Fui procurá-la. Sabe, monsieur Poirot, eu amava Linnet. De verdade. Ela era minha melhor amiga. Jamais imaginei que pudesse haver algum problema entre nós. Só achava que era uma sorte ela ser rica. Se ela arranjasse um trabalho para Simon, faria toda a diferença. Ela foi muito doce e me pediu que trouxesse Simon, que conversaria com ele. Foi nessa época que o senhor nos viu no Chez Ma Tante. Estávamos festejando, mesmo sem poder bancar.

Jacqueline fez uma pausa. Continuou depois de suspirar:

– O que lhe direi agora é a pura verdade, monsieur Poirot. O fato de Linnet estar morta não muda as coisas. É por isso que não sinto pena dela, nem agora. Ela fez de tudo para afastar Simon de mim. Essa é a verdade! Não creio que tenha hesitado um minuto sequer. Eu era sua amiga, mas ela não quis nem saber. Atirou-se cegamente nos braços de Simon... que não dava a mínima para ela. Eu falei para o senhor sobre glamour, mas é claro que não era verdade. Simon não gostava de Linnet. Achava-a bonita, mas terrivelmente autoritária, e ele detestava mulheres autoritárias. A história toda o deixava bastante constrangido, mas ele gostava do dinheiro dela. É claro que percebi isso... e acabei dizendo a Simon que talvez fosse melhor terminar comigo e casar-se com Linnet. Ele rejeitou a ideia. Disse que com ou sem dinheiro, deveria ser um inferno casar-se com uma mulher daquelas. Disse que queria ter seu próprio dinheiro, não depender de uma esposa rica que controlasse os gastos. "Eu seria uma espécie de príncipe consorte", acrescentou. Disse também que não desejava nenhuma outra mulher além de mim.

Pausa.

– Creio que sei quando ele teve a ideia. Ele me disse um dia: "Com um pouco de sorte, poderia me casar com ela e ela morrer em um ano, me deixando toda a fortuna". Havia uma expressão estranha em seu olhar. Foi quando pensou naquilo pela primeira vez. Depois, vivia tocando no assunto, dizendo que seria muito conveniente se Linnet morresse. Comentei que achava a ideia pavorosa, e ele parou de falar no assunto. Até que um dia encontrei Simon lendo sobre arsênico. Acusei-o, e ele deu uma gargalhada, dizendo: "Quem não arrisca não petisca. Nunca terei outra chance na vida de ganhar tanto dinheiro". Depois de um tempo, percebi que ele estava decidido. Fiquei aterrorizada, simplesmente aterrorizada. Porque sabia que ele não conseguiria. Ele é tão ingênuo e simples. É provável que lhe desse arsênico e esperasse que o médico declarasse que ela morrera de gastrite. Ele sempre achava que as coisas dariam certo. Então, tive de intervir, para protegê-lo...

Jacqueline disse isso com muita simplicidade, bem-intencionada. Poirot não duvidou que o motivo fosse exatamente o que ela alegava. Ela não cobiçara o dinheiro de Linnet Ridgeway, mas amava Simon Doyle, com um amor que ia além da razão, da justiça e da piedade.

– Pensei muito, tentando arquitetar um plano. Achei que a base da trama deveria ser uma espécie de duplo álibi. Se Simon e eu pudéssemos, de alguma forma, depor um contra o outro, mas um depoimento que justamente nos absolvesse. Seria fácil eu fingir que o odiava. Nada mais natural, naquelas circunstâncias. Então, quando Linnet morresse, com certeza suspeitariam de mim. Seria melhor, portanto, que suspeitassem desde o início. Planejamos todos os detalhes. Eu queria que, se algo desse errado, eu fosse incriminada e não Simon. Mas Simon estava preocupado comigo. A única coisa que me deixou feliz foi saber que eu não teria que cometer o crime. Eu simplesmente não teria conseguido! Não conseguiria matar alguém a sangue-frio dessa maneira, dormindo. Eu não tinha perdoado Linnet. Poderia matá-la cara a cara, mas não da outra forma... Planejamos tudo cuidadosamente. Mesmo assim, Simon ainda foi escrever aquela letra J com sangue na parede, ideia boba e melodramática. Típico dele. Mas deu tudo certo.

Poirot acompanhava.

– Sim. Não foi sua culpa que Louise Bourget não conseguiu dormir aquela noite... E depois, mademoiselle?

Ela fitou-o.

– Sim – disse Jacqueline –, é horrível, não? Não consigo acreditar que eu... que eu tenha feito aquilo! Entendo agora o que o senhor quis dizer com abrir o coração ao mal... O senhor sabe o que aconteceu. Louise deixou claro para Simon que sabia de tudo. Simon pediu-lhe que me chamasse. Assim que ficamos sozinhos, ele me contou tudo, dizendo-me o que fazer. Não fiquei horrorizada. Estava com tanto medo, tanto medo... é isso o que o assassinato faz com uma pessoa. Simon e eu estávamos seguros. Não corríamos perigo, a não ser por aquela maldita francesa chantagista. Levei-lhe todo o dinheiro que tínhamos. Fingi humilhação. E então, quando ela contava o dinheiro, matei-a. Fácil. Isso é que é horroroso: é tão fácil!

Jacqueline fez uma pausa e continuou.

– Mesmo assim, não estávamos livres. A sra. Otterbourne tinha me visto. Ela vinha, triunfante, pelo convés, procurando o senhor e o coronel Race. Não tive muito tempo para pensar. Agi imediatamente. Foi eletrizante, quase agradável. Eu sabia que não podia titubear, o que aumentou a emoção do momento...

Jacqueline fez outra pausa.

– O senhor se lembra quando veio em minha cabine depois? Disse que não sabia por que tinha vindo. Eu estava péssima, apavorada. Achava que Simon ia morrer...

– E eu... esperava por isso – disse Poirot.

– Sim, teria sido melhor para ele.

– Não foi isso o que eu quis dizer.

Jacqueline encarou o rosto severo de Poirot.

– Não se preocupe tanto comigo, monsieur Poirot. Afinal, minha vida sempre foi difícil. Se tivéssemos vencido, eu teria sido muito feliz, aproveitando as coisas, provavelmente sem jamais me arrepender. Como não foi assim... bem, precisamos arcar com as consequências.

Acrescentou:

– Imagino que a criada esteja aqui para assegurar que eu não me enforque ou tome uma pílula de cianureto, como as pessoas sempre fazem nos livros. Mas não precisam ter medo! Não farei isso. Será melhor para Simon se eu estiver a seu lado.

Poirot levantou-se. Jacqueline também.

– Lembra-se quando eu disse que precisava seguir minha estrela? – perguntou ela. – O senhor disse que poderia ser uma estrela falsa. E eu disse: "Essa estrela muito ruim, senhor! Essa estrela cair".

Poirot saiu ao convés com a gargalhada de Jacqueline ainda ecoando em seus ouvidos.

CAPÍTULO 31

Estava amanhecendo quando eles chegaram em Shellal. Os rochedos sombrios desciam até a margem da água.

Poirot murmurou:

– *Quel pays sauvage!*

– Bem – disse Race a seu lado –, fizemos nosso trabalho. Tomei providências para que Richetti desembarque primeiro. Estou feliz que o pegamos. Não foi fácil. Já tinha nos escapado dezenas de vezes. – Fez uma pausa e continuou: – Precisamos conseguir uma maca para Doyle. Impressionante como ele desmoronou.

– Não foi isso exatamente – replicou Poirot. – Esse tipo infantil de criminoso costuma ser muito pretensioso. Um furinho em sua bolha de vaidade, e pronto! Desmoronam como crianças.

– Merece ser enforcado – sentenciou Race. – Um patife frio e sem escrúpulos. Sinto pena da moça, mas não podemos fazer nada.

Poirot concordou que nada podia ser feito.

– As pessoas dizem que o amor justifica tudo, mas não é verdade... Mulheres que amam como Jacqueline ama Simon são muito perigosas. Foi o que eu disse quando a vi pela primeira vez: "Essa menina ama demais". E era verdade.

Cornelia Robson aproximou-se.

– Ah – exclamou –, estamos quase chegando. – Fez uma breve pausa e acrescentou: – Eu estava com ela.

– Com a mademoiselle de Bellefort?

– Sim. Senti pena dela, presa só com aquela criada. Mas a prima Marie ficou muito zangada.

A srta. Van Schuyler avançava lentamente pelo convés em direção a eles. Parecia furiosa.

– Cornelia – berrou –, você se comportou muito mal. Vou mandá-la direto para casa.

Cornelia respirou fundo.

– Sinto muito, prima Marie, mas não vou para casa. Vou me casar.

– Então finalmente teve juízo – provocou a velha.

Ferguson apareceu.

– Cornelia, o que você está dizendo? Não pode ser verdade.

– É verdade sim – retrucou Cornelia. – Vou me casar com o dr. Bessner. Ele pediu minha mão em casamento ontem à noite.

– E por que você vai se casar com ele? – quis saber Ferguson, com raiva. – Só porque ele é rico?

– Não – respondeu Cornelia, indignada. – Eu gosto dele. Ele é gentil e muito instruído. E eu sempre me interessei por medicina e pelos doentes. Terei uma vida maravilhosa ao seu lado.

– Você está dizendo que prefere se casar com aquele velho nojento a se casar comigo? – perguntou Ferguson, incrédulo.

– Sim. Prefiro. Você não é digno de confiança. Não seria nada confortável viver com você. E ele *não* é velho. Nem fez cinquenta anos ainda.

– Com aquela pança – provocou Ferguson.

– Bom, eu tenho os ombros abaulados – retorquiu Cornelia. – A aparência não importa. Ele me disse que posso ajudá-lo em seu trabalho, e me ensinará tudo sobre neuroses.

Cornelia afastou-se.

Ferguson perguntou para Poirot:

– O senhor acha que ela estava falando sério?

– Acho.

– Ela prefere aquele velho pomposo a mim?

– Sem dúvida.

– Está louca! – declarou Ferguson.

Os olhos de Poirot brilharam.

– É uma dama original – disse. – Provavelmente a primeira que o senhor conhece.

O navio atracou no cais. Um cordão impedia o desembarque dos passageiros. Disseram a todos para esperar.

Richetti, carrancudo, foi conduzido a terra por dois maquinistas.

Depois de um pequeno intervalo, trouxeram uma maca. Simon Doyle foi levado até a passarela de desembarque.

Parecia outro homem – assustado, sem a despreocupação infantil que tinha.

Jacqueline de Bellefort veio logo atrás, com a criada. Estava pálida, mas fora isso parecia a mesma de sempre. Foi até a maca.

– Oi, Simon – disse.

Ele olhou rapidamente para ela. A expressão infantil voltou-lhe ao rosto por um momento.

– Estraguei tudo – disse ele. – Perdi a cabeça e confessei tudo. Desculpe-me, Jackie. Não queria decepcioná-la.

Ela sorriu.

– Tudo bem, Simon. Arriscamos e perdemos. Simples.

Ela deu passagem para os carregadores levarem a maca. Curvou-se para amarrar o cadarço. Depois, endireitou-se, segurando alguma coisa.

Ouviu-se um estalido seco.

Simon Doyle fez um último gesto convulsivo e desfaleceu.

Jacqueline de Bellefort parecia satisfeita. Ficou um instante parada, de revólver na mão. Sorriu furtivamente para Poirot.

Nesse momento, quando Race avançou em sua direção, ela virou o brinquedo reluzente contra o próprio peito e apertou o gatilho.

Caiu lentamente ao chão, como que implodindo.

Race gritou:

– Onde é que ela foi arrumar esse revólver?

Poirot sentiu alguém tocar em seu braço. A sra. Allerton perguntou suavemente:

– O senhor sabia?

Poirot assentiu.

– Jacqueline tinha dois desses revólveres. Percebi isso quando soube que haviam encontrado uma arma na bolsa de Rosalie Otterbourne no dia em que revistamos os passageiros. Ao se dar conta de que faríamos uma busca, Jacqueline colocou o revólver na bolsa da outra. Mais tarde, foi à cabine de Rosalie reavê-lo, depois de distrair a menina com uma comparação entre batons. Como Jacqueline e sua cabine tinham sido revistadas ontem, ninguém achou necessário revistá-las de novo.

A sra. Allerton perguntou:

– O senhor queria que ela tomasse esse caminho?

– Sim. Mas ela não o tomaria sozinha. Foi por isso que Simon Doyle teve uma morte mais suave do que merecia.

A sra. Allerton estremeceu.

– O amor pode ser algo assustador.

– É por isso que a maioria das grandes histórias de amor são tragédias.

O olhar da sra. Allerton descansou sobre Tim e Rosalie, que estavam lado a lado sob a luz do sol.

– Mas, graças a Deus, ainda existe felicidade no mundo – disse ela, com súbita veemência.

– É verdade, madame, graças a Deus.

Os passageiros desembarcaram.

Mais tarde, os corpos de Louise Bourget e da sra. Otterbourne foram retirados do *Karnak*.

Por último, levaram o corpo de Linnet Doyle. No mundo inteiro, espalhou-se a notícia de que Linnet Doyle, ex-Linnet Ridgeway, a famosa, bela e rica Linnet Doyle havia morrido.

Sir George Wode leu a notícia em seu clube, em Londres; Sterndale Rockford, em Nova York; Joanna Southwood, na Suíça. O crime também foi discutido no bar Three Crowns, em Malton-under-Wode.

O amigo magro do sr. Burnaby comentou:
– Não parecia muito justo mesmo, ela ter tudo.
E o sr. Burnaby replicou, oportunamente:
– Pelo visto, não teve como aproveitar, coitada.
Pouco tempo depois, pararam de falar dela e passaram a discutir sobre quem venceria o campeonato. Pois, como dizia o sr. Ferguson naquele exato momento em Luxor, o que interessa é o futuro, não o passado.

Encontro com a morte

Tradução de Bruno Alexander

*A Richard e Myra Mallock,
para eles se lembrarem de sua jornada
a Petra*

PARTE 1

CAPÍTULO 1

I

"— *Você entende que ela tem de ser assassinada, não entende?*"

A pergunta pairou no silêncio noturno por um instante e se desvaneceu na escuridão rumo ao Mar Morto.

Hercule Poirot fez uma pausa com a mão no trinco da janela e depois, de testa franzida, decidiu fechá-la, para impedir que o ar traiçoeiro da noite entrasse no quarto. Acostumara-se a acreditar que o ar exterior deveria ser mantido do lado de fora, e a brisa daquela noite era especialmente nociva à saúde.

Fechou cuidadosamente as cortinas e andou até a cama, sorrindo para si mesmo.

"— *Você entende que ela tem de ser assassinada, não entende?*"

Palavras curiosas para um detetive como Hercule Poirot ouvir por acaso em sua primeira noite em Jerusalém.

– Não tem jeito. Aonde quer que eu vá, tem sempre alguma coisa para me lembrar de crimes! – murmurou.

Continuou sorrindo ao recordar uma história que ouvira certa vez sobre o romancista Anthony Trollope. Trollope cruzava o Atlântico na época e ouviu, por acaso, dois passageiros comentando o último episódio de um de seus romances.

"– Muito bom", declarou um deles. "– Mas o autor deveria matar aquela velha chata."

Com um largo sorriso no rosto, o romancista aborda-os:

"– Cavalheiros, agradeço-lhes imensamente! Vou matá-la agora mesmo."

Hercule Poirot perguntou-se o que teria ocasionado as palavras que acabara de ouvir. Seria um trecho de uma peça? De um livro?

Pensou, ainda sorrindo: "Essas palavras podem ter algum dia um significado mais sinistro".

A voz revelava um nervosismo curioso, lembrava agora – um tremor que denunciava alguma tensão emocional intensa. Voz de homem – ou de menino...

Hercule Poirot disse a si mesmo ao apagar a luz, já deitado na cama: "*Reconheceria essa voz, se voltasse a ouvi-la...*"

II

Debruçados sobre o peitoril da janela, bem juntos um do outro, Raymond e Carol Boynton contemplavam a imensidão azul da noite. Num tom nervoso, Raymond repetiu o que acabara de dizer:

– Você entende que ela tem de ser assassinada, não entende?

Carol Boynton, levemente perturbada, comentou, com a voz grave e rouca:

– É horrível...

– Não mais horrível do que *isto*!

– Imagino que não...

Raymond desabafou, num ímpeto:

– Não dá para continuar assim... não dá... *Precisamos* fazer alguma coisa... E não *podemos* fazer nada...

Carol propôs, sem firmeza (e ela sabia disso):

– E se déssemos um jeito de fugir...?

– Não dá – a voz dele denotava vazio e falta de esperança. – Carol, você sabe que não podemos...

A garota estremeceu.

– Eu sei, Ray, eu sei.

Raymond soltou um risinho amargo.

– As pessoas diriam que somos loucos, de não conseguir simplesmente escapar...

Carol exclamou, lentamente:

– Talvez sejamos loucos mesmo!

– Sim. Talvez sejamos loucos. De qualquer forma, logo ficaremos... Algumas pessoas diriam que já somos, se nos ouvissem aqui, calmamente, planejando a sangue-frio o assassinato da nossa própria mãe!

Carol corrigiu-o:

– Ela não é nossa mãe!

– É verdade.

Depois de uma pausa, Raymond perguntou, num tom agora bastante prosaico:

– Você concorda, Carol?

Carol respondeu com firmeza:

– Acho que ela deve morrer... sim...

E de repente explodiu:

– Ela é louca... Tenho certeza de que é louca... Não nos torturaria como faz se fosse normal. Há anos que repetimos "Isso não pode continuar assim" e continua! Vivemos dizendo "Ela morrerá algum dia"... mas ela não morre! Acho que não morrerá nunca, a não ser...

Raymond completou a frase:

– *A não ser que a matemos...*

– Isso.

Carol agarrou-se ao parapeito.

Seu irmão adotou um tom trivial de frieza, com certa inquietação na voz, devido ao entusiasmo dissimulado.

– Você compreende que tem de ser um de nós, não compreende? Quanto a Lennox, existe Nadine a considerar. E não poderíamos envolver Jinny nisso.

Carol tremeu.

– Coitadinha da Jinny... Estou com tanto medo...

– Eu sei. Está piorando, não? Por isso alguma coisa tem que ser feita o mais rápido possível... antes que ela enlouqueça de vez.

Carol levantou-se de repente, puxando para trás o cabelo castanho que caía na testa.

– Ray – disse –, você não acha *errado* mesmo, não é?

Ray respondeu naquele mesmo tom aparentemente imparcial.

– Não. A meu ver, é como matar um cão raivoso... algo que prejudica o mundo e precisa ser eliminado. É a única forma de acabar com isso.

Carol ponderou baixinho:

– Mas eles nos mandariam para a cadeira elétrica de qualquer jeito... Ou seja, não poderíamos explicar como ela é... Pareceria uma história fantástica... De certo modo, está tudo na nossa *imaginação!*

Raymond tranquilizou-a:

– Ninguém jamais saberá. Tenho um plano. Já pensei em tudo. Ficaremos seguros.

Carol virou-se para o irmão, de súbito:

– Ray, de uma forma ou de outra, você está diferente. Alguma coisa *aconteceu* com você... Quem colocou tudo isso na sua cabeça?

– Por que alguma coisa teria acontecido comigo?

Olhou para a frente, com o olhar perdido na escuridão.

– Porque aconteceu... Ray, foi aquela moça do trem?

– Não, claro que não... Por que haveria de ser? Carol, não fale besteira. Vamos voltar ao... ao...

– Seu plano? Tem certeza de que é um bom plano?

– Acho que sim... Precisamos esperar pela oportunidade certa, claro. Aí, se tudo sair conforme o esperado, ficaremos livres... todos nós.

– Livres? – Carol soltou um suspiro, olhando para as estrelas. De repente, explodiu numa crise de choro.

– O que foi, Carol?

Entre lágrimas, ela disse:

– É tão lindo... a noite, o céu azul, as estrelas... Quem dera pudéssemos fazer parte disso tudo... Quem dera pudéssemos ser outras pessoas... e não esses seres desvirtuados e *perdidos*.

– Mas seremos... ficaremos bem... quando ela estiver morta!

– Tem *certeza*? Não é tarde demais? Não seremos sempre desvirtuados?

– Não, de jeito nenhum.

– Será?

– Carol, se você preferir não...

Ela recusou seu abraço de consolo.

– Não, estou do seu lado... para o que der e vier! Por causa dos outros... principalmente Jinny. Precisamos salvá-la!

Raymond parou por um momento.

– Então... continuamos?

– Sim!

– Ótimo. Vou lhe contar meu plano.

Inclinou-se em direção à irmã.

CAPÍTULO 2

A srta. Sarah King, bacharel em medicina, folheava jornais e revistas na sala de leitura do Hotel Solomon, em Jerusalém. Com a testa franzida, parecia preocupada.

O francês alto de meia-idade que entrou na sala vindo do corredor olhou-a por um instante antes de dirigir-se ao outro lado da mesa. Quando seus olhares se encontraram, Sarah deu um sorrisinho de reconhecimento. Lembrava-se que aquele homem a ajudara na viagem ao Cairo, carregando uma de suas malas num momento em que não havia nenhum carregador por perto.

– Está gostando de Jerusalém? – perguntou o dr. Gerard após trocarem cumprimentos.

– É um lugar terrível de certo modo – comentou Sarah, acrescentando: – Religião é uma coisa muito estranha!

O francês pareceu interessado.

– Sei o que você quer dizer – seu inglês era quase perfeito. – Todo tipo de seitas brigando entre si!

– E as coisas horríveis que eles construíram também! – lembrou Sarah.

– É verdade.

Sarah suspirou.

– Fui expulsa de um lugar hoje porque estava com um vestido sem mangas – disse, chateada. – Pelo visto, o Todo-Poderoso não gosta dos meus braços, apesar de tê-los criado.

O dr. Gerard riu e disse:

– Eu ia pedir um café. Gostaria de me acompanhar, srta...?

– King. Sarah King.

– E o meu... permita-me. – Sacou um cartão.

Ao ler o nome, Sarah arregalou os olhos, pela agradável surpresa.

– Dr. Theodore Gerard? Que emoção conhecê-lo. Li todos os seus trabalhos, evidentemente. Sua visão sobre a esquizofrenia é interessantíssima.

– *Evidentemente*? – perguntou o dr. Gerard, levantando as sobrancelhas.

– É que também serei médica. Acabei de me graduar como bacharel.

– Entendi.

O dr. Gerard pediu o café, e os dois se sentaram num canto da sala. O francês estava menos interessado nas realizações profissionais de Sarah do que em seu cabelo preto ondulado e sua linda boca vermelha. Encantara-lhe a admiração óbvia que ela demonstrara em relação a ele.

– Você vai ficar muito tempo? – perguntou, para puxar conversa.

– Alguns dias, não muito. Quero ir a Petra depois.

– É mesmo? Eu também estava pensando em ir a Petra, se não levasse muito tempo. Preciso estar em Paris no dia 14.

– Leva cerca de uma semana, acho. Dois dias para ir, dois dias lá e dois dias para voltar.

– Vou a uma agência de viagens amanhã de manhã ver o que consigo.

Um grupo de pessoas entrou no salão e sentou-se. Sarah observou-os com certo interesse. Baixou a voz.

– Essas pessoas que acabaram de entrar, o senhor reparou nelas no trem outro dia? Saíram do Cairo ao mesmo tempo que nós.

O dr. Gerard colocou os óculos e olhou em volta.

– Americanos?

– Sim. Uma família americana. Mas... muito diferente, na minha opinião.

– Diferente? Diferente como?

– Olhe para eles. Principalmente a senhora mais velha.

O dr. Gerard obedeceu. Seu aguçado olhar profissional deslizou de rosto em rosto.

Reparou primeiro num homem alto e desengonçado, de uns trinta anos. O rosto era agradável, mas revelava fraqueza e seus modos pareciam estranhamente apáticos. Depois, havia dois jovens muito bonitos – o rapaz parecia uma escultura grega. "Tem algo de errado com ele também", pensou o dr. Gerard. "Sim... um nítido estado de tensão." A menina era visivelmente sua irmã, pela forte semelhança entre eles, e também estava alterada. Havia outra menina, ainda mais nova – de cabelo ruivo-dourado, que parecia uma auréola; suas mãos não paravam quietas, rasgando o lenço que estava no colo. Outra mulher, jovem, tranquila, pálida, de cabelo escuro e um rosto plácido, como o da Madonna de Luini. Não denotava nenhuma agitação! E no centro do grupo... "Meu Deus!", pensou o dr. Gerard, com uma clara repulsa de francês. "Que mulher horrível!" Velha, inchada, sentada ali, imóvel, no meio deles – um velho Buda desfigurado –, uma aranha gorda no centro de uma teia!

A Sarah, ele disse:

– *La maman* é bem feinha, não? – e encolheu os ombros.

– Tem algo bastante sinistro nela, não acha?

O dr. Gerard observou-a de novo, dessa vez com um olhar profissional, não estético.

– Hidropisia... problemas cardíacos... – acrescentou em fluente linguagem médica.

– Ah, claro! – concordou Sarah, ignorando o lado médico. – Mas existe alguma coisa muita estranha na atitude deles em relação a ela, não acha?

– Quem são eles, você sabe?

– Chamam-se Boynton. Mãe, filho, a mulher do filho, um filho mais novo e duas filhas menores.

O dr. Gerard murmurou:

– *La famille Boynton* vê o mundo.

– Sim, mas tem alguma coisa estranha *nisso*. Eles não falam com ninguém. E não podem fazer nada, a não ser que a velha diga para fazer!

– É do tipo matriarcal – comentou o dr. Gerard, ponderadamente.

– A própria tirana, me parece – sentenciou Sarah.

O dr. Gerard deu de ombros e observou que as mulheres americanas dominavam a terra – isso todo mundo sabia.

– Sim, mas não é só isso. – Sarah insistiu. – Ela... deixa-os tão *intimidados...* tão submissos... que chega a ser vergonhoso!

– Ter muito poder é ruim para as mulheres – Gerard concordou, com repentina gravidade. Sacudiu a cabeça em sinal de desaprovação.

– É difícil para uma mulher não abusar do poder.

Olhou de rabo de olho para Sarah. Ela observava a família Boynton – ou melhor, observava um membro específico da família. O dr. Gerard deu um sorrisinho compreensivo, tipicamente francês. Ah! Então era isso, não?

Perguntou, interessado:

– Já falou com eles?

– Já... pelo menos com um deles.

– Com o rapaz... o filho mais novo?

– Sim. No trem, vindo para cá de Kantara. Ele estava parado no corredor. Não havia constrangimento na sua postura em relação à vida. Interessava-se pela humanidade e tinha uma espécie de dedicação cordial, embora impaciente.

– O que a fez falar com ele?

Sarah levantou os ombros.

– Por que não? Costumo falar com as pessoas nas viagens. Interesso-me pelos outros... pelo que eles fazem, pensam e sentem.

– Ou seja, coloca-os no microscópio, digamos assim.

– Pode ser – admitiu a moça.

– E quais foram as suas impressões?

– Bem – disse, hesitante –, foi estranho... Para início de conversa, o rapaz ficou mais vermelho do que pimentão.

– E o que há de tão especial nisso? – perguntou Gerard, ironicamente.

Sarah riu.

– O senhor está querendo dizer que ele pensou que eu fosse uma sem-vergonha assediando-o? Não, não acho que ele tenha pensado isso. Os homens sempre sabem, não sabem?

Fitou-o com olhar claramente interrogativo. O dr. Gerard respondeu que sim com a cabeça.

– Tenho a impressão – continuou Sarah, falando devagar e franzindo um pouco a testa – de que ele estava... como posso dizer?... empolgado e desconcertado ao mesmo tempo. Empolgado de forma exagerada... e também absurdamente apreensivo. Estranho, não? Sempre achei os americanos muito seguros de si. Um garoto americano de vinte anos, por exemplo, tem muito mais conhecimento do mundo e *savoir-faire* do que um garoto inglês da mesma idade. E esse rapaz deve ter mais de vinte anos.

– Uns 23, 24, eu diria.

– Tudo isso?

– Acho que sim.

– Sim... talvez o senhor esteja certo... Só que parece tão novinho...

– Desajuste mental. O fator "criança" persiste.

– Então tenho razão? Ou seja, ele tem mesmo algo de anormal?

O dr. Gerard encolheu os ombros, sorrindo de leve pela veemência de Sarah.

– Minha cara donzela, quem pode se julgar normal? De qualquer maneira, garanto que tem algum tipo de neurose.

– Relacionada àquela velha terrível, tenho certeza.

– Parece que você não gosta nem um pouco dela – observou Gerard, olhando-a com curiosidade.

– Não gosto mesmo. Ela tem um olhar... maligno!

Gerard comentou em voz baixa:

– Assim como muitas outras mães quando o filho se sente atraído por moças fascinantes!

Sarah deu de ombros, com impaciência. "Os franceses são todos iguais: só pensam em sexo", disse para si mesma. De qualquer forma, como psicóloga, era obrigada a admitir que havia sempre um fundo sexual por trás da maior parte dos fenômenos. Seus pensamentos percorriam um terreno psicológico familiar.

Saiu desse estado de reflexão com um sobressalto. Raymond Boynton atravessava o salão em direção à mesa central. Escolheu uma revista. Quando passou por sua cadeira na volta, ela abordou-o.

– Visitou muitos lugares hoje?

Foram as primeiras palavras que lhe vieram à cabeça. O verdadeiro interesse era ver sua reação.

Raymond parou, enrubesceu, refugou como um cavalo nervoso, os olhos voltados apreensivamente para a sua família, e disse, na voz que lhe saiu:

– Ah... ah, sim... Por quê? Sim, visitei. Eu...

Então, de repente, como se tivesse recebido um golpe de espora, voltou correndo para os familiares, com a revista em punho.

Aquele Buda grotesco que era a velha esticou a mão gorda para pegar a revista, mas seus olhos, o dr. Gerard reparou, fixaram-se no rosto do rapaz. Resmungou qualquer coisa, certamente palavras de agradecimento inaudíveis. Girou a cabeça levemente. O doutor notou que olhava fixo agora para Sarah, com o semblante impassível. Impossível determinar o que se passava em sua cabeça.

Sarah consultou o relógio e exclamou:

– Nossa, o tempo voou! – Levantou-se. – Muito obrigada, dr. Gerard, pelo café. Preciso escrever algumas cartas agora.

O médico ergueu-se e apertou-lhe a mão.

– Deveremos nos encontrar de novo. Assim espero – disse.

– Claro! O senhor irá a Petra?

– Farei o possível para ir.

Sarah sorriu para ele e virou-se. Para sair, teria de passar pela família Boynton.

O dr. Gerard, apenas observando, reparou no olhar da sra. Boynton para o filho, que a encarou de volta. Quando Sarah passou, Raymond Boynton virou parcialmente a cabeça – não em direção a ela, mas para o outro lado, num movimento lento, involuntário, como se a velha sra. Boynton tivesse puxado uma corda invisível.

Sarah King notou o gesto, e era jovem e humana o suficiente para se chatear com aquilo. Haviam tido uma conversa tão descontraída no corredor sacolejante daquele vagão-leito. Haviam comparado anotações sobre o Egito, haviam rido juntos do estranho linguajar dos vendedores e dos guias. Sarah descrevera o diálogo que tivera com um beduíno, que lhe perguntara insolentemente "Você *ser inglês* ou *americano*?", e ela respondera: "Não, sou chinesa". E qual não foi seu prazer ao ver a cara de perplexidade do sujeito, olhando fixo para ela. O rapaz se comportara, pensava, como um colegial ansioso – uma ansiedade ridícula. E agora, sem motivo nenhum, mostrava-se desconfiado, rude, grosseiro.

– Não quero mais nada com ele – disse Sarah, indignada.

Pois Sarah, sem ser excessivamente convencida, gostava de si mesma. Sabia que atraía o sexo oposto, e estava acostumada com a admiração masculina!

Havia sido, talvez, cordial demais com o garoto, porque, por alguma razão obscura, sentia pena dele.

Mas agora, dava para ver, ele não passava de um jovem americano arrogante!

Em vez de escrever as cartas que mencionara, Sarah King sentou-se em frente à penteadeira, penteou o cabelo para trás, viu um par de olhos castanho-claros perturbados dentro do espelho e fez um balanço de sua vida.

Havia acabado de superar uma crise emocional dificílima. Um mês antes, desmanchara o noivado com um jovem médico, quatro anos mais velho. Estiveram muito envolvidos um com o outro, mas tinham o temperamento muito parecido. Discutiam e discordavam o tempo todo. Sarah era muito dominadora para submeter-se. Como muitas mulheres inteligentes, pensava apreciar a energia. Vivia dizendo a si mesma que desejava ser dominada. Quando conheceu um homem capaz de dominá-la, descobriu que não gostava nem um pouco daquilo! Terminar com o noivado foi muito penoso, mas teve clareza suficiente para perceber que não podia construir uma vida de felicidade baseada somente na atração mútua. Deu-se de presente umas férias no exterior que a ajudassem a esquecer, antes de mergulhar na profissão.

Seus pensamentos voltaram do passado para o presente.

"Será", pensou, "que o dr. Gerard falará de seu trabalho comigo? Sua produção é tão maravilhosa. Se me levar a sério... Talvez... se for a Petra..."

Aí, pensou de novo no jovem americano grosseiro.

Não tinha dúvidas de que havia reagido daquela maneira tão peculiar por causa da presença dos familiares, mas de qualquer modo sentiu certo desprezo por ele. Submeter-se assim ao controle da família... era bastante ridículo, principalmente para um *homem*!

E no entanto...

Sentiu algo estranho. Aquilo tudo, com certeza, não era normal.

De repente, disse em voz alta:

– Aquele rapaz deseja ser salvo! Vou ajudá-lo!

CAPÍTULO 3

Sarah saiu do salão e o dr. Gerard ainda ficou lá sentado por algum tempo. Depois, ele foi até a mesa de centro, pegou o último número do *Le Matin* e sentou-se numa cadeira a poucos metros da família Boynton. Estava curioso.

Primeiro, ficou pensando no interesse da menina inglesa por aquela família americana. Diagnosticou, com sagacidade, que ela estava interessada em alguém específico. Mas agora, alguma coisa fora do comum naquelas pessoas despertara nele um interesse mais profundo, imparcial, de cientista. Sentia que havia uma questão psicológica em jogo.

De maneira muito discreta, por trás do jornal, o médico os avaliava. Primeiro, o rapaz por quem a bela menina inglesa estava tão interessada. Sim, pensou Gerard, o tipo de sujeito que a atrairia. Sarah King tinha energia – era equilibrada, tinha discernimento e força de vontade. O dr. Gerard julgou que o jovem fosse sensível, observador, reservado e altamente influenciável. Notou, com olhar profissional, que o rapaz estava num momento de tensão nervosa. Por que seria? Aquilo o intrigava. Por que um jovem, cuja saúde física era obviamente boa, passeando no exterior, estava à beira de um colapso nervoso?

O médico voltou sua atenção para os outros membros do grupo. A menina de cabelo castanho-claro, estava na cara, era irmã de Raymond. Tinham a mesma compleição física, esbeltos, de aparência aristocrática, mãos finas, traços bem definidos no maxilar, cabeça equilibrada num pescoço comprido e esguio. E a menina também estava nervosa. Fazia pequenos movimentos involuntários, os olhos ensombrecidos na parte de baixo e exageradamente brilhantes. Falava rápido e de maneira ofegante. Mantinha-se atenta, alerta, incapaz de relaxar.

"E ela também está com medo", concluiu o dr. Gerard. "Sim, ela está com medo!"

Conseguiu ouvir trechos da conversa, uma conversa bastante comum.
"– Podemos visitar os Estábulos de Salomão?"
"– Não será demais para a mamãe?" "– Vamos ao Muro das Lamentações de manhã?" "– Ao templo, claro – a Mesquita de Omar, como chamam; por que será?" "– Porque transformaram o templo numa mesquita muçulmana, Lennox, é óbvio."

Conversa normal de turista. No entanto, o dr. Gerard tinha uma estranha convicção de que aqueles pedaços de diálogo ouvidos por acaso eram especialmente irreais, como uma máscara, um disfarce para uma agitação oculta, algo profundo e abstrato demais para ser colocado em palavras. Deu mais uma olhada rápida por cima do *Le Matin*.

Lennox? Era o irmão mais velho. A mesma semelhança familiar, mas havia uma diferença. Lennox não estava tão tenso; era, Gerard concluiu, o menos nervoso. Porém, havia algo de estranho nele também. Não apresentava sinal de tensão muscular como os outros dois. Estava sentado bastante à vontade, largado. Procurando na memória exemplos de pacientes que se sentavam da mesma maneira, Gerard pensou:

"Ele está *exausto*... sim, exaustão com sofrimento. Esse olhar... olhar de cachorro ferido ou de cavalo doente... aquela resignação cega e animalesca... É estranho isso... Fisicamente, nada há de errado com ele... Mas não há dúvidas de que sofreu muito ultimamente... sofrimento mental... agora não sofre mais... resiste em silêncio... esperando a bomba explodir, suponho... Que bomba? Será que estou imaginando tudo isso? Não, o homem está esperando alguma coisa. O fim. Como os pacientes de câncer, que ficam lá deitados, esperando, gratos ao analgésico que alivia um pouco a dor..."

Lennox Boynton levantou-se para pegar um novelo de lã que a velha deixara cair.

– Aqui está, mãe.

– Obrigada.

O que estaria tricotando aquela figura monumental e impassível? Algo grosso e pouco sofisticado. "Luvas para prisioneiros!", Gerard riu de sua própria imaginação.

Dirigiu sua atenção para o membro mais novo do grupo – a jovem ruiva. Devia ter uns dezenove anos. Sua pele tinha aquela alvura típica das pessoas ruivas. Apesar de esquelético, o rosto era bonito. Estava sentada, sorrindo para si mesma, sorrindo para o espaço. Havia algo curioso naquele sorriso, tão distante do Hotel Solomon, de Jerusalém... Lembrava-lhe alguma coisa... De uma hora para outra, descobriu o que era: o misterioso sorriso das cariátides na Acrópole de Atenas – algo remoto, encantador e um pouco inumano... A magia do sorriso e a inefável quietude da jovem abalaram-no.

Nesse momento, com espanto, reparou nas mãos dela. Estavam escondidas debaixo da mesa, mas dava para ver de onde estava. Sobre o regaço, picotavam um delicado lenço.

Ficou perplexo com tudo aquilo. O sorriso distante, o corpo imóvel e as mãos inquietas, destruindo...

CAPÍTULO 4

Ouviu-se uma lenta tosse asmática, e então a velha colossal que estava tricotando falou.

– Ginevra, você está cansada, melhor ir para a cama.

A jovem assustou-se. Os dedos pararam o movimento mecânico.

– Não estou cansada não, mãe.

Gerard reconheceu, com prazer, o tom musical de sua voz. Tinha o cantar doce que embeleza até as frases mais comuns.

– Está sim. Nunca me engano. Você não está em condições de visitar a cidade amanhã.

– Mas eu irei. Estou bem.

Numa voz grave, quase um grunhido, sua mãe decretou:

– Não está não. Você vai ficar doente.

– Não vou não! Não vou não!

A jovem começou a tremer.

Uma voz calma tranquilizou-a:

– Vou subir com você, Jinny.

A moça tranquila de cabelo cacheado preto e grandes olhos reflexivos ficou de pé.

Nesse momento, a velha sra. Boynton disse:

– Não. Deixe-a subir sozinha.

A jovem protestou:

– Quero que a Nadine venha comigo!

– Eu vou, claro – a moça deu um passo à frente.

A velha intrometeu-se:

– Ela prefere ir sozinha, não prefere, Jinny?

Fez-se uma pausa. Depois de um tempo, Ginevra Boynton disse, com a voz repentinamente monótona:

– Sim. Prefiro ir sozinha. Obrigada, Nadine.

Retirou-se. Sua alta figura esbelta movia-se com uma graça surpreendente.

O dr. Gerard abaixou o jornal e examinou detidamente a sra. Boynton, que estava entretida com a filha, o rosto gordo enrugado pelo sorriso peculiar. Aquele sorriso assemelhava-se ligeiramente ao encantador sorriso que transformara o rosto da menina pouquíssimo tempo antes.

A velha, então, passou a fitar Nadine, que acabara de se sentar. Nadine ergueu os olhos e viu que a sogra a encarava. Manteve-se imperturbável. O olhar da velha era malicioso.

O dr. Gerard pensou: "Que absurdo! Essa velha é uma tirana!".

Nesse momento, de repente, reparou que a velha o observava e conteve a respiração. Olhos pretos pequenos e ardentes aqueles, mas que transmitiam algo, uma força, uma onda de perversidade. O dr. Gerard sabia alguma coisa sobre o poder da personalidade. Percebeu que não era o caso de uma inválida tirana satisfazendo pequenos caprichos. Aquela velha tinha força. Na malignidade de seu olhar, sentiu um efeito parecido ao produzido por uma cobra. A sra. Boynton podia ser velha, fraca, vulnerável a doenças, mas não impotente. Era uma mulher que sabia o significado da palavra poder. Havia exercido uma vida inteira de autoridade e nunca duvidara da própria força. O dr. Gerard conhecera certa vez uma moça que fazia um número espetacular e perigoso com tigres. As grandes feras iam tranquilamente para os seus lugares e executavam tarefas degradantes. Os olhos e os rugidos abafados demonstravam ódio, um ódio fanático, mas os animais obedeciam, com medo. Era uma mulher jovem, de uma beleza sombria e arrogante, mas o olhar era o mesmo.

– *Une dompteuse** – disse o dr. Gerard para si mesmo.

Agora entendia aquele sentimento oculto na conversa da família desprotegida. Era ódio, uma corrente turva e irrefreável de ódio.

Pensou: "A maioria das pessoas me acharia doido! Uma família americana comum se divertindo na Palestina, e eu inventando conspirações!".

Olhou com interesse para a moça tranquila chamada Nadine. Havia uma aliança de casamento em sua mão esquerda. E o rápido olhar que deu ao rapaz loiro desengonçado, Lennox, denunciou-a. Gerard descobriu, então...

Eles eram casados. Mas foi um olhar de mãe, não de mulher; aquele olhar maternal, protetor, cheio de ansiedade. E Gerard descobriu mais. Descobriu que, isolada daquele grupo, Nadine Boynton não era afetada pelo feitiço da sogra. Podia não gostar dela, mas não a temia. O poder da velha não fazia efeito em sua vida.

Nadine estava infeliz, profundamente preocupada com o marido, mas era livre.

O dr. Gerard disse para si mesmo: "Tudo isso é muito interessante".

---

* "Uma domadora", em francês. (N.T.)

CAPÍTULO 5

Interrompendo essas divagações um fato corriqueiro gerou um efeito quase burlesco.

Um homem entrou no salão, avistou a família Boynton e foi falar com eles. Era um americano de meia-idade bastante comum. Vestia-se sobriamente, tinha a barba feita e uma voz lenta, agradável, monótona, de certa forma.

– Estava procurando vocês – disse.

Apertou a mão de todo mundo.

– E como vai, sra. Boynton? Muito cansada pela viagem?

Quase com graça, a velha respondeu, ofegante:

– Um pouco. Minha saúde não é boa, como sabe...

– Ah, claro, uma pena... uma pena.

– Mas não piorei.

A sra. Boynton acrescentou, com sorriso de cobra:

– A Nadine aqui cuida direitinho de mim, não é, Nadine?

– Faço o que posso – sua voz não denotava emoção.

– Ah, aposto que sim – disse o desconhecido entusiasticamente. – E então, Lennox, o que achou da cidade do rei Davi?

– Não sei.

Lennox mostrava-se apático ao falar. Faltava-lhe interesse.

– Achou meio decepcionante? Confesso que eu achei no início. Talvez você não tenha visto muita coisa ainda.

Carol Boynton informou:

– Não podemos fazer muita coisa, por causa da mamãe.

A sra. Boynton explicou:

– Um passeio turístico de algumas horas é tudo o que consigo fazer no dia.

O desconhecido disse, animado:

– É maravilhoso que a senhora consiga fazer tudo o que faz, sra. Boynton.

A sra. Boynton deu uma risada lenta, arquejante, quase maligna.

– Não me rendo ao corpo! É a mente que importa! Sim, é a *mente*...

Sua voz morreu no ar. Gerard viu Raymond Boynton soltar um suspiro nervoso.

– Já foi ao Muro das Lamentações, sr. Cope? – perguntou.

– Ah, sim, foi um dos primeiros lugares que visitei. Devo terminar de conhecer Jerusalém em dois dias. Estou esperando um itinerário da Cook's para percorrer toda a Terra Santa: Belém, Nazaré, Tiberíades, o Mar da Galileia. Deve ser tudo muito interessante. Tem também Gerasa, com ruínas muito interessantes... romanas. E gostaria muito de dar uma passada na cidade rosa de Petra, um fenômeno natural incrível e longe dos lugares mais populares, mas que é preciso quase uma semana para ir, conhecer bem e voltar.

Carol comentou:

– Eu adoraria ir até lá. Deve ser um lugar maravilhoso.

– Ah, devo dizer que vale muito a pena visitar. Sim, vale muito a pena.

O sr. Cope fez uma pausa, olhou desconfiado para a sra. Boynton e depois continuou, com uma voz que para o médico francês que ouvia denotava clara apreensão.

– Estava me perguntando agora se não conseguiria convencer alguns de vocês a vir comigo. Sei muito bem que *a senhora* não poderia, sra. Boynton, e evidentemente alguém da família ficaria com a senhora, mas se vocês se dividissem, por assim dizer...

Fez-se silêncio. Gerard chegou a escutar o som das agulhas de tricô da sra. Boynton. Então ela disse:

– Acho que não gostaríamos de nos dividir. Somos um grupo muito unido – ergueu os olhos. – Então, crianças, o que vocês me dizem?

Havia um tom esquisito em sua voz. As respostas vieram imediatamente. "Não, mãe." "Não." "Não, claro que não."

A sra. Boynton disse, com aquele seu sorriso estranho:

– Está vendo? Eles não me deixarão. E você, Nadine? Você não disse nada.

– Não, obrigada, mãe. A não ser que o Lennox faça questão de ir.

A sra. Boynton virou a cabeça lentamente para o filho.

– Então, Lennox, o que você acha? Por que você e Nadine não vão? Ela quer ir.

Ele assustou-se. Ergueu os olhos.

– Eu... é... não, eu... acho melhor ficarmos todos juntos.

O sr. Cope exclamou alegremente:

– Que família *unida*! – mas algo em sua alegria soou um pouco forçado.

– Somos reservados – comentou a sra. Boynton, começando a enrolar o novelo de lã. – A propósito, Raymond, quem era aquela moça que falou com você?

Raymond assustou-se mais uma vez. Enrubesceu, depois ficou pálido.

– Eu... não sei o nome dela. Ela... ela estava no trem outro dia.

A sra. Boynton esboçou um movimento penoso para levantar-se da cadeira.

– Acho que não temos muito a ver com ela – disse.

Nadine levantou-se e ajudou a velha a desprender-se do assento, com uma destreza profissional que chamou a atenção de Gerard.

— Hora de dormir — anunciou a sra. Boynton. — Boa noite, sr. Cope.
— Boa noite, sra. Boynton. Boa noite, Nadine.

Saíram em pequena procissão. Parecia não ter ocorrido a nenhum dos membros mais novos do grupo a ideia de permanecer onde estavam.

O sr. Cope ficou lá, olhando para a cena, com uma expressão estranha no rosto.

Como o dr. Gerard sabia por experiência, os americanos costumam ser simpáticos. Não têm a desconfiança do turista inglês. Para um homem com a perspicácia do dr. Gerard, não foi difícil estabelecer contato com o sr. Cope. O americano estava sozinho e, como a maioria dos americanos, parecia disposto a conversar. O cartão do dr. Gerard entrou mais uma vez em ação.

Lendo o nome no papel, o sr. Jefferson Cope ficou bastante impressionado.

— Ah, claro, dr. Gerard. O senhor esteve nos Estados Unidos há pouco tempo, não?

— No outono passado. Estava dando aulas em Harvard.

— Claro. O seu nome, dr. Gerard, é um dos mais conhecidos na sua área. Todos o conhecem em Paris.

— Meu caro, isso é muita gentileza de sua parte! Protesto.

— Não, não, é um grande privilégio conhecê-lo. Aliás, várias pessoas importantes estão visitando Jerusalém neste momento. O senhor, lorde Welldon e sir Gabriel Steinbaum, o financista; o grande arqueólogo inglês sir Manders Stone; lady Westholme, figura muito importante na política inglesa; e o famoso detetive belga Hercule Poirot.

— O pequeno Hercule Poirot? Está aqui?

— Li seu nome no jornal local. Chegou há pouco tempo. Parece que o mundo inteiro está hospedado no Hotel Solomon, um hotel muito chique e muito bem decorado.

O sr. Jefferson Cope divertia-se. O dr. Gerard era um homem muito simpático quando queria. Logo, os dois estavam conversando no bar.

Após algumas rodadas de uísque, Gerard perguntou:

— Diga-me, aquela família com a qual o senhor estava falando era uma típica família americana?

Jefferson Cope tomou um gole do uísque, pensativo. Então respondeu:

— Não, não diria que é uma família muito típica.

— Não? Uma família muito unida, pensei.

O sr. Cope disse, lentamente:

— O senhor quer dizer que tudo gira em torno da mãe? Isso é verdade. É uma velha bastante peculiar.

– É mesmo?

O sr. Cope precisava de pouco incentivo. O pequeno convite foi suficiente.

– Não me importo em lhe contar, dr. Gerard, tenho pensado bastante nessa família ultimamente. Eles não saem da minha cabeça. De certa maneira, falar sobre o assunto pode me aliviar, claro, se não for incomodá-lo.

O dr. Gerard disse que não seria nenhum incômodo. O sr. Jefferson Cope, então, continuou lentamente, com expressão de perplexidade.

– Não esconderei que estou um pouco preocupado. A sra. Boynton, sabe, é uma antiga amiga minha, não a mãe, a filha, a mulher de Lennox Boynton.

– Ah, sim, aquela menina encantadora de cabelo preto.

– Isso. Nadine Boynton. Nadine, dr. Gerard, é uma pessoa muito afável. Conheci-a antes do casamento. Ela trabalhava num hospital, como enfermeira. Aí, foi passar as férias com a família Boynton e casou-se com Lennox.

– É mesmo?

O sr. Jefferson Cope tomou outro gole de uísque e continuou:

– Vou lhe contar, dr. Gerard, um pouco da história da família Boynton.

– Que bom. Estou interessado.

– Bem, o finado Elmer Boynton, um homem muito conhecido e sedutor, foi casado duas vezes. Sua primeira esposa faleceu quando Carol e Raymond ainda eram bebês. A segunda, disseram-me, era uma mulher linda quando se casou com ele, embora não fosse tão jovem. Olhando agora, é estranho pensar que ela já tenha sido bonita, mas foi o que eu soube, de fonte muito confiável. De qualquer maneira, seu marido pensava o tempo todo nela e considerava sua opinião em quase todos os assuntos. Viveu inválido por alguns anos antes de morrer, e a sra. Boynton praticamente mandava em casa. Uma mulher muito competente, com tino para os negócios; bastante escrupulosa também. Após o falecimento de Elmer, dedicou-se totalmente aos filhos. Tinha uma filha de um casamento anterior, Ginevra, uma jovem bonita, de cabelos pretos, mas um pouco delicada. Bem, como eu estava falando, a sra. Boynton dedicou-se integralmente à família. Fechou-se completamente para o mundo lá fora. Não sei o que o senhor acha, dr. Gerard, mas isso não me parece uma atitude muito normal.

– Concordo. É prejudicial para a formação da personalidade.

– Sim, é isso mesmo. A sra. Boynton afastou os filhos do convívio com terceiros. Cresceram num mundo à parte. O resultado é que eles se tornaram um tanto nervosos, esquivos. Não conseguem fazer amigos. Uma coisa horrível.

– É.

– Não tenho dúvidas de que a sra. Boynton tinha boas intenções. Só que acabou mimando os filhos.
– Moram todos juntos? – perguntou o médico.
– Moram.
– Nenhum dos filhos trabalha?
– Não. Elmer Boynton era rico. Deixou toda a sua fortuna para a sra. Boynton – dinheiro para a vida toda. Mas com a condição de que sustentasse a família.
– Então eles dependem dela financeiramente?
– Sim. E ela deu força para que eles morassem todos juntos e não trabalhassem. Bem, talvez não haja problema nisso. Dinheiro não falta e eles não precisam trabalhar, mas, a meu ver, o trabalho é uma espécie de tônico para os homens. E tem outra coisa: ninguém ali tem hobbies. Eles não jogam golfe, não são sócios de nenhum clube, não saem para dançar, nem fazem nada com outros jovens. Moram numa grande casa de campo, isolados do mundo. Olhe, dr. Gerard, tudo isso me parece muito errado.
– Concordo – disse o dr. Gerard.
– Ninguém tem o menor senso de convívio social. Espírito de comunidade, é o que falta ali! Uma família muito dedicada, mas fechada em si mesma.
– Ninguém nunca rompeu com isso?
– Não que eu saiba. Aceitam a situação.
– E a quem o senhor atribui a culpa disso: a eles ou à sra. Boynton?
Jefferson Cope inquietou-se.
– Bem, de certo modo, ela é responsável. Criou mal os filhos. Mesmo assim, quando amadurecemos, cabe a nós cortar com as amarras do passado. Não podemos ficar sempre colados à saia da mãe. Devemos escolher a independência.
Dr. Gerard disse, num tom reflexivo:
– Talvez seja impossível.
– Por que impossível?
– Existem métodos, sr. Cope, para impedir o crescimento das árvores.
Cope fitou-o.
– Eles são todos muito saudáveis, dr. Gerard.
– A mente pode atrofiar-se e distorcer-se como o corpo.
Jefferson Cope continuou:
– Não, dr. Gerard, vá por mim, um homem pode e deve controlar o próprio destino. Um homem que se preza corre atrás. Não fica parado, sem fazer nada. Que mulher respeitará um homem assim?
Gerard olhou-o com curiosidade por um tempo. Depois, disse:

– O senhor refere-se particularmente ao sr. Lennox Boynton, não é?
– Isso mesmo. Estava pensando em Lennox. Raymond ainda é um garoto. Mas Lennox acabou de fazer trinta anos. Já é mais do que tempo de se impor.
– Sua mulher deve ter uma vida difícil.
– Claro que sim! Nadine é uma excelente menina. Admiro-a mais do que consigo expressar. Nunca reclama. *Mas não é feliz*, dr. Gerard. É muito infeliz.
– Imagino que sim.
– Não sei o que o senhor acha, dr. Gerard, mas *eu* acho que existe um limite em relação ao que as mulheres devem suportar! Se eu fosse Nadine, esclareceria as coisas com Lennox. Ou ele toma uma atitude, ou...
– Ou ela vai embora.
– Nadine tem uma vida pela frente, dr. Gerard. Se Lennox não a valoriza como ela merece, outros homens a valorizarão.
– O senhor, por exemplo.
O americano corou. Depois olhou para o outro com tranquilidade.
– Isso mesmo – disse. – Não me envergonho do que sinto por essa moça. Respeito-a e sinto-me muito ligado a ela. Tudo o que desejo é sua felicidade. Se ela fosse feliz com Lennox, eu me retiraria de cena.
– Mas como ela não é...
– Como ela não é, estou a postos! Se ela me quiser, *estou aqui!*
– O *parfait* cavalheiro – murmurou Gerard.
– Como?
– Meu caro, o cavalheirismo hoje só existe nos Estados Unidos! Vocês ficam satisfeitos em servir suas damas sem esperar nada em troca! É admirável! O que pretende fazer por ela?
– Minha ideia é estar à disposição para quando ela precisar.
– E qual é a postura da sra. Boynton mãe em relação ao senhor, se me permite perguntar?
Jefferson Cope respondeu lentamente:
– Não sei muito bem. Como lhe disse, a velha não é dada a contatos externos. Mas tem se mostrado diferente em relação a mim, sempre muito educada. Trata-me como se eu fosse da família.
– A propósito, ela aprova sua amizade com a sra. Lennox?
– Aprova.
O dr. Gerard encolheu os ombros.
– Um pouco estranho, não?
Jefferson Cope disse, duramente:

– Posso lhe garantir, dr. Gerard, que não há nada de desonroso nessa amizade. É algo puramente platônico.

– Meu caro senhor, não tenho dúvida disso. Repito, porém, que da parte da sra. Boynton, incentivar essa amizade é uma postura curiosa. Sabe, sr. Cope, a sra. Boynton me interessa... me interessa muito.

– É uma mulher realmente notável, de caráter forte... tem muita personalidade. Como dizia, Elmer Boynton confiava totalmente em sua opinião.

– Tanto que deixou os filhos à sua mercê do ponto de vista financeiro. No meu país, sr. Cope, isso não é permitido por lei.

O sr. Cope levantou-se:

– Nos Estados Unidos – disse –, somos adeptos da liberdade absoluta.

O dr. Gerard ficou de pé também. Não se impressionou com o comentário. Já tinha ouvido o mesmo de pessoas de diferentes nacionalidades. A ilusão de que a liberdade é prerrogativa de uma raça específica é bastante difundida.

O dr. Gerard não acreditava nisso, pois sabia que nenhuma raça, país ou indivíduo poderia considerar-se livre. Mas sabia também que havia diferentes níveis de escravidão.

Foi dormir pensativo e animado.

CAPÍTULO 6

Sarah King estava no pátio do Templo – o *Haram esh-Sharif* –, de costas para a Cúpula da Rocha. Ouvia o som das águas que vinha das fontes. Pequenos grupos de turistas passavam sem perturbar a paz da atmosfera oriental.

Estranho, pensou Sarah, que os jebuseus tivessem feito daquele cume rochoso uma eira, e que o rei Davi a tivesse comprado por seiscentas moedas de ouro, convertendo-a num local sagrado, onde agora se ouviam as conversas em voz alta de turistas de todas as partes do mundo.

Sarah virou-se, olhou para a mesquita que agora cobria o santuário e ficou imaginando se o templo de Salomão teria a metade daquela beleza.

Houve uma confusão de passos, e um pequeno grupo saiu do interior da mesquita. Era a família Boynton, escoltada por um guia turístico loquaz. A sra. Boynton caminhava com a ajuda de Lennox e Raymond. Nadine e o sr. Cope vinham atrás. Carol era a última. Avistou Sarah.

Hesitou, mas então, numa decisão repentina, virou-se e atravessou correndo o pátio, sem fazer barulho.

– Com licença – disse, ofegante. – Preciso... Senti que devia falar com você.

– Pois não – disse Sarah.

Carol tremia toda, o rosto pálido.

– É sobre... o meu irmão. Quando você... falou com ele ontem à noite, deve tê-lo achado muito rude. Mas ele não queria ser rude... ele não teve escolha. Por favor, acredite em mim.

Sarah sentiu que a cena toda era ridícula; feria seu orgulho e seu bom gosto. Por que uma desconhecida deveria sair correndo de repente para desculpar-se daquele jeito pela grosseria do irmão?

Ia responder, mas resolveu calar-se.

Havia algo fora do comum ali. A jovem estava falando sério. Aquilo que a fizera escolher medicina como profissão veio à tona frente à necessidade da jovem. Seu instinto lhe dizia que havia algo de muito errado.

Pediu, de forma alentadora:

– Conte-me.

– Ele falou com você no trem, não falou? – começou Carol.

Sarah confirmou com a cabeça.

– Sim. Pelo menos, eu falei com ele.

– Ah, claro. Foi isso. Mas, sabe, ontem à noite, Ray estava com medo... Parou.

– Com medo?

O rosto pálido de Carol ficou vermelho.

– Sei que parece absurdo... loucura. Minha mãe... ela... não está bem... não gosta que façamos amizades. Mas... mas sei que Ray... gostaria de ser seu amigo.

Sarah interessou-se. Antes de conseguir falar, Carol continuou:

– Eu... sei que o que estou dizendo parece besteira, mas somos... uma família meio estranha – deu uma olhada em volta. Era um olhar de medo.

– Eu... não posso ficar – disse em voz baixa. – Devem estar sentindo a minha falta.

Sarah, para convencê-la, falou:

– Por que você não pode ficar, se é o que deseja? Podemos voltar juntas.

– Não, de jeito nenhum. – Carol recuou. – Eu... não posso.

– Por que não? – quis saber Sarah.

– Não posso mesmo. Minha mãe ficaria... ficaria...

Sarah disse com clareza e tranquilidade:

– Sei que às vezes é muito difícil os pais perceberem que os filhos já cresceram. Continuam tentando controlar a vida deles. Mas é uma pena ceder! Precisamos lutar pelos nossos direitos.

Carol murmurou:

– Você não entende... você não entende...

Agitava as mãos, nervosa.

Sarah continuou:

– Às vezes cedemos porque não queremos brigar. Não é bom brigar, mas acho que sempre vale a pena lutar pela nossa liberdade.

– Liberdade? – Carol fitou-a. – Nunca fomos livres. Nunca seremos.

– Nada disso! – exclamou Sarah.

Carol curvou-se para a frente e tocou no braço de Sarah.

– Escute. *Preciso* fazê-la entender! Antes do casamento, minha mãe – minha madrasta, na verdade – era carcereira numa prisão. Meu pai era o governador na época e casou-se com ela. Bem, *tem sido assim desde então*. Ela continuou sendo carcereira... *de nós*. Por isso nossa vida é como uma prisão!

Olhou para trás de novo.

– Devem estar sentindo a minha falta. Preciso ir.

Sarah agarrou-a pelo braço quando ela saía.

– Um minuto. Precisamos nos encontrar de novo para conversar.

– Não posso. Não conseguirei.

– Conseguirá sim – disse com autoridade. – Venha ao meu quarto quando for dormir. Quarto 319. Não se esqueça, 319.

Soltou-a. Carol saiu correndo em direção à família.

Sarah ficou ali, observando. Voltou dos seus pensamentos com o dr. Gerard do seu lado.

– Bom dia, srta. King. Estava conversando com a srta. Carol Boynton?

– Sim. Tivemos uma conversa inacreditável. Vou lhe contar.

Resumiu a história. Gerard focou em um ponto.

– Carcereira na prisão, aquela velha baleia? Interessante.

Sarah perguntou:

– O senhor está querendo dizer que essa é a causa de sua tirania? Porque é algo comum nessa profissão.

Gerard balançou a cabeça em sinal negativo.

– Não, não estou vendo por esse ângulo. Existe algum tipo de compulsão profunda por trás disso. Ela não é tirana *porque foi carcereira*. Digamos que ela *decidiu ser carcereira porque era tirana*. Na minha teoria, foi um desejo secreto de dominar outros seres humanos que a levou a essa profissão.

Estava sério.

– Existem coisas estranhas como essa no inconsciente. Desejo de poder, desejo de crueldade, um desejo descontrolado de estragar: tudo herança de nossa memória coletiva do passado. Está tudo lá, srta. King, toda a crueldade, selvageria e desejo. Procuramos negá-los e impedir que se manifestem na nossa vida consciente, mas às vezes é algo mais forte do que nós.

Sarah estremeceu.

– Eu sei.

Gerard continuou:

– Vemos isso o tempo todo à nossa volta. Em credos políticos, na conduta das nações. Uma reação de humanitarismo, de pena, de boa vontade entre os homens. Os credos políticos parecem benéficos às vezes... um regime inteligente, um governo beneficente... mas são impostos à *força*... baseando-se na crueldade e no medo. Estão abrindo a porta, esses apóstolos da violência, deixando a velha selvageria, o velho prazer da crueldade *à solta*! É difícil... o homem é um animal de um equilíbrio muito delicado. Tem uma única necessidade básica: sobreviver. Avançar rápido demais é tão fatal quanto ficar para trás. Precisa sobreviver! Deve, talvez, preservar parte da antiga brutalidade, mas não pode, de jeito nenhum, *endeusá-la*!

Fez-se silêncio. Então Sarah perguntou:

– O senhor acha que a sra. Boynton é uma espécie de sádica?

– Tenho quase certeza. Acho que sente prazer em infligir dor... dor mental, veja bem, não física, algo muito mais difícil de administrar. Ela gosta de ter controle sobre outros seres humanos e gosta de fazê-los sofrer.

– Que horror! – exclamou Sarah.

Gerard contou-lhe da conversa que tivera com Jefferson Cope.

– Ele não percebe o que está acontecendo? – indagou ela.

– Como poderia? Ele não é psicólogo.

– É verdade. Não tem nossa mente repugnante!

– Exato. Tem uma mentalidade americana, correta, sentimental. Acredita no bem sobre o mal. Vê que está tudo errado na família Boynton, mas atribui a culpa ao excesso de zelo da sra. Boynton, não a uma maldade consciente.

– Isso deve diverti-la – disse Sarah.

– Imagino que sim!

Sarah perguntou impaciente:

– Mas por que eles não rompem com isso? É possível.

Gerard discordou com a cabeça.

– Aí que você se engana. *Não é possível*. Já viu aquela experiência que fazem com galos? Traçam um risco de giz em volta do bicho, e ele não consegue sair dali. Acha que está preso. O mesmo acontece com esses infelizes. A velha manipulou-os desde pequenos, num nível mental. Hipnotizou-os, para que eles pensassem que *não podem desobedecê-la*. Sei que a maioria das pessoas diria que isso é absurdo, mas você e eu sabemos da verdade. Ela fez os filhos acreditarem que são dependentes dela. Eles estão há tanto tempo na prisão que se a porta da cela se abrisse, eles já não perceberiam! Um deles, pelo menos, nem quer mais ser livre! E todos teriam *medo* da liberdade.

Sarah perguntou, de um ponto de vista prático:

– O que acontecerá quando ela morrer?

Gerard encolheu os ombros.

– Depende. Se ela morrer *agora*, talvez não seja tarde demais. O menino e a menina... ainda são jovens... influenciáveis. Poderiam tornar-se, creio, seres humanos normais. Lennox, provavelmente, já está perdido. Um homem sem esperança... vive como um animal.

Sarah disse, sem paciência:

– Sua mulher deveria ter feito alguma coisa! Deveria ter tirado o marido disso tudo.

– Ela deve ter tentado... e fracassado.

– O senhor acha que ela também está sob o encanto da velha?

Gerard balançou a cabeça.

– Não. Não acho que a velha tenha poder sobre ela, e por isso a odeia mais. Repare em seu olhar.

Sarah franziu a testa.

– Não consigo entendê-la... a mais jovem, digo. Ela sabe o que está acontecendo?

– Deve ter uma boa ideia.

– Hmm – fez Sarah. – Aquela velha deveria ser assassinada. Eu lhe receitaria arsênico no chá da manhã.

Depois, perguntou abruptamente:

– E a caçula, a garota ruiva, com aquele sorriso inexpressivo tão fascinante?

Gerard franziu o cenho.

– Não sei. Existe alguma coisa estranha. Ginevra Boynton é filha de sangue da velha.

– Sim. Com ela deve ser diferente, não?

Gerard disse pausadamente:

– Acho que a mania de controle (e o desejo de crueldade), quando se apodera do ser humano, não poupa *ninguém*... nem mesmo os mais próximos.

Ficou em silêncio por um tempo e depois perguntou:

– A senhorita é cristã, mademoiselle?

Sarah respondeu, devagar:

– Não sei. Costumava dizer que não era nada. Mas agora... não sei direito. Sinto... sinto que se pudesse apagar tudo isso... – fez um gesto violento –, todos os edifícios, seitas e igrejas fanáticas... então... então poderia ver Jesus Cristo passeando por Jerusalém num burrinho... e acreditaria Nele.

O dr. Gerard disse com gravidade:

— Acredito em, pelo menos, um dos principais dogmas do cristianismo: *contentar-se com um lugar modesto*. Sou médico e sei que a ambição... o desejo de prosperar... de ter poder... é responsável pela maior parte das enfermidades da alma humana. O desejo realizado conduz à arrogância, à violência e à saciedade... mas o desejo não realizado... ah, o desejo não realizado... vá a um hospício para ver o que dizem! Os manicômios estão cheios de seres humanos incapazes de enfrentar a mediocridade, a insignificância, a ineficiência e que, portanto, criaram para si formas de escapar da realidade, isolando-se da própria vida para sempre.

Sarah disse, de repente:

— Pena que a velha Boynton não esteja num sanatório desses.

Gerard discordou.

— Não... seu lugar não é lá, entre os fracassados. É pior. Ela venceu na vida! Realizou seu sonho.

Sarah sentiu um calafrio.

Lamentou, com veemência:

— Esse tipo de coisa não poderia acontecer!

CAPÍTULO 7

Sarah ficou se perguntando se Carol Boynton compareceria ao encontro daquela noite.

De modo geral, duvidava. Temia que Carol tivesse reagido mal após as pequenas confidências da manhã.

Mesmo assim, preparou tudo. Vestiu às pressas um roupão de seda azul, tirou a espiriteira do armário e colocou água para ferver.

Estava a ponto de desistir (já passava da uma da manhã) e ir para a cama quando ouviu alguém bater na porta. Abriu-a e recuou rapidamente, deixando Carol entrar.

Esta disse, arfante:

— Fiquei com medo de que já estivesse dormindo...

— Não, estava esperando por você. Fiz chá, quer? Um autêntico Lapsang Souchong.

Trouxe uma xícara. Carol chegara nervosa e inquieta. Aceitou o chá com bolachas. Foi acalmando-se.

— Engraçado isso – comentou Sarah, sorrindo.

Carol parecia levemente surpresa.

— É – concordou, sem saber direito por quê. – Imagino que sim.

– Como as festas que fazíamos na escola – continuou Sarah. – Vocês não frequentaram a escola, não é?

Carol negou com a cabeça.

– Não, nunca saímos de casa. Tivemos uma governanta... diferentes governantas. Não ficavam muito tempo.

– Vocês nunca saíram de lá?

– Não. Moramos sempre na mesma casa. Esta viagem que estamos fazendo é a primeira vez que saímos. Nunca estive fora.

Sarah disse, como quem não quer nada:

– Deve estar sendo uma grande aventura.

– É verdade. Tem sido como um sonho.

– O que levou sua madrasta a resolver viajar para o exterior?

Ao ouvir o nome da sra. Boynton, Carol hesitou. Sarah emendou:

– Estou estudando para ser médica. Acabei de me graduar como bacharel. Sua mãe... aliás, madrasta... me interessa bastante. Como estudo, sabe? Diria que ela é um excelente caso patológico.

Carol fitou-a. Era um ponto de vista muito peculiar aquele. Sarah falava com intenção deliberada. Percebera que a sra. Boynton representava para a família uma espécie de ídolo obsceno com muito poder. Queria desfazer essa espécie de feitiço.

– Sim – disse. – Existe um tipo de doença... uma mania de grandeza... que se apodera das pessoas. Elas se tornam autocráticas e insistem para que tudo seja feito exatamente do seu jeito. Difícil lidar com essa doença.

Carol largou a xícara de chá.

– Ah – exclamou –, estou tão feliz de conversar com você. De verdade. Sabe, acho que Ray e eu estamos ficando um pouco... um pouco estranhos. Exaltados.

– Falar com alguém de fora é sempre bom – disse Sarah. – Dentro da família, tendemos a exagerar tudo.

Então perguntou, de modo casual:

– Se vocês são infelizes, nunca pensaram em sair de casa?

Carol alarmou-se.

– Não! Como poderíamos? Quer dizer, mamãe nunca deixaria.

– Mas ela não pode impedi-los – lembrou Sarah, com delicadeza. – Vocês são maiores de idade.

– Tenho 23 anos.

– Então.

– Mesmo assim, não vejo como... quer dizer, não saberia para onde ir e o que fazer.

Falava com perplexidade.

– Não temos dinheiro, por exemplo – disse.
– Vocês não têm amigos que poderiam recebê-los?
– Amigos? – Carol balançou a cabeça. – Não conhecemos ninguém!
– Vocês nunca pensaram em sair de casa?
– Não. Não teríamos como.

Sarah mudou de assunto. Ficou com pena do atordoamento da jovem. Perguntou:

– Vocês gostam da madrasta de vocês?

Carol balançou a cabeça, lentamente. Sussurrou com voz assustada:

– Odeio-a. Ray também... Muitas vezes, desejamos que ela morresse.

Sarah mudou de assunto mais uma vez.

– Fale-me de seu irmão mais velho.

– Lennox? Não sei qual o problema dele. Quase não fala mais. Entrou numa espécie de devaneio. Nadine está preocupadíssima.

– Você gosta da sua cunhada?

– Sim, Nadine é diferente, sempre carinhosa. Mas é infeliz.

– Por causa de seu irmão?

– Sim.

– Estão casados há muito tempo?

– Há quatro anos.

– E sempre moraram com vocês?

– Sim.

Sarah perguntou:

– Sua cunhada gosta disso?

– Não.

Fez-se uma pausa. Então Carol contou:

– Houve uma enorme confusão uns quatro anos atrás. Como lhe disse, nunca saíamos de casa. Quer dizer, íamos ao jardim, mas não passávamos de lá. Só o Lennox. Ele saiu uma noite. Foi a Fountain Springs... havia uma espécie de festa. Mamãe ficou furiosa quando descobriu. Foi horrível. Depois disso, pediu para Nadine morar conosco. Nadine era uma prima distante de meu pai; uma pessoa muito pobre. Estava em treinamento para ser enfermeira. Veio e ficou um mês. Nossa, você não imagina como foi bom ter alguém de fora morando lá! Ela e Lennox acabaram se apaixonando. Minha mãe falou que era melhor que eles se casassem logo. E eles morariam conosco.

– E Nadine concordou?

Carol hesitou.

– Acho que ela não queria muito, mas também não se *importava* realmente. Mais tarde, quis ir embora... com Lennox, claro...

– Mas não foram – antecipou Sarah.

– Não. Mamãe nem quis ouvir falar disso.

Carol fez uma pausa e depois continuou:

– Não acho que ela ainda goste de Nadine. Nadine é... engraçada. Nunca se sabe o que ela está pensando. Tenta ajudar Jinny, mas mamãe não gosta.

– Jinny é sua irmã mais nova?

– Sim. O nome dela é Ginevra, na verdade.

– Ela também é infeliz?

Carol acenou que não sabia com a cabeça.

– Jinny tem estado muito estranha ultimamente. Não consigo entendê-la. Sempre foi muito frágil... Mamãe exagera com ela e piora tudo. Jinny tem estado esquisita mesmo. Chega a me assustar às vezes. Não sabe o que está fazendo.

– Já foi ao médico?

– Não. Nadine também queria que ela fosse, mas mamãe proibiu... e Jinny ficou histérica, berrando que não iria ao médico. Mas estou preocupada com ela.

Carol levantou-se de repente.

– Não vou mais prendê-la. Foi muito gentil da sua parte conversar comigo. Você deve achar nossa família muito estranha.

– Ah, todo mundo é estranho, na verdade – disse Sarah, com leveza. – Venha de novo. E traga seu irmão, se quiser.

– Sério?

– Claro. Podemos fazer uma reunião secreta. Quero lhe apresentar um amigo meu, o dr. Gerard, um francês muito simpático.

As bochechas de Carol ficaram rosadas.

– Que divertido! Mamãe não pode saber.

Sarah segurou o que ia dizer e acabou perguntando:

– Como ela saberia? Boa noite. Encontramo-nos amanhã no mesmo horário?

– Sim, sim. Depois de amanhã vamos embora.

– Então vamos marcar definitivamente amanhã. Boa noite.

Carol saiu do quarto e atravessou o corredor sem fazer barulho. Seu quarto ficava no andar de cima. Ao chegar, abriu a porta... e parou estarrecida na entrada: a sra. Boynton estava sentada na poltrona perto da lareira, com um roupão de lã carmesim.

Uma pequena exclamação escapou da boca de Carol:

– Oh!

– Onde você andava, Carol?

– Eu... eu...

– Onde você estava?

Era aquela voz áspera, intimidante, que sempre fez o coração de Carol bater aterrorizado.

– Fui ver a srta. King... Sarah King.
– A moça que falou com o Raymond outro dia?
– Sim, mãe.
– Vocês combinaram de se encontrar de novo?
Carol moveu os lábios, mas não falou nada. Assentiu com a cabeça.
Terror. Grandes ondas de terror...
– Quando?
– Amanhã à noite.
– Você não vai. Entendeu?
– Sim, mãe.
– Promete?
– Sim... prometo.

A sra. Boynton esforçou-se para levantar. Carol foi ajudá-la, de forma mecânica. A velha cruzou lentamente o quarto, apoiando-se numa bengala. Parou na porta e virou-se para olhar a menina assustada.

– Não quero mais ver você conversando com essa srta. King, ouviu bem?
– Sim, mãe.
– Repita.
– Não posso mais conversar com a srta. King.
– Ótimo.

A sra. Boynton saiu e fechou a porta.

Carol andou pelo quarto, tensa. Sentia-se mal. Tinha o corpo inteiro rígido. Caiu na cama e começou a chorar convulsivamente.

Era como se tivesse avistado uma paisagem, uma paisagem de sol, árvores e flores...

E agora, as paredes escuras do quarto fechavam-se sobre ela uma vez mais.

CAPÍTULO 8

– Posso falar com você um minuto?

Nadine Boynton virou-se surpresa, mirando o rosto ansioso de uma jovem totalmente desconhecida.

– Claro.

Ao responder, lançou um rápido olhar por cima do ombro, de maneira automática.

– Meu nome é Sarah King – apresentou-se.
– Ah, sim?
– Sra. Boynton, vou lhe contar uma coisa estranha. Conversei um bom tempo com sua cunhada outra noite.

Uma leve sombra perturbou a serenidade do rosto de Nadine Boynton.
– Você conversou com Ginevra?
– Não... com Carol.

A sombra desapareceu.
– Sei... Carol.

Nadine Boynton parecia satisfeita, mas bastante perplexa.
– Como conseguiu?

Sarah explicou:
– Ela veio ao meu quarto... tarde da noite.

Reparou no leve movimento das sobrancelhas pintadas sobre a testa alva. Disse com certo constrangimento:
– Estou certa de que deve lhe parecer muito estranho.
– Não – tranquilizou Nadine Boynton. – Estou muito satisfeita. Muito mesmo. É bom para Carol ter uma amiga com quem conversar.
– Nós... nos demos muito bem. – Sarah escolhia as palavras com cuidado. – Aliás, combinamos... de nos encontrar de novo na noite seguinte.
– Sim.
– Mas ela não veio.
– Não?

A voz de Nadine era tranquila, reflexiva. O rosto, calmo e suave, não dizia nada a Sarah.
– Não. Ontem, falei com ela no corredor, mas ela não me respondeu. Só me olhou e saiu correndo.
– Sei.

Houve uma pausa. Sarah achou difícil continuar. Nadine Boynton disse, em seguida:
– Sinto muito. Carol... é uma menina meio nervosa.

De novo aquela pausa. Sarah encheu-se de coragem.
– Sabe, sra. Boynton, estou me preparando para ser médica. Acho... acho que seria bom para a sua cunhada... não se isolar tanto das pessoas.

Nadine Boynton olhou para Sarah, pensativa. Disse:
– Entendi. Você é médica. Isso faz diferença.
– Entende o que eu digo? – Sarah insistiu.

Nadine baixou a cabeça. Ainda estava pensativa.
– Você tem razão, claro – disse depois de um tempo. – Mas não é tão fácil. Minha sogra está doente e sofre do que eu chamaria de aversão mórbida a pessoas de fora do círculo familiar.

Sarah lembrou, revoltada:

– Mas Carol já é adulta.

Nadine Boynton discordou com a cabeça.

– Não – afirmou. – Fisicamente sim, mas de cabeça não. Você já conversou com ela, deve ter percebido. Numa emergência, se comporta sempre como uma criança assustada.

– Acha que foi isso o que aconteceu? Que ela ficou com medo?

– Tudo me leva a crer, srta. King, que minha sogra proibiu Carol de falar com você.

– E Carol obedeceu?

Nadine Boynton perguntou, sem se alterar:

– Dá para imaginar ela fazendo outra coisa?

As duas mulheres se olharam. Sarah sentia que por trás da máscara das palavras convencionais, elas se entendiam. Nadine compreendia a questão. Mas não estava preparada para contestá-la.

Sarah desanimou. Na outra noite, parecia que já havia vencido metade da batalha. Por meio de reuniões secretas, insuflaria o espírito de revolta em Carol... e em Raymond também. (Falando a verdade, não era em Raymond que pensara desde o início?) E agora, no primeiro round da luta, havia sido derrotada afrontosamente por aquela carapaça de carne disforme com olhos malignos. Carol rendera-se sem maior resistência.

– Está tudo *errado*! – exclamou Sarah.

Nadine não respondeu. Seu silêncio foi como uma mão fria no coração de Sarah, que pensou: "Essa mulher sabe melhor do que eu que nada mudará a situação. Ela a está *vivendo*!".

A porta do elevador se abriu, e de lá saiu a sra. Boynton, apoiada numa bengala de um lado e em Raymond de outro.

Sarah levou um pequeno susto. Viu os olhos da velha olhando para ela, para Nadine e depois para ela de novo. Estava preparada para ver desprezo naquele olhar, até mesmo ódio. Não estava preparada para o que viu: um prazer triunfante e malicioso. Sarah afastou-se. Nadine foi em direção aos dois.

– Aí está você, Nadine – disse a sra. Boynton. – Vou descansar um pouco antes de sair.

Ajudaram-na a sentar-se numa poltrona. Nadine sentou-se ao seu lado.

– Com quem você estava falando, Nadine?

– Com a srta. King.

– Sei. A garota que conversou com Raymond outro dia. Ray, por que você não vai lá falar com ela agora? Ela está ali na mesa.

A boca da velha abriu-se num sorriso malicioso ao olhar para Raymond. Ele ficou vermelho. Virou a cabeça e balbuciou alguma coisa.

– O que você disse, filho?
– Não quero falar com ela.
– Imaginei. Não falará. Eu não deixaria, por mais que você quisesse!
Tossiu de repente. Era uma tosse asmática.
– Estou gostando desta viagem, Nadine – comentou. – Não teria perdido essa oportunidade por nada neste mundo.
– É mesmo?
A voz de Nadine soava vazia.
– Ray.
– Sim, mãe.
– Traga-me um pedaço de papel, daquela mesa ali no canto.
Raymond obedeceu. Nadine levantou a cabeça, para observar a velha, não o rapaz. A sra. Boynton estava inclinada para a frente, as narinas dilatadas de satisfação. Ray passou perto de Sarah. Ela olhou para cima, com súbita esperança no rosto, que logo se desvaneceu, porque o rapaz atravessou a sala, pegou o bloco de papel e voltou direto para onde estava antes.
Viam-se algumas gotas de suor em sua testa, e seu rosto estava pálido.
Muito suavemente, a sra. Boynton sussurrou, ao ver sua cara:
– Ah...
Então, viu os olhos de Nadine fixos nela, e os seus brilharam, subitamente furiosos.
– Onde está o sr. Cope esta manhã? – perguntou.
Nadine baixou o olhar de novo. Respondeu com sua voz suave, vazia:
– Não sei. Não o vi.
– Gosto dele – disse a sra. Boynton. – Gosto muito dele. Vamos vê-lo bastante. Que bom, não?
– Sim – respondeu Nadine. – Também gosto muito dele.
– O que está acontecendo com Lennox? Ele anda tão quieto nos últimos tempos. Não há nada de errado entre vocês, não é?
– Não! Por que haveria?
– Fiquei pensando. As pessoas nem sempre se dão bem quando se casam. Talvez você fosse mais feliz morando sozinha, não?
Nadine não respondeu.
– Bem, o que você me diz? Gosta da ideia?
Nadine balançou a cabeça. Disse, sorrindo:
– Acho que *a senhora* não gostaria, mãe.
A sra. Boynton pestanejou e disse, com maldade:
– Você sempre esteve contra mim, Nadine.
A jovem retrucou, sem se alterar:
– É uma pena que a senhora ache isso.

A velha fechou a mão sobre a bengala. Seu rosto parecia ter adquirido uma tonalidade mais púrpura.

Disse, mudando de tom:

– Esqueci meu remédio. Pode pegar para mim, Nadine?

– Claro.

Nadine levantou-se e atravessou a sala em direção ao elevador, sob o olhar da sra. Boynton. Raymond estava largado na cadeira, com os olhos perdidos no vazio.

Nadine subiu, cruzou o corredor e entrou na suíte da família. Lennox estava sentado perto da janela, com um livro na mão, mas sem ler. Levantou-se quando Nadine chegou.

– Oi, Nadine.

– Vim pegar o remédio da mamãe. Ela esqueceu.

Foi até o quarto da sra. Boynton. De uma garrafa em cima da pia, passou cuidadosamente uma dose para um pequeno frasco, enchendo-o com água. Ao passar de volta pela sala, ela parou.

– Lennox.

Lennox demorou para responder, como se a mensagem tivesse um longo caminho a percorrer.

– Perdão, o que disse?

Nadine Boynton largou o vidro de remédio na mesa. Foi até o marido.

– Lennox, olhe o sol... lá fora. Veja como a vida é bonita. Poderíamos estar lá, vivendo... em vez de aqui dentro, olhando pela janela.

Mais uma pausa. Então Lennox disse:

– Desculpe-me. Você quer sair?

Nadine respondeu de pronto:

– Sim, quero sair... *com você*... pegar um sol... sair para a vida... e viver... do seu lado.

Lennox encolheu-se na cadeira. Seus olhos agitavam-se, amedrontados.

– Nadine, minha querida... vamos começar com essa história de novo?

– Sim, Lennox, precisamos. Vamos embora daqui, levar nossa vida juntos em algum lugar.

– Como faremos? Não temos dinheiro.

– Podemos ganhar.

– Como? O que podemos fazer? Não sou formado. Milhares de homens... qualificados... treinados... estão sem emprego. Não conseguiríamos.

– Eu poderia ganhar dinheiro por nós dois.

– Meu anjo, você nem terminou os estudos. Não dá... é impossível.

– O que não dá é para continuar assim.

— Você não sabe o que está dizendo. A mamãe é muito boa para nós. Não nos falta nada.

— Só liberdade. Lennox, faça um esforço. Venha comigo, agora... hoje...

— Nadine, você é louca.

— Não sou não. Sou bastante sã. Absolutamente sã. Quero ter minha própria vida, do seu lado, no sol... não reprimida à sombra de uma velha tirana que tem prazer em nos ver infelizes.

— A mamãe pode ser um pouco autoritária...

— Sua mãe é doida... é completamente louca!

Lennox contestou, tranquilo:

— Isso não é verdade. Ela tem uma ótima cabeça para os negócios.

— Talvez.

— E você deve lembrar, Nadine, que ela não viverá para sempre. Já está caducando, e sua saúde vai de mal a pior. Quando morrer, o dinheiro do meu pai será dividido igualmente entre nós. Lembra? Ela leu o testamento.

— Quando ela morrer — disse Nadine —, pode ser tarde demais.

— Tarde demais?

— Para ser feliz.

Lennox murmurou:

— Tarde demais para ser feliz.

Estremeceu de repente. Nadine aproximou-se. Colocou a mão em seu ombro.

— Lennox, amo você. É uma batalha entre mim e sua mãe. Você está do lado dela ou do meu?

— Do seu, claro!

— Então faça o que eu lhe peço.

— Impossível!

— Não é impossível, não. Pense, Lennox, poderíamos ter filhos...

— A mamãe quer que tenhamos filhos. Ela disse.

— Eu sei, mas não trarei filhos ao mundo para viver nessa escuridão em que vocês todos foram criados. Sua mãe pode influenciar você, mas não a mim.

Lennox disse em voz baixa:

— Você a provoca às vezes, Nadine; isso não é bom.

— Ela só se irrita porque sabe que não pode me influenciar ou manipular meus pensamentos!

— Vejo que você é sempre gentil e educada com ela. Você é maravilhosa. Você é boa demais para mim. Sempre foi. Quando disse que se casaria comigo, parecia um sonho.

Nadine disse com toda a calma:

– Fiz mal em me casar com você.

Lennox concordou, irremediavelmente:

– Sim.

– Você não entende. O que estou querendo dizer é que se eu tivesse ido embora naquela época e pedido para você vir comigo, você teria vindo. Tenho certeza disso... Na época, não fui sagaz o suficiente para entender sua mãe e o que ela queria.

Fez uma pausa e então disse:

– Você se recusa a vir comigo? Bem, não posso obrigá-lo. Mas *eu* sou livre! Eu *vou*...

Lennox fitou-a incrédulo. Pela primeira vez na vida, respondeu sem pestanejar, como se finalmente o fluxo demorado de seus pensamentos tivesse acelerado. Disse, gaguejando:

– Mas... mas... você não pode fazer isso. A mamãe... a mamãe não deixaria.

– Ela não pode me impedir.

– Você não tem dinheiro.

– Posso ganhar, pegar emprestado, pedir ou roubar. Entenda, Lennox, sua mãe não tem poder sobre mim! Posso ir ou ficar quando quiser. Estou começando a sentir que aturei esta vida tempo demais.

– Nadine... não me deixe... não me abandone...

Ela olhou para ele pensativa, tranquila, com uma expressão inescrutável.

– Não me deixe, Nadine.

Parecia uma criança. Nadine virou a cabeça para que ele não visse a dor repentina em seus olhos.

Ajoelhou-se ao seu lado.

– *Então venha comigo.* Venha comigo! Você pode. É só querer!

Lennox afastou-se dela.

– Não dá. Não dá, eu juro. Não tenho... Deus me ajude... *não tenho coragem...*

CAPÍTULO 9

O dr. Gerard entrou no escritório da Messrs Castle, a agência de viagens, e encontrou Sarah King no balcão.

Ela ergueu os olhos.

– Bom dia. Estou organizando minha viagem para Petra. Acabei de saber que o senhor vai também, no fim das contas.

– Sim, poderei ir.

— Que bom.
— Seremos um grupo grande, não?
— Apenas duas outras senhoras... e nós dois. Um carro.
— Será um prazer – disse Gerard, com uma pequena mesura. E foi cuidar de seus assuntos.

Logo em seguida, com a correspondência na mão, juntou-se a Sarah do lado de fora da agência. Era um dia bonito de sol, o ar ligeiramente frio.

— Alguma notícia dos nossos amigos, os Boynton? – perguntou o médico. – Fui a Belém, a Nazaré e a outros lugares... uma excursão de três dias.

De modo lento e meio relutante, Sarah narrou seus inúteis esforços para estabelecer contato.

— De qualquer forma, fracassei – concluiu. – E eles estão indo embora hoje.

— Para onde?
— Não tenho a mínima ideia.
Continuou, um pouco irritada:
— Sinto que fiz papel de tola!
— Em que sentido?
— Ao me meter na vida de outras pessoas.
Gerard deu de ombros.
— Depende de como você vê as coisas.
— Em relação a se devemos nos meter ou não?
— Sim.
— O senhor se mete?
O francês parecia divertir-se com aquilo.
— Você está me perguntando se eu costumo me meter na vida dos outros? Para ser franco não.
— Então acha errado o que eu fiz?
— Não, não me interprete mal. – Gerard falava de maneira rápida e entusiasmada. – É uma questão discutível. Se vemos alguém fazendo alguma coisa errada, devemos tentar corrigir? Nossa interferência pode ser benéfica... mas também pode causar um dano incalculável! Não há regra. Algumas pessoas têm jeito para a coisa... sabem interferir. Outras não, e portanto não devem se aventurar. Há também a questão da *idade.* Os jovens possuem a coragem de seus ideais e convicções... seus valores são mais teóricos do que práticos. Não sabem, ainda, que os fatos contradizem a teoria! Se você acredita em si mesma e acha que está fazendo a coisa certa, terá grandes realizações! E, incidentalmente, causará muitos danos também. Por outro lado, uma pessoa de meia-idade tem experiência... já descobriu que o mal, assim como o bem, ou talvez até mais, resulta da tentativa de interferir, e então, de

maneira muito inteligente, ela recua! Ou seja, o resultado é equilibrado: os jovens inexperientes fazem tanto o bem quanto o mal, e as pessoas prudentes de meia-idade não fazem nem uma coisa nem outra!

– Isso não ajuda em nada – objetou Sarah.

– Será que alguém é capaz de ajudar o outro? O problema é *seu*, não meu.

– Quer dizer que *o senhor* não fará nada a respeito da família Boynton?

– Não. Para mim, não teria como dar certo.

– O mesmo vale para mim, então.

– Não. No seu caso poderia dar certo.

– Por quê?

– Porque você tem qualificações especiais. O atrativo da juventude e do sexo.

– Sexo? Entendo.

– Tudo sempre volta à questão do sexo, não é? Você fracassou com a jovem. Isso não significa que fracassaria com o irmão. O que você acabou de me contar (o que Carol lhe contou) evidencia a única ameaça à autocracia da sra. Boynton. O filho mais velho, Lennox, desafiou a mãe com a força de sua virilidade juvenil. Saiu de casa e foi a um baile. O desejo de homem pela companhia de uma mulher foi mais forte do que o feitiço hipnótico. Mas a velha estava ciente do poder do sexo. (Deve ter visto muitos exemplos durante a sua carreira.) Lidou com isso de maneira muito inteligente: trouxe uma menina muito bonita, mas sem nenhum centavo no bolso, para casa... armou um casamento. Assim, conseguiu mais um escravo.

Sarah discordou com um gesto.

– Não acho que Nadine seja escrava.

Gerard concordou.

– É, talvez não seja. Acho que, como ela era uma menina tranquila e meiga, a velha sra. Boynton subestimou sua força de vontade e caráter. Nadine Boynton era jovem e inexperiente demais na época para perceber onde estava se metendo. Hoje ela sabe, mas já é tarde.

– Acha que ela desistiu?

O dr. Gerard fez um gesto de que não sabia ao certo.

– Se ela tem planos, ninguém sabe quais são. Existem algumas possibilidades que envolvem o sr. Cope. O homem é um animal ciumento por natureza... e o ciúme é uma força poderosa. Lennox Boynton ainda pode ser retirado da inércia em que está afundando.

– E o senhor acha... – Sarah falou com um tom bem profissional, de propósito – que existe chance de eu fazer alguma coisa em relação a Raymond?

– Acho.

Sarah soltou um suspiro.

– Eu bem que tentei. De qualquer forma, agora é tarde demais. E não gosto da ideia.

Gerard achou graça.

– Isso porque você é inglesa! As inglesas têm um complexo a respeito do sexo. Acham uma coisa "não muito boa".

A cara de indignação de Sarah não o impressionou.

– Sim, eu sei que você é muito moderna... que usa em público as palavras mais fortes que existem... que é profissional e totalmente desinibida! *Tout de même*, repito, você tem as mesmas características físicas da sua mãe e da sua avó. Ainda é a jovem inglesa cheia de rubores, embora não se ruborize.

– Nunca ouvi tanta bobagem!

O dr. Gerard, com brilho nos olhos e sem se abalar, acrescentou:

– E você fica muito charmosa assim.

Sarah ficou sem saber o que dizer.

O dr. Gerard ergueu o chapéu.

– Já vou indo – disse –, antes que você tenha tempo de dizer tudo o que pensa – e foi para o hotel.

Sarah seguiu o mesmo caminho, mais lentamente.

Havia muito movimento. Vários carros cheios de malas preparavam-se para partir. Lennox e Nadine Boynton e o sr. Cope estavam ao lado de um grande sedã supervisionando a arrumação. Um guia rechonchudo falava com Carol, numa fluência ininteligível.

Sarah passou por eles e entrou no hotel.

A sra. Boynton, enrolada num casaco grosso, estava sentada numa cadeira, esperando o momento de ir embora. Olhando-a daquele jeito, sentiu-se repugnada. A sra. Boynton sempre lhe parecera uma figura sinistra, a própria encarnação do mal.

Agora, de repente, Sarah via na velha uma criatura patética e impotente. Nascera com tanto desejo de poder, tanta necessidade de domínio, e era apenas uma tirana doméstica! Se os seus filhos pudessem enxergá-la como Sarah enxergava nesse momento... um objeto digno de pena, uma senhora ignorante, maligna, ridícula, dissimulada. Num impulso, foi falar com ela.

– Adeus, sra. Boynton – disse. – Espero que tenha uma boa viagem.

A velha olhou-a. A perversidade dividia lugar com a indignação naqueles olhos.

– A senhora quis ser muito rude comigo – disse Sarah.

"Enlouqueceu?", perguntava-se. "O que a levava a falar daquela maneira?"

– Tentou impedir que seu filho e sua filha fizessem amizade comigo. Não acha tudo isso muita infantilidade? A senhora gosta de bancar o bicho-papão, mas na verdade não passa de um ser bastante patético. Se eu estivesse no seu lugar, acabaria de uma vez com essa encenação ridícula. Imagino que a senhora me odiará por dizer isso, mas falo sinceramente, com a esperança de que minhas palavras produzam algum efeito. A senhora sabe que ainda poderia se divertir muito. É muito melhor ser cordial e gentil. A senhora poderia ser, se tentasse.

Houve uma pausa.

A sra. Boynton ficou imóvel, estarrecida. Por fim, passou a língua pelos lábios secos, boquiaberta. Ficou sem palavras ainda por um tempo.

– Vamos lá – incentivou Sarah –, pode falar! Não importa o que a senhora diga para mim. Mas pense bem no que eu lhe disse.

As palavras vieram enfim, numa voz suave e penetrante ao mesmo tempo. De modo estranho, os olhos de lagarto da sra. Boynton concentraram-se não em Sarah, mas em algo atrás dela, como se a velha falasse com algum espírito conhecido.

– *Nunca esqueço* – disse. – *Lembre-se disso. Nunca me esqueci de nada: nenhuma ação, nenhum nome, nenhum rosto...*

Não havia nada nas palavras em si, mas o veneno que elas encerravam fizeram Sarah recuar. Foi quando a sra. Boynton soltou uma risada... um riso definitivamente pavoroso!

Sarah encolheu os ombros.

– Pobre criatura – exclamou.

E virou as costas. A caminho do elevador, quase se chocou com Raymond Boynton. Falou sem pensar:

– Adeus. Espero que você seja feliz. Talvez nos encontremos de novo algum dia – sorriu para ele, um sorriso amigo e terno, e seguiu em frente.

Raymond ficou ali, feito pedra, tão perdido em seus pensamentos que um homem baixinho de bigodes compridos, tentando sair do elevador, teve de repetir várias vezes:

– *Pardon.*

Raymond finalmente ouviu e afastou-se.

– Desculpe-me – disse. – Eu estava distraído.

Carol veio falar com ele.

– Ray, vá chamar Jinny, por favor. Ela voltou para o quarto. Estamos indo.

– Está bem. Direi a ela para vir logo.

Raymond entrou no elevador.

Hercule Poirot ficou parado um tempo olhando para ele, de testa franzida e a cabeça meio virada para o lado, como que ouvindo.

Então acenou como que de acordo. Caminhando pelo saguão, examinou Carol, que havia se juntado à mãe.

Fez um sinal para o garçom que passava.

– *Pardon.* Poderia me dizer o nome daquelas pessoas ali?

– Família Boynton, monsieur; são americanos.

– Obrigado – disse Hercule Poirot.

No terceiro andar, o dr. Gerard, indo para o quarto, passou por Raymond Boynton e Ginevra, que se encaminhavam para o elevador. Quando já iam descer, Ginevra disse:

– Só um minuto, Ray. Espere por mim no elevador.

Saiu correndo e alcançou o homem com quem cruzara.

– Por favor... preciso falar com o senhor.

O dr. Gerard ergueu os olhos, espantado.

A jovem aproximou-se e agarrou-o pelo braço.

– Eles estão me levando! Talvez me matem... Não faço parte desta família, na verdade. Meu nome verdadeiro não é Boynton...

Ela falava rápido, atropelando as palavras.

– Vou lhe contar um segredo. Eu sou da *realeza*, juro! Sou herdeira de um trono. É por isso... que existem inimigos ao meu redor. Tentam me envenenar... esse tipo de coisa... O senhor poderia me ajudar... a fugir...

Interrompeu-se. Passos.

– Jinny...

Num gesto repentino e belo, a menina colocou um dedo sobre os lábios, lançou um olhar suplicante para Gerard e voltou correndo.

– Estou indo, Ray.

O dr. Gerard continuou andando com as sobrancelhas levantadas. Sacudiu a cabeça lentamente e franziu a testa.

CAPÍTULO 10

Era a manhã da partida para Petra.

Sarah desceu e encontrou na porta principal uma mulher mandona, de nariz acavalado, que já havia visto no hotel, reclamando do tamanho do carro.

– Pequeno demais! Quatro passageiros? *E* um guia? Precisaríamos de um carro maior. Por favor, levem esse e tragam um do tamanho certo.

O representante da Messrs Castle tentou explicar. Aquele era o tamanho de carro que sempre ofereciam, um veículo bastante confortável, na verdade. Um automóvel maior não serviria para andar no deserto. Em vão. A mulher que reclamava passou por cima dele como um rolo compressor.

Depois, voltou sua atenção para Sarah.

– Srta. King? Sou lady Westholme. Tenho certeza de que concorda comigo que esse carro é bastante inadequado em relação ao tamanho.

– Bem – disse Sarah, com certa cautela –, concordo que um maior *seria* mais confortável!

O jovem da Messrs Castle alegou em voz baixa que um automóvel maior seria mais caro.

– Deveria estar incluído no preço – opinou lady Westholme, com firmeza. – Recuso-me a pagar qualquer acréscimo. No anúncio diz claramente "num confortável sedã". Vocês têm que fazer valer o que anunciam.

Vendo-se derrotado, o jovem da Castle disse que veria o que podia fazer e saiu.

Lady Westholme virou-se para Sarah, com um sorriso triunfante no rosto castigado pelo tempo, as narinas de cavalo abertas de alegria.

Lady Westholme era uma pessoa muito conhecida no mundo político inglês. Quando lorde Westholme, seu companheiro – um sujeito simples, de meia-idade, cujo único interesse na vida era caçar, atirar e pescar –, estava voltando de viagem dos Estados Unidos, uma das passageiras do avião era a sra. Vansittart. Pouco tempo depois, a sra. Vansittart tornou-se lady Westholme. Esse encontro costuma ser citado como um exemplo dos perigos das viagens transatlânticas. A nova lady Westholme vivia de tweed e sapato irlandês, criava cães, implicava com os camponeses e forçou impiedosamente o marido a entrar na vida pública. Ao perceber, no entanto, que a política não era o forte de lorde Westholme e nunca seria, permitiu que ele retomasse suas atividades esportivas e candidatou-se ao parlamento. Foi eleita com maioria dos votos e lançou-se à vida política. Começaram a surgir charges sobre ela, um sinal indiscutível de sucesso. Como figura pública, lutava pelos antigos valores da vida familiar, bem-estar para as mulheres, e era defensora ferrenha da Liga das Nações. Definiu posturas referentes à agricultura, moradia e revitalização de áreas degradadas. Era muito respeitada e malvista por quase todo mundo, o que não diminuía a possibilidade de lhe ser concedida uma subsecretaria quando seu partido voltasse ao poder. No momento, havia uma espécie de governo liberal no poder – devido a uma cisão entre trabalhistas e conservadores.

Lady Westholme olhou com satisfação o carro que partia.

– Os homens sempre acham que podem se impor às mulheres – disse.

Sarah pensou que teria de ser um homem muito valente para achar que podia se impor a lady Westholme! Apresentou o dr. Gerard, que acabara de sair do hotel.

– Seu nome me é familiar, claro – disse lady Westholme, cumprimentando-o. – Estava conversando com o professor Chantereau outro dia em Paris. Ultimamente tenho me interessado muito pela questão dos loucos desprovidos de recursos. Vamos entrar enquanto o carro não vem?

Uma senhora de meia-idade com alguns fios de cabelo grisalhos que andava por ali, a srta. Amabel Pierce, era o quarto membro do grupo. Ela também foi carregada para o salão sob as asas protetoras de lady Westholme.

– Você trabalha, srta. King?

– Acabei de me graduar como bacharel em medicina.

– Muito bem – disse lady Westholme, em tom de aprovação. – Pode escrever: se alguma coisa deve ser feita, as mulheres é que o farão.

Pela primeira vez incomodada com sua condição feminina, Sarah seguiu lady Westholme, obediente.

Enquanto esperavam, lady Westholme contou que havia recusado um convite para ficar com o alto comissariado durante sua estadia em Jerusalém.

– Não queria que as autoridades do governo ficassem me controlando. Queria ver as coisas sozinha.

"Que coisas?", pensou Sarah.

Lady Westholme explicou que estava hospedada no Hotel Solomon para ficar livre. Disse também que tinha dado várias sugestões ao gerente a fim de melhorar o serviço do hotel.

– Eficiência – disse lady Westholme – é meu lema.

Via-se! Em quinze minutos, um grande automóvel bastante confortável apareceu. Após as instruções de lady Westholme referentes a como a bagagem deveria ser guardada, o grupo seguiu viagem.

A primeira parada foi o Mar Morto. Haviam almoçado em Jericó. Mais tarde, quando lady Westholme, com um guia turístico nas mãos, foi visitar a cidade com a srta. Pierce, o médico e o guia rechonchudo, Sarah ficou no jardim do hotel.

Sentia um pouco de dor de cabeça e queria ficar sozinha. Uma profunda depressão a abatera – uma depressão difícil de explicar. Sentiu-se repentinamente fraca e desinteressada, sem vontade de fazer passeios turísticos, cansada de seus companheiros de jornada. Desejou nesse momento nunca ter se comprometido com aquela excursão a Petra. Seria muito cara, e ela tinha quase certeza de que não ia gostar! A voz estridente de lady Westholme, os gorjeios da srta. Pierce e as lamúrias antissionistas do guia já estavam tirando-lhe a paciência. Aquilo tudo era quase tão irritante quanto o ar do dr. Gerard de que sabia exatamente como ela se sentia.

Perguntava-se onde os Boynton estariam naquele momento. Talvez tivessem ido para a Síria ou para Baalbek ou Damasco. Raymond... o que ele estaria fazendo? Estranho como lia bem em seu rosto desconfiança, aflição e tensão nervosa...

Meu Deus! Por que continuar pensando em pessoas que provavelmente nunca veria de novo? Aquela cena outro dia com a velha. O que a teria feito dirigir-se a ela e falar um monte de besteira? Outras pessoas devem ter ouvido. Lady Westholme estava bem perto. Sarah tentava lembrar-se exatamente do que dissera. Devia ter parecido histérica. Que papel acabou fazendo! Mas não tinha sido sua culpa, e sim da sra. Boynton. Alguma coisa nela fizera Sarah perder o senso de proporção.

O dr. Gerard apareceu e sentou-se numa cadeira, enxugando o suor da testa.

– Caramba! Se eu pudesse, envenenava aquela mulher! – exclamou.

Sarah perguntou:

– A sra. Boynton?

– Sra. Boynton? Não, estou falando de lady Westholme! É incrível que sendo casada há tanto tempo isso ainda não tenha acontecido. Do que é feito o marido dela?

Sarah riu.

– Ele é do tipo "caça, pesca, atira" – explicou.

– Psicologicamente isso é muito importante! Ele satisfaz seu desejo de morte com os (assim chamados) seres inferiores.

– Creio que se orgulha bastante das atividades da mulher.

O francês insinuou:

– Porque ela fica pouco em casa? Faz sentido. – Fez uma pausa e perguntou: – O que você acabou de dizer? Sra. Boynton? Sem dúvida não seria má ideia envená-la também. Não há como negar que seria a solução mais simples para os problemas daquela família! Aliás, muitas mulheres deveriam ser envenenadas. Todas as que ficaram velhas e feias.

Fez uma cara expressiva.

Sarah caiu na gargalhada.

– Vocês franceses! Só querem saber de mulheres jovens e atraentes.

Gerard deu de ombros.

– Somos apenas mais sinceros, só isso. Os ingleses também não dão bola para as mulheres feias... não mesmo.

– Como a vida é deprimente – suspirou Sarah.

– Não há motivo para suspirar, mademoiselle.

– É que estou meio deprimida hoje.

– Claro.

– Como assim "claro"? – perguntou irritada.

– Entenderá o que eu quero dizer se examinar honestamente seu estado de espírito.

– Acho que foram nossos companheiros de viagem que me deixaram assim – declarou Sarah. – É incrível, mas eu odeio mulheres! Quando são ineficientes e idiotas como a srta. Pierce, me enfurecem... e quando são eficientes como lady Westholme, me aborrecem mais ainda.

– Diria que é inevitável que essas duas pessoas a aborreçam. Lady Westholme é feita exatamente para a vida que leva e está completamente feliz e realizada. A srta. Pierce trabalhou anos como governanta e de repente recebeu uma herança que lhe possibilitou realizar o sonho de sua vida, que era viajar. Até agora, a viagem está correspondendo às expectativas dela. Como consequência, você, que não conseguiu o que queria, se ressente ao perceber que existem pessoas mais realizadas do que você.

– Tem razão – concordou Sarah, sombria. – É terrível seu poder de penetração na mente humana! Procuro enganar a mim mesma e o senhor não deixa.

Nesse momento, os outros regressavam. O guia parecia o mais exausto dos três. Ficou calado no caminho para Amã. Nem mencionou os judeus. Todos agradeciam em segredo, pois ninguém aguentava mais ouvir o relato de suas iniquidades desde que partiram de Jerusalém.

Agora, a estrada subia circundando o rio Jordão, por entre clareiras cheias de flores cor-de-rosa.

Chegaram a Amã no fim da tarde e, após uma rápida visita ao teatro greco-romano, foram dormir. Iriam acordar cedo no dia seguinte para atravessar o deserto de Ma'an.

Saíram pouco depois das oito. Não pareciam com disposição para conversar. O ar estava quente e abafado. Quando fizeram uma parada ao meio-dia para um pequeno almoço, o calor estava realmente insuportável. A irritação de passar o dia encarcerado com três outros seres humanos naquele inferno abalara todo mundo.

Lady Westholme e o dr. Gerard tiveram uma discussão arrebatada sobre a Liga das Nações. Lady Westholme era uma defensora convicta da Liga. O francês, por outro lado, resolveu opor-se. Falaram da Abissínia e da Espanha e, depois, da atitude da Liga em relação ao tráfico de entorpecentes.

– O senhor tem que admitir que eles fizeram um trabalho maravilhoso. Maravilhoso! – comentou lady Westholme.

O dr. Gerard deu de ombros.

– Talvez. Mas por um custo maravilhoso também!

– É um assunto muito sério. Segundo a lei sobre drogas perigosas...

A discussão continuou.

A srta. Pierce comentou com Sarah:

— É mesmo *muito* interessante viajar com lady Westholme.

Ríspida, Sarah perguntou:

— É?

Mas a srta. Pierce não notou a ironia e continuou alegremente.

— Já vi *muito* o nome dela nos jornais. É *formidável* ver as mulheres entrarem na vida pública e conquistarem seu espaço. Fico *feliz* quando uma *mulher* consegue realizar alguma coisa!

— Por quê? – indagou Sarah, feroz.

A srta. Pierce ficou de boca aberta, gaguejando, sem saber o que dizer.

— Ah, porque... quer dizer... porque... bem... é bom saber que as mulheres são *capazes* de realizar coisas!

— Discordo – disse Sarah. – É bom quando *qualquer* ser humano é capaz de realizar alguma coisa importante! Não faz a menor diferença que seja homem ou mulher. Por que faria?

— Bem, claro... – disse a srta. Pierce. – Confesso... claro, se olharmos dessa forma...

Mas estava um pouco desconcertada. Sarah explicou de modo mais suave:

— Sinto muito, mas odeio essa diferenciação entre os sexos. "*A mulher moderna tem de ter uma visão racional em relação à vida.*" Esse tipo de coisa. Não é verdade! Algumas mulheres são assim e outras não. Alguns homens são sentimentais e confusos, outros são lógicos e realistas. São apenas tipos diferentes de cérebro. O sexo só importa quando está diretamente envolvido.

A srta. Pierce corou um pouco ao ouvir a palavra sexo e mudou abruptamente de assunto.

— Falta um pouco de sombra, é verdade, mas todo esse descampado é tão bonito, não é?

Sarah concordou.

Sim, pensou, o descampado era maravilhoso... restaurador... tranquilo... sem seres humanos com suas difíceis relações entre si... nenhum problema pessoal! Agora, enfim, sentia-se livre da família Boynton. Livre daquele estranho e impulsivo desejo de se meter na vida de pessoas cuja órbita não tocava nem de longe sua própria vida. Sentiu-se calma e em paz. Ali havia isolamento, vazio, amplitude... Ou seja, paz...

Infelizmente, não estava sozinha para desfrutar disso. Lady Westholme e o dr. Gerard tinham acabado de discutir sobre drogas e agora debatiam a questão das pobres moças desprotegidas que eram exportadas de maneira sinistra para cabarés da Argentina. O dr. Gerard, durante toda a conversa, falava num tom leve, que lady Westholme, política e sem o menor senso de humor, achava deplorável.

– Vamos indo? – anunciou o guia, que recomeçou a falar sobre as iniquidades dos judeus.

Chegaram a Ma'an uma hora depois do crepúsculo. O carro foi cercado por homens estranhos, com feições selvagens. Após uma breve parada, seguiram em frente.

Olhando além da superfície plana do deserto, Sarah se perguntava onde poderia estar o baluarte rochoso de Petra. Podiam avistar quilômetros e quilômetros à distância, pois não havia morros nem montanhas por perto. Faltaria muito ainda para o fim da jornada, então?

Atingiram o povoado de Ain Musa, onde os carros deveriam ficar. Havia cavalos esperando por eles – animais magros e tristonhos. A inadequação de sua roupa incomodou a srta. Pierce. Lady Westholme usava traje de montar, que não combinava muito com seu tipo físico, mas era indiscutivelmente prático.

Os cavalos foram conduzidos para fora da aldeia por um caminho pedregoso e escorregadio. O solo se desfazia e os cavalos iam descendo em zigue-zague. O sol estava se pondo.

Sarah, cansada depois do dia quente e longo no carro, sentia-se aturdida. A descida foi como um sonho. Depois, pareceu-lhe como se uma cratera do inferno se abrisse sob seus pés. O caminho descia... descia para dentro da terra. As rochas apareciam ao redor deles, que seguiam em direção às entranhas da terra, por um labirinto de rochedos vermelhos, que se estreitavam agora de ambos os lados. Sarah sentiu-se sufocada... engolida pela garganta cada vez mais estreita.

Pensou confusamente consigo mesma: "Descendo para o vale da morte... descendo para o vale da morte..."

Continuaram. O caminho ficava cada vez mais escuro. As paredes de um vermelho vivo ensombreceram, e eles seguiam sempre em frente, prisioneiros, perdidos nas estranhas da terra.

Sarah pensou: "É fantástico e inacreditável... uma cidade morta".

E de novo como um refrão vinham as palavras: "*O vale da morte...*".

Acenderam as lanternas. Os cavalos passavam por entre os corredores estreitos. De repente chegaram a um espaço aberto. Adiante, havia um monte de luzes.

– É ali o acampamento! – anunciou o guia.

Os cavalos apertaram um pouco o passo, não muito. Estavam famintos e exaustos, mas demonstraram força nesse momento. Agora o caminho beirava um riacho cheio de cascalhos. As luzes estavam mais próximas.

Viram uma porção de tendas em fileiras e também cavernas cavadas na rocha.

Estavam chegando. Empregados beduínos vieram correndo ao encontro deles.

Sarah olhou para uma das cavernas. Reparou numa figura sentada. O que seria? Um ídolo? Uma gigantesca imagem agachada?

Não. Eram as luzes trêmulas que o faziam parecer tão grande. Mas *devia* ser algum tipo de ídolo, sentado imóvel, preenchendo o espaço...

De repente, Sarah sentiu um baque no coração.

A sensação de paz e fuga que o deserto lhe dera desvaneceu-se. Havia sido conduzida de volta da liberdade para a escravidão. Ali, no fundo daquele vale escuro, como a sacerdotisa de algum culto esquecido, um monstruoso buda feminino, reencontrava a sra. Boynton sentada...

CAPÍTULO 11

A sra. Boynton estava em Petra!

Sarah respondeu mecanicamente as perguntas que lhe eram dirigidas. Queria jantar logo – o jantar estava pronto – ou preferia tomar um banho primeiro? Gostaria de dormir numa tenda ou numa caverna?

Isso era fácil de responder. Numa tenda. Tremia só de pensar numa caverna. Lembrava daquela figura monstruosa. O que havia naquela mulher que a fazia não parecer humana?

Finalmente, seguiu um dos empregados nativos, que usava calças cáqui bastante remendadas, caneleiras sujas e um casaco surrado. Na cabeça, um turbante nativo, o *Keffiyeh*, com longas tiras protegendo o pescoço e preso por uma faixa de seda preta no alto da cabeça. Sarah admirou o balanço de seu caminhar... a graça com que o turbante lhe envolvia a cabeça. Só a parte europeia da vestimenta era feia e inadequada. Sarah pensou: "A civilização *está* toda errada... *toda* errada. Mas se não fosse a civilização, não haveria sra. Boynton! Em tribos selvagens, provavelmente já a teriam matado e comido há anos!".

Percebeu, com certo humor, que estava exausta e a ponto de perder a cabeça. Tomou um banho quente e passou uma maquiagem leve no rosto. Sentia-se renovada... tranquila, equilibrada e envergonhada de seu pânico recente.

Penteou o pesado cabelo preto, apertando os olhos para conseguir enxergar seu reflexo no pequeno espelho, sob a luz bruxuleante do candeeiro.

Em seguida, afastou a parte da tenda que servia de porta e saiu para a noite, preparada para descer para a tenda principal.

– Você... aqui?

Era um grito baixo, espantado, incrédulo.

Virou-se e viu os olhos surpresos de Raymond Boynton. Alguma coisa naqueles olhos fizeram-na ficar em silêncio, quase temerosa. Tanta alegria... Como se ele estivesse tendo uma visão do Paraíso... sonhador, inebriado, agradecido, humilde! Sarah jamais esqueceria aquele olhar. Assim deviam os condenados olhar para cima e ver o céu...

Ele repetiu:

– *Você*...

Aquele tom vibrante e contido de sua voz comoveu-a. Fez seu coração bater mais forte no peito. Sentiu-se tímida, temerosa, humilde e, ao mesmo tempo, arrogantemente alegre. Disse apenas:

– Sim.

Ele aproximou-se, ainda perplexo, quase não acreditando.

Depois, de repente, pegou sua mão.

– *É você* – disse. – É você mesmo. No início, achei que fosse um fantasma... porque não paro de pensar em você. – Fez uma pausa e prosseguiu: – Amo você, sabe... Desde o momento em que a vi no trem. Agora sei. E quero que saiba... para que veja que não é o meu verdadeiro "eu" que se comporta de maneira tão infantil. Veja, não posso responder por mim, nem mesmo agora. Eu poderia fazer... qualquer coisa! Poderia passar por você sem falar, mas quero que saiba que não sou eu mesmo o responsável por isso. São meus nervos. Não posso depender deles... Quando ela me manda fazer as coisas... eu faço! Meus nervos me obrigam! Compreende, não? Pode me desprezar se quiser...

Ela interrompeu-o, com voz suave e inesperadamente doce:

– Não o desprezarei.

– Mesmo assim, sou bastante desprezível! Deveria... conseguir me comportar como homem.

Era em parte um eco do conselho de Gerard, mas dentro de sua sabedoria e esperança, Sarah respondeu – e por trás da doçura de sua voz havia uma ponta de certeza e autoridade consciente:

– Você conseguirá agora.

– Será? – perguntou com ansiedade. – Talvez...

– Você terá coragem agora. Tenho certeza.

Ele se ergueu com dignidade.

– Coragem? Sim, é disso que preciso. Coragem!

De repente, inclinou a cabeça, tocou-lhe a mão com os lábios. Um minuto depois tinha desaparecido.

CAPÍTULO 12

Sarah desceu e foi ao encontro de seus três companheiros de viagem. Estavam sentados numa mesa, comendo. O guia explicava que havia outro grupo.

– Vieram há dois dias e vão embora depois de amanhã. Americanos. A mãe é muito gorda e teve dificuldade de chegar aqui. Foi trazida em uma cadeira por carregadores. Disseram que foi um trabalho pesado, ainda mais com esse calor...

Sarah deu uma gargalhada repentina. Era tudo muito engraçado!

O guia rechonchudo olhou-a agradecido. Não estava achando fácil sua tarefa. Lady Westholme já o havia contestado três vezes aquele dia e agora reclamava do tipo de cama que lhe deram. Sentia-se grato ao único membro do grupo que parecia de bom humor.

– Ah – exclamou lady Westholme –, acho que essas pessoas estavam no Hotel Solomon. Reconheci a velha senhora quando chegamos. Vi a srta. King conversando com ela no hotel.

Sarah corou com ar de culpa, torcendo para que lady Westholme não tivesse ouvido muita coisa da conversa.

"Realmente, não entendo o que se apossou de mim", pensou aflita.

Nesse meio-tempo, lady Westholme declarou:

– Não são nem um pouco interessantes. Muito provincianos.

A srta. Pierce parecia concordar, e lady Westholme começou a contar histórias de vários americanos interessantes e importantes que conhecera.

Como o tempo estava excepcionalmente quente para aquela época do ano, combinaram de sair cedo no dia seguinte.

Os quatro reuniram-se para o café da manhã às seis horas. Não havia sinal de nenhum membro da família Boynton. Depois de lady Westholme queixar-se da falta de frutas, tomaram chá e leite e comeram ovos fritos com bacon.

Depois, começaram a excursão com lady Westholme e o dr. Gerard discutindo animados sobre o exato valor das vitaminas na dieta e na nutrição apropriada das classes trabalhadoras.

De repente, chamaram do acampamento, e eles pararam para que outra pessoa se juntasse ao grupo. Era o sr. Jefferson Cope que vinha correndo atrás deles, com o rosto vermelho pelo esforço da corrida.

– Se não se importam, gostaria de me juntar a vocês. Bom dia, srta. King. É uma surpresa encontrá-la aqui e o dr. Gerard. Estão gostando?

Fez um gesto indicando as fantásticas rochas avermelhadas por todo lado.

– Acho tudo maravilhoso, mas um pouco opressor – disse Sarah. – Sempre pensei que fosse uma cidade romântica, de sonhos... "a cidade vermelho-rosa". Mas é muito mais *real* do que isso... real como um bife cru.

– E da mesma cor – concordou o sr. Cope.

– Mas é lindo também – admitiu Sarah.

O grupo começou a subir. Dois guias beduínos os acompanhavam. Homens altos, de andar firme, galgavam sem esforço, com suas botas especiais, as escarpas escorregadias. As dificuldades logo começaram a aparecer. Sarah conseguia suportar a altura, assim como o dr. Gerard, mas tanto o sr. Cope quanto lady Westholme estavam penando, e a pobre srta. Pierce teve de ser praticamente carregada para atravessar os precipícios, de olhos fechados, o rosto verde e a voz em um perpétuo lamento.

– Sempre tive pavor de altura. Sempre, desde criança!

Decidiu que voltaria, mas ao olhar a descida, seu rosto ficou ainda mais verde e com grande relutância chegou à conclusão de que continuar seria o melhor a fazer.

O dr. Gerard procurou acalmá-la, de modo gentil. Subiu atrás dela, colocando pedaços de madeira entre ela e o despenhadeiro, como uma balaustrada. A srta. Pierce confessou depois que o corrimão improvisado acabou ajudando-a a superar a vertigem.

Sarah, um pouco ofegante, perguntou ao guia, Mahmoud, que, apesar de suas enormes proporções, não demonstrava o menor sinal de cansaço:

– Vocês nunca têm problemas em trazer as pessoas aqui em cima? Pessoas idosas, digo.

– Sempre... sempre temos problemas – afirmou Mahmoud, com indiferença.

– E elas vêm mesmo assim?

Mahmoud encolheu os ombros robustos.

– Elas gostam de vir. Pagam um bom dinheiro para ver essas coisas e querem vê-las. Os guias beduínos são muito hábeis... têm muita firmeza nos pés... sempre conseguem ajudá-las.

Chegaram finalmente ao cume. Sarah suspirou.

Por toda a volta, viam-se apenas pedras vermelhas – um lugar estranho, incrível, único no mundo. No ar puro da manhã, eles pareciam deuses supervisionando um mundo mais raso, um mundo de evidente violência.

Ali tinha sido, contou o guia, o "Lugar do Sacrifício", o "Lugar Alto". Mostrou a fenda que havia numa pedra lisa a seus pés.

Sarah afastou-se do grupo, da torrente de palavras que fluíam da boca do guia. Sentou-se numa rocha, passou a mão pelos cabelos negros e ficou olhando o mundo lá embaixo. De repente, notou a presença de alguém ao seu lado. Ouviu a voz do dr. Gerard:

– Você está apreciando o lugar da tentação do diabo no Novo Testamento. Satã levou Nosso Senhor ao topo de uma montanha e mostrou-Lhe o mundo. "Tudo isto será teu, se te prostrares e me adorares." Como é grande a tentação de ser um Deus de Poder Material!

Sarah concordou, mas sua cabeça estava tão distante dali que Gerard comentou surpreso:

– Você está pensando em algo muito profundo – disse.

– Sim, estou – admitiu, com uma expressão perplexa no rosto. – É uma ideia maravilhosa... ter um lugar de sacrifício aqui em cima. Às vezes acho que os sacrifícios são *necessários*, não acha? Ou seja, damos muita importância à vida. A morte não é um bicho de sete cabeças como imaginamos.

– Se pensa dessa maneira, srta. King, não deveria ter escolhido nossa profissão. Para nós, a Morte é, e deverá ser sempre, a Inimiga.

Sarah estremeceu.

– Tem razão. E no entanto, tantas vezes a morte pode resolver um problema. Pode significar, inclusive, uma vida mais completa.

– É conveniente para nós que um homem morra pelo povo! – citou Gerard, sério.

Sarah fitou-o espantada.

– Eu não quis dizer... – interrompeu-se. Jefferson Cope aproximava-se.

– Que lugar maravilhoso – exclamou. – Realmente incrível. Estou feliz de não ter perdido a viagem. Não vejo problema em confessar que a sra. Boynton, embora seja uma mulher notável... admiro muito sua coragem e determinação de vir até aqui... atrapalha um pouco a viagem. Sua saúde é precária, e imagino que isso a torne naturalmente mais egoísta, mas parece não lhe ocorrer que sua família possa gostar de fazer excursões sem ela de vez em quando. Está tão acostumada a tê-los por perto que talvez não pense...

O sr. Cope parou de repente. O rosto bondoso parecia um pouco perturbado.

– Sabe – disse –, ouvi algumas coisas sobre a sra. Boynton que me perturbaram bastante.

Sarah estava absorta em pensamentos mais uma vez. A voz do sr. Cope apenas fluiu por seus ouvidos como a corrente de um rio distante, mas o dr. Gerard perguntou:

– É mesmo? O quê?

– Minha informante foi uma moça que conheci por acaso no hotel em Tiberíades. Contou-me sobre uma empregada que trabalhara para a sra. Boynton. A menina, parece, teve...

Fez uma pausa, olhou sutilmente para Sarah e baixou a voz.

– A menina ia ter um filho. A velha descobriu, foi aparentemente boa para a moça, mas algumas semanas antes de a criança nascer, expulsou-a de sua casa.

As sobrancelhas do dr. Gerard se levantaram.

– Ah – fez pensativamente.

– Minha informante parecia muito segura do que dizia. Não sei se concorda comigo, mas acho uma crueldade. Não consigo entender...

O dr. Gerard interrompeu-o.

– Pois deveria tentar. Esse incidente, não tenho dúvida, deve ter proporcionado uma grande alegria à sra. Boynton.

O sr. Cope estava chocado.

– Não! – exclamou com ênfase. – É uma ideia inconcebível.

Suave, o dr. Gerard citou:

– *Então voltei e considerei todas as opressões existentes sob o sol. E havia prantos e lamentações dos oprimidos, que não encontravam conforto; pois os opressores detinham o poder, e ninguém poderia ajudá-los. Então louvei os mortos que já estão mortos, mais do que os vivos que ainda suportam a vida; aqueles que nunca existiram estão melhor do que os mortos e os vivos, porque nunca conheceram a maldade que se espalha sobre a terra...*

Parou e disse:

– Caro senhor, estudei a vida inteira as coisas estranhas que se passam na mente humana. Não adianta querermos enxergar só o lado bom da vida. Por trás do decoro e das convenções do dia a dia existe um grande reservatório de desvios. O gosto pela crueldade em si, por exemplo. Mas existe algo em um nível mais profundo. O desejo intenso e lastimável de ser apreciado. Se esse desejo não for atendido, se o ser humano, por conta de seu próprio caráter, não conseguir obter o que precisa, ele se volta para outros métodos... precisa que o *levem em conta*... e aí aparecem as mais diversas perversões. O hábito da crueldade, como qualquer hábito, pode ser cultivado, pode apoderar-se das pessoas...

O sr. Cope tossiu.

– Acho, dr. Gerard, que o senhor está exagerando um pouco. O ar aqui em cima é realmente maravilhoso...

Afastou-se. Gerard sorriu de leve. Olhou de novo para Sarah, que franzia o rosto com severidade juvenil. Parecia uma jovem juíza declarando sentença...

Virou-se, notando que a srta. Pierce vinha logo atrás.

– Vamos descer agora – disse ela. – Meu caro, tenho certeza de que jamais conseguiria, mas o guia disse que o caminho de descida é bem diferente, muito mais fácil. Espero que sim, porque desde criança tenho medo de altura...

A descida foi ao longo do curso de uma queda d'água. Apesar de algumas pedras soltas que podiam representar perigo, o caminho não era tão vertiginoso.

O grupo regressou cansado ao acampamento, mas com grande disposição e um excelente apetite para o almoço tardio. Já passava de duas horas.

A família Boynton estava reunida em torno de uma mesa sob o toldo principal, terminando a refeição.

Lady Westholme dirigiu-lhes uma frase amável, de seu jeito condescendente:

– Que manhã agradável! – exclamou. – Petra é realmente um lugar maravilhoso.

Carol, a quem essas palavras pareciam ser dirigidas, lançou um rápido olhar à mãe e murmurou:

– Sim... é verdade – e retornou ao silêncio.

Lady Westholme, sentindo que havia cumprido seu dever, voltou a comer.

Durante o almoço, os quatro discutiam planos para a tarde.

– Acho que vou descansar – disse a srta. Pierce. – É importante não exagerar.

– Eu vou dar uma volta e explorar o lugar – disse Sarah. – E o senhor, dr. Gerard?

Ouviu-se o barulho de uma colher que a sra. Boynton deixara cair. Todos se assustaram.

– Acho – disse lady Westholme – que vou seguir seu exemplo, srta. Pierce. Talvez meia hora de leitura e uma hora de descanso. Depois, quem sabe, uma pequena caminhada.

Lentamente, com ajuda de Lennox, a velha sra. Boynton conseguiu ficar de pé. Ficou assim por um tempo e depois disse com inesperada amabilidade:

– É melhor vocês todos darem uma volta hoje à tarde.

Era engraçado observar as caras de espanto dos familiares.

– Mas mãe, e a senhora?

– Não preciso de vocês. Gosto de ficar sozinha, lendo. É melhor Jinny ficar. Ela precisa dormir um pouco.

– Mãe, não estou cansada. Quero ir com todo mundo.

– Está cansada sim! E com dor de cabeça. Precisa se cuidar. Deite e durma. Sei o que é melhor para você.

– Eu... eu...

Nos olhos da garota via-se rebeldia, que logo se amainou. Baixou os olhos, submissa...

— Que teimosia! – disse a sra. Boynton. – Vá para a sua tenda.
Retirou-se. Os outros a seguiram.
— Nossa! – exclamou a srta. Pierce. – Que gente estranha. E a mãe. Que cara esquisita, toda roxa. Deve ser coração. E ela deve sofrer com o calor.

Sarah pensou: "Vai deixá-los livres esta tarde. Sabe que Raymond quer me encontrar. Por quê? Será uma armadilha?".

Depois do almoço, quando foi para a sua tenda trocar o vestido por um de linho mais fresco, ainda pensava nisso. Desde a noite anterior, seus sentimentos em relação a Raymond tinham evoluído para uma espécie de ternura protetora. Era amor... esse anseio de aliviar, a todo custo, a dor do ser amado... Sim, amava Raymond Boynton. São Jorge e o dragão ao contrário. Ela era o salvador e Raymond, a vítima aprisionada.

O dragão era a sra. Boynton, um dragão cuja amabilidade repentina, na cabeça desconfiada de Sarah, parecia muito suspeita.

Eram três e quinze quando Sarah apareceu pronta.

Lady Westholme estava sentada numa cadeira. Apesar do calor que fazia, ainda usava sua saia de tweed. Segurava um relatório da Royal Commission. O dr. Gerard conversava com a srta. Pierce, que trazia na mão um livro intitulado *Sede de amor*, "um romance de paixão e mal-entendidos", lia-se na capa.

— Não acho bom deitar logo depois de comer – comentou a srta. Pierce. – Dificulta a digestão. Está bem fresquinho aqui na sombra. Meu Deus, como aquela velha senhora consegue ficar sentada no sol daquele jeito?

Todos olharam para onde ela apontara. A sra. Boynton estava sentada como na noite anterior, um Buda imóvel em frente à sua caverna. Não havia outro ser humano por perto. Todo o pessoal do acampamento estava dormindo. A alguma distância, um pequeno grupo de pessoas caminhava em direção ao vale.

— Pelo menos uma vez – disse o dr. Gerard – a boa mãe permite que eles se divirtam sem ela. Deve estar tramando alguma coisa, não?

— Sabe – disse Sarah –, foi exatamente o que pensei.

— Como somos desconfiados. Venha, vamos nos juntar aos boas-vidas.

Deixando a srta. Pierce absorta em sua fascinante leitura, eles saíram. Ao chegarem à curva do vale, alcançaram o outro grupo, que caminhava devagar. Pela primeira vez, a família Boynton parecia alegre e despreocupada.

Lennox e Nadine, Carol e Raymond, o sr. Cope, com um largo sorriso no rosto, e os retardatários, Gerard e Sarah, conversavam e sorriam.

Instaurou-se, de repente, um clima de alegria. No espírito de todos estava o sentimento de que aquela ocasião única devia ser aproveitada ao máximo. Sarah e Raymond não se isolaram. Em vez disso, Sarah ficou junto de Carol e Lennox. O dr. Gerard conversava com Raymond um pouco atrás. Nadine e Jefferson Cope vinham por último.

Foi o francês que desmanchou o grupo. Deixou o ritmo da conversa cair e parou de repente.

– Mil desculpas. Preciso voltar.

Sarah fitou-o.

– Aconteceu alguma coisa?

– Sim, estou com febre. Venho me sentindo mal desde o almoço.

Sarah olhou-o com mais atenção.

– É malária?

– Sim. Vou voltar e tomar quinino. Espero que não seja um acesso forte. Foi o legado de uma visita ao Congo.

– Quer que eu vá junto? – perguntou Sarah.

– Não precisa. Trouxe minha caixa de remédios. É chato, mas não é grave. Continuem em frente, vocês.

Voltou rápido para o acampamento.

Sarah ficou sem saber o que fazer por alguns instantes, mas encontrou os olhos de Raymond, sorriu para ele e acabou esquecendo o francês.

Durante um tempo, os seis caminharam juntos: Carol, ela, Lennox, sr. Cope, Nadine e Raymond.

Depois, de uma forma ou de outra, ela e Raymond se distanciaram do grupo. Subiram pedras, circundaram pontas de rochas e pararam para descansar na sombra.

Houve um silêncio... depois Raymond perguntou:

– Qual é o seu nome? O sobrenome é King, eu sei. Mas e o primeiro nome?

– Sarah.

– Sarah. Posso chamá-la assim?

– Claro.

– Sarah, fale-me um pouco de você.

Recostando-se nas rochas, Sarah falou de sua vida em Yorkshire, de seus cachorros e da tia que a criara.

Depois, na sua vez, Raymond contou-lhe um pouco sobre sua vida, de maneira um tanto desconexa.

No fim, os dois permaneceram calados por um bom tempo. Suas mãos se encontraram e eles ficaram assim, como crianças, de mãos dadas, estranhamente felizes.

Quando o sol já desaparecia, Raymond se mexeu.

– Vou voltar – disse. – Não com você. Quero voltar sozinho. Preciso dizer e fazer uma coisa. Depois disso, depois de provar para mim mesmo que não sou covarde... não terei vergonha de lhe pedir ajuda. Precisarei de ajuda, talvez precise até lhe pedir dinheiro emprestado. Sarah sorriu.

– Fico feliz que você seja realista. Pode contar comigo.

– Mas primeiro preciso fazer isso sozinho.

– Fazer o quê?

O rosto jovem ficou de repente sério. Raymond Boynton disse:

– Eu tenho que provar minha coragem. É agora ou nunca.

Virou-se abruptamente e foi embora.

Sarah recostou-se na rocha e ficou olhando Raymond se afastar. Algo em suas palavras a havia alarmado. Parecia tão tenso... tão ansioso e convicto. Por um momento, lamentou não ter ido com ele...

Mas logo viu que não estava certo. Raymond queria ficar sozinho, para testar sua recém-encontrada coragem. Tinha esse direito.

Rezava de todo o coração, porém, para que essa coragem não lhe falhasse...

O sol estava se pondo quando Sarah voltou para o acampamento. Ao se aproximar, já quase na penumbra, avistou a silhueta da sra. Boynton ainda sentada na entrada de sua tenda. Sarah estremeceu ao ver aquela figura imóvel e macabra...

Acelerou o passou e entrou na parte iluminada da tenda principal.

Lady Westholme estava tricotando um casaco azul-marinho, com o fio da lã em volta do pescoço. A srta. Pierce bordava uma toalha de mesa com flores azuis e, ao mesmo tempo, se informava sobre a reforma da lei do divórcio.

Os empregados iam e vinham, ocupados com a preparação do jantar. Os Boynton estavam na outra ponta, sentados em espreguiçadeiras, lendo. Mahmoud apareceu, gordo e digno, reclamando. Havia combinado uma excursão muito interessante para depois do chá, mas todos desapareceram do acampamento... o programa não aconteceu... uma visita muito instrutiva à arquitetura nabateana.

Sarah comentou que todos tinham se divertido bastante.

Foi para a sua tenda preparar-se para o jantar. No caminho, parou na tenda do dr. Gerard e chamou em voz baixa:

– Dr. Gerard.

Ninguém respondeu. Levantou a cortina de entrada e olhou para dentro. O doutor estava deitado imóvel na cama. Sarah retirou-se sem fazer barulho, supondo que ele estivesse dormindo.

Um empregado veio e apontou para a tenda principal, indicando que o jantar estava servido. Ela desceu. Todos já se encontravam em volta da mesa, exceto o dr. Gerard e a sra. Boynton. Um empregado foi enviado para avisar à velha que estava tudo pronto. De repente, escuta-se um grande movimento do lado de fora. Dois empregados apavorados entraram falando em árabe com o guia.

Mahmoud olhou ao redor meio aturdido e retirou-se. Num impulso, Sarah acompanhou-o.

– O que houve? – perguntou.

Mahmoud respondeu:

– A velha senhora. Abdul disse que ela não está bem, que não consegue se mexer.

– Vou lá ver.

Sarah apertou o passo. Atrás de Mahmoud, subiu numa pedra e seguiu em frente até chegar na figura encolhida na cadeira. Tocou a mão gorda, tomou-lhe o pulso, inclinou-se sobre ela...

Quando se levantou, estava pálida.

Voltou depressa para onde todos comiam. Na entrada, parou um minuto e observou o grupo no fundo da mesa. Sua voz, quando começou a falar, saiu brusca e forçada.

– Sinto muito – disse. Com dificuldade, dirigiu-se ao chefe da família, Lennox. – *Sua mãe morreu, sr. Boynton.*

E curiosamente, como se estivesse a uma grande distância, observou o rosto de cinco pessoas para as quais aquela notícia significava liberdade...

PARTE 2

CAPÍTULO 1

O coronel Carbury sorriu para seu convidado do outro lado da mesa e levantou sua taça.

– Um brinde ao crime!

Os olhos de Hercule Poirot brilharam.

Tinha vindo para Amã com uma carta de apresentação do coronel Race para o coronel Carbury.

Carbury estava interessado em conhecer o sujeito mundialmente famoso que seu amigo e colaborador do Serviço de Inteligência admirava tanto.

– Nunca vi tamanha capacidade de dedução psicológica! – Race escrevera a respeito da solução do caso Shaitana.

– Temos que mostrar-lhe tudo o que pudermos nas redondezas – disse Carbury, torcendo o bigode irregular. Era um homem atarracado, de aparência um pouco descuidada, estatura mediana, um pouco calvo e com olhos azuis, vagos e doces. Nada tinha de soldado. Não parecia nem particularmente alerta. Não havia nada que lembrasse um disciplinador. No entanto, tinha poder na Transjordânia.

– Aqui é Gerasa – disse. – Esse tipo de coisa lhe interessa?

– Me interesso por tudo!

– Certo – concordou Carbury. – É a única forma de viver. – Fez uma pausa. – Diga-me, já sentiu que seu trabalho o persegue?

– *Pardon*?

– Bem... em outras palavras... viaja com a intenção de tirar férias dos crimes... e acaba se deparando com cadáveres?

– Já aconteceu, sim, mais de uma vez.

– Hmm – fez o coronel Carbury, meio distraído.

Depois, voltando do transe, disse:

– Tenho um caso de morte agora que não me agrada nem um pouco.

– É mesmo?

– Sim. Aqui em Amã. Uma velha senhora americana. Foi a Petra com a família. Uma viagem cansativa, muito quente nessa época do ano. Sofria do coração. As dificuldades da jornada foram maiores do que imaginava e ela morreu de repente!

– Aqui em Amã?

– Não, lá em Petra. Trouxeram o corpo hoje para cá.

– Ah!
– Tudo muito natural. Perfeitamente possível. A coisa mais provável do mundo de acontecer. Só que...
– Só que...?
O coronel Carbury coçou a cabeça.
– Estou achando que a família a matou – disse.
– Sei. E por que acha isso?
O coronel Carbury não respondeu diretamente essa pergunta.
– Era uma velha insuportável, parece. Ninguém está sentindo sua perda. Ao que tudo indica, foi um alívio para todos. De qualquer forma, seria muito difícil provar alguma coisa, pois a família é muito unida e mentirá se for necessário. Não queremos nos meter em complicações ou constrangimentos internacionais. A melhor coisa a fazer é... deixar passar! Não há nada a investigar. Conheci um médico uma vez que me contou que suspeitava da morte prematura de alguns pacientes! *Ele* mesmo disse: a melhor coisa a fazer é deixar pra lá, a menos que você tenha algo concreto para investigar! Algo que não cheira bem, um caso não comprovado, uma negligência médica etc. Dá na mesma... – coçou de novo a careca – Sou um homem organizado – disse inesperadamente.
O nó na gravata do coronel Carbury estava embaixo de sua orelha esquerda, tinha as meias arriadas e o casaco manchado e amarrotado. Hercule Poirot, entretanto, não achou graça. Via, claramente, a organização da mente do coronel Carbury, que classificava cuidadosamente fatos e impressões.
– Sim, sou um homem organizado – disse Carbury, balançando a mão. – Não gosto de bagunça. Quando me deparo com uma confusão, quero logo esclarecer as coisas. Entende?
Hercule Poirot, sério, concordou. Dava para perceber.
– Não havia um médico lá? – perguntou.
– Sim, dois. Um deles estava com malária. O outro era uma moça, recém-formada. Mas imagino que conheça a profissão. A morte não apresentou nada de anormal. A velha tinha o coração fraco. Tomava remédio. Não surpreende que tenha tido um colapso repentino.
– Então o que o preocupa, meu amigo? – indagou Poirot com cordialidade.
O coronel Carbury fitou-o com seus olhos azuis agora conturbados.
– Ouviu falar de um francês chamado Gerard? Theodore Gerard.
– Sim. Um sujeito muito conhecido em sua área.
– Médico de cabeça – confirmou o coronel Carbury. – Não sei como um caso de paixão por uma babá aos quatro anos pode fazer alguém cismar que é o arcebispo de Canterbury aos 38. Mas esses psicanalistas explicam tudo de modo muito convincente.

— O dr. Gerard é sem dúvida uma autoridade em certas formas de neuroses profundas – concordou Poirot, com um sorriso. – Sua opinião sobre o que aconteceu em Petra é baseada nessa linha de pensamento?

O coronel Carbury discordou.

— Não. Se fosse, não teríamos nos preocupado! Não que eu não acredite que seja tudo verdade, veja bem. É uma dessas coisas que não entendo... como um dos meus colegas beduínos, que desce do carro em pleno deserto, sente a terra com a mão e é capaz de dizer onde estamos. Não é mágica, mas parece. Não, a história do dr. Gerard é bastante simples. Somente fatos. Acho... se estiver interessado... *está* interessado?

— Sim, estou.

— Que bom. Acho que vou ligar para o dr. Gerard e chamá-lo aqui. Assim, você poderá ouvir a história diretamente dele.

Enquanto esperavam o médico chegar, Poirot perguntou:

— Como é essa família?

— O nome é Boynton. Dois filhos, um deles casado com uma mulher muito bonita... do tipo quieta e sensível. E duas filhas, ambas muito bonitas, apesar de terem estilos totalmente diferentes. A mais nova é meio nervosa... mas pode ser apenas pelo choque.

— Boynton – repetiu Poirot. Suas sobrancelhas se levantaram. – Curioso... muito curioso.

Carbury fixou nele um olhar interrogativo. Mas como Poirot não disse mais nada, prosseguiu:

— Parece bastante óbvio que a mãe era uma peste! Tinha que ser sempre atendida e mantinha todo mundo escravizado. Controlava também o dinheiro. Ninguém tinha um tostão no bolso.

— Muito interessante. Já se sabe para quem ela deixou o dinheiro?

— Deixei escapar essa pergunta, por acaso, sabe como é que é. Será dividido igualmente entre eles.

Poirot sacudiu a cabeça. Perguntou:

— Na sua opinião, estão todos envolvidos?

— Não sei. É aí que está a dificuldade. Saber se foi um esforço conjunto ou a ideia brilhante de um dos membros... não sei. Talvez tudo não passe de desconfiança sem fundamento! O que importa é o seguinte: gostaria de ter sua opinião profissional. Aí vem o dr. Gerard.

CAPÍTULO 2

O francês entrou com o passo rápido, mas não apressado. Ao cumprimentar o coronel Carbury, lançou um olhar curioso a Poirot. Carbury disse:

— Este é o sr. Hercule Poirot. Veio me visitar. Eu estava conversando com ele sobre o caso de Petra.

— É? — Os olhos rápidos de Gerard olharam Poirot de cima a baixo. — O sr. está interessado?

Hercule Poirot jogou as mãos para o alto.

— Estamos sempre interessados na nossa área.

— É verdade — concordou Gerard.

— Aceita um drinque? — ofereceu Carbury.

Serviu uísque com soda, colocou o copo perto de Gerard. Com a garrafa na mão, perguntou se Poirot queria também, mas o detetive recusou. O coronel Carbury largou a garrafa e aproximou sua cadeira.

— Bem, onde estávamos?

— Acho — disse Poirot a Gerard — que o coronel Carbury não está satisfeito.

Gerard fez um gesto expressivo.

— E isso — disse — é culpa minha! Posso estar errado. Lembre-se disso, coronel Carbury, posso estar totalmente errado.

Carbury soltou um grunhido.

— Conte os fatos a Poirot — disse.

O dr. Gerard começou por uma breve recapitulação dos acontecimentos anteriores à viagem a Petra. Fez um pequeno resumo dos diversos membros da família Boynton e descreveu a condição de tensão emocional em que se achavam.

Poirot ouvia com interesse.

Então, Gerard passou a contar sobre o que acontecera no primeiro dia em Petra, descrevendo como voltara para o acampamento.

— Estava com malária... do tipo cerebral — explicou. — Resolvi me tratar com uma injeção intravenosa de quinino. É o tratamento padrão.

Poirot acenou que entendia.

— Estava ardendo de febre. Mal consegui entrar na minha tenda. Não achei logo minha maleta de medicamentos, alguém havia mexido nas minhas coisas. Quando a encontrei, minha seringa hipodérmica havia sumido. Procurei-a por um tempo, acabei desistindo, tomei uma dose alta de quinino por via oral e despenquei na cama.

Fez uma pausa e continuou:

– A morte da sra. Boynton só foi descoberta depois que o sol se pôs. Devido à posição em que ela estava sentada e ao apoio que a cadeira dava ao corpo, não houve mudança em sua posição. Só quando um dos empregados foi chamá-la para jantar, às seis e meia, é que se notou algo de errado.

Explicou com detalhes a posição da caverna e a distância da grande tenda.

– A srta. King, médica qualificada, examinou o corpo. Não me chamou, porque sabia que eu estava com febre. Não havia nada a fazer, de qualquer forma. A sra. Boynton estava morta... e já fazia algum tempo.

Poirot perguntou em voz baixa:

– Quanto tempo exatamente?

Gerard respondeu devagar:

– Acho que a srta. King não prestou muita atenção nesse ponto. Não deve ter considerado importante.

– Sabemos, ao menos, quando ela foi vista viva pela última vez? – perguntou Poirot.

O coronel Carbury pigarreou e leu num papel, aparentemente um documento oficial.

– Lady Westholme e a srta. Pierce falaram com a sra. Boynton um pouco depois das quatro da tarde. Lennox Boynton falou com sua mãe por volta das quatro e meia. A sra. Lennox Boynton teve uma longa conversa com ela cinco minutos depois. Carol Boynton trocou algumas palavras com a mãe, mas não sei muito bem a hora. Pelo que disseram os outros, deve ter sido um pouco depois das cinco.

"Jefferson Cope, um amigo americano da família, voltando ao acampamento com lady Westholme e a srta. Pierce, viu a sra. Boynton dormindo. Ele não falou com ela. Isso foi às vinte para as seis, mais ou menos. Raymond Boynton, o filho mais novo, parece ter sido o último a vê-la viva. Na volta de um passeio, falou com ela, às dez para as seis, aproximadamente. A descoberta do corpo se deu às seis e meia, quando um empregado foi avisar que o jantar estava pronto."

– Entre a hora em que Raymond Boynton falou com ela e seis e meia ninguém esteve com ela? – quis saber Poirot.

– Acho que não.

– Mas alguém *pode* ter estado, não? – insistiu Poirot.

– Acho que não. Desde pouco antes das seis, havia muito movimento dos empregados pelo acampamento, e gente entrando e saindo das tendas. Segundo testemunhos, ninguém se aproximou da velha senhora.

– Então Raymond Boynton foi realmente a última pessoa a ver a mãe com vida? – perguntou Poirot.

O dr. Gerard e o coronel Carbury trocaram um rápido olhar. O coronel tamborilava na mesa com os dedos.

– É aí que começamos a mergulhar em águas profundas – disse. – Continue, Gerard. Este é o seu ponto.

– Como acabei de falar, Sarah King, ao examinar a sra. Boynton, não viu motivo para determinar a hora exata da morte. Disse simplesmente que a sra. Boynton estava morta "há algum tempo", mas quando no dia seguinte, por razões pessoais, querendo entender melhor, mencionei que a sra. Boynton tinha sido vista com vida pelo filho Raymond um pouco antes das seis, a srta. King, para minha surpresa, afirmou categoricamente que era impossível, e que naquela hora a sra. Boynton já devia estar morta.

Poirot franziu a testa.

– Estranho. Muito estranho. E o que o sr. Raymond Boynton diz a esse respeito?

O coronel Carbury disse de súbito:

– Ele jura que a mãe estava viva. Falou com ela: "Voltei. Espero que tenha tido uma tarde agradável", ou algo do gênero. Ela soltou um "tudo bem", e ele voltou para a tenda.

Poirot estava perplexo.

– Curioso – disse. – Muito curioso. Diga-me: estava escurecendo naquele momento?

– O sol estava se pondo.

– Estranho – repetiu Poirot. – E o senhor, dr. Gerard, quando viu o corpo?

– Só no dia seguinte. Às nove da manhã, precisamente.

– E a que horas o senhor estima que a morte ocorreu?

O francês encolheu os ombros.

– É difícil precisar. Deve haver necessariamente uma margem de várias horas. Se tivesse que prestar depoimento, só poderia dizer que a sra. Boynton estava morta há pelo menos doze horas e não mais do que dezoito. Não ajuda muito, não é?

– Prossiga, Gerard – disse o coronel Carbury. – Conte o resto.

– Quando acordei de manhã – disse o dr. Gerard –, encontrei minha seringa hipodérmica... estava atrás de uma caixa de vidros na minha mesinha de cabeceira.

Inclinou-se para frente.

– Vocês podem dizer que eu não olhei direito no dia anterior, devido ao meu estado miserável de febre e moleza, que me fazia tremer dos pés à cabeça. Podem dizer que é comum procurar e não encontrar alguma coisa que está bem na nossa cara! Mas posso garantir que a seringa *não* estava lá na véspera.

– Ainda tem outra coisa – disse Carbury.

– Sim, dois fatos muito valiosos. Havia uma marca no pulso da morta... uma marca de seringa hipodérmica. Sua filha, se posso dizer assim, explica como tendo sido causada por uma alfinetada.

Poirot inquietou-se.

– Qual filha?

– Carol.

– Sim, continue, por favor.

– E tem o último fato. Examinando minha maleta de medicamentos, percebi que meu estoque de digitoxina havia diminuído muito.

– Digitoxina – disse Poirot – é um veneno para o coração, não é?

– Sim. É obtida da *Digitalis purpurea*. Existem quatro princípios ativos: *digitalina, digitonina, digitaleína* e *digitoxina*. Desses, a *digitoxina* é considerado o veneno mais poderoso das folhas da digitalis. Segundo as experiências de Kopp, é seis vezes mais forte do que *digitalina* ou a *digitaleína*. Seu uso é permitido na França, mas não na farmacopeia britânica.

– E uma grande dose de digitoxina?

O dr. Gerard disse sério:

– Uma grande dose de digitoxina injetada de repente na circulação pode causar morte súbita por colapso cardíaco. Estima-se que a dosagem de quatro miligramas pode ser fatal para uma pessoa adulta.

– E a sra. Boynton já sofria do coração?

– Sim. Aliás, estava tomando um medicamento que continha digitalina.

– Muito interessante – disse Poirot.

– Quer dizer então – insinuou o coronel Carbury – que a morte pode ter sido causada por uma dose excessiva do seu próprio remédio?

– Sim. Mas não é só isso. De certa maneira – disse o dr. Gerard –, a digitalina pode ser considerada uma droga de efeito acumulativo. Além disso, quanto à aparência no *post-mortem*, os princípios ativos da digitalis podem destruir a vida sem deixar vestígio.

Poirot balançou a cabeça devagar.

– Sim, muito inteligente... muito inteligente. Quase impossível de provar perante um júri. Mas deixe-me dizer-lhes, senhores, que se foi assassinato, o assassino é muito esperto! A seringa recolocada no lugar, o veneno empregado, um veneno que a vítima já estava tomando... as possibilidades de um engano ou um acidente são enormes. Há um cérebro por trás disso. Há raciocínio, cuidado, talento.

Por um momento, ficou em silêncio. Depois, ergueu a cabeça.

– No entanto, uma coisa me intriga.

– O quê?

– O roubo da seringa.
– Alguém a levou – disparou o dr. Gerard.
– Levou e devolveu?
– Sim.
– Estranho – disse Poirot. – Muito estranho. Fora isso, tudo se encaixa tão bem...

O coronel Carbury olhou para ele com curiosidade.
– Qual a sua opinião como especialista? Foi assassinato ou não?

Poirot levantou a mão.
– Um momento. Ainda não chegamos a esse ponto. Ainda temos uma evidência a considerar.
– Que evidência? Já lhe contamos tudo.
– Ah, mas essa é a evidência *que eu, Hercule Poirot*, trago para vocês.

Balançou a cabeça e sorriu para os dois, atônitos.
– Sim, é engraçado! Eu, a quem vocês contam a história, apresentar-lhes um fato do qual vocês não têm conhecimento. Foi assim. No Hotel Solomon, uma noite, vou até a janela para me certificar de que estava fechada...
– Fechada... ou aberta? – perguntou Carbury.
– Fechada – disse Poirot com firmeza. – Estava aberta. Então, naturalmente, fui fechá-la. Mas antes disso, com a mão ainda no trinco, ouço uma voz, uma voz agradável, baixa e nítida, com um tremor nervoso. Digo a mim mesmo que reconhecerei se ouvi-la de novo. E o que diz a voz? *"Você entende que ela tem de ser assassinada, não entende?"* No momento, claro, não julguei que aquelas palavras se referissem a um assassinato de verdade. Imaginei que fosse um escritor ou um dramaturgo falando. Mas agora, *não tenho tanta certeza*. Ou seja, tenho certeza de que não foi nada disso.

Fez outra pausa antes de dizer:
– Senhores, uma coisa eu lhes digo: *salvo melhor juízo*, essas palavras foram ditas por um jovem que vi mais tarde na entrada no hotel e que se chamava, segundo me informaram quando perguntei, Raymond Boynton.

CAPÍTULO 3

— Raymond Boynton disse isso!

A exclamação veio do francês.
– O senhor acha pouco provável, psicologicamente falando?

Gerard discordou com a cabeça.
– Não, não diria isso. Fiquei surpreso, sim. Fiquei surpreso apenas porque Raymond Boynton é justamente o suspeito.

O coronel Carbury suspirou.

"Esse pessoal da psicologia!", parecia dizer o suspiro.

– A questão é – murmurou –, o que faremos?

Gerard deu de ombros.

– Não vejo o que possamos fazer – confessou. – A evidência não é conclusiva. Você pode saber que um assassinato foi cometido, mas será difícil prová-lo.

– Entendo – disse o coronel Carbury. – Suspeitamos que um assassinato foi cometido e ficamos sentados sem fazer nada! Não me parece uma boa ideia! – E acrescentou, como que extenuado, sua afirmação anterior: – Sou um homem organizado.

– Eu sei, eu sei – Poirot concordou de modo simpático. – O senhor gostaria de esclarecer tudo isso. Gostaria de saber exatamente como tudo aconteceu. E o dr. Gerard diz que não há nada a fazer, que a evidência não é conclusiva. É provável que seja verdade. Mas o senhor ficaria satisfeito deixando a questão assim?

– Ela não fará falta – disse Gerard, lentamente. – De qualquer forma, poderia morrer em pouco tempo... uma semana... um mês... um ano.

– Então o senhor está satisfeito? – insistiu Poirot.

Gerard continuou:

– Não há dúvida de que sua morte foi... como dizer?... benéfica para a comunidade. Trouxe liberdade para a família. Eles terão espaço para se desenvolver... todos têm, a meu ver, bom caráter e inteligência. Agora serão membros úteis de uma sociedade! A morte da sra. Boynton, em minha opinião, foi boa em todos os sentidos.

Poirot repetiu a pergunta pela terceira vez:

– Então o senhor está satisfeito?

– Não – Gerard deu um murro na mesa. – *Não* estou "satisfeito", como o senhor diz! É da minha natureza preservar a vida... não apressar a morte. Portanto, embora o meu consciente diga que a morte dessa senhora foi uma coisa boa, meu inconsciente se rebela contra isso! *Não está certo, senhores, que um ser humano morra antes de chegar a sua hora.*

Poirot sorriu. Recostou-se contente com a resposta pela qual esperara com tanta paciência.

O coronel Carbury comentou sem emoção:

– Ele não gosta de assassinatos! Está certo! Também não gosto.

Levantou-se e preparou uma boa dose de uísque com soda. Os copos de seus convidados ainda estavam cheios.

– E agora – disse, retomando o assunto – voltemos aos detalhes práticos. *O que podemos fazer?* Não gostamos disso... não! Mas talvez tenhamos que aceitar o que não dá para mudar.

Gerard inclinou-se para a frente.

– Qual a sua opinião profissional, sr. Poirot? O senhor é o especialista aqui.

Poirot levou um tempo para responder. Metódico, arrumou um ou dois cinzeiros e fez uma pequena pilha de fósforos usados. Depois disse:

– O senhor quer saber *quem matou a sra. Boynton*, não, coronel? Se é que ela *foi* assassinada e não tenha morrido de morte natural. Quer saber exatamente *como* e *quando* foi assassinada... ou seja, toda a verdade.

– Gostaria de saber, sim – retrucou Carbury, sem emoção.

Hercule Poirot disse devagar:

– Não vejo razão para que não o saiba.

O dr. Gerard parecia incrédulo e o coronel Carbury, interessado.

– Não? – disse. – Interessante. E como faremos?

– Podemos realizar uma reavaliação metódica das evidências, por um processo de raciocínio.

– Gosto da ideia – comentou o coronel Carbury.

– E um estudo das possibilidades psicológicas.

– O dr. Gerard também deve estar gostando, imagino – disse Carbury.

– E depois disso... depois de reavaliar as evidências, raciocinar e mexer nos aspectos psicológicos da trama... pronto!... o senhor acha que pode tirar um coelho da cartola?

– Ficaria muito espantado se não conseguisse – respondeu Poirot com calma.

O coronel Carbury olhou-o fixamente por cima do copo. Por um momento, aqueles olhos vagos já não eram vagos... mediam... avaliavam.

Largou o uísque com um grunhido.

– O que o senhor acha, dr. Gerard?

– Confesso que sou cético quanto ao sucesso... Sei que o sr. Poirot tem grandes poderes.

– Tenho talento, sim – disse o pequeno homem. Sorriu com modéstia.

O coronel Carbury virou a cabeça e tossiu.

Poirot explicou:

– A primeira coisa a considerar é se esse assassinato é um ato em conjunto... planejado e levado a cabo pela família Boynton... ou se é o trabalho de um só membro. Nesse último caso, devemos determinar quem é o membro mais inclinado a fazer isso.

O dr. Gerard disse:

– Temos a sua própria evidência. O principal suspeito, me parece, é Raymond Boynton.

– Concordo – disse Poirot. – As palavras que ouvi sem querer e a discrepância entre seu álibi e o da jovem médica o colocam como um dos principais suspeitos.

– Ele foi a última pessoa a ver a sra. Boynton viva, segundo ele mesmo contou. Sarah King o desmente. Diga-me, dr. Gerard, será que... como dizer?... será que não existe uma certa *ternura*, digamos, entre eles?

O francês concordou:

– Com certeza!

– Ah! É aquela jovem morena de cabelo comprido, grandes olhos castanho-claros e um jeito muito decidido?

O dr. Gerard parecia surpreso.

– Sim, exatamente.

– Acho que a vi, no Hotel Solomon. Falou com Raymond Boynton e depois ficou *planté là*, como num sonho, bloqueando a saída do elevador. Tive que pedir "licença" três vezes para ela me ouvir e sair da frente.

Permaneceu alguns momentos pensando e concluiu:

– Então, antes de mais nada, aceitaremos o depoimento médico da srta. Sarah King, com algumas reservas. – Fez uma pausa e continuou: – Diga-me, dr. Gerard, o senhor acha que Raymond Boynton é de temperamento que o levasse a cometer um assassinato?

Gerard respondeu lentamente:

– O senhor quer dizer um assassinato planejado? Sim, acho que seria possível... mas somente sob condições de grande tensão emocional.

– E essas condições existiam?

– Sim. Essa viagem para o exterior sem dúvida aumentou a tensão nervosa e mental de todas aquelas pessoas. O contraste entre a vida deles e a vida dos companheiros de viagem tornou-se mais evidente. E no caso de Raymond Boynton...

– Sim?

– Havia uma complicação extra por conta da forte atração pela srta. King.

– Isso lhe daria um motivo adicional? E um estímulo a mais?

– Exato.

O coronel Carbury tossiu.

– Gostaria de chamar a atenção para um ponto. A frase que o senhor ouviu, "*Você entende que ela tem de ser assassinada, não entende?*" foi dita para alguém.

– Uma boa questão – disse Poirot. – Não me esqueci disso. Sim, com quem Raymond Boynton estava falando? Sem dúvida, com um membro da família. Mas quem? Poderia nos falar, doutor, sobre a condição mental dos outros membros da família?

Gerard respondeu prontamente:

– Carol Boynton achava-se, diria eu, no mesmo estado de Raymond, um estado de rebelião acompanhado de grande agitação, mas que no caso dela não se complicava pela introdução do fator sexo. Lennox Boynton já havia passado do estágio de revolta. Estava afundado na apatia. Tinha dificuldade de se concentrar, creio eu. Sua forma de reagir ao mundo foi fechar-se cada vez mais em si mesmo. Uma pessoa introvertida.

– E sua mulher?

– A mulher, apesar de cansada e infeliz, não demonstrava sinais de conflito mental. Estava, creio, hesitante, à beira de tomar uma decisão.

– Que decisão?

– Deixar ou não o marido.

Repetiu a conversa que tivera com Jefferson Cope. Poirot concordou com a cabeça.

– E a menina mais nova... chama-se Ginevra, não?

O rosto do francês ficou sério.

– Eu diria que ela está num estado mental extremamente perigoso. Já começou a demonstrar sintomas de esquizofrenia. Incapaz de suportar a frustração da vida, está fugindo para um reino de fantasia. Tem mania de perseguição, ou seja, afirma que é da realeza e que corre perigo, que está cercada de inimigos... essas coisas!

– E isso é perigoso?

– Muito. É o começo do que chamamos de "mania homicida". O doente mata, não pelo desejo de matar, mas como *autodefesa*. Mata para não ser morto. Do ponto de vista dele, é perfeitamente lógico.

– Então o senhor acha que Ginevra Boynton pode ter matado a mãe?

– Sim, mas duvido que tivesse a capacidade de cometer o assassinato da forma como foi feito. A astúcia nesse tipo de mania em geral é muito simples e óbvia. Tenho quase certeza de que ela teria escolhido um método mais impressionante.

– Mas ela pode ser considerada *suspeita*? – insistiu Poirot.

– Sim – respondeu Gerard. – E depois... quando ocorreu o crime? *Acredita que o resto da família saiba quem é o assassino ou assassina?*

– Eles sabem! – exclamou o coronel Carbury inesperadamente. – Reconheço quando um grupo de pessoas está escondendo alguma coisa! Eles estão escondendo algo, sim, com certeza.

– Faremos eles nos contarem o que é – disse Poirot.

– Por meio de investigação? – perguntou o coronel Carbury.

– Não – respondeu Poirot. – Apenas conversa comum. De um modo geral, as pessoas contam a verdade. Porque é mais fácil! Porque força menos a capacidade inventiva! Você pode dizer uma mentira, duas, três, ou até quatro... *mas não dá para mentir o tempo todo.* Em algum momento, a verdade acaba aparecendo.

– Tem razão – concordou Carbury.

Depois perguntou diretamente:

– O senhor falará com eles, não? Isso significa que deseja assumir o caso.

Poirot abaixou a cabeça.

– Sejamos bem claros – disse. – O que vocês pedem e eu me proponho a oferecer é a verdade. Mas não se esqueçam: mesmo que tenhamos a verdade, talvez não haja *provas*. Ou seja, provas que possam ser aceitas legalmente. Entendem?

– Claro – disse Carbury. – Depois que o senhor tiver descoberto o que de fato aconteceu, caberá a mim decidir se é possível agir ou não, levando em conta as relações internacionais. De qualquer forma, o caso será esclarecido, sem confusão. Não gosto de confusão.

Poirot sorriu.

– Mais uma coisa – disse Carbury. – Não temos muito tempo. Não posso deter essas pessoas aqui indefinidamente.

Poirot afirmou, tranquilo:

– Detenha-os por 24 horas. Amanhã à noite terá a verdade.

O coronel Carbury fitou-o.

– O senhor está muito confiante, não? – perguntou.

– Conheço minhas habilidades – murmurou Poirot.

Sentindo-se desconfortável com essa atitude pouco britânica, o coronel Carbury desviou o olhar e cofiou o bigode desalinhado.

– Bem – disse –, o senhor é quem sabe.

– Se conseguir, meu amigo – disse o dr. Gerard –, o senhor é realmente espetacular!

CAPÍTULO 4

Sarah King olhou longa e curiosamente para Hercule Poirot. Observou a cabeça ovalada, os bigodes enormes, a aparência de dândi e o pretume suspeito do cabelo. Uma dúvida passou por seus olhos.

– Bem, mademoiselle, está satisfeita?

Sarah corou ao encontrar o brilho irônico de seu olhar.
— O que disse? — perguntou meio sem graça.
— Para usar uma expressão que aprendi recentemente, a senhorita me examinou "dos pés à cabeça", não?
Sarah sorriu.
— De qualquer forma, pode fazer o mesmo comigo — disse.
— Com certeza. Já fiz.
Sarah voltou a fitá-lo. Havia algo de impressionante no tom de sua voz. Mas como Poirot mexia complacentemente no bigode, ela pensou (pela segunda vez): "Esse homem é um charlatão".
Readquirindo a autoconfiança, sentou-se melhor e disse:
— Acho que não estou entendendo direito o objetivo desta entrevista.
— O querido dr. Gerard não explicou?
Sarah franziu a testa e confessou:
— Não entendo o dr. Gerard. Ele parece achar...
— Há algo de podre no reino da Dinamarca — citou Poirot. — Viu, conheço o Shakespeare de vocês.
— Por que toda essa confusão? — indagou, ignorando a citação de Shakespeare.
— *Eh bien*, queremos saber a verdade sobre esse caso, não queremos?
— Está falando da morte da sra. Boynton?
— Sim.
— Não é fazer tempestade num copo d'água? O senhor, sem dúvida, é um especialista, sr. Poirot. É natural que...
Poirot completou a frase:
— ...que eu suspeite que haja um crime sempre que houver uma boa desculpa para isso, não?
— Bem... sim... talvez.
— A senhorita não tem dúvidas a respeito da morte da sra. Boynton?
Sarah deu de ombros.
— Na verdade. sr. Poirot, se o senhor estivesse em Petra, entenderia que a viagem foi um pouco cansativa para uma velha com problemas cardíacos.
— Parece-lhe, então, um assunto resolvido?
— Sim. Não entendo a atitude do dr. Gerard. Ele nem tomou conhecimento de nada do que aconteceu. Estava com febre. Eu não contestaria seu conhecimento médico, naturalmente... mas nesse caso ele não estava envolvido. Imagino que possam mandar fazer uma autópsia se quiserem... se não estiverem satisfeitos com o meu veredito.
Poirot fez silêncio por um momento e depois disse:

– Existe um fato, srta. King, que a senhorita ainda não sabe. O dr. Gerard não lhe contou.

– Que fato? – indagou Sarah.

– Um remédio, digitoxina, desapareceu da maleta de viagem dele.

– Oh! – Sarah considerou imediatamente a inclusão desse novo aspecto no caso, mas levantou logo uma questão.

– O dr. Gerard tem certeza disso?

Poirot encolheu os ombros.

– Um médico, como deve saber, mademoiselle, é normalmente muito cuidadoso ao fazer essas afirmações.

– Claro. Isso é óbvio. Mas o dr. Gerard estava com malária.

– É verdade.

– Ele tem alguma ideia de quando a digitoxina foi roubada?

– Ele teve oportunidade de verificar o conteúdo de sua maleta na noite em que chegou a Petra. Precisava de fenacetina, para a dor de cabeça. Quando recolocou a fenacetina no lugar na manhã seguinte e fechou a maleta, tinha quase certeza de que todos os remédios estavam ali.

– Quase... – disse Sarah.

Poirot deu de ombros.

– Sim, existe uma dúvida! A dúvida que qualquer homem honesto teria.

Sarah concordou.

– Eu sei. Sempre desconfiamos de quem tem certeza *absoluta*. Mas, de qualquer maneira, sr. Poirot, a evidência é insuficiente. Acho...

Fez uma pausa. Poirot continuou a frase:

– ...que é imprudente uma investigação da minha parte!

Sarah olhou-o diretamente no rosto.

– Para ser sincera, sim. Tem certeza, sr. Poirot, que este não é um caso de ter prazer pelo sofrimento alheio?

Poirot sorriu.

– A vida privada de uma família conturbada para que Hercule Poirot possa se divertir um pouco brincando de detetive?

– Não queria ofendê-lo, mas não é um pouco isso?

– A senhorita, então, está do lado da *famille* Boynton?

– Acho que sim. Eles já sofreram muito. Não deviam sofrer mais.

– E *la maman* era desagradável, tirânica, decididamente melhor morta do que viva. Isso também é verdade?

– Colocando a questão dessa maneira... – Sarah fez uma pausa, enrubesceu e prosseguiu: – Não devemos levar isso em consideração.

– Mas levamos! Quer dizer, *a senhorita*, não eu! Para mim, dá no mesmo. A vítima pode ser um dos santos do Senhor... ou, ao contrário, um

monstro da maldade. Não faz diferença. O fato é o mesmo. Uma vida... roubada! Digo sempre: sou contra homicídios.
– Homicídio? – Sarah prendeu a respiração. – Mas que prova existe disso? A menos conclusiva possível! Nem o dr. Gerard pode ter certeza!
Poirot disse com calma:
– Mas existe outra evidência, mademoiselle.
– Que evidência? – perguntou Sarah, numa voz aguda.
– *A marca de uma picada de agulha hipodérmica no pulso da mulher morta.* E mais: *algumas palavras que ouvi sem querer em Jerusalém,* numa noite clara e tranquila, quando fui fechar a janela do meu quarto. Quer saber que palavras eram essas, srta. King? Ouvi o sr. Raymond Boynton dizer: *"Você entende que ela tem de ser assassinada, não entende?"*
Poirot viu o rosto de Sarah empalidecer na hora.
– *O senhor ouviu isso?* – perguntou ela.
– Sim.
A jovem ficou olhando fixamente para a frente. Depois disse:
– Logo o senhor!
Ele concordou.
– Pois é, logo eu. Essas coisas acontecem. Entende agora por que me parece necessário investigar?
Sarah disse, de modo tranquilo:
– Tem razão.
– Ah! E a senhorita vai me ajudar?
– Sem dúvida.
O tom de voz era casual, sem emoção. Seus olhos frios encontraram os dele.
Poirot abaixou a cabeça.
– Obrigado, mademoiselle. Queria lhe pedir agora que me contasse, com suas próprias palavras, exatamente o que se lembra daquele dia.
Sarah ficou pensativa por um tempo.
– Deixe-me ver. Saí para uma excursão de manhã. Nenhum dos Boynton veio conosco. Vi-os na hora do almoço. Estavam terminando quando chegamos. A sra. Boynton pareceu-me especialmente de bom humor.
– Ela não era muito simpática normalmente, certo?
– Nem um pouco – disse Sarah com uma ligeira careta.
Depois, descreveu como a sra. Boynton dispensara a companhia da família.
– Isso também foi fora do comum?
– Sim. Em geral, mantinha todos à sua volta.

— Acha que talvez tenha sentido um remorso repentino, que tenha tido o que se chama *un bon moment*?

— Não — respondeu Sarah, bem direta.

— O que acha, então?

— Fiquei intrigada. Parecia-me algo do tipo gato e rato.

— Poderia explicar melhor, mademoiselle?

— Um gato gosta de deixar o rato fugir, para depois apanhá-lo de volta. A sra. Boynton tinha esse tipo de mentalidade. Achei que estivesse tramando alguma nova maldade.

— O que aconteceu depois?

— Os Boynton saíram...

— Todos?

— Não, a filha mais nova, Ginevra, ficou. Tinha recebido ordem de descansar.

— E era o que ela queria?

— Não. Mas isso não importava. Ela fazia o que lhe diziam para fazer. Os outros partiram. O dr. Gerard e eu fomos juntos...

— A que horas foi isso?

— Às três e meia, mais ou menos.

— Onde a sra. Boynton estava nesse momento?

— Nadine, a jovem sra. Boynton, a colocara em sua cadeira, fora da caverna.

— Sei.

— Quando chegamos a uma curva do caminho, o dr. Gerard e eu alcançamos os outros. Caminhamos juntos a partir desse ponto. Um pouco depois, o dr. Gerard resolveu voltar ao hotel. Sentia-se estranho há algum tempo. Vi que tinha febre. Quis voltar com ele, mas ele não deixou.

— A que horas foi isso?

— Às quatro, mais ou menos.

— E o resto do grupo?

— Continuamos.

— Estavam todos juntos?

— No início, sim. Depois nos dividimos. — Sarah emendou depressa, como prevendo a próxima pergunta: — Nadine Boynton e o sr. Cope foram por um lado, Carol, Lennox, Raymond e eu fomos por outro.

— E continuaram assim?

— Na verdade, não. Raymond Boynton e eu nos separamos dos outros. Sentamo-nos numa pedra e admiramos a imensidão da paisagem. Depois ele foi embora, e fiquei lá mais um tempo. Eram mais ou menos cinco e meia quando olhei o relógio e achei melhor voltar. Cheguei ao acampamento às seis horas. O sol estava se pondo.

– A senhorita passou pela sra. Boynton no caminho?

– Reparei que ela ainda estava em sua cadeira, quieta.

– Não achou estranho... que ela não se mexesse?

– Não, porque já a tinha visto sentada da mesma maneira na noite anterior quando chegamos.

– Entendi. *Continuez.*

– Fui para a tenda principal. Estavam todos lá, menos o dr. Gerard. Tomei um banho e voltei. Trouxeram o jantar, e um dos empregados foi chamar a sra. Boynton. Voltou correndo para dizer que ela estava doente. Fui lá depressa. A sra. Boynton estava sentada na sua cadeira, exatamente como antes, mas assim que a toquei vi que estava morta.

– A senhorita não teve dúvida quanto ao fato de sua morte ter sido natural?

– Não, nenhuma. Eu sabia que ela tinha problemas cardíacos, apesar de nenhuma doença específica ter sido mencionada.

– Simplesmente achou que havia morrido sentada em sua cadeira?

– Sim.

– Sem pedir ajuda?

– Sim. Às vezes acontece assim. Talvez tivesse morrido enquanto dormia. Parecia isso. De qualquer forma, todo mundo no acampamento dormiu grande parte da tarde. Ninguém teria ouvido seu chamado, a não ser que ela gritasse muito alto.

– Tem alguma ideia do tempo em que já estaria morta?

– Bem, na hora não pensei muito nisso. Estava morta há um bom tempo, com certeza.

– O que chama "um bom tempo"? – perguntou Poirot.

– Bem... mais de uma hora. E pode ter sido muito mais. A refração de calor da rocha poderia ter evitado que seu corpo esfriasse rápido.

– Mais de uma hora? A senhorita sabe que Raymond Boynton falou com ela pouco mais de meia hora antes, e que ela então estava viva e bem-disposta?

Os olhos de Sarah desviaram-se dos olhos de Poirot. Sarah balançou a cabeça.

– Ele pode ter se enganado. Deve ter sido mais cedo.

– Não, mademoiselle, não foi.

Fitou-o. Ele notou mais uma vez a linha firme de sua boca.

– Bem – disse Sarah –, sou jovem e não tenho muita experiência em relação a cadáveres... mas sei o suficiente para ter certeza de uma coisa:

a sra. Boynton estava morta há *pelo menos* uma hora quando examinei o corpo!

– Essa – disse Hercule Poirot inesperadamente – é a sua versão, e você vai mantê-la! Poderia explicar *por que* o sr. Boynton diria que sua mãe estava viva, quando na verdade já estava morta?

– Não faço a mínima ideia – disse Sarah. – São todos muito vagos em relação a horário! Uma família muito nervosa.

– Quantas vezes você falou com eles?

Sarah fez silêncio por um momento, franzindo a testa.

– Posso lhe dizer exatamente – afirmou. – Conversei com Raymond Boynton no corredor do trem a caminho de Jerusalém. Tive duas conversas com Carol Boynton, uma na Mesquita de Omar e uma naquela mesma noite, mais tarde, no meu quarto. Tive uma conversa com o sr. Lennox Boynton na manhã seguinte. Foi isso, até o dia da morte da sra. Boynton, quando todos saímos juntos.

– A senhorita chegou a conversar com a sra. Boynton?

Sarah corou, meio sem jeito.

– Sim. Troquei algumas palavras com ela no dia em que foi embora de Jerusalém. – Fez uma pausa e depois soltou: – Na verdade, fiz papel de tola.

– Hã?

A interrogação fora tão enfática que, mesmo contra a vontade, Sarah teve de explicar o que acontecera.

Poirot parecia interessado e interrogou-a detalhadamente.

– A mentalidade da sra. Boynton é muito importante nesse caso – disse. – E a senhorita é uma pessoa de fora, uma observadora imparcial. Por isso sua opinião sobre ela é tão importante.

Sarah não respondeu. Sentia-se sem graça quando pensava naquele encontro.

– Obrigado, mademoiselle – disse Poirot. – Vou conversar agora com as outras testemunhas.

Sarah levantou-se.

– Desculpe-me, sr. Poirot, mas gostaria de dar uma sugestão...

– Claro, claro.

– Por que não adiar tudo isso até a autópsia, que comprovará se suas suspeitas se justificam ou não? De outro modo, me parece que estamos colocando a carroça na frente dos bois.

Poirot fez um gesto grandiloquente com a mão.

– Este é o método de Hercule Poirot – declarou.

Apertando os lábios, Sarah deixou a sala.

CAPÍTULO 5

Lady Westholme entrou na sala com a segurança de um transatlântico ancorando.

A srta. Amabel Pierce, como uma embarcação qualquer seguindo outra mais importante, sentou-se numa cadeira mais recuada.

– Certamente, sr. Poirot – disse lady Westholme. – Ficarei feliz de ajudar no que puder. Sempre considerei que em tais casos temos um dever público a ser cumprido...

Quando o dever público de lady Westholme abriu espaço, Poirot foi hábil o suficiente para lhe fazer a primeira pergunta.

– Lembro-me em detalhes do que aconteceu naquela tarde – respondeu lady Westholme. – A srta. Pierce e eu faremos tudo para ajudá-lo.

– Claro – suspirou a srta. Pierce, extasiada. – Tão trágico, não? Morrer... assim... num piscar de olhos!

– Podem me contar exatamente o que aconteceu na tarde em questão?

– Certamente – disse lady Westholme. – Depois de almoçar, resolvi tirar uma sesta. A excursão da manhã tinha sido meio fatigante. Não que eu me sentisse de fato cansada... raramente me canso. Não sei o que é fadiga. É tão comum na vida pública...

De novo, ouviu-se um murmúrio de compreensão de Poirot.

– Como dizia, propus uma sesta. A srta. Pierce concordou comigo.

– Ah, sim – suspirou a srta. Pierce. – E eu estava *terrivelmente* cansada depois da excursão. Uma subida tão *perigosa*... e, embora interessante, *muito* cansativa. Não sou *tão* forte quanto lady Westholme.

– A fadiga – disse lady Westholme – pode ser superada como qualquer outra coisa. Faço questão de nunca me render às imposições do corpo.

Poirot perguntou:

– Depois do almoço, então, as senhoras foram para suas tendas?

– Sim.

– A sra. Boynton estava sentada na entrada da caverna nesse momento?

– Sua nora ajudou-a antes de retirar-se.

– As duas conseguiram vê-la?

– Sim – respondeu a srta. Pierce. – Ela estava em frente... apenas um pouco acima.

Lady Westholme explicou melhor.

– As cavernas se abriam para uma rampa. Embaixo, havia algumas tendas. Há um pequeno riacho, e do outro lado, a tenda principal e outras tendas. A srta. Pierce e eu estávamos em tendas perto da principal. Ela estava no lado direito e eu no lado esquerdo. A abertura de nossas tendas dava para a rampa, mas, claro, um pouco distante dela.

– A uns duzentos metros?
– É possível.
– Tenho uma planta aqui – disse Poirot – elaborada com a ajuda do guia, Mahmoud.

Lady Westholme observou logo que, então, a planta deveria estar errada!
– Esse sujeito é muito impreciso. Comparei as informações dele com o meu guia de viagens, e muitas vezes os dados não batiam.

– De acordo com a minha planta – disse Poirot –, a tenda seguinte à da sra. Boynton era ocupada por seu filho, Lennox, com a mulher. Raymond, Carol e Ginevra Boynton tinham tendas logo abaixo, mas um pouco mais para a direita... aliás, quase do lado oposto. À direita de Ginevra, ficava a tenda do dr. Gerard, e novamente ao lado desta, a tenda da srta. King. Do outro lado do riacho, perto da tenda principal à esquerda, estavam a sua tenda e a tenda do sr. Cope. A tenda da srta. Pierce, como foi dito, ficava do lado direito da tenda principal. Certo?

Lady Westholme teve que admitir, a contragosto, que sim.
– Obrigado. Está tudo claro. Por favor, continue, lady Westholme.
Lady Westholme sorriu com simpatia e continuou:
– Às quinze para as quatro, mais ou menos, fui até a tenda da srta. Pierce para ver se ela estava acordada e se queria dar uma volta. Ela estava na entrada da tenda, lendo. Combinamos de sair meia hora depois, quando o sol já estivesse mais fraco. Voltei para a minha tenda e li por uns 25 minutos. Depois fui me encontrar com a srta. Pierce. Ela já estava pronta, e saímos logo. Todos dormiam no acampamento... não havia ninguém por perto. Ao ver a sra. Boynton sentada lá sozinha, sugeri à srta. Pierce que fôssemos lhe perguntar se ela estava precisando de alguma coisa antes de partir.

– É verdade. Achei *muito* cuidadoso da sua parte – comentou a srta. Pierce.

– Senti que era meu dever – disse lady Westholme, com grande complacência.

– E ela foi tão grosseira conosco! – exclamou a srta. Pierce.
Poirot olhou-a com curiosidade.

– Nosso caminho passa por onde ela estava – explicou lady Westholme – e chamei-a, dizendo que íamos dar uma volta. Perguntei se precisava de alguma coisa. Sabe, sr. Poirot, a única resposta que tivemos foi um *grunhido*! Um grunhido! Ela olhou-nos como se estivéssemos sujas!

– Foi muito desagradável! – comentou a srta. Pierce, enrubescendo.

– Devo confessar – continuou lady Westholme, corando também – que fiz um comentário um pouco maldoso no momento.

– Fez muito bem – apoiou a srta. Pierce. – *Muito*... naquele contexto.

– Qual foi o comentário? – indagou Poirot.

– Comentei com a srta. Pierce que talvez ela estivesse *bêbada*! Ela estava *realmente* muito estranha. Como sempre, na verdade. Achei que pudesse ser por causa de bebida. Conheço bem os malefícios do vício do álcool...

Habilmente, Poirot desviou a conversa do tema bebida.

– Ela estava especialmente estranha naquele dia? Na hora do almoço, por exemplo?

– Não – respondeu lady Westholme, lembrando. – Não. Diria que seus modos eram quase normais... para uma americana daquele tipo, veja bem – acrescentou de maneira condescendente.

– Maltratou o empregado – disse a srta. Pierce.

– Qual deles?

– Um pouco antes de sairmos.

– Ah, sim! Agora estou me lembrando. Ela parecia *realmente* irritada com o rapaz! Claro – continuou lady Westholme –, ter empregados que não falam inglês é irritante mesmo, mas quando estamos viajando temos que abrir mão de algumas coisas.

– Qual era o empregado?

– Um dos beduínos contratados para o acampamento. Foi falar com ela... acho que ela deve ter pedido algo e ele trouxe a coisa errada... não sei direito o que era... mas ela ficou muito zangada. O pobre coitado saiu correndo o mais rápido que pôde. A velha levantou a bengala e gritou com ele.

– O que ela gritou?

– Estávamos muito longe para ouvir. Eu, pelo menos, não consegui ouvir muito bem. Você conseguiu, srta. Pierce?

– Não. Acho que ela queria que ele pegasse alguma coisa na tenda de sua filha mais nova... ou talvez ela estivesse irritada por ele ter ido até a tenda da menina... não sei ao certo.

– Como ele era?

A srta. Pierce, a quem a pergunta era dirigida, sacudiu a cabeça vagamente.

– Não sei dizer. Ele estava muito afastado. E todos esses árabes são muito parecidos.

– Era um homem de altura acima da média – disse lady Westholme – e usava aquele turbante típico dos nativos. Estava com a roupa bastante surrada, as calças remendadas, caneleiras sujas... um horror! Esses homens precisam de *disciplina*!

– A senhora conseguiria distingui-lo entre os empregados do acampamento?

– Acho que não. Não vimos seu rosto... Estávamos muito distantes. E, como a srta. Pierce disse, todos esses árabes se parecem.

– Fiquei pensando aqui – disse Poirot –, o que teria irritado tanto a sra. Boynton?

– Eles são muito irritantes mesmo, às vezes – disse lady Westholme. – Um deles levou meus sapatos, embora eu tivesse lhe explicado, com gestos, que eu mesma preferia limpá-los.

– Faço sempre isso também – comentou Poirot, distraído por um momento do interrogatório. – Levo para todos os lugares meu material de engraxar sapatos. E um paninho.

– Eu também – lady Westholme pareceu mais humana.

– Porque esses árabes não tiram a poeira das coisas...

– Nunca! Precisamos limpar nossas coisas três, quatro vezes por dia...

– Mas vale a pena.

– Sim. Não SUPORTO sujeira!

Lady Westholme parecia concordar com extrema convicção. Acrescentou com ênfase:

– As moscas nos bazares... que horror!

– Bem – disse Poirot, com ar de ligeira culpa. – Logo perguntaremos a esse sujeito o que foi que irritou tanto a sra. Boynton. Mas continue com a sua história.

– Saímos andando devagar – contou lady Westholme. – E encontramos o dr. Gerard. Caminhava com dificuldade e parecia muito doente. Vi logo que estava com febre.

– O coitado tremia – acrescentou a srta. Pierce. – Tremia todo.

– Percebi que ele estava com malária – disse lady Westholme. – Ofereci-me para voltar com ele e dar-lhe quinino, mas ele me disse que tinha seu próprio estoque.

– Coitado – disse a srta. Pierce. – Acho tão apavorante ver um médico doente. Parece errado.

– Fomos passear – prosseguiu lady Westholme. – Depois, nos sentamos numa pedra.

A srta. Pierce disse em voz baixa:

– Também... estávamos exaustas da excursão da manhã... a subida...

– Nunca me canso – afirmou lady Westholme. – Mas na verdade não havia por que seguir em frente. Tínhamos uma vista linda da paisagem dali.

– Estavam fora da vista do acampamento?

– Não, estávamos viradas para ele.

– Tão romântico – murmurou a srta. Pierce. – O acampamento no meio de uma imensidão de rochas vermelhas.

Suspirou e balançou a cabeça.

— Esse acampamento poderia ser muito melhor administrado — disse lady Westholme, com as grandes narinas dilatadas. — Vou dizer isso à Castle. Acho que a água que bebemos não é fervida nem filtrada. Deveria ser. Vou chamar a atenção para isso.

Poirot tossiu e desviou a conversa do tema água potável.

— As senhoras viram outros membros do grupo? — perguntou.

— Sim. O filho mais velho da sra. Boynton e sua mulher passaram por nós quando voltavam para o acampamento.

— Estavam juntos?

— Não, o sr. Boynton ia na frente. Parecia ligeiramente tonto, como que sofrendo de insolação.

— A parte de trás do pescoço — comentou a srta. Pierce. — *Precisamos* proteger a parte de trás do pescoço! Eu sempre uso um lenço de seda grosso.

— O que o sr. Lennox Boynton fez quando voltou ao acampamento? — indagou Poirot.

Pela primeira vez, a srta. Pierce conseguiu responder antes de lady Westholme.

— Foi direto falar com a mãe, mas não ficou muito tempo com ela.

— Quanto tempo?

— Um ou dois minutos.

— Diria que não passou de um minuto — disse lady Westholme. — Depois foi para sua caverna e finalmente desceu para a tenda principal.

— E a mulher?

— Apareceu uns quinze minutos depois. Parou um pouco para falar conosco... de maneira muito educada.

— Ela é muito simpática — comentou a srta. Pierce. — Muito legal mesmo.

— Não é tão insuportável quanto o resto da família — concordou lady Westholme.

— Viram-na voltar ao acampamento?

— Sim. Ela subiu para falar com a sogra. Depois, entrou em sua caverna, pegou uma cadeira e ficou conversando sentada ao lado dela... uns dez minutos, eu diria.

— E depois?

— Depois, levou a cadeira de volta para a caverna e desceu para a tenda principal, onde estava o marido.

— E então?

— Aquele americano muito peculiar apareceu — contou lady Westholme. — Cope, acho que se chama. Contou-nos que havia um belo exemplo de arquitetura antiga pouco adiante, no vale. Disse que não podíamos perder. Fomos até lá. O sr. Cope tinha um artigo muito interessante sobre Petra e os nabateus.

– Foi tudo *muito* instigante – declarou a srta. Pierce.

Lady Westholme continuou:

– Já eram vinte para as seis quando voltamos ao acampamento. Estava ficando frio.

– A sra. Boynton ainda estava sentada no mesmo lugar?

– Sim.

– Falaram com ela?

– Não. Para falar a verdade, mal notei sua presença.

– E o que fizeram depois?

– Fui para a minha tenda, troquei de sapato e peguei meu pacote de chá da China. Depois, fui até a tenda principal. O guia estava lá, e lhe pedi que preparasse um chá para mim e para a srta. Pierce, mas que prestasse atenção e deixasse a água ferver bem. Ele nos avisou que o jantar estaria pronto em meia hora... os empregados estavam colocando a mesa nesse momento... Eu disse que não tinha problema.

– *Eu* sempre digo que uma xícara de chá faz *toda* a diferença – comentou a srta. Pierce.

– Havia mais alguém lá?

– Sim. O sr. Lennox Boynton e a esposa estavam num canto, lendo. E Carol Boynton também estava.

– E o sr. Cope?

– Veio tomar chá conosco – contou a srta. Pierce. – Apesar de dizer que tomar chá não era um hábito americano.

Lady Westholme tossiu.

– Fiquei com receio de que o sr. Cope se tornasse inoportuno... que grudasse em mim. É difícil manter as pessoas à distância numa viagem. Os americanos são meio ousados, sem muito tato às vezes.

Poirot disse em tom gentil:

– Tenho certeza, lady Westholme, de que a senhora sabe lidar muito bem com esse tipo de situação. Quando os companheiros de viagem deixam de interessá-la, estou certo de que a senhora consegue se desvencilhar deles.

– Acho que sou capaz de lidar com a maior parte das situações – admitiu lady Westholme.

Poirot olhava-a fixo, com brilho nos olhos.

– Poderia concluir o relato dos acontecimentos do dia? – pediu.

– É claro. Até onde me lembro, Raymond e a menina ruiva chegaram um pouco depois. A srta. King foi a última a aparecer. O jantar estava pronto para ser servido. Um dos empregados recebeu ordens de avisar a sra. Boynton. O sujeito voltou correndo com um de seus amigos em estado de grande agitação e falou em árabe com o guia. Deu para entender, pelo que ele dizia, que a sra. Boynton estava doente. A srta. King ofereceu-se para acompanhar o guia e logo voltou com a notícia da morte da sra. Boynton.

– Falou de uma maneira muito abrupta – acrescentou a srta. Pierce. – Apenas anunciou o fato. Acho que deveria ter sido de uma forma mais gradual.

– E como a família recebeu a notícia?

Pela primeira vez, lady Westholme e a srta. Pierce pareceram um pouco perdidas. Por fim, lady Westholme falou, sem a habitual segurança na voz:

– Bem... é difícil dizer. Ficaram calados.

– Chocados – disse a srta. Pierce.

Falou essa palavra mais como opinião do que como fato.

– Todos acompanharam a srta. King – contou lady Westholme. – A srta. Pierce e eu, muito sensatamente, ficamos onde estávamos.

Um certo olhar de constrangimento fez-se notar no rosto da srta. Pierce nesse momento.

– Detesto curiosidade vulgar! – continuou lady Westholme.

O olhar contrafeito acentuou-se. Era claro que não concordava com aquela história de curiosidade vulgar!

– Mais tarde – concluiu lady Westholme –, o guia e a srta. King voltaram. Sugeri que o jantar fosse servido imediatamente para nós quatro, de modo que a família Boynton pudesse jantar depois sem o constrangimento da presença de estranhos. Minha sugestão foi aceita e logo após o jantar me retirei para a minha tenda. A srta. King e a srta. Pierce fizeram o mesmo. O sr. Cope, creio, permaneceu lá, já que era amigo da família e julgou que pudesse ajudá-los. Isso é tudo que sei, sr. Poirot.

– Quando a srta. King deu a notícia, *toda* a família Boynton a acompanhou?

– Sim... não. Agora que o senhor falou, acho que a menina, a ruiva, ficou. Talvez a srta. Pierce se lembre melhor.

– Sim, acho que foi isso mesmo. Tenho quase certeza.

Poirot perguntou:

– E o que ela ficou fazendo?

Lady Westholme fitou-o.

– O que ela *ficou fazendo*, sr. Poirot? Nada, pelo que eu me lembro.

– Digo, ela ficou costurando, lendo, parecia aflita, disse alguma coisa?

– Bem, na verdade... – lady Westholme franziu a testa. – Ficou lá sentada, sem fazer nada, pelo que me lembro.

– Ficou mexendo os dedos – disse a srta. Pierce de repente. – Lembro que reparei... coitada, pensei, isso mostra o que ela está sentindo! O *rosto* não revelava nada... mas as mãos estavam muito inquietas.

— Uma vez — continuou a srta. Pierce em tom de conversa — lembro-me de rasgar uma nota de uma libra assim, sem reparar no que eu estava fazendo. "Devo pegar o primeiro trem e visitá-la?", pensei sobre uma tia-avó minha, que ficou doente de repente. "Ou não?" Não sabia o que fazer, olhei para baixo e vi que, em vez do telegrama, estava rasgando uma nota de uma libra... *uma nota de uma libra*... em pedacinhos!

Fez uma pausa dramática.

Contrariada com essa tentativa de atrair os holofotes por parte de sua companheira, lady Westholme perguntou friamente:

— Mais alguma coisa, sr. Poirot?

Poirot pareceu voltar a si de repente.

— Nada... nada... as senhoras foram muito claras... muito precisas.

— Tenho uma memória excelente — disse lady Westholme com satisfação.

— Um último pedido, lady Westholme — disse Poirot. — Por favor, continue sentada onde está, sem virar. Agora, poderia descrever o que a srta. Pierce está usando hoje? Claro, se a srta. Pierce concordar.

— Claro que concordo! — exclamou a srta. Pierce.

— Francamente, sr. Poirot, qual o *objetivo*...

— Faça o que lhe pedi, por favor.

Lady Westholme encolheu os ombros e depois disse, meio a contragosto:

— A srta. Pierce está usando um vestido de algodão listrado branco e marrom e um cinto sudanês de couro vermelho, azul e bege. Está usando meias de seda bege, e sapatos marrons. Tem um ponto perdido na meia esquerda. Está usando um colar de cornalina e um de contas azuis... e um broche com uma borboleta de pérola. Usa também um anel de imitação no terceiro dedo da mão direita. Na cabeça, um chapéu de feltro rosa e marrom.

Fez uma pausa, uma pausa de serena competência.

— Mais alguma coisa? — perguntou secamente.

Poirot abriu as mãos num gesto largo.

— A senhora tem toda a minha admiração, madame. Seu poder de observação é dos melhores.

— Detalhes raramente me escapam.

Lady Westholme levantou-se, inclinou ligeiramente a cabeça e saiu da sala. Quando a srta. Pierce ia segui-la, Poirot disse:

— Um momento, por favor, mademoiselle.

— Sim? — a srta. Pierce ergueu os olhos, um pouco apreensiva.

Poirot inclinou-se para frente, para falar em tom confidencial.

— A senhorita está vendo esse ramo de flores na mesa?

— Sim — respondeu a srta. Pierce, olhando.

— E reparou que quando a senhorita entrou na sala eu espirrei uma ou duas vezes?
— Sim, e daí?
— Viu se eu tinha cheirado as flores?
— Bem, não me lembro.
— Mas se lembra que eu espirrei?
— Sim, *disso* eu me lembro!
— Tudo bem. Fiquei me perguntando se essas flores poderiam ter me provocado alergia. Não importa.
— Alergia? — exclamou a srta. Pierce. — Lembro-me de uma prima que era uma verdadeira *mártir* da alergia! Ela sempre dizia que se usasse um spray diário com uma solução de borato de sódio...

Com certa dificuldade, Poirot conseguiu arquivar os tratamentos nasais da prima da srta. Pierce. Fechou a porta e voltou para o quarto com a testa franzida.

— Mas eu não espirrei — murmurou. — Não espirrei.

CAPÍTULO 6

Lennox Boynton entrou com o passo decidido. Se o dr. Gerard estivesse presente, ficaria surpreso com a mudança naquele homem. A apatia desapareceu. Estava alerta, embora visivelmente nervoso. Seus olhos vagavam rapidamente por toda a sala.

— Bom dia, sr. Boynton — Poirot levantou-se e fez uma mesura. Lennox respondeu meio sem jeito. — Agradeço muito que tenha me concedido esta entrevista.

Lennox Boynton falou vacilante:
— O coronel Carbury disse que seria bom... recomendou... algumas formalidades, disse.

— Sente-se, por favor, sr. Boynton.

Lennox sentou-se na cadeira antes ocupada por lady Westholme. Poirot puxou conversa.

— Deve ter sido um grande choque para o senhor, não?

— Sim, claro. Bem, não, talvez não... Sempre soubemos que o coração da minha mãe não era forte.

— Será que foi uma boa ideia, então, consentir que ela fizesse uma viagem tão cansativa?

Lennox Boynton levantou a cabeça. Falou com triste dignidade.

– Minha mãe, sr. Poirot, tomava suas próprias decisões. Se colocasse alguma coisa na cabeça, não adiantava tentar opor-se.

Respirou fundo ao pronunciar as últimas palavras. Seu rosto empalideceu de repente.

– Sei – disse Poirot – que as velhas senhoras às vezes são muito teimosas.

Lennox falou meio irritado:

– Qual o propósito disso tudo? É o que quero saber. Por que todas essas formalidades?

– Talvez o senhor não tenha percebido, sr. Boynton, que em casos de mortes súbitas e inexplicáveis, as formalidades são necessárias.

Lennox disse de modo incisivo:

– O que o senhor quer dizer com "inexplicável"?

Poirot deu de ombros.

– Há sempre uma questão a considerar: foi morte natural... ou terá sido suicídio?

– Suicídio? – perguntou Lennox Boynton, estupefato.

Poirot disse com leveza:

– O senhor, claro, sabe melhor de tais possibilidades. O coronel Carbury, naturalmente, não sabe o que fazer. Ele precisa decidir se haverá um inquérito... uma autópsia... essas coisas. Como eu estava aqui e tenho experiência no assunto, sugeriu que eu fizesse uma série de inquéritos e o ajudasse a tomar uma decisão. É claro que não é sua intenção causar nenhum inconveniente à família.

Lennox Boynton falou com raiva:

– Enviarei um telegrama a nosso cônsul em Jerusalém.

Poirot concordou:

– Está dentro do seu direito.

Houve uma pausa. Depois Poirot disse, abrindo as mãos:

– O senhor se opõe a responder a algumas perguntas minhas?

Lennox Boynton respondeu logo:

– Claro que não. Mas me parece desnecessário.

– Compreendo perfeitamente. Mas é tudo muito simples. Uma questão de praxe, como se costuma dizer. Na tarde em que sua mãe morreu, sr. Boynton, o senhor deixou o acampamento em Petra e foi dar um passeio, não?

– Sim. Fomos todos... menos minha mãe e minha irmã mais nova.

– Sua mãe ficou sentada na entrada da caverna?

– Sim, do lado de fora. Passava todas as tardes lá.

– Sei. A que horas saíram?

– Logo depois das três, acho.

– Quando voltaram?

– Não sei exatamente... quatro da tarde, cinco, talvez.
– Uma ou duas horas depois mais ou menos?
– Sim... mais ou menos isso, acho.
– Cruzou com alguém no caminho de volta?
– O quê?
– Cruzou com alguém? Duas senhoras sentadas numa pedra, por exemplo.
– Não sei. Acho que sim.
– Estava tão absorvido em seus pensamentos que nem reparou?
– Sim, estava.
– Falou com sua mãe quando voltou ao acampamento?
– Sim... falei.
– Ela não reclamou que se sentia mal?
– Não... parecia perfeitamente bem.
– Posso saber com exatidão o que se passou entre vocês?

Lennox fez uma pausa.

– Ela disse que eu tinha voltado cedo, e concordei. – Fez outra pausa, num esforço de concentração. – Comentei que estava quente. Ela me perguntou as horas, disse que seu relógio de pulso tinha parado. Peguei o relógio, dei corda, acertei a hora e tornei a colocá-lo em seu pulso.

Poirot interrompeu-o com delicadeza:

– E que horas eram?
– Como? – perguntou Lennox.
– Que horas eram quando acertou o relógio?
– Ah, sim. Eram... 16h35.
– Então o senhor sabe exatamente a hora em que voltou para o acampamento. – disse Poirot, gentil.

Lennox corou.

– Sim, que besteira! Desculpe-me, sr. Poirot, estou um pouco confuso, com toda essa preocupação...

Poirot emendou depressa:

– Compreendo... compreendo perfeitamente! Tudo é tão preocupante! E o que aconteceu depois?
– Perguntei à minha mãe se ela queria alguma coisa. Uma bebida... chá, café etc. Ela disse que não. Então fui até a tenda principal. Não havia nenhum empregado lá, mas encontrei um pouco de água com gás para beber. Estava com sede. Sentei e fiquei lendo alguns números antigos do *Saturday Evening Post*. Acho que peguei no sono.
– Sua mulher apareceu em algum momento?

– Sim, ela veio pouco tempo depois.
– E o senhor não voltou a ver sua mãe viva?
– Não.
– Ela não lhe pareceu agitada ou aborrecida quando o senhor falou com ela?
– Não, estava igual a sempre.
– Ela não falou de nenhum problema ou questão com um dos empregados?
Lennox fitou-o.
– Não, nada.
– E isso é tudo o que o senhor tem a dizer?
– Acho que sim.
– Obrigado, sr. Boynton.
Poirot inclinou a cabeça como um sinal de que a entrevista terminara. Lennox não parecia ter pressa em retirar-se. Ficou parado na porta.
– Mais alguma coisa?
– Não. Poderia pedir à sua esposa para vir até aqui?
Lennox saiu vagarosamente. No bloco ao seu lado, Poirot escreveu: L.B. 16h35.

CAPÍTULO 7

Poirot olhou com interesse a moça alta e distinta que entrou na sala. Levantou-se e inclinou-se educadamente:
– Sra. Lennox Boynton? Hercule Poirot a seu dispor.
Nadine Boynton sentou-se. Seu olhar pensativo deteve-se no rosto de Poirot.
– Espero que não se importe, madame, com a minha intromissão em sua dor dessa forma.
Os olhos de Nadine não piscaram. Não respondeu logo. Seu olhar continuava firme e grave. Enfim, soltou um suspiro e disse:
– Acho melhor ser bastante franca com o senhor.
– Concordo, madame.
– O senhor se desculpa por invadir minha dor. Essa dor, sr. Poirot, não existe, e é inútil fingir o contrário. Não tinha nenhum amor pela minha sogra e honestamente não posso dizer que lamento sua morte.
– Obrigado, madame, pela franqueza.
Nadine continuou:

— Mesmo assim, apesar de não estar sofrendo, admito que sinto outra coisa: remorso.

— Remorso? — Poirot franziu a testa.

— Sim. Porque fui responsável pela morte dela e me culpo por isso.

— O que está dizendo?

— Estou dizendo que *eu* fui a causa da morte da minha sogra. Pensava que estivesse agindo de maneira honesta, mas o resultado foi infeliz. Para todos os fins práticos, eu a matei.

Poirot recostou-se na cadeira.

— Poderia explicar melhor, madame?

Nadine concordou com a cabeça.

— É o que desejo fazer. Minha primeira reação, naturalmente, foi guardar para mim meus problemas pessoais, mas vejo que chegou o momento de falar. Não tenho dúvidas, sr. Poirot, de que o senhor já ouviu muitas confidências de natureza íntima.

— É verdade.

— Então, vou lhe contar de maneira simples o que aconteceu. Minha vida de casada, sr. Poirot, não tem sido propriamente feliz. Meu marido não é o único culpado por isso... a influência da mãe sobre ele sempre foi maléfica... mas nos últimos tempos tenho sentido minha vida cada vez mais insuportável.

Fez uma pausa e continuou:

— No dia em que morreu minha sogra, tomei uma decisão. Tenho um amigo, um grande amigo, que já havia me proposto, mais de uma vez, ficar com ele. Naquela tarde aceitei sua proposta.

— Decidiu abandonar seu marido?

— Sim.

— Continue, por favor.

Nadine falou em voz baixa:

— Depois de tomar a decisão, eu quis resolver tudo o mais rápido possível. Voltei para o acampamento. Minha sogra estava sentada sozinha, não havia ninguém por perto. Decidi dar-lhe a notícia ali mesmo. Peguei uma cadeira, sentei-me a seu lado e contei-lhe abruptamente o que havia decidido.

— Ela ficou surpresa?

— Sim, acho que foi um grande choque. Ela ficou ao mesmo tempo surpresa e zangada... muito zangada. Ficou num estado terrível! Resolvi, então, não falar mais do assunto, levantei-me e saí. — Sua voz diminuiu: — Nunca mais voltei a vê-la com vida.

Poirot balançou lentamente a cabeça:

— Entendi.

Depois perguntou:

— A senhora acha que a morte dela foi consequência do choque?

— Tenho quase certeza. Ela já havia se cansado muito para chegar até este lugar. Minha notícia e a raiva que sentiu podem ter causado o resto... Sinto-me mais culpada ainda porque já havia sido treinada sobre doenças. Então, mais do que ninguém, eu poderia ter previsto a possibilidade de que isso acontecesse.

Poirot ficou em silêncio por algum tempo. Depois perguntou:

— O que a senhora fez exatamente depois que a deixou?

— Levei a cadeira de volta para a caverna e desci para a tenda principal. Meu marido estava lá.

Poirot olhou-a com atenção e indagou:

— Contou a *ele* sua decisão? Ou já havia contado?

Houve uma pausa, mínima, antes de Nadine responder.

— Contei a ele naquele momento.

— E como ele recebeu a notícia?

Ela respondeu em voz baixa:

— Ficou muito chateado.

— Pediu-lhe que reconsiderasse?

Ela sacudiu a cabeça.

— Ele não falou muito. Nós dois sabíamos, há um tempo, que algo assim estava para acontecer.

Poirot disse:

— Desculpe-me, mas... o outro homem era, claro, o sr. Jefferson Cope, não?

Ela concordou.

— Sim.

Fez-se uma longa pausa e depois, sem alterar a voz, Poirot perguntou:

— A senhora possui uma seringa hipodérmica, madame?

— Sim... não.

Poirot franziu a testa.

Ela explicou:

— Tenho uma velha seringa hipodérmica, entre outras coisas, numa pequena malinha de remédios que levo nas viagens, mas ficou em Jerusalém com a maior parte da nossa bagagem.

— Sei.

Houve outra pausa e então ela perguntou, pouco à vontade:

— Por que o senhor está me perguntando isso, sr. Poirot?

O detetive respondeu a pergunta com outra pergunta.

— A sra. Boynton estava tomando um remédio que continha digitalis, não estava?

— Sim.

Poirot percebeu que ela falava com cuidado agora.

— Era para o problema de coração, não?

— Sim.

— A digitalis, de certa forma, é uma droga acumulativa, não é?

— Acho que sim. Não sei muito a respeito.

— Se a sra. Boynton tiver tomado uma dose exagerada de digitalis...

Nadine interrompeu-o rapidamente, de maneira decidida.

— Ela não tomou. Era muito cuidadosa. E eu também seria se tivesse lhe dado o remédio.

— Pode ter havido uma dose exagerada naquele vidro. Um erro do farmacêutico?

— Acho pouco provável — comentou com calma.

— Bem, a análise logo dirá.

— Infelizmente a garrafa quebrou-se.

Poirot encarou-a com súbito interesse.

— É mesmo? E quem a quebrou?

— Não sei ao certo. Um dos empregados, acho. Ao carregarem o corpo de minha sogra para dentro da caverna. Uma confusão. Quase não havia luz. Derrubaram uma mesa.

Poirot olhou-a fixamente por um ou dois minutos.

— Muito interessante — disse.

Nadine Boynton ajeitou-se na cadeira.

— O senhor está insinuando que minha sogra não morreu de choque, mas de uma overdose de digitalis? — perguntou e depois prosseguiu: — Acho pouco provável.

Poirot inclinou-se para a frente.

— *Mesmo se lhe disser que dr. Gerard, o médico francês que estava no acampamento, deu por falta de uma quantidade considerável de digitoxina de sua maleta de medicamentos?*

Nadine empalideceu. Agarrou-se à mesa, com os olhos baixos, e ficou quieta. Parecia uma madona esculpida em pedra.

— Bem, madame — disse Poirot finalmente —, o que tem a me dizer sobre isso?

Os segundos passaram e ela continuava calada. Só depois de dois minutos é que levantou a cabeça. Poirot assustou-se ao ver seus olhos.

— Sr. Poirot, *eu não matei minha sogra*. O senhor sabe! Estava viva e bem quando a deixei. Muitas pessoas podem testemunhar isso. Porém, sendo inocente do crime, posso perguntar: por que resolveu se envolver com esse caso? Se lhe jurar pela minha honra que a justiça, só a justiça, foi feita, o senhor abandonaria esse inquérito? Já houve tanto sofrimento... o senhor nem imagina. Agora que finalmente existe paz e chance de felicidade, o senhor quer destruir tudo?

Poirot endireitou-se na cadeira. Seus olhos brilhavam.

– Deixe-me ver se entendi, madame. O que a senhora está me pedindo?

– Estou lhe dizendo que minha sogra morreu de morte natural e lhe pedindo para aceitar esse fato.

– Sejamos claros. *A senhora sabe que sua sogra foi friamente assassinada* e está me pedindo para abandonar o caso?

– Estou lhe pedindo para ter piedade!

– Sim... de alguém que não teve piedade!

– O senhor não está entendendo... não foi bem assim.

– A senhora cometeu o crime, madame, para falar com tanta certeza?

Nadine balançou a cabeça. Não aparentava sinais de culpa.

– Não – respondeu sem se alterar. – A sra. Boynton estava viva quando a deixei.

– E aí... o que aconteceu? A senhora *sabe*... ou só *desconfia*?

Nadine disse com entusiasmo:

– Ouvi dizer, sr. Poirot, que certa vez, naquele caso do Expresso Oriente, o senhor aceitou um veredicto oficial do que acontecera.

Poirot olhou-a com curiosidade:

– Quem lhe contou isso?

– É verdade?

Ele respondeu devagar:

– Aquele caso era diferente.

– Não era diferente não! O homem que morreu era mau... – sua voz embargou – como *ela*...

Poirot disse:

– O caráter moral da vítima nada tem a ver com a questão! Um ser humano que exerceu seu direito de julgamento particular decidindo tirar a vida de outro ser humano não pode viver numa comunidade sem ameaçar a segurança das pessoas. Posso garantir! *Eu*, Hercule Poirot!

– O senhor é muito severo!

– Madame, sob esse ponto de vista sou inflexível. Não compactuarei com assassinos! Essa é a palavra final de Hercule Poirot.

Nadine levantou-se. Seus olhos negros brilhavam com súbita fúria.

– Então vá em frente! Arruíne a vida de pessoas inocentes! Não tenho mais nada a dizer.

– Acho, madame, que a senhora tem muito a dizer...
– Não, não tenho mais nada.
– Tem sim. O que aconteceu, madame, *depois* que deixou sua sogra? Enquanto a senhora e seu marido estavam juntos na tenda principal?
A moça encolheu os ombros.
– Como vou saber?
– A senhora *sabe*... ou pelo menos desconfia.
Ela olhou-o diretamente nos olhos.
– Não sei de nada, sr. Poirot.
Virando-se, saiu da sala.

CAPÍTULO 8

Após anotar em seu bloco N.B. 16h40, Poirot abriu a porta e chamou o homem que o coronel Carbury havia deixado à sua disposição, um sujeito inteligente com bom conhecimento de inglês. Pediu-lhe que trouxesse a srta. Carol Boynton.

Olhou para a moça com interesse quando ela entrou, o cabelo castanho, a postura da cabeça sobre o longo pescoço, a energia nervosa das belas mãos.

Disse:
– Sente-se, mademoiselle.

Ela obedeceu. Seu rosto estava sem cor e sem expressão. Poirot começou com um gesto mecânico de simpatia, ao qual a menina não correspondeu.

– E agora, mademoiselle, poderia me contar o que aconteceu na tarde daquele dia?

A resposta veio pronta, despertando a suspeita de que havia sido bem ensaiada.

– Depois do almoço, fomos todos dar uma volta. Voltei para o acampamento...

Poirot interrompeu-a.
– Um minuto. Estavam todos juntos até então?
– Não, fiquei com o meu irmão Raymond e a srta. King a maior parte do tempo. Depois fui passear sozinha.
– Obrigado. E a senhorita estava dizendo que voltou para o acampamento. Sabe mais ou menos a que horas?
– Acho que eram cinco e dez. Por aí.
Poirot anotou C.B. 17h10.
– E depois?

– Minha mãe continuava sentada no mesmo lugar. Fui falar com ela e depois voltei para a minha tenda.

– Consegue se lembrar exatamente o que aconteceu entre vocês duas?

– Comentei apenas que estava muito quente e que ia deitar. Minha mãe disse que continuaria ali. Foi isso.

– Alguma coisa na aparência dela chamou sua atenção?

– Não. Pelo menos...

Fez uma pausa e ficou olhando hesitante para Poirot.

– Não sou eu quem lhe dará a resposta, mademoiselle – falou calmamente o detetive.

– Estava só pensando. No momento mal reparei, mas agora, lembrando...

– Sim?

Carol continuou:

– É verdade... ela estava com uma cor estranha, o rosto muito vermelho... mais do que o normal.

– Acha que poderia ter tido algum tipo de choque? – sugeriu Poirot.

– Choque? – Carol olhou-o.

– Sim, pode ter tido, digamos, algum problema com um dos empregados árabes.

– Ah! – seu rosto iluminou-se. – É possível.

– Ela não falou nada a respeito?

– Não... nada.

Poirot prosseguiu:

– O que a senhorita fez em seguida?

– Fui para a minha tenda descansar cerca de meia hora. Depois desci para a tenda principal. Meu irmão e a mulher estavam lá, lendo.

– E o que a senhorita fez?

– Eu tinha algumas peças para costurar. Depois, peguei uma revista.

– Falou com sua mãe de novo a caminho da tenda principal?

– Não. Fui direto. Acho que nem olhei na direção dela.

– E depois?

– Permaneci lá até... até a srta. King nos contar que ela estava morta.

– E isso é tudo o que a senhorita sabe?

– Sim.

Poirot inclinou-se para a frente. Seu tom era o mesmo, leve e coloquial:

– E o que *sentiu*, mademoiselle?

– O que senti?

– Sim... quando soube que sua mãe... perdão, sua madrasta, não?... o que sentiu quando soube que ela estava morta?

Carol olhou-o fixamente.

– Não entendo o que o senhor quer dizer!
– Acho que entende muito bem.
Ela baixou os olhos e disse com voz insegura:
– Foi um grande choque.
– Foi mesmo?
O sangue subiu-lhe ao rosto. Fitou-o com ar de desamparo. O detetive viu medo em seus olhos.
– *Foi mesmo* um grande choque, mademoiselle? *Lembrou-se de certa conversa que a senhorita teve com seu irmão Raymond uma noite em Jerusalém?*
O tiro acertara em cheio. Via-se pela palidez do rosto da menina.
– O senhor sabe disso? – murmurou.
– Sim, eu sei.
– Mas... como?
– Ouvi sem querer parte da conversa.
– Ah! – Carol Boynton afundou o rosto nas mãos. Seus soluços balançaram a mesa.

Hercule Poirot esperou um minuto, para então dizer com toda tranquilidade:
– Vocês estavam planejando a morte de sua madrasta.
Carol chorava abertamente.
– Estávamos loucos... loucos... aquela noite!
– Talvez.
– É impossível o senhor compreender nosso estado! – sentou-se ereta, afastando o cabelo do rosto. – Pareceria inacreditável. Não era tão ruim nos Estados Unidos... mas viajando percebemos que sim.
– Perceberam que sim o quê? – perguntou Poirot, com voz bondosa e simpática.
– Que éramos diferentes... das outras pessoas! Ficamos desesperados. E havia a Jinny.
– Jinny?
– Minha irmã. O senhor não a viu. Ela estava ficando muito estranha. E minha mãe piorava tudo, sem perceber. Ficamos com medo, Ray e eu, que Jinny enlouquecesse! Nadine tinha o mesmo receio, o que aumentou nossa apreensão, porque ela conhece enfermagem e coisas do gênero.
– Sim. E?
– Aquela noite, em Jerusalém, estouramos! Ray estava fora de si. Parecia-nos *certo* planejar aquilo! Mamãe não regulava bem. Não sei o que o senhor acha, mas às vezes *pode* ser *correto*, quase nobre, matar alguém!
Poirot balançou lentamente a cabeça.

— Sim, sei como é. Há provas disso na história.

— É assim que Ray e eu nos sentíamos naquela noite... — bateu com a mão na mesa. — Mas não chegamos a concretizar o plano. Claro que não! À luz do dia, pareceu-nos tudo tão absurdo, melodramático e perverso! Na verdade, sr. Poirot, mamãe morreu de uma maneira perfeitamente natural, de um ataque cardíaco. Ray e eu não tivemos nada a ver com isso.

Poirot disse calmo:

— A senhorita poderia me jurar, pela esperança que tem da salvação após a morte, que a sra. Boynton não morreu como resultado de uma ação de vocês dois?

Carol levantou a cabeça. Sua voz saiu firme e profunda:

— Juro — disse —, pela esperança que tenho da salvação, que nunca lhe fiz mal...

Poirot recostou-se na cadeira.

— Então é isso — disse.

Fez-se silêncio. Poirot acariciava seu bigode soberbo, enquanto pensava. Depois disse:

— Qual era o plano de vocês exatamente?

— Plano?

— Sim, a senhorita e seu irmão tinham um plano, não?

Contou mentalmente os segundos que a menina demorou para responder. "Um, dois, três."

— Não tínhamos nenhum plano — Carol afirmou enfim. — Nunca chegamos a esse ponto.

Hercule Poirot levantou-se.

— É tudo, mademoiselle. Poderia chamar seu irmão?

Carol se levantou. Permaneceu indecisa por um tempo.

— Sr. Poirot, o senhor acredita em mim?

— E eu disse que não?

— Não, mas... — interrompeu-se.

— Pode pedir para seu irmão vir até aqui? — pediu mais uma vez.

— Sim.

Carol andou devagar em direção à porta. Parou na saída e, virando-se, exclamou fervorosamente:

— Eu disse a verdade, a pura verdade!

Hercule Poirot não respondeu.

Carol Boynton saiu da sala.

CAPÍTULO 9

Poirot notou a semelhança entre irmão e irmã quando Raymond Boynton entrou.

Seu rosto era duro e severo. Não parecia nervoso ou com medo. Sentou numa cadeira, encarou Poirot e disse:

– E então?

Poirot falou bondosamente:

– Sua irmã lhe passou o recado?

Raymond acenou que sim com a cabeça.

– Sim. Compreendo que o senhor tenha motivo para desconfiar. Se nossa conversa foi ouvida aquela noite, a morte súbita de minha madrasta há de parecer suspeita! Só posso lhe assegurar que aquela conversa foi loucura de uma noite! Estávamos, no momento, muito tensos. Aquele plano fantástico de matar nossa madrasta nos ajudou a... como direi?... a aliviar a tensão.

Hercule Poirot curvou a cabeça lentamente.

– Isso é possível – comentou.

– Na manhã seguinte, claro, vimos que era absurdo! Juro, sr. Poirot, que nunca mais voltei a pensar no assunto.

Poirot ficou calado.

Raymond disparou:

– Claro, sei que é fácil *falar*. Não espero que o senhor acredite simplesmente na minha palavra. Mas considere os fatos. Falei com minha mãe um pouco antes das seis horas. Estava viva e bem nesse momento. Fui para a minha tenda, tomei um banho e encontrei os outros na principal. Daí por diante Carol e eu não saímos do lugar. Estávamos à vista de todos. O senhor deve considerar, sr. Poirot, que a morte de minha mãe foi natural... um caso de ataque cardíaco... não podia ser outra coisa! Havia empregados por perto, muita gente indo e vindo. Outra hipótese seria absurda.

Poirot falou tranquilamente:

– O senhor sabe, sr. Boynton, que, segundo a srta. King, que examinou o corpo às seis e meia, a morte da sra. Boynton havia ocorrido no mínimo uma hora e meia antes, talvez *duas horas*?

Raymond fitou-o atônito.

– Sarah disse isso? – perguntou com a voz ofegante.

Poirot anuiu com a cabeça.

– O que o senhor tem a dizer agora?

– Mas... é impossível!

– É o depoimento da srta. King. E agora *o senhor* vem me dizer que sua mãe estava viva quarenta minutos antes de a srta. King examinar o corpo.

Raymond exclamou:
– Mas ela estava!
– Pense bem, sr. Boynton.
– Sarah *deve* ter se enganado! Tem de haver algum fator que ela não levou em consideração. Refração da rocha... alguma coisa. Posso lhe garantir, sr. Poirot, que minha mãe *estava* viva pouco antes das seis quando falei com ela.

Poirot fitou-o impassível.

Raymond curvou-se para a frente com ansiedade.

– Sr. Poirot, sei que deve parecer estranho, mas procure enxergar tudo isso de maneira imparcial. O senhor é parcial, pelo próprio contexto de crimes em que vive. Toda morte repentina deve parecer, a seus olhos, um possível crime! O senhor não percebe que não dá para confiar em seu senso de proporção? As pessoas morrem todos os dias, principalmente quem tem coração fraco, e não há nada de sinistro nessas mortes.

Poirot suspirou.

– Está querendo ensinar o padre a rezar a missa?

– Não, claro que não. Mas acho que o senhor se deixou influenciar por aquela conversa infeliz. Não existe nada na morte da minha mãe que possa levantar suspeitas, exceto aquela conversa infeliz entre mim e Carol.

Poirot sacudiu a cabeça.

– O senhor está equivocado – disse. – Existe outra coisa. O veneno tirado da maleta de medicamentos do dr. Gerard.

– Veneno? – Ray olhou-o espantado. – *Veneno?* – Recuou um pouco a cadeira. Estava totalmente surpreso. – É disso que o senhor suspeita?

Poirot deu-lhe um minuto ou dois. Depois falou em tom calmo, quase indiferente:

– O senhor tinha outro plano, não?

– Sim – respondeu Raymond, de modo automático. – É por isso que... isso muda tudo... não consigo pensar com clareza.

– Qual era *o seu* plano?

– Nosso plano? Era...

Raymond interrompeu-se abruptamente. Ficou alerta, de repente.

– Acho que não falarei mais nada – disse.

– Como quiser – concordou Poirot.

Viu o jovem retirar-se do recinto.

Pegou seu bloquinho e, com caligrafia pequena e precisa, fez uma anotação final: R.B. 17h55?

Depois, numa grande folha de papel, começou a escrever. Terminada a tarefa, contemplou o resultado, que foi:

A família Boynton e Jefferson Cope deixam o acampamento	15h15 (aprox.)
O dr. Gerard e Sarah King deixam o acampamento	15h15 (aprox.)
Lady Westholme e a srta. Pierce deixam o acampamento	16h15
O dr. Gerard volta para o acampamento	16h20 (aprox.)
Lennox Boynton volta para o acampamento	16h35
Nadine Boynton volta para o acampamento e fala com a sra. Boynton	16h40
Nadine Boynton deixa a sogra e vai para a marquise	16h50 (aprox.)
Carol Boynton volta para o acampamento	17h10
Lady Westholme, srta. Pierce e sr. Jefferson Cope voltam para o acampamento	17h40
Raymond Boynton volta para o acampamento	17h50
Sarah King volta para o acampamento	18h00
Descoberta do corpo	18h30

CAPÍTULO 10

— Estou pensando... – disse Poirot. Dobrou a lista, foi até a porta e mandou chamar Mahmoud. O guia corpulento falava pelos cotovelos.

– Sempre sou culpado. Quando alguma coisa acontece, dizem que a culpa é minha. Sempre. Quando lady Ellen Hunt torceu o tornozelo descendo do Lugar do Sacrifício, colocaram a culpa em mim, apesar de ela estar de salto alto e de ter pelo menos sessenta anos... talvez setenta. Minha vida é uma miséria! E todas as iniquidades que os judeus fazem contra nós...

Poirot finalmente conseguiu deter a enxurrada de palavras e fazer uma pergunta.

– Às cinco e meia? Não, acho que não tinha empregado por perto nessa hora. O almoço é tarde... às duas horas. Depois, limpamos. De tarde, todo mundo tira a sesta. Sim, os americanos não tomam chá. Nós todos fomos dormir às três e meia. Às cinco, eu, que sou um exemplo de eficiência... sempre... sempre me preocupo com o conforto das senhoras e senhores que atendo e sei que todas as inglesas querem chá, saí. Mas não havia ninguém. Foram todos passear. Para mim, ótimo... melhor que o normal. Voltei a dormir. Às quinze para as seis, começou o problema... aquela senhora inglesa grande... muito grande... voltou e pediu chá na hora do jantar. Fez muita confusão... disse que a água precisava ferver... eu mesmo fui ver. Minha nossa! Que vida... que vida! Faço tudo o que posso... e sempre sou culpado...

Poirot perguntou sobre as recriminações.

– Existe outra pequena questão. A velha que morreu estava zangada com um dos empregados. Sabe qual deles e o que aconteceu?

Mahmoud levantou as mãos para o céu.

– Como vou saber? Claro que não sei. A velha não reclamou para mim.

– Teria como descobrir?

– Não, meu senhor, é impossível. Os rapazes não admitiriam. A velha senhora estava zangada? Então, óbvio, os rapazes não falariam. Abdul diz que foi Mohammed, Mohammed diz que foi Aziz, Aziz diz que foi Aissa etc. São todos beduínos ignorantes... não entendem nada.

Tomou ar e continuou:

– Eu tenho vantagem: educação missionária. Posso recitar Keats, Shelley... – disse e recitou um trecho, em seu inglês macarrônico.

Poirot recuou. Embora o inglês não fosse sua língua materna, conhecia-o o suficiente para ficar horrorizado com as barbaridades que Mahmoud falava.

– Excelente! – exclamou de súbito. – Excelente! Vou recomendá-lo para todos os meus amigos.

Conseguiu escapar da eloquência do guia. Levou a lista ao coronel Carbury, que estava no escritório.

Carbury ajeitou a gravata e perguntou:

– Conseguiu alguma coisa?

Poirot respondeu:

– Posso lhe falar sobre uma teoria minha?

– Claro – disse o coronel Carbury com um suspiro. De uma forma ou de outra, já ouvira muitas teorias ao longo da vida.

– Minha teoria é que a criminologia é a mais fácil das ciências! É só deixar o criminoso falar... mais cedo ou mais tarde ele revelará tudo.

– Lembro-me de já ter ouvido essa sua teoria. Quem lhe disse alguma coisa?

– Todos. – Rapidamente, Poirot contou a Carbury sobre as entrevistas da manhã.

– Hmm – disse o coronel Carbury. – Você conseguiu focar em um ou dois pontos. Pena que sejam contraditórios. Já tem alguma pista? Isso é que eu quero saber.

– Não.

Carbury soltou outro suspiro.

– Sabia.

– Mas antes do anoitecer – afirmou Poirot –, você terá a verdade!

– Bem, você me prometeu isso – disse o coronel Carbury. – E duvidei que cumprisse sua promessa! Tem certeza?

– Absoluta.

– Deve ser bom sentir isso – comentou o outro.

Se houve um brilho em seu olhar, Poirot pareceu não perceber. Mostrou a lista.

– Perfeito – disse o coronel Carbury em tom de aprovação.

Examinou-a melhor.

Depois de um ou dois minutos, disse:

– Sabe o que eu acho?

– Ficaria encantado se me dissesse.

– O jovem Raymond Boynton está fora disso.

– Você acha?

– Sim. O que *ele* pensou é claro como água. Deveríamos ter imaginado que ele seria inocente, já que era o principal suspeito. É sempre assim em histórias de detetives. Como você ouviu ele dizendo que mataria a velha, deveríamos ter concluído logo que ele era inocente!

– Costuma ler histórias de detetives, não?

– Milhares – respondeu o coronel Carbury. E acrescentou, em tom de colegial: – Você não poderia fazer como os detetives dos livros? Escrever uma lista de fatos significativos, coisas que parecem irrelevantes, mas que são extremamente importantes... sabe?

– Sei – disse Poirot de maneira gentil. – Gosta desse tipo de história de detetive? Claro, farei com prazer.

Pegou uma folha de papel e escreveu rápida e organizadamente:

Pontos significativos

1. A sra. Boynton estava tomando um medicamento que continha digitalis.

2. O dr. Gerard deu por falta de sua seringa hipodérmica.

3. A sra. Boynton tinha prazer em impedir que a família se relacionasse com outras pessoas.

4. A sra. Boynton, naquela tarde, incentivou a família a sair e deixá-la sozinha.

5. A sra. Boynton era sádica.

6. A distância entre a tenda principal e o lugar onde a sra. Boynton estava sentada era de aproximadamente duzentos metros.

7. O sr. Lennox Boynton disse a princípio que não sabia a hora em que tinha voltado para o acampamento, mas depois admitiu que tinha acertado o relógio de pulso da mãe e falou a hora exata.

8. O dr. Gerard e a srta. Ginevra Boynton ocupavam tendas contíguas.
9. Às seis e meia, quando o jantar ficou pronto, um empregado foi enviado para avisar a sra. Boynton.

O coronel Carbury leu a lista com grande satisfação.
– Magnífico! – exclamou. – É isso mesmo! Você tornou o caso difícil... e aparentemente irrelevante... um toque de gênio! A propósito, parece-me que há uma ou duas omissões importantes. Mas é aí que você pega a vítima, não?
Os olhos de Poirot brilharam, mas ele não respondeu.
– O segundo ponto, por exemplo – prosseguiu o coronel Carbury. – O dr. Gerard deu por falta de sua seringa hipodérmica. Ele também sentiu falta de uma solução concentrada de digitalis... ou de algo parecido.
– Isso não é tão importante quanto a falta da seringa hipodérmica – explicou Poirot.
– Esplêndido! – disse o coronel Carbury, sorrindo de orelha a orelha. – Não entendo nada. *Eu* teria dito que a digitalis é muito mais importante do que a seringa! E aquele assunto do empregado... um empregado que foi avisar a sra. Boynton do jantar... e a velha sacudindo a bengala para um deles mais cedo, não vai me dizer que um desses infelizes do deserto matou a velha. Porque – concluiu o coronel Carbury, com severidade –, nesse caso, isso seria *trapaça*.
Poirot sorriu, sem dizer nada.
Ao sair do escritório, murmurou para si mesmo:
– Incrível! Os ingleses nunca crescem!

CAPÍTULO 11

Sarah King estava no alto de uma colina colhendo distraidamente flores silvestres. O dr. Gerard estava sentado numa pedra, perto dela.
De repente, Sarah perguntou, furiosa:
– Por que começou tudo isso? Não fosse pelo *senhor*...
O dr. Gerard falou devagar:
– Você acha que eu deveria ter ficado calado?
– Sim.
– Mesmo sabendo o que eu sabia?
– Você não *sabia* – disse Sarah.
O francês suspirou.
– Sabia sim. Mas admito que nunca podemos ter certeza absoluta.
– Podemos, sim – afirmou Sarah, de modo intransigente.
O francês deu de ombros.

– Talvez você!

Sarah disse:

– O senhor estava com febre... febre alta... não tinha como registrar tudo claramente. É provável que a seringa estivesse lá o tempo todo. E talvez tenha se enganado a respeito da digitoxina, ou quem sabe um dos empregados está envolvido no caso.

Gerard falou com cinismo:

– Não precisa se preocupar! É quase certo que as evidências são inconclusivas. Você verá: seus amigos Boynton escaparão dessa!

Sarah contestou, irritada:

– Também não quero isso.

Ele balançou a cabeça.

– Você não tem lógica!

– Não foi o senhor – lembrou Sarah – em Jerusalém... que falou tanto em não se meter na vida dos outros? E agora, veja só!

– Não me meti. Apenas contei o que sabia!

– E eu digo que o senhor não *sabe*. Ai, meu Deus, aqui estamos, de volta! Estamos andando em círculos.

Gerard disse com gentileza:

– Sinto muito, srta. King.

Sarah falou em voz baixa:

– No final das contas, *eles não escaparam*... nenhum deles! *Ela* ainda está lá! Mesmo do túmulo ainda pode controlá-los. É algo terrível... ela continua terrível, mesmo morta! Sinto... que ela está *se divertindo* com tudo isso.

Comprimiu as mãos uma na outra. Depois, num tom totalmente diferente, bem trivial, disse:

– Lá vem aquele homenzinho subindo o morro.

O dr. Gerard olhou por cima do ombro.

– Vem à nossa procura, acho.

– É tão bobo quanto parece? – perguntou Sarah.

O dr. Gerard respondeu, sério:

– Ele não é nada bobo.

– Imaginei – comentou Sarah King.

Com os olhos sombrios, viu Hercule Poirot subindo a colina.

Finalmente, ele chegou, soltou um "ufa" bem alto e enxugou a testa. Depois, olhou com pena para seus sapatos de couro.

– Ai de mim! – exclamou. – Este país de pedra! Meus pobres sapatos.

– O senhor pode pedir emprestado para lady Westholme seu material de engraxar sapato – sugeriu Sarah, com certa maldade. – E o guarda-pó. Ela viaja com um verdadeiro equipamento de faxina.

– Isso não adianta para os arranhões, mademoiselle – disse Poirot desolado.
– Talvez não. Mas também por que usar sapatos como esses num país assim?
Poirot inclinou um pouco a cabeça.
– Gosto de me apresentar *soigné** – disse.
– Eu já desisti disso no deserto – comentou Sarah.
– As mulheres não exibem sua melhor versão no deserto – disse o dr. Gerard, de maneira sonhadora. – A srta. King é uma exceção... está sempre arrumada e elegante. Mas lady Westholme, com aquelas saias e casacos grossos e aquelas botas... *quelle horreur de femme*! E a pobre srta. Pierce... as roupas esgarçadas, como folhas de repolho murchas, e aquelas correntes e contas penduradas! Nem mesmo a jovem sra. Boynton, que é uma mulher bonita, pode ser chamada de *chic*! Suas roupas são muito sem graça.
Sarah disse com impaciência:
– Acho que o sr. Poirot não subiu até aqui para falar de roupas!
– É verdade – concordou Poirot. – Vim consultar o dr. Gerard... a opinião dele será de muito valor para mim... e a sua também, mademoiselle... ambos são jovens e atualizados em matéria de psicologia. Quero saber tudo a respeito da sra. Boynton.
– O senhor já não sabe tudo de cor a esta altura? – indagou Sarah.
– Não. Tenho a impressão... mais do que impressão... tenho certeza de que a estrutura mental da sra. Boynton é muito importante nesse caso. O dr. Gerard deve conhecer bem esse tipo de pessoa.
– Do meu ponto de vista, ela era certamente um caso interessante – comentou o médico.
– Continue.
O dr. Gerard não se fez de rogado. Descreveu seu próprio interesse pelo grupo familiar, contou a conversa que tivera com Jefferson Cope e a visão totalmente distorcida que este tinha da situação.
– Ele é sentimental, então – disse Poirot.
– Exatamente! Tem ideais... baseados num profundo instinto de preguiça. Achar a natureza humana boa e o mundo um lugar agradável é o caminho mais fácil na vida! Como consequência, Jefferson Cope não tem a mínima ideia de como as pessoas realmente são.
– Isso pode ser perigoso às vezes – disse Poirot.
O dr. Gerard prosseguiu:
– Ele insistia em ver o que eu descrevia como "a situação Boynton" como um caso de excesso de dedicação. Não tinha a menor noção de que havia ódio, rebelião, escravidão e miséria na história.

* "Arrumado", em francês. (N.T.)

– Ignorância – comentou Poirot.

– Ainda assim – continuou o médico –, até mesmo o mais obtuso dos otimistas sentimentais não é totalmente cego. Acho que durante a viagem para Petra, os olhos do sr. Jefferson Cope se abriram.

E descreveu a conversa que tivera com o americano na manhã da morte da sra. Boynton.

– Uma história interessante essa da empregada – disse Poirot, reflexivo. – Ajuda a entender os métodos da velha.

Gerard disse:

– Foi, de um modo geral, uma manhã estranha aquela! O senhor nunca esteve em Petra, não é, sr. Poirot? Se for, não deixe de conhecer o Lugar do Sacrifício. Tem um clima! – Descreveu a cena com detalhes, acrescentando: – A mademoiselle aqui parecia uma juíza, discorrendo sobre o sacrifício de um para salvar a vida de muitos. Lembra-se, srta. King?

Sarah estremeceu:

– Não falemos desse dia.

– Não, não – objetou Poirot. – Falemos dos acontecimentos mais remotos do passado. Estou interessado, dr. Gerard, na sua descrição da mentalidade da sra. Boynton. O que eu não entendo direito é por que, tendo subjugado a família daquela maneira, ela foi arranjar essa viagem, onde sem dúvida haveria o perigo de contatos externos e de enfraquecimento de sua autoridade.

O dr. Gerard inclinou-se para frente, empolgado.

– Mas, *mon vieux*, esse é o ponto! As velhas são iguais no mundo inteiro. Elas se entediam! Se a especialidade delas é jogar paciência, cansam-se do que já conhecem e querem aprender algo novo. E o mesmo acontece com as velhas cuja distração (por incrível que pareça) é dominar e atormentar criaturas humanas! A sra. Boynton... falando dela como *une dompteuse*... domara seus tigres. Houve talvez certo entusiasmo na época da adolescência. O casamento de Lennox e Nadine foi uma aventura. Mas depois, de repente, tudo se estagnou. Lennox está tão mergulhado em melancolia que é praticamente impossível atingi-lo. Raymond e Carol não demonstram sinais de rebelião. Ginevra... ah, a pobre Ginevra... do ponto de vista da mãe, é a que oferece menor resistência. Porque achou um jeito de escapar da realidade! Embarca num mundo da fantasia. Quanto mais a mãe a provoca, mais encontra prazer em ser uma heroína perseguida! Do ponto de vista da sra. Boynton, tudo é extremamente monótono. Ela procura, como Alexandre, novos mundos para conquistar. E então planeja a viagem para o exterior. Haverá o perigo de rebelião por parte de seus animais domesticados, haverá oportunidades de infligir-lhes nova dor! Parece absurdo, não é? Mas é isso mesmo! Ela queria novas emoções.

Poirot respirou fundo.

– Entendo muito bem o que quer dizer. *Foi isso mesmo.* Tudo se encaixa. Ela decidiu viver perigosamente, *la maman* Boynton... e pagou um preço!

Sarah inclinou-se para a frente, com expressão séria no rosto pálido e inteligente.

– O senhor está dizendo que a sra. Boynton provocou demais suas vítimas... e uma delas ou todas se voltaram contra ela?

Poirot concordou com um gesto de cabeça.

Sarah perguntou, com voz um pouco ofegante:

– *Quem?*

Poirot olhou para ela, para suas mãos agarradas ao ramo de flores, para a rigidez descolorida de seu rosto.

Não respondeu... na verdade, foi poupado de responder, pois naquele momento Gerard tocou-lhe o ombro e disse:

– Olhe.

Uma menina perambulava pelo morro. Movia-se com estranha graça, num ritmo que de certo modo dava a impressão de que não era real. O vermelho dourado de seu cabelo brilhava à luz do sol e um sorriso reticente levantava os cantos de sua linda boca. Poirot prendeu a respiração.

Exclamou:

– Que linda... que beleza comovente... Era assim que Ofélia deveria ser representada... como uma jovem deusa de outro mundo, feliz por ter conseguido escapar à escravidão das alegrias e pesares humanos.

– Tem razão – concordou Gerard. – Um semblante de sonho, não? *Eu já sonhei com ele.* Quando estava com febre, abri os olhos e me deparei com esse rosto... esse sorriso doce, etéreo... Foi um sonho muito bom. Não queria acordar...

Depois, voltando ao tom de sempre, informou:

– É Ginevra Boynton.

CAPÍTULO 12

Um minuto mais e a menina os alcançou.

O dr. Gerard fez as apresentações.

– Srta. Boynton, este é o sr. Hercule Poirot.

– Ah. – Ela olhou para ele insegura. Seus dedos retorciam-se, inquietos. A ninfa encantada retornara do país das maravilhas. Era agora apenas uma menina comum, desajeitada, meio nervosa e pouco à vontade.

Poirot disse:

– É uma sorte encontrá-la aqui, mademoiselle. Procurei-a no hotel.

– É mesmo?

Seu sorriso era inexpressivo. Os dedos começaram a mexer no cinto. O detetive sugeriu como quem não quer nada:

– A senhorita gostaria de dar uma volta comigo?

Ela obedeceu tranquilamente, mas logo perguntou, com ansiedade na voz:

– O senhor é detetive, não?

– Sim, mademoiselle.

– Um detetive muito famoso?

– O maior detetive do mundo – afirmou Poirot, como quem fala uma simples verdade.

Ginevra Boynton respirou com suavidade:

– O senhor veio aqui para me proteger?

Poirot acariciou o bigode pensativamente e perguntou:

– Então está em perigo, mademoiselle?

– Sim, sim. – Olhou em volta com olhar desconfiado. – Contei ao dr. Gerard em Jerusalém. Ele foi muito esperto. Fingiu não dar importância na hora, mas me seguiu... até aquele terrível lugar de pedras vermelhas. – Estremeceu. – Queriam me matar lá. Tenho que estar sempre alerta.

Poirot disse que entendia.

Ginevra Boynton continuou:

– É um homem gentil... e bom. Está apaixonado por mim.

– É mesmo?

– Sim. Pronuncia meu nome quando está dormindo... – Sua voz tornou-se suave e aquela espécie de beleza sobrenatural reapareceu. – Vi-o... deitado, virando-se de um lado para o outro, dizendo meu nome... Saí sem ser vista. – Fez uma pausa. – Foi *ele* que mandou chamar o senhor? Tenho muitos inimigos à minha volta. Às vezes, estão *disfarçados*.

– Sim – concordou Poirot de maneira afável. – Mas a senhorita está segura aqui... com toda a família ao seu redor.

Ginevra contestou:

– Eles *não* são minha família! Não tenho nada a ver com eles. Não posso lhe dizer quem sou realmente... é um grande segredo. O senhor ficaria surpreso se soubesse.

Poirot perguntou em tom gentil:

– A morte da sua mãe foi um grande choque para a senhorita?

Ginevra bateu o pé.

– Vou lhe contar uma coisa: ela *não era* minha mãe! Meus inimigos pagaram para que ela fingisse que era e eu não pudesse fugir!

– Onde a senhorita estava na tarde em que ela morreu?

– Estava na tenda... Fazia muito calor lá, mas não me atrevi a sair... *Eles* poderiam me pegar... – Estremeceu de leve. – Um deles olhou dentro da minha tenda. Estava disfarçado, mas o reconheci. Fingi que estava dormindo. O xeque o havia mandado. Queria me raptar, claro.

Poirot ficou em silêncio por um tempo. Depois disse:

– Muito bonitas essas histórias que inventa para si mesma.

Ela parou e olhou para ele.

– É *verdade*. É tudo *verdade* – mais uma vez, bateu o pé, irritada.

– Sim – continuou Poirot –, são muito engenhosas.

Ginevra gritou:

– É verdade... a pura verdade...

E retirou-se furiosa, morro abaixo. Poirot ficou ali parado, vendo-a se afastar. Um ou dois minutos depois, ouviu uma voz.

– O que disse a ela?

Virou-se e encontrou o dr. Gerard, um pouco ofegante, perto dele. Sarah vinha atrás, mas num passo mais lento.

Poirot respondeu à pergunta de Gerard.

– Disse que estava imaginando coisas.

O médico sacudiu a cabeça, pensativo.

– E ela ficou zangada? Bom sinal. Mostra que ainda não cruzou o limiar da realidade. Ainda sabe que aquilo *não* é verdade! Vou curá-la.

– O senhor está planejando uma cura?

– Sim. Já discuti o assunto com a jovem sra. Boynton e o marido. Ginevra vai para Paris internar-se em uma de minhas clínicas. Depois estudará artes cênicas.

– Artes cênicas?

– Sim... existe uma possibilidade de que tenha sucesso. E é disso que ela precisa... é *fundamental* para ela! Em muitos aspectos, Ginevra tem a mesma natureza da mãe.

– Não! – exclamou Sarah, revoltada.

– Pode parecer que não, mas alguns traços essenciais são os mesmos. Ambas nasceram com anseio de ser importantes; ambas precisam estampar sua personalidade! Essa pobre menina foi contrariada e frustrada de todas as maneiras. Não teve chance de exercer sua ambição, seu amor pela vida, de expressar sua viva personalidade romântica. – Deu um pequeno sorriso. – *Nous allons changer tout ça!**

Depois, com um pequeno movimento, despediu-se:

– Com licença – disse, e saiu correndo atrás da moça.

---

* "Mudaremos tudo isso", em francês. (N.T.)

Sarah comentou:

– O dr. Gerard gosta muito de seu trabalho.

– Dá para ver – retorquiu Poirot.

Sarah, então, disse, franzindo a testa:

– Mesmo assim, não acho que dê para compará-la com aquela velha horrível... embora já tenha sentido pena da sra. Boynton uma vez.

– Quando foi isso, mademoiselle?

– Aquela vez de que lhe contei em Jerusalém. De repente, achei que estava enxergando tudo errado. Sabe aquela sensação que temos às vezes de que estamos vendo tudo ao contrário? Acabei me alterando, fui lá e fiz papel de boba!

– Nada disso!

Sarah, como todas as vezes que se lembrava da conversa com a sra. Boynton, enrubesceu.

– Senti-me exaltada, como se tivesse uma missão! E depois, mais tarde, quando lady Westholme me olhou e disse que me vira conversando com a sra. Boynton, julguei que ela poderia ter ouvido a conversa, e me senti uma idiota.

Poirot perguntou:

– O que foi precisamente que a sra. Boynton lhe disse? A senhorita se lembra das palavras exatas?

– Acho que sim. Elas me impressionaram muito. "*Nunca esqueço*" – disse. – "*Lembre-se disso. Nunca me esqueci de nada: nenhuma ação, nenhum nome, nenhum rosto.*" – Sarah estremeceu. – Falou com *tanta maldade*... nem olhou para mim. Ainda consigo ouvir sua voz...

Poirot indagou gentilmente:

– Isso a impressionou muito, não?

– Sim. Não me assusto com facilidade... mas às vezes sonho com ela me dizendo aquelas palavras e com seu rosto mau e triunfante. Argh! – Sentiu um calafrio. Virou-se de repente para ele: – Sr. Poirot, talvez não devesse perguntar, mas o senhor chegou a alguma conclusão sobre esse caso? Descobriu algo definitivo?

– Sim.

Ele reparou que seus lábios tremeram ao perguntar:

– O quê?

– Descobri com quem Raymond Boynton estava falando aquela noite em Jerusalém. Era com sua irmã Carol.

– Carol... claro!

E continuou:

– Contou a ele...? Perguntou a ele...?

Em vão. Não conseguiu prosseguir. Poirot olhou-a com seriedade e compaixão.

– Isso significa tanto para a senhorita? – perguntou.

– Significa tudo! – respondeu Sarah. Depois, levantou os ombros. – Tenho que *saber*.

Poirot disse calmamente:

– Ele me contou que foi um rompante... só isso! Que ele e a irmã estavam alterados. No dia seguinte, viram que a ideia era absurda.

– Entendo...

O detetive perguntou:

– Srta. Sarah, não vai me dizer o que teme tanto?

Sarah voltou para ele um rosto desesperado.

– Aquela tarde estivemos juntos. E ele foi embora dizendo... dizendo que queria fazer uma coisa *naquele momento*... enquanto ainda tinha coragem. Pensei que fosse simplesmente falar com ela. Mas acho que ele queria dizer...

Sua voz sumiu. Manteve-se firme, procurando controlar-se.

CAPÍTULO 13

I

Nadine Boynton saiu do hotel. Hesitou um momento. Jefferson Cope, que a aguardava, juntou-se a ela.

– Vamos por aqui? Acho que é o caminho mais agradável.

Ela concordou.

Caminharam juntos e o sr. Cope falava. Suas palavras saíam livremente, embora de maneira um tanto monótona. Não se pode afirmar que percebesse a desatenção de Nadine. Quando viraram para pegar o caminho pedregoso pela colina, ela o interrompeu.

– Jefferson, sinto muito. Preciso falar com você.

Empalideceu.

– Claro, minha querida. Como quiser, mas não fique angustiada.

Ela disse:

– Você é mais esperto do que pensei. Já sabe o que vou dizer, não?

– É verdade, não dá para negar – disse o sr. Cope – que o contexto muda tudo. Sinto, realmente, que nas atuais circunstâncias, nossas decisões terão que ser reconsideradas. – Suspirou. – Você tem que seguir em frente, Nadine, e fazer exatamente o que acha que deve fazer.

Ela disse, bastante emocionada:

— Você é tão *bom*, Jefferson. Tão paciente! Sinto que o tratei muito mal. Fui tão mesquinha.

— Olhe, Nadine, vamos esclarecer isso de vez. Eu sempre soube das minhas limitações no que se relacionava a você. Sempre tive profunda admiração e respeito por você, desde o momento em que a conheci. Tudo o que desejo é a sua felicidade. É o que sempre desejei. Vê-la infeliz me deixa quase louco. E devo confessar que tenho colocado a culpa em Lennox. Ele não a merece se não valorizar sua felicidade.

O sr. Cope tomou fôlego e continuou:

— Agora, admito que depois de viajar com você para Petra, cheguei à conclusão de que talvez Lennox não seja tão culpado quanto eu achava. Não era tão egoísta com você, nem com a mãe. Não quero dizer nada contra os mortos, mas sua sogra devia ser uma pessoa muito difícil.

— Sim, achei que fosse dizer isso — murmurou Nadine.

— De qualquer maneira — prosseguiu o sr. Cope —, você veio me falar ontem que tinha finalmente decidido abandonar Lennox. Admiro sua decisão. Não era certa a vida que estavam levando. Você foi bastante honesta comigo. Nunca fingiu sentir mais do que carinho por mim. Tudo bem. Tudo o que eu queria era uma chance de cuidá-la e tratá-la como você merece ser tratada. Posso dizer que ontem tive uma das tardes mais felizes da minha vida.

Nadine disse, chorando:

— Sinto muito... sinto muito...

— Não precisa chorar, minha querida, porque nunca achei que aquilo fosse verdade. Sabia que você mudaria de ideia na manhã seguinte. As coisas são diferentes agora. Você e Lennox já podem ter uma vida juntos.

Nadine disse calmamente:

— É verdade. Não consigo abandonar Lennox. Perdoe-me, por favor.

— Não há o que perdoar — declarou o sr. Cope. — Voltaremos a ser bons amigos. Esqueceremos a tarde de ontem.

Nadine pousou a mão carinhosa em seu braço.

— Jefferson querido, obrigada. Vou atrás de Lennox.

Virou-se e deixou-o. O sr. Cope ficou sozinho.

II

Nadine encontrou Lennox no teatro greco-romano. Ele estava tão distraído que só percebeu sua presença quando ela se sentou ao seu lado.

— Lennox.

— Nadine — virou-se.

Ela disse:

— Não conseguimos conversar até agora. Mas você sabe que não vou deixá-lo, não sabe?

Ele perguntou gravemente:

— Você realmente pensou em fazer isso, Nadine?

Assentiu com a cabeça.

— Sim. Parecia ser a única solução. Eu esperava que você viesse atrás de mim. Coitado do Jefferson, como fui mesquinha com ele!

Lennox deu uma risada curta de repente.

— Não foi não. Alguém com o desprendimento e a nobreza de Cope entenderá o que se passou! E você estava certa, Nadine. Quando me disse que ia embora com ele, tive o maior choque da minha vida! Para falar a verdade, acho que fiquei meio estranho ultimamente. Por que não enfrentei logo a minha mãe e não fugi com você quando me pediu?

Nadine disse com bondade:

— Você não tinha como, meu querido.

Lennox disse, refletindo:

— Mamãe era uma pessoa esquisita... Creio que nos mantinha a todos meio hipnotizados.

— Isso mesmo.

Lennox ficou pensando por um ou dois minutos. Depois, continuou:

— Quando você me comunicou sua decisão... foi como levar um golpe na cabeça! Voltei meio tonto e então, de repente, vi como havia sido tolo! Percebi que só me restava fazer uma coisa, se não quisesse perdê-la.

Sentiu-a tesa. Seu tom tornou-se mais grave.

— Fui lá e...

— Não...

Ele deu-lhe um rápido olhar.

— Fui lá e... discuti com ela. — Falava agora em outro tom, totalmente diferente, cuidadoso e monótono. — Falei que tinha de escolher entre você e ela... e que escolhia você.

Houve uma pausa.

Ele repetiu, em tom de curiosa autoaprovação:

— Sim, foi o que disse a ela.

CAPÍTULO 14

Poirot encontrou duas pessoas no caminho para casa. A primeira foi o sr. Jefferson Cope.

— Sr. Hercule Poirot? Meu nome é Jefferson Cope.

Os dois cumprimentaram-se com um aperto de mãos.

Depois, caminhando no mesmo ritmo de Poirot, o sr. Cope explicou:

– Soube que o senhor está fazendo uma espécie de inquérito de rotina sobre a morte da minha velha amiga, a sra. Boynton. Foi de fato um caso chocante. É evidente que ela não deveria ter feito uma viagem tão exaustiva. Mas ela era teimosa, sr. Poirot. Sua família não podia fazer nada. Era uma tirana doméstica... e foi por muito tempo, a meu ver. Só se fazia o que ela dizia, é verdade.

Houve uma pausa momentânea.

– Só queria lhe dizer, sr. Poirot, que sou um velho amigo da família Boynton. Naturalmente, estão todos muito abalados com essa história; estão nervosos e bastante perturbados, sabe como é, não? Se houver qualquer providência a ser tomada... formalidades de praxe, trâmites para o funeral... transporte do corpo para Jerusalém, estou aqui disposto a fazer o que puder para poupá-los desse inconveniente. Basta me chamar para o que for necessário.

– Tenho certeza de que a família apreciará sua dedicação – comentou Poirot, e acrescentou: – O senhor é, me parece, um grande amigo da jovem sra. Boynton.

O sr. Jefferson Cope ficou um pouco vermelho.

– Não quero falar muito sobre isso, sr. Poirot. Soube que o senhor conversou com a sra. Lennox Boynton hoje de manhã, e ela deve ter lhe contado o que houve entre nós, mas agora está tudo acabado. A sra. Boynton é uma mulher muito especial e sente que seu dever é estar ao lado do marido neste momento tão doloroso.

Fez-se uma pausa. Poirot recebeu a informação com um pequeno gesto de cabeça. Depois, disse em voz baixa:

– O coronel Carbury deseja ter um relato preciso sobre a tarde em que a sra. Boynton morreu. O senhor poderia me contar o que aconteceu?

– Claro. Depois do almoço e de um breve descanso, resolvemos dar um pequeno passeio pelos arredores. Devo dizer que fiquei feliz de conseguir sair sem aquele guia pestilento. O sujeito cismou com os judeus. Não regula muito bem nesse ponto. De qualquer forma, como estava dizendo, fomos dar uma volta. Foi nesse momento que conversei com Nadine. Depois, ela quis ficar sozinha com o marido para discutirem algumas questões. Continuei caminhando em direção ao acampamento. Na metade do caminho, encontrei duas senhoras inglesas que haviam estado na excursão da manhã... uma delas é uma pessoa importante, não?

Poirot confirmou.

– Uma mulher encantadora, muito inteligente e bem-informada. A outra parecia a "prima pobre"... estava exausta. A expedição da manhã era muito puxada para uma mulher de idade, principalmente se ela tiver medo de altura. Bem, como estava dizendo, encontrei essas duas senhoras e lhes dei algumas informações sobre os nabateus. Passeamos um pouco e voltamos para o acampamento por volta das seis. Lady Westholme insistiu em tomar chá e tive o prazer de tomar uma xícara com ela... o chá estava meio fraco, mas tinha um gosto interessante. Os rapazes colocaram a mesa para o jantar e foram avisar a sra. Boynton, mas a encontraram morta, sentada na cadeira.

– O senhor reparou nela quando voltou para o acampamento?

– Reparei que ela estava lá... era o que fazia geralmente à tarde e à noite, mas não prestei muita atenção. No momento, estava explicando a lady Westholme as causas da nossa recessão econômica. E precisava ficar de olho na srta. Pierce também. Ela estava tão cansada que torcia o tornozelo o tempo todo.

– Obrigado, sr. Cope. Permita-me a indiscrição: o senhor sabe se a sra. Boynton deixou uma grande fortuna?

– Uma fortuna considerável. Na verdade, não era sua. Tinha o usufruto dessa fortuna, que em caso de morte deveria ser dividida entre os filhos do finado Elmer Boynton. Sim, todos viverão com conforto de agora em diante.

– Dinheiro – murmurou Poirot – faz muita diferença. Quantos crimes não foram cometidos por dinheiro?

O sr. Cope ficou um pouco assustado.

– Imagino que vários – admitiu.

Poirot sorriu docilmente e comentou:

– Mas existem muitos outros motivos para se cometer um crime, não é? Obrigado, sr. Cope, pela sua cooperação tão generosa.

– De nada, foi um prazer – disse o sr. Cope. – Não é a srta. King sentada ali? Acho que vou lá trocar umas palavras com ela.

Poirot continuou descendo a colina.

Encontrou a srta. Pierce vindo na direção contrária.

Cumprimentou-o ofegante.

– Sr. Poirot, que bom encontrá-lo! Estive conversando com aquela menina estranha... a mais nova, sabe? Ela disse coisas esquisitíssimas, sobre inimigos e um xeque que queria raptá-la... que está cercada de espiões. Tudo muito romântico! Lady Westholme diz que é bobagem, que ela teve uma empregada ruiva certa vez que contava o mesmo tipo de história, mas acho-a *severa* demais às vezes. Afinal, pode ser verdade, não, sr. Poirot? Li, alguns anos atrás, que uma das filhas do czar não morreu na Revolução Russa, e fugiu escondida para a América. A arquiduquesa Tatiana, acho. Talvez seja sua mãe, não? Ela falou muito sobre nobreza... e tem certo ar, não acha? Um pouco eslavo... as maçãs do rosto. Seria emocionante!

Poirot disse, em tom sentencioso:

– Realmente existem coisas estranhas na vida.

– Não percebi hoje de manhã quem era o senhor – disse a srta. Pierce, juntando as mãos. – O senhor é aquele detetive famosíssimo! Li *tudo* sobre o caso ABC. Foi tão *eletrizante*! Eu trabalhava como governanta perto de Doncaster na época.

Poirot murmurou alguma coisa. A srta. Pierce continuou, cada vez mais agitada.

– É por isso que pensei que talvez eu estivesse errada... hoje de manhã. Devemos sempre contar *tudo*, não é? Mesmo os detalhes mais insignificantes, por menos importantes que possam *parecer*. Porque, claro, se o senhor está metido nisso, a pobre sra. Boynton *deve* ter sido assassinada mesmo! Vejo isso agora. Acho que o sr. Mah Mud... não lembro o nome dele... o guia... será que é um *agente bolchevique*? Ou talvez até a srta. King? Creio que muitas moças de família pertencem ao terrível grupo de comunistas! Por isso fiquei pensando se *deveria* lhe contar... porque foi um pouco *peculiar*, se paramos para pensar.

– Precisamente – disse Poirot. – Portanto, quero que me conte tudo.

– Bem, na verdade, não é nada de mais. É apenas que na manhã seguinte à descoberta, acordei cedo e olhei para fora da minha tenda para ver o nascer do sol; mas o sol tinha nascido uma hora antes. Mas era *cedo*...

– Sim, sim. E a senhora viu?

– Essa é a parte interessante... no momento, não me *pareceu* relevante. Vi aquela menina Boynton sair de sua tenda e jogar algo no rio... nada de mais *nisso*, claro, mas o objeto *brilhava*... à luz do sol! Quando atravessou o ar. *Brilhou*, sabe?

– Que menina Boynton foi essa?

– Acho que a que chamam de Carol... uma moça muito bonita... parecida com o irmão... podiam ser *gêmeos*. Talvez tenha sido a mais nova. Não consegui enxergar direito, pois o sol batia no meu rosto. Mas acho que o cabelo não era ruivo... apenas avermelhado. Adoro esse tom no cabelo! Cabelos ruivos sempre me lembram *cenoura*! – riu.

– Então ela jogou fora um objeto brilhante? – indagou Poirot.

– Sim. E, é claro, como disse antes, não dei muita importância para aquilo *no momento*. Mas depois, saí para passear pela margem do rio e a srta. King estava lá. Ali, em meio a um monte de despojos... até latas... vi uma pequena caixa de metal... não muito quadrada... mais retangular, entende?

– Perfeitamente. Assim?

– Isso! Como o senhor é *inteligente*! E pensei com os meus botões: "Deve ter sido o que a menina Boynton jogou fora, mas é uma caixinha muito bonita". E, só por curiosidade mesmo, peguei a caixa e a abri. Tinha uma espécie de seringa lá dentro... igual à que enfiaram no meu braço quando me vacinei contra tifo. Pensei que era curioso jogar fora a seringa daquele jeito, se estava em perfeitas condições. Enquanto pensava isso, a srta. King falou alguma coisa atrás de mim. Não a tinha ouvido se aproximar. Ela falou: "Muito obrigada... minha seringa hipodérmica. Estava procurando essa seringa". Então, entreguei a seringa e ela voltou para o acampamento.

A srta. Pierce fez uma pausa e logo emendou:

– Claro, pode ser que não haja *nada de mais nisso*... só que me pareceu um pouco estranho o fato de Carol Boynton jogar fora a seringa da srta. King. Quer dizer, não é normal. Mas imagino que exista uma boa explicação.

Parou e ficou olhando para Poirot, em expectativa.

O rosto dele estava sério.

– Obrigado, mademoiselle. O que me contou pode não ser importante isoladamente, mas completa o quebra-cabeça! Tudo faz sentido agora.

– Sério? – a srta. Pierce enrubesceu, feliz como uma criança.

Poirot acompanhou-a até o hotel.

De volta ao quarto, adicionou uma linha a seu memorando. Poirot nº 10. "*Nunca esqueço. Lembre-se disso. Nunca me esqueci de nada...*"

– *Mais oui* – disse. – Está tudo claro agora!

CAPÍTULO 15

— Tudo preparado! – anunciou Hercule Poirot.

Com um pequeno suspiro, recuou dois passos e contemplou a arrumação que fizera num quarto desocupado do hotel.

O coronel Carbury, reclinado de maneira deselegante na cama que havia sido encostada à parede, sorriu entre uma baforada e outra de seu cachimbo.

– Você é um sujeito engraçado, Poirot – disse. – Gosta de dramatizar.

– Talvez tenha razão – admitiu o pequeno detetive. – Mas não faço isso por prazer. Se vamos encenar uma comédia, precisamos armar o cenário.

– Isso é uma comédia?

– Mesmo que seja uma tragédia... a decoração precisa ser correta.

O coronel Carbury olhou-o com curiosidade.

– Bem – disse – você é quem sabe! Não sei onde quer chegar, mas sinto que tem alguma coisa em mente.

– Terei a honra de apresentá-lo ao que me pediu: a verdade!

— Acha que teremos uma condenação?
— Isso, meu amigo, não posso prometer.
— É verdade. Talvez prefira assim. Depende.
— Meus argumentos são fundamentalmente psicológicos — disse Poirot.

O coronel Carbury suspirou.
— Era o que eu temia.
— Mas vão convencê-lo — garantiu o detetive. — Com certeza. A verdade sempre me pareceu curiosa e bela.
— Às vezes — comentou o coronel Carbury — é bastante desagradável.
— Não, de jeito nenhum — exclamou Poirot. — Você está partindo do ponto de vista pessoal. Tente enxergar de maneira abstrata, do ponto de vista imparcial. Aí, a lógica absoluta dos acontecimentos é fascinante, segue uma ordem.
— Tentarei pensar assim — disse o coronel.

Poirot consultou seu relógio, antigo e pesado.
— Era do meu avô.
— Imaginei.
— Está na hora. Vamos começar — disse Poirot. — Você, *mon Colonel*, sentará aqui, atrás dessa mesa, em posição oficial.
— Certo — concordou Carbury. — Preciso colocar o uniforme?
— Não, não. Se me permitir, vou só ajeitar o nó da sua gravata. — Juntou à ação às palavras. O coronel Carbury sorriu mais uma vez, sentou-se na cadeira indicada e um pouco depois, inconscientemente, afrouxou o nó, fazendo a gravata parar embaixo da orelha esquerda de novo.
— Aqui — continuou Poirot, mudando ligeiramente as cadeiras de lugar — ficará *la famille Boynton*. E ali — prosseguiu — ficarão as três pessoas de fora que tiveram participação importante no caso: o dr. Gerard, de quem a acusação depende; a srta. Sarah King, que tem dois interesses diferentes na história, um pessoal e outro profissional; e o sr. Jefferson Cope, amigo íntimo da família Boynton, que é, portanto, parte interessada no assunto.

Parou de repente.
— Ah, aí vêm eles.

Abriu a porta para o grupo entrar.

Lennox Boynton e a mulher entraram primeiro. Raymond e Carol vieram logo atrás. Ginevra apareceu sozinha, com um sorriso distante nos lábios. O dr. Gerard e Sarah King foram os penúltimos, e o sr. Jefferson Cope chegou alguns minutos depois, desculpando-se pelo atraso.

Quando todos se sentaram, Poirot deu um passo à frente.
— Senhoras e senhores — disse —, esta é uma reunião totalmente informal. Aconteceu devido ao acaso da minha presença em Amã. O coronel Carbury me deu a honra de me consultar...

Poirot foi interrompido. A interrupção veio de onde menos se esperava. Lennox Boynton perguntou subitamente, de modo pugnaz:

– Por quê? Por que o coronel tinha que metê-lo nisso?

Poirot fez um gesto gracioso com a mão.

– Costumam me chamar em casos de morte repentina.

Lennox Boynton indagou:

– O senhor é chamado pelos médicos sempre que há um caso de insuficiência cardíaca?

Poirot respondeu calmamente:

– Insuficiência cardíaca é um termo muito vago.

O coronel Carbury pigarreou. Era um ruído oficial. Falou num tom profissional:

– Melhor esclarecermos. As circunstâncias da morte me foram passadas. Uma ocorrência natural. O tempo quente demais... uma viagem exaustiva para uma senhora de idade e saúde instável. Até aí, tudo bem. Mas o dr. Gerard, por conta própria, veio me contar uma coisa...

Olhou para Poirot com ar interrogativo. O detetive mandou-o prosseguir.

– O dr. Gerard é um médico reconhecido mundialmente. Qualquer declaração sua é digna de atenção. Pois bem. Ele me afirmou que na manhã seguinte à morte da sra. Boynton reparou que faltava certa quantidade de uma potente droga para o coração em sua maleta de medicamentos. Na tarde anterior, ele tinha notado o desaparecimento de uma seringa hipodérmica. A seringa foi recolocada no lugar durante a noite. Questão final: havia, no pulso da mulher morta, um furo causado por uma agulha desse tipo.

O coronel Carbury fez uma pausa.

– Nessas circunstâncias, achei que era dever das autoridades cuidar do caso. O sr. Hercule Poirot, que era meu hóspede, ofereceu muito gentilmente seus serviços especializados. Concedi-lhe total autonomia para investigar o que quisesse. Estamos aqui reunidos agora para ouvir seu relato sobre o assunto.

Houve silêncio, um silêncio tão profundo que daria para ouvir, como se diz, um alfinete cair. Na verdade, alguém deixou cair algo no quarto ao lado, provavelmente um sapato, que soou como uma bomba naquela atmosfera abafada.

Poirot olhou para o grupo de três pessoas à sua direita, depois para as cinco pessoas reunidas à sua esquerda, um grupo de pessoas com os olhos assustados.

Disse com tranquilidade:

– Quando o coronel Carbury me contou o caso, dei minha opinião profissional. Expliquei que talvez não fosse possível conseguir provas, provas que valessem num tribunal, mas garanti que chegaria à verdade, simplesmente interrogando as pessoas envolvidas. Pois, devo lhes dizer, meus amigos, que para investigar um crime basta deixar o culpado ou os culpados *falarem*. No final, eles sempre dizem o que queremos saber! – Fez uma pausa. – Pois então. Neste caso, apesar de terem mentido, também me disseram a verdade, mesmo sem querer.

Ouviu um leve suspiro, o arrastar de uma cadeira à direita, mas não olhou em volta. Manteve o olhar fixo nos Boynton.

– Primeiro, considerei a possibilidade de que a sra. Boynton tivesse morrido de morte natural... o que refutei logo em seguida. O desaparecimento da droga, da seringa e, acima de tudo, a atitude da família da morta fizeram-me abandonar essa hipótese. A sra. Boynton não só foi assassinada a sangue-frio, como também todos os membros da família estavam cientes disso! Reagiram coletivamente como culpados. Mas existem vários graus de culpa. Examinei as evidências com cuidado para verificar se o assassinato – sim, foi um *assassinato* – havia sido cometido pela família em comum acordo, *segundo um plano*. Havia, devo dizer, motivos de sobra. Todos ganhariam com sua morte, tanto no sentido pecuniário, porque alcançariam na hora independência financeira com uma considerável fortuna, como no sentido emocional, porque se livrariam de uma tirania quase insuportável. Continuando: cheguei à conclusão de que a teoria do assassinato em conjunto não se sustentava. As histórias contadas pelos membros da família Boynton não batiam uma com a outra, e não havia nenhum sistema de álibis estruturado. Os fatos pareciam mostrar que um ou talvez dois membros da família tivessem agido juntos, e que os outros fossem apenas coadjuvantes. Depois comecei a me perguntar qual membro ou membros seriam os mais indicados. Aqui, devo confessar, fui influenciado por uma parte das evidências da qual só eu tinha conhecimento.

Nesse momento, Poirot contou o que acontecera em Jerusalém.

– Naturalmente, isso apontava o sr. Raymond como o principal suspeito. Estudando a família, concluí que o interlocutor mais provável de Raymond aquela noite era sua irmã Carol. Os dois se parecem muito, tanto fisicamente quanto no temperamento. Ou seja, ambos possuem afinidade e a rebeldia necessária para cometer tal ato. O motivo era parcialmente altruísta: livrar a família inteira, e sobretudo a irmã mais nova, das garras da mãe, o que torna tudo mais plausível. – Poirot parou um minuto.

Raymond Boynton chegou a abrir a boca, mas não falou nada. Fitava Poirot, com uma expressão de agonia.

– Antes de entrar no caso de Raymond Boynton, gostaria de ler uma lista de pontos significativos que mostrei para o coronel Carbury hoje à tarde.

Pontos significativos
1. A sra. Boynton estava tomando um medicamento que continha digitalis.
2. O dr. Gerard deu por falta de sua seringa hipodérmica.
3. A sra. Boynton tinha prazer em impedir que a família se relacionasse com outras pessoas.
4. A sra. Boynton, naquela tarde, incentivou a família a sair e deixá-la sozinha.
5. A sra. Boynton era sádica.
6. A distância entre a tenda principal e o lugar onde a sra. Boynton estava sentada era de aproximadamente duzentos metros.
7. O sr. Lennox Boynton disse a princípio que não sabia a hora em que tinha voltado para o acampamento, mas depois admitiu que tinha acertado o relógio de pulso da mãe e falou a hora exata.
8. O dr. Gerard e a srta. Ginevra Boynton ocupavam tendas contíguas.
9. Às seis e meia, quando o jantar ficou pronto, um empregado foi enviado para avisar a sra. Boynton.
10. A sra. Boynton, em Jerusalém, usou estas palavras: "Nunca esqueço. Lembre-se disso. Nunca me esqueci de nada".

– Apesar de eu ter enumerado os pontos separadamente, eles podem ser agrupados em pares. É o caso, por exemplo, dos dois primeiros. *A sra. Boynton estava tomando um medicamento contendo digitalis* e *o dr. Gerard deu por falta de sua seringa hipodérmica*. Esses dois pontos foram a primeira coisa que me chamou atenção no caso, e devo dizer que me pareceram bastante estranhos... quase incompatíveis. Não estão entendendo o que quero dizer? Não importa. Voltarei a essa questão daqui a pouco. Basta dizer que reparei nesses dois pontos como algo a ser explicado melhor. Concluirei agora minha avaliação sobre a chance de culpa de Raymond Boynton. Os fatos são os seguintes: ele foi ouvido discutindo a possibilidade de matar a sra. Boynton. Estava muito nervoso. Havia atravessado, perdoe-me, mademoiselle – curvou-se para Sarah –, um momento de grande crise emocional. Ou seja, estava apaixonado. A exaltação de seus sentimentos poderia levá-lo a agir de diversas formas. Ele poderia sentir-se enternecido e em paz com o mundo em geral, incluindo a madrasta. Poderia sentir coragem de finalmente desafiá-la e livrar-se de sua influência. Ou poderia ter encontrado o incentivo que faltava para tirar o crime do papel e colocá-lo em prática. Mas isso é psicologia! Examinemos os *fatos*. Raymond Boynton deixou o acampamento com os outros às três e quinze, aproximadamente. A sra. Boynton estava viva nesse momento, e passava bem. Pouco depois,

Raymond e Sarah King tiveram um *tête-à-tête*. Raymond deixou-a sozinha. De acordo com ele, voltou ao acampamento às dez para as seis. Foi falar com a mãe, trocou algumas palavras com ela e retornou à sua tenda. Depois, desceu à tenda principal. Raymond Boynton afirma que às dez para as seis *a sra. Boynton estava perfeitamente bem*. Mas aqui há um fato que contradiz diretamente essa afirmação. Às seis e meia, a morte da sra. Boynton foi descoberta por um empregado. A srta. King, diplomada em medicina, examinou o corpo e é capaz de jurar – apesar de naquele momento não ter dado atenção à hora do óbito – que a morte teria acontecido *com certeza* pelo menos uma hora antes (e provavelmente *muito antes*) das seis horas da tarde. Temos aqui, vejam bem, duas afirmações contraditórias. Deixando de lado a possibilidade de que a srta. King tenha se enganado...

Sarah interrompeu-o.

– Não costumo me enganar. Quer dizer, se isso tivesse acontecido, eu admitiria.

Seu tom era duro e claro.

Poirot curvou-se para ela, de maneira educada.

– Então, existem apenas duas possibilidades: ou a srta. King está mentindo, ou o sr. Boynton está mentindo! Vejamos as razões para Raymond Boynton mentir. Pressupondo que a srta. King *não* esteja enganada e *não* esteja mentindo deliberadamente, qual seria então a sequência dos acontecimentos? Raymond Boynton volta para o acampamento, vê a mãe sentada na entrada da caverna, vai falar com ela e descobre que está morta. O que ele faz? Pede ajuda? Informa de imediato as pessoas do acampamento? Não, espera um ou dois minutos, vai para a sua tenda, depois encontra sua família na principal e *não fala nada*. Tal conduta seria um tanto curiosa, não?

Raymond disse, com a voz nervosa e aguda:

– Seria tolice, claro. O que comprova que minha mãe estava viva e bem como eu disse. A srta. King estava transtornada e se enganou.

– Fico me perguntando – disse Poirot, continuando calmamente – qual seria a explicação para tal conduta. Parece que Raymond Boynton *não pode ser culpado*, já que no momento em que foi falar com a madrasta aquela tarde, *ela já estava morta há algum tempo*. Agora, supondo que Raymond Boynton seja *inocente*, temos como explicar seu comportamento? Temos. Lembro-me do fragmento daquela conversa que ouvi sem querer: "*Você entende que ela tem de ser assassinada, não entende?*". Ele volta de seu passeio e encontra a madrasta morta. Imediatamente, sua memória culpada lhe apresenta uma possibilidade. O plano foi colocado em prática, não por ele, mas por sua parceira. *Tout simplement*... Raymond suspeita da irmã, Carol Boynton.

– É mentira – disse Raymond, com a voz baixa e trêmula.

Poirot prosseguiu:

– Analisemos agora a possibilidade de que Carol Boynton seja a assassina. Quais as provas contra ela? Ela tem o mesmo temperamento exaltado, o tipo de temperamento que poderia levá-la a considerar um assassinato como um ato de heroísmo. Era com ela que Raymond Boynton estava falando aquela noite em Jerusalém. Carol Boynton voltou para o acampamento às cinco e dez. De acordo com sua própria versão, ela subiu e foi falar com a mãe. Ninguém a viu. O acampamento estava deserto... os empregados estavam dormindo. Lady Westholme, a srta. Pierce e o sr. Cope exploravam cavernas longe dali. Não houve testemunhas da possível atuação de Carol Boynton. O tempo bate. A acusação contra ela, portanto, é perfeitamente plausível.

Fez uma pausa. Carol ergueu a cabeça. Seus olhos olhavam fixamente os de Poirot, com certa tristeza.

– Existe uma outra questão. Na manhã seguinte, bem cedinho, Carol foi vista jogando alguma coisa no rio. Há motivo para crer que tal coisa fosse uma seringa hipodérmica.

– Como? – soltou o dr. Gerard, surpreso. – Minha seringa hipodérmica *foi devolvida*. Está comigo agora.

Poirot balançou a cabeça.

– Sim, eu sei. Essa segunda seringa hipodérmica é um fato muito curioso... muito interessante. Pelo que entendo, essa seringa pertencia à srta. King. Estou certo?

Sarah parou por uma fração de segundo.

Carol falou rapidamente:

– A seringa não era da srta. King. Era minha.

– Então, a senhorita admite que a jogou fora?

Ela hesitou um pouco em responder, mas disse:

– Claro. Por que não deveria?

– Carol! – Nadine exclamou. Estava inclinada para a frente, com os olhos arregalados, aflitos. – Carol... Eu não entendo...

Carol virou-se e olhou-a. Havia certa hostilidade em seu olhar.

– Não há nada para entender! Joguei fora uma seringa hipodérmica velha. Nunca toquei... no veneno.

Sarah intrometeu-se:

– É verdade o que a srta. Pierce lhe contou, sr. Poirot. A seringa *era* minha.

Poirot sorriu.

– Essa história de seringa está muito confusa... mas, acredito, pode ser explicada. Bem, agora temos dois casos formados: o caso da inocência de Raymond Boynton e o caso da culpa de sua irmã Carol. Mas sou muito justo.

Olho sempre os dois lados. Vejamos agora o que deve ter ocorrido se Carol for inocente. Ela volta para o acampamento, sobe para falar com a madrasta e a encontra, digamos, morta! Qual a primeira coisa que ela pensa? Suspeita que o irmão, Raymond, matou a madrasta. Sem saber o que fazer, resolve ficar calada. Logo em seguida, cerca de uma hora depois, Raymond Boynton volta e, tendo supostamente falado com a mãe, *não comenta nada de anormal.* Vocês não acham que então suas suspeitas se confirmariam? Talvez ela vá à tenda e encontre lá uma seringa hipodérmica. Aí, tem *certeza*! Pega a seringa rapidamente e a esconde. Na manhã seguinte, joga-a o mais longe possível. Há mais uma indicação de que Carol Boynton é inocente. Ela me garantiu que ela e o irmão nunca pretenderam realmente levar a cabo seu plano. Peço-lhe para jurar, e ela jura imediatamente e com grande solenidade que não é culpada do crime! Vejam, é assim que ela coloca a questão. Não jura que *os dois* não são culpados. Jura por *si mesma*, não pelo irmão... e acha que não vou prestar atenção no pronome. Bem, esse é o caso da inocência de Carol Boynton. Agora, dando um passo atrás, consideremos não a inocência, mas a possível culpa de Raymond. Suponhamos que Carol esteja falando a verdade, que a sra. Boynton estava viva às cinco e dez. Em que circunstâncias Raymond pode ser culpado? Pode ser que tenha matado a mãe às dez para as seis, quando foi falar com ela. Havia empregados por perto, é verdade, mas a luz estava diminuindo. Poderia ter feito. A srta. King, nesse caso, teria mentido. Lembrem-se, ela voltou para o acampamento apenas cinco minutos depois de Raymond. À distância, o teria visto falando com a mãe. Quando a sra. Boynton é encontrada morta mais tarde, a srta. King chega à conclusão de que *Raymond a matou* e, para inocentá-lo ela mente... sabendo que o dr. Gerard estava acamado com febre e não poderia desmenti-la!

– Eu *não* menti! – afirmou Sarah.

– Existe ainda outra possibilidade. A srta. King, como eu disse, chegou ao acampamento alguns minutos depois de Raymond. Se Raymond Boynton encontrou sua mãe com vida, pode ter sido *a srta. King* quem lhe administrou a injeção fatal. Ela achava a sra. Boynton essencialmente má. Por ter julgado que fazia justiça. Isso explicaria também a mentira a respeito da hora da morte.

Sarah ficou pálida. Com a voz baixa e firme, disse:

– É verdade que falei da conveniência de uma pessoa morrer para salvar muitas. Foi o Lugar do Sacrifício que me deu essa ideia. Mas posso jurar-lhes que nunca toquei um dedo naquela velha desagradável... nem jamais me passou pela cabeça nada do gênero!

– E, mesmo assim – disse Poirot, suavemente –, um de vocês dois *tem que estar mentindo*.

Raymond Boynton mudou de posição na cadeira. Gritou, com ímpeto:

– O senhor venceu, sr. Poirot! Fui eu que menti. Minha mãe já estava morta quando fui falar com ela. Fiquei desnorteado. Estava indo conversar sério com ela, dizer que dali para frente eu seria livre, tudo planejado... e ela estava morta! Sua mão fria e mole. E pensei... exatamente como o senhor disse. Que talvez Carol... a marca no pulso...

Poirot disse rapidamente:

– Esse é o único ponto que não entendi por completo. Qual era o método que vocês pretendiam empregar? Vocês *tinham* um método... ligado à seringa hipodérmica. Até aí eu sei. Se quiser que eu acredite em você, terá que me contar o resto.

Raymond falou sem pestanejar:

– Era um método que eu tinha visto num livro... uma história de detetive... você espeta uma seringa hipodérmica vazia numa pessoa e pronto. Parecia algo perfeitamente científico. Resolvi fazer dessa forma.

– Ah – disse Poirot. – Compreendo. E você comprou uma seringa?

– Não. Na verdade, peguei a de Nadine.

Poirot lançou um rápido olhar a Nadine.

– A seringa que estava na sua bagagem em Jerusalém? – indagou.

O rosto da jovem corou ligeiramente.

– Eu não sabia ao certo que fim tinha levado – murmurou.

Poirot comentou:

– A senhora é muito rápida de raciocínio, madame.

CAPÍTULO 16

Houve uma pausa. Depois, limpando a garganta, com um som de pigarro, Poirot continuou:

– Resolvemos agora o mistério do que eu chamaria *a segunda seringa hipodérmica*. Pertencia à sra. Lennox Boynton e foi parar nas mãos de Raymond Boynton antes de sair de Jerusalém. Depois da descoberta da morte, ficou em poder de Carol, que a jogou fora, sendo encontrada mais tarde pela srta. Pierce. A srta. King afirmou que a seringa era dela, e suponho que esteja com ela agora.

– Estou sim – confirmou Sarah.

– Então, ao declarar há pouco que a seringa era sua, a senhorita estava fazendo exatamente o que afirmou jamais fazer: estava mentindo.

Sarah disse, sem se alterar:

– É um tipo diferente de mentira. Não é... não é uma mentira *profissional*.

Gerard concordou com um gesto de cabeça.

– Sim, esse é um ponto importante. Entendo-a perfeitamente, mademoiselle.

– Obrigada – disse Sarah.

Poirot pigarreou mais uma vez.

– Vamos rever nossa tabela de horários. Então:

A família Boynton e Jefferson Cope deixam o acampamento	15h15 (aprox.)
O dr. Gerard e Sarah King deixam o acampamento	15h15 (aprox.)
Lady Westholme e a srta. Pierce deixam o acampamento	16h15
O dr. Gerard volta para o acampamento	16h20 (aprox.)
Lennox Boynton volta para o acampamento	16h35
Nadine Boynton volta para o acampamento e fala com a sra. Boynton	16h40
Nadine Boynton deixa a sogra e vai para a tenda principal	16h50 (aprox.)
Carol Boynton volta para o acampamento	17h10
Lady Westholme, srta. Pierce e sr. Jefferson Cope voltam para o acampamento	17h40
Raymond Boynton volta para o acampamento	17h50
Sarah King volta para o acampamento	18h00
Descoberta do corpo	18h30

– Existe, como se pode reparar, um intervalo de vinte minutos entre 16h50, quando Nadine Boynton deixou sua sogra, e 17h10, quando Carol voltou. Portanto, se Carol estiver falando a verdade, a sra. Boynton deve ter sido assassinada nesses vinte minutos. Agora, quem poderia tê-la matado? Naquele momento, a srta. King e Raymond Boynton estavam juntos. O sr. Cope, não que tivesse algum motivo especial para matar a sra. Boynton, tinha um álibi. Estava em companhia de lady Westholme e da srta. Pierce. Lennox Boynton encontrava-se na tenda principal, com a esposa. O dr. Gerard ardia de febre em sua tenda. O acampamento estava deserto, os empregados estavam dormindo. É o momento certo para cometer um crime! Existe alguém que possa tê-lo cometido?

Seus olhos voltaram-se pensativamente para Ginevra Boynton.

– *Existe uma pessoa*. Ginevra Boynton passou a tarde inteira em sua tenda. Foi o que ela disse... mas existem provas de que ela não ficou o tempo todo lá. Ginevra Boynton fez uma observação muito significativa. Disse que o dr. Gerard falou seu nome quando estava com febre. E o dr. Gerard também nos contou que sonhou com o rosto de Ginevra Boynton. Mas não foi sonho! Foi o rosto dela de verdade que ele viu. Pensou que tivesse sido delírio da febre, mas era a realidade. Ginevra foi à tenda do dr. Gerard. Não teria ido devolver a seringa hipodérmica depois de usá-la?

Ginevra Boynton ergueu a cabeça com sua coroa de cabelos dourados. Seus grandes e lindos olhos encararam Poirot, o olhar pouco expressivo. Parecia uma santa.

– *Ah, ça non!* – exclamou o dr. Gerard.

– É algo assim tão impossível do ponto de vista psicológico? – indagou Poirot.

O francês baixou os olhos.

Nadine Boynton disse com rispidez:

– É impossível!

Poirot olhou rapidamente para ela.

– Impossível, madame?

– Sim. – Fez uma pausa, mordeu os lábios e prosseguiu: – Não ficarei aqui ouvindo uma acusação tão disparatada contra minha cunhada. Todos nós sabemos que é impossível.

Ginevra mexeu-se um pouco na cadeira. As linhas de sua boca transformaram-se em um sorriso, o sorriso comovente, inocente e semi-inconsciente de uma menina.

Nadine repetiu:

– Impossível.

Seu rosto afável endureceu, revelando determinação. Os olhos que fitavam Poirot eram inflexíveis.

Poirot inclinou-se para a frente, numa meia mesura.

– Madame é muito inteligente – disse.

Nadine perguntou tranquilamente:

– O que o senhor quer dizer com isso, sr. Poirot?

– Quero dizer, madame, que o tempo todo percebi que a senhora é o que se chama, creio, uma "excelente cabeça".

– O senhor está exagerando.

– Não estou não. A senhora sempre encarou a situação calmamente, como um todo. Manteve uma boa relação com a mãe de seu marido, considerando que era a melhor coisa a fazer, mas por dentro a senhora a julgava e condenava. Creio que há um tempo a senhora se deu conta de que a única chance de felicidade para seu marido seria sair de casa... se virar sozinho, por mais difícil que se tornasse a vida. A senhora estava disposta a correr todos os riscos e fez de tudo para influenciá-lo nessa direção. Mas a senhora fracassou, madame. Lennox Boynton já não tinha *desejo de liberdade*. Estava satisfeito naquela condição de apatia e melancolia. Agora, não tenho a menor dúvida, madame, de que a senhora ama seu marido. Sua decisão de abandoná-lo não foi motivada por um amor maior por outro homem. Foi, creio eu, um gesto desesperado, uma última tentativa. Uma mulher na sua posição só poderia tentar três coisas. Poderia tentar pedir. Isso, como já disse, não deu certo. Poderia ameaçar partir. Mas é possível que nem isso mudasse a postura de Lennox Boynton. Ele mergulharia numa infelicidade maior, mas não se rebelaria. Havia uma última cartada: *Ir embora com outro homem*. O ciúme, o sentimento de posse, é um dos instintos mais enraizados na natureza do homem. A senhora foi inteligente em tentar mexer com isso. Se Lennox Boynton a deixasse ir com outro homem, sem fazer objeção, seria prova de que estava além de qualquer possibilidade de ajuda humana, e seria melhor mesmo a senhora procurar refazer sua vida em outro lugar. Mas suponhamos que até esse último recurso tenha dado errado. Seu marido ficou terrivelmente aborrecido com sua decisão, mas, apesar disso, não reagiu como a senhora esperava, de modo primitivo, com um surto de possessividade. Haveria algo que pudesse salvar seu marido de sua condição mental cada vez mais crítica? Só uma coisa. *Se a madrasta morresse*, talvez não fosse tarde demais. Ele começaria uma nova vida como um homem livre, reconstruindo dentro de si a independência e a virilidade.

Poirot fez uma pausa e repetiu suavemente:

– Se a sua sogra morresse...

Os olhos de Nadine continuavam fixos nele. Com frieza na voz, ela disse:

– O senhor está insinuando que eu contribuí para o que aconteceu? Impossível, sr. Poirot. Depois de ter dado a notícia de minha partida à sra. Boynton, fui direto para a tenda principal e encontrei Lennox. Não saí de lá até minha sogra ser encontrada morta. Posso ser culpada pela sua morte de certa forma, por conta do choque que lhe causei... o que, claro, pressupõe uma morte natural. Mas se, como o senhor diz, apesar de não ter nenhuma prova e não poder saber até que seja feita uma autópsia, ela foi deliberadamente assassinada, não havia como ser *eu* a pessoa que a matou.

Poirot disse:

– A senhora não saiu da marquise até encontrarem sua sogra morta. Isso foi o que acabou de afirmar. Esse, sra. Boynton, foi um dos pontos que me pareceram curiosos nesse caso.

– O que o senhor quer dizer?

– Está aqui na minha lista. Ponto nove. Às seis e meia, quando o jantar ficou pronto, um empregado foi enviado para avisar a sra. Boynton.

Raymond disse:

– Não entendo.

– Nem eu – completou Carol.

Poirot olhou para um e para outro.

– Não estão entendendo, não é? "Um empregado foi enviado"... Por que um *empregado*? Vocês não eram tão assíduos em atender a velha senhora? Não é verdade que um de vocês sempre a acompanhava ao lugar das refeições? Ela estava enferma, tinha dificuldade de se levantar da cadeira sem ajuda. Havia sempre alguém do seu lado. Imagino, portanto, que ao ser anunciado o jantar, o natural fosse algum membro da família ir ajudá-la. Mas ninguém se ofereceu. Ficaram todos lá sentados, paralisados, olhando um para o outro, perguntando-se, talvez, por que ninguém ia.

Nadine falou duramente:

– Isso tudo é absurdo, sr. Poirot! Estávamos todos cansados naquela noite. Deveríamos ter ido, é verdade, mas naquela noite simplesmente não fomos!

– Exato... exato.. *bem naquela noite!* A senhora, madame, talvez fosse quem mais se ocupava dela. Foi um dos deveres que aceitou mecanicamente. Mas naquela noite a senhora não se ofereceu para ajudá-la. Por quê? É o que me pergunto: por quê? E lhe digo a resposta: *Porque a senhora sabia muito bem que ela estava morta...* Não, não me interrompa, madame. – Levantou a mão, num gesto súbito. – Agora vocês vão me ouvir... Hercule Poirot! Houve testemunhas de sua conversa com sua sogra, testemunhas que conseguiram *ver*, mas não *ouvir*! Lady Westholme e a srta. Pierce estavam muito distantes. Viram a senhora *aparentemente* conversando com sua sogra, mas que prova existe do que realmente se passou? Proponho-lhe uma pequena teoria. A senhora é inteligente, madame. Se do seu jeito calmo e sereno a senhora planejou, digamos, a *eliminação* da mãe de seu marido, vai realizar o plano com inteligência e a devida preparação. A senhora teve acesso à tenda do dr. Gerard durante sua ausência na manhã da excursão. Tinha certeza de encontrar a droga certa. Sua prática de enfermagem a ajudou. A senhora escolhe digitoxina, o mesmo tipo de droga que a sra. Boynton estava tomando, pega também a seringa hipodérmica, uma vez que a sua havia desaparecido, deixando-a muito aborrecida. A senhora promete a si mesma que devolverá a seringa antes que o médico note sua falta. Antes de dar início ao plano, a senhora faz uma última tentativa para que seu marido tome alguma iniciativa. Informa-lhe que se casará com Jefferson Cope. Apesar de ficar muito chateado, seu marido não reage como a senhora previu, de modo que se vê obrigada a colocar em prática seu plano de assassinato. A senhora volta para o acampamento e troca algumas palavras com lady Westholme e a srta. Pierce, tudo muito natural, ao subir para o local em que sua sogra está sentada. A seringa está preparada. É fácil agarrar o pulso dela e, eficiente como a senhora é pela prática, enfiar a agulha e pressionar o êmbolo. Isso é feito antes que sua sogra perceba o que está acontecendo. Lá embaixo no vale, os outros só veem a senhora conversando com ela, inclinada em sua direção. Depois, com tranquilidade, a senhora pega uma cadeira e fica lá sentada, aparentemente conversando de forma amigável por alguns minutos. A morte deve ter sido quase instantânea. Está sentada conversando com uma mulher morta, mas quem poderá saber? Depois, a senhora devolve a cadeira e desce para a tenda principal, onde encontra seu marido lendo um livro. Toma o cuidado de não sair de lá! A morte da sra. Boynton será certamente atribuída a um colapso cardíaco. Estará ligada, na verdade, a isso mesmo. Seu plano só falhou numa coisa: a senhora não consegue devolver a seringa do dr. Gerard porque o médico está lá, acamado pela malária... e, apesar de a senhora não saber, *ele já tinha dado por falta da seringa*. Essa, madame, foi a falha no que seria um plano perfeito.

Houve silêncio... um silêncio mortal por um momento, até que Lennox Boynton se levanta.

– Não – gritou. – É tudo mentira. Nadine não fez nada. Não tinha como fazer. Minha mãe já estava morta.

– Ah! – os olhos de Poirot dirigiram-se vagarosamente para ele. – Então foi *o senhor* que a matou, sr. Boynton.

Mais um momento de pausa. Então, Lennox recostou-se de novo na cadeira e cobriu o rosto com as mãos trêmulas.

– Sim, é isso mesmo... eu a matei.
– O senhor pegou a digitoxina da tenda do dr. Gerard?
– Sim.
– Quando?
– Como o senhor disse, de manhã.
– E a seringa?
– A seringa? A seringa também.
– Por que a matou?
– Isso é uma pergunta?
– Quero saber, sr. Boynton!
– Mas o senhor já *sabe*... minha mulher ia me deixar, pelo sr. Cope...
– Sim, mas o senhor só soube disso naquela *tarde*.

Lennox fitou-o espantado.

– É verdade. Quando estávamos fora...

– Mas o senhor pegou o veneno e a seringa *de manhã, antes* de saber?
– Por que o senhor me atormenta com tantas perguntas? – fez uma pausa e passou a mão trêmula na testa. – O que importa isso agora?
– Importa muito. Melhor falar a verdade, sr. Lennox.
– A verdade? – Lennox olhou fixo para o detetive.
– Foi o que eu disse: a verdade.
– Por Deus, direi a verdade – disse Lennox de repente. – Mas não sei se o senhor vai acreditar em mim – respirou fundo. – Naquela tarde, quando deixei Nadine, estava destruído. Jamais imaginei que ela fosse me abandonar por outro. Quase enlouqueci! Senti como se estivesse bêbado ou me recuperando de uma doença grave.

Poirot acenou que entendia com a cabeça e disse:
– Reparei na descrição de lady Westholme do seu modo de andar quando passou por ela. Foi por isso que soube que sua mulher não estava falando a verdade ao contar que falara com o senhor *depois* de voltarem para o acampamento. Continue, sr. Boynton.

– Mal sabia o que estava fazendo... mas, ao me aproximar, minha cabeça clareou. Percebi de repente que só podia culpar a mim mesmo! Tinha sido um verme miserável! Deveria ter desafiado minha madrasta e ido embora muitos anos antes. Mas me ocorreu naquele momento que talvez não fosse tarde demais. Ali estava ela, a velha diaba, sentada como um ídolo obsceno em frente às rochas vermelhas. Fui direto falar com ela. Queria dizer tudo o que pensava e comunicar que ia embora. Tive a ideia louca de partir naquela mesma noite... desaparecer com Nadine e chegar a Ma'an ainda naquele dia.

– Ah, Lennox, meu querido...
Foi um suspiro longo e suave.
Ele continuou:
– E então, meu Deus, fiquei apavorado! Ela estava morta. Ali sentada... morta... Não sabia o que fazer... fiquei atordoado... tonto... tudo o que ia lhe jogar na cara ficou entalado na garganta, como chumbo... não sei explicar... Era como se eu tivesse me transformado numa pedra. Sentia-me assim. Fiz um gesto mecânico: peguei seu relógio de pulso que estava no seu colo e coloquei-o de volta em seu braço... aquele horrível braço de morta...
Estremeceu.
– Meu Deus, foi horrível... Desci correndo para a tenda principal. Deveria ter chamado alguém, mas não consegui. Fiquei lá sentado, virando as páginas... esperando...
Parou.
– O senhor não acreditará nisso. É difícil acreditar mesmo. Por que não chamei ninguém? Por que não contei a Nadine? Não sei.

O dr. Gerard limpou a garganta.

– O seu depoimento é perfeitamente plausível, sr. Boynton – disse. – O senhor estava num estado de tensão nervosa. Dois grandes choques seguidos seriam suficientes para deixá-lo nas condições que descreveu. É a reação de Weissenhalter, mais bem exemplificada no caso do pássaro que bate a cabeça numa janela. Mesmo depois de se recuperar, evita instintivamente qualquer ação, dando tempo de seus centros nervosos se reajustarem... Não me expresso muito bem em inglês, mas o que quero dizer é o seguinte: *O senhor não poderia ter agido de outra forma.* Qualquer tipo de ação decisiva seria impossível. O senhor passou por um período de paralisia mental.

Voltou-se para Poirot.

– Garanto que foi isso, meu amigo!

– Não tenho dúvida – disse Poirot. – Havia um pequeno detalhe que eu já notara... o fato de o sr. Boynton ter recolocado o relógio de pulso da mãe no lugar. Cabem duas explicações aqui: o ato pode ter sido para disfarçar o crime, ou a sra. Boynton interpretou mal o que viu. Ela voltou apenas cinco minutos depois do marido. Deve ter visto o que aconteceu. Quando foi falar com a sogra e a encontrou morta com a marca da seringa hipodérmica no braço, podia naturalmente ter concluído que seu marido a matara, que o fato de saber que ia deixá-lo produziu nele uma reação diferente do que esperava. Em suma, Nadine Boynton acreditou que incitara o marido a cometer o crime.

Olhou para Nadine.

– Estou certo, madame?

Ela confirmou com a cabeça. Depois perguntou:

– O senhor *realmente* suspeitou de mim, sr. Poirot?

– Achei que fosse uma possibilidade, madame.

Ela inclinou-se para a frente.

– E agora? *O que realmente aconteceu, sr. Poirot?*

CAPÍTULO 17

— O que realmente aconteceu? – repetiu Poirot.

Puxou uma cadeira e sentou-se. Falava agora em tom cordial... informal.

– Uma boa pergunta. Porque sabemos que a digitoxina foi mesmo roubada, a seringa desapareceu e havia a marca de uma picada de agulha no braço da sra. Boynton. Dentro de alguns dias saberemos definitivamente, graças à autópsia, se a sra. Boynton morreu ou não de uma dose excessiva de digitalis. Mas aí talvez já seja tarde demais! Seria melhor descobrir a verdade esta noite... enquanto o assassino ainda está aqui, a nosso alcance.

Nadine levantou a cabeça de repente.

– O senhor está dizendo que ainda acredita... que um de nós... aqui nesta sala... – sua voz sumiu.

Poirot acenava lentamente com a cabeça.

– A verdade, foi o que prometi ao coronel Carbury. Portanto, tendo desimpedido nosso caminho, voltamos aonde eu estava, no começo do dia, escrevendo uma lista de fatos e me deparando com duas incoerências evidentes.

O coronel Carbury falou pela primeira vez.

– Poderia dizer que incoerências são essas? – indagou.

Poirot respondeu com dignidade:

– Já vou dizer. Recomeçaremos com os dois primeiros fatos da minha lista. *A sra. Boynton estava tomando um medicamento contendo digitalis e o dr. Gerard deu por falta de sua seringa hipodérmica.* Confrontemos esses dois elementos com o fato inegável, o qual me saltou imediatamente aos olhos, de que a família Boynton revelou inequívocas reações de culpa. Pareceria certo, portanto, pensar que um dos membros da família Boynton *cometera* o crime! E, no entanto, os dois fatos que mencionei opõem-se a essa teoria. Utilizar uma solução concentrada de digitalis é uma ideia inteligente, porque a sra. Boynton já tomava esse remédio. Mas o que faria um membro da família então? Só havia uma coisa sensata a fazer: colocar o veneno *dentro do frasco de remédio!* Seria o que qualquer pessoa com bom senso e acesso ao medicamento faria! Mais cedo ou mais tarde, a sra. Boynton tomaria uma dose do remédio e morreria... e mesmo que descobrissem a digitalis no frasco, tal incidente poderia ser atribuído a um erro do farmacêutico. Nada seria provado! Por que, então, *o roubo da seringa hipodérmica?* Existem duas explicações para isso. Ou o dr. Gerard não viu direito e a seringa nunca foi roubada, ou ela foi roubada porque o assassino *não* tinha acesso ao remédio, ou seja, o assassino *não* era um membro da família Boynton. Esse dois fatos indicam fortemente que quem cometeu o crime foi *uma pessoa de fora!* Percebi isso, mas fiquei intrigado, como disse, pelos sintomas de culpa demonstrados pela família Boynton. Seria possível que, *apesar do sentimento de culpa*, a família Boynton fosse *inocente*? Decidi provar não a culpa, mas a *inocência* da família! É nesse ponto que nos encontramos. O assassinato foi cometido por alguém de fora... isto é, *por alguém que não tinha intimidade suficiente com a sra. Boynton para entrar em sua tenda e mexer no seu frasco de remédio.*

Fez uma pausa.

– Existem três pessoas nesta sala que são tecnicamente de fora, mas têm uma ligação específica com o caso. O sr. Cope, que consideraremos primeiro, estava estreitamente relacionado com a família há algum tempo. Podemos descobrir da parte dele motivação e oportunidade para tal ato?

Parece-me que não. A morte da sra. Boynton foi prejudicial para ele, já que representou o fim de certas esperanças. A menos que o motivo do sr. Cope fosse o desejo fanático de beneficiar outras pessoas, não há razão para que desejasse a morte da sra. Boynton. A não ser, claro, que exista um motivo que desconheçamos completamente. Não sabemos quais os vínculos do sr. Cope com a família Boynton.

O sr. Cope falou com dignidade:

– Isso tudo parece um pouco disparatado, sr. Poirot. Deve lembrar-se de que não tive nenhuma oportunidade de cometer o crime, e que de qualquer maneira tenho opiniões muito arraigadas sobre a santidade da vida humana.

– Sua posição sem dúvida parece impecável – disse Poirot com seriedade. – Numa obra de ficção, o senhor seria um dos principais suspeitos justamente por isso.

Virou-se ligeiramente na cadeira.

– Chegamos agora à srta. King. A srta. King tinha algumas razões e tinha também conhecimentos médicos, além de ser uma pessoa de personalidade forte e com determinação. Mas como deixou o acampamento antes das três e meia com os outros e não voltou até as seis, acho difícil que tenha tido oportunidade. A seguir, o dr. Gerard. Devemos levar em consideração a hora exata em que o crime foi cometido. De acordo com o depoimento do sr. Lennox Boynton, sua mãe já estava morta às 16h35. Segundo lady Westholme e a srta. Pierce, ainda estava viva às 16h16, quando saíram para passear. Ficam então *vinte minutos* por explicar. Quando as duas senhoras *saíam* do acampamento, cruzaram com o dr. Gerard voltando. Ninguém pode dizer *quais foram os movimentos do dr. Gerard no acampamento*, porque as duas senhoras estava de costas para ele, afastando-se dali. *Portanto, é perfeitamente possível que o dr. Gerard tenha cometido o crime.* Sendo médico, poderia simular os sintomas da malária com facilidade. E tinha, diria eu, um bom motivo: poderia desejar salvar uma determinada pessoa cuja razão (perda talvez mais vital do que a da vida) estava em perigo e achar que valia a pena sacrificar uma vida já esgotada.

– Suas ideias são fantásticas! – exclamou o dr. Gerard.

Sem prestar muita atenção, Poirot continuou:

– Mas, sendo assim, *por que o dr. Gerard teria levantado a hipótese de crime?* É quase certo que, não fosse sua declaração ao coronel Carbury, a morte da sra. Boynton teria sido atribuída a causas naturais. Foi *o dr. Gerard* o primeiro a falar em assassinato. Isso, meus amigos, não faz sentido!

– Não faz mesmo – falou rispidamente o coronel Carbury.

– Existe mais uma possibilidade – prosseguiu Poirot. – A sra. Lennox Boynton acabou de negar com veemência a possibilidade de sua jovem cunhada ser culpada. A força de sua objeção reside no fato de ela saber que a sogra já estava morta naquela hora. Mas lembrem-se que Ginevra Boynton passou a tarde inteira no acampamento. E houve um momento, quando lady Westholme e a srta. Pierce se afastavam dali e o dr. Gerard ainda não havia chegado...

Ginevra mexeu-se, inclinou-se para a frente encarando Poirot com um olhar estranho, inocente, intrigado.

– Fui *eu*? Acha que fui eu?

De repente, num movimento de incomparável beleza, levantou-se da cadeira, atravessou a sala e ajoelhou-se aos pés do dr. Gerard, agarrando-se a ele e olhando apaixonadamente para o seu rosto.

– Não, não deixe que eles digam isso! Estão fechando as paredes à minha volta novamente! Não é verdade! Nunca fiz nada! São meus inimigos... querem me prender... me calar. O senhor *tem que* me ajudar. *O senhor* precisa me ajudar!

– Calma, minha filha – o médico passou a mão na cabeça da menina, num gesto delicado. Depois dirigiu-se a Poirot. – O que o senhor está dizendo é absurdo!

– Mania de perseguição? – perguntou Poirot. – Sim. Mas ela jamais teria feito dessa maneira. Teria sido mais *dramática*... um punhal... algo fora do normal... espetacular... nunca essa lógica fria e calma! É isso mesmo, meus amigos. Esse foi um crime premeditado... um crime de uma mente sã.

Poirot sorriu e curvou-se inesperadamente.

– *Je suis entièrement de votre avis** – disse tranquilamente.

CAPÍTULO 18

— Vamos – disse Hercule Poirot. – Ainda temos um pequeno caminho a percorrer! O dr. Gerard invocou a psicologia. Examinemos, portanto, o lado psicológico da questão. Analisamos os *fatos*, estabelecemos uma *sequência cronológica de acontecimentos*, ouvimos as *provas*. Resta a psicologia. E a prova psicológica mais importante concerne à vítima – a psicologia da própria sra. Boynton. Vejamos, na minha lista de fatos específicos, os pontos três e quatro: *A sra. Boynton tinha prazer em impedir que a família se relacionasse com outras pessoas* e *a sra. Boynton, naquela tarde, incentivou a família a sair e deixá-la sozinha*. Esses dois fatos se contradizem totalmente! Por que, naquela tarde específica, a sra. Boynton teria mudado completamente sua maneira de pensar? Teria sentido uma ternura súbita, um impulso de benevolência?

---

* "Estou inteiramente de acordo", em francês. (N.T.)

Parece-me, por tudo o que ouvi, extremamente improvável! Mas deve ter havido um *motivo*. Qual? Examinemos com mais atenção o caráter da sra. Boynton. Muito se falou dela: que era uma velha tirana, uma sádica mental, o diabo em pessoa, que era louca. Qual dessas visões é a verdadeira? A meu ver, quem mais se aproximou da verdade foi Sarah King, quando, num momento de inspiração em Jerusalém, enxergou a velha como um ser bastante patético. Mas não só patético... *fútil*! Procuremos colocar-nos na condição mental da sra. Boynton. Um ser humano que nasceu cheio de ambição, com anseio de dominar e de impor sua personalidade aos outros. Não sublimou essa enorme sede de poder, nem tentou controlá-la. Não, senhoras e senhores: alimentou-a! Mas no *fim*, ouçam bem, a que se resumia tudo? Não era uma grande força! Não era temida e odiada num círculo muito grande! *Era a pequena tirana de uma família afastada do convívio social!* E como disse o dr. Gerard, ficou cansada como qualquer outra ficaria com seu hobby e resolveu ampliar sua área de domínio, para se divertir! Mas isso lhe desvendou um aspecto inteiramente novo! Na viagem ao exterior, compreendeu pela primeira vez como era insignificante! E agora chegamos diretamente ao ponto número dez: as palavras ditas a Sarah King em Jerusalém. Sarah havia colocado o dedo na ferida. Revelara totalmente a triste futilidade do plano de existência da sra. Boynton! E agora, ouçam com atenção as palavras exatas da sra. Boynton, que, segundo a srta. King, falou com *muita malevolência,* sem nem olhar para ela. "Nunca me esqueci de nada: nenhuma ação, nenhum nome, nenhum rosto." Essas palavras impressionaram muito a srta. King, sobretudo pela intensidade e pelo tom com que foram proferidas! A impressão causada em seu espírito foi tão forte que, creio, ela nem compreendeu seu significado. Vocês veem esse significado? – Esperou um momento. – Parece que não... Mas, *mes amis*, vocês não percebem que essas palavras *não eram uma resposta lógica* ao que a srta. King acabara de falar? "*Nunca me esqueci de nada: nenhuma ação, nenhum nome, nenhum rosto.*" Não faz sentido! Se ela tivesse dito: "Nunca esqueço um desafio", ou algo parecido... mas não... *um rosto*, ela disse.. Ah! – disse Poirot, batendo as mãos. – Mas é evidente! Aquelas palavras, ditas de maneira ostensiva à srta. King, *não se destinavam a ela!* Destinavam-se a *alguém* por trás dela.

Fez uma pausa, observando a expressão de todos.

– Sim, é evidente! Aquele foi um momento psicológico na vida da sra. Boynton! Havia sido *exposta a si mesma* por uma jovem inteligente! Estava cheia de fúria... e naquele momento *reconheceu* alguém... *um rosto* do passado... uma vítima que lhe vinha às mãos... Voltamos, como veem, à *pessoa de fora!* *Agora* podemos compreender o significado da inesperada amabilidade da sra. Boynton na tarde de sua morte. *Ela queria ver-se livre da família porque* – para usar uma expressão popular – *outro peixe caíra em sua rede!* Queria o campo livre para conversar com a nova vítima... Agora, desse novo ponto de vista, consideremos os acontecimentos daquela tarde! A família Boynton deixou o acampamento e a sra. Boynton ficou sentada na entrada de sua caverna. Analisemos com cuidado os depoimentos de lady Westholme e da srta. Pierce. A última é uma testemunha duvidosa, pouco observadora e muito sugestionável. Lady Westholme, por outro lado, é perfeitamente segura quanto aos fatos e é ótima observadora. As duas concordam em *um* ponto: *Um árabe, um dos empregados, aproxima-se da sra. Boynton, diz-lhe alguma coisa que a aborrece e retira-se rapidamente.* Lady Westholme afirmou categoricamente que o empregado havia estado antes na tenda ocupada por Ginevra Boynton, mas vocês devem se lembrar de que a tenda do *dr. Gerard* era contígua à da jovem. É possível que o árabe tenha entrado na tenda do *dr. Gerard...*

O coronel Carbury perguntou:

– Está dizendo que um daqueles beduínos assassinou a velha com uma injeção no braço? Fantástico!

– Calma, coronel Carbury, ainda não terminei. Admitamos que o árabe possa ter saído da tenda do dr. Gerard e não da tenda de Ginevra Boynton. E então? As duas senhoras afirmam que não conseguiram ver seu rosto com clareza suficiente para identificá-lo e não ouviram o que foi dito. Isso é compreensível. A distância entre a tenda principal e a plataforma rochosa era de uns duzentos metros. Lady Westholme, no entanto, fez uma descrição completa do árabe, indo até o detalhe da calça esfarrapada e da maneira descuidada como estavam colocadas suas caneleiras.

Poirot inclinou-se para a frente.

– E isso, meus amigos, *é muito estranho!* Porque se não dava para ver seu rosto nem ouvir o que se dizia, *era impossível reparar nos detalhes da calça e das caneleiras*, a duzentos metros de distância! Foi um erro, que me sugeriu uma ideia curiosa. *Por que* insistir tanto no aspecto da calça e das caneleiras? Poderia ser porque a calça *não* estava rasgada e *as caneleiras não existiam*? Lady Westholme e a srta. Pierce viram o homem... mas de onde estavam, *não se viam uma à outra.* Isso se comprova pelo fato de lady Westholme *ter ido ver* se a srta. Pierce estava acordada, encontrando-a na entrada de sua tenda.

– Meu Deus! – exclamou o coronel Carbury, endireitando-se na cadeira. – Está insinuando que...

– Estou insinuando que, após verificar o que a srta. Pierce, a única testemunha que podia estar acordada estava fazendo, lady Westholme voltou para sua tenda, vestiu as calças de montaria, botas e casaco cáqui, improvisou uma touca árabe com um pano e um novelo de lã, e assim vestida entrou na tenda do dr. Gerard, abriu sua maleta de medicamentos, escolheu uma droga adequada, pegou a seringa, encheu-a e foi direto em direção à sua vítima. A sra. Boynton talvez estivesse cochilando. Lady Westholme foi rápida. Pegou-a pelo braço e aplicou-lhe a injeção. A sra. Boynton chegou a gritar, tentou levantar-se, mas caiu sentada. O "árabe" saiu correndo, com todos os indícios de perplexidade. A sra. Boynton sacudiu a bengala, tentou levantar-se de novo e caiu de novo na cadeira. Cinco minutos mais tarde, lady Westholme vai para junto da srta. Pierce e comenta sobre a cena que acabou de presenciar, *imprimindo sua própria versão na outra*. Em seguida, as duas saem para dar uma volta, parando sob a plataforma, onde lady Westholme grita alguma coisa para a velha senhora, sem receber resposta. Sabe que a sra. Boynton está morta, mas diz: "Que grosseria rosnar para nós desse jeito!". A srta. Pierce concorda... já tinha ouvido várias vezes a sra. Boynton responder com grunhidos... seria capaz de jurar, se necessário, que realmente a ouviu grunhir. Lady Westholme, acostumada com o mundo da política, sabia da influência que uma mulher dominadora como ela poderia ter sobre outra do tipo da srta. Pierce. A única falha de seu plano foi a devolução da seringa. A volta antecipada do dr. Gerard estragou tudo. Esperando que ele não tivesse reparado na falta da seringa, recolocou-a no lugar à noite.

Fez uma pausa.

Sarah perguntou:

— Mas *por quê*? Por que lady Westholme desejaria matar a velha sra. Boynton?

— A senhorita não me disse que lady Westholme estava bem perto quando a senhorita falou com a sra. Boynton em Jerusalém? Era a lady Westholme que as palavras da sra. Boynton se dirigiam. "*Nunca me esqueci de nada: nenhuma ação, nenhum nome, nenhum rosto.*" Acrescente a isso o fato de a sra. Boynton *ter sido carcereira numa prisão* e temos uma ideia bastante clara da verdade. Lorde Westholme conheceu a futura esposa numa viagem de volta da *América*. Lady Westholme, antes de se casar, havia cometido um crime e cumprira sentença na prisão. Veem o terrível dilema em que se encontrava? Sua carreira, suas ambições, sua posição social — estava tudo em jogo! Ainda não sabemos a natureza do crime pelo qual esteve presa, logo saberemos, mas deve ter sido algo capaz de destruir sua carreira política caso viesse a público. E lembrem-se, *a sra. Boynton não era uma chantagista qualquer*. Não queria dinheiro. Desejava apenas o prazer de torturar suas vítimas por um tempo e depois revelar a verdade da forma mais espetacular possível! Enquanto a sra. Boynton estivesse viva, lady Westholme não teria segurança. Seguiu as instruções da sra. Boynton para encontrá-la em Petra; sempre me pareceu estranho que uma mulher tão consciente de sua importância como lady Westholme preferisse viajar como simples turista, mas já devia estar planejando o assassinato. Viu uma oportunidade e não pestanejou. Só cometeu dois pequenos deslizes. Um deles foi falar um pouco demais – a descrição das calças rasgadas me chamou logo a atenção. Outro foi confundir-se de tenda e entrar na de Ginevra, onde a menina cochilava, e não na do dr. Gerard. Daí a história da jovem, meio verdadeira, meio fantasiosa, de um xeque disfarçado. Distorceu a realidade, obedecendo a seu instinto de dramatização, mas a indicação foi suficiente para mim.

Fez uma pausa.

– Em breve teremos confirmação disso tudo. Consegui as impressões digitais de lady Westholme sem ela saber. Serão comparadas com as impressões digitais dos arquivos da prisão em que a sra. Boynton foi carcereira. Logo saberemos a verdade.

Calou-se.

Um estampido seco e forte quebrou o silêncio momentâneo.

– O que foi isso? – perguntou o dr. Gerard.

– Pareceu-me um tiro – disse o coronel Carbury, levantando-se rapidamente. – No quarto ao lado. A propósito, de quem é o quarto?

Poirot murmurou:

– Já imagino... é o quarto de lady Westholme.

EPÍLOGO

Notícia extraída do *Evening Shout*:

> *É com pesar que anunciamos a morte de lady Westholme, M.P.*, em consequência de um trágico acidente. Lady Westholme, que gostava de viajar por países longínquos, costumava carregar em sua bagagem um pequeno revólver. Estava limpando a arma quando esta disparou, matando-a. A morte foi instantânea. Sinceros pêsames a lorde Westholme etc. etc.*

Numa quente noite de junho, cinco anos depois, Sarah Boynton e o marido assistiam a *Hamlet* num teatro londrino. Sarah segurou o braço de Raymond quando as palavras de Ofélia flutuaram no palco iluminado:

> Como distinguir de todos
> O meu amante fiel?
> Pelo bordão e a sandália;
> Pela concha do chapéu.
>
> Está morto, senhora, foi embora;
> Está morto, foi embora,

---

* "Parlamentar", do inglês *Member of Parliament*. (N.T.)

Uma lápide por cima
E grama verde, por fora.
Oh, oh!

Sarah sentiu um nó na garganta. Aquela beleza delicada, aquele sorriso etéreo de uma pessoa transportada além das preocupações e tristezas, para uma região onde as miragens flutuantes eram reais...
Sarah disse a si mesma:
– Que linda...
Aquela voz marcante, cadenciada, maravilhosa sempre, mas agora disciplinada e modulada, como um instrumento perfeito.
Sarah exclamou com firmeza quando o pano desceu no fim do ato:
– Jinny é uma excelente atriz!
Mais tarde, sentaram-se juntos numa mesa no Savoy. Ginevra, sorrindo, distante, virou-se para o homem de barba a seu lado.
– Fui bem, não fui, Theodore?
– Você foi maravilhosa, querida.
Um sorriso de satisfação apareceu em seus lábios.
Murmurou:
– *Você* sempre acreditou em mim... sempre soube que eu seria capaz de fazer muitas coisas... mover multidões...
Numa mesa não muito longe, o Hamlet da noite comentava sombrio:
– Seus maneirismos! É claro que *no início* as pessoas gostam... mas não é *Shakespeare*. Viu como ela estragou a minha saída?
Nadine, sentada em frente a Ginevra, disse:
– Que emocionante estar aqui em Londres com Jinny encenando Ofélia e fazendo tanto sucesso!
Ginevra agradeceu em tom suave:
– Fiquei feliz que vocês vieram.
– Uma autêntica reunião de família – disse Nadine, sorrindo e olhando em volta. Depois, para Lennox: – Acho que as crianças poderiam vir na matinê, não? Já têm idade e querem tanto ver a tia Jinny no palco!
Lennox, um Lennox saudável, feliz e de olhar sorridente, ergueu sua taça.
– Aos recém-casados, sr. e sra. Cope.
Jefferson Cope e Carol agradeceram o brinde.
– O amante infiel! – disse Carol, rindo. – Jeff, você devia brindar a seu primeiro amor, que está bem na sua frente.
Raymond falou com alegria:
– O Jeff está ficando vermelho! Não gosta que lhe recordem os velhos tempos.

Seu rosto anuviou-se de repente.

Sarah tocou-lhe as mãos, e as nuvens desfizeram-se.

– Parece apenas um sonho mau!

Um homem elegante apareceu. Hercule Poirot, impecavelmente vestido, os bigodes torcidos com orgulho, curvou-se de maneira régia.

– Mademoiselle – disse a Ginevra –, *mes hommages*.* A senhorita esteve soberba!

Todos o cumprimentaram com afeto, e ele se sentou ao lado de Sarah. Sorriu à sua volta e quando os outros estavam distraídos conversando, inclinou-se para Sarah e disse:

– *Bien*, parece que agora está tudo bem com *la famille Boynton*!

– Graças ao *senhor*! – disse Sarah.

– Seu marido está ficando muito importante. Li hoje uma excelente crítica sobre seu último livro.

– Sou suspeita para falar, mas é de fato muito bom! O senhor sabia que Carol e Jefferson Cope resolveram se casar? E Lennox e Nadine têm dois filhos lindos... fofos, como diz Raymond. Quanto a Jinny... ela é genial!

Olhou para o rosto doce e a linda coroa dourada nos cabelos ruivos da cunhada e de repente ficou séria por um momento.

Levou a taça à boca.

– Quer propor um brinde, madame? – perguntou Poirot.

Sarah falou devagar:

– Lembrei-me dela, de repente. Olhando para Jinny, reparei, pela primeira vez, na semelhança. A mesma coisa... só que Jinny é luz... e ela era escuridão.

Do lado oposto da mesa, Ginevra disse inesperadamente:

– Coitadinha da mamãe... era *estranha*... Agora, que estamos todos tão felizes, tenho pena dela. Não conseguiu o que queria na vida. Deve ter sido difícil para ela.

Quase sem parar, começou a recitar algumas falas de *Cimbeline*, enquanto os outros ouviam encantados a musicalidade das palavras:

Não mais temas o calor do sol,
Nem as iras do inverno furioso;
Tua tarefa no mundo foi cumprida,
Voltas para casa, levando tua paga.

---

* "Minhas felicitações", em francês (N.T.)

SOBRE A AUTORA

Agatha Christie (1890-1976) é a autora mais publicada de todos os tempos, superada apenas por Shakespeare e pela Bíblia. Em uma carreira que durou mais de cinquenta anos, escreveu 66 romances de mistério, 163 contos, dezenove peças, uma série de poemas, dois livros autobiográficos, além de seis romances sob o pseudônimo de Mary Westmacott. Dois dos personagens que criou, o engenhoso detetive belga Hercule Poirot e a irrepreensível e implacável Miss Jane Marple, tornaram-se mundialmente famosos. Os livros da autora venderam mais de dois bilhões de exemplares em inglês, e sua obra foi traduzida para mais de cinquenta línguas. Grande parte da sua produção literária foi adaptada com sucesso para o teatro, o cinema e a tevê. *A ratoeira*, de sua autoria, é a peça que mais tempo ficou em cartaz, desde sua estreia, em Londres, em 1952. A autora colecionou diversos prêmios ainda em vida, e sua obra conquistou uma imensa legião de fãs. Ela é a única escritora de mistério a alcançar também fama internacional como dramaturga e foi a primeira pessoa a ser homenageada com o Grandmaster Award, em 1954, concedido pela prestigiosa associação Mystery Writers of America. Em 1971, recebeu o título de Dama da Ordem do Império Britânico.

Agatha Mary Clarissa Miller nasceu em 15 de setembro de 1890 em Torquay, Inglaterra. Seu pai, Frederick, era um americano extrovertido que trabalhava como corretor da Bolsa, e sua mãe, Clara, era uma inglesa tímida. Agatha, a caçula de três irmãos, estudou basicamente em casa, com tutores. Também teve aulas de canto e piano, mas devido ao temperamento introvertido não seguiu carreira artística. O pai de Agatha morreu quando ela tinha onze anos, o que a aproximou da mãe, com quem fez várias viagens. A paixão por conhecer o mundo acompanharia a escritora até o final da vida.

Em 1912, Agatha conheceu Archibald Christie, seu primeiro esposo, um aviador. Eles se casaram na véspera do Natal de 1914 e tiveram uma única filha, Rosalind, em 1919. A carreira literária de Agatha – uma fã dos livros de suspense do escritor inglês Graham Greene – começou depois que sua irmã a desafiou a escrever um romance. Passaram-se alguns anos até que o primeiro livro da escritora fosse publicado. *O misterioso caso de Styles* (1920), escrito próximo ao fim da Primeira Guerra Mundial, teve uma boa acolhida da crítica. Nesse romance aconteceu a primeira aparição de Hercule Poirot, o detetive que estava destinado a se tornar o personagem mais popular da ficção policial desde Sherlock Holmes. Protagonista de 33 romances e mais de cinquenta contos da autora, o detetive belga foi o único personagem a ter o obituário publicado pelo *The New York Times*.

Em 1926, dois acontecimentos marcaram a vida de Agatha Christie: a sua mãe morreu, e Archie a deixou por outra mulher. É dessa época também um dos fatos mais nebulosos da biografia da autora: logo depois da separação, ela ficou desaparecida durante onze dias. Entre as hipóteses figuram um surto de amnésia, um choque nervoso e até uma grande jogada publicitária. Também em 1926, a autora escreveu sua obra-prima, *O assassinato de Roger Ackroyd*. Este foi seu primeiro livro a ser adaptado para o teatro – sob o nome *Álibi* – e a fazer um estrondoso sucesso nos teatros ingleses. Em 1927, Miss Marple estreou como personagem no conto "O Clube das Terças-Feiras".

Em uma de suas viagens ao Oriente Médio, Agatha conheceu o arqueólogo Max Mallowan, com quem se casou em 1930. A escritora passou a acompanhar o marido em expedições arqueológicas e nessas viagens colheu material para seus livros, muitas vezes ambientados em cenários exóticos. Após uma carreira de sucesso, Agatha Christie morreu em 12 de janeiro de 1976.

lepmeditores

www.lpm.com.br
o site que conta tudo

IMPRESSÃO:

PALLOTTI
GRÁFICA

Santa Maria - RS | Fone: (55) 3220.4500
www.graficapallotti.com.br